一纸婚姻

木易 著

陕西出版传媒集团 太白文艺出版社

图书在版编目（CIP）数据

一纸婚姻／木易著．一西安：太白文艺出版社，
2012.8（2013.8第2次）

ISBN 978 - 7 - 5513 - 0333 - 0

Ⅰ.①一… Ⅱ.①木… Ⅲ.①长篇小说 – 中国 – 当代
Ⅳ.①I247.5

中国版本图书馆 CIP 数据核字（2011）第 206394 号

一纸婚姻

作　者	木　易
责任编辑	姚鸿文　陈润国
整体设计	黄　娟
出版发行	陕西出版传媒集团
	太白文艺出版社
	（西安北大街147号　710003）
经　销	陕西新华发行集团有限责任公司
印　刷	北京昌平新兴胶印厂
开　本	787毫米×1092毫米　1/16
字　数	433千字
印　张	26.5
版　次	2012年8月第1版第1次印刷　2013年8月第2次印刷
书　号	ISBN 978 - 7 - 5513 - 0333 - 0
定　价	53.00 元

生活，这是一切书籍中第一本重要的书……每人身上都有这么一本书，从头一行到最后一行写得清清楚楚。

——罗曼·罗兰

人生最美好的，就是在你停止生存时，也还能以你所创造的一切为人们服务。

——尼古拉·奥斯特洛夫斯基

1994 年。初春。

一张结婚证——一张血泪斑斑的结婚证——一张
夺取了她大半生幸福的结婚证——一张牢固而难以撕
毁的结婚证，终于被撕毁，停止了它的效用。

她，终于拿到一张深绿色封皮的离婚证。

三十多岁她要离婚，离不掉；四十多岁她要离婚，
仍然离不掉；现在五十出头，身体被害得刀痕累累，
百病缠身，面容枯槁，他才放手。

春节，正当家家户户沉浸在节日的欢乐气氛中的
时候，一场轩然大波又骤起在她的这个家。这边未办
离婚手续，那边未办结婚手续，她的丈夫就和某研究
院的副院长——五年的寡妇同居了。晚上，在大小伙
子（儿子），大姑娘（女儿）和妻的三双眼的注视下，
他竟不慌不忙地换上那双新买的黑色高级旅游鞋，围
上她平时上班骑车围的浅灰色的长毛围巾，穿上短呢
子大衣，然后离家而去。

他就这样和一个刚刚结识的女人去过夜。对两个
未婚的孩子会有怎样的影响，让有血有肉有思想的妻
子如何想，他全然不顾。

春节前他虽然给她谈了他和副院长相识的事，她也立即答应，同意离婚。但是，她没有想到，在两边都未办手续的情况下，他就如此大胆地迫不及待地不顾一切地公开去同居，这无异于在她的头上撒尿，她感到一种莫大的侮辱，她被深深地激怒了。

大年初一的晚上，他照例这样去过夜，初二上午回来。她原准备带两个孩子去走亲戚，一见他回来，愤怒之火像火山爆发一样无法遏止。她拉开大门，在楼道上厉声骂道："你这个畜生，搞女人就是你生命的第一需要，搞女人就是你唯一的嗜好！你在外边嫖两夜，在这里养精蓄锐一夜，这里是你养精蓄锐的地方？大小伙子大姑娘都在家，你就每晚整装去同居，你还有廉耻感么？世上还有你这样残忍、自私、狠毒、搞女人成性，卑鄙无耻的东西么？……"

她大声吼着，也不顾自己已经几次脑外伤的头颅被震得疼痛、麻木，她要让人们知道他是一个什么样的货色。

听着她的怒骂，他不吭声，他默认。

骂累了，她就回到分居已两年的小卧室，躺在床上，泪水滚滚而下……

这同居毕竟是非法的，她想拖他几个月把他搞臭再办离婚手续。如果能把他法办判刑劳改的话，那就更解心头之恨了！她去问过几个律师："这种情况能否够上触犯法律？能否受到处罚？"回答是这样的："现在这类事多，一般单位都懒得管。司法部门大案要案都管不过来，哪里还有精力去管这些事！……"

她的心凉了。

亲朋好友劝她赶快离掉算了，少生点气，身体要紧。

的确，这事不气不由人，这气生不起！她在离婚协议书上签了字。

婚离了，二十多年的家庭战争和痛苦生活该结束了，这个家该安宁平静，不会再有吵闹声了，她的眼泪也该从此收起来了，新的生活应该开始了。

离婚后，她把自己全部的感情和希望都倾注在两个孩子身上，她要和他们相依为命，她要和他们共同度日，她要和他们共享天伦之乐。然而她却万万没有想到，她含辛茹苦拉扯大、培养成人的，把全部母爱都奉献给了他们的这两个孩子，在离婚不到半年时间，却如狼似虎地向她扑来。他们莫名其妙地和她吵架，没有缘由地和她憋气，一味地怪罪……母爱、苦心，霎时变成了罪过！……

夫妻之间的一场磨难刚刚结束，心灵上的伤口还没有愈合，现在突如其来的又是子女的对立、敌视和争吵。他们是那么疯狂，那般恶毒，那样无理，甚至连半点人性都没有！

还有比亲骨肉对自己的折磨、攻击和凌辱更让人痛心，更让人断肠，更让人愤慨的么?! 她只觉得喉头哽咽，胸口憋闷，五脏六腑都胀疼得难忍。

她几乎要被击倒！

对他们这一切，她愕然，她震惊，她无法理解，她接受不了这个残酷的现实！

暑假。

儿子刚刚大学毕业，分配到北京工作，假期回家度假。女儿，已和恋爱一年的台湾男友领了结婚证，准备考托福出国。就在这样的时刻，她毅然决然地决定和他们断绝关系，不再相见。她不能容忍他们这般无礼地对待他们的母亲，她不能容忍他们气她逼她于死地！她忍受着巨大的伤痛作出了这样的决定。

80年代初，国人就在"安定团结"的口号下开始过着安宁祥和的生活了，然而，历史的航船已驶入了90年代，在这块和平幸福国土的一角，却发生着夫妻角逐，亲骨肉厮杀的激战……

"人生果真是在演戏么？那么在人生这个戏剧舞台上，大部分人当然是喜剧演员，少数人是悲剧演员。而我，无疑是一名悲剧演员了。"在护城河边的小路上，在夕阳的余晖中，她边走边思索着。

大半生过去了，谁能料到，共同生活了二十多年的夫妻和儿女现在一下子反目为仇，相互厮杀！她更没有想到，青年时代满怀希望和美好憧憬的未来竟是这样一段辛酸、痛苦、沾满了血与泪的生活经历！违心的职业，不幸的婚姻，破碎的家庭，绝情的儿女，未酬的壮志……不堪回首的往事像尖刀利剑绞痛着她的心。尤其是子女那令人伤心断肠，撕肝裂肺的话语，更是不能让她去想。

这是怎样的人生啊！

她浸泡在痛苦的汪洋之中难以自拔！

上帝造了我们就是为了来到这个世界上受苦受罪么？不然她的一生为什么这般苦涩、痛彻！她还要在这悲苦的人生路上继续走下去么？她看着眼前缓缓流动的河水，如果跳下去结束这生命，就不再受这痛苦的折磨，她的灵魂就会得到永久的安息。然而，她不能这样做，她深深懂得上苍赋予这生命的意义。她知道"痛苦也是对生命的伟大洗礼"。她准备一个人在这孤寂的途路上继续前行。

夜幕笼罩了整个城市，远远近近高高低低的楼房的无数窗口灯光闪烁，那里有无数个温馨的家。而她，独自一人在这河边的小路上踯躅。她已经没有了家，她已经一无所有！

这一切都像一场梦！

五十二年的人生路，五十二年的苦与悲，犹如就在昨天，一切都是那么清晰，一切都是那么犹新，一幕一幕，一件一件，像电影镜头，出现在她的眼前，飘荡在她的脑际……

第一卷

第一章

　　1942 年，正值抗日战争的烽火在华夏大地愈燃愈烈的时候，她出生在北方一座大城市——安城。她刚呱呱坠地，日本帝国主义的飞机就来轰炸了。母亲不得不抱着刚刚生下来的她随着避难的人群躲进防空洞。

　　她长得很可爱，红扑扑的小圆脸上有着一双大而黑的眼睛，很深的双眼皮使得这双眼睛更加美丽动人。全家人都非常疼爱她。

　　她父亲姓钟，父母给她取名叫丽南。一方面是因为她着实长得可爱美丽，一方面因为"丽""离"同音，"南""难"同音，"钟丽南"有终于逃离一场灾难的意思。

　　钟丽南上面有两哥一姐，父亲是天津人，小时候曾在天津一家有名的私塾里读书。他聪明又好学，能熟练背诵唐诗宋词及不少古文，又写得一手好字，深得老师的喜爱。由于父亲家境不好，读完小学，他就不能不辍学自己去谋生路。他在天津一家纱厂当学徒，后来到了东北。在哈尔滨，他信了基督教。钟丽南的姥姥当时是哈尔滨基督教会的传道士，她看丽南的父亲本分老实，信教虔诚、热心，就把自己的女儿嫁给了他。丽南的父亲和母亲在大教堂里举行了圣洁而隆重的婚礼。他们结婚不久，就发生了"九一八"事变，日军占领了东北三省。东北这块土地成了不宁之地。丽南的父母在这里难以立足，他们就带着刚生下的儿子，告别了亲人，回到父亲的故乡天津。到天

津不久，发生了"七七"卢沟桥事变，天津也难以立足，他们就逃难到西北。

丽南出生的时候，他们家庭的经济状况尚好。父亲开着手工业织布工厂，拥有几十部木织布机，雇有一二十个工人。家中有一大院瓦房。

父亲除了织一般的布外，他还学会了织粗毛呢。这毛呢在寒冷的北方是很受人们欢迎的，呢子销路很好。她家的生活随之也愈来愈富裕。父亲结识的多是安城一些富豪，外出办事是黄包车接送。父母是基督教徒，安城大小清真饭馆是父亲常常出入的地方，以至那里的老板、店员无一不认识他。父亲是教会的长老，经常讲道让人们要行善事不做坏事。在实际生活中父亲和母亲也是这样做的。有一个叫许昌贵的工人娶不起媳妇，父亲用了几匹布的钱帮他娶了媳妇，并让他母亲来照看丽南，以贴补生活。

在那动乱的年代里，丽南家的好景并不长。她出生不久，家里就遭了一次土匪的抢劫。土匪头子举着手枪，让家里人一个也不许动，任匪徒将布匹、棉纱和钱财拿走。她家被洗劫一空。

1945年，抗战胜利，美国货充斥中国市场，急剧地冲击着中国的民族手工业。市场上出售的是洋火、洋布、洋面……什么都是外国进口的"洋"货。这些洋货替代了土货，中国的民族手工业纷纷倒闭，丽南家的手工织布业也不能幸免。洋布又好又便宜，手工织布卖不出去了，丽南家的工厂不久就停了工。

父亲听说离安城较远的偏僻小城市织布业还可以维持，就要搬家到凤城去。搬迁需要一大笔资金，父亲为此卖了一部分织布机。后来又要卖那一大院房子。母亲不同意，但又拗不过父亲，最后房子还是卖了。

丽南的父亲雇了一辆大卡车搬家。卡车行了大约两天时间才到达凤城。凤城的基督教会接待了他们，安排了住处。

教会有一个很大很深的院子，前后分四大段。前面是一个长方形院子，临街的一间大房是用来做礼拜用的教堂。院中间是一个四方小院。砖铺小路连接的是一排大瓦房，被称作上房。这房建筑颇为讲究，外面有又粗又大的红油漆柱子，房椽上雕饰着各种彩色花纹。听说这房最早是做礼拜用的，后来盖了新教堂，这里就空着。丽南家搬来后就住在这房里。房子太大，后来将它隔开，另外一半让给新来的住户。院中有一棵大核桃树，一棵大杏树，还有一棵樱桃树。门前空地是小花园。四方小院的后面是一个大后院，院中有高大的椿树、榆树和槐树。过了后院是一片很大的空地，长着杂草，人们不常去，而它却是孩子们嬉戏玩耍的乐园。

搬到凤城不久，丽南的大哥和姐姐就到安城教会学堂去读书了。

父亲在凤城用两张木机织布，一个学徒娃帮忙。这里马匪闹得很凶，苛捐杂税多如牛毛，父亲干了不到一年时间就干不下去了。他转而去做生意。卖房子的钱，一部分做搬迁路费用了，剩余的部分父亲用来做生意。做生意赔了不少钱。最后一次父亲到新疆去贩葡萄干，钱被人抢，无法回家，他就待在新疆跟别人学习针灸技术。

母亲带着丽南和丽南的二哥在凤城教会的大院里住了十年。

丽南的童年是幸福和欢乐的。

春天，他们看各种野草复苏、发芽、开花，他们挖各种能吃的野菜品尝其野味。榆树、槐树开花了，大点的孩子上树去摘去钩榆钱和槐花，丽南他们在下面捡拾。他们把榆钱和槐花拿回家拌上面粉上笼去蒸，蒸好后调上油、盐、蒜泥等，吃起来香味扑鼻。夏天，丽南和小伙伴们在草丛中捉蚂蚱，逮蟋蟀，扑蝴蝶，看蜗牛在砖墙上爬行留下的那一条条像鼻涕样黏稠发亮的印迹，用手触动它的前角。玩渴了，他们就摘野葡萄吃；饿了，就到院中用石子偷偷打那未成熟的核桃和绿杏吃。小手被核桃外面那一层绿皮染黑了，小牙被绿杏酸倒了，但一个个吃着自己的战利品都格外高兴。

大院后面的空地，不久就被各家瓜分了。每家自辟一块荒地，种上青菜、黄瓜、豆角、向日葵……丽南和她的二哥也开辟了一块菜地。每天哥哥挑水浇灌，她在一旁帮着。在土地上撒上一把菜子，不几天地里就是一片葱绿。夏天，菜园里会变得无比丰盛：通红的辣椒，嫩紫的茄子，鲜红的西红柿，一串串的梅豆挂在架上，金黄色的南瓜卧在地上。秋天，成熟的向日葵低垂着头，孩子们个个手里都拿着圆盘似的向日葵在嗑着瓜子……

孩子们最喜欢过圣诞节。过节这天，教堂里布置得异常华丽，五颜六色的纸剪成的彩带挂满各个角落，无数粗大的蜡烛映照得教堂无比辉煌。院子里一排排伞状的松柏树上，挂满了一支支小蜡烛。晚上，教堂内外五彩缤纷，烛光辉映，既华丽又有一种圣洁肃穆的气氛。孩子们最盼望的是给他们分发圣诞果。有香喷喷的蛋糕，有令人垂涎的水果罐头……

过年，也是孩子们所巴望的。临近过年，教会大院里到处都弥漫着炖牛肉烧羊肉的香味。大年三十的夜晚，家家不睡觉，做完肉食，就炸油果子，把和好的面做成各种花形去炸。一切工作做完了，大人小孩就围着火炉叙旧

聊天。大年初一，孩子们要到各家去给大人们鞠躬行礼，拜年问好，然后得到一角或两角的压岁钱。

小城的冬天要下很大的雪，非常冷。人们都穿着自家做的大厚棉袄，大厚棉裤和棉鞋。下大雪的时候，丽南和二哥就同母亲一起围坐在木炭火盆旁烤火。这个时候，母亲最爱给他们讲述自己东北老家的故事：你们的姥姥可以算是中国识字和在外工作最早的一批中国妇女中的一个，她是基督教的传道士。每天在外奔波传道，工作很忙。我们家先是住在沈阳，后来搬到哈尔滨。哈尔滨是一座很大很美丽的城市，马路宽阔，楼房高耸。由于离苏联近，那里苏联人很多，房屋建筑也多是仿俄式的。你们的大舅很有学问，精通几国语言文字，他在外国人办的大公司里工作，后来是哈尔滨石油公司的总经理。那时家里很富足，各种食品都是成箱成罐运来的。你大舅在外国人办的公司吃得好，很胖，肚子很大。后来他得了盲肠炎，在外国人办的医院里开了刀。由于肚子里的油太多太厚，手术缝合时没有搞干净，刀口处发了炎，一直流脓。你大舅疼得叫了几天几夜，医生说治不好了，就把他一人关在一间小房里，也不让家人去照看，你们的大舅就这样活活疼死了！真惨，真可惜！……

你们的二舅跟着一个美国官员当翻译，后来没有音信了。我下边有一个小妹，为了能让她上学，初中毕业后我就不能读书了，在家看家，做家务。你们的这个小姨中学毕业后参加了工作成了家，随姨夫到了北京，现在在北京银行工作。东北老家只有你小舅跟着你们的姥姥……

母亲滔滔不绝地讲述着，孩子们从母亲的表情可以看出，她在为自己的家庭有这么多有学识有才干的人感到自豪。两个孩子听了母亲的讲述，对祖母充满了敬仰，对舅舅们非常崇拜，对哈尔滨那样的大城市充满了向往……

丽南到凤城时五岁。她生着一张圆圆的白净的脸盘，脸上嵌着一双大而机灵的眼睛。夏天穿着小洋裙子，冬天穿着呢子小大衣。她随父母说一口流利的北京话。由于是从大城市来的，家境又较富裕，她的穿着打扮说话都不同一般，教会大院的人们都喜欢她，孩子们也喜欢和她在一起玩。

不到上学年龄，她就在教会小学上了学。他们上午上课学习，下午在菜地里拔草、捉虫、嬉戏玩耍，晚上在大后院玩捉迷藏、老鹰抓小鸡……这里没有高耸的楼房，没有林立的烟囱，没有枪炮声，没有汽车的喇叭声，也没有广播的乐曲声……在这里，夜，无比宁静，风，无比柔和，周围显得异常空旷、安谧，天空显得无比辽阔高远。孩子们玩累了，就坐在石阶上休息。他们仰望天空，看到黛蓝色的天幕上，布满了晶莹的星星，整个天空是那么纯净、美丽。他们看着星星，星星向他们眨着眼。他们伸出一只只小手，想去数清那无尽的星星，但怎么也数不清。有时，天空中挂着一轮圆月，星星却像是有逊于月亮的光辉而羞涩地躲匿起来了，偶尔有几个胆大者不愿服输，还挂在天空中，想和月亮争辉。月亮在缓缓移动，有时隐没在云层里，不一会儿又露出了笑脸。无边的苍穹是迷人的，又是神秘莫测的。面对着茫茫宇宙，孩童们提着各种问题。丽南在问："天空离我们到底有多远？星星、月亮为什么会发光，又会隐没？人为什么不能到星星和月亮上去？……"孩子们谁也回答不出这些问题。

童年，他们就是这样在大自然的怀抱里长大，无穷无尽的欢乐拥抱着他们。

1949 年，这小城和全国一样，解放了。解放军开着汽车、坦克，扛着机枪大炮，排着整齐的队伍进驻凤城。全城人倾城而出，夹道欢迎。汽车上挂着大红花，系着大红绸子，人们把剪好的五颜六色的纸屑不断抛撒在汽车和解放军的身上。晚上，有不少解放军住在老百姓家。教会大院里住的解放军最多。解放军除了帮老百姓干活外，对小孩子显得格外亲切：讲战斗故事，教革命歌曲，领他们到大部队去看电影……解放军要走时，孩子们还真是恋恋不舍。

小城刚解放，显得异常热闹。一队队秧歌队、腰鼓队都化着妆，穿着一色的白布上衣，腰间系着大红绸子长带，扭着，敲着，庆祝小城的解放，宣传党的方针政策。两边观看的人群挤得水泄不通。丽南这些小孩子们，一听到街上敲锣打鼓就争着抢着往大门外跑，去看热闹。

凤城一解放，丽南就到人民政府办的小学读书。她沐浴着党的阳光雨露，在少先队组织的教育下茁壮成长。庄严的升国旗仪式，有意义的大队会活动，丰富多彩的夏令营生活，使她幼小的心灵，对祖国，对革命有着一种神圣的和无比崇敬的感情。

丽南非常爱读书。《高玉宝》《把一切献给党》《卓娅和舒拉的故事》《古丽娅的道路》……书中英雄成长的道路、不朽的事迹深深打动着她幼小的心灵。她越读书越离不开书了。教会大院里，人们很少再看到她去玩耍，而是

看到她捧着书坐在小院的树下专注地读着。

小学毕业后，她升入凤城第一中学读初中。这是一所很大的完全中学。学校规定，学生不管家近家远，一律住校，晚上上晚自习。晚自习时，前后两张桌子一合，四个人围在一盏有玻璃罩的煤油灯下学习。自习时，教室里非常安静，每个同学都在埋头看书、做作业。偶尔有老师到教室里巡视一下，解答同学们提出的问题。

每天下午两节课后到晚饭时间是学生自由活动的时间。学生可以到图书馆借书，可以到阅览室阅报看杂志，可以到操场上打球翻杠子……

学校阅览室很大，订有全国各种报纸和杂志。丽南是这里的常客。《解放军文艺》《人民文学》是她最喜欢读的杂志。

丽南的班主任是一位复转军人，一位优秀的共产党员。他十七八岁高中毕业后就参加了八路军，在部队当文化教员。抗美援朝时，他毅然随军跨过鸭绿江，参加了保家卫国的战争。战争结束回国后，他要求到艰苦偏僻的地方工作，后来被分配到这小城的中学当语文教员。

他叫温尔辉，三十出头，个子魁梧，圆圆略黑的脸膛，两道剑眉下有一双不大不小的善良的眼睛，鼻梁特别高。他的脸上总是挂着笑容。在丽南的印象中，他从来没有绷着脸孔严肃地批评过学生。他讲课生动活泼，很吸引人。班会上，同学们都聚精会神地听他讲那战争年代里血与火的斗争，那不怕牺牲生命与敌人拼搏厮杀的英雄故事。共和国的建立不易，和平幸福的生活来之不易，要保卫祖国、建设祖国的思想不知不觉间在同学们的心中扎了根。

温老师在体育音乐方面也很有特长，他给丽南他们还代过一段体育课。他会拉手风琴、吹口琴。课外活动他和同学们在操场上一起打球翻杠子。课间十分钟学校要求同学们都要到教室外面跳集体舞，温老师也和同学们手拉手围成圆圈一起跳和唱。

新年到了，学校举行元旦篝火晚会、化妆晚会，温老师和同学们一起化妆成猴子、小猫、兔子、绵羊……围着篝火跳舞，做各种游戏，一直到新的一年的钟声敲响。

春天，他和同学们一起到郊外去踏青。在无垠的原野上，在青青的草地上，在潺潺的小溪旁，在蓝天白云下，同学们尽情地唱，尽情地跳，温老师拉着手风琴，丽南吹着口琴在伴奏。大家都陶醉在这壮美的大自然的风光之中。往往在这时，丽南的思想就像长上了双翅，飞翔在辽阔的蓝天上，仿佛每一朵白云，都是一个美好的梦。广阔的宇宙，伟大的祖国，壮丽的河山……这一切，她都感到是那么新奇，那样有吸引力。她对未来充满了美好的憧憬与幻想，她想象中的人生，也像这春天一样美。

丽南在温老师的指导下，阅读了许多优秀的文学作品：苏联卫国战争时期的《青年近卫军》《远离莫斯科的地方》；高尔基的《童年》《我的大学》；巴金的《灭亡》《激流三部曲》……她特别喜欢读苏联小说，她爱俄罗斯那辽阔的原野，狂暴的风雪，浓密的森林；她喜欢苏联人那幽默、开朗、豪放的性格。小说中反法西斯战争中战士们的英雄事迹使她无比激动，共青团员们为建设祖国而远离家乡到最艰苦的地方去开垦荒地、建设新城市的业绩使她无比崇敬。

《钢铁是怎样炼成的》是她最喜爱的一本书。保尔·柯察金这生命的火炬，使她燃起了熊熊的心灵之火，向保尔——坚强的生命学习。作者奥斯特洛夫斯基成了她崇拜的偶像。奥斯特洛夫斯基的生命仅仅只有三十二年，而他从参加革命的那天起，就把自己全部的热情、智慧和精力投入到阶级的事业中去，一直战斗到生命的最后一刻，他从未感到过疲倦，从未停止过斗争。就是在重病压身，缠绵病榻，双目失明的情况下，他也不虚度光阴，而是找到了另一种战斗的武器——笔。他写的这本书鼓舞了无数的人们勇敢地投入到生活的激流中去，启迪了成千上万的人走上了有意义的人生之路。在奥斯特洛夫斯基博物馆里，保存着许多册《钢铁是怎样炼成的》和《暴风雨所诞生的》。这些书的书页有的被烧焦了，有的被子弹打穿了，有的染着牺牲了的共青团员的血迹。它们曾和前方的战士们一同走过战争的道路，它们是伟大卫国战争的参加者们的伴侣。

书中那句脍炙人口的名言使丽南那一颗火热的少年心受到了震颤，她把它工整地抄在笔记本上：

人最宝贵的东西是生命。生命属于我们只有一次。一个人的生命是应当这样度过的：当他回首往事的时候，他不因虚度年华而悔恨，也不因碌碌无为而羞耻——这样，在临死的时候，他就能够说："我整个的生命和全部精力，都已献给世界上最壮丽的事业——为人类的解放而斗争。"

　　她经常默默朗读这段话，每读一次，对生命的意义和价值似乎就有了一次更深刻的理解。

　　作者还说：

　　人生最美好的，就是在你停止生存时，也还能以你所创造的一切为人们服务。

　　这些精辟的句段使丽南不能不严肃地对待人生，不能不认真地考虑生命，她不能不慎重地思考：这属于自己只有一次的宝贵生命到底应该怎样度过？

　　她在这本书的读后感中写道："《钢铁是怎样炼成的》这本书给我的生命奠定了一个很重要的基础，那就是使我看到了一个忠于共产主义事业的伟大战士应该走的道路，和如何把自己锻炼成为一名钢铁般的战士的途径。我要让保尔这英雄的形象，生命的火炬激励和照耀自己前进，在伟大祖国的土地上，做一名中国式的保尔·柯察金。"自此以后，人生、青春等成为她极为感兴趣的问题，有关这方面的书籍、文章、论述，她都要找来读。不虚度年华，让生活有意义，让生命有价值，已成为她的追求，成为她的人生使命。

　　是的，奥斯特洛夫斯基的"人最宝贵的东西是生命"这段名言，曾经培育和浇灌了一代人，丽南也是在这段话的启迪和教育下，开始她火热的青年时代的。

　　大量的课外阅读，使丽南的写作水平显著提高。她的作文经常作为范文在班上宣读；她热情奔放的诗歌经常在学校办的专刊上登载。这个较瘦小，皮肤白皙，圆脸盘上有一双机灵的大眼睛，头发蓬松且稍稍卷曲的女学生因为这些而在学校已小有名气。同学们把她称作"文学家""诗人"。

　　有一天上晚自习时，一位年轻的历史老师到教室巡视辅导，他走到丽南跟前说："你的文章写得很有感情，很有特色，你将来可以向这方面发展……"听了老师的这番话，丽南感到自己似乎有文学方面的天资，从此，她对文学更加酷爱。文学殿堂给她展示的世界是那么美妙神奇而又崇高伟大，她在文学王国里遨游。

　　这所中学文艺活动搞得很活跃，除了课间要跳集体舞，元旦举行各种庆祝活动外，每学期都要举办几次大型文艺晚会。丽南也很爱唱歌跳舞，她经常参加班上的舞蹈、合唱、话剧的演出。平时，她非常喜欢粗犷豪放的少数民族歌曲，更喜欢深沉、抒情的苏联歌曲。当时流行的《草原牧歌》《敖包相会》《牧羊歌》《喀秋莎》《在莫斯科郊外的晚上》……都是她经常哼唱的歌。这些歌曲，可以把人带入那辽阔的草原，带入那旷远的年代，可以使人对生活产生一种美好的向往和神圣的感情。

班主任温尔辉很喜欢丽南，除了经常借书给她读，耐心地给她指导作文外，其他方面对丽南也很关心。丽南不喜欢体育锻炼。她胆子小，一上到高低杠或平衡木上就害怕。她的臂力也很差，爬竿、俯卧撑都过不了关。温老师一方面反复给她讲体育锻炼的好处，身体的重要，一方面耐心帮助她锻炼。晚饭后，老师让她上到平衡木和高低杠上，指导她做各种动作。爬竿时，老师双手托着她的脚，让她一步一步往上爬……在老师的帮助指导下，她的体育终于取得了较好的成绩。

温老师要求同学们记日记。每次检查日记时，老师对丽南的日记看得特别仔细。有几次丽南中断了日记，老师在她的日记本上写道："时间虽然已经过去，但如果你把已消逝了的痕迹和埋藏在心底深处的往事从日记本上完整地翻开时，你会感到这是多么令人愉快而又值得自慰的一本真实可贵的记载。但你不听话，又中断了。如果你愿意把自己锻炼得坚强一些，那么你应该勇敢地把它有条有理地记下去。"

丽南看着老师那刚劲有力的字迹，读着老师语重心长的话语，她被老师的真诚和关心所感动，她感到温老师是再好不过的老师了，自己怎能辜负老师的厚望呢？从此以后，她一直坚持记日记，从没有中断过。

1958 年是高举党的总路线大跃进旗帜的一年。为了超英赶美，全国各地掀起了全民大炼钢铁运动。凤城的领导对党中央的方针政策贯彻执行得极为认真。先是在人民广场召开高举总路线旗帜的誓师大会，接着游行宣传。人人手执小红旗，排着队，呼着口号。不久便是大炼钢铁运动。

这一年度完暑假，一开学，丽南所在学校的师生就背上行李卷，步行到很远的西岭山上去炼铁。据说那山上的矿石中含铁量很高。在班主任的带领下，丽南班全体同学整装出征了。一路上，男同学帮着女同学，大同学帮着小同学，翻过一座座小山，跳过一条条小河，整整走了一天，才到达目的地。他们在山上搭起帐篷，打了地铺，安营扎寨。上山后，先是找矿石，挖矿石。挖出的矿石有白色的，深褐色的，赭红色的……经鉴定，那深褐色的矿石就是铁矿石。找到了矿石，全校师生从上到下欢呼雀跃，高兴异常。接着就开

始建炉、炼铁。白天，山上挖矿石的，砸矿石的，运煤炭的，装炉的，烧炉的，一片繁忙景象。夜晚，山上的景象更为壮观。一座座炼铁炉中烈火熊熊，红、黄、蓝色的火焰冲天而起，整座山被炉火映照得红彤彤亮晶晶，成了一个火的世界。同学们整夜不睡觉，也不瞌睡。大家围着炼铁炉，一会儿吟诵着毛主席新发表的诗词："春风杨柳万千条，六亿神州尽舜尧……"一会儿唱着革命歌曲，丽南吹着口琴伴奏。当时大家只有一个信念，要让一天等于二十年，要尽快超英赶美。

他们在山上炼了一段时间铁，就撤回学校，在学校里继续炼铁。学校后面长着杂草的大片空地以及大操场上都建了炉。校园里，砸矿石的"咚咚"声，鼓风机的"隆隆"声，伴随着歌声笑声，汇成了一支大炼钢铁的交响曲。

丽南在这沸腾火热的生活中，激情奔放，写了不少诗歌。1959 年元旦，她写的长诗《难忘的 1958 年》，登在学校大型校刊上。这首诗用毛笔写在大白纸上，贴在一进校门的东墙壁上。长诗醒目、耀眼，吸引着众多的同学和老师。诗中写道：

……
难忘的 1958 年，
祖国的大地是沸腾震荡的海洋。
各个角落
每时每刻都传响着振人心弦的捷报，
每一天
人们都创造着一天等于二十年的伟大奇迹。
……

丽南手中的笔还是那么稚嫩，诗句还是那么不够成熟、老练，但诗歌的字里行间却透着她年轻少年的火一样的激情和那一颗对党的事业的赤诚。

在这钢花怒放的年代，上级要求人人动笔写诗歌来歌颂总路线、大跃进。学校成立了"诗歌编纂档案室"，丽南是其中成员之一。他们的任务是把全校同学写的诗歌收集起来，进行筛选，将好的编订起来，印发和存档。

这时丽南已上高一。小组成员中有一个是高三年级的，叫王常仁。一个是高二年级的，叫李有光。他们两人的诗写得好，字更是一个赛一个的棒。

在一同的工作中，丽南很佩服他们两人在文学方面的才华。但是她没有想到，他们两人都在主动地接近她，追求她。工作时，他们对她显得格外亲切热情，课余他们邀她去散步、谈心。相比之下，李有光追得更紧一些。星期天，他还到丽南家去，帮丽南的母亲干些家务活。他亲切地叫着伯母。李有光的母亲在他很小的时候就去世了，他说他要把丽南的母亲当做他亲生的母亲。

高三年级的王常仁看李有光追丽南追得紧，也就退了出来。不过在元旦时他送给丽南一张小小的贺年卡，贺卡画面上是一对展翅高飞的海燕。

丽南初中毕业时，班上有不少年龄稍大的女同学找老干部或复转军人结了婚。在丽南看来，这件人生大事，对她来说还非常非常遥远。她才十五岁，她压根就没有想过这件事，她一心是读书、学习，将来要成就事业，对这两个追求者，她不但谈不上有什么感情什么爱，而且有时还有些反感。她想，年龄都不大，又都在上学，为什么要去考虑这个问题呢？因此他们愈是追求她，她就愈感到他们思想低下，让人讨厌。

丽南尽管年龄不大，又一心去学习，但这类事却频频发生。

元旦那天，她穿着母亲给她缝制的新花棉袄从校园里走过，一个身材高大、长得挺英俊的南方籍的高年级男生堵住了她的去路。他颤巍巍地邀请丽南到学校后花园里一起走走。丽南看着他那魁梧的身躯，俊秀的脸膛，听着他那一口很好听的南方味的普通话，虽然不反感，但对他的这一举动却感到惊讶，随之便是对他的鄙视——中学生，年龄还不大，为什么就这么急切地谈恋爱呢？她不解地想：这个男生看上去憨厚老实，但为什么也要这么早地谈女朋友呢？

对于他的邀请，丽南当然是一句话就回绝了。以后这位同学还几次邀她，给她写求爱信，但这一切也只能是煞费苦心。

丽南由于受文学作品的影响，初中毕业后，她不想继续升学，而想到工厂或工地去投身于火热的斗争，亲手为祖国的建设添砖加瓦，同时也体验了生活，以便将来写出有价值有意义的作品来。但1958年是大跃进之年，各行各业都在招收人员，学校招生人数也比往年多。在凤城，初中毕业生全部升入高中还不够要录取的数，因而学校规定毕业生一律都得升学。丽南没有办法，只好按部就班上了高中。

1956年底，丽南的父亲从新疆回到凤城，在凤城开了一个诊所，用针灸

治病。父亲的医术尚好，每天病人不断，收入可观。

父亲对丽南和她的二哥要求甚严，除学习成绩要求优秀外，礼貌、礼节方面也有不少规定。放学回来要先给大人鞠躬行礼，吃饭前要祷告，母亲给他们做了新衣新鞋，他们要说"谢谢"……

反右斗争中，父亲虽未说过什么反党的话，但新中国成立前开过工厂，又是一名基督徒，因而也成了批判对象。大会小会做检查，开批斗会。父亲的诊所停开了。他的精神受到很大刺激，一天默默无言，唉声叹气。

反右斗争以后，教会大院就被政府收走，大院里所有住户都搬了出去，各自找房住。丽南家搬到东关，租了一间私人房。

丽南的二哥高中毕业后，由于父亲问题的牵连，未被大学录取，后来他到青海油田参加了工作。凤城只剩下丽南和她的父母。

1959 年春节，丽南的姐姐写信让父母及丽南到安城去过年。丽南随父母到安城后，住在教会大院一间小房里。教会大院地处市中心，一出大门就是繁华的街道。父亲经常把城里那些清真名吃端回来让家人品尝，那些饭馆的主人大多是父亲的老相识、好朋友。

姐姐下了班领丽南逛商店，带她坐上公共汽车参观街市。在丽南眼里，这里的一切都是新奇、诱人的。尤其夜晚，街上五颜六色的霓虹灯是那么耀眼、迷人，商店玻璃橱窗里的高级皮鞋、漂亮服装引人注目，这些都使丽南大开了眼界。

星期天街道上熙熙攘攘，一对对男女情人穿着讲究，挽臂而行。丽南走在街上，不知为什么，人们也要向她投来一瞥。回家后，她偷偷去照镜子，才发现自己很美。皮肤白嫩，眼睛又大又黑，头发蓬松卷曲……

过完春节，丽南同父母回到凤城。他们在安城只住了十多天时间，而丽南已经深深地爱上了这座大城市。

新学期开始，丽南穿着姐姐给她买的款式新颖、花色鲜艳的衣服去上学。同学们知道她到了安城，看到她的新衣，都投来羡慕的目光。李有光对她更是热情，想法和她接近。但丽南对他却更加冷漠了，几乎不把他放在眼里。尤其是他衣服背后那几乎占了二分之一的大补丁，在她看来是那么醒目，印象是那么深刻。

丽南升入高中后，温尔辉老师不再是她的班主任，但他还经常关心着丽南的学习和进步。长篇小说《青春之歌》出版发行后，在青年中引起较大反响。丽南想借阅这本书却借不到，后来温老师给她借了一本。

翻开这本小说，她就放不下了。星期六的夜晚，在小油灯下她专注地读着，在母亲一遍又一遍地催促下才熄灯上床。躺在床上，她难以入睡，脑子里全是书中的人物形象和斗争故事。对她教育最大，也是她最喜欢的一句是："如果一个人碌碌无为只为自己渺小的生存而虚度一生，即使他高寿活到一百岁，又有什么价值和意义呢？又有什么真正的幸福可言呢？……"一本好书总是能给人以知识，给人以启迪，给人以鼓舞的。这句话使丽南感到生命的意义和价值不在于活的时间的长短，而在于对世界对人类贡献的大小。读完这本书，她写了很长的读后感，末尾几句写道："今天幸福的生活，像花园般可爱的祖国，是前人经历了多么艰苦的斗争，是多少和我们年龄不差上下的青年学生们的鲜血和生命换来的啊！今天，我们一定要拿出青春的热力，去把先烈们未竟的事业完成。让我们向北大那些青年人的青春之歌学习吧！"

从《古丽娅的道路》到《高玉宝》《把一切献给党》，从《钢铁是怎样炼成的》到《青春之歌》，丽南这颗稚嫩的心受到了陶冶，受到了革命思想的洗礼。在她刚刚结束少年时代，步入青年时期的时候，书中那些高大的形象，崇高的思想，引导、激励她向着一个高尚的人生迈进，她满怀革命激情和伟大抱负跨入了青年时代。

丽南觉得在这个小小的凤城要实现理想比较困难。为了前程，为了抱负，她要到安城去。她给姐姐写了一封信，谈了自己的想法和打算。姐姐回信说："我和姐夫欢迎你转学到安城来。"

这年初夏她办好了转学手续。

她将要离开她生活了十二年的凤城——这度过她童年和少年时代的地方，还真有些恋恋不舍。临走时，她向指引她，教导她，关心她成长，当了她三年班主任的温老师告别。那天，老师正病在床上，他爱人在给他煎药。丽南坐在床边，老师握着她的手，情绪显得非常激动，他用颤抖的声音说："你是有志的学生，你要努力去实现自己的理想。女孩子，一定要懂得自重、自尊，在个人问题上特别要慎重，不可轻率。要记着坚持记日记……"

这样的老师，她是永远不会忘记的。

丽南到安城后，经考试进入一所省重点高中读书。学校离市中心不远。姐姐在东郊工作，离学校很远。丽南平时吃住在学校。学校晚上仍是集体上

晚自习，使用的不是煤油灯而是明亮的日光灯。这所学校课余没有唱歌、跳舞之类的活动，也没有开过文艺晚会。平时，同学们大多都在钻研数理化。"学好数理化，走遍天下都不怕"的信条驱使着大家。丽南虽然也在苦学数理化，但她对文学的爱好却有增无减。学校离市图书馆不远，她经常到那里去借书。由于学习任务重，长篇巨著她看的少了，而青年修养一类书籍却越来越吸引着她。

暑假一个闷热的夜晚，她一口气读完了魏巍写的《幸福的花为勇士而开》一书。书中写道：

> 年轻的朋友，你既已踏上了人生的道路，你就要严肃地考虑你究竟是抱着什么样的生活目的，因为它将主宰着你一生的行为，并将从"人"的价值上给你短促的一生作出严峻的结论。

"生活目的"的重要再也没有这段话的分量这么重了。

> 判别一个"人"的价值，并不是看他从世界上取得了什么，而是看他对世界拿出了什么。

一个人来到世界上，应该做怎样一个人，这里已很清楚。

读完此书，丽南照例写着激昂感奋的读后感："……今天的幸福，是无数前人血汗的结晶；今后的幸福，也需要今人相应的代价。作为一个革命青年，就要像作者教导的那样：'我们不应该是怕热怕冷的少爷小姐，我们应该是比我们前辈更为出色的英雄豪杰；我们不应该是怕风怕雨的温室中的花草，我们应该是傲立在高山之巅与暴风雨为伍的苍松。我们应该是用全部生命，全部青春的热力向崇高的目的地扑去的战士，我们应该和人民一同前进，为历经苦难的中国人民创造出历史上从未有过的幸福'……"她决心做一个革命青年，去完成先辈们为之奋斗的事业。

丽南还读了《人的一生应该怎样度过》《高尔基的青年时代》《毛泽东的青少年时代》《加里宁论青年》等一些充满人生哲理、催人向上的书。她被这些书深深地吸引着，她大段地摘抄着警句，写着激情奔放的读后感。有些句段她非常喜欢，百读不厌：

宇宙间什么东西最美丽、最宝贵？是青春，是生命，是爱情，是金钱，是西湖之春，还是东海万顷波涛上喷薄欲出的朝日？……青春，离开了伟大的理想和斗争，不过是东流水上漂浮的落花，至多赢得悠闲诗人的叹息。生命，离开了伟大的理想和斗争，庸碌无为地活着，不过是白白耗费了几十年的光阴。爱情离开了伟大的理想和斗争，不过是一堆令人发呕的窃窃私语。至于金钱，离开了伟大的理想和斗争，更会变成腐蚀人灵魂的东西……我喜欢的是东海万顷波涛上喷薄欲出的朝日，因为它象征着伟大的共产主义理想，这理想，是人类幸福的明天，是宇宙间最美丽最宝贵的东西。

有了崇高的理想和志气，生命才能发出异彩。对一个人来说，理想是比生命更可贵的东西。历史上许多伟大人物，他们之所以伟大，就是因为他们有伟大的理想，并且为这个理想的实现而终生奋斗着。人的生命都是短促的，这生命顶多只能有几十年、一百年，但是人的伟大的理想，却可以有几百年，有几个世纪，以至永垂不朽。一个人的理想的生命，比他躯壳的生命要长得多，宝贵得多。我们肉体在宇宙间是速朽的，但我们的理想却可以穿过时间的限制，在历史的原野上奔驰……

人的"生命"宛如一匹洁白的绸缎，当你拿起生活这支巨笔的时候，你准备在上面写些什么，画些什么呢？生活永远不辜负热爱劳动的人，只有当你对生活付出了忠诚的劳动，并用生活这支画笔饱蘸上理想和希望的彩墨，才能在自己洁白的绸缎上写下最动人的诗篇，画出最美丽的图画。

……

多少人在讴歌理想，多少人在描绘人生，又有多少人在赞美那不朽的金子般的生命！

"人生""理想""青春""生命"，这些字眼对丽南来说是那么诱人，那么富有魅力。刚刚步入青年时代的丽南严肃地思考着"人生"和"理想"，

她要让自己的青春像风雨雷电一样发出光发出热发出声音，她要让生命放射出迷人的色彩和光环，她要为这个世界拿出一些什么，留下一些什么，增添一点什么，而绝不默默地生下，默默地死去，做历史的匆匆过客。

高中，这人生观世界观形成的重要阶段，是书籍，引导丽南懂得了生活的意义，明白了生命的价值。书籍充实着她的生命，理想伴随着她成长。

为了更快地成长和进步，丽南准备申请加入共青团。那时，人们认为除了躯体的生命之外，人生还有三种政治生命，那就是少先队员，共青团员，共产党员。获得了这三种政治生命，才有可能成为一个真正的革命者。

丽南家庭的政治情况不好：父亲在反右斗争中被批斗，是否正式定为右派分子尚不清楚。大哥于医学院毕业后在安城一家医院做 X 光透视工作。反右斗争中，领导让他揭发一同事的反党言论和罪行，他没有揭发，从而得罪了领导。后来领导借口一女病人告发他在给她做胸透时触摸了她的身体为由，让他写检查。大哥说："我没有那回事，怎么写？"就这样和领导对立起来。最后，领导给他安上猥亵病人以及不服从领导等罪名把他送到农场劳动教养。丽南家过去开过工厂，雇过工人，这总是不光彩的一页，是家庭历史上一个抹不去的污点。不过丽南听姐姐说，城市居民的成分是以 1945 年到 1949 年的经济状况为主来划分的。这期间她家工厂已倒闭，家里只雇了一个学徒娃当帮手，因此，她家成分不应是资本家。新中国成立后，她的成分一直未被正式定过。每次填政治审查表时，她在"家庭出身"或"家庭成分"一栏中都惴惴不安地填上"城市平民"几个字样，她唯恐上级领导说她不诚实，隐瞒成分等。

姐姐为了入团，努力了五六年之久才被批准。丽南想，只要自己努力，团组织是会吸收自己入团的。她鼓足勇气交了入团申请书。自此以后，她经常给团组织写思想汇报，各项活动积极参加。黑板没人擦，她去擦，地没人扫，她去扫。每年一次的支援夏收劳动，她都不甘落后：烈日当头，她挥汗如雨，以致有一次被晒得昏倒过去……

她是班上团组织培养的两个重点中的一个。

她的作文充满革命的激情，青春的活力。作文本上尽是老师用红笔圈点的好句段。有一次老师让写一篇读书心得，她写了《钢铁是怎样炼成的》读后感。那些名言警句，那些钢铁誓言，那些对人生意义的阐发，都跃然纸上。老师阅后大加赞扬。她的作文张贴在教室后面的墙壁上，供大家学习。

丽南决定学文学，将来进行文学创作。但她的这一选择遭到供她上学的姐姐和姐夫的坚决反对。姐姐姐夫是学理工的，他们认为学文学将来没有多大发展前途。丽南经过一番思考，认为学工也不错。将来到工厂去，到工地去，投身于火热的现实生活之中，既为社会创造了财富，又为写作提供了素材，打下了基础。她同意了姐姐的意见。

这年暑假，她把自己关在房子里专攻数理化，每天从早晨学到深夜。中间休息的时候，她凭窗眺望，近处是一所军医大学的校舍，树木葱郁繁茂，楼房林立；远处是工厂，在蓝色的天幕上，无数烟囱冒着青烟，滚滚腾腾……望着这景，她往往思绪如潮：这世间一切美好的事物都是劳动人民创造的，而自己来到这世界上，只是白白消耗了十多年的物资，还没有创造，没有增添……想到这里，她就想立刻投入到火热的生活中去，用自己的双手为社会主义大厦添砖加瓦。

丽南班的班长叫刘智沛，他个子瘦高，黄皮肤，圆脸膛，下颌稍尖，不浓不淡的眉毛下有一双深邃明亮的眼睛，高鼻梁上架着一副近视眼镜，看上去很是英俊。他学习好，尤其是数理化学得很出色。丽南有不会做的数学题去问他，每次都能得到圆满的解答。他家离学校不远。据说他家有一大院房，他父亲过去是大资本家，又是民主党派人士，家里很有钱。

有一天他给丽南送来一封从北京来的信，丽南拆开一看，是她表哥来的。信上说，他在一所男子中学上学，生活显得单调、古板、枯燥。他看了丽南给他家写的信，就照着信封上的地址写了这封信，希望和丽南保持通信联系，互相了解学习情况和交流学习经验。

丽南和她表哥从未见过面，也从未通过信，她看了表哥的信不禁有点好笑，觉得他一定是耐不住男子中学的那种寂寞了，所以给她来了这封信。丽南对在北京工作的姨母向来都是崇敬的。姨夫过早地去世，她一人拉扯四个孩子，生活困难，但她省吃俭用，把前三个孩子都培养到大学毕业。后来经人介绍，她和一个曾在苏联工作了多年的老干部结了婚，生活才好起来。给丽南写信的是姨母的小儿子，他叫杜勃伦，比丽南只大几个月，和丽南是同一级学生。

班长刘智沛经常给丽南送信，一次他问丽南："给你写信的是你的男朋友吧？"丽南如实地告诉他："我们是亲戚关系。"

高三第二学期，面临文理分科。这一年正是国家遭受自然灾害的困难时期，各单位都在精减和下放人员。据说大学招生人数也要大幅度减少。丽南虽然猛攻了一段时间的数理化，但在这种情况下，对她来说，考文科要比考理工科大学把握性大。经和家里人研究，为了有把握地考上大学，她还是报了文科。

在文理分科前他们班召开了茶话会。会上同学们畅谈两年多共同生活，共同学习的情谊和感想。座谈完，开始文娱活动。轮到丽南出节目，她唱了一首苏联电影《保尔·柯察金》中的插曲《钢铁是怎样炼成的》：

在乌克兰辽阔的原野上，
在那清清的小河旁，
长着两棵美丽的白杨，
这是我们亲爱的故乡。

彼得留拉凶恶的匪帮，
来到我们亲爱的家乡，
乌克兰原野已变成战场，
白杨树叶飘落地上。
……

这是丽南初中时最爱唱的一首苏联歌曲。在这茶话会上，她唱得非常抒情、婉转、动听，同学们听得很入神。当她唱完后，同学们报以热烈的掌声。在这将要分别的班会上，她的歌声给同学们留下了美好的印象。

丽南由凤城转入安城后，一直没有给凤城曾和她一起工作过李有光写信。尽管临别时他一再叮嘱丽南给他去信。他虽然没有接到丽南的信，但他对丽南却一直念念不忘。

高二暑假的一天，丽南进城去办事。她走到解放路口，听到街心有人叫她，当她定睛看时，原来是李有光。他坐在一辆三轮车上，这时正抬脚下车。他满脸兴奋地告诉丽南："刚才我到你姐单位去打听你们家的住处，你姐说你一早出去了，不在家。她详细告诉了你们家的住址，我准备明天再去找你。

我这坐车正准备回旅馆去，不想在这里碰上了你，真是巧极了！走，咱们一起到我那去。"说着，他领丽南向他住的旅馆走去。一边走，他一边说道："我考上了宝成市宝成大学的地质系。我原也准备学文学，但感到专学文学，出路窄，学了工，将来有生活，仍可进行文学创作……"

他是借假期专程来安城看丽南的。

他领丽南来到他住的旅馆，亲昵地拉着丽南的手说："自你走后，我非常非常想你，我无法抑制我对你的这种感情。我几乎天天都在盼望着你的来信。虽然没有等到你的信，但我并不生气，我仍在强烈地爱着你……"随后，他拿出笔记本、钢笔和他的照片等物送给丽南。当他要拥抱丽南时，丽南挣脱了他的手，把东西甩在床上说："你来的用意我知道，但我对你根本就没有这个意思，况且我们年龄还小，学生时代我是绝不会谈这个问题的。"说完，她拉开门就跑了。李有光在后面喊着，追着，但她头也不回地走了。

在丽南看来，一个正在求学的人，而且才是个高中生，怎么可以急切地去想去谈这个问题呢？对李有光这一点，她很小看，更谈不上"爱"了！李有光虽然为丽南远程而来，但丽南也不会领这个情。

丽南的姐姐生孩子后，把母亲接到安城来照看小外孙。母亲到安城后给丽南常常提起李有光，她说："李有光节假日经常来看望我，帮我做家务。他也怪可怜的，从小就没有了母亲……他人看来是挺老实也挺懂事的。"

丽南在一旁只是听着，没有说什么。她觉得李有光怎么也引不起自己对他的好感。

丽南班的班长刘智沛长得标致、英俊，又聪明能干学习好，家庭经济状况优越。丽南对他很敬重，而且认为他将来找对象要求条件一定很高。但丽南没有想到，在毕业前夕，他竟给她写了一封信。信上写道："丽南：……你由凤城转入此校后，一天总是忙忙碌碌，经常出入于图书馆，抱一摞书回来，又抱一摞书去，详细做笔记，平时记日记……这一切我都看在眼里。你酷爱学习，积极要求进步，这种精神让人钦佩。从你的作文中，我了解到你的思想、志向和爱好。一个女同学，有那么远大的理想和抱负，这使我非常敬羡。我愿意和这种高尚的女性一同生活，结为伴侣……"

丽南看了信后，先是觉得吃惊，她没有想到自己的行踪竟有人这么注意，而她平时却一点也没有察觉。接着她又觉得为难——她不想伤他的心。但她

对"爱情"这件事还从来没有认真思考过。她总认为"爱情"对自己来说还是遥远的事情。她现在一心想的是学习，是求知，是为理想的实现而奋斗。她绝不能过早地去谈什么恋爱，绝不能让它干扰和影响自己的学习。而在她心灵深处，她又隐隐约约感到自己将来的爱情应该是高尚的，伟大的和幸福的。她婉言谢绝了刘智沛的求爱。

十八岁，这人生的豆蔻年华，它像诗一般美，花一样香。在这样的年月里，一个少女的生活就是这样地不能平静！凤城李有光的求爱遭到拒绝后，他并没有灰心，还不断给丽南来信苦苦追求；北京表哥信中也时不时提到男情女爱之事，对她也隐含着一种情意；班长的求爱信……文理分科后，她的同桌田运达，一个南方籍的男生也在追求她。毕业前夕，他送给丽南一张四时大的照片。他本人看上去长得并不十分出众，虽然眼睛大，五官端正，但皮肤黑。然而他的照片却非常帅气、英俊。浓眉下一双大眼睛像两块宝石般闪着咄咄逼人的光。照片上的他确实是迷人的，能给人一种男性的阳刚之美，但他不爱学习，没有大志，人再美，丽南也是不会动心的。

现实生活中发生的这一切，丽南都像抹蛛丝网一样轻轻地把它们抹去。她那颗高洁的心是难以被征服的。

高考一天天临近，丽南争分夺秒在复习功课。安城的夏天非常炎热，她们在学校住的小平房更是热得像蒸笼。丽南的床铺在窗子下边，中午火辣辣的太阳照射在床头，躺一会儿就是一身大汗。睡不成，只好找阴凉、通风处去学习。

高考结束，该填报志愿了。丽南的眼头很高，她想考到北京去。她瞄准的是北京大学。但是，这一年是困难时期，北京不少大学的文科不到安城招生。来招生的只有"北京师范大学"和"中央民族学院"，北师大她压根就没去考虑，因为她从来就没有想到去当一名教师。第一志愿她只好报了中央民族学院。这的确是在冒险，或者说是在开玩笑。她是汉族，能被这学校录取的几率太低了。交表的时候，班主任说："末尾的空格处再填一个'安城师大'吧，万一前面学校录不上……"她顺便拿起笔在表格的最后一栏写了"安城师大"几个字。

暑假的一天，姐姐高兴地拿着一封信回来，信封落款处是"安城师大"。丽南拿着这录取通知书，却简直不敢相信自己的眼睛，她压根儿就没有想到过上师大，去当老师，平时"北师大"都瞧不上，现在却是"安城师大"，她不知道自己的那理想，那抱负还怎么去实现……她痛哭了一场，她不想去上这所大学。姐姐在旁劝道："现在到处都在精减下放人员，你不上这大学又到哪儿去呢？哪个单位能要你呢？好歹还考上了这么个大学，如果考不上，你不就得上家里蹲大学么？"

没有办法，她只好听从命运的安排！

开学前，她到原中学去办手续，知道她班考上大学的不到一半人。使她惊讶的是他们的班长刘智沛也没有考上，他显然是因为家庭历史和政治问题的影响。这所省重点高中，历年来升学率都是极高的，而这一年，在全国高考升学比例极低的情况下，升学率也大降。

丽南考上师大，同学们还为她高兴，向她祝贺，然而有谁能知道她心中的苦楚?!

丽南在学校门口的布告栏里看到被批准的团员名单，她班只有一名，是和她一起作为培养重点的另一名女生。

她积极努力争取了两年，最后仍被团组织拒之于大门之外，她心里好难过。

第二章

这一年9月，钟丽南就这样踏进了安城师范大学的大门，在该校的中文系学习。这所学校坐落在南郊最边远的农村地带，附近除了还有两所大学外，其余就是农民菜地。学校很大，显得很空旷，有不少空地、树林、果园……

刚进校，她对这里的一切都不适应，不习惯，这里比她想象、憧憬的大学差之千里。

她们的宿舍在学校最后边那几排平房，离教室很远，而且条件很差。破烂的架子床摇摇晃晃，隐藏在墙壁缝和床板缝里的臭虫晚上就出来吸人的血了。刚开始看见这种小动物，女同学一个个被吓得大呼小叫，大家整夜不睡，壮着胆子去捉虫子。后来让学校主管卫生的老师弄来一些六六六药粉抹在墙缝和床板缝里，但仍然不能彻底消灭，她们晚上往往难以安眠。学校开水供应少，往往打不上开水。早晨洗脸用凉水，还得在院子的水龙头前排队。厕所在僻背的南墙角下，要下一个大坡。厕所很脏，也没有灯。晚上上厕所是最艰难的事，为了壮胆，要叫上几个同学拿上手电筒一起去。这和她高中时到科技大学看到的设备、条件简直不能相比。

这里的伙食更糟。这一年是国家三年自然灾害的最后一年，各种物资紧缺，粮、油、菜、肉，什么都是定量供应。女大学生每月粮食定量三十二斤，按理说也可以过得去，但是，食堂的馒头蒸得又小又虚，不够分量；稀饭二两一碗，很稀，也不够分量；加上副食差，没有油，没有肉，她们深感吃不饱肚子。食堂的菜做得难以下咽：老冬瓜不削皮，菜味发苦；白菜老根不去，上面还带着泥巴……顿顿都是大锅煮菜，里面没有什么油。副食不好，主食就吃得多。每天就那么点粮，炊事员、伙管员还要贪去一些，学生怎能吃饱？丽南从小饭量不大，从来就没有饿过肚子，而进大学后，却闹起肚子荒。不到吃饭时间，肚子就饿得咕咕叫。到了吃饭时间，吃那么一个虚泡泡的小馍，肚子远远填不饱。尤其是晚饭，一两稀汤面，一个小虚馍，吃了就像没吃一样，肚子里还是空空的。

开始上课了，却没有书。黑纸印的讲义发得零零散散。老师上课时明确告诉同学，这所学校培养的对象是中学教师，中文系学生将来是中学语文教师，同学们在大学这四年中应当为将来做一名合格的中学语文教师而努力学习。

到这所学校来，丽南本来精神上就不愉快，思想包袱沉重，现在，看到学校这样的环境和生活条件，听了老师的这番话，她心情更加郁闷。她不知道中学时代自己狂热追求和确立起来的理想，上这师大，将来怎么去实现？对于前途、未来、理想，她迷惘、惶惑、不安、苦闷、忧郁。她整天默默无言，对周围的一切显得冷漠，不感兴趣。对学习她也鼓不起劲来，甚至连爱读的小说也读不进去。中学时代对生活的那种激情，那颗火热的积极向上的心，那种强烈的求知欲，现在没有了。像虫子冬眠了一样，她的精神振奋不起来。她的生活跌入了低谷。

时间一天天地逝去，她没有什么收获。时光在虚度，生命在浪费。对于一个懂得生活意义的人来说，怎么能够容忍这样的生活？她几乎每天在日记上都责备、质问和指斥着自己。她在警告自己不能再消沉了，然而却不行，她怎么也振作不起来。

中秋节快到了，节日供应的食品还不错。每人有四两肉，半斤粉条，半斤月饼，三两糖。中秋之夜，丽南和同学们在一起赏着明月，细细品尝着节日月饼。她饶有兴趣地给同学们讲述着1958年他们大炼钢铁时过中秋节的情景："中秋之夜，我们在圆月下，吃着月饼，喝着糖水，唱着歌，踏着鼓风机，炼着铁……明月和炉火交相辉映，整座山映得如同白昼，真富有诗意！"同学们听得津津有味。

国庆节到了，这是建国十二周年大庆。安城年年国庆节要召开全市庆祝大会，会后游行。这一年师大的女同学担当的是游行队伍的仪仗队，要求手

执鲜花，上身穿各色毛衣，下身穿短裙。学校离中心会场很远。夜两点钟，天下着牛毛细雨，她们就起来吃饭化妆。6点钟到达了会场。大会开始后，市长先讲话，然后是各级代表及劳动模范讲话，接着就开始游行。仪仗队在游行队伍的最前面，她们服饰鲜艳夺目，手中的鲜花在空中飞舞。主席台上有很多首长、劳动模范和外宾在观礼。游行完后，丽南冒着细雨回到家里。

开学二十多天，这是她第一次回家。妈妈、姐姐、姐夫都像招待客人一样热情招待她，问她学校的生活和学习情况。她只能说好。她不想让家里人为她担忧。姐夫在离安城不太远的周县电厂工作，坐两个小时火车就可以到达。在这困难时期，花高价可以从农民那里买到鸡和肉等物。姐夫花十二元钱买了一只大母鸡（不是困难时期，这样的鸡只需一两元钱）。国庆节下午他们全家吃着大米饭和炖鸡肉。用姐夫的话说，这叫"补一补身子"。

第二天一早，母亲就把羊肉饺子给丽南包好了。妈妈说："中秋节我们包过几次饺子了，今天是单给你一人做的。"中午，妈妈又把剩饺子用油煎了让丽南吃。要回校了，妈妈给丽南的书包里塞了一些核桃、红枣之类的果品。母亲，总是把她最伟大的母爱奉献给自己的儿女。

国庆返校后，从农村来的同学都带了许多家乡的特产，有玉米棒、红薯、柿子、豌豆炒面、杂粮饼子……丽南也分享品尝了一些。

在家里给肚子增添了点油水，这只能耐上两天。油水完了，又是饿！

进校以后，他们的劳动任务很多，一会儿到菜地拔萝卜，一会儿去运大冬瓜，一会儿去积肥。一天下午，他们运完大冬瓜，已经饿得不行，晚饭的白面馍虽然好吃，却很虚，丽南吃了两个，肚里也没什么感觉。一碗水煮白菜里没有一点油，菜叶发苦，上面漂浮着一层小虫，下面沉淀着一层泥沙。吃完饭，同学们都感到肚子还很空。有的同学说，再有五个六个馍才差不多。但是谁又能去买那么多馍呢？这一顿吃饱了，以后就没有吃的了，他们只好吃个半饱。

是的，在这低标准瓜菜代的年月里，就连丽南这样一个一直食欲不佳、见饭就愁的弱女子也在饥饿中挣扎着。以前炒菜都不感到香，而现在每天开水煮白菜吃起来也很香。

10月，这里是阴雨季节，天空整天被黑云笼罩着，阴沉沉的，连绵的秋雨下个没完没了。丽南她们住在平房，遇到这雨季，生活就更困难，上厕所、打水、买饭都不方便。丽南心情和这阴沉沉的天一样，是沉重的。她没有笑容，没有话语。在寂寞中，她曾收到高三文科班的同桌田运达给她的来信。从信中她知道他没有参加高考就到新疆去找工作了。他说他们那里能吃得很饱，肉、油很多，玉米不算在粮食定量之内。他随信给丽南寄来十斤粮票。他说："咱们不能成为生活伴侣，那就做一个好朋友吧！"在这最困难的时期，同学能伸出友谊之手，丽南还是很感激的。

高中的班长刘智沛也来了信。信上写道："你现在已经是一个大学生了，对于我来说更是高不可攀的了。尽管这样，但是，你的形象，你的影子从我的脑中却很难被赶走。我希望我们能保持通信联系……"

这些信不由得引起她对高中生活的回忆，想起自己的"志"。她不能不赶快振作起来，去学习，去探求。

11月初的一天，一个多月的阴雨天气终于结束了，红红的太阳露出了笑脸，大地的一切好像都恢复了生机，人的心情也随之开朗了许多。下午，同学给她送来一封信，她打开一看，原来是初中班主任温尔辉老师来的。丽南自转到安城后，和温老师一直保持着书信往来。升入大学，她情绪低落，觉得考入的学校不理想，就没有给老师写信。她没有想到，她最敬爱的老师竟先给她来了信，而且写了密密麻麻五大张。信上写道："我听别人说你考上了师大中文系，不大安心和愉快，就写了这封信……"老师对丽南进行了开导，"一个有远大抱负的人，如果能以革命的需要矫正自己追求的焦点，那么，即使他从事的工作十分寻常，但他在默默的劳作中发出的光和热，也能汇进社会主义事业的强大光束，闪烁出耀目的光华。丽南，你是一个有志的青年，只要有理想，干哪一行都能去实现自己的理想。望你能尽快安下心来学习……"

老师在信中还讲了不少学习方法及如何在文学方面有所发展的问题。信的最后，老师以他们班宋玉玲在男女关系问题上所犯的错误一事为例，让丽南要注意个人问题，上学阶段最好不要谈恋爱，应抓紧时间学习……

读了老师的信，丽南心里热乎乎的，她感到老师对她的关心、爱护和教诲胜过父母。

进校两个多月，学校的生活一直很单调，生活天地很狭窄。有时丽南到图书楼去借书，也很难借到喜欢读的书。一天下午她到资料室去，那里古今中外的名著和名人传记应有尽有，而且书、杂志都放在书架上，可随便翻阅。

以前她还没有发现这个读书的好地方，现在走进这里，就像进入了一个知识的海洋。看着那些名著、名人传略，她觉得自己的知识太贫乏了。一种强烈的求知欲望在她心里重新燃起，她要博览群书，要去了解和掌握前人用劳动和智慧创造出来的知识财富。自此，她一有空就到资料室去看书。

时间如流水，转眼到了岁末。丽南回到家中和母亲共同度过了这一年的最后一天。母亲仍给她包了羊肉饺子吃。晚上，她回到学校，准备元旦这一天看书学习。岁末，学校里很热闹，晚上有通宵舞会，有各种娱乐活动。夜12点，学校备有免费夜餐：油饼、甜稀饭和炒菜。

在这辞旧迎新之际，丽南的思绪如潮。她回忆着这决定她命运的一年的生活。上半年她处在紧张的迎高考阶段，下半年来到这师范大学学习。在这里，她情绪低落，似乎血液都凝滞了，生命都停止了运转一样，一学期她竟然没有来例假，脸色蜡黄，像害了一场大病。经过了一段苦闷、彷徨，她又重新振作起来了。她深深感到温老师信上那段话的精辟和重要，她认识到将来不管干什么工作，现在都要抓紧时间学习，在知识的海洋里遨游。

过罢春节，丽南他们迎来了大学的第二个学期。大地还是春寒料峭，但春的旋律已经奏响。丽南像第一个迎春鸟那样展开双翅去迎接她大学春天的到来。新学期里，她贪婪地读书，不知疲倦地积累。每天除了上课和做作业外，其他大部分时间她都是在资料室、阅览室里度过。普希金、海涅、莱蒙托夫、托尔斯泰、瞿秋白、郁达夫……伟大诗人，伟大文学家的传略和作品吸引着她，她完全沉浸在书海中了。

星期六的下午，那些家在城里住的同学早就急不可待地回家去了。晚上，新食堂里灯火辉煌、舞曲悠扬，人们在舞场上旋转着，飞舞着。而丽南却在自修室里埋头读着、抄着。她深感时间不够用。她把周六、周日的时间都用来学习。

这一学期，学校的伙食有所改进，一是学校农场打的粮食给大家补贴了一些，一是学生提了意见，学校领导抓了食堂工作，伙管员炊事员不敢太放肆地贪污，另外，国家经济状况已开始好转。肚子危机已得到缓解。

教写作课的老师叫石坚，五十来岁，个子不高，瘦瘦的，戴一副近视眼镜。新中国成立前他曾留学法国，新中国成立后他怀着一颗爱国心回国，在北京大学任教。1957年被定为右派，下放到安城这所师范大学教书。他的妻子因他是右派而离开了他。这几年他一直孤身一人。前一个时期，有人给他介绍了对象，现在他刚刚成了家。他是一个知识渊博，对工作充满热情而有责任感的老师，同学们都喜欢上他的课。

刚进大学，丽南情绪低落，作文写得没有感情，得分多是三分、四分。上学期末，自她进资料室看书后，作文又开始充满激情，这一学期的几次作文都是 5 分或 4 +。由于作文的突出，石老师对丽南很热情，很愿意给她进行写作辅导。丽南在石老师面前也像个幼稚的孩童一样经常问这问那，无拘无束地述说自己的爱好、志趣。老师喜欢她的聪明活泼。如果她晚几天交作文，老师见了就会问："丽南，你怎么还没有交来作文呢？"一次丽南去交作文，老师说："你是最俏皮的，等我爱人来，我把你第一个介绍给她，你们一同去玩。"然后老师若有所思地说："如果我的孩子在，现在比你还大呢，可能都大学毕业了。"丽南没有问及老师孩子的事，她知道老师一定有一段痛苦的经历，不要去触动它。

这一学期最后一次作文是写一篇游记散文，题目自拟。丽南作文的题目是《黎明登白云塔》。白云塔离他们学校不太远，春假那一天她和班上几个同学去游览了。作文之前，她经过了周密构思，写好之后经过了认真修改，然后抄写在作文本上。作文如下：

　　黎明登白云塔，看看日出，瞧瞧祖国美丽沸腾的早晨，是我向往已久的了。明天是春假，我邀了几位同学和一位老师，准备一早去登白云塔。

　　天刚蒙蒙亮，我们就向白云塔奔去。老远，就看到一座古塔高耸入云霄，雄伟而壮丽。边走，老师边给我们讲述着白云塔的历史：白云塔建于唐代，它一直驰名于古今中外，吸引着往来游客……说着，我们已到了塔前。塔的周围，树木葱郁，百花齐放，一阵馥郁的沁人心脾的清香迎面扑来。我们被急切的登高望远之情所驱使，没有心思多欣赏这美景，立即就去登塔了。

　　塔里塑有佛像，雕刻得很精致。这些我们只浏览了一下，就直向塔顶登去。上到五六层，我们已感到有些精疲力竭，当登上塔顶时，个个都是气喘吁吁，两腿发软了。当我们看到呈现在眼前的景色时，周身的疲劳都被赶得无影无踪了。

依着栏杆，我们远眺近瞩，整个城市尽收眼底。黎明时的城市异常静谧，薄薄的晨雾像轻纱一样罩着整个城市和旷野。老师不禁感慨地说："祖国的变化可真大啊！"他边指点边述说着安城的巨大变化："你们看塔北边的和平路，从前是弯曲破烂的石子路，现在却成了一条宽阔、平坦的洋灰大马路；西边从前是一片坟茔和杂草丛生的旷野，现在却巍然高耸着楼房，几十所高等院校和中等专业技术学校设在那里，组成一个庞大的文化区；东北边从前只有一些低矮破旧的茅草房，那里到处是炸弹坑和壕沟，现在却矗立起烟囱，盖起了厂房，组成了繁华的工业城；塔南的一片沃野，过去是星星点点，像老和尚的百衲衣一样的土地，现在却连成了这么一大片望不到边际的原野……"正说间，一个同学喊了起来："快看，太阳要出来了！"

我们凝神远望，在那遥远的天地相连的东方，起初是淡青色，有鱼鳞般的云片；继则泛红，均匀地向上蔓延，慢慢地把云片染成了海棠花似的粉红；一会儿，粉红又变成了橘红……没多久，一个火红的半圆的大球冉冉升起。这时，初春的沃野映着一片露光，明晃晃，亮晶晶，酷似金光粼粼的碧波绿水，衬托得红日越发灿烂，那海棠花似的云片早已变成了鲜艳无比的锦缎。忽然，它陡然一跳，一轮喷薄滚圆的红日便完全呈现在地平线上，顿时，整个宇宙充满了光华。

这时，整个城市和旷野都震荡起来，沸腾起来了。你看，那宽阔的马路上，公共汽车、运货卡车在奔驰，自行车和上班的人群川流不息，那无数烟囱冒着缕缕青烟。你再看那坦荡无垠的原野上，一行行公社的队伍正迎着初升的太阳开始了战胜大自然的战斗。你听，火车鸣着长笛向远方驰去，机关、学校和人民公社的喇叭在高奏着"社会主义好"的乐曲——这是一幅多么波澜壮阔的图画，一曲多么美妙动听的社会主义交响乐啊！这一切，令人心胸激荡，心旷神怡。

这时，我不禁想起了那些为人民的自由幸福而英勇牺牲的先烈们。正是他们，驱散了窒息人民的黑暗，正是他们，迎来了如此美好的黎明。但是，也就是在曙光刚刚射出一丝金线的时候，他们却英勇地倒下了……现在，我们已在废墟上建造起了自己的家园，并以雷霆万钧之势向社会主义和共产主义前进！在这美好的早晨，有多少工人在炽热的炼钢炉旁奔忙，在那无数个闪着金光的玻璃窗内，又有多少平凡的劳动者在计算机、打字机前为社会主义大厦增添着一砖一瓦！祖国的各个角落都在随着巨大的时代脉搏在跳动。

祖国的将来又是一幅怎样的图画呢？我深深地被壮丽的共产主义理想激动着。

我们的祖国不正像旭日东升一样出现在世界的东方吗？它闪射着万道红光，充满着无限生机和希望。在这样沸腾壮美的生活图画面前，我们还能用什么语言来表达自己的心情呢？任何华丽的词藻都是无用的，只有用你双手辛勤的劳动和智慧的创造，为我们这可爱祖国的大花园贡献出一个更艳丽的花环，才不愧是我们伟大民族的优秀儿女！

老师的批语是："写得很好，是一年来习作最好的一篇。其所以写得好，主要是因为主题明确。譬如提出的主题是'通过……美丽早晨的图画说明……'，这样，全文就有个中心线索，选材有目的，结构完整，语言有方向。这是写好文章的关键，要掌握这一点。"

作文发下后，同学们争相传阅。系上办的《激流》刊物也准备登载。《激流》编辑部同时邀请丽南去当编辑。班上团支部也找丽南谈话，说她学习干劲大，刻苦，是一名好同学，让她在政治上要求进步，向团组织靠拢。

提起入团，她的心境难以平静。高中时代的生活一幕幕清晰地出现在眼前。那时她入团的干劲是那么大，热情是那样高，她认为不入团就不能实现理想，生活就不会有意义。除了学习，她几乎把一切时间和精力都用在争取入团上。然而激情奔放，热情洋溢的两年过去了，团组织仍把她拒之门外。想起这些，她很痛苦。刚进大学，诸多的不顺心，加之入团问题给她的打击，她情绪低落，忧郁惆怅。经过两个月的"冬眠"，现在她又振奋起来了，她何尝不想入团！但现在她不像高中时那么单纯幼稚，那么绝对化了。她知道团组织这一个时期正处在巩固提高阶段，要加入比较难，尤其像她家庭政治状况不太好的，就更难。她现在认为，能入上团当然好，入不上，自己仍要坚定不移地为理想的实现而奋斗。

在这学期期末的时候她交了一份入团申请书。

　　进校后，学校对学生进行了巩固专业思想的教育。校长作报告，学生分班分组讨论。讨论中，不少同学谈了过去对教师的看法：教师工作是一辈子吃粉笔末的工作，教师工作像蜡烛，照亮了别人，毁灭着自己，教师工作是"面对黑板，前途黯淡""十年寒窗苦，四十八元五"等等。经过学习和讨论，同学们认识到教师工作是一种崇高的职业，它是革命工作的一部分；教师工作是做人的工作，是培养下一代的，如果这个工作做不好，就会有亡党亡国的危险，因此，教师工作既重要又光荣……丽南从中受到了教育，她准备为教育事业献身。

　　丽南还经常注意报纸杂志上歌颂赞扬教师工作的文章，使自己从中受到教育、启发。

　　在学校一次大型文艺晚会上，丽南朗诵了一首《教师之歌》，表白了自己的志向。诗歌中有几段这样写道：

　　　　虽然我没有穿上军装，
　　　　可我一样地保卫祖国，
　　　　虽然我没有站在炼钢炉旁，
　　　　可一样地给长江大桥输送过钢梁。

　　　　医生、作家、演员，
　　　　劳动模范，战斗英雄，
　　　　他们曾经都是我的学生，
　　　　他们的事业里有着我的劳动。

　　　　我的岗位永不调换，
　　　　我的足迹却遍布四方，
　　　　我的两鬓会有一天斑白，
　　　　我的青春却千百倍地延长。

　　　　这就是我一生的幸福，
　　　　这就是我劳动的结晶，
　　　　我是人类灵魂的工程师，

我是世界上最幸福的人。

> 我愿以毕生的心血，
> 种得人类的花朵，灿烂似锦；
> 我愿以满头的白发，
> 换得祖国的栋梁成荫成林。
> 太阳下面，
> 再也没有比这更美的职业，
> 我多么想一直工作到三百年，
> 如果我有五倍的生命。

丽南以昂扬的激情朗诵完这首诗，同学们报以热烈的掌声。

她是这样朗诵的，也是这样打算的。

这一年暑假，为了读书，她没有回家，住在学校里。平时学习忙，没有多少时间读长篇巨著，假期是再好不过的读书时间。她借来一大摞小说在读。

她们的宿舍已由平房搬到了楼房，打水上厕所方便多了，但臭虫仍然没有消灭。暑假，宿舍里就她一个人，臭虫、蚊子、苍蝇一起向她进攻，害得她睡不好，吃不好，但是，书里引人入胜的故事情节往往使她忽视了这一切。

她一边读小说，一边却总在联想着自己心中酝酿的那本书。初中就已萌发了的理想愈来愈膨大着。她在日记中这样表白着自己的理想：

……这是我从初中开始就萌发了的理想。那时读了《钢铁是怎样炼成的》，就理想着将来像保尔那样在艰苦的生活中度过一生，把一切献给人类最伟大的事业，然后写成一部战斗的诗篇。每当我看到祖国沸腾的生活图画时，就有一种强烈的欲望，恨不得立即投身到生活的激流中去，锤炼自己，并用自己的双手为人民造福。然而我考取了师范大学，这是我不曾想到过的。我一时茫然、消沉，但当我猛醒过来，认识了这个职业的意义，就如现在一样，我将是这样热爱这个职业，并决心献身于它。我理想着到那穷乡僻壤，到那人们最不愿意去的小山沟里去工作，我愿意把知识连同我的心一起带到那里去，带给那里的人们和他们的后代，让知识的花朵在那最边远最荒凉的地方开放。在舒适、安逸、没有波澜的环境里生活是无味的，意义是不大的。一

个人的青春年华，应该在风里雨里浪里度过，这样才会放出光彩。我就是这样，不知疲倦地探寻着生活的奥秘，生命的价值。我常对同学说："托尔斯泰以其高超的艺术技巧和大数量的文学作品震动了世界文坛，是人们敬仰的，而奥斯特洛夫斯基只有一两部作品，但是这作品却广泛地深入人心，激励、鼓舞着人们前进。他的书使多少虚度年华的人振作起来，开始了战斗的生涯；他的书引导多少青少年找到了真正的人生之路，看到了生活的意义所在。这方面，他的影响，他的作用远超过了托尔斯泰。我敬仰托尔斯泰，但更崇拜奥斯特洛夫斯基。"一部书让人读了，能鼓舞人的斗志，给人以力量，使人懂得生活，感到生活的美好，从而更加热爱生活，并能为一个伟大的生活目的去奋斗，这才不失为一部好书。所以我现在确立了这样的志向，做一个勤勤恳恳的人民教师，并通过这个岗位，去实现更高的理想……

丽南读着这些革命小说，往往是这样激动，是如此热血沸腾。她的日记，往往也是这么激情奔放。她不是共青团员，不是共产党员，但她的思想里却只有"革命"二字，她的头脑全被"祖国""理想""共产主义"这些字眼所占据。翻开她的日记，随处可见这些闪光的字眼和词语。她从小受着革命思想的熏陶，又读了大量的革命书籍，她已是一个共产主义的忠实信徒。

在英雄们业绩的激励下，她学习的干劲更大了。她各门功课成绩优异，尤其写作课，每学期总评成绩都是 5 分。她的一些文章在校刊系刊上登载，她的一些诗歌在地方报纸上发表。

交了入团申请书后，团组织把她作为培养对象，她的社会工作多了：学校《红旗兵》刊物通讯员，系上《激流》刊物的编辑，"现代文学"课的科代表，班上的伙管员，学校或系上办展览，她是讲解员……这些工作往往要占去她不少时间。尤其是伙管员，要给同学们买饭票，兑换粮票油票等，很是麻烦，但她都热情去干。

仲夏，校园里树木成荫，一片葱茏。花园里盛开着艳丽的花朵，散发着浓郁的芳香。柳丝迎风飘荡，低吻着浓绿的冬青。课余，大学生们三三两两在校园里散步、谈心，一对对谈情说爱的情侣随处可见。

宿舍里晚上熄灯后同学们谈论的话题不外乎是男女同学之间的事：班上谁和谁已在谈恋爱了，外系的某某来找班上的谁了……

　　班上已有几对在谈恋爱，有两三对已基本确定了关系。他们一对一对，吃饭在一起，走路在一起，晚饭后也相约上不知去向了……

　　丽南对这些谈情说爱者不但不羡慕，而往往对他们嗤之以鼻。她认为那些过早恋爱的人正如苏联诗人马雅可夫斯基说的那样，"是在爱情里浪费着朝阳般的生命的火光"。

　　她们宿舍共住六名女同学，其中一个叫章兰的因生孩子休学在家，一个叫段华的寒假刚刚结婚。尽管学校规定上学阶段不允许结婚，而他们仍是偷偷地结了婚。

　　丽南个子高挑，身材苗条，她的穿着从不艳丽，但能给人一种朴素、大方、庄重的美感。宽阔的前额显示着她的智慧和聪颖，她那白皙的皮肤，明亮的大眼和那一头与众不同的短发很惹人注目。她的举止、走路都显示出知识女性特有的气质和韵味。她背后的追求者当然不会少。她是资料室、阅览室的常客，高年级一些男生有不少也是那里的常客，他们看到这样一个倩女子，整天埋头抄呀写呀的，不由得都投来敬慕的目光。丽南在阅览时可以发现他们在盯她看她。一些胆大者往往在出馆时，要么给她塞一封求爱信，要么直接邀她去谈谈心，她都一一谢绝。班上一些男生也不安分，丽南的同桌就是一个。他主动挨近她。上课他不是用心听讲，而是常常用眼睛偷偷瞟丽南两眼。上自习他不是用心读书，而是像木偶一样半天不翻一页书，时不时看丽南两眼。他的举动只能让丽南对他产生反感。丽南在这个问题上一向是清高的。她在事业、理想上有高的追求，在爱情上要求也很高。读革命小说时，她对那些在共同的革命斗争中建立起来的真挚纯洁的爱情无比崇敬和仰慕。她理想的爱情是双方在共同的革命工作中，相互了解，相互尊敬，互相爱慕，有共同的爱好，共同的志趣，从而建立起来的真正的爱情。

　　一天，丽南收到北京表哥勃伦的来信。自高中毕业后，她不知道为什么再也不见他的来信了。大学两年过去了，她才收到他的这封信。信上勃伦说，1961 年高考前他患了一场大病，未考取大学，他很自卑，没有勇气给丽南写信。但他始终没有忘记丽南。第二年他考取了北京理工大学，这才鼓起勇气给丽南写了这封信，希望他们能继续保持通信联系，在各方面互勉互励，共同进步。自此以后，丽南又开始和勃伦通信。他们的信件不太多。丽南一心扑在学习上，她给勃伦的信也只是谈谈自己学习方面的情况。

　　丽南高中毕业的那个暑假，凤城的李有光又一次到安城来找丽南。他借

口到安城来找一个亲戚，顺便看望一下丽南和丽南的母亲。丽南的姐姐和母亲对远道而来的客人仍是很热情，她们包饺子，炒肉片来招待他，但丽南对他始终热情不起来，而且她一次比一次地反感他。

丽南进入大学后，李有光不断给她来信，并正式向她表示了爱情。信上他对自己作了详细介绍，提出了许多和她建立爱情的条件和原因，他衷心希望丽南能珍惜他们少年时代建立起来的友谊，并能进一步发展它。同时他也给丽南的父母写了信，谈了他的心愿。这时李有光是大学二年级的学生，对爱情已经有了较成熟的考虑。

读着李有光的信，丽南不禁想起那"一天等于二十年"的火热年代。那时她和李有光等几名学校的写作尖子在校档案室工作，编纂诗歌。李有光那时就急切地追求她，但她对他没有那份心，那种情。就是现在，她在自己的感情世界里也寻不出一丝对他的爱来。她给李有光回了信，回信中她正式拒绝了他的求爱，并谈了自己的观点，让他在自己的周围去找一个同样可爱的姑娘。但是李有光还是不死心，收信后他立即回了一封长信给丽南：

亲爱的丽南：

6月3日的来信已经收到，详阅了几遍，内容悉知，勿念。

信中就我所提及的问题你婉言拒绝了，且从心底吐露了自己的真情实意，阐述了自己的观点，我也绝不生气，会谅解和体会到你的心情。我从来忠于我们之间的友谊，并时常用它来鞭策自己前进。但令人遗憾的是，你却把我们少年时代的友谊当做"儿戏"。我不论在何时何地，都不会把友谊当做儿戏的。

……

丽南，几年来我一直怀着一颗赤诚的心，强烈地爱着你。当我们的关系几次僵化时，我始终宽宏大度，并不责备和推怨于你。然而我这样的做法却很难取得你相应的回报，你一直把我对你的深厚情意当做可有可无，这是我早已觉察到的，但我没有像一些固执的人那样，把我们之间的关系一刀两断。我想到你年纪小，求知欲望强烈，其他一切事情都不太过问，所以从体谅的心情出发，始终不渝地爱护和关心着你。我会这样断言：无论何时，我都不会抛弃对你的爱，这种爱是忠心的，发自灵魂深处的，这种爱在我们相识以来我就一直无法抑止和控制它。生活中我也接触到一些有才华、有修养、容貌惹人的好姑娘，相互之间也有友谊，但她们无论怎样也引不起我对她们完全诚心的爱慕。当然说没有爱也是不合实际的，但对她们的爱比起你来还是相差了一个很大的距离。她们的美姿、才华并不能打动我的心，因为我爱上谁的时候绝不会再变心。请你相信，我绝不会把这种爱献给其他人。无论何时，就是你将来找到了自己理想的人，我也绝不会把这种爱转移给他人。我有决心至少在大学时期把这个问题置之度外，耐心地等待你，甚至于短暂的一生，当你需要何时解决这个问题时再说。倘若你在生活中找到了其他理想的人，我将会有一个出乎你和一般人意料之外的打算，当然我对你的爱绝不会因此而磨灭。

丽南，请相信我，将来我一定能够给你创造一个既能实现理想、抱负，又有幸福的一个美好环境，不会使你受艰难和委屈，我能够接受你的一切要求。丽南，我正需要你这样有理想、有抱负，从事文学工作的人，我绝不愿意从其他人身上获得幸福，我深信我是会给你真正幸福的。毕业之后我们有机会在一起工作，那时再互相了解也不迟，你说对吗？

我所说的绝不是甜言蜜语，也绝不是在骗取你的信任和爱。倘若你有志气等待的话，我将让现实给你作出最好的回答。

……

目前，物质生活紧张，在繁忙的学习中望你多注意身体。平时由于我们粮食定量低，不能帮助你，今年外出实习，定量提高了，随信寄去八斤粮票，望能调剂一下伙食。

请代问伯伯、妈妈、大姐好，我就不另外写信给他们了。

祝你
身体健康，学习进步！

远方的友　有光

62.6.12

丽南耐着性子读完了这封长信，她感到信上所表露的的确是他的一片真情，一片爱心，也是一片苦心，这样真挚的感情，往往是会打动一个少女的

心的。但是丽南对他没有这种感情，没有爱，况且她现在根本无心去考虑什么"爱情"。他的信只能让丽南感到烦恼，因为这得需要她去思索和寻找理由去拒绝他，使他死心。她又给他回了信，坚决地拒绝了他的求爱，说她在七八年之内是不会解决这个问题的，并明确表明她不爱他，让他另觅所爱。

丽南寄出这封信后，李有光在一段时间里总算停止了对她的纠缠。

丽南心中只有她的理想，只有求知，她深知"聪明在于学习，天才在于积累"。她存有各类笔记本，读过的书都要做笔记。星期天，她仍是在阅览室里学习，一待就是一天。冬天，室里很冷，手冻痛了，脚冻木了，她坚持着读和写；夏天，室里很热，太阳光从玻璃窗上射进来，身上不住地出汗，腕部的汗往往浸湿了她的笔记本，她只好用手绢垫在腕下继续抄写。

理想之火在她胸中燃烧，她感到自己每天的生活很充实。是的，人，有了一个远大的理想，是会感到很幸福的；在向理想迈进的道路上，如果每天能为理想的实现打下一点基础，获得一点成绩，他就会感到无比欢欣。人，只有为一个伟大的理想而生活着、战斗着，他的生活才会永远是春天。

丽南平时没有向任何人袒露过自己的理想。同学们看她一天忙忙碌碌勤奋学习，都知道她有远大理想，但理想究竟是什么，谁也不知道。有的说她想当作家，有的说她想留校当助教……有的同学给她泼冷水说："现在的希望大，将来的失望也大……"

一天，她班班长问起她的理想，她略加透露了自己的打算，班长对她的理想很感兴趣，也很支持。他要求看看丽南积累的资料，丽南让他看了其中的一本，他看后很惊讶，觉得丽南已经为理想的实现作出了"可观的成绩"，他感到丽南学习的毅力是惊人的。他在丽南积累本最后几页写下了一段读后感，鼓励丽南为理想的实现继续努力。

丽南的札记本、积累本从来没有让别人看过，这是第一次。她得到了鼓励和支持，她对实现自己的理想更加充满信心。

在前进的道路上，丽南的生活也不是平静的。对于她这个二十岁的年轻人，一个姑娘，有时也难免会泛起爱情的浪花。

升入三年级，他们班上来了一位新同学。他不爱说话，尤其很少和女同学说话，显得持重、老成、严肃。起初他并没有引起丽南的注意，但慢慢地，丽南发现他那双黑眸子常常注视她，有时竟是那么深情。尽管有时只是一瞥，也是那么传情。为此，丽南有时也偷偷瞥他一眼：他中上的个子，乌黑而深沉的眼睛，高高的鹰钩鼻，白中透黄的皮肤，戴一副近视眼镜，穿一件旧呢子大衣。他一人坐在教室的最后边，默默地读书学习，看起来像是一个致力于学习的人。丽南起初只觉得对他无反感之意，慢慢地对他有了一些好感。后来，她觉得在他深情的眼睛的注视下，自己做什么事都很不自在。一走进教室，就觉得有一双眼睛在注视着自己。走过他的身边，她有时还感到挺紧张的，甚至有点羞涩，脸有时竟泛起红晕，心也跳得比平时快。慢慢地，上课时她的注意力不是那么集中了，睡觉也开始失眠。一闭上眼睛，他的脸庞，他的眼睛，他的身影就浮现在眼前，缠着她的灵魂。她尽力设法去摆脱，却摆脱不掉。像这样能引起她的好感，对她有吸引力的男性确实不多，从初中到大学不过两三个而已。她和他们都是用眼睛传神，并没有说过话，更不知其姓甚名谁，最后都因转学或毕业而各奔东西。现在，班上这个新来者，她和他也互不说话，互不往来，然而他却占据了她的心。他愈是沉默，愈是严肃，愈是一本正经，不苟言笑，就愈能引起她对他的尊重与好感。有几天流感盛行，好几个同学都头痛发烧，丽南也感到身体不适，请假在宿舍里休息。她头痛想睡，但就是睡不着。闭上眼睛，脑子里就会出现他的身影。她问自己："难道这就是爱情吗？难道自己心里燃烧着的理想之火现在就被这所谓的爱情之火所替代了吗？难道我也被那平庸的爱情所吞没，所腐蚀而丢掉理想丢掉抱负吗？难道自己的青春就这样耗费掉吗？……"她自责着。她感到几个星期来空虚的生活一定得结束了，她对白白逝去的每一天都感到痛惜，对宝贵的青春的浪费感到不能容忍，不可原谅，对自己强烈追求的理想的松劲、淡漠感到无比痛恨。

过了不久，她听到了关于这个同学的一些传言，它使丽南震惊：这个同学原是上一级的学生，因恋爱问题精神失常，休学一年后而到他们班。他在中学时是团干部，和班上一女同学谈恋爱，没有成功，这对他的精神有一定的刺激。上大学后，他先是和班上一女生互相有好感，谈了一阵子恋爱，但这个女生被另一个男生追去了，把他甩了，他又受到一次刺激。这个女生觉得对不住他，就给他介绍了外系的一个女生，而他却看不上这个女生。后来他给本班一个女同学写情书，没想到，这个女生把他的情书公之于众，搞得他非常难堪。这一系列的打击，致使他精神失常，不得不休学在家养病。

这个消息实在让丽南惊讶。她想："我怎么会爱上这么一个热衷于谈恋爱

的'恋爱专家'呢？他和自己完全是两条路上的人，他是以爱情为第一生命，而自己是以事业为第一生命，他正是自己鄙视的那种人。现在，竟让这种人占据了自己的心，折磨着自己的灵魂，不是太幼稚可笑了吗?! 在这上面浪费青春太不值得了!"

丽南看清了他的本质，决心忘掉他，抛开他。除上课外，任何时间她都不到教室去。上课时间到教室去，她也一眼都不看他。她这样做了几天后，发现自己的心仍然难以平静下来。尤其是偶尔碰见他那双黑得像墨汁一样深情的眼睛的注视，她就像哪根神经被烧着了似的不能安住。闭上眼睛，出现在眼前的仍是他的那双黑眸子，他的脸庞，他的身影。爱情的魔力难道就如此之大！正当丽南埋怨自己甚至要咒骂自己的时候，她收到了初中班主任温老师的来信。老师在信的最后，又一次以他们班宋玉玲的男女关系之事让丽南吸取教训。老师深为宋玉玲被男方蹂躏了又被抛弃了，她自己在这个问题上也聪明一世糊涂一时而感到无限痛惜。老师语重心长地说："丽南，一个处在这样年岁的女孩子，如果没有非常坚决和慎重的态度，没有一个远大的理想抱负和雄心壮志，也是够可怕的！在人生的道路上，如果踏错一步，就会造成难以挽回的损失。一个人的青年时代，是打根基的时期，它会为你光辉的未来奠上一块最重要的基石，但它也常常会使你走向痛苦的深渊，使你的一生黯淡无光。青年人，在爱情上更要慎重，不可疏忽一下，不能只凭感情……"读着老师这发自肺腑的忠告，她怎能不激动，不热泪盈眶呢？老师多么希望她能做一个有所作为的人！

生活中，有多少可爱的年轻人，往往沉溺于平庸的爱情之中，而忘却了伟大的理想，放松了前进的脚步；有多少人的青春，被平庸的爱情所吞没，而不能发出应有的光彩；也有多少人掉进小家庭的温暖中不能自拔，而使一生变得庸庸碌碌，无所作为！爱情，她以一种巨大的魔力吸引着每一个年轻人！丽南，虽胸怀大志，但同样也没能逃脱掉它的吸引力。一双多情的眼睛竟让她几个礼拜神不守舍，难以安宁，差一点去谈了恋爱。女人有时往往难以逃过男人那双狡黠诡秘的眼睛的勾引。当丽南惊醒后，回头看一下，只觉得这一段时间过得太无聊乏味，又太滑稽可笑了。有什么能比无谓地失去时间让人更痛惜的呢？

1964 年，国民经济已全面好转，物资供应较为丰富，这年春节，丽南的大哥二哥都回来了，她和亲人们过了一个团圆愉快的春节。

过完春节，她就返校，接受新的任务——参加三个月的农村社会主义教育运动（简称"社教"或"四清"运动）。全校有七八百名师生参加这次运动。参加运动前，他们听了省委农村工作部副部长关于参加这次运动的动员报告及第一期社教经验介绍，听了校党委的动员报告。大家对参加这次运动的热情很高，干劲很大，因为社教运动是一次伟大的革命运动，它比土地改革运动还要深刻，广泛。

省委领导在报告中说："现在农村的阶级斗争还是非常复杂的，地富反坏分子的活动很猖獗。农村一部分领导权已被坏分子篡夺了，他们掌权后，贪污盗窃，欺上瞒下，大吃二喝，过着花天酒地的奢侈生活，而广大的贫下中农却处于吃不饱穿不暖的状况中，甚至有的无法生活下去而上吊自杀。如果农村这样下去，整个中国就会变颜色，甚至有亡党亡国的危险，因而社教运动具有重大的历史意义。"

听了动员报告，丽南的心情很激动。作为社教工作团的一名成员，下乡整社，她感到肩上的任务是艰巨的，担子是不轻的，她准备拿出全部热情投入运动。这是她生平第一次到农村，第一次去工作，第一次参加这样伟大的运动。农村生活是艰苦的，她要去接受锻炼，和贫下中农同吃同住同劳动，培养劳动人民的思想感情。她的入团问题还没有解决，她把这次运动看做是团组织对自己最好的考验机会。她向团组织又递交了一份入团申请书。

丽南和班上二十多名同学被分配到富林县社教。这个县是山区，据说生活很苦。

2月20号一早，他们由一位老师带队，带着行李，坐上大卡车，前往富林县。下午4点到达县招待所。他们在县上要参加十天三干（公社、大队、小队三级干部）会，然后分到各个公社去。

丽南被分到前进公社张村大队。这个大队有九个生产小队，分去十名工作人员，除队长外，每人负责一个生产小队的工作。

参加三干会的有公社的社长、书记，生产队的支书、队长等。丽南和这些农民干部一起开会，这是她第一次和山区农民接触。她看到这些农民干部都穿着中式棉袄，头是剃光了的，嘴里常叼着一根旱烟锅，他们是那么朴实、一般，然而他们多数是党员，他们是直接执行党的政策的人，建设社会主义，支援工业生产，就是他们亲手领导的。从他们那壮实的身躯里，她似乎看到

了无穷的力量，看到他们是顶天立地的英雄。

三干会期间，下了一场大雪，天气一直阴冷。这一年冬天雨雪特别多，这山区显得更加寒冷。三干会结束后，他们于第二天早晨8点钟从县招待所向分派的公社出发。一起走的有三四十人。因为路远，行李重，他们雇了几辆架子车。

出发后，他们走了七八里平路，就开始爬坡上塬。一直爬了七八个大坡，当他们爬上最后一个塬时，大家都是汗流浃背，气喘吁吁了。站在塬头，放眼望去，是一片望不到边际的白茫茫的雪原。几天来的雨雪天气这一天刚刚放晴，红红的太阳高照着，映得雪原银光闪闪，分外妖娆。他们顺着田野中唯一的一条小路向前行进。正午时分，太阳当头，早晨冻着的泥土开始解冻，路一下子成了烂泥滩，上面是半尺以上的泥浆，下面是冰板。麦地里的冰雪也化了，到处都是深泥。他们没有经验，很多人都穿着布鞋，雨鞋打在行李里。丽南的布鞋较大，踩进泥中就难以拔出来，简直到了行走不前的地步。同行的一位解放军战士看她行走太困难，就将自己的口罩带抽出来割成两段让她把鞋捆紧，这样，她才能慢慢前行。

泥深路滑，人走艰难，架子车就更难行。他们十多个人包一辆车，大家换着拉和推。黄土高原上，四下里静悄无人烟，甚至连一只飞鸟都看不见，只有望不到边际的雪原。在这条泥泞的道路上，他们——这支社教大军，在一簇簇，一丛丛地向前移动着。大军中，有机关干部，有解放军战士，有大学生；有年轻的，中年的，也有老年的。行进中，不时有人从这支大军中分出去，向不同的公社走去，然后再到各个大队和小队去。他们要遍布高原的各个村庄，深入到各户人家中去。

丽南感到眼前的困难就是对自己的第一个考验，革命就得吃苦。她是生平第一次走这样的路，虽然苦，但走在这样的行列里，她感到光荣和自豪。

下午两点他们到了前进公社，休息了一会儿，路远的同志就继续前进了。丽南他们要去的张村大队离公社只有四五里路，四点钟，他们在公社吃了饭，然后背起行李卷向张村走去。一行四人，另外还有公社的王老师。王老师家在张村，因有事他要回家，正好顺便给丽南他们带路。丽南的行李很重，王老师硬要给她背，丽南拗不过，只好顺从。这一段路更难走，尤其是经过麦田，那里是很深的稠泥浆，每前进一步都要付出很大的气力。丽南那绑鞋的口罩带早就不顶用了，她只好把鞋脱掉提在手上，穿着袜子在泥里走。一路上她看王老师背她那么重的行李走这么泥泞的路太累了，心里很是过意不去，王老师却时时担心着丽南光脚走这冰水泥地会感冒得病。他总是笑着说话，让人感到很亲切，后来丽南才知道他是党员。一路走的四人中，有给丽南口罩带绑鞋的那位解放军。他背着自己的行李，提着背包，部队发的大皮鞋连泥也有十多斤重，行走起来也很是艰难，但他还常常要帮丽南提背包，总是让丽南走在他前面，以防她滑倒。

他们一进村，村里的男女老少都出来用惊异的目光看着他们，尤其是看着丽南——看着这个妇女，提着鞋，光着脚，一副狼狈相。他们四人各自到自己负责的小队去。丽南是二队，王老师一直把她送到目的地才离去。

二队副队长给丽南安排了住处，她和一个贫农老太婆睡在一个炕上。炕是热的，正好把她冻了一天的脚暖和暖和。

第二天到丽南住处来看她的农民很多，门口挤满了人，有媳妇、姑娘，有老婆、娃娃，有队上的干部。他们对这个从城市里来的姑娘有一种好奇感，不时地在问这问那。有的问："你有娃了么？"有的问："你爱人是干啥工作的？"……这些问题逗得丽南直发笑。

这里是真正的山区，一出门，眼前就是很深的沟壑，吃水要从沟底去担。农民住的是土窑洞，冬夏睡的都是热炕。吃饭，妇女做活都是在炕上。社教工作队员吃饭，由各家各户轮流管，每天队员付给他们一定数额的粮票和钱。

工作队员到齐了，丽南到大队办公室去开会，队员们虽然都还互不认识，但大家都打趣地问丽南："你是光着脚走来的吧？""你喊妈了吗？你哭了吧！"工作队员一到这里，就听农民说了丽南进村时的情况。工作队员大部分是县上干部和其他公社的干部，只有少数是从城市来的。丽南是工作队中年龄最小的一个，也是唯一的一个女同志，队员们都喜欢和她开玩笑。

工作队长是在县上工作的路局长。工作队第一次会议上，路局长简单地讲了这次运动的意义，说了一些鼓舞士气的话。他说："毛主席说过，革命中最重要的问题就是教育农民的问题，现在我们正在做着这革命中最重要的工作。"他还说道："这三个月的社教生活就像学生在学校考试那样紧张繁忙，大家要做好思想准备……"路局长参加过第一期社教运动，对其中的甘苦是深有体会的。接着，他讲了社教第一阶段的工作内容。第一阶段共二十天时间，主要工作是访贫问苦，扎根串联，宣读文件，进行教育，了解情况，摸清底子，培养积极分子，成立贫下中农代表临时小组和四清领导班子，要掀

起生产高潮，安排好社员生活……工作真不少。这些工作需要一件一件去做，一样一样去落实。这对于一个从来没有工作过的人来说，的确不易。丽南暗暗叮嘱自己："不要慌，要仔细研究问题，计划安排时间，多向大家学习。"

工作开始了，她要召开自己队的全体社员会，宣讲中央文件，组织讨论；要召开干部、妇女会，贫下中农会；要深入到社员中去了解农民的情况，了解干部中贪污盗窃、多吃多占和四不清问题；还要和农民一起劳动……丽南没有架子，见了人很热情。到农民家里随便往土炕上一坐，弄一身土也不在乎。她很快就和农民混熟了。农民反映了不少干部中的问题，例如：二队正队长搞投机生意，多吃多占队里的粮食，搞瞒产；张村大队的大队长是贫农，原来很穷，连棉袄都穿不上，这几年当队长后一下子发了家，盖起了房，买了凤凰牌自行车，家里摆设像过去的地主……听了社员的反映，丽南感到情况并不像刚开始想得那么简单。

这里农民的生活还很苦。一天，她到社员家去吃饭，一进窑门，只见炕上一床满是补丁的破棉被下，趴着四个娃娃，一个炕角一个，他们都只穿着一件破烂的上衣，光着屁股在被窝里。主人说买不起布给他们做裤子，只好让他们这样在炕上玩。吃饭时，主人端出来几个玉米面馍和几个糜子面黑饼，说道："家里只剩下几斤糜子了，昨天通知我们给你管饭，我们去借了二斤玉米面蒸了几个馍，你就吃这玉米面馍吧！你们大老远到我们这里来，也没啥好吃的给你们。"丽南拿了一个糜子面黑饼吃，她说："我们下乡整社就是要和贫下中农同吃同住，你们吃啥我们吃啥，不要另给我们做。"农民让丽南放下黑饼吃玉米面馍，丽南没有放下。这糜子黑饼又硬又扎又苦，吃到嘴里嚼半天也咽不下去，一个小饼吃了老半天才吃完。这里的农民普遍缺粮，年年国家要拨给返销粮。返销粮下来后有不少人家无钱买，只好借钱。这里菜很少，吃饭时常常只有一碟辣子一碟盐，有时能有一盘凉拌萝卜丝就很不错了。这里的妇女识字的很少，她们十五六岁，顶多十七八岁就出嫁了，像丽南那样年龄的早已抱上了娃娃。

农民没有钟表，每晚召集农民开会很费时间。社员下了工，吃了饭，一个个才慢腾腾往开会地点走，等人到得差不多，时间也就不早了。开完会，往往已是半夜时分。工作队干部每天要写工作汇报，填写数字统计表，晚上要到十二点以后才能睡觉。

工作队长看了丽南写的决心书、保证书，觉得她决心大，而且文笔也不错，能写，就把写忆苦思甜材料和黑板报稿子的任务交给了她，这使她忙上加忙。写忆苦思甜材料，她要事先搜集材料，然后整理加工，打草稿，修改，抄写，送交大队，大队改后拿下来再抄写，然后报到公社。这里没有桌子，写字只能坐在炕上，趴在炕旁边的柜子上写。写得时间长了，胳膊酸，腿麻，小煤油灯使人眼发涩。

丽南的工作搞得很出色，运动和生产都走在前列。路局长在工作队员会上表扬了她。她写的忆苦思甜材料在全大队社员会上宣读，对社员进行热爱新社会的教育。

3月的一天，天又下起了大雪，比三九天的雪还要大，空中飘的雪花像雪球，一会儿地上就是厚厚一层。大雪封门，在这样的天气里，农民一般不出门，在热炕上做活或睡觉，只有工作队员在像冰一样滑的山路上奔波。

第二阶段工作是公社召开三干会，在会上让干部洗手洗澡，交代问题，放包袱。每个大队留下一部分工作队员在队上继续搞工作，一部分队员到公社参加十天的三干会。丽南被抽去参加三干会。

三干会上丽南是小组讨论会的记录员，要求如实具体地记下发言的内容、要点、准确数字和事实，晚上要整理、统计出来，重要的典型性的材料要提取出来。

天，总是不晴。天空飘着小雪。这给农村本来就艰苦的生活平添了一层艰难。出了窑门路是滑的，进了窑门脚是冻的。丽南他们在一个破窑洞里开会，二十多人坐在铺着麦草的地上讨论发言，丽南趴在柜子上作记录。她穿着雨鞋，脚冻得几乎麻木，手也冻红了。她想："这就是在给革命做工作，革命就意味着艰苦。"

因工作需要，公社给她找了个住处。晚上，她和工作队的小田一起整理材料。在小煤油灯下，他们把白天讨论时干部放包袱的数字、事实，揭发敌情的数字、材料，一样一样进行统计、填表。好几次他们都搞到深夜两三点才休息。白天路局长问丽南："瞌睡不？"丽南说："不瞌睡。"路局长说："运动结束时，你一定就不行了。"丽南很有信心地说："能行。"

有一天夜里他们俩又熬到3点。小田的眼睛熬得通红，疼痛，第二天到医院打了针，拿了眼药膏回来。丽南的眼睛也肿了。路局长命令他们两人这一天不许开夜车，早点睡觉，明天再开夜车。每天二十四小时，他们要工作十七八个小时，就这样，工作还做不完。

三干会开始，干部们大多只交代一些皮毛问题，什么跟着别人多吃了几顿饭，什么多拿了队上几斤粮票，多挖了队上几棵树等等，而大的问题不交代。一般干部都有多吃多占的问题，工作队领导和队员整天和问题大的干部谈话，对他们进行教育、动员。一些干部不得不交代他们偷盗队上粮食，贪污钱财的问题，有的当场退赔二百元、三百元人民币。交代好的，就给予宽大，不进行处分，让大家相信党的政策。

三干会结束了，丽南本计划回队后很好地打扫一下个人卫生，下乡一个月来，她还没有洗过一次头、一次衣服。头发已经脏得梳不开了，衬衣上生满了虱子，咬得她难受。但回队后工作很多，打扫卫生的事只好搁在一边。

路局长在工作队员会上对丽南这一段的工作又一次进行了表扬，说她写忆苦思甜材料三遍五遍地加工、修改和抄写，没有厌烦情绪，能出色完成任务；说她和小田两个人晚上熬半夜，到鸡叫才睡觉，很好地完成了工作任务。他说："这种精神是一种伟大的革命精神，我们搞革命和建设没有这种精神是不行的，大家应学习这种精神。"另外，路局长说，丽南领导的第二生产小队被评为全大队的五好生产队，得到了公社党委的奖励。

运动进入第三阶段，主要任务是把四不清的问题基本搞清，这是运动的中心阶段。公社三干会后，接着是大队的两级干部（大队和生产队干部）会，继续让干部洗手洗澡，讨论如何把本队四清工作搞好。各队问题越来越复杂。一些干部思想顽固，谈小不谈大。丽南所在队的正队长就是这样，社员反映他不少问题，但他就是不交代。丽南有些急躁，路局长看了就用第一期社教的例子开导她："上一期社教，我们和一个有问题的干部谈了一个月零一天的话，才把问题谈出来，挖出两千多斤粮食的问题来。要有耐心。"

社教一个多月来，丽南摸熟了二队的地形、人情、干情，她和社员建立起了深厚的感情。社员在她面前无所不谈。这些农民穿的是粗布棉袄，有的破烂得露出了棉花，棉袄上落满了尘土，他们的脸被太阳晒得黝黑，但是她觉得他们是可敬的，伟大的。他们朴实、忠厚、吃苦耐劳。饲养员三娃三十五六岁了，还是单身汉，娶不起媳妇。他和牲口为伴，以饲养室为家。饿了吃几个黑面饼子，渴了喝几口凉水。他爱队如家，把队里的牲口育得膘肥肉满。副队长三民十四岁就给地主家放羊，扛了十五六年长工，人憨厚老实。社教开始后，正队长消极对抗，不管事，他就一人承担队上的工作，并协助工作队搞工作。他常说："社会主义事业咱不干谁干？"他身体粗壮，穿一身农民粗布衣，黝黑的脸上有很深的皱纹。他已是丽南的有力助手。房东一家三口，老两口对丽南生活上很关心，热水瓶里总是灌满开水，经常问寒问暖。丽南刚进村的泥鞋泥袜还没来得及洗，大娘就悄悄给她洗了。他们唯一的儿子中凯初中毕业因家中经济困难而不能继续升学。他爱学习，常向丽南请教书上的问题。社员开会他帮着作记录。

春天的山区是美丽的，迷人的。湿润的土地上，树木吐青，百草发芽。原上是望不到边际的绿油油的麦田，坡里沟里是一层层绿茵茵的草地和苜蓿地。大地充满生机。看着这优美的春景图，丽南想：大自然这么美，而这山区还是这么贫穷落后。农民劳动一年，到头来粮食不够吃，肚子填不饱，钱就更缺乏了。自己将来要献身的不正是这样的穷山沟？这里需要知识，应该把知识带到这里，让人们识字，有文化，把穷山沟建设成富山沟……她更加坚定了自己的理想，工作干劲也更大了。

有一天早晨，大人小孩都往沟里跑，丽南也跟着跑去，原来是一个老婆跳崖自杀了。那老婆直挺挺地躺在沟底，脸发青，头部有血，是小脚。这老婆是因为家里无粮吃，和儿子、媳妇生气而跳崖的。丽南从来没有见过死人，老婆那可怕的形象好几天都在她的脑中出现。

社教第四阶段主要任务是对敌斗争，没有敌人的地方要声讨黑风，抓生产。这一阶段二、三两队合作一起搞。一天晚上，三队工作队员李宏刚和反革命分子任发贵谈话，丽南在一旁作记录，这时大队老刘跑来，急促地说："赶快拿手电到三队，反革命分子赵文斌不见了，社员们遍山在找。"这时正下着大雨，山路又泥又滑，老刘冒雨到八队去叫路局长。老李和任发贵的谈话先告一个段落。他和丽南跟着大家到处去找赵文斌，最后在一个沟底找到了他。他想跳崖自杀，但未死，只摔断了一条腿。

第二天早饭后，工作队召开社员大会，宣读中央文件。开会不久，就传来任发贵吊死的消息，会场立即骚动起来。工作队的几名队员马上到塬上地窖里去察看。吃了饭，公社领导和工作队同志开了座谈会，领导让大家谈了死人前的情况以及敌人的表现、思想、活动等，最后领导对此事作了分析，说道："敌人的死是敌人的本性决定的，他们不甘心于自己阶级的灭亡，要和人民为敌到底。当然，死人也不是小事，尤其死在运动中，肯定是与运动有关系的。以后大家要注意方式方法，在执行政策上，粗心一点就会出问题。"最后领导让大家不要因此而松劲或胆小起来，相反，要大胆工作，放手发动

群众，立场要坚定……

已是5月初，塬上的麦子正在抽穗，长势很好。油菜也开花了，一片金黄，香气四溢。站在塬上，是满眼的绿，扑鼻的香。这山区，景美，空气鲜。然而在这样的季节，麦子还未打下，秋粮接不上夏粮，粮食成了农民的大问题。晚上，丽南到林兆祥家去访贫问苦，准备写忆苦思甜材料。到他家，看到他们吃的是苜蓿菜里搅拌了一点糜面做成的稀糊糊。他们说评了一百斤返销粮却没钱买。到亲戚朋友家借钱买粮一直没有借到。借了别人两升糜子吃了两天，还够吃一天的。看到这情景，丽南心里很不好过。她把自己的十元钱借给了他们。她每月只有学校给的十五元钱伙食费，经济也很不宽裕。

社教运动的最后阶段是验收阶段，公社组织人力对各方面进行验收。

5月下旬运动本该结束，而5月中旬省委下发了通知，指出"二期社教虽然取得了很大成绩，但是还存在很多缺点和问题。如果现在结束运动，的确达不到中央关于社教目的和要求的高度，所以决定将这期社教延长一个月。这一个月中间农民要进行麦收，麦收期间工作队干部就地参加生产劳动，麦收完毕继续进行运动。"这样一来，前后还需要两个月时间。这期社教由原来的三个月增至五个月，丽南这些学生是否也随着延长时间，还不知道。带队老师给学校党委发了信，还将打长途电话进行请示。

丽南和同学们在艰苦的环境中磨炼了三个多月，已经有些精疲力竭，也有些受不了了！他们都已非常想家。丽南和一些同学从来没有离开家这么长时间，从来没有走过这样泥滑的山路，也从来没有吃过这样的野菜、糜面和糠麸，更没有这样天天熬半夜，他们能坚持下来的确很不容易。

丽南的身体越来越糟，抵抗力越来越差。感冒了几天，身上一直烧乎乎的，头昏痛，吃不下饭，从炕上一起来就天旋地转。她病倒了，社员从公社给她请来医生，打了针，吃了药。社员送来一些鸡蛋让她补补身子。

带队老师向学校请示的结果是：师大学生也跟着一起延长社教时间。省上怕把学生抽回去后影响社教工作和社教质量。没有法子，上级的指示只得遵从。别的大学学生只参加一个月的社教运动，而他们师大先是三个月，现在延至五个月，他们的学习被耽误得太多了，一个学期就这样过去了。

快到收麦的时候，天气异常晴朗，蔚蓝的天空万里无云，太阳照着快要成熟的小麦，麦田一片金黄。在麦子快要吃到嘴里的这几天，是农民最难熬的时候。不少人家一点粮都没有了，靠下了。有的挖些野菜充饥，有的拿个铜脸盆到集上换几个钱来度日，有的到已经麦收的地方去借一点粮……工作队员把自己身上带的钱都借给了社员来渡难关。

工作队中有几个队员回家帮助收麦去了，剩下的是他们几个城里人和路局长。

麦收开始，一片繁忙景象：又收又打又耕又种。丽南跟着割了两晌麦，身体就又闹起病来。先是后牙床肿胀、疼痛，后来嗓子和舌头也疼痛起来，咽唾沫都疼，吃饭就更不行了。到医院去看病，说是扁桃腺发炎，又说是因为新麦面有毒引起的，再加上割麦上火等。打了针，吃了药，仍不好，房主老婆用土法给治了治，仍不见效。

丽南又一次病倒了。她一个人躺在小窑洞的土炕上，病痛在折磨着她。农民都到麦地进行一年中最紧张的夏收劳动去了，小院里家家门户紧闭，没有一点声息，非常静谧。偶尔有几只麻雀在树枝上啁啾，远处的布谷鸟在歌唱，那歌声清脆悦耳。丽南的头昏痛，想睡，却睡不着。她翻开自己的社教日记本，不禁被它吸引住了。日记上的每一页都充满激情，每一页都可感到那一颗年轻火热的心在跳动，在燃烧，每一页都使人振奋，令人鼓舞。她放不下手中的日记了，她拿起笔把那些热情奔放的句段勾画了下来。平时工作虽然很忙，晚上睡得很晚，但是再忙再累她也要认真记下每天的工作、生活和感想。她的日记内容丰富，每天都记得很多，写得很长，有的长达数页。现在读起来，就好像在读一本史诗。读累了，她透过窗纸上的小孔望着外面的蓝天、白云和在微微夏风中摇曳的树枝。天空碧蓝纯净，白云洁白无瑕，树叶浓绿醉人，大自然给人一种纯洁质朴的美感。这景，可以使人的心灵得到净化。她想，如果世上的人们都能像蓝天白云那么纯洁质朴该多好！

在病痛中，她非常想家。平时忙得没有时间去想家，现在却无法抑制思念亲人的感情，她恨不得立即飞回去和家人团聚。疼痛使她不能吃东西，肚子饿得咕咕叫。她已经非常消瘦。她想起路局长在三干会上对她说的那句话："你到运动结束时一定就不行了。"现在这句话得到了应验。"身体难道真的就垮了吗？"她担心地想。

社员知道丽南病了，给她端来用新麦面做的鸡蛋薄面片，她却咽不下去，只好让社员原样端了回去。第二天早晨，房东老婆又仔细看了看丽南的牙床和喉咙，用盐水给她治了一下，疼痛减轻了一些。傍晚医生来，给她牙床上打了麻药，放出了很多黑血，给了止痛片，说："这一下就会好起来的。"

同学给丽南传来了佳音，他们于 7 月 10 号前返校。同学们都非常高兴。丽南听到这消息，先是惊喜，后又被各种情感缠绕着。这一阶段身体不好，虽然想家，但现在一旦要回家了，她却有点离不开这些农民了。三民、桂珍、彩霞……他们待自己像亲人一样。

学校决定他们 7 月 9 号返校。8 号傍晚，丽南去和社员告别。老婆媳妇拉住她的手让她坐下多说一阵子话。她们听说丽南要走了，都说心里是"么个卡不嗖嗖地难受"。丽南和三民、中凯等说了好长时间话。他们让丽南常给他们写信，他们秋上或冬上到安城时一定去看望她。

晚上，丽南的小窑里挤满了人，有的送来鸡蛋，有的送来新麦面大白馒头，有的送来还未成熟的苹果。

第二天早晨，路局长把她送到塬上，小田用自行车推着行李送她到公社。来时塬上是一片茫茫白雪，现在却是一片割麦、运麦、犁地种糜子的繁忙景象。场上麦垛摞得很高，扬场的，碾打的……丽南在这里工作生活了近五个月，这里洒有她的汗水和付出的心血，现在要离开它了，真还有一种说不出的留恋之感。

到各县参加社教的同学都陆续回到了学校，大家互谈感想、见闻，问这问那，亲热无比。丽南宿舍的几个女友见面后都拥抱了起来。她们都穿着大制服，脸被晒得黑红。而其他年级没有参加社教的同学都穿着洁白的衬衫，女同学穿着鲜艳的裙子，脸色相比之下是那么苍白。学校给他们放两天假，休息和打扫卫生，接着是一个礼拜的座谈讨论，然后才放暑假。

丽南回到家中，家人像对待客人一样招待她。母亲看到她瘦多了，很是心疼。丽南在农村土窑洞里住了五个月，现在到了楼房，感到家里特别敞亮、干净，晚上电灯也特别明亮。她给家人讲了农村的生活情况，让他们也知道一下农民生活的艰苦。她的被褥、棉袄、衬衣和头上都生满了虱子，要花很大气力去消灭。她又洗又烫又晒，颇费了一些工夫。

回到学校，他们感到学校的伙食太好了。吃的是大米白面，肉、蛋、菜非常多。学生浪费现象很严重，洗碗水池两边倒剩菜剩饭的大缸里，随时可见里面有白米饭，大白馍，肥肉片……城市和农村的生活差距太大了。

放暑假了，丽南回到家中度假。她的身体仍很虚弱，全身无力，头昏，光想睡觉。一会儿感冒，一会儿拉肚子，她深感身体不好的痛苦。

第三章

丽南的姨母来信，邀请丽南在假期陪同母亲一起到北京去玩。姨母和丽南的母亲已经有二十多年未见面，姨母非常想念她的姐姐，她让丽南的母亲在北京住到国庆后再回来，她们姐妹俩要好好聊聊。另外，这一年是国庆十五周年大庆，比往年更加隆重热闹。

丽南看了信，高兴得几乎要跳起来。北京——伟大祖国的首都，它不但是中国人民向往的地方，而且也是世界人民向往的地方。到北京去看看祖国首都的建设，看看雄伟壮丽的天安门，是她向往已久的了。北京的姨母、姨夫、表哥、表姐她还从未见过，这是她家唯一的亲戚，她是多么想去见--见！再说，这个暑假是她学生时代最后一个假期，以后工作了能否有机会出去玩就很难说了。因此，利用这个假期到北京去一趟是再合适不过的。

丽南全家人聚在一起商量去北京的事。丽南的母亲不想在这个时候去北京，她说："夏天太热，我又胖，有高血压，还要照看小外甥兴兴，暂时去不了，以后再说吧！"母亲说了这些困难，大家也不好勉强。全家决定让丽南作代表去一趟北京。

7月30日上午11时，丽南坐上了开往北京的火车。这是她第一次坐火车。车上人很多，一些人没有座位。车上闷热得让人喘不上气来。车上的设备也不甚好。但是这一切对一个第一次坐火车的人来说是没有什么的。她的

座位不靠窗口，她多么希望能坐在靠窗口的座位上，好好饱览沿途的风光，但却不能如愿。昨天晚上她因激动而没睡好觉，今天她有点头昏，但她没有心思闭目养神，没有心思睡觉。列车在广袤的土地上奔驰，车轮发出巨大的响声，她的眼睛一直望着窗外，看着一闪而过的田野、树林、高山、河流……她真正领略到祖国大地的辽阔富饶，祖国山川河流的壮丽可爱。夜幕降临，车厢外的一切都没入了沉沉的夜色中，车厢内广播停止了，人们的谈笑声终止了，旅客们一个个东倒西歪地睡去了。夜，异常安静，只有车轮咕隆隆，咕隆隆的响声震撼着大地，打破了这夜的宁静。丽南激奋的情绪还没有平息下来，听着车轮发出的巨大的隆隆声，她联想到时代的巨轮在滚滚向前；看着这无边的黑夜，她想到火车司机的紧张和辛苦……

迷迷糊糊睡了一会儿，醒来天已微微发亮。远处高低起伏的山峦在晨曦里展现出温柔的淡蓝色的轮廓。过了一会儿，东方一轮红日从地平线上冒了出来，冉冉升起。它是那样鲜红！那样光艳！它那红光照进车窗，把人们的脸映得通红。

列车进入了河北省，在河北大平原上奔驰。从车窗望去，平原广阔无垠，一片碧绿，时而有农民在田里锄草。玉米、高粱、谷子都长得很好。

列车快要到北京站了，丽南的心激动得在跳荡。她的眼睛更集中地望着窗外：高大的烟囱，林立的厂房，一切都显示着大城市的气派。列车员开始打扫车厢，要干干净净到北京。广播里开始介绍北京：北京，是中国的首都，是毛主席居住的地方，是国家领导机关的所在地，一切号召、方针、政策、指示都是从这里发出的。北京，像一轮红日，照耀着祖国的锦绣河山……这样的广播，以前她在看电影时听过，她曾和电影中到达北京的旅客一样欢欣鼓舞，那时她想着自己什么时候也能到伟大首都去呢？现在，梦想变成了现实。

下了火车，走出北京站，她面对着雄伟的北京车站望了好一会儿。"这就是首都北京了，我的双脚已踏在祖国首都的土地上了……"一种欣喜、自豪和骄傲的情感涌上了她的心头。

离开北京站，她照着姨母信上指的路线，坐上公共汽车，很快就到了京华印书馆，她姨夫是这里的编辑。传达室同志给姨夫打了电话，姨夫从办公楼里出来把她接回家。

从照片上看，丽南想象中的姨夫一定很高大、魁梧，但出现在她面前的姨夫个子不太高，稍胖，五十七八岁的样子，前额上边的头发已很稀少。姨夫不太爱说话，他和丽南寒暄了几句，拿出了面包、点心等一些食品让丽南吃，然后就去上班了。

姨夫住在二层楼的一套房间里，结构是三室一厅。房内收拾得非常清洁、素雅。几个大书架上摆满了各类书，不少书是俄文版的。

姨母到晚上7点半才回来，她的单位比较远，早晚乘公交车上下班，很费时间，姨母穿着白底小蓝格的旗袍，她见了丽南格外热情。先是夸丽南长得秀气，身材好，接着就是埋怨丽南没有把母亲带来。从言语中，可看到姨母非常想念她的姐姐。丽南只好照实说了母亲的情况，以得到姨母的谅解。

晚上，她们谈话到11时才睡觉。

丽南一觉睡到早晨8点多才醒，姨夫姨母都上班去了。姨母给她煮好鸡蛋，桌上放着奶粉、面包和果酱。窗外正下着大雨。这一天是"八一"建军节，军事博物馆开放。丽南本计划去参观，但雨水让她不能出门。上午她洗了几件衣服，午饭后姨夫照例午睡，丽南没事，也去睡觉。谁知她一觉醒来已是下午6时，她不知道自己哪来这么多瞌睡。雨仍然下得非常大，还刮着风，简直是一场暴风雨。姨夫冒雨从食堂买回了晚饭，不一会姨母回来了。晚饭后丽南仍是和姨母谈话。从姨母口中，丽南知道姨夫是有三十七年党龄的老革命，在苏联住了三十年，于1957年回国。是李大钊同志派他到苏联去的。在苏联，姨夫一方面搞革命工作，一方面在莫斯科中山大学教书。姨夫最要好的同志是瞿秋白。1957年回国时第一个接待他的就是瞿秋白的爱人——全国妇联主席杨芝华。现在姨夫是京华印书馆的俄文编辑，国内一些大的俄文辞典都是姨夫和其他几位同志编写的。他在国外一直没有爱人，回国后，由同志介绍，他们相识、结合，成立了这个家……听了姨母的述说，丽南不禁对姨夫肃然起敬，并为有这样一个革命的姨夫而感到自豪。

第二天是礼拜天，丽南正在和姨母吃早点，表哥勃伦回来了。他见了丽南先是一怔，然后不经姨母介绍，他就热情地微笑着和丽南打了招呼。丽南打量着她的表哥：细高的个子，圆脸盘，高鼻梁，戴一副近视眼镜，眼镜后面是一双明亮乌黑的大眼睛，头发不太浓密，整齐地向两边梳着，前额显得很宽阔。他穿着西式短裤，脸和腿上的皮肤被太阳晒得略黑，给人一种健康的阳刚之美。勃伦向丽南问了她姨妈怎么没有来等一些问题后，就坐在沙发上一边漫不经心地翻着书页，一边和丽南攀谈着。他的话不多，说话间，可

以看出他有点拘谨，也有点羞涩。

勃伦对丽南说："我们现在正在复课考试，本月17号才能放假。放假后还有七天的军事野营活动。9月1日开学。假期只有一周时间。很不凑巧，我无法陪你玩了。"

丽南说："你们的假期怎么这么短！看来，这次来京只好我一个人去游玩了！"

上午，雨还在下，中午饭后，天晴了。姨母全家和丽南一起到王府井大街商店去逛。姨母给丽南买了一件漂亮的连衣裙，另外还想给她买件塑料雨衣，但因支援农村，没有卖的。下午6点多，他们到东来顺清真饭馆吃了北京烤鸭。饭后已8点多，表哥和他们分手，坐车回学校去了。

姨母姨夫每天上班，表哥还未放假，丽南只好一个人出外游玩。姨母给她指点了一些游览的地方。

一天，丽南准备到故宫去参观，但是天又下起雨来。她只好待在家里，给姐姐和母亲写了信，谈了姨母家的情况。写完信，她从书架上抽出《外国名歌200首》，唱自己喜欢的歌曲，然后打开苏联九灯的大收音机听音乐。下午天晴了，太阳出来了，但是去故宫时间已经来不及，她就到西单百货商场逛了一圈。这商场真大，一间套一间的房子，各种百货琳琅满目，应有尽有，里面人山人海，热闹之至。

丽南来到北京，感到北京的街道、楼房和安城并没有太大的区别，只是北京的街道特别整洁、宽阔，人行道旁的林荫道整齐美观，七八层，十多层的大楼比安城多。北京人都很有礼貌，很客气，说话时对对方都称"您"。

第二天，天气异常晴朗。吃了早点，丽南就到故宫去游览。

宏伟壮观的故宫，位于北京城的中心，到了故宫，丽南先在门口看了关于故宫的介绍：故宫始建于明朝永乐四年，于1420年基本建成，到1911年的四百九十一年间，历经明清两代，一直是封建皇帝统治全国的中心。故宫四周筑有城墙，名叫紫禁城。故宫总面积七十二万平方米，合一千多市亩，有宫室九千多间，殿宇巍峨，宫阙重叠，画栋雕梁，气象万千……

看了介绍，她不禁对故宫无比崇仰起来。走进故宫的大门，她先从故宫的正门——午门开始游览。午门非常高大，上面有五座楼，人们把它叫做五凤楼。这座楼重檐飞翘，黄瓦红墙，雄伟壮丽。接着她到故宫最著名的建筑——三大殿去参观。三大殿是太和殿、中和殿、保和殿的总称。这三座大殿建在汉白玉砌成的八米高的平台上。台分三层，每层都有汉白玉栏杆围绕，远望犹如神话中的琼宫仙阙，气象不凡。太和殿是故宫最堂皇的建筑。它是明清两朝举行大典的地方，皇帝登基，颁发重要诏书，发布新进士黄榜，以及皇帝生日，都在这里举行庆祝仪式。殿高二十八米，共五十五间，有盈米大柱八十六根，气势雄浑稳重。殿内，居中是一座两米高的小平台，摆着金漆雕龙宝座，雕工精细，龙身昂曲，有跃然腾空之势。座顶正中倒垂着圆球轩辕镜。天花板是绘龙戏珠图案，两旁耸立蟠龙金柱，座后是精美的围屏。整个大殿装饰得金碧辉煌，庄严绚丽。

太和殿后面的中和殿是一座方形的殿堂，殿内雕刻着很多金龙，显得金光灿灿。殿内也有宝座、金鼎、薰炉等陈设，这里是皇帝去太和殿举行大典前，稍事休息或演习礼仪的地方。

三大殿的最后一殿是保和殿。这座殿建筑华丽，彩画处处。殿内也设有宝座。每年除夕，皇帝在这里赐宴外蕃王公。

这三大殿是故宫的中心。太和殿南端的太和门东面两侧各有一组建筑群。

从午门、三大殿、乾清宫、交泰殿、坤宁宫，直达御花园，这些宫殿构成故宫全部宫殿的中轴，在这中轴两旁，还分布着许多殿宇。丽南从御花园出来，时间已是下午三时多，她已筋疲力尽。休息了一下，吃了点东西，她到当年慈禧曾住过的体元殿参观了一下。从故宫，可以真正看到封建统治者豪华奢侈的生活，同时也可看到我国古代建筑艺术的高超。故宫太大了，丽南花费了大半天时间，也还有不少地方没有参观，时间和精力都不允许她再游览。

走出富丽堂皇的故宫宫殿群，她本想回家，但她被迎面起伏绵延、凌空高耸的五座山峰所吸引，这是历史悠久的景山。她不顾疲劳，不由自主地向景山公园走去。她登上山的顶峰，放眼望去，整个北京城尽收眼底。真是"不登高山，不知天之大也"。她眼前的北京城无比庞大，又无比秀丽，城中大小街道宛如蛛网，古老的建筑和现代化的高楼大厦交相辉映，给人一种既古朴又现代的双重感受。北海从眼前缓缓流过，远处的万里长城蜿蜒起伏……丽南眼前的北京又是一座绿色的城市，绿树繁茂浓密，使整个城市成为一个绿色的海洋。眼前的景观使她流连忘返，赞叹不已。

经过农村社教，她身体虚弱，体力还没有完全恢复，外出参观游览，她感到很累。参观完故宫，游完景山后，她只好在家里休息了两天。以后几天

她参观了中国人民革命军事博物馆，中国革命博物馆，中国历史博物馆。中国革命博物馆和中国历史博物馆在天安门广场的东边，丽南走出历史博物馆，放眼望去，对面是一座宏伟的大厦——人民大会堂。黄绿相间的琉璃瓦檐，高大的廊柱，巨大的身干以及层次繁多的建筑立面，显示出一种庄严雄伟的气势。正门顶上镶嵌着国徽，在阳光下闪着金光。广场南面巍然矗立着高大的人民英雄纪念碑。碑心石上镌刻着毛主席亲笔题写的八个镏金大字："人民英雄永垂不朽"。碑座四周是反映中国人民革命斗争的大型浮雕。碑下是绿草地和小花园，各种鲜花开得正艳。广场北面是天安门城楼，楼前是金水河，河上跨有玉带形曲折多姿的七座汉白玉石桥。丽南面对着这些雄伟壮丽的建筑，面对着这可容纳百万人集会的磅礴坦荡的广场，面对着这象征着新中国的天安门城楼，心潮澎湃，思绪万千。她真正感到自己祖国的伟大、昌盛，感到生活在这样的国度里无比幸福、自豪。

星期六，她到鲁迅博物馆参观，然后又到北京动物园游览了一下。下午5点多钟往家走。路上，下起很大的雨，她被浇得像个落汤鸡。一进家门，没想到表哥勃伦已经回来了。他见了丽南说："我上午10点多考完试就回来了，没想到咱们错开了。"丽南遗憾地说："你也不早打个招呼，如果知道你回来，今天我就不出去了。"

吃了晚饭，他们就在小房间里聊了起来。

丽南问："这次邀我和我妈来京是谁的意思？"

勃伦说："去年暑假我就想邀你来京，但我不好意思向母亲提出。今年暑假是我母亲先提出来的，并征求了我的意见。我当然同意了。我们学校原来没有决定军事野营，是后来决定的，也真是不凑巧。你好不容易来京一趟，我却不能陪你去玩，真遗憾！"停了一会儿，他说："高中的通信中，我知道你是一个有理想有志气的人，你勤奋好学，是一个对人生有着较深刻认识的人，我对你很佩服。女性中像你这样有大志，并矢志为理想奋斗的人并不多，这一点是很可贵的……"

表哥的一席话，说得丽南有点不好意思起来。

她说："我受苏联小说的影响太深了，尤其是《钢铁是怎样炼铁成的》。奥斯特洛夫斯基说的'人生最美好的，就是在你停止生存时，也还能以你所创造的一切为人们服务'这句话已成为我的人生信条。我们来到这个世界上，总不能默默地生下，默默地死去，我们应该给这个世界留下一点什么，增添一点什么，只有这样，才不枉在地球上走一遭。高中时期我的确是雄心勃勃，激情满怀，但是上大学以后……"她述说了考入师大后的苦闷、彷徨，以及后来重新振作，树立理想和将来的打算。勃伦听得非常入神，不断点头称是。但当他听到丽南将来打算到偏僻农村去工作，去献身时，他微微皱了一下眉头。等丽南说完，他说："这一点还需要慎重考虑。你毕竟是城市里长大的弱女子，又是家里最小的一个，总是有点娇生惯养，将来一辈子在农村，能行吗？还是现实一点吧！有了远大理想，不管在哪里都是可以实现的。"

对表哥的规劝，丽南并不在意。她说："我的理想已定，我生命中的一切将无条件地服从于我的理想，这其中也包括爱情在内。"

他们东一句西一句地聊着。说累了，勃伦拿出《外国名歌 200 首》来，问道："你喜欢外国歌曲吗？"丽南说："当然喜欢。在外国歌曲中我最喜欢的是苏联歌曲。"

勃伦说："我也喜欢苏联歌曲。不过，自从我国和苏联断交后，就没有几个人敢唱苏联歌曲了。"

丽南说："虽然这样，但我的这个爱好却不会因此而改变，我常常在一个人的时候偷偷地唱，自我欣赏。"

勃伦让丽南唱给他听。丽南说："你先起头唱，我跟着唱。你会的，说不定我也都会；而我会的，你却不一定会。"

勃伦说："好，我起头！"说罢，他翻开歌本，翻出他最喜欢唱的《三套车》来，然后清了清嗓子，小声唱起来：

> 冰雪覆盖着伏尔加河，
> 冰河上跑着三套车，
> 有人在唱着忧郁的歌，
> 唱歌的是那赶车的人。
> ……

丽南没有跟着勃伦一起唱，她被表哥那沉郁、抒情、浑厚的男中音深深地吸引住了，她不想插进去唱，她只想静静地欣赏、陶醉。

勃伦唱了几句，不见丽南跟着唱，便问道："你怎么不唱？不会吗？"

丽南深情地说："你唱得太好了！我只想欣赏，不想插入。"

　　表哥被表妹的夸奖竟搞得不自在起来，脸上微微泛起红晕。

　　丽南想了个点子，说："这样吧，每首歌，你唱一段，我唱一段，怎么样？"

　　表哥同意了，他们就这样唱起来。

　　　　勃伦唱：正当梨花开遍了天涯，
　　　　　　　　河上飘着柔曼的轻纱；
　　　　　　　　喀秋莎站在峻峭的岸上，
　　　　　　　　歌声好像明媚的春光。
　　　　丽南唱：姑娘唱着美妙的歌曲，
　　　　　　　　她在歌唱草原的雄鹰；
　　　　勃伦唱：深夜花园里显得更宁静，
　　　　　　　　只有风儿在轻轻唱，
　　　　　　　　夜色多么好，令我心神往，
　　　　　　　　在这迷人的晚上。
　　　　　　　　……
　　　　丽南唱：小河静静流，微微泛波浪，
　　　　　　　　明月在水面镀银光，
　　　　　　　　……

　　他们就这么唱着。《小路》《草原》《红梅花开》《田野静悄悄》《山楂树》《钢铁是怎样炼成的》……凡是勃伦会唱的，丽南都会唱。他们唱得都很投入，很抒情，都很有苏联歌曲那种特有的韵味。五十年代，在中国这块解放不久的土地上，一度非常流行的这些苏联歌曲，曾经打动、感染过一代人的心房。唱着这些歌，既可把人带到那艰苦的战斗岁月中去，受到革命思想的熏陶洗礼，又可把人带到那辽阔的草原，茂密的森林，那细长的小路，与大自然融为一体，感受大自然那无限壮美的风光，还可以使人对爱情充满一种浪漫而崇高的憧憬和悠远的遐思……

　　他们把自己喜欢的歌唱得差不多了，丽南说："还有一首好听的歌，不知你会不会？"勃伦问："什么名字？"丽南说："是苏联电影《青年时代》上的插曲，叫《我亲爱的母亲》。"勃伦说："我似乎听过，但我不会唱，你唱一下吧！"丽南很喜欢这首歌，她舒缓地唱起来：

> 当年我的母亲，
> 通夜没合上眼睛，
> 伴我走遍家乡，
> 为我一路送行。
> 在那拂晓的时分，
> 她送我踏上遥远的路程，
> 给了我一条手巾，她祝我顺风。
> ……

勃伦听得非常入神。丽南唱完，他说："太好听了，你唱得太有感情了，你比我唱得好得多！"接着他又说："想不到咱们的爱好、情趣这么相投！以后有空，我一定向你学歌，你把你喜欢的，我不会的歌统统教给我，好吗？"丽南说："你过奖了，其实，我没有你唱的好。以后咱们互相交流，把各人会唱的好歌教给对方。"

时间在不知不觉中过去，已是晚上 10 点多钟。为了不打扰两位老人休息，他们停止了唱歌，各自回房去睡了。

第二天是星期天，姨母原准备和丽南到颐和园去玩，但夜里下了一夜大雨，路不好走。早晨天阴沉沉的，她们只好改变了计划。姨母和丽南到菜市场买了鸡鱼和新鲜蔬菜回来。为了吃，姨母又忙了一整天。她看到勃伦这些天考试，生活紧张，人也瘦了，就特地做了不少有营养的饭菜。勃伦在学校很少吃西瓜，姨母就坐车到西单去买了大西瓜回来。

勃伦还在考试期间，星期天也得看书复习课。在他学习累了，休息的时候，就和丽南一起聊天。晚上，丽南把他送到汽车站。路上，勃伦问丽南团组织问题解决了没有，丽南说："没有。"丽南把高中积极争取入团，以及大学的情况讲了一遍，她表现出沮丧的样子。勃伦鼓励她继续努力，不要灰心。他说："一个人在政治上一定要争取进步，加入了团组织进步才能更快。尤其是树立了远大理想，更要解决组织问题，否则，理想是难以实现的。"丽南对表哥的关心很是感激，她知道表哥高中时就入了团。临上车，勃伦说："星期三我有时间回来，你不要外出，在家等我。"丽南高兴地应诺着。

星期一早晨又下了雨，下午晴了。丽南没有外出，在家里整理了房间，拖了地板，洗了衣服。姨母每天早晨6点多钟就起程上班，这时丽南还在睡梦中。姨夫7点多上班。白天就她一人在家。她干完活，拿起书想看，却看不进去。不知怎的，她感到心绪烦乱，感到寂寞难耐，她觉得有一种异样的感情向她袭来。勃伦那高大的身躯，那深情的眼睛总是在她眼前闪现，他那柔和动听的北京语调，那深沉浑厚的歌声在她耳畔萦绕……这种奇异的感情——她平时认为是庸俗的感情，现在却缠住了她的魂灵，她怎么也赶不走它们。

星期三，勃伦上午10点钟考完试就回来了。他这次回来没有带书，准备陪丽南玩半天时间。

吃完午饭，勃伦带丽南到他平时最喜欢的天文馆电影院去看别具一格的电影。他们坐车到那里，看了一场《在宇宙旅行》的电影。这座电影院很特殊，一架从德国买来的放映机放在影院的中央，观众头顶上的大弧形天花板是屏幕，看时需仰头眺望"天空"。电影放映了星星、月亮、太阳以及日食、月食等天体变化。随着放映机的放映，观众如同在宇宙旅行。面对苍茫寥廓的宇宙，你会产生无穷无尽的遐想，会产生一种探索宇宙奥秘的愿望。

走出天文馆电影院，勃伦问丽南："你喜欢这电影吗？"丽南说："这电影太好看了！太棒了！这星空，这月亮，不禁把我带到了那孩提时代！童年，我家在凤城教会大院里住，晚上孩子们都到大后院去嬉戏玩耍。那里没有高楼，没有烟囱，天空显得特别高远广阔，我们看着星星，望着月亮，对宇宙充满了无尽的幻想和一种神秘感。那时，我们多么想上到天上去摘星星摘月亮啊！现在，楼房林立，住在高楼里，看到的是巴掌大的一块天空，对星星，对月亮似乎已经陌生起来了！我是多么留恋那童年的生活。"勃伦说："是的，我们家也住过平房，那时对博大神秘的宇宙充满了幻想。中学时代我曾向往将来做一名宇航员，去探索宇宙的奥秘。但那时我们国家这方面技术还是个空白，这个理想无法实现。"停了一会儿，他接着说："理想和现实往往会产生矛盾和冲突。61年高中毕业，我原想报考航空学院，但高考前，得了重病，结果落了选。62年是高校招生人数最少的一年，也是最难考的一年，航空学院不少好的专业不招生，我只好报了现在这所大学，将来想在物理学方面搞出一点成绩来。"

他们一边走一边聊着，不知不觉已近9点，勃伦坐公共汽车回校去了。

　　勃伦这个星期考完试后，要到郊县军队野营一周时间，到 22 或 23 号才能回来。丽南原打算在京玩两周时间，即 15 号回安城，但姨母一再让她等勃伦野营回来后再走，好让勃伦陪她玩两天。这样就要到 26 号才能走。在姨母的盛情挽留下，丽南只好答应。

　　北京的天气就是这么奇怪，夏天几乎每天都要下点雨。送走勃伦第二天，早晨下了很大的暴雨，下午又出了非常大的太阳。丽南没有外出。姨母家的书很多，有不少小说和理论书籍，还有不少报纸、杂志。她在这里还要待十天时间，她想："那就看几部小说吧！"她拿出反映苏联阴暗面的小说《叶尔绍夫兄弟》来读。她一向都是非常喜欢读书的。但是，现在书籍对她似乎失去了吸引力，书中的故事难以扣住她的心弦。她在想，她和勃伦才接触了这么短暂的时间，但却混得很熟了，彼此都消除了陌生和拘谨，随便谈论和说笑，他们都希望有更多的时间在一起畅谈和游玩。从勃伦的行动中也可看出他回家之心很切。昨天他是刚出考场，连宿舍都没回，让同学把书包捎回宿舍，就径直回家来了。他回到家，丽南刚刚把姨母买的小包子热好，他们又说又笑地吃着包子。她感到和勃伦在一起很愉快，有谈不完的话。但是客观现实为什么总是和人的主观意愿相背离呢？他们学校为什么要这样特殊地安排学生的假期生活呢？她和勃伦没有时间在一起玩！十天，要在等待中度过！等待，又是多么难耐的事！不过，她还是准备在这些天里看几本书。

　　她在书架上找寻着爱读的书。她惊喜地发现了《红与黑》。进大学后，她还没来得及借阅这本小说，它就被当做有毒之书封禁起来。她一直想读它而未能读到。她想，现在应该好好读一下了。

　　她在翻看着《红与黑》，但这样的书现在仍然难以吸引住她。她只觉得心绪烦乱，坐卧不宁，她不想干任何事。有时她宁肯坐在那里静思。这时，勃伦的音容笑貌就浮现在她的眼前，她无法赶走它们！以前通信的时候，她对他还没有丝毫这方面的情愫。他来了信，她随便回一封；他不来信，她也不想。而现在见到了勃伦，他身上似乎有一种魔力在紧紧地抓着她，使她迷恋他，向往他。和他在一起的时候，她感到一种从未有过的舒心、愉快；一旦分离，她就感到好像失去了什么，使人惆怅，难耐！

　　"这是一种什么感情呢？难道人到了这个年龄都是这样吗？不然，学校里那些少男少女怎么总是那样形影不离！但自己不管怎样，不应该有这种感情！自己的理想是不允许自己过早地去想这个问题的，况且，这种亲属关系……"

丽南脑子里翻腾着这乱七八糟的问题，她几乎无法控制自己。

晚上8点钟，勃伦从学校回来，他们明天要去外县进行军事野营。等他回来再走，还是不等，丽南一直还在犹豫之中。

丽南什么时候走，勃伦不知道，只是姨母心中有个数。对丽南什么时候走好，勃伦还从未明确表过态。

星期一早晨丽南送勃伦到学校，他们先在饭馆里吃早点。吃饭时，勃伦不停地在问丽南："你决定什么时候回去？"丽南知道勃伦23号回来，而她偏偏说22号走。勃伦有点吃惊地问："真的？"丽南说："真的。"后来，勃伦才谈了他的意见和计划，他说："等我回来后咱们一起玩两天你再走，还有很多好玩的地方和很多事要做呢。"丽南从来不会说谎话，但这时却心生一计，用谎话套出了勃伦的真心话。

每次送走勃伦后，丽南的心境总是久久不能平静。回到家中，她总是心烦意乱，什么事都干不成。说不上来的一种感情在折磨着她。

姨母晚上往往回来很晚，有时到11点多才到家。他们单位正在搞运动，对一些贪污盗窃分子进行揭发和批斗。姨母说，一些人对自己要求不严，追求资产阶级的生活方式，因而腐化堕落，以至走上贪污犯罪的道路。一个人在生活上对自己要严格要求。

有几个晚上姨夫陪丽南去看了话剧和杂技。在长安剧院看的武汉市杂技团少先队的表演尤为精彩。演员年龄不大，但技艺高超，动作娴熟灵活，体魄强健有力，服饰别致新颖。有不少外国人也在观看。场内不时爆发出掌声和叫好声。这场杂技大开了丽南的眼界，她看到中国艺术界也在迅速发展。

姐姐来信寄来了丽南社教回来后照的一寸黑白照片和底板，丽南加洗放大了几张，有两张是彩色的，准备留给姨母一张。丽南取出了照片，她竟被自己这第一次放大了的彩色照片吸引住了。照片上那件花衬衣鲜艳夺目，她那头微卷蓬松的头发显得浓密漂亮，她那张瓜子脸显得俊秀端庄，那双大眼睛和双眼皮尤为美丽动人。她在照相馆门前痴痴地看了好一会儿。时间已是中午，她到一家饭馆去吃牛肉面。在等面时，她又不时从相袋里抽出照片来偷偷地端视，似乎看多少遍也看不够。美的魅力竟是这么大！

吃完饭，丽南到百货大楼、东安市场逛了一圈。她很快就要大学毕业参加工作了，但还没有箱子。她买了一个咖啡色钢纸板的箱子，然后给姐姐、妈妈、小外甥买了些小东西。

一周终于过去了。8 月 22 日，是星期六。丽南想："在这套寂静的房间里，我一个人生活的日子就要结束了，明天勃伦就要回来，以后两天就可以和勃伦一起玩了。"她多么高兴啊！下午，她给姨母、姨父写了一封感谢信，想在临走时留下。她深知自己来京给他们添了不少麻烦。她只有用书面方式来表达自己的感谢之情。信中她还写了自己来京的收获和参观感想。

晚上，姨母和丽南到百货大楼去，姨母给丽南买了件波兰进口格子呢面料的春秋两用衫，给丽南的母亲、姐姐、姐夫也都买了礼物。丽南不让姨母破费，但是不行，姨母非要买不可。丽南到京，不但给姨母增添了不少麻烦，而且让姨母花费也不少，她心里很是过意不去。

第二天是 23 号，是勃伦该回来的日子，她想，这一天一定是最快乐最有意义的一天。她设想着：勃伦中午回来，他们一起去买火车票，然后在城里看看马戏、电影，玩到晚上再回来。

但是，这一天并不是那么美好，而是她非常沮丧的一天。

这一天早饭后，姨母姨父因事要外出，丽南要求一个人在家等勃伦。勃伦原说今天回来，他没有带门上钥匙，所以必须等他。她一个人在家里，想睡一会儿，却睡不着。起来后，在这寂静的房间里她不知道干什么好。如果勃伦回来，一切都好办，首先能到火车站去买车票。现在正是学校开学前夕，车票非常紧张，到时候，买不到票就要误了开学报到，这是她最担心的事。

晚上姨母和丽南一起进城，本想到前门售票处看看售票时间，她们到售票处看到挂出的牌子上写道："26 号票已售完"。丽南本来决定 26 号走，现在已经不行了。27 号的票都很难买到。她们给售票员说了好多好话，总算买到了一张 27 号的车票，她们的心这才放了下来。

这一天勃伦没有回来，姨母也非常着急。她不时念叨着："勃伦怎么还不回来！"

颐和园她还没有去，原想和勃伦一起去，现在看来不行了。上午，她给勃伦学校打了电话询问回来的日期，回答说明天，即 25 号才能回来，丽南没有等勃伦，她一个人到颐和园去了。去的时候，一路闷闷不乐，没精打采，到了颐和园，她被这座在国内外享有盛誉的古典园林的美丽风光所吸引，随着游览，心情也舒展多了。

这个公园拥山抱水，水域占全园的四分之三。浓绿的万寿山耸立在昆明

湖的北畔，湖面平静如镜，湖上荷花开得正艳，石船石桥倒映水中。在一片湖光山色中，点缀着许多殿、堂、楼、阁等精美的建筑。在这里游览，恍若置身于画卷之中，有"人在画中游"之感。颐和园太大，丽南只大致转了一圈，在万寿山前留了影，就出了园。返回途中，经过北京大学，中国人民大学，中央民族学院等高等院校，她看着这些学校的校牌，想起自己高中时的理想，只能慨叹不已。

25号，天气格外晴朗，勃伦上午11时回来了。他说："我们野营延长了两天时间，我也非常着急，但没有办法。"

他们俩在家里吃了午饭，休息了一会儿，就一同进城去。他们先到美术展览馆参观了工业品展厅，然后到百货商场。勃伦买了高级钢笔、日记本和影集等送给丽南。盛情难却，她只好收下。

吃了晚饭，他们到北海去玩。走进北海公园，只见一湖碧水，清澈见底，碧波荡漾。整个琼华岛簇拥在绿荫里，像一把绿色的大伞，覆盖在浩瀚的湖面上。岛中央白塔高耸入云。北海沿岸的环湖小山，幽静别致，水池回流，小桥蜿蜒。湖北面延楼游廊，回环曲折。湖上画舫游船往来不断。他俩沿着游廊漫步着，随意地闲聊着。

夜幕降临，他们租了小船，在平静的湖面上漂荡。北海的夜更是美丽迷人。皎洁的月光洒在湖面上，波光粼粼，像是无数碎银在跳荡。湖水温柔得像情人的眼波。岸上的树木，亭台殿阁倒影如墨，岸边五颜六色的灯光照在墨绿的湖面上，湖中呈现出无数条五光十色的光柱，这些光柱随着荡漾的碧波在闪烁，在颤动，好似五彩的梦。天空是明净的，像一块蓝色的大理石，有几颗星嵌在这大理石上，忽闪忽闪地眨着眼。晚风拂面，随风送来夜来香和山坡上野花散发出的醉人的清香。茶坊酒肆里不时传出悦耳动听的小夜曲，娱乐场里传来阵阵悠扬欢快的圆舞曲。一只只小船在水上漂荡，一对对情人在喁喁私语。丽南和勃伦这两个同龄的年轻人在这样迷人的夜晚该做什么呢？他们既不是情人也不是同学，他们都还那么单纯和幼稚，甚至他们还从来没有和异性在这样的夜晚单独在一起过。丽南坐在船尾，勃伦坐在船头，他轻轻摇着木桨。他们各人在谈着自己的理想、爱好、情趣，也谈着各人对爱情的不成熟的看法。他们都觉得爱情对于他们还是遥远的将来的事情，都不打算学生时代去谈它。

10点多钟他们回到家里。他们感到一天过得很愉快。对丽南来说，起码不感到寂寞。但命运好像故意在捉弄他们，给他们安排的时间太少了，仅仅只有明天一天的时间了！

在北京的最后一天，上午，他们一起到王府井食品店给丽南家买糕点糖果之类的食品，这是姨母吩咐勃伦要做的一件事。他们在饭馆吃了中饭，回到家里，丽南让勃伦先去午休，她自己把给姨母的临别信重新抄写了一遍。等她要睡的时候已经是下午两点钟了。院子里孩子们的吵闹嬉戏声使她不能入睡。这时勃伦已睡醒，他看丽南还没睡着，就到丽南房中来。丽南还躺在床上，她因为没有睡着觉而有些发懒。勃伦说："睡不着就别睡了吧！"然后他把自己平时的一些摘抄、剪报，自己的日记，还有平时在寂寞孤独中写的一些诗歌、小说之类的东西统统拿出来给丽南看。他斜坐在丽南的床边，丽南煞有兴味地翻看着，朗读着：

△知识就是我们借以飞上天堂的羽翼。

——莎士比亚

△科学绝不是自私自利的享乐，有幸运能够致力于科学研究的人，应该首先拿他们的学识为人类服务，为全世界服务。

——马克思

丽南一边翻一边继续饶有兴趣地在读：

人生最宝贵的东西是生命，但是哺育"生命"的却是崇高的理想和希望。假如一个人在生活中没有理想和希望，或者丧失了理想和希望，这个人的"生命"就不会发光。人，只有在为实现崇高理想和远大希望而进行的斗争中，他的生命才能迸放出灿烂的花朵，喷射出浓郁的芳香，显示出它全部的美丽。

……

丽南读着这些摘抄，她感到勃伦的兴趣、爱好、思想等诸多方面和自己的是这么接近，甚至相同。从摘抄的内容，可看出他也是一个非常珍惜时间，热爱学习，渴求知识的人，是一个有理想有事业心的人。他的家庭条件尽管很优越，在大部分人每月只有三四十元或五六十元工资的时候，他父亲每月是二百元的高薪，但他并没有因为这些而放松学习，放弃自己的追求，去当

花花公子。丽南对勃伦有了进一步的了解，她从心底对他更加敬重。

8月的天气还很热，勃伦穿着短裤和汗衫。他坐在丽南身边，看着丽南一页页地翻看。当丽南抬起眼去看他时，只见他的两个黑眸子更大更亮，放射着柔和的深情的光。丽南放下手中的本子，勃伦微笑着说："我的札记本比起你的来一定差得老远老远。我知道你中学时就在积累。你中学给我写的信，封封都洋溢着青春的活力，向上的激情，对我启发教育很大……"他笑时，嘴角微微翘起，像一弯挂在天空中的月牙。丽南这时不想说什么，她被他深情的眼睛所吸引。她看到勃伦说话时嘴角在抽动，是紧张还是激动还是别的什么原因，她不清楚，勃伦紧挨着她坐着，她可以感到他肌肤上的热量传到了她的身上，她仿佛感到一股股电流通过她的全身，烧灼着她的神经。不知道是一种什么情愫在她身上涌动。她看到勃伦斜着身子坐在她的床沿上，床是旧式行军床，床棱使他坐得很不舒服，她不由自主地把身子往床里边移动了一下，空出了一点地方，用眼睛示意给他腾出了躺的地方。勃伦迟疑了一下，就躺了下去。他们并排躺着，在翻看着他的日记。勃伦翻出一篇专论爱情的日记让丽南看，让丽南了解他的爱情观。丽南看到勃伦对女方要求的条件还是较高的。他要求女方既要长得庄正、秀丽，又不要风骚轻浮，既有文化学识又要有事业心，不低级庸俗……丽南很赞赏他的观点。从勃伦的爱情观可以看出他不是那种庸俗、色情的男人。他们俩翻看着、谈论着。他们一直并排躺着，但他们没有一个人侧转身子去触动对方，更没有拥抱对方。丽南感到自己全身的血液似乎都涌到了脸上，她的脸发烧发烫，她有时侧过头去偷偷瞥一眼勃伦，她看到他也显得非常紧张和激动，脸上的肌肉在抽搐，嘴唇在颤抖。丽南可以感到他的心脏跳得很快很剧烈。她想："勃伦一定也是第一次和异性这样的接触，不然怎么会这样紧张呢?"是的，他们都是第一次和异性这样的接触，两颗年轻火热的心在激荡在跳动。勃伦紧紧地挨着丽南，丽南感到身上的热浪在翻滚，她的脸烧烫得厉害。尤其在翻动笔记本，她的手和勃伦的手相碰时，她感到似有一股电流从指尖传遍全身，一会儿又似有一股寒流通过，使全身起了鸡皮疙瘩一般……他们都太单纯了，他们没有更多的奢望，没有别的邪念，他们感到这样挨在一起就已经够大胆，也已经很满足了。他们彼此倾吐着对对方的爱慕和钦佩之情。勃伦说："高中通信时，我就考虑过我们之间建立爱情的事，但是，后来我才知道，我们之间是不能发展为爱情的。"

丽南说："是因为我们是亲戚关系？"勃伦说："是的，我们的血统太近，我们的血液是由一个姥姥那里传下来的。据说这种近亲婚姻对下一代不好。"丽南说："那我们就做个好同志好朋友吧，在学习、事业上互勉互励。"勃伦说："但什么事情都不是绝对的……"

他们就这样聊着，一个下午，很快就过去了。

晚上，丽南和姨母、姨夫、勃伦在一起聊天，这是丽南在北京的最后一个晚上。姨夫平时不太爱说话，这天晚上却幽默地对丽南说道："你吃残汤剩饭的日子结束了。"丽南觉得很好笑，又觉得这是姨夫在说客气话。她说："姨夫怎么能这样说呢？来北京后，我给你们增添了不少麻烦，姨母一早起来给我做早点，姨夫中午从食堂买回鸡鱼肉等各种好吃的饭菜，我又给你们帮不了什么忙，心里实在是太过意不去了！"姨母说："你来帮我们做了不少事，买菜、洗衣、拖地、整理房间……行了，大家都不要客气了。"然后姨母让勃伦帮丽南整理一下东西，说："晚上早点睡，明天丽南坐火车可累着呢！"

夜里，丽南睡得很不好。先是睡不着，白天和勃论在一起的情景时时出现在脑际。后来朦朦胧胧睡去了，但早晨很早就醒了。

姨母早晨上班后，勃伦就到丽南房间里来了。他知道丽南睡得很晚，知道丽南趴在床头在台灯下写日记。他要求看丽南的日记，丽南就毫不犹豫地拿给他看。看后，他没有发表意见，他说："对于昨天，现在还不能作评价。"

桌上放着丽南给姨母姨夫的告别信，勃伦抽出信纸，打开来看，他看到夹在信纸中丽南的彩色照片，他拿起照片看了好一会儿，有点惊喜地说道："这张照片照得不错！"丽南从勃伦看照片的神情，知道他也被吸引住了。但她说："人长得不行，照片还能好么！"勃伦说："那是你在谦虚。"

姨夫上班时和丽南告了别，他很客气地说道："欢迎你寒假有时间再来玩。"他们紧紧地握手告别。

丽南是上午10点20分的火车。她和勃伦7点多就吃完了早点，但是到9点钟还没有出发。在这一个多小时里，他们是多么依恋呀！丽南靠着桌子站着，勃伦的两只手搭在她的肩膀上，他们默默地对视着，似有千言万语，但此刻谁也不想说话。他们彼此从对方的眼睛里可以读出对方要说的话，要表的情。勃伦的眼睛一直没有离开丽南那双美丽的眼睛，他一会儿看丽南的眼珠，一会儿看她那双得很深的双眼皮，他的眼睛在她的眼睛上转动着、巡视着，他在欣赏着丽南那双美丽的眼睛。而丽南总是看着勃伦那又小又薄的嘴

唇。他的嘴唇抽动、颤抖得很厉害，可以看出他又激动又胆怯的心理状态。他们就这样站了很久，看了很久。爱情之火在他们两人心中燃烧。丽南这时多么希望勃伦能像电影镜头上的情人那样拥抱她，亲吻她啊！勃伦又何尝不想狂吻丽南！他们两人都读了那么多外国小说，看了那么多苏联电影，情人间拥抱接吻的描写和镜头太多了，然而，现在要让他们走出这一步，却是这么难！

勃伦终于打破了这沉寂，小声说道："丽南，你真美！"丽南的双手一下子搂住勃伦的脖子，把脸颊紧紧贴在勃伦的胸脯上。勃伦的双臂搂着丽南的腰，他们紧紧拥抱在一起。丽南听到勃伦的心脏在怦怦地跳动。当丽南把脸颊仰起来时，勃伦那颤抖的嘴唇终于噙住了丽南的嘴唇。他们亲吻了不到一分钟，座钟就无情地响了九下。

"已经9点了！"

他们两人几乎同时发出这样的惊呼声。

他们两人都紧张了起来。

一个小时要赶到火车站，不管怎样都是异常紧张的。

勃伦说："咱们得快点走！"说罢，就扛起丽南的箱子，丽南提起手提包，他们三步并作两步地往公共汽车站跑去。箱子很重，累得勃伦满头大汗。幸好公共汽车还比较顺利，没等多久就开来一辆。

他们赶到火车站已是10点过几分了。勃伦说："真悬哪！"在车上他给丽南找到座位，放好箱子，就匆匆下了车。不一会儿，火车就长鸣一声，徐徐开动了。他们挥手告别，互相用眼睛表示着深情。丽南把头伸到车窗外，一直看着勃伦，直到他消失在那一排排送行人的行列里，她才收回头。

她的座位紧挨着车窗，但她对窗外的景物却不是那样热衷了。她闭上眼睛，回味着她平生那第一次甜蜜的吻，回味着和勃伦在一起时那美好的时光，那澎湃的激情……

第二天早晨火车就到了安城，丽南的父亲去接了她。

回到家里，姐姐、姐夫都在。丽南顾不上洗脸，就打开箱子，取出姨母给他们买的礼品。小外甥兴兴已经四岁了，丽南拿出给他买的小手表、小汽车等玩具，还有动物园照片一套，他非常喜爱。当丽南拿出那一大包高级奶糖和点心时，他更是高兴得手舞足蹈，大口嚼着奶糖。家人都非常高兴。他们又像招待客人一样，中午做了油炸鱼，晚上包了羊肉水饺招待丽南。吃完晚饭，姐夫就要回厂去了。临走时，他对丽南说："这半年来，你到过最艰苦的农村，也到了最好的地方北京，感想、收获一定很多，要好好总结一下，能写的话就练着写一写哟！"姐夫是四川人，说话有很重的四川腔，其中也往往学说一点普通话，是很逗人的，也很风趣。丽南听了姐夫的这番话，不断地应诺着。

晚上，丽南给姐姐、母亲谈了姨母姨夫的身体、工作情况及在北京的见闻。

开学后，丽南已是大四的学生，面临着毕业。但不久却传来他们学制要延长的消息。他们参加了五个月的社教运动，一个学期没有上课，省委和学校领导决定将他们这一级学生的学制延长一年，本该 1965 年毕业，现在延长到 1966 年毕业。对此，同学们反响很大。延长一年，对年龄小家庭经济状况尚好的学生来说问题倒不是太大，对一些年龄大，家庭负担重的学生来说就很难接受。但上级已经作了决定，大家只好照办。丽南把延长学制的事告诉给家人，姐姐姐夫虽然没有什么意见，但也觉得时间太长了。不过母亲从旁说："延长了也好，不然再有一年毕业，你还那么不懂事，怎么工作？"丽南想，这也是，自己年龄是班上小的，延长一年，对自己也无所谓，从另一个角度看，还可以多学点知识。因而她把延长学制并没有当做是什么坏事来看待。

开学不久，参加社教的同学听了关于退赔的报告。报告中指出，社教结束离开农村时凡接收农民礼物的都要按价给农民退赔。同学们在临走时大部分都接收了农民的一些礼物，像鸡蛋，上路干粮，有的还送了菜籽油、日记本等。丽南走时，书包里也装满了农民送的鸡蛋、烙饼等。老师说，东西虽小，但要了这些东西，对党的名声，对运动都有不好的影响，社教干部应该不拿群众一针一线，严守纪律。丽南他们听了报告，都纷纷写信，给农民寄去了粮票和钱。

丽南本想从北京回来后马上给勃伦写信，她一直没找到时间。开学后的第三天晚上，她才给勃伦写了信。她想勃伦一定在等她的信。信发出后，丽南像在北京等待勃伦回来那样地在等待着他的回信。但是过了二十多天，还没有收到他的信。那几天丽南正在拉肚子，疾病使她躺倒了。她躺在床上，听着窗外哗哗的雨声，心绪无比烦乱。她在想："勃伦为什么不给我回信呢？

他绝对不会不给我回信的。我的信他一定没有收到。那信落到哪里了呢？是被别人偷拆了？他现在也许正在因为没有收到我的信而在埋怨我。也许他给我的信被同学偷拆了……"她在瞎猜着。她不得不给勃伦又写了一封信。

过了国庆，丽南终于收到了勃伦的来信。他的信很长，写了七八页。信上先谈了他对丽南这次来京的印象和看法，谈了他们诸多方面的相同点，谈了他们的关系问题，最后写了推迟回信的原因。勃伦写道："自从我们高中通信后，在这五六年中，我对你一直有一种异样的感情。当我没有考上大学，停止通信的两三年中，我对你的这种感情也一直没有磨灭。就是在别的女同学追求我的时候，我也不曾忘却你。在我收到大学通知书的当天晚上，我还把你高中时的信翻出来看。这次你来京，更增加了我对你的好感和爱慕……"丽南的两封信他都收到了，为什么迟迟没有回信呢？他写道："丽南，从你来京后的表情以及你的来信，我可以感到你也是非常爱我的，你对我也有着强烈的感情。但是，丽南，我们表兄妹这种关系已决定我们不可能发展到那一步！那么，我们现在任这种感情发展下去，不是会给将来带来更大的痛苦吗？因此，我用意志用理智有意识地控制着自己的这种感情。一个月没有给你回信，也是为了让你降降温。现在，我们都应该冷静再冷静，理智再理智。你这次来京，我们经历了一次感情上的'惊涛骇浪'，随着时间的流逝让它逐渐平息吧！丽南，你能懂我的良苦用心吗？我想，你一定会懂的……"

读了勃伦的信，丽南觉得勃伦要比自己成熟老练得多。自己为什么就没有有意识地去控制这种感情呢？非但没有控制，而且还一任那感情的潮水发展！她感到勃伦给自己敲了一声很响的警钟。半年多来，参加了五个月的社教运动，近一个月的北京之行，自己的实践知识增多了，眼界开阔了，但在理论知识方面，在读书学习方面，可以说基本上还是空白。开学一个月来，一种异样的感情在缠绕着自己，为了勃伦的回信，弄得自己魂不守舍。自己的思想不再是那么单一，精力不再是那么集中。她想：年轻人，到了这个年龄难道都要经历这不平静的生活？这种异样的感情又是多么可怕！在它刚刚开始的时候，她就感到它像魔鬼一般的可怕，它可以使一个人变痴、变傻，可以使一个人浪费青春，虚度年华。半年多来，她没有读书学习，精神空虚了，她必须摆脱这种感情的缠绕，像勃伦说得那样"冷静""理智""降温"，让它"平息"……

她给勃伦写了一封信，表明自己是非常赞同他的观点和做法的，并提出以后无重要的事情他们就不必多通信了，互相忘却吧！否则只会带来坏处不会有太多的好处。信寄出后，她觉得心里平静多了。

丽南在自己精神不振，思想空虚的时候，往往去翻阅自己的札记本，剪报本，在那里她可以找到鼓舞自己前进的精神食粮。和勃伦的事情过去后，她一时还难以摆脱那感情的困扰，她照例拿出自己的摘抄本，读着那些令人振奋的句段和文章。

美国作家斯万尔的文章《始终不渝的朋友》深深地吸引了她：

一部好书经常是人生的圣坛，里面珍藏着一个人的思想所发掘的精华……最优秀的书籍是一种由高贵的语言和闪光的思想所构成的财富，为人类所铭记，所珍惜，是我们永恒的伴侣和慰藉。

伟大高尚的人物即使不在人间也是不朽的。书籍载着他们的灵魂遍迹环球。书是一种活的声音，它是我们永远尊重的理想代表。我们至今仍然受着古代先哲的影响。那些高贵、智慧的灵魂，在今天仍充满活力。

……

丽南读着文章，品味着那些语句的含义。她想：自从小学和书结了缘以后，不正是书，让她懂得了生活，树立了理想？不正是书，让她热爱生命，珍惜青春的么？书，像朝阳，像春风，像雨露，它是知识的海洋，精神的食粮，智慧的钥匙，心灵的灯塔。"书籍是全世界的营养品"，她现在是多么需要这"营养品"啊！她又想到自己苦苦寻觅、建立和追求的理想，这半年多来似乎对它疏远了，没有为它的实现作更多的努力。自己的理想是宏伟的，崇高的，自己必须为它的实现去奋斗。她又想到，高中时自己一心扑在为理想的奋斗上，那时对勃伦的来信自己根本不放在心上。不管他有什么想法，而自己却没有一丝一毫其他方面的考虑。上大学后他们有两年没有通信，她也觉得像无事一般，仍在忙自己的学习。她觉得他们从未见过面，根本就无从去谈什么爱情。这次到京，短暂的接触，仅仅是有好感而已，要谈到爱情或去发展它，不是很可笑、幼稚和滑稽了一些吗？让它来影响自己的学业，浪费青春不更是太傻气了一些吗？况且自己在学生时代本来就不打算谈什么恋爱，自己的理想将压倒一切……

丽南想着这些问题，觉得这仅仅是前进道路上的一段小插曲，让它成为

历史吧！忘掉勃伦吧！这一切都是虚无缥缈的，是不现实的。

培根曾经说过："一切真正伟大的人物，没有一个是因为爱情而发狂的人，因为伟大的事业抑制了这种软弱的感情。"是的，丽南还有伟大的事业，她必须尽快振作起来为理想的实现去奋斗。

自此以后，她和勃伦通过两三封信，就没有再通信了。她的心境逐渐平静下来。她又开始了如痴如狂的学习和工作。

60年代初，神州大地开展了向雷锋同志学习的活动，接着掀起了学习毛主席著作的高潮。丽南读了《雷锋日记》《雷锋的故事》后，很是激动。看了电影《雷锋》，她受到很大教育，在雷锋高大的形象下，她严肃认真地审视着自己。她决心像雷锋那样做一个毫不利己、专门利人的最高尚最纯粹的人。她开始像雷锋那样默默地做好事：同学有了病，她热情地给打饭，帮着到诊所去看病；星期天她到灶房去帮灶；她节约下零花钱买了毛主席著作单行本悄悄放在伙房里，让炊事员们也学习毛主席著作……她开始像雷锋那样学习毛主席著作。学一篇，写一篇笔记和心得体会，对照检查自己的弱点。一年多，她写了两大本学习笔记。

暑假前夕，丽南终于被批准成为一名光荣的共青团员。当团支书给她拿来闪闪发光的团徽时，她是多么激动、兴奋啊！多少年的愿望、梦想终于实现了，她怎能不激动、兴奋呢？她决心在团组织的教育培养下，更快地成长和进步，使自己成为一名真正的共产主义战士。

这年暑假，丽南回到家里，姐姐生的第二个孩子已快两个月了，是个女孩，非常可爱，全家人都围着她忙，围着她转。姨母给这小宝宝寄来五十元钱作为庆贺礼。母亲让丽南给姨母回了信。信中，丽南告诉姨母她已经光荣地加入了共青团。回完信，丽南不禁想起去年暑假的时候她正在北京游玩。一年，竟如此快地过去了！这一年，在繁忙的学习、工作和各种活动中，她没有时间去想勃伦和与勃伦的事，她几乎把他忘掉了。

丽南他们这一级学生本该大学毕业，走上工作岗位，但因参加农村社教，学制延长一年，现在他们不能毕业。他们的学习任务不重，上级领导分配他们去参加一期城市社教。

8月初，丽南依然像参加农村社教那样，满怀激情，带着毛主席著作和一本崭新的笔记本投入到安城第二期城市社教中去。

这一期社教他们参加了七个多月

毕业前夕，班上十多名女同学中，有的结了婚，有的订了婚，有的谈好了对象，没有对象的只剩下丽南她们三两个人。在这种情况下，丽南的生活是难以平静的，一封封求爱信接踵而至，搅扰着她的生活。

一个喜欢写诗的同学在给她的求爱信中写道：

丽南：

提起笔来给你写信的时候，我的心如潮水，汹涌澎湃，激动得不能自已。向您倾吐心里的话，实在是夙愿已久了啊！丽南，请原谅我，原谅我太冒昧了。

唉，光阴荏苒，我躺在时间的河流里，不知不觉已二十余春秋。随着年龄的增长，如今，是该采撷爱情的花朵了，而我，依然是孤兀的一个，没有情人，没有伴侣。说实在的，那种缺乏生活伴侣而孤独无聊的滋味，我是尝够了，尝够了……

像久旱的大地期待着甘露的降临，我的心呀，在渴望着酒浆般的爱情……

丽南，您是我心中的太阳，那么艳丽，那么强烈。有了您，我便有了春天和光明；有了您，我就不会觉得寒冷和孤独。您那么强烈地吸引着我啊，使我晕眩，使我陶醉！丽南，我爱着您，深深地，深深地……

您像一朵白莲花，孤高，清秀，饱含着浓郁的馨香，使我迷恋。您有着一颗少女的心，一颗火热、纯洁、天真的心，你的心灵世界无比高尚和美丽，我多么需要您那一颗心啊！丽南，我爱着您，强烈地，强烈地……

时光如流水，依然无声无息地从我心灵上潜潜流过。转眼便濒于毕业的边沿，美好的将来正展现在我们面前，祖国沸腾的生活在向我们召唤。每个人都在精心设计着自己美好的未来。今后漫长的岁月如何度过，和谁结成终身伴侣，这的确是一个值得认真思考的极其现实的问题。幸福的生活是由自己创造的，我们应该去努力争取。

丽南，我向来对您都是无限倾慕和尊敬的，在这里倾吐出炽烈的衷情，望你不要见怪，请饶恕我。

最后，我殷切地期待着，期待着您的来信。我相信，您绝不会沉默，给我带来无限的痛苦和折磨，而是给我带来喜悦和慰安的佳音。在此，我希望您不要将此信向任何同学公开，千万千万！

好了，纸短情长，言不尽意，就此搁笔了。

握手

您的同学：任超斌

65.9.20.深夜

不可否认，这封情书写得不错，还富有诗的韵味，看来是颇下了一番苦心雕琢出来的。当然，也可能是真情实感的流露。但是，这些情书，非但不能打动丽南的心，反而只能引起她的反感。她始终不可理解，这些同学为什么要这样急于解决这个问题？他们为什么不把时间精力用在学习和事业上？当时丽南的年龄已经二十三四，正如情书中所写，是该采撷爱情的花朵，寻找人生伴侣的时候。但是，她似乎还从来没有认真地思考过它，她总觉得谈恋爱对自己来说还是遥远的事情。在她的心灵深处，有一颗向往崇高爱情的心，她鄙视那些庸俗、乏味，只是为了一个幸福的小家庭或者只是为了情欲而生活的人。对于这些情书连带写情书的人，她给予蔑视。对于表哥勃伦高中时代对她或多或少有那方面的意思，她也曾经一度给予蔑视和轻看。

尽管这样，但是丽南从来没有把写给她的情书向任何人透露过，更没有公开过。在这方面她绝不会用此来降低别人的威信而抬高自己。她认为，别人有提出的自由，你有拒绝的自由，为什么要给别人难堪和下不了台呢？

一天，她收到一封长达十多页的情书，情书中有几段写道：

丽南：

......

现在全班同学的目光都在注视着你，尤其是那些还在爱情苦海中挣扎的追求者。亦难怪我对你的态度有时冷淡，原因也在这里。我觉得，我应该退出这个争风吃醋的情场。我心里明白，在你眼里，他们煞费苦心、阿谀奉承都等于零。

……

我含着眼泪回忆了一下自己的过去，我似乎觉得巴金先生的那句"生活本身就是一部悲剧"，是从我的全部生涯中得出来的结论。唉，是的，欢笑的女神从来没有亲吻过我的脸颊，命运是用孤独和苦痛把我哺养大的。我倒不是惋惜自己一生中没有谈过恋爱，没有享受过热恋带给情人的幸福和力量，而是悔恨自己的命运太可悲了……

……我虽然是从农村来的，但我对那闹市的生活好像很早就习惯了。大学那种诗一般温柔，梦一般美好的生活强烈地吸引着我，使我整天出入于舞场，精神逐渐变得空虚起来，资产阶级思想在腐蚀着我的灵魂。与此同时，我贪婪地捧读了十八、十九世纪欧洲资产阶级描写爱情至上、个性解放的文艺作品，我的思想感情很快与这些作品发生了共鸣。尤其是读了《红与黑》，主人公于连的形象成了我崇拜的偶像，在行动中极力仿效。在我看来，于连真不愧为一个英雄、骑士……在这种思想的指导下，我也开始了在爱情的汪洋大海中寻找光明和希望的长途跋涉。然而，我的这种爱情生涯，又是多么可怜的柏拉图式的恋爱呀！……

……

丽南，你的灵魂圣洁如白玉，美丽如画眉，明亮如皓月，洁净如泉水……你是一个典型的罗曼蒂克式的知识分子女性。你有着美妙的幻想，它像长了双翼的骏马，在无垠的原野上驰骋；你的自尊心、自信心、上进心极强，这一点一般人是不易做到的；你有强烈的求知欲，像海绵吸水一样贪婪地吸吮着知识的营养；你对自己要求严格，数年如一日地坚持记日记，这要是一个意志薄弱者，是绝对办不到的；你能坚持学习毛主席著作，用毛泽东思想武装自己的头脑，并在行动中常以雷锋精神要求自己，鞭策自己上进……

丽南，我崇拜你，景仰你，羡慕你，钦佩你，在你面前，我显得低下和矮小！我怎么配向你求爱呢？但是，在我的心灵深处，我强烈地深深地爱着你。几年来，我一直被这种没有希望的感情苦恼和左右着自己，主宰着自己的灵魂，我在单恋的痛苦中挣扎着、呻

吟着……在这毕业和分别的前夕，我总感到这一腔衷情不向你倾吐，将是一生的遗憾，因而我鼓起勇气向你写了这封信。

丽南，现在班上大部分同学都已经有了配偶，情人，对象，在这样的环境中，难道说你对自己的事情就丝毫不考虑吗？难道说一切人在你少女的心海中就连一丝微微的涟漪也激不起吗？那你未免有些太高傲了吧！我真不理解，你对这个问题是怎么想的？你理想中的人又是什么样子？我想，总不会是呼风唤雨的神吧！

……

唉，命运之神对我这个青年人够残酷的了，爱，那就更无情了！

……

陈亮
66.3.20

读完长信，丽南不无感慨。她不知道在她的身后，还有什么"情场"，那些人在"争风吃醋"，还有什么"单恋""痛苦"……她平时虽然酷爱学习，大多数时间是一个人在默默地读书，但是她的性格是开朗的，她常常无拘无束地和同学们说笑，同学们也爱和她开玩笑。她对班上的男生没有一个产生过那种感情，然而他们竟……

从情书中，她看到了对方的思想，看到他精神的痛苦，心灵的空虚。她不知道，一个七尺男儿，正处在青春年少之际，为什么要让爱情，让女人缠住自己的灵魂而不能自拔！信上他要求丽南帮助他，丽南认为自己也应该帮助他摆脱困境。她花时间给他写了回信。信的最后写道："我们现在正处在青年时代，李大钊曾经说道：'青年者，人生之王，人生之春，人生之华也。'人们向来把青春视为花朵一般美丽，黄金一样宝贵。这是因为，它蕴蓄着蓬勃的生机，包含着无限的追求，凝聚着不竭的活力；它是热血、激情、理想、信念、奋发向上的精神和无穷的创造力所汇积的最美妙的交响曲。但是，同是青春，可能燃烧发光，也可能暗淡凋萎。我们只有用理想和知识充实自己，才能有壮丽的青春。一年只有一次春天，一生只有一次青春，振作起来，珍视这宝贵的青年时代，不要让感情的小舟总是在爱情的汪洋中颠簸，应该让理性的太阳升起。真正的男儿，绝不应在恋爱中彷徨、忧伤，而是应该做搏击长空，向伟大目的地扑去的勇士……"

一封封求爱信，正如上封信那位同学写的，在丽南这少女的心海里连一丝微微的涟漪也激不起。尽管这样，丽南却没有给他们任何人以难堪，而是这样热情地给予帮助，让他们拿出青年人的朝气去投入有意义的生活。

一天，吃完晚饭，丽南回到宿舍。她一进宿舍门，舍友们就都兴高采烈地、嘻嘻哈哈地笑着告诉丽南："咱们二年级时的写作辅导老师——江老师让你晚上到他那里去一下。"

从她们的表情和高兴劲儿，好像她们已经知道江老师让丽南去是什么事似的。丽南纳着闷儿向江老师的住处走去。

写作辅导老师叫江文涌，于61年毕业留校当助教。那时丽南他们刚进校。

他们二年级时，江老师常常坐在教室后面听石坚教授讲写作课，有时他给丽南班批改作文。

丽南走在路上想，现在四年级没有写作课，江老师叫我有什么事呢？

到了江老师住处，敲门进去，江老师正在炉子上烧水准备煮元宵。见丽南来，他非常热情，满脸笑容，让丽南坐在自己对面的椅子上，说道："今天在我这里吃元宵。"过了一会儿，老师收起笑容，较严肃地说："丽南，以前给你们班批改作文，从作文中可以看出你读的书不少，你的知识面宽，你有大志，是一个不同于一般人的有出息的女性。在写作方面你的水平也不低，如果你想在写作方面发展，我可以帮助你。报社我还是比较熟悉的。你看，这是我最近发表的一些文章。"老师一边说着，一边拿出一些市报、省报来，那上面登有他写的散文、诗歌、文学评论等。老师把报社给他的奖状奖品也拿出来让丽南看。丽南翻看着老师发表的文章，看到老师的才华，一种崇敬之情油然而生。江老师继续说："你们快要毕业了，不知你对自己的个人问题考虑了没有，我感到你和我的志趣在很多方面是相同的，我们将来在一起共同搞文学、搞创作好吗？"

停了一会儿，老师接着说道："几年来，为了不影响你的学习，我一直在默默地等待着你。现在你们快要毕业了，也该到解决自己终身大事的时候了，所以我才把你叫来，向你表达我的心意。丽南，你有这个心愿吗？"

江老师，二十七八岁，高高的个子，清瘦的脸孔，白里透黄的皮肤，端端正正的五官，他的眼睛高度近视，眼镜片上全是一圈一圈的片纹。当他说上面的那些话时，丽南看到他脸上泛起一层淡淡的红晕。

丽南对老师突然提出的这个问题没有一点思想准备，她一时不知怎么回答。老师看她不说话，就把煮好的元宵盛了两碗。他们吃着元宵，老师又滔滔不绝地在介绍自己的家庭情况："我们家在本市南郊住，父亲在红星厂当行政干部，母亲没有工作，干家务，我是家里老大，弟妹还在上学……"

听着老师的话，丽南想起大学一、二年级时的一些情景，那时她在教室靠墙一行的倒数第二排坐，江老师听课时在教室中间一行的最后一排坐，丽南侧脸看黑板上的字时，她有时可以发现江老师在注意她。她没有想到，那时江老师已经对她有了这方面的情意。

但是，丽南心中有那么"大"的一个理想，这理想一直使她处在傲慢、清高的境界中。她虽然看到江老师年龄轻轻的，就在报上发表了不少文章，很敬佩他，但她心里却在想："我将来是要写大部头的，要写名著。"她对这些小文章从另一个角度来说，似乎还有点小瞧。

另外，丽南感到江老师虽然是一个老诚本分也很热情的人，是一个有雄心有大志，学识的确也很丰厚的知识分子，但她觉得他对自己没有那种特殊的能构成爱情的吸引力。尤其在她刚进校时，江老师衣服上那块大补丁，和李有光衣服上那块大补丁一样，在她的脑海中留下的印象是那么深刻！

丽南终于还是回绝了江老师的求爱。

回到宿舍后，同学们还在开她的玩笑，她明确地回答舍友："你们不要瞎猜测，根本没有那回事。"

丽南入团后，她给姨母的信中曾经告知她已入团的事。那封信发出后不久，她就收到勃伦的一封来信。他在信中写道：

丽南表妹：

自从3月9日以来，我们足足有五个月没有通信了。时间过得多快啊！一年又过去了！现在我们正在假期。我想，你们此刻已经放完假，而在学校紧张地集训吧。我们于8月9日开学后，进行一个多月的体育大军训练到"十一"，然后便踏在农村田地上去参加伟大的轰轰烈烈的具有深远历史意义的四清运动。当然，在这改造客观世界的同时更主要的是改造自己的主观世界。

表妹，你最近给我们家的信我看了，从中得知你现在已经是一名光荣的共青团员，我真是由衷的高兴。在此，我希望你能接受我对你的热烈祝贺。当然，入了团只是真正参加革命的开始，我们是革命者，因此，既是革命发展阶段论者，又是不断革命论者。我希望你能不断革命，继续前进。我也相信，你将会继续努力，争取入党的。

这一年里，你获得了政治生命，是你最大的收获。在同一年里，我只是在争取入党的道路上迈出了第一步——递交了入党申请书。但遗憾的是，我的表现却每每不能使我满意，我离党员的标准还差得很远。当然，我并非因此而灰心，我知道：合抱之木，始于毫末；九层之台，始于累土；千里之行，始于足下。我要踏踏实实地去进行量的积累，充分发挥主观能动作用，尽早地达到质变。

这一年中我考虑了许多问题：自己的政治思想，学习工作，身体健康，同学关系以及自己恋爱方面的问题。

毫不隐晦，每当考虑到最后一个问题，我就联想到你。我发现自己在一些地方是对不起你的。去年你从北京返回后，给我来了两三封信，我拖了一个多月才给你回信，还美其名曰"降温"。我想，我的这种做法一定伤害了你的自尊心，一定使你很难过。现在回想起来，这种做法未免有些太残酷了。表妹，我向你道歉，请原谅我吧！

我在这违反你意愿的情况下给你写信，并谈这个问题的目的何在？请你不要误解，我绝不是想和你保持恋爱关系——我们表兄妹的关系就决定了这不可能。但我想，难道这种关系真的只有两条路：或成为爱人，或成为敌人？难道这是不以人的意志为转移的客观规律吗？

有时我想，我们根本不能谈恋爱，而且我们遥距千里，将来工作了也不在一处，各人境况多么恶劣对对方也没有影响，那么又为什么写信谈这些呢？的确有些无聊，而且也会造成对方的厌烦。

不过，我总觉得我们的关系不应成为"敌人"。

我总这样想："生活是美好的，但问题在于如何去生活。"

最后请接受我的

共青团的敬礼

　　祝　在又红又专的大道上勇往直前

　　　　再见

　　　　　握手

　　　　　　　　　　　　　　　　　　表哥勃伦

　　　　　　　　　　　　　　　　　　1965.8.1

　　自这封信后，丽南又开始和勃伦通起信来，不过对勃伦她已经热情不起来了，在心灵深处她对他已经死了心。这一阶段她正在参加城市社教运动，占据她心灵的是学习毛主席著作，是写心得体会，是城市社教中艰巨繁重的专案工作。在忙而累的工作中，她把勃伦信上谈的问题并不放在心上，回信往往也不及时。但是，不知为什么，勃伦这一阶段却显得热情很高。春节前丽南收到他的一封信，她还没来得及给他回信，就又收到他的一封信。拿着这第二封信，她觉得有点奇怪。拆开信后，第一眼看到的就是"绝密"两个字，这更使她奇怪。阅信后他才明白了他的意思，他表示愿意将他们的关系向更深一步发展。这是因为他参加农村四清运动，看到表兄妹结婚的多得是，并无妨害。

　　勃伦的信又打破了丽南平静的心境，北京那段短暂而难忘的生活一幕幕又浮现在她的眼前。但是，她现在变得冷静多了，她觉得他们结合的可能性太小了。将来的工作，家人的意见……许多问题还有待于严肃考虑。她觉得很难答复勃伦信上提出的一些问题，况且她也没有时间去考虑它。过了若干天，她给勃伦写了回信，给他指出，对他信中提出的问题必须严肃、慎重、全面考虑，绝不能轻率和感情用事。

　　勃伦收到丽南的信后，很快又回了信，他对丽南提出的问题一一进行了回答，对他自己的观点依旧坚持。从信中丽南看到勃伦现在正处在"热"的阶段。信上他让丽南争取时间能再到北京一次，见面后畅怀而谈。但勃伦的这个想法是难以实现的。丽南夏天就要毕业了，再没有假期了，怎能谈上到京？

　　自此之后，他们的信件往来频繁起来。勃伦信中的一些问题常常在丽南脑海中回旋，他的身影也常常在她眼前浮现。她觉得他们已经在谈恋爱了，问题似乎已经提到议事日程上来了。这是终身大事，它不能不占取她一部分时间和精力去思考。在北京短暂的接触中，她对勃伦产生了感情，而这一年来，她强迫自己磨灭了这种感情。现在勃伦提出了这样的问题，又迫使她重新燃起这种感情。但她对他们能否结成伴侣，觉得是难以肯定作答的。

一天晚上同学给丽南送来一封信，是勃伦来的。信中夹有他的二时照片一张，还有一张印有雷锋照片的书签。宿舍的同学硬要看里面的照片和信，丽南没有让她们看，她们就更感神秘，说丽南已经解决了对象问题，这搞得她为难起来，因为她和勃伦在这个问题上并未确定关系，在丽南看来，这件事可能性是不大的。

丽南的婚姻恋爱之事已成为同学们关注和极为敏感的事了。

第二天，同舍友把丽南夹在书里的勃伦的照片偷偷翻了出来，当她发现后，她们就硬逼着她承认和坦白。她说："没那回事。"她们就联合起来围攻和逗她，让丽南承认。

照片上是一个很英俊的小伙子。上大下小的方圆形脸盘上，宽阔的前额几乎占了脸的一半，又黑又浓的扫帚眉下是一双深邃睿智的大眼睛，高鼻梁上架着一副眼镜，乌黑的眸子熠熠发光，头发向后梳得整整齐齐。完全是一副学者的风度。丽南背着同学偷偷地看了好多遍，她怎能不喜欢和爱慕呢？那几天她正在读《欧阳海之歌》——刚出版的小说，她时而被欧阳海的英雄形象所激动鼓舞，时而又被勃伦的英俊容貌所吸引。同学们的玩笑使她不得不考虑她和勃伦的关系算是什么关系了。她始终还没有给勃伦一个肯定的答复，不过她总预感他们不可能发展到那一步。她的理想将压倒一切，包括她的婚姻在内。她将来要到艰苦的地方去，她不能因为这个问题而影响勃伦，使他一生失去他应该得到的幸福。

城市社教返校后，丽南他们接二连三地听报告，开座谈讨论会。他们听了突出政治的报告，政治与业务关系的报告，防止和平演变的报告……开始上课了，又听了关于批判《海瑞罢官》的报告。老师说要拿出八周时间进行批判，以提高识别香花和毒草的能力。除了上课，他们就是大会小会讨论，写批判文章，看批判电影……

5月初，他们学习了有关参加"文化大革命"的文件。从文件中，他们了解到我国正在开展一场轰轰烈烈的史无前例的"文化大革命"。这次"文化大革命"是 1965 年 11 月《文汇报》上发表的《评新编历史剧〈海瑞罢官〉》

揭开序幕的。几个月来，全国上下集中力量向"三家村"①开火。另外，文件还指出，新中国成立以后文艺界一直贯穿着一条黑线，在文艺界要展开兴无灭资的斗争。学完文件，听完动员报告，中文系就停课搞运动。领导让他们翻阅笔记本、作文本、旧讲义等，揭发老师给他们灌输的资产阶级、封建主义的思想，各班把同学分成小组写批判文章。班上抽丽南等四名同学组成批判中心小组，有什么紧急批判文章，就让他们及时迅速地写出来。后来系上又把丽南抽去参加批判古典文学老师的批判小组。他们每天不停地在写着各种批判文章。

6月1日，北京大学聂元梓等七位同学给他们学校校长兼党委书记和北京高教部副部长贴了一张大字报，指出这些头头是和"三家村"黑帮串通一起的反党分子，揭露他们如何压制革命师生的革命热情。《人民日报》全文刊登了这张大字报，而且发表评论员文章，赞扬他们大无畏的革命精神。不久，北京大学校长和北京高教部副部长就被揪出来，撤了职。这张大字报点燃了全国文化大革命的熊熊烈火，掀起了"文化大革命"的高潮。

在北京大学学生的带动下，丽南他们学校的段兆宏几位同学于6月2号在校内贴了一张大字报，给校领导提了三条意见，接着其他班同学也贴出几张给学校领导提意见的大字报。3号，这些同学遭到了反击。反击的大字报铺天盖地而来。

自段兆宏等同学给校领导提意见的大字报贴出后，各班就开始分成两大派：以党员、多数干部和少部分同学为一派，叫干部派，后来叫做"保皇派"；以少数干部和多数同学为一派，叫同学派，后来叫做"造反派"。这两派意见分歧愈来愈大，斗争愈来愈烈。两派同学见面几乎成了仇敌，互不说话，原来要好的同学，现因派别不同也感情破裂。大家不论是走路、吃饭、休息，不论是到哪里，谈论的中心都离不开谁是革命派，谁是保皇派，谁是骑墙派等问题。每个人都被席卷进来，每个人无不考虑自己应该站在哪一边。

6月1日以来，《人民日报》《解放军报》《红旗》杂志等报刊连续发表社论：《横扫一切牛鬼蛇神》《触及人们灵魂的大革命》《做无产阶级革命派，还是做资产阶级保皇派？》《毛泽东思想是我们革命事业的望远镜和显微镜》

———————————

① 三家村：即邓拓：北京市书记处书记；吴晗：北京市副市长；廖沫沙：北京市统战部长。

《无产阶级文化大革命万岁》等。

读了社论，学了文件，丽南感到这场"文化大革命"是关系到我们党的生死存亡，关系到革命和建设的头等大事，她满怀激情地投入到运动中去。

学校给每人发了一本红色塑料皮的袖珍本《毛主席语录》，便于携带，便于翻阅学习。丽南非常珍爱，她像战士不离开自己手中的武器那样，把它带在身边，决心用毛泽东思想检查自己、改造自己，永远前进。

在尖锐复杂的斗争中，她善于独立分析问题，遇事有自己的观点，绝不人云亦云，随大流走。当段兆宏的大字报贴出后，她认为这是符合毛主席"放"的方针的，是符合当时革命形势需要的，她是支持这一行动的。她和班上多数同学一起写大字报，揭发校党委的问题。

学校里的革命运动其势如暴风骤雨，迅猛异常。在同学们的火烧和敦促下，学校中层领导有一些已经动起来，一些知情人动起来了，他们开始揭露校党委的问题。老师们也积极行动起来进行鸣放。大字报成批地张贴出来。学校大食堂、体操房内都拉上一条条绳子，大字报挂在绳子上。一排挨一排，整整齐齐。大字报都是用雪白的粉莲纸写的，走进这里，如同走进白色的森林。这里电灯通夜不灭，看大字报的人络绎不绝。在这斗争异常激烈的时候，同学们一个个都没有瞌睡。晚上，三个一堆五个一群地在谈论着、分析着每天的形势和问题，一谈就到了一两点。严肃的阶级斗争考验着每一个人，也紧紧系着每个人的心。平时不关心政治的人，现在也不得不去看大字报，不得不思考，不得不表示态度。

由于各校搞文化大革命，中央决定这一年高考延长半年进行。师大工作队决定丽南他们这一级延长半年时间毕业。

8月初的一天，安城大中院校五万多人在体育场召开文化大革命积极分子大会。省委书记在会上宣布了中央和毛主席关于撤销各院校文化革命工作队的决定，中央放手让各院校的革命师生自己领导，自己革命。听了这一决定，会场上响起经久不息的雷鸣般的掌声，大家无比振奋。他们将不受那些条条框框的束缚了。

这一决定宣布后，造反派那边成立了筹委会，保皇派这边成立了临委会，各派在自己组织的领导下闹革命。

同学中的斗争依旧尖锐，筹、临双方互贴大字报，你揭我，我揭你，你

造谣，我辟谣。有时双方就吵打起来。同学间的仇恨比对黑帮的仇恨还要大。丽南对此状况不能不痛心、着急。她在思考着怎样才能使两派消除分歧，团结起来共同对敌的问题。经过好几天的苦心思考，她写成了"对我校目前形势的看法和建议"的大字报，这是一份促进两派团结的大字报。但是两派根本听不进去这些意见，他们之间只有深仇大恨。

丽南很少有时间上街，她听说街上热闹极了，游行的，宣传的，闹事的……《毛泽东选集》第五卷即将出版，各学校单位都上街游行欢呼。丽南随学校也上街游行。大街上是人山人海，到处都贴满了大标语大字报和传单。一些人在汽车上、墙头上散发着传单，传单像雪片一样在空中飘舞，人们争先恐后去抢去拾。这情景真像战争年代里学生搞运动时的情景。

丽南在街上碰到一些从北京来的大学生，他们说北京各大专院校有一半人都跑出来了，只要带上学生证就可以坐火车不要票，他们到安城来用学生证可领一个乘公共汽车的票证。他们说北京也很乱，在校只是同学斗同学，他们到外地来帮着闹革命。

校临委会成立了"东风红卫兵"，参加者的条件是贫下中农、工人、烈军属、革命干部家庭出身的子弟。"红卫兵"组织成立后，他们一方面仍然在和造反派斗，把那边出身于地富反坏右家庭的子女称作黑五类的狗崽子，见了面就骂他们是狗崽子，贴的标语，喊的口号是"老子革命儿好汉，老子反动儿混蛋"。他们对校、系领导和老师中一些出身不好或有历史问题的进行揪斗，甚至抄家，一时间，他们威风无比。

一天，校园里传来了写作老师石坚上吊自杀的消息，丽南听后悲痛万分。后来她听到传闻说，老师的自杀，主要是由于红卫兵抄了他的家，揪斗他，说他留过学，是右派分子，现在是里通外国的反革命……老师是个胆小怕事的人，一次反右斗争就够他受的了，现在的运动比反右斗争更凶猛更广泛，他觉得更可怕，他想，他是无法逃过这场运动了，最后只好走了这条路，省得活在世上受罪。丽南深深为老师惋惜，一个学识渊博，潜心致力于教学工作，热爱学生，心地善良的好老师，就这样结束了自己的生命！好几天来，她的心都不能平静。石老师给她批改的作文及留在作文本上的批语，她还一直保留着，她以此来纪念这位她崇敬的老师。

校内造反派和保皇派的斗争仍然无休止地进行着，两派同学之间的分歧、隔阂、仇恨愈来愈大。丽南不能不为之忧虑。她在想："这样下去，党中央和毛主席交给我们一斗二批三改的艰巨任务如何完成?"一种强烈的责任感使她不能不对当时的形势和复杂的斗争去冷静分析和慎重考虑。她和这两派的观点都不一致。她认为运动进行了三个多月,一直是同学斗同学,这是偏离运动大方向的。为了促进两派团结,丽南和自己观点一致的几个青年教师以及十几名同学组成了一个临、筹两派之外的战斗队,起名叫"曙光战斗队"。他们的宗旨是促进两派团结,共同对敌。他们人手少,写大字报的任务重,要起草,要誊写,每天很忙,从早到晚在为促进两派团结而奋战着。

<h1 style="text-align:center">第四章</h1>

勃伦在丽南入团以后一直和丽南保持着通信联系。他1965年10月开始参加农村四清运动，一直到1966年6月初文化大革命正式开始才返校，整整8个月时间。文化大革命时期他频繁地给丽南介绍北京文革情况，给丽南寄首长讲话和有关资料。丽南经常把学校斗争的形势，自己的看法、观点写信告诉给勃伦，征求他的意见。在丽南和临、筹两派意见都不一致，心情不好的时候，她觉得给勃伦写信说说心里话，谈谈感想、观点，似乎心里还好受一些。

9月下旬的一天，丽南收到勃伦一封很长的信。拆开信，她拿出一沓信纸，信是用八开大白纸写的，共有八张。开头没有称呼，第一行中间用醒目的大字写着："关于我和你的关系问题"。丽南认真地读着这封长信。

<h3 style="text-align:center">关于我和你的关系问题</h3>

"当群众还不觉悟的时候，我们要进攻，那是冒险主义。群众不愿干的事情，我们硬要领导他们去干，其结果必然失败。当着群众要求前进的时候，我们不前进，那是右倾机会主义。"

——毛泽东

丽南，那么我们的关系是否属于上面情况中的一种呢？就我目前来讲，还不能得出肯定的结论，但我是有倾向性的。明确地讲，是倾向于后面这个观点的。请注意，我还只是"倾向"，而没有解决之。

"你对于那个问题不能解决么？那么你就去调查那个问题的现状和它的历史吧！你完完全全调查明白了，你对那个问题就有解决的办法了。"

——毛泽东

一、历史

1. 高中时期

我知道世界上还有你这么一个人是始于高中的，而且明确知道你是我的表妹。我现在承认，从那时起你就在我心中留下了深刻印象，似乎一颗恋爱的种子就在那时播下了。为什么会这样？①初中、高中时长期孤独的生活，客观上使我生活寂寞和空虚；②这一时期读了大量的小说，这虽使我精神生活有所弥补，但另外却反而增加了我内心的空虚。因为现实生活远脱离于小说；③姐姐、二哥、大哥的相继恋爱生活，我目睹，这对我不能没有影响。加上由于读小说、听音乐，就使我更富于幻想。

于是，我对异性产生了向往，我脑中常有一人在出现，那就是你。我应该承认，那时我对你是无所谓的，没有恋也没有爱。但也应该承认，随着通信的延续，我对你有了一些了解，我感到你不是一个平凡的女人，因而我对你的感情在不自觉地增加。

这时，这颗"种子"的萌芽虽然未成体，但却在不时地触动种子的表皮。

2. 1961—1962 年

这个时期，这颗恋爱的种子处于冬眠了！因为：①高中毕业我未被高校录取，我曾鼓足勇气写信与你，但终于未将此信发出。②感到你是大学生，我不是，强烈的自卑感使我认识到，如果我们谈恋爱，特别是我追你，那简直是"癞蛤蟆想吃天鹅肉"！③由于无意中，一个政治学校的姑娘看中了我，加上我内心的空虚，于是我和这个"姐姐"在客观上不自觉地恋着。正由于此，这一时期我对你的确是淡漠了。但我必须得承认，这时期我并未忘记你，我仍然向往着你，因而这也影响了我和那位姑娘的感情。现在我感到，就是

在那时，我对你的感情也没有减弱，而是在无形地、不自觉地、顽强地增长着——但希望是渺茫的。

3. 大学生活时期

这时期，这颗种子发芽了，出土了，长出枝叶，成熟起来了。

①大学一年级：出芽，冒出土地了。

爱情的火焰怎能轻易熄灭呢？

当我接到大学录取通知书后，我便重新翻阅你过去给我的书信——这一点我母亲可作证，因为她发现了。

这时我和你又开始了通信。应该承认，此时我对你是热情的，这热情的程度远远超过了高中时期，因为从这时起我感到我们的关系已经罩上了一层神秘的色彩。

②大二暑假

在以上基础上你来京一趟，我把它看做是不寻常的很重要的一件事。但遗憾的是，这时我们到部队进行野营，故使我们的接触人为地减少，可是不能不承认，我在野营中几乎每天都想到你。

在我们短暂的接触中，你不是再三问我："你为什么这样激动？"是的，我们在一起时我是非常激动的，我想，一个人初恋时的心情可能都是这么激动吧！

此时我对你产生了强烈的爱慕之心，就在这时，这颗种子出土后长出了第一个枝。是的，它是软弱的，需要经风雨受锻炼。

③大三时期：在斗争中，在风雨中逐步成熟起来。

暑假的接触，使我对你有了更多一些的了解，我发现我们两人有许多共同的爱好和情趣，这是很难得的。我们之间的感情得到进一步的发展。但是送走你后，我冷静下来，觉得我们的感情发展太快了！加之，据说我们的这种亲属关系是不宜结合的，于是我用冷静、理智来控制自己，以致对你的信置之不理——是的，这太残酷了，太伤你的心了！

这时，就在这关键时刻，我班一女同学蛮然地闯入我的生活，我对你又淡漠了。

这段时期（达一年之久），在我和她的接触以及由此而产生对女同志的注意中，我发现，这期间我并没有忘记你，相反，而是时时在想着你。我和她感情发展每进一步，就越发感到我不爱她，而真心爱的是你。这个时期使我的恋爱观从幻想进入了现实，在此问题上从天真幼稚进入成熟老练。

此时，我的心情也随着是遗憾、痛心、内疚。但在心中似乎还有一线微茫的希望。

④大三暑假

我一人到青岛二哥处去度假，整天只有我一人。在孤独中，我回忆往事，认真思索总结过去，逐渐成熟了一个念头：我真正应该爱的是你。每当我展望我的未来时，我身旁亲密的伴侣也是你。因而我很后悔以前我为什么这样地不敏感。

⑤参加农村四清运动

a. 现实生活打破了我思想中的观念：表亲不可结合的理论。b. 年岁的增长，外界生活的影响，使我对此事关心起来。c. 我考虑到你即将毕业，到了工作岗位，你将会很快解决这个问题，我是舍不得放弃你的。于是我便大胆地、空前地、首先地向你提出了我的那个要求。

这颗种子长出的第一个枝（主干）挺直了，我多么希望它从此长出茂盛的枝叶来啊！

二、现状——目前我对你的了解及几点看法。

从我们几年来，特别是近一年来的书信以及以前在一起的直接接触中，我对你有了较深入的了解和较全面的认识。我认为：

①你的世界观正在成熟。你对人生，对社会，对生活有较深刻的认识，在奋斗目标上你有较高的追求（当然我认为不免还有些幼稚、天真）。一般来讲，你能够掌握自己的行动，遇事有自己的主见和观点，而且你不是那种轻易就改变自己观点的人。对此我很满意。

②在政治上你能积极要求进步，特别在近两年你进步很快，解决了入团问题。对此我很高兴。我希望你能继续努力，争取入党。

③对待生活有自己较成熟的一套方式方法和作风。

④你身上具有倔强、朴实、柔情的性格特点，但有时仍不免富于幻想，这和你学"文"科有很大关系。

⑤你身上存在着一定程度的骄傲情绪，我想这可能是由于你具

有①③点所造成的

三、我为什么愿意和你在一起？

我曾对你讲过："你对我的吸引力是多么大啊！"那么是什么吸引我呢？是异性的吸引，追求刺激，青年人的好奇心吗？否。那么又是什么呢？

在这里我不排除你的容貌等外在美对我的吸引，我认为主要是下面一些方面：

①首先是由于我们在政治上的一致性，这是我们的思想基础。

②我喜欢你倔强执著的性格，我认为这是我们事业成功，生活幸福的可靠保证。具有这种性格的人是有出息的。

③你不是那种庸俗的女性，你有自己的理想抱负，你的精神世界无比丰富、美丽，这是很可贵的，是我们感情能得以健康发展的很重要的因素。

④我们性格、爱好一致，这是情投意合感情得以深入发展的基础。

⑤你是个很有感情的人。

——我是很喜欢这样的人的！！

四、我为什么提出要冷静一段时期之后再作决定？

这件事是终身大事，是要严肃、慎重、认真、深入地考虑的。而：

①"一个正确的认识，往往需要经过由物质到精神，由精神到物质，即由实践到认识，由认识到实践这样多次的反复，才能够完成。这就是马克思主义的认识论，就是辩证唯物主义的认识论。"

——毛泽东

的确，我或者你，可以说，我完全或者较深入了解了你吗？我看未必。我们还需要冷静地考虑，进一步的了解。

②"……矛盾的主要方面和非主要方面互相转化着，事物的性质也就随着起变化。"

我们之间仍需再考验，而且从时间方面看，这种考验也是可能的。

五、我们的前途——即结论：

毛主席说："指挥员的正确的部署来源于正确的决心，正确的决心来源于正确的判断，正确的判断来源于周到和必要的侦察和对于各种侦察材料的连贯起来的思索。"

我们还欠缺后面这些工作，或者更确切讲是后面这些工作还欠成熟，所以我们现在还不能下结论。

六、结束语——在困难的道路上前进。

"任何新生事物的成长都是要经过艰难曲折的。在社会主义事业中，要想不经过艰难曲折，不付出极大努力，总是一帆风顺，容易得到成功，这种想法只是幻想。"

的确，我们的面前困难还是存在的。

①年龄：当然，双方年龄，特别是你的年龄本身倒无所谓，但是由此而产生的毕业以及随之而来的工作就是个现实存在的问题了。原来我对此倒没怎么想，觉得很简单，但现在考虑到，让你毕业后等待两年左右的时间，这对于你来讲简直是可怕的漫长，这需要多么真诚的爱情啊！

②由此而引起的工作地点也是不可忽视的问题，但我想，"有情人终成眷属"。

③家庭阻力是否存在，我们还不知晓。因为：a. 我们还未和家里谈此问题。b. 我们要谈之，必得在我们之间的问题基本解决之后方可开口。

但我认为：

"我们的同志在困难的时候，要看到成绩，要看到光明，要提高我们的勇气。"——毛泽东

于是我想：

"下定决心，不怕牺牲，排除万难，去争取胜利。"

×　　　　×　　　　×

"它是站在海岸遥望海中已经看得见桅杆尖顶了的一只航船，它是立于高山之巅看东方已见光芒四射喷薄欲出的一轮朝日，它是躁动于母腹中的快要成熟的一个婴儿。"

勃伦

1966.9.14—18

　　勃伦这封信是经过长期酝酿，经过深思熟虑，然后花了四五天时间写成的。不难看出，他对待爱情，对待自己的终身大事是十分严肃、认真和慎重的，考虑也是非常周全细密的，而绝不是把它当成儿戏。他的恋爱观也不是庸俗的，随便的。他对丽南的爱情是真挚的强烈的。信中用了不少毛主席语录，用得都恰到好处，足见其平时学习毛主席著作的功力。

　　读完长信，丽南的心情难以再平静了。她被勃伦这严肃认真的态度，被他真挚的爱情所打动。然而她还从来没有像这样认真地考虑过自己的终身大事，她仍然不想这么早的考虑，更不想这么早的解决。她的心中，仍然只有理想，只有事业。勃伦在这一方面对她还是多么的不了解！

　　勃伦在信上对他们的关系是充满信心和希望的，并且要"下定决心""去争取胜利"，而在丽南心中，他们这件事成功的希望始终是很小的。尽管她和勃伦情投意合，尽管他们在短暂的接触中撞击出了强烈的爱情火花，尽管勃伦家里政治条件和经济状况都有着很强的优势……但是，丽南想过，她绝不能让这些来改变自己的生活目标，来动摇甚至放弃自己的理想。她虽然在农村参加过社教，看到农村很苦，但是她并没有因此而动摇自己将来要到穷乡僻壤去工作，去实现理想的决心。她要有意义地度过自己的一生，要让短暂的生命放出光彩。这中学时代树立起的理想她一直深埋于心底，从不向人透露，就是给家人和勃伦，她也没有倾吐出自己理想的全部。要到艰苦的农村去教书，家人没有不反对的。有一年春节大哥回来，她和大哥为这个问题争得面红耳赤，不可开交。大哥说："青年人都是有理想的，但到了社会上，在工作中碰几个钉子，你所想的一切就会破灭，你就知道青年时期想的是空的。人，谁不想在大城市工作，谁不想过好生活。你现在说要去过艰苦生活，去实现理想，再过三年五年当你再回到安城家里，你就会后悔，就会失望的……"丽南和大哥争辩着，她说大哥是资产阶级思想。姐姐下班回来，也说丽南是空想，碰到实际困难就会失望，灰心丧气的。母亲当然就更不同意丽南这样做了。同学们在平时也经常说："大学一二年级是幻想主义，三四年级是现实主义，工作以后是实用主义。"总之，家人和同学们的说法归结起来就是，青年时期有大志，大部分属于幻想、空想，将来大部分也都要成为泡影，会破灭、落空。人，大部分都得像芸芸众生那样地生活。丽南不可理解的是勃伦信中也说她富于幻想，说她不免幼稚、天真。丽南想："勃伦在政治上一直是积极进取的，思想是进步的，他的目标是要入党。然而他为什么也要这样理解我呢？照这样，方志敏烈士说的'敌人只能砍下我们的头颅，绝不能动摇我们的信仰！因为我们信仰的主义，乃是宇宙的真理！'难道也是幼稚吗？现在不要说去贡献头颅，只是到艰苦的地方去作贡献，就被别人理解成不符合实际，是空想幻想幼稚……这究竟是为什么？丽南思想里翻腾着勃伦的话，家人的话，但她对自己的理想绝不动摇。她仰慕英雄人物，她相信名人教导，她信仰共产主义，她热爱烈士们用鲜血和生命换来的这可爱的祖国。她认为人生的意义绝不是在菜盘中、酒杯中和几件漂亮的衣服上，不是在享乐上，而是在奋斗中，奉献中，创造中。她绝不做历史的匆匆过客，绝不苟且偷生，无所作为。她早已下了决心，为了理想的实现，可以牺牲自己的一切，包话爱情在内，甚至为了理想的实现，一辈子可以不结婚。她现在虽然已经二十四岁了，别人在这个年龄都在考虑或者解决自己的终身大事，而她对此却还一点也不重视，而且更不着急去考虑，去解决。从信上她看到勃伦对这个问题考虑得如此深入，并且对未来充满着希望，她心里却默默地在说："勃伦，你还是这么地不了解我！你在爱着我，我又何尝不在强烈地爱着你！但是，为了不连累你，为了不使你也跟着我去穷山沟里受苦，为了不影响你一生的幸福，我不能和你结成终身伴侣，你应该在北京去找一个更可爱的姑娘……"

平时在校忙于搞文化革命，丽南很少回家。收到勃伦信的第二天，她回了一次家。

回到家里，丽南被家里的情景惊呆了。家里几乎没有插足之处，床上床下，桌上桌下，地板上，到处都是破东烂西的杂物，衣服、裤头、书本、纸片、纸盒，扔得到处都是，箱子盖打开着，里面是空的……母亲坐在墙角拭着眼泪，父亲蜷缩着躺在床上的一角，姐姐上班还没有回来，小外甥上学也没有回来，小外甥女在睡觉。不用问，一切都明白了。但是她不明白，为什么要抄他们的家？

姐姐回来后述说了详情："红卫兵昨天晚上来抄的家。她们说父亲过去是资本家，光卖房子就有15两金子，他们让父亲交出金条来。家里卖房那点金子，搬家到凤城用了一部分，父亲做生意赔了一部分，哪还有什么金子？没有，他们就抄起家来。找不到金子，他们就把家里值钱一点的东西全拿走了。

他们把我和你姐夫的一些衣服，你的衣服、裙子，我们的存款以及仅有的几十元现金都统统拿走了。家，简直被洗劫一空！……"丽南听了姐姐的叙述，对这些红卫兵怎能不气愤？姐姐姐夫的东西以及家里的钱都是他们两人辛勤工作用汗水用劳动换来的，是挣的工资，为什么也要把它们拿去?! 当下他们就没衣换，没钱用，怎么生活?! 要找无处去找，要告无处去告。各级领导都处在泥菩萨过河自身难保的境况下，谁又敢去管这些事？况且来抄家的红卫兵是哪里来的都不清楚。在那年月里，碰上倒霉事只得认了，你还有什么办法?!

全家人都沉浸在痛苦和忧伤之中。丽南和姐姐把家里整理了一下。丽南发现她买的一些文艺书籍，还有姐夫买的一些小说都不见了，父亲的《圣经》和教会歌本也都被拿走了。丽南心痛极了！《青春之歌》《钢铁是怎样炼成的》《青年近卫军》《远离莫斯科的地方》《悲惨世界》《苦难的历程》……都是她喜爱的书。为了买书，她省吃俭用，节约零花钱，多不容易啊！而现在却一扫而空。她的日记本倒没怎么动——可能他们没有时间去动它们。

边整理房间，丽南边劝慰母亲不要太难过。她说她快要工作了，家里生活会好起来的……

丽南虽然在劝慰母亲不要难过，但她的心里，比家里的任何一个人都要更难受。她难受的倒不是为经济，她是在为自己的处境，为自己的前途，为自己的理想而难过忧伤。她一夜未眠。她在想："如果抄家之事传到学校，那么自己马上就会被称作狗崽子，走到哪，都会挨骂，受歧视，甚至会被围攻、批斗。同学们知道她平时记日记，那么也很有可能去搜她的日记。尽管她的日记中都是闪光的革命的词句，但是他们硬要挑拣出一句半句话来整你，那还不容易吗？到那时，就会给你戴上反党、反革命分子的帽子……多么可怕！"她又想到自己那埋藏于心底深处的理想，她想："家被抄了，就说明家庭政治问题大，将来不论什么时候，不论什么地方，这都是一个黑点，一个污点，一个沉重的政治包袱，这样家庭出身的人，谁还会信任你？现在一些老革命，大作家的作品都被说成是反党反社会主义的大毒草，那么像我这样家庭的人，即便写出再革命的书来，也难免不是反党的……"她越想越痛苦，她怎么也睡不着。一直伴随她，鼓舞她奋进的理想，现在在她心中开始摇荡起来。她将来能写吗？敢写吗？……

她只觉得心里憋闷、窒息得要命。她一解放就开始上小学，一直受着革命思想的哺育。她有理想，有激情，爱祖国。但是她一直被家庭政治包袱压着，难以舒畅地无忧无虑地生活。在"文化大革命"那样恐怖的年月里，家庭、出身、政治等显得更为重要和突出。现在家被抄了，在这样沉重的政治包袱下，她的理想、激情能不受到打击，她能不万分悲痛吗？

第二天，她将自己从初中到高中至大学整整记了十年的日记统统拿出来，一个人在厨房里焚烧起来。尽管这些日记是共和国诞生后，记录她在党的阳光雨露下苗壮成长的日记，是她燃烧着青春的激情，对理想对真理对美好未来追求的日记，但是，现在为了不使那些极左或极右分子捞到什么稻草，她不能不这样做了！她流着眼泪，把日记一页一页撕下来，放到那火焰上去，让它们化作灰烬。这岂止是在焚烧日记？这分明是在焚烧着她的心，焚烧着她的灵魂，焚烧着她的理想啊！她一页一页地撕着，一页一页地烧着！每撕一页，都像在揪扯着她的心。她的手在颤抖，她的心在流血。初中的烧完了，高中的烧完了，她拿起了大学那两本沉甸甸的日记本。这两本日记本又大又厚，非常高级。这是她姐姐结婚时同志们送的礼品。日记本的封皮是用很硬很厚的纸板经科学漆印加工成的，美观新颖。困难时期丽南用的日记本多是黑纸的，而这两本日记的纸又白又光，质量很好，她非常爱惜它们。为了节约用纸，她用很细的钢笔将字写得很小很挤，年月日都舍不得占一行。这两本日记本整整用了四年，是她大学四年生活、学习和思想的记录。当她拿着这沉甸甸的日记本，看到那密密麻麻，工工整整，刚劲有力的字迹时，她犹豫了，她舍不得了。这里面渗透着她多少心血啊！她没有再撕，没有再烧，她把它们放在自己的枕头芯里，珍藏了起来。

在丽南短短24年的生涯里，她记了十年日记。这十年中她从未间断过。现在这些日记大部分已化为灰烬，她决心今后不再记日记，省得将来招灾惹祸。家庭已成了这样，她还能有什么奢望？！

丽南怀着惴惴不安的心情回到学校，她是多么惧怕抄家的事传到学校去！到学校后，她脸上没有了笑容，她每天郁郁寡欢，默默少言。除了到自己的战斗队写一些促进两派团结的大字报外，她就一人躲在宿舍里，想着这突如其来的灾难，想着这人生道路上的不幸，想着未来、理想……她沉浸在无限的悲痛之中。

一天下午，战斗队的一个同学来宿舍叫丽南，说有一个外地同学来找她。

丽南一路在纳闷："外地有谁来找我呢？"到了战斗队，她又惊又喜，原来是勃伦。她赶快给战斗队的老师和同学介绍道："这是我北京的表哥，他在北京上大学。"

老师和同学们很关心地向勃伦问了一些北京文革的情况，勃伦给他们做了简单的介绍。

勃伦虽然经过旅途的劳顿，但仍显得潇洒倜傥。他一米八的个子，穿着雪白的衬衫，方圆形的脸盘上架着一副银白色镜框的眼镜，一双深邃的大眼睛炯炯有神。在丽南领勃伦走出战斗队的大门，到她宿舍去的时候，她从老师和同学们的眼神中可以看出他们已经猜出几分她和勃伦的关系来了，她可以感到他们是在用敬羡的眼光目送他俩走出战斗队的办公室。

到了宿舍，丽南说："刚收到你的信才两天，怎么你就来了？信上也不打个招呼。"

勃伦说："我是临时决定的，学校的同学大部分都到外地串联去了，学校里没多少事。国庆节快到了，我想接你到北京去过国庆。"

丽南当然很高兴。

晚上，丽南在学校"外地学生串联接待站"给勃伦找了住宿处。勃伦一路风尘，头发上散发着浓浓的汗味，白衬衣领子上是一层黑黑的污垢。丽南要打水让他洗头，让他把衬衣脱下来给他洗洗，他却不让。他说："明天咱们就上火车了，上了车照样脏，不用洗了。"丽南说："你第一次来安城，我要领你逛一逛大街，游览一下名胜古迹，着急走什么？"勃伦说："再有三四天就是国庆了，明天不走，再后，就上不去火车了，车上人太多。"丽南听了这话，就只好听勃伦的。

丽南学校原来准备国庆前组织学生到北京去，但因国庆前到京的外地学生太多，北京的压力太大，上级让他们推迟到国庆后去。第二天丽南问了学校有关负责同志国庆后他们到京的时间和住宿地点等情况，以便到京后好和学校联系，参加学校组织的活动。一切都问清楚后，她向学校请了假，准备提前到京。

丽南真不想让勃伦到自己那个已抄得不像样子的家里去，但勃伦是第一次到安城，他还从来没有到过丽南家，没有见过他的姨母和表姐，现在好不容易大老远地来了，能不让他到家里坐坐吗？她只得硬着头皮领勃伦到家里去。她告诉了勃伦他们家被抄的事。丽南看到勃伦听到这一消息时，先是一愣，然后眼睛突然睁得特别大。她已经感到勃伦听了这一消息后的震惊心理。在那个年月里，谁听了这样的事不震惊、不恐怖呢？尽管这不是他的家，但这总归是与他家有着关系的家啊！勃伦正在积极入党，这事一旦暴露，对他入党无疑是一个不小的影响，他怎能不为之震惊呢？勃伦问了为什么要抄家和一些具体情况，丽南一一说了，并说到自己烧了日记，自己的痛苦与惆怅……勃伦只好将丽南劝说了一番。

丽南领着勃伦到家里见了亲人，母亲给他们做了饭吃。晚上，他俩就挤上了开往北京的火车。

在火车上，他们交谈着各人学校的文革情况。丽南说："我们学校两派斗争太激烈了，简直快到你死我活的地步！两派仇恨越来越大，一见面就是杀气腾腾。这次运动的重点分明是整走资本主义道路的当权派，但现在是学生斗学生，学生整学生，原来都是很要好的同学，现在却成了大仇敌。我实在是看不下去，实在不忍心看着这样斗来斗去，就和几个观点相同的老师及同学组织了一个两派之外的战斗队，专门写大字报促进两派团结。我们一天很忙，要不断写出质量较高的有说服力的大字报来，敦促两派团结。这样斗来斗去到底要到何时才能了呢？"丽南说着，脸上显出非常焦急、忧郁的神情。勃伦是班上干部，又是积极要求入党的人，他当然是站在保皇派一边。不过他对参加两派斗争也是不感兴趣的。他在这方面不是那么激进，那么热衷。对丽南的观点他很赞同，他们都企盼着两派赶快团结起来共同对敌。

那时的火车是绝对不会正点的。按正常情况，他们应该第二天下午到北京，但火车一路开开停停，直到第三天早晨 5 点才到北京。

他们到了家门口，勃伦敲了敲门，他母亲出来开门。她拉开大门，看到勃伦身后还站着一个大姑娘——她的外甥女，先是有点惊奇，随后像是看出了什么似的，脸上马上浮现出会意的微笑。她一边让他们赶快进屋，一边说道："原来勃伦是去接他表妹去了！去的时候，只是说他去外地串联，到哪里去，硬是不说，还在给我们保密，现在好让我们吃惊，是么？——好啊！好啊！现在都兴大串联，丽南早就该到北京来了……"说完，她准备上班去,，说家里有面包、奶粉、挂面，让他们自己去做着吃。姨夫见了丽南，也说了一些欢迎到北京串联的客套话。吃完早点他也去上班了。

勃伦没有去洗澡，他只是大致把脸擦了一把。丽南让他洗洗头，他的头太脏了，但他一切都顾不上。他们草草吃了早饭，勃伦就一把把丽南搂在怀

里，紧紧地拥抱她，亲吻她。勃伦说："自从那次我们拥抱和接吻之后，我就常常回忆起那甜蜜的令人陶醉的一刻，不能忘怀。四清运动中，在那寂寞的小山村里，我就更加想念你，在梦中几次都梦见你。尤其是你那一双迷人的眼睛，更是常常出现在我的眼前。我是多么想早早把你接到北京来，我们一同游玩，一同畅谈，一同陶醉！"文革"开始后，学校里不少学生都到外地串联去了，我在学校临委会担任了一些工作，脱不开身。前些天，找了个借口，这才到安城去。丽南，我多想你啊！我爱着你，真正地爱着你，我们将来结合吧！不要分开，永远永远地不要分开……"丽南默默地站着，默默地听着。勃伦说完，更紧地拥抱着她，不时地狂吻着她。

丽南不禁想起，两年前，就在这里，为了那不到一分钟的吻，勃伦的心在怦怦地跳着，脸上的肌肉抽搐着，嘴唇颤抖着；为了那不到一分钟的吻，他们差一点误了点，赶不上那趟火车……而她没有想到，两年后，勃伦竟这么成熟，他不再心跳，不再颤抖，他把丽南搂得那么紧，几乎让她喘不上气来。丽南闭着眼睛，陶醉在勃伦的怀抱里，任他疯狂地吻。

他们站着吻累了，勃伦把丽南抱到他母亲房间，他们躺在他父母的床上，紧紧地拥抱在一起。勃伦也不怕他那一头在来回旅途中被汗水、灰尘、煤灰渣混合物弄得又臭又脏的头发把他母亲那洁净的枕巾弄脏弄黑，他怎么能去顾及这些呢？两年前那不到一分钟的吻曾经给他们留下了深刻的印象，留下了甜蜜的回忆，两年来，它对这两颗年轻的心有多么大的吸引力和诱惑力啊！他们现在要尽情享受这爱给他们带来的幸福，要尽情吸吮这爱的琼浆。他们忘情地亲着吻着，他们不知道怎样才能更好地表达自己对对方深深的爱，他们只有紧紧地搂抱着对方，用热烈的吻来表达，他们都深深地陶醉在这幸福和甜蜜之中了。勃伦的爱把丽南被抄家所带来的痛苦赶走了，把学校那激烈斗争给她带来的烦恼驱散了，她被勃伦的爱融化了。勃伦的眼力不错，说丽南是一个感情丰富的人。是的，她的感情一旦被点燃，那是可以烧毁一切的。如果说刚开始是勃伦拥抱她，亲吻她，而此时，她以十倍的爱和情去拥抱着勃伦，亲吻着勃伦。她吻他的额，吻他的颈，吻他的脸颊。她搂着他的脖颈，把自己的脸颊紧紧地贴在勃伦的脸颊上。她用力吸吮着他的舌头，甚至咬着他的舌头，以致使他不能忍受。她轻轻地抚摸着他的头发，从那头发里散发出来的汗臭味这时似乎也变成了一股迷人的芬芳，她把鼻翼贴近它，闻着，用嘴唇轻轻地吻着。他们掉进了爱河之中。他们热烈地狂吻一会儿，然后就面对面互相对视一会儿，彼此欣赏着对方那双美丽迷人的，闪射着深情的爱慕之光的眼睛。丽南那双会说话的大眼睛，这时显得更加迷人。勃伦从她的左眼看到右眼，又从右眼看到左眼，然后禁不住地又把她紧紧搂在自己的怀里，吻她的头发、前额和那美丽的眉毛和眼睛。

他们是一对纯情的恋人，他们是一对清纯的男女。一般人只说"清纯女子"，但在丽南眼里，勃伦却是一个非常清纯的男子。他们虽然尽情地吻着，亲昵着，拥抱着，但是勃伦从来没有动过丽南的一个纽扣，他的手没有触摸过她身上任何一处肌肤。至于那个雷池之地，他们两人没有一个想到去触动它，更没有想到要越过它。他们认为那只能是结婚以后的事。没有结婚，要干那种事是违法的，是危险的，是会出问题的，甚至会身败名裂的。他们觉得这样拥抱，这样亲吻才是最甜蜜最幸福最令人陶醉的，他们能够这样，已经很满足了。他们没有更多的奢望，也不奢望别的，因为别的可能只会是罪恶，只能给他们带来痛苦。

在这样的亲昵中，时间过得是最快的。不知不觉已近 12 点。他们赶快起来，准备做午饭，迎接姨夫回来吃午餐。

国庆节，天安门广场和附近主要街道都是人山人海。主要街道都戒严了，主要路口由解放军战士把守着。勃伦和丽南只好在郊区的马路上漫步。

勃伦说："丽南，毕业后你要求分配到北京工作吧！我是很难离开北京了。大哥在青岛工作，二哥在新疆工作，姐姐虽在北京，但已出嫁，平时忙她婆婆家的事。现在看来两个老人将来就只有靠我招呼了。父亲年龄已近六十，母亲五十多了。我如果不在北京，不在他们身边，那怎么行呢？两个老人怎能答应呢？"

听了勃伦的话，丽南在沉思着。她的家虽然被抄了，她的理想受到很大的冲击，但这理想之火还没有完全熄灭。一个崇高的理想怎能轻易熄灭和抛弃呢？然而通过这巨大的打击，她那理想的根不能说没有动摇！她是争取分配到北京，还是到那山沟里去实现理想，她还没有最后定下来。在丽南看来，她的理想是关系到一生能否作出贡献，生命能否有价值的大事。她的信仰，她的信念怎能因抄一次家而被丢弃，被毁灭呢？

她对勃伦说："现在文革正处在紧张激烈的斗争之中，什么时候结束，我们什么时候分配工作都还很难说。将来分配工作有无北京的名额也是个问题。

我们现在只有走着瞧吧！反正我对这件事一点也不着急。我读了你的长信，看到你已经是那么认真、慎重地考虑了自己的终身大事，我很佩服，而我呢，还从未认真地考虑过这件事。信上你说，毕业后让我等你两年左右的时间，对我来说是多么可怕的漫长！实际你错了，在这一点上你是很不了解我的。我早就下了决心，为了自己的理想，宁肯一辈子不结婚。对于我来说，理想高于一切，压倒一切……"丽南一提起自己的理想来，又是激动不已，她滔滔不绝地说着。

勃伦说："你的理想，在大城市，在北京就不能实现吗？我看未必。有了理想，我想不管在哪里都是可以实现的。"

不过丽南还是说："勃伦，原来我就准备在艰苦的生活中度过自己的一生，平时我也总感到我的一生是要去受苦的一生。你在信上说你爱我，而我，又何尝不在深深地爱着你，但是，我总感到，我不能去影响你的幸福，不能让你将来跟着我去受苦。你的家庭，你本人各方面条件都很优越，你还是在北京找一个好姑娘吧！……"

他们就这么谈着，走着，谁都难以说服对方。

吃了晚饭，他们俩向天安门广场走去。

他们只能站在警戒线之外观看天安门广场上的国庆之夜。

夜幕降临，天安门前，从绣球般的挂灯群里，从圆锥形的顶灯群里，放射出耀眼的银白色的光芒。丽南不禁感慨地对勃伦说："人们都说，北京，在祖国的大花园里，是最美丽的花园；在明净的星群里，是最亮的星座。勃伦，你能够生活在这最美丽最伟大的城市，真是幸福！"勃伦深情地说："是很幸福，不但幸福，我还感到骄傲。现在，北京不仅是中国革命的中心，而且它已成为世界革命的中心；北京，不光是中国人民向往的地方，而且也是世界人民向往的地方！丽南，你来吧，一定争取分到北京来，我们一同幸福地共度人生！……"

他们正在聊着，远处节日绚丽的焰火升起来了，无数个礼花壮丽地怒放在整个天空，黛蓝色的天幕顿时变成五光十色，万紫千红，百花争艳的美丽花园。千万朵礼花在空中绽放，千万片红霞在空中飘飞。天安门广场上，人们载歌载舞，龙腾虎跃，"毛主席万岁""文化大革命万岁"的口号声响彻云霄……此时此景，谁能不激动呢？

他们欣赏完这难忘的国庆之夜的美景，步行往回走。天安门广场离勃伦家还很远。他们走累了，就坐在小树林里歇息。他们仍然是紧紧地拥抱，热烈地亲吻着，爱情之火燃烧着这两颗年轻人的心，他们尽情享尝着这初恋无比美好无比纯洁无比热烈的爱的甘露。

　　过了国庆不几天，丽南按约定地点找到了学校来京后的驻地。她开始和同学们一起到北京各大院校看大字报、标语、传单和有关资料，学习北京大学生的文革经验。

　　白天，丽南和同学们在一起活动，勃伦在他们学校搞革命。晚上他俩常常幽会。有时漫步在林间小径上，有时坐在公园的石椅上。一天晚上，他们又来到北海公园。这里的山光水色依旧像两年前他们来到这里时那么美丽迷人。他们这次没有在湖面上漂荡，而是在林间小道上漫步。勃伦说："丽南，这次来京后你还没有唱一首歌，我多想听你唱歌啊！你嗓音圆润，又富有感情，你给我唱一首，好吗？"丽南听勃伦这样邀请，就没加考虑地说："好吧！"她问道："唱什么歌呢？"勃伦说："唱你最爱唱的吧！"丽南想了想，就小声唱起来：

　　　　花儿为什么这样红？为什么这样红？
　　　　哎……红得好像，红得好像燃烧的火。
　　　　它象征着纯洁的友谊和爱情。
　　　　……

　　这是前两年演的电影《冰山上的来客》的主题歌。电影放映后，同学们都在哼这首歌。丽南也最喜欢这首歌，有空就哼。歌中有一些音调不容易唱准，而她唱得很准，而且极抒情。现在给勃伦唱这首歌，她唱得特别深沉、抒情。勃伦简直无法用语言来表达他对丽南的赞赏，他只说了一句："太动人了！"然后就把丽南紧紧搂在怀里。勃伦说："唱歌，也可以看到一个人智商的高低。这首歌有好几处难度大的地方，你都唱得极准，可见你的脑袋瓜是多么聪明！从你的歌声就可知道你是一个多么有感情的人！丽南，我非常喜欢和需要你这样的人为伴……"丽南任勃伦去夸奖，她在默认着，因为她自己也觉得唱这首歌她很拿手，平时哼起这首歌，她自己往往也被自己的歌声所陶醉。

没有太多的时间浪费在唱歌上了。他们找了一个较阴暗的小树林，勃伦坐在石墩上，丽南坐在勃伦的双腿上，她两手搂着勃伦的脖颈，勃伦紧紧地抱着她，他们就这样依偎着，搂抱着，亲吻着。不知怎的，他们总感到亲不够，吻不够。丽南想起班上那个爱写诗的男生给她的情书上写的"我多么渴望那酒浆般的爱情啊"的话，她现在才深深地体味到什么是酒浆般的爱情。

他们回到家里已12点，但他们都还没有睡意。勃伦靠在关着的厨房的门扇上，两手搭在丽南的肩上，他们头对头地低语，向对方倾诉着自己的情怀。然后他们又是热烈地拥抱和亲吻，似乎永远也吻不够。丽南问勃伦："你和你们班上那个女生也像这样过吗?"勃伦竟点了点头。丽南立刻像触了电似的，马上把她搂着勃伦的双手抽了回来，并且不由自主地向后退了两步，她的心不知怎的，像铁锤在锤打般地难受。她再也不想去吻他了，再也不想去挨近他了。她感到他不再是那么单纯，那般可爱了，他们之间似乎已经隔了一层什么东西……勃伦看到丽南这种表情和举动，马上解释道："我信上不是告诉你了吗，我和她关系每发展一步，我都感到我爱的不是她，而真正爱的是你……"丽南什么也没说，就径直地到她房中去睡了。躺在床上，她怎么也睡不着……

第二天早晨，姨母姨夫吃了早饭就外出了。勃伦从丽南那肿胀的眼睛上知道她哭了，她没有睡好。他做了早点，端来让她吃。她不理他，也不去吃饭。勃伦坐在丽南旁边向她解释着："班上那个女生在四清运动中和我分在一个大队，距离较近，她主动接近我，有什么事爱找我帮忙。在这种情况下，加上你第一次来京咱们离别前那一幕的诱惑，我们就……"停了一会儿，勃伦接着说："但是和她在一起的时候，我的脑子中出现的却是你的身影和面容，我和她虽然也拥抱了，但是远远没有咱们在一起时这么激动，这么热烈和甜蜜，我越来越觉得我不爱她，即便是和她在一起，也没有一种幸福感。丽南，不知怎的，和你在一起时，我就感到幸福、愉快。丽南，难道你没有感到吗?和你在一起，我总是那么激动，感情是那么强烈、奔放，一种无法遏止的爱在我心头升起。我是发自真心地在爱着你，我舍不得放弃你，离开你……"丽南知道勃伦说的都是真心话，她知道他不会撒谎。她认为勃伦和他家里人一样，都是那么老实、本分，甚至还有点迂讷。她想：."自己不是口口声声让他在北京找一个好姑娘吗?为什么一到具体问题上就这么自私、小心眼?!"人啊，都是自私的，尤其在爱情上!他们说了一上午话，就又和好了。

晚上，他们到附近马路边的小树林里漫步，那里几乎隔十步二十步就是一对恋人在低语，在依偎，在拥抱。他们找了个地方坐下，依然是那么紧紧地拥抱在一起……

1966 年 10 月 18 日，是毛主席第四次接见全国各地来京串联的红卫兵的日子，丽南他们学校的师生也在被接见之列。丽南虽然下决心不再记日记了，但这一天是她最激动最难忘的一天，她不由自主地打开笔记本，记下了最后一篇日记：

> 今天下午一时四十五分是我一生中最最幸福，最最难忘的时刻——我见到了永远不落的红太阳毛主席。……毛主席啊毛主席，我的梦想终于实现了，我终于见到了您——我们中国各族人民和世界革命人民最伟大的领袖。您那高大魁梧的身躯，您那红光闪闪带着微笑的面容永远永远地铭刻在我的记忆中……

丽南和全国人民一样，虔诚地信仰共产主义，无比崇敬伟大的领袖毛泽东。

毛主席接见完之后，丽南他们学校的师生很快就要返校了。丽南临走时，姨母给她买了一块上海牌坤表。姨母从丽南和勃伦那亲亲密密的样子中，已经看出他们是在谈恋爱了。

丽南走的时候，仍然是勃伦去送。他们是那么依恋，他们只能用深情的目光互相致意，表达自己对对方的爱慕之心和不舍之情。

丽南他们回到学校不久，大串联的热浪更加汹涌，它冲击着这些在学校里打斗的大学生们。丽南所在的战斗队准备步行到延安——革命圣地去串联。对参加不参加这次活动丽南很犹豫。这是他们战斗队的一次集体活动，不去不好；去吧，就没有机会到别的地方去了。她对祖国的壮丽河山一向无限神往，对别的大城市充满着好奇和新鲜感。那里的城市是什么样子，那里的人是什么模样，他们的生活方式或生活习惯是怎样的，她想去看一看，扩大一下眼界。她决定不参加步行到延安去的串联活动，她要坐火车到其他城市去。

主意拿定后，她约了战斗队的小燕同学做伴。她们给老师打了招呼，就准备整装起程。

　　她们来到安城火车站，进了站门，看到的是万头攒动黑压压一片的人海。站台上，站台下，花坛的围台上……所有能站人的地方都站满了人，甚至在栏杆上，树杈上都蹲着或者坐着人，简直是一个人的海洋。这里比广场集会还要热闹、拥挤。丽南心想，这么多人，要用多少列车才能装载完啊！看到这情景，她和小燕犹豫了："我们能挤上车么？"但是，丽南说："我们已经来了，这大串联的机会真是难得，'机不可失，时不再来'，不管怎样我们也要挤上车去！……"就这样，她们等呀等，终于来了一列火车。待车停下，人们就一窝蜂似地拥上去。车门上，车窗上，凡能扒进车里的地方都是拥挤的人群。丽南拼全力在车门前挤着，人流把她拥进了车厢。进了车厢，她回头找小燕，却怎么也找不见她的人影。她在喊着，叫着小燕的名字，东张西望在寻找着，仍不见小燕，这时她想下车也下不去，车上已挤得水泄不通。车下仍是人山人海，她在人群中寻找着小燕，依然不见她的影子。

　　丽南失去了唯一的伙伴，但她总算上了车，心里不免还有一种快慰。

　　丽南外出串联了一个多月，回到学校时，他们战斗队步行到延安的同学还没有返校。过了几天，他们才拖着沉重的双腿回到学校。一路的辛苦就不用提了。小燕说："丽南，平时看你好像是弱不禁风，没有缚鸡之力的人，但是挤火车时不知怎么你就有那么大的劲，眨眼工夫，我就找不到你了。我挤不上火车，也找不见你，就只好回校了。如果我有你那么大的挤劲就好了！"

　　转眼间1966年已经成为历史，在"文化大革命"的高潮中迎来了1967年。各大报纸杂志都发表元旦社论，歌颂"文化大革命"取得的伟大胜利，宣传和发布新的方针政策。

　　《光明日报》社论的题目是《知识分子同工农群众相结合，把文化大革命进行到底》。

　　根据社论精神，学生要到工厂、到农村去搞革命了。

　　《文汇报》的社论是《革命造反有理万岁》。社论旗帜鲜明地支持造反派，肯定他们的功绩。同时各大报纸杂志也纷纷发表文章，呼吁无产阶级革命派联合起来。

　　在这些社论和文章精神的指引下，丽南学校的造反派，亦即筹委会掌握了全校的领导权，起始贴大字报的几个人成为主要的领导成员。

　　根据元旦社论精神，丽南他们走出校门，到工厂去，一方面参加劳动，一方面参加革命。

"文革"开始时,上边说高中六六级延长半年高考,丽南他们这一级延长半年毕业。现在,一年已经过去了,该高考的不能高考,该毕业的不能毕业。社会乱成一团麻,哪里有一个负责管事的机关单位呢?到处都在挖黑帮、揪走资派,到处都在武斗、在流血……看来要高考,要毕业是遥遥无期了!丽南他们原本1965年毕业,学制延长了一年,1966年7月该毕业了,而6月却燃起了熊熊的"文革"之火,现在什么时候能毕业,能工作,能拿到工资,谁也不知道。一个接一个的运动在销蚀着他们的青春年华!他们这一级年龄大一点的都已经三十岁了。一些农村来的学生原来就结了婚,家里有妻子,有孩子,而至今每月只有十五元的伙食费,妻子儿女还在苦苦等着他们毕业挣工资来养家糊口呢!一些同学终于耐不住这种状况,他们去找省委、省高教局,质问那些头头们:"为什么要延长我们的学制?别的大学参加社教不延长学制,为什么单单要延长我们的?……"这些头头们答不上来,问题无法解决。后来这些同学找到中央去,中央有关部门翻出文件,文件上面明文写着:高校学生参加社教运动一律不延长学制。同学们有了依据,回来把省上有关负责的头头们找来,质问他们:"为什么你们不按中央文件精神办事,擅自决定延长我们的学制?……"头头们无言以对。这使那些头头们又多了一条罪状。

同学们抗争和奋斗的结果是:争得了头头们的同意,给他们这一级学生从1967年元月份开始发工资。丽南他们终于拿到了每月四十八元五的实习生工资。

他们这一级学生在学校里没有多少事,就又被分到工厂去劳动。

在各个单位都在斗黑帮,揪走资派的时候,各个家属院也不能平平静静悄无声息地脱离阶级斗争这个大方向,那些革命派也要找出几个"牛鬼蛇神"来斗一斗,教育教育群众。丽南家所住的大家属院,找不出什么牛鬼蛇神来,就把她父亲揪出来斗。给他戴上"右派""资本家"的帽子,说他是基督徒,干着反革命的活动。

丽南家因抄家,父亲被揪斗等事从楼房里被赶了下来,住进了小平房。一家人成了家属院人人瞩目歧视的对象。姐姐在单位的工作受到很大影响。父亲因此精神受到刺激,开始有些不太正常起来。丽南每次回家,看到家里不再像

以前那样温暖和睦了。姐姐的脾气也越来越暴躁。一天，丽南回家，听到姐姐正在指责母亲说："那时父亲要卖房子，你为什么不阻止？你们就不想想，房子卖了，你们老了住哪？现在可好了，房子没了，钱花完了，还落下这么多罪名！你们没有房，没地方住，住在我这里，让别人抄我的家，我在单位上能抬起头吗？这么多年，一大家子人都挤在我这，都靠我一人养活，我都没说过什么，现在不光是经济，政治上也搞得人臭不可闻！抄家、批斗，让我还怎么去工作……"丽南听了这些话，心里难受极了，但是她能说什么呢？自家里发生这一连串的事情后，姐姐对丽南的态度也冷漠多了。丽南不怪姐姐，她可以理解姐姐。人的承受力是有限度的，超越了这个限度，人怎么能够再承受？姐姐不但供养父母，而且还要供她上学，十多年来都是姐姐在供。大哥那边有时也需要姐姐的资助。姐姐的负担够重了，而姐姐一直默默地承受着，支撑着这个家。丽南本该两年前毕业，给家庭减轻一些经济负担，而现在遇上这运动，不知何时才能分配工作。她不能给姐姐分担重担，反而还在加重。姐姐发脾气是正常的，让她发吧！发出来，她心里还能痛快点。

丽南在纺织厂劳动，住在女工宿舍。厂子虽然离她家不算远，坐车很方便，但她平时很少回家。她不愿看到家人那愁苦的脸，那埋怨之声，她也不愿回去增加家里的密度，在那又小又挤的房间里再支一张行军床。

丽南和勃伦在北京经过一段如火如荼的热恋之后，他们互相通过一些情意缠绵的信，但是面对严酷的现实，他们各自又不能不回到冷静和理智中去。那火一样炽热的爱是刻骨铭心的，热恋留给情人的回忆是美好的。丽南在串联中，在那令人劳顿的旅途中，北京的一幕幕不时地出现在她的眼前，令她陶醉，使她感到幸福。但是她不能不冷静地思考这爱的前景。她首先感到，他们这种表亲关系不能结合的理论尽管通过勃伦参加农村四清运动把它推翻了，他看到现实中这种关系结合的不少范例，但丽南认为这种关系的结合毕竟是不好的，或者说里面有不好的因素。她很矛盾。不结合吧，他们爱得那么深沉；结合吧，这近亲血缘终归不好。她难以作结。其次，她感到他们之间最大的障碍是她自己家庭的政治问题。勃伦是一个非常重视政治的人。在丽南刚入团不久，他就给丽南写来了热情洋溢的祝贺信，同时，这也成为他们关系发展的一个重要因素。他的继父是有近四十年党龄的老布尔什维克，他的哥哥姐姐都是党员。如果他的妻子家庭有这一系列政治问题，对他的前途都将会带来很大的影响，对他将会是一个沉重的政治包袱。丽南是个很敏感，观察事物很细微的人。勃伦到安城来接她到京，当她告诉勃伦抄家的事时，他的眼睛突然地睁大，和他被这一事件所震慑的表情，都逃不过她那双敏锐的眼睛。为了这可怜的爱情，要去牺牲一辈子的政治前途，甚至政治生命，在那年月里，有几个人能做到?! 那需要的又是怎样坚贞的爱情！而他们接触的时间毕竟是短暂的，他们更多的是通过信件来了解，这爱情的根基本身就不太牢靠，它是软弱的，它难以经得起这政治上的暴风雨的袭击！……丽南想到这些，心里就像锥子在锥刺般地难受，一种失落的预感在她心中升腾。但是她绝不会因为这些去影响勃伦。她不可否认自己是爱他的，是在深深地爱着他的，正因为这爱，才更不应该去影响他，甚至牺牲他的前程。她倔强和孤傲的性格也决定了她绝不会去追求任何一个男人。对他们关系的前景，她考虑到的最后一个问题就是工作分配问题。勃伦让她争取分到北京，这谈何容易？她上的这所大学本身就是省办学校，任务是给本省培养中学教师，绝不像一些国家重点大学，是面向全国分配的。他们学校工作分配照以往惯例，能留到安城就算不错了，绝大部分是要分到外县去的。要想分到北京那简直是妄想。分不到北京，如果结了婚，将来要调往北京，又要等到哪年？又要费多大的周折！……她前思后想，感到这爱情要成功太难了，希望是渺茫的。她写信把这一切都明明白白地告诉给勃伦，她要让他深思、慎重，让他去为自己真正的幸福而努力。

丽南他们在纺织厂劳动了四五个月，每天和工人一样三班倒，在满是飞扬着棉絮的车间里穿梭往来。

这一年过了国庆，他们才返校。

回到学校，仍旧是开展大批判。

系上给他们每人发了一本《文艺革命》杂志，封面括号里写着"七十部毒草小说批判专集"字样。这份资料是中国人民大学三红文学兵团、人民出版社《文艺战鼓》编辑部编辑的。

杂志的前言中写道："文艺界两条路线的斗争是极其尖锐复杂的。解放十七年来，一条又粗又长又黑的资产阶级文艺路线，顽固地统治着整个文艺界……"

丽南翻开这本杂志，看到这些小说的罪名，有的是"反党反毛主席，为×××反革命修正主义头目树碑立传"的；有的是"歌颂错误路线，攻击毛

主席路线"的；有的是"歪曲阶级斗争，宣扬阶级调和论、人性论、和平主义"的；有的是"丑化工农兵形象，歌颂叛徒，美化阶级敌人"的；有的是"大写所谓'中间人物'，反对塑造工农兵形象"的，不一而足。她一页页翻看着目录。《六十年的变迁》《太阳照在桑干河上》《上海的早晨》《苦菜花》《山乡巨变》是毒草，《红日》.《红旗谱》《保卫延安》《暴风骤雨》《创业史》是毒草，《青春之歌》《红岩》也是毒草！这曾经使她无比激动，对她有过那么大教育的书，也是毒草？！《红岩》，那是用革命烈士的鲜血写成的书啊！……翻看着这本杂志，她那一颗还很稚嫩的心被深深地震撼了！她困惑不解地思索着：几乎所有的小说都被判作大毒草，再进步再革命的作家也是反党、反革命分子，这究竟是怎么回事呢？

"搞文艺，搞创作危险"的思想悄然爬上她的心头。

她想到自己的那个理想。

她想，就是将来写出再革命的书来，就她这个出身，这样的家庭，也难逃反革命的罪名。你还敢写吗？你还能写吗？在这又粗又长的文艺黑线之下，谁还敢再去写呢？……

埋藏在她心灵深处的理想受到了无情的撞击！！

如果说，那次抄家动摇了她的理想的根基，那么这"七十部毒草小说批判专集"就彻底将这理想连根拔起，彻底摧毁、粉碎了；如果说，那次抄家给她心中的理想之火泼了一盆冷水，还留下一线希望、一点火星的话，那么这"七十部小说批判专集"就全部浇灭了她心中的理想之火！对于一个懂得生活的意义，懂得生命的价值的人，要让他放弃苦苦寻觅，全心栽培，为之努力奋斗和追求的理想，还有比这更让人痛心的吗？！理想是一个人的灵魂，现在要让她丢弃这灵魂，这无异于要让她去过行尸走肉般的生活，还有比这更让人伤悲的么？！

她掉进了巨大的痛苦的深渊之中！

她现在才深深后悔自己当初学了文学，更后悔上了这所师大。如果说当初拿到师大录取通知书时，她是大哭了一场，而现在，她欲哭却无泪！这样一所大学，他们一待就是七八年（1961年进校，1968年出校），人生的黄金时期在这里就这样逝去！他们的青春年华，大好时光大部分是在一次又一次的政治运动，一次又一次的大批判中度过。当初宣布延长学制时，她还觉得是好事，可以多学一点知识，而现在看来，损失将是难以估量的。那时宣布是延长一年，但谁能想到，他们的学制现在几乎要成为无限延长了。学业、事业、经济上的损失就不用说了，而时间、青春的浪费和无情的消逝却尤为让人痛心！对丽南来说，这损失将影响她的一生。

他们的分配方案终于下来了，是历年来最差的一次分配方案。留在安城的名额占很小的比例，别的大城市没有名额，绝大部分是本省外县，新疆、青海的名额也占不小的比例。

在丽南理想还没有完全破灭时，她对勃伦的爱情可以说还没有放在自己生活中的重要位置，她那颗为崇高理想去奋斗的心还在空中飘飞，爱情对她来说还不是至关重要的。因而她写信劝勃伦去争取自己真正的幸福，不要因为她而影响他的幸福和前程。而现在，当理想突然间被巨浪吞噬了，卷走了之后，在没有了精神支柱的巨大苦痛中，她倒对勃伦抱起希望来了。她是多么希望勃伦能够珍视他们这强烈而炽热的爱情，能够发展它，进而结为良缘啊！但是毕业分配方案她不能不告诉他，她必须如实地告知他。她把分配方案和盘端给了他。

勃伦到安城接丽南到京，经过那段热恋之后，同样也冷静下来，处在激烈的思想斗争中。他虽然深深地爱着丽南，这爱，从高中时期就萌发了，随着时间的推移，它在不断地加深、增长。然而，他到安城丽南的家里，看到她的家被洗劫一空，他的那颗单纯的积极向上的心被重重地击了一棍。抄家，可怕的抄家，在那年月里，它意味着什么呢？勃伦从丽南家的被抄，不难想象她家的政治问题是多么严重！尽管他们高中的通信，就使他对丽南有一种崇敬之情；文革中的通信，使他感到丽南是一个遇事有主见善分析不随大流的人；在他们短暂的接触中，他感到丽南不但是一个有理想有抱负的女性，而且还是一个感情非常丰富的姑娘，他愿意和她在一起，和她在一起他就感到幸福、愉悦。他舍不得离开她，舍不得放弃她。但是他在一个老布尔什维克家庭的政治熏陶下，在哥哥姐姐都已入了党的环境中，他怎甘落后？他将来怎能背着妻子家沉重的政治包袱走完他的人生之路？……

勃伦处在从未有过的苦闷、彷徨之中。他常常一人躺在床上望着天花板发呆。当他收到丽南劝他去寻找自己真正幸福的那封信后，他飘忽不定的思想有了一点倾斜。而正当这时，他们班上那个曾经贸然闯入他的生活的那个

女生对他紧追不舍。她频繁地接触他，关心他，讨好他。她的长相虽然很一般，甚至有点丑，但她的家庭出身好，是工人家庭，工作泼辣能干。她的家距离勃伦家不太远，文革中学校里没有多少事，她经常到勃伦家去，帮他家干家务，给勃伦洗衣服等，显得勤快能干。

在丽南家庭遭难，工作分配又很不理想的情况下，勃伦怎么能够抵挡住她的追求和诱惑呢？

在勃伦收到丽南告知他分配方案的信后，他终于向丽南表态了。一切都在她的预料之中，他们的关系画上了句号。

在理想破灭之后，丽南把全部希望转向爱情，似乎这爱情是一只救生圈，可以帮她游出生活的苦海，到达希望的彼岸。但是，这爱情最后也崩塌了，破毁了……刹那间，一切都化为乌有。

二十五岁，正是她那系在红领巾上的理想付诸实施的时候；二十五岁，也正是采撷爱情花朵的时候；二十五岁，应该是她向美好生活勇猛进击的时候……而正当她的生命之舟鼓满风帆，在生命的海洋里疾驶的时候，这一切的一切都被那无情的巨浪，汹涌的狂涛卷走了！

如果仅仅失去了爱情，理想还在，那么丽南完全可以经受得住，因为她早就决定了她的理想高于爱情。

如果失去了理想，爱情还在，那么那爱，还可以抚慰她那一颗伤痛的心。

然而，现在，理想被击碎了，爱情破毁了，这一个又一个的打击，使她如同掉进了万丈深渊，她眼前的世界是一片昏黑，她看不到生活的光亮在哪里。以前书上那些说教现在对她来说都成为虚无的东西。什么青春、生命，什么意志、毅力，什么勤奋、创造，什么奋斗、事业，什么成功、业绩，什么付出、奉献……这一切，在她眼里都变成没有价值没有意义的东西了！她的精神世界崩溃了！尤其是那理想，那是一个人的精神支柱。一座房子失去了支柱就会倒塌，一个人失去了生命的支柱也会走向毁灭。她掉落在痛苦的汪洋中难以自拔。

世上还有比这双重打击更沉重的么？！！

世上还有比这更大的悲哀么？！！

她在这双重重压下呻吟着，喘息着，挣扎着……

第五章

一天，丽南回到家中，姐姐拿出一封信给她，原来是凤城旧友李有光来的。大学二年级自从他正式向丽南提出求爱被丽南回绝后，至今他们没有再通信。李有光以为丽南早已毕业参加了工作，现在他想和丽南联系，却不知她的工作地址。他还记得丽南家庭的住址，因此来了这封信。信是写给丽南父母亲的。丽南打开信读着，信的最后写道：大学毕业后，我分配在青城工作，一切均好，望放心。你们见信后请给丽南去封信，把我的通信地址告诉她并能来信把她的地址告诉我。今后我们俩应该更好地互相帮助，共同前进。

丽南没有想到，她刚上高一就一直追求她的中学旧友，大学期间她写了几封态度坚决的信才使他死了心的李有光，现在还没有忘记她。这些年没有通信，丽南想他可能早已成了家，或许都有了孩子，然而现在他还在记挂着她，还在念着儿时的友谊，要和她"共同前进"。他以为丽南早就工作了，然而哪知她还在那所大学！

丽南在精神极度痛苦之中，看到这封信，就像遇到了知己，她马上提笔给他写了信。信中当然不免要透露和诉说自己的不幸、痛苦和处境。李有光收到信后立即给她回了信。他是一个男子汉，不知为什么感情也那么脆弱，经常忧伤。他读了丽南那诉说悲哀的信，在回信中他也诉说了他几年来一些不幸的事。他的信很长，字很小，但字迹依旧是那么隽秀优美：

丽南：你好。

今天收到了你的来信，欣喜万分。阅汝惠书，心潮波涌。已是北国风光，千里冰封之际，这儿却下了几天梅子黄熟断肠雨。此时此刻，触景生情，遥望九州道，浮想联翩，感慨无穷。

看到你的信，既高兴又难过，高兴的是儿时的旧友今日总算有了下落，使人有久别重逢，格外亲切之感；难过的是我们的生涯我们的遭遇是多么的不幸啊！一想起这些，使人肝肠欲断，伤感万分。

你在信上问道："不知你现在成家了否？我想至少也有女朋友了吧！你完全可以找一个心爱的姑娘，成立一个幸福的小家庭。"你又问道："你吃了哪些亏？有些什么苦处？我希望你能以同志式的诚挚态度谈给我。"

对于我这个命运悲苦的人来说，又有什么不可以告诉给自己的旧友，又有什么心里话不可以说的呢？

二十六岁，多么痛苦和辛酸的二十六年啊！每当我想起自己的遭遇和生涯，忧伤的泪水就模糊了我的双眼。还是战火纷飞的抗战时期，父母就把我带到了西北，由于疾病和生活的折磨，母亲就与世长辞了。从此，我幼小的心灵里就埋下了痛苦的种子。母爱，对于我来说是多么的陌生啊！

......

高中毕业时，班主任劝我报考文学系，但鉴于我数理化学得也不错，故而就入了宝城大学地质系。

你入师大后，我们真挚的友谊有了发展。随着年龄增长，心里想的事也多了，因此1961年夏我去安城看你，从此之后就再也没有见到过你。说心里话，那时幼稚单纯的我，对现实生活想得太简单了。尽管幼稚，然而对你的感情却是十分真挚的，没有社会上一般人那种虚情和假意。当时我觉得我的出身（贫农，后来父亲改行为工人）、年龄、学习及社会关系（几个叔父都是党员，当权派）等都占优势，完全是能够配上你的。我们的爱好、友谊，也是完全可以把我们凝结成一对生活伴侣的。于是，这个问题终于提到我们的日程上：我正式向你提出这一问题，但不料却事与愿违。当时我想：

"你们这些学上层建筑的人对于我们这些学下层建筑的人来说是高不可攀的。"

不久，我的父亲就去世了，从此，我失去了唯一的亲人，在经济上和精神上都受到沉重的打击，整日处在忧伤和痛苦之中，没有心思去想别的事情。

一个人最大的不幸莫过于少年时期失去父母，若丧之则后患相及。对这一点我是深有体会的。像我这样的人，有谁会来理解我，又有谁会来爱我呢？我只能在悲苦之中度过自己的一生。每当我想起这些事，一阵可怕的寒流就会向我袭来。我毕竟还是一个二十六岁的青年人呀！

从来信中看到你目前精神上也较痛苦，我也很同情你。以前我把你视为自己的亲妹妹，对我这个孤苦的人来说也许是一种安慰。如今使人更体会到这一点。你们的毕业分配方案确实不太理想，面很窄。我的意见是，你应该尽量争取留在安城，从各方面来说安城都是比较理想的。

青城是个三面临海的城市，这儿风景很好，全城到处是树。海边有天然的露天浴场，每年，6到9月是游泳的时节。这里夏秋两季是很舒服的，春天较短，而且也不明显，冬天不太冷，但较多风。我在这里生活不太习惯，将来如果可能，想调回西北去。

信中夹有我今年国庆节在青城海滨公园拍的照片。唉，如今已经老了，青春再也不会来了！

我想，你一定还很年轻吧！望把你的近照寄来，并速来回音。

南，不要难过，应当愉快起来，为自己美好的未来去奋斗！

　祝

愉快

　　　　　　　　　　　　　　　　　　　　　有光

　　　　　　　　　　　　　　　　　　　67.12.3

信上他还讲了他和别的姑娘恋爱的一些波折事，丽南对他的那些纠纠葛葛，纷纷扰扰的事也表示一定的同情，及时回了信安慰他。李有光也及时给她回了信：

丽南：你好。

来信收悉，阅汝惠书，心潮波涌。此刻此地，感伤无比。远眺燕儿岛渔家灯火，不禁吟起前些日子写的一首词来：

西江月·念友

廓天淡云寒霜

凋花落叶飘转

天际尽头送归雁

垂首渭水那边

窗含百层泪泥

门积千秋窈愿

乱花飞絮却不见

唯有劲株更艳

巴金曾经说过，生活本身就是一部悲剧。读了你的来信，我对这一点有了更深切的体会。我深深地同情你，但愿你把心放宽，勇敢地去迎接新的生活，开拓自己幸福的未来。

儿时我们曾在一块生活、学习和工作过，以后我们各自走上了不同的生活道路。然而生活为什么对我们这么冷酷无情！……

是的，儿时的理想和抱负一天天地在消失，痛苦和恼忧一天天地在加重。我——这个生活的苦命人，自幼就没尝过人间的欢愉和幸福，儿时的精神创伤至今留在心上。从学校到社会，孤苦伶仃，得不到父母的温暖和兄妹的亲情，一个人在社会上颠沛流离，真是尝够了人世的痛苦，历尽了生活的辛酸。

说起来，你总比我强一些，父母健在，兄弟姐妹好几个。首先有人操心你的寒暖，有人给你指点该如何生活。每逢假日，总还能全家团聚，欢欢乐乐，这就是最大的安慰。而我比起你来差得老远老远。

尽管我是个男子，可是我的感情比一个女子还要脆弱。动不动就忧伤。从我懂事的时候起就很少愉快过，精神上的创伤一直不能恢复，因此我就爱上了文学。目的在于从中寻找一些安慰。这些年来，我一直未丢弃它。而文革以来使人对它产生了怀疑，正如你信中说的，文艺界的黑线又粗又长，使不少人挨了整，搞文艺看来现在很难且危险性大。但我想，一个人生活在世界上，总要有自己的兴趣和爱好，这是人的精神生活。你学的是文学，将来终生也就是搞它，应该拿出信心来，安下心，多读一些书，对自己总是有益的。

因为我是个男子，所以对于打击和痛苦还可以承受住。而你——作为一个姑娘，我还是担忧你会承受不住。我期望你一定想开些，愉快起来，对于个人私事，尽管有些苦恼，但是应该把它处理好。人生的两件大事就是"成家立业"，这个"家"是十分重要的，如果这个问题处理不好，对自己的事业会有重大影响。因此，应该慎重对待，不可草率行之。你的条件还不错，用不着去着急，年龄也不大，随时间总会把这个问题解决好的。

今年春节我准备回凤城去，因为那儿有我一个同学，他准备结婚，来信邀我去。我打算路经安城时在安城逗留几天，探望一下你。

好啦，暂写到此，随信寄去纪念章一枚。

祝

愉快

再见

有光

67.12.18

丽南收到信没几天，李有光就来到安城。

他一反学生时的穷酸相，上身穿着短呢子大衣，下身是笔挺的裤子，脚上是锃亮的皮鞋。长方形的脸盘上，皮肤仍是那么白皙，浓眉下是一双细长的眼睛，头发乌黑浓密，前额不太宽阔。丽南打量了一下他，看到穷学生一下子变成了风流倜傥的英俊小伙子，调谑地说："工作了，就变了个样，挺潇洒嘛！"李有光笑着说："别开玩笑了，工作都两年多了，不做两件衣服，老是那么穷酸，别人不笑话吗？"他接着说："丽南，你还是那么美，甚至比过去还要漂亮。"丽南说："好了，好了，都不要开玩笑了！什么漂亮不漂亮，命运这么悲苦，漂亮有什么用！"

以前李有光两次来安城看望丽南，丽南都没有给他好脸看。这次李有光在安城待三天，丽南陪了他三天。和他一起逛大街，一起转公园。他们在公园的小径上漫步，踩踏着金色的落叶和枯黄的衰草，互相倾诉着各自的不幸，命运的多舛。

丽南说："有光，你当初没有学文学是对的。学理科总能有些真本事，也是比较保险的。我现在还是相信那句话，'学好数理化，走遍天下都不怕'。从事科学研究，对人类作出一些实实在在的贡献，现在看来这是一条光明大道……"

李有光说："有人说，喜爱文学的人是最幸福的，难道你不这样认为吗？"

丽南说："这话不假。文学本身是崇高而神圣的。好的文学作品可以开阔人的视野，可以陶冶人的情操，净化人的心灵，可以给人以鼓舞和启迪，可以使一个人懂得生活的真谛，生命的价值和意义。但是现在，文学，以至文艺界都遭受到了无情的蹂躏和践踏，几乎所有的小说都被打成毒草，几乎所有作家都成了牛鬼蛇神。凡是拿起笔的，都难以幸免这一场灾难，谁还敢再涉足它呢？小学和初中由于我读了不少苏联和我们国内革命的进步书籍，尤其是读了《钢铁是怎样炼成的》一书，似乎一种人生的责任感和使命感就在我幼小的心灵里埋下了种子。这属于我们只有一次的最宝贵的生命应该怎样度过，成为我最关心和经常思考的问题。上高中后，读了大量的青年修养书籍，这些书使我笃信共产主义事业是人类历史上空前壮丽的事业，笃信'人生最美好的，就是在你停止生存时，也还能以你所创造的一切为人们服务'，因此我决心献身于伟大的共产主义事业，决心为祖国，为世界，为人类作出一点贡献，让生命有价值，放出光彩。我陶醉在那些闪光的句段中，一读起它们，一种神圣庄严的情感，一种为伟大理想献身的决心就涌上心头。初中毕业，年龄虽然还小，我就不想继续升学，想投身于火热的劳动和斗争中去，一方面为社会主义建设添砖加瓦，一方面把自己锻炼成钢铁般的战士，然后写成像《钢铁是怎样炼成的》那样的书。但是初中毕业正是"大跃进"的年代，哪里都需要人，学生也要全部升学。我只好升入高中。高中阶段，我一方面积极争取入团，一方面整天看呀抄呀写呀的，雄心勃勃，壮志满怀，想着将来考个好大学，有所作为一番。谁料高中毕业碰上困难时期，最后到了这所师大。进大学苦闷了一个阶段，最后决定将来到穷乡僻壤去教书，把自己的知识献给贫穷落后的山区……总而言之，要给这个世界留下一点什么，拿出一点什么来，不做匆匆过客。我就是为这个理想，在珍惜分分秒秒，在学习着努力着奋斗着。所以，中学、大学阶段，你，还有其他人，向我求爱，我哪里有那个心思，我心里只有那理想。对你们这些心在爱情上的人，我只是小觑，甚至鄙视。有光，想起那时我对你的态度，真够恶劣，面目真够可憎的了！我想，你早该生我的气，早该把我忘记了。事隔这么多年，没想到你还记挂着，还在写信寻找我，你可真有耐性啊！"

李有光默默地听着丽南这娓娓叙述，他似有领悟地感慨道："丽南，原来你的精神世界如此丰富，如此美丽，如此高尚。以前，我只是认为咱们都爱好文学，又有那么一段友谊，加之你的确长得可爱，使我倾心。我爱你，发自内心深处地爱你，所以一直在追求着你。听了你的叙述，我记起俄国伟大文学家契诃夫的一句名言来，他说：'人的一切都应该是美丽的：面貌、衣裳、心灵、思想。'丽南，你正是这样一个各方面都美丽的人，我觉得自己更配不上你了！"

丽南回答道："可惜，现在这理想已被击得粉碎！现在，就是老革命，老党员，一直被人们崇拜的老作家都逃脱不了'反党''反革命分子'的罪名，我这个家庭出身的人还能有什么奢望?！理想，是在人心灵中燃烧着的火焰，是争取美好生活的热情所燃起的火焰，是照亮自己生命的火焰，这个火焰一熄灭，心灵就冰冷了，前进也就停止了。没有理想的生活将是怎样的生活，我真是不敢想象！但我不能不在痛苦中去磨灭自己的理想，去做一个平庸的人……"

李有光安慰丽南说："平庸就平庸吧！绝大部分人不都是这样平庸地活着吗？你不必为理想的破灭而过于难受。想一想，你现在只是撞碎了理想，而在这场运动中，多少为革命出生入死打江山、立过汗马功劳的人都被打成叛徒反革命，他们有的被夺了权，有的被打成残废，有的被整死，有的自杀了，他们那是多么大的冤屈呀！这样一比，我看你这也就不值得那么悲哀和忧伤了。"

丽南说："那倒也是。不过，失去理想，人毕竟是很痛苦的，这关系到一个人一生的道路问题。"接着丽南谈起自己家庭的事来："有光，你在信上一直哀叹自己失去父母的悲苦，没有兄弟姐妹的孤独，你在羡慕我们这个家。不错，我们这个家是比较完整的一个家，按理说应该是幸福的。但是你知道吗，家庭的政治包袱一直压得人喘不过气来，什么时候都得为这个家庭的政

治问题提心吊胆，惴惴不安。一会儿写份自传，一会儿填写个政治审核表，哪一样都离不开家庭出身、家庭成员的政治面貌等方面的问题。"文革"中，我们家被抄，父亲被揪斗。其实，我们家倒有多大问题呢？论成分，我们家连小业主也算不上，而现在硬要说是资本家！反右斗争中，是否将父亲正式定为右派，我们都不大清楚。如果正式定了，那么就会有人管他，而后来没有人来管束父亲，因而父亲到青海工作，后又到安城来，也无人过问，这说明就没正式戴帽子。而现在，那些人说父亲是右派，还胡乱给加上一些反社会主义等罪名，搞得臭不可闻。还算好，我们学校离家较远，家里的这些事还没有传到学校，我还能安宁几天，否则就会背上黑五类狗崽子的臭名，就会遭围攻……"

李有光安慰丽南说："的确是一家不知一家难。以前我光知我是孤苦伶仃，忧伤不已，而不知你们家这政治包袱也够人受的。精神上有压力，思想上有包袱，不能够心情舒畅地生活，这也是一种痛苦。这运动不知道还要进行多长时间，还要整多少人。丽南，你想开点吧，比你们冤枉的人还多得很呢！我想，以后总不会老是这样的，乐观一些吧！"

丽南说："我们现在工作分配还不知怎样，什么时候才能分下去。这样一所大学，六一年进来，六八年才能离开，连皮在内达八年之久，人生最美好的时光就在这里逝去了！而这些年，实际上真正坐下来学习的时间不过才两年多，而这两年多还是在饥饿中坚持学习的。我们的时间大部分是在搞社教，搞批判，搞运动！对一个在浑浑噩噩中过日子的人，这些倒也无所谓，但对一个爱惜时间，珍视青春，热爱生命的人来说，这简直让人难以容忍！以前人们说'十年寒窗苦，四十八元五'，这本身就是对知识不值钱的一种嘲讽，而我们现在是二十年寒窗苦，四十八元五呵！原来毕业一年后应转正，现在，看这乱劲，转正可能也是遥遥无期了，这四十八元五还不知要拿到什么时候去！有光，你说上这大学倒霉不倒霉？当初就是拿到录取通知书也不应该到这所大学来。这一切的一切都无法挽回，无法补偿了，一切只能听从命运的安排！我只觉得心里好难受，好痛苦！为白白逝去的这年华而痛苦！……"丽南愈说愈激愤，愈说愈难过，她几乎收不住这像潮水般涌泻的话语。平时在学校，在那浓厚的政治氛围中，她敢向谁倾诉心里话呢？又敢向谁发泄不满呢？那个时代，人和人之间都有一道严密的厚重的政治防线，互相都得提防着。现在在旧友面前，她才敢放肆地大胆地说几句，把憋闷在心里的痛苦、忧伤、愤懑、怨恚、情绪、不满统统倾吐出来，她相信这旧友是不会出卖她的。

冬天的公园没有多少生气，只有冬青、云杉、松柏泛着黛青色，其他的树木只剩下稀疏的枝杈在寒风中颤抖。天空中厚重的乌云低垂着，天像要塌下来似的。丽南和李有光上午10点钟就到这公园里来了，他们一边踱着，一边聊着。累了就在路边的椅子坐一坐，饿了就在公园的小饭馆里吃一点。直到夜幕降临，他们还没有离开公园。李有光在静静地听着丽南的发泄，等她说累了，他就在一旁安慰劝导着她："这运动中的灾难谁也预料不到，也难以避免。你目前关键问题是工作分配要争取留在安城。社会这么混乱，像你这样的家庭状况，到小地方或农村去，你更会吃亏和受冤的。你不是参加过农村社教吗？地方上的土政策、土霸王厉害着呢！他们不按上级政策办事，而往往按他们的一套去做，他们想整你就整你了，到时候你只好一个人去受吧！大城市在这些方面毕竟要好一些。丽南，答应我，咱们结合吧！将来我也调到安城，咱们在一起温温暖暖，平平安安地度日。你知道我有多么爱你吗？大跃进那阵子，咱们刚刚在一起工作，我就被你的美貌和初露的才华所吸引，我简直无法摆脱这种吸引，常常是一闭上眼睛，脑子里就是你美丽的面容和身影。大学时，你写了几封信坚决让我死心，实在不得已，我才和别的姑娘谈了这个问题。但和她们在一起时，我仍然不能忘记你，我觉得我所接触的那些姑娘不论哪一个都难以和你相比。分到青城后，好姑娘也不少，也有一些人给我介绍，但我对她们似乎总提不起多少兴趣来，从而也就没有去谈。而你，却还让我时时想起，尽管几年没通信，我想你早已工作了，说不定也成了家，但我对你的那份情和爱还没有熄灭，而且随着时间的推移还在剧增，我抱着最后一线希望写信在寻找你，想不到真把你找到了，我多么高兴啊！我恨不得马上就见到你，因而我迫不及待地请了假就奔来了。丽南，你现在是我心中唯一的希望和幸福所在。你还记得我信上写给你的《西江月》那首词吗？词的最后两句是'乱花飞絮却不见，唯有劲株更艳'，丽南，你就是我心中那艳丽迷人的红玫瑰，我对你的爱太深了，我无法把这爱从我心中抹掉。丽南，虽然我在各方面还不太能配上你，但我保证可以给你带来幸福，我将用我全部的爱让你幸福。答应我吧，丽南，不要让我失望，不要让我伤心……"李有光在苦苦追求着丽南。他一边说着一边把丽南的手放在自己的手上轻轻地抚摸着，丽南没有抽回自己的手。她被李有光这么多年来对自己的

痴情和真挚的爱所感动，她相信他的话是发自肺腑的，否则他是不会写信寻找她的，更不会千里迢迢来看望她。但是尽管这样，对于李有光的求爱，丽南仍是没有应诺。

一个人最初给人的印象是极为重要的，中学他们接触时，丽南对李有光就没有产生什么特别的感情，而且丽南对他那么早就考虑这个问题很反感。现在，他虽然是丽南的挚友，这次来探望丽南也经过了一番精心的包装，他长的也不差，但丽南总认为他身上没有那种吸引她的气质，觉得他身上有一种脱不掉的土气。因而她还是拒绝了李有光几乎是长达十年的求爱。

在他们分别之际，李有光显得颓唐、沮丧，他白皙的脸上蒙上了一层灰色。他抱着极大的希望而来，而仍然是失望而去。丽南心里也异常难过，她在责问自己："难道你的心就这么冷酷？你的心肠就这般铁石样硬么？你的心肠一向不都是软的，现在为什么是这样？难道他就一点也不值得你爱吗？……"但是，她仍然不能说服自己，她觉得自己对李有光实在没有这方面的感情。

丽南送李有光到车站，很抱歉地说："有光，我很对不起你，很伤你的心，我的心里也很难受，但这件事不能勉强。有光，去寻找更好的姑娘吧！我不值得让你这么钟情，不值得让你这么痴心！我将来跟谁，我的家庭问题都会对谁有影响的，你去寻找自己应该得到的幸福吧！我相信你一定会找到更可爱的伴侣，我祝福你。"

他们就这样永别了！

自"文革"以来，丽南再没有收到初中班主任温尔辉老师的来信。"文革"最乱的时候，她曾给温老师去过一封信，但一直未见回音。"老师还健在吗？运动中挨整被批了吗？……"正在她担心老师的安危时，她从凤城一位同学那里得到温老师被造反派整死的消息。一时间，她难过极了。她转学不久，温老师就被提拔为教导主任，后来提升为校长，工作搞得很出色，而"文革"中，造反派给他戴上走资派的大帽子，整天批斗，游街，最后……

丽南想，这样的好老师也难以幸免这场灾难，太冤了！太屈了！她再也见不到这位指引她前进的老师了！再也听不到老师的谆谆教诲了！她为失去这样的好老师伤心了好几天，老师那魁梧的身影，老师那和蔼的笑容，时时浮现在她的眼前，她是永远不会忘记这样一位好老师的。

在毕业分配填报志愿时，丽南终于改变了先前的打算，她要求留在安城工作。她找了不少要求留在安城工作的理由：父母年纪已大且身体都有病，两个哥哥均在外地工作，姐姐已出嫁且和二老关系不太好，照料二老的重任只好由她来承担。

留在安城的名额的确太少，而且造反派都争先要留在安城。主管分配的是造反派的头头，丽南不是造反派，要留在安城确乎不易。

志愿表填报后，各班学生在一起进行讨论。讨论会上，丽南如实地摆了自己的困难。会后，又找主管人谈了具体困难，她把困难说得很严重，似乎二老无她照料就难以生活下去。

在当时一片混乱之中，工作分配的确是件复杂、棘手的事情，一时难以确定下来，学校让大家回家去，在家等候分配通知。

工作分配的通知终于下来了，丽南有幸留在安城，但是她被分在安城郊区最边远的一所中学。造反派中有不少家在外县的却留在了安城，而且多是一些好单位或离城近的学校。保皇派一方的同学要么被分在外县，要么被分到新疆或青海。她班班长许梁被分配到新疆。

丽南到分配的学校去了一趟。学校在北郊，不通公共汽车，她不会骑自行车，只好步行。她走了好几个小时才到了那所学校。这是一所新建的中学，一座二层教学楼刚刚盖好，一座二层简易教工宿舍楼还未竣工。学校很小，几乎没有什么空地。学校周围是农民菜地，不远处有村庄，买东西要到村里的供销社去买。学校门前是一条煤渣铺成的马路，一直通向城里。当时，学校只有一个看大门的老头。

学校暂不能住，她只好仍挤住在姐姐家。

以前，她整天想的是自己的理想、抱负，把婚姻大事根本没往心上放。即便是和勃伦在一起时，她也没有认真严肃地想到成婚之事。光阴匆匆，从1965年应该毕业算起，到这时已经三年时间。她原来并没有意识到自己的年龄问题，她总感到自己的年龄还不算大。然而在这运动中，不知不觉间，她的年龄已悄悄上升到在当时人们的眼中不算小的数字。班上女同学大部分已结了婚，少数未婚的也谈好了对象，准备结婚。和她有往来的几个高中同学也都先后结了婚。而她现在连对象还没有。她从来不经意的婚姻问题现在一下子推到了她的日程上来了。她不想考虑不想解决似乎也不由她了。"男大当

婚，女大当嫁"，在这块古老的土地上向来都是天经地义，不可违抗的定律，否则来自各个方面的舆论压力会压得你喘不过气来。二十五六岁这个年龄对丽南来说倒无所谓，但在社会上却成了大龄姑娘。而最使她觉得难堪的是，这样大的姑娘还和父母一起挤住在姐姐家，不要说家里人有什么看法，就她自己来说都觉得很不是滋味。

"文革"中有三风，即恋爱风、结婚风、生娃风。丽南在这三风的影响下，在家庭矛盾日趋尖锐的状况下，在自己理想破灭的痛苦中，在社会舆论的压力下，她不能不考虑和尽快解决自己的婚姻问题了。但要解决这一问题，一下子又显得很棘手，很困难。一时半会要找到合适的对象又谈何容易！以前的同学，她看不上。除同学以外，在社会上她和外界人士没有什么交往，她几乎没有什么认识的人。当时又没有什么交际场所，和外界无法接触。她家在当地没有亲戚，朋友也少得可怜。她父亲的朋友死的死，被整的被整，剩下的几个在她家遭难的时候也不敢和她家往来。

她住在姐姐家，周围是一个陌生的世界。偌大的福利区，除了她家邻居外，她谁也不认识。孤独，寂寞，冷清包围着她。

以前，她想象中的爱情是在共同的工作中相互了解、相互敬慕而建立起来的真正的爱情，而现在，将要去工作的是那样一所小学校，十几个教师，而其中没有结婚的顶多也只有寥寥几个。这种状况下，自己想象中的那种爱情能建立吗？想象和现实之间差距总是这么大！

现在，要解决婚姻问题，丽南也不得不走让别人介绍这条路了。

原先，丽南的姐姐和父母一直认为她在和勃伦谈恋爱，也就没有多操心她的婚事。姐姐单位大学生不多，分来的几个在"文革"这两年中也先后结了婚或有了对象，无法给她介绍。邻居有人给她提亲，但条件都不相当。

丽南在家等工作分配通知的时候，她大哥的同学，丽南家老早的邻居叫曹树德的给丽南介绍了一个市委党校的老师。他是六十年代初中国人民大学哲学系毕业的。

一天下午，丽南和那人在曹树德家里见了面。他叫谢培毅，浙江人，个子矮小，脸盘方圆，皮肤白里透红，淡眉毛下一双眼睛很大，穿着蓝平布中式棉袄罩衣。他见了丽南，笑容可掬，客客气气。他们没有多聊，就互相留了通信地址。他走后，曹树德的爱人问丽南："你能不能看上这个人？"丽南说："其他方面还可以，就是个子太矮了。"说老实话，这第一面，丽南就没有看上他。一方面，他个子太矮，和自己不配；再则，他身上没有吸引她的地方。丽南本不想和他再见面，但已经留了地址。过了几天，她就收到他的来信，他邀丽南到他住处去走走。丽南想，反正在家等工作分配通知，闲着无事，就去走走吧！

第一次到他那里，丽南不好意思马上就回绝他。第二次到他那里，他们学校已经放寒假，整个教学大楼空荡荡地寂无声息，就他一人在自己的办公室里。丽南在他办公桌对面的凳子上坐下来，这一次他们似乎都无拘无束，谈得比较多。丽南憋闷在心中的痛苦平日无处述说，现在，在这个年轻人面前，她不由自主地或多或少地吐露了一些。

中午，他留丽南吃饭。他拿着碗到学校食堂去买米饭，米饭已经卖完了，他买了几个馒头和一份炒菜。他们一人拿起一个馒头来，就着中间的一小盆菜吃着。丽南坐在他的对面，看他吃饭很慢，咬一口馒头要嚼好一会儿才能咽下去，一个馒头吃了很长时间才吃完。丽南平时吃饭就够慢的，现在看着他比自己还慢，心里真为他着急。"吃不惯馒头的缘故吗？"她这样思忖着，心里对他却有一种不够男子大丈夫的感觉。

春节快到了，丽南问他春节回家否，他说还没定。

这一次，丽南仍没好意思说出回绝他的话。

在丽南起身要走的时候，她看见他的眼睛里放射着一种异样的光，充满着深情。她看见他的手微微抬起，有些颤抖，他想和丽南握手，甚至想亲昵一下，但他看到丽南没有一点这方面的表示，终于没有这样做，他的手始终也没敢伸出来。

丽南回去后，给他写了一封信，信上婉言回绝了他。

信发出后，她很快收到了他的一封回信：

丽南：

最近过得还好吧！工作单位是否最后定下来了？

你祝我"愉快"，而我并不愉快，沉甸甸的心情，何"愉快"之有？

你说，你也有"很多的痛苦与烦恼"，天使一般的，有什么"痛苦与烦恼"可言？写出这样的话，正足以说明，你还不知道"痛苦与烦恼"为何物也。或许，你这是故意说你，借以解除我的一部分

"痛苦"。虽然出于好心，但并不见有什么客观效果。把这句话奉赠给我，倒是很合适的。我感到我现在正是遇到了从未有过的"痛苦与烦恼"。在过去，我从未有过如此情绪，只是如饥似渴地追求知识，不知疲倦地工作。当年，也是雄心勃勃，胸怀壮志来安城的，否则，就在北京当一名大学老师了。而现在，这一切都似乎飞向九霄云外，成为虚无缥缈的东西！

你不是劝我回家吗？不错，回家与亲人团聚，确是一个离家多年的人所渴望的。而现在是，心情沉重，意志消沉，如此景象，有何脸面回家见家乡父老?! ……回家，只能待以后再说了。

我未敢道出全部心理，来增加你的麻烦，引起你的不愉快。因为，这不是我之所愿。或许，你会把它当做是我单方面的自作自受吧！可是，我那些亲爱的同学，又都在千里之外，（他们一向认为我是很顺利，很得意的，我也不愿把如此这般的情况去告诉他们）那么，此时此情，又能向谁倾诉呢?! 正是：独处空房面四壁，低头踱步有谁知？

假如，你还可怜我的话，在你方便的时候可来我处走走。任何时候，我都可在家恭候。同时，能多写一些信，使我在精神上得到一点安慰，也是万分荣幸的了。

"我觉得生活对人往往是残酷的"。（借用你的一句话）

最后，让我衷心祝愿你

　　前途无限，永远愉快

　　　　　　　　　　　　　　　　　谢培毅

　　　　　　　　　　　　　　　　　68.1.18

丽南怎么也想不到，他们的接触这么短暂，她仅仅到他住处去过两次，只不过是随便聊聊，而她对他的回绝竟然会给他带来这么大的痛苦和不快：使他遇到了从未有过的"痛苦与烦恼"，使他因此而心情沉重，意志消沉……他是一个真真正正的白面书生，丽南相信他说的都是真话。她想："难道自己真的有那么大的魅力? ……"唉，早知会给对方带来这么大的痛苦，当初就不应该到他那里去。她是不愿给别人带来痛苦的，在这一件事情上，她觉得自己似乎做错了事，很内疚。

但是，婚姻之事又不能勉强，她觉得他们是绝不可能结合的。

信上，他邀她有空再去一次，出于礼貌，她又去了一次，后来他给丽南去过两封信，最后一封信中写道：

丽南：

让我再给你写一次信吧！

人生果真是在演戏吗？那么，在这个戏剧舞台上，绝大多数人当然是喜剧演员，必然有少数人是悲剧演员，而我却是这悲剧演员中的一个。我感到随便找一个女人是容易的，可是，要得到一个崇拜的"上帝"就难上难了。这也就是我所以导演悲剧之所在。我也算是一个很不幸的人，今后，或许还会有更大的挫折在等待着我吧！未来的事情，很难预料，我也没有必要去多加考虑。但我却祝愿你能很顺利，很幸福。这是我的心愿，发自内心的真正的祝福。

不过，在这心乱如麻的时候，我还想到事情的另一方面。人的一生是短暂的，我总觉得人生在世，应该利用时间做点事情，才能问心无愧，不能庸人习气，在私人生活问题上弄得昏头昏脑。这就是我最近以来比较全面地考虑了一些问题的前提和出发点。当然，现在还是精神不振，心情不太愉快。我想，再过一段时间，这种状况是会改变的。在这点上，我要感谢你对我的关心和期望。我也希望你能把新的工作岗位，作为新的起点，努力奋发一番。你应该是大有可为的。

我们已经接触了一段时间，你对我的现状也了解一些，我在思想、生活等方面，有什么值得纠正的地方，若能诚恳指出一二，必将感谢不尽。这也是我的惯例，与某一人共事一番之后，定要请人指教指教，帮助帮助，这对自己不是没有好处的。

一场悲剧已经演完了！

永别了，丽南！"永别"这个字眼是残酷的，面对的现实是痛心的，客观情况如此，我也无可奈何！

在这最后的一封信中，让我衷心祝愿你前途无量，永远快乐！

培毅

68.2.18

读完这最后一封信，丽南感到他的形象突然高大起来，也觉得他的思想和自己的思想是多么接近：不愿庸人习气，不愿虚度人生。信上那句"随便找一个女人是容易的，可是要得到一个崇拜的'上帝'就难上难了"，不更可以看出他不是一个平庸的男人？不知怎的，她心头涌上了许多感慨……

丽南从他的几封信中，感到他的文笔不错，措词也较讲究，看来是读了不少文学作品和古文的。他的字写得也不错，而且没有一个错别字，甚至每一个标点都不含糊。他虽然没有在丽南面前夸示过他在学校的学习情况，但丽南从这些，也会推测出他一定是班上的高才生。一种崇敬之情在她心中油然而生。然而尽管这样，她还是和他永别了。

过完春节不几天，丽南父亲先前的一个病人来丽南家坐。他知道丽南还没有对象，就说要帮忙介绍。过了不几天，他到丽南家说，他同事爱人的单位新来了一个大学生，是湖南人，1965 年毕业于某大学物理系，二十七八岁，现在安城电子元件厂研究所工作。介绍人还特地强调他搞的专业课题很好。丽南问："这人的性格、爱好怎样？"介绍人说："我还没有见过这人，只知道他姓龙。"他问丽南："愿意和那人见面吗？"丽南在当时那种窘迫的状况下，当然答应去见面了。介绍人给她约定了时间，让她届时到他家去和那人会面。

到了约定的时间，丽南来到介绍人家里。那个姓龙的还没有来。

介绍人住在单位的一间平房里。那房子不大，房内一张大床，几乎占了房间的大半，这小屋几乎没有多少让人可以转身的地方。

丽南坐在床沿上和介绍人的爱人说着话。不一会儿，介绍人的同事用自行车把那个姓龙的人带来了。他们进了屋，丽南站了起来。介绍人把他的同事让在椅子上坐下，然后对丽南和那姓龙的人说："你们互相认识一下。"房里的几个人除了介绍人的同事是坐着的，其他几个都站着。丽南和那姓龙的几乎是平行地站着，他长得是什么样，她都没有看清。印象中，她只感到他是中等身材，圆脸盘，皮肤略黑。

过了一会儿，介绍人把丽南叫出去悄悄问道："这人怎么样？还愿意和他见面吗？"

丽南无可奈何，只好同意再见一次面。

介绍人给他们约定了下次见面的时间、地点，然后，他的同事仍用自行车把姓龙地带走了。

他们走后，介绍人对丽南说："这人长得不怎么样，如果你看不上他，我再给你介绍好的。"

介绍人的爱人在隔壁厨房一边做饭一边说"那人嘴巴怎么那么大！"

丽南在一旁听着这些话，她想："这第一次见面，真是稀里糊涂的，连对方的模样都没看清，又没有交谈，怎么能说看上看不上呢？"她这样想着，但并没有把这些说出来。

丽南按约定的时间到庆丰公园的门口和那人去会面。那人早已等在公园门口了。他见丽南走来，抢先到公园门口买了门票。当他转身向丽南走来时，脸上堆满笑容。丽南仍没有仔细看他的模样，只看到他穿着蓝中山装的上衣和深咖啡的裤子。

他们进了公园，在小径上漫步着，有时在椅子上坐一坐。3 月初的公园，春的气息已很浓了。干枯的树枝上已长出了小叶苞，一片翠绿，草坪里的枯草开始返青，花坛里的一些花已经开放。他们一边走着，一边各自做着介绍。

丽南从他的介绍中知道他叫龙孝宗，家在湖南卫县农村，家庭成分为贫农。他父亲在他十三岁刚上中学时就去世了，家里现有母亲，两个弟弟，一个妹妹。他从小学习刻苦成绩好。小学毕业时，他们村只有两人考上了县重点中学，他是其中的一个。他父亲去世后，他们家无力供他上学，老师看他学习好，舍不得让他辍学，就将学校里最高一等助学金给了他。他基本上是靠助学金读完中学和大学的。中学时他也曾富有理想，胸怀大志，想着在物理学方面研究出一些新东西来。1965 年大学毕业，他分到北京电子仪器研究院工作。"文革"中，这个院被撤销，他分到安城来。他来安城只有半年时间……

丽南和他并排走着，他们很少正面对视。丽南有时侧过脸瞥他一眼，看到他较黑，脸上有一些青春痘，有的已变成黑色块状，皮肤显得极不光滑。此时她并没有想到要端详他的面容，长得好坏对她来说似乎并不重要。

他们告别时，龙孝宗问："下次咱们什么时间见面？"丽南想了想说："把你的地址留给我，将来我会在信上告诉你的。"

分别后，丽南想："他长得看来是不怎么样，家庭也贫穷，经济负担重，要不要和他继续谈呢？"她考虑着。但她又想："他是学理工的，总比自己学文学要强。他学习不错，也有一些雄心壮志，人看来也还憨厚、老诚。他出

身好，将来孩子就不会像自己这样背上家庭出身的包袱……"

丽南把龙孝宗的情况及自己的想法讲给家人，家人和她的意见基本一致，即继续再谈一谈，作进一步的了解。

于是，丽南给龙孝宗写了一封信。信上说："对你各方面还不十分了解，我们可以先用书信的方式作进一步了解……"

信发出后，她很快就收到了他的回信：

丽南：

　　你好。

　　盼望了好久，总算收到了你的来信，该是多么高兴啊！

　　过去我有时还觉得时间奔流不息，稍纵即逝，然而近日，时间的车轮对我好像停滞了似的，好容易才熬到今天。

　　自那天咱们分别后，我一直是在睡梦中度过的。我认识你以来，时间虽然很短，可是好像已经认识很久了似的。现在我不能不向你"交心"：对于你，我已经产生了一种从未经验过的感情，我几乎整夜整夜地溺于沉思……每当我躺下时，脑子里就有一对眼睛，一个笑容在闪现，它深深吸引着我，使我不能入睡。丽南，每当我想起我能幸运地同你在一块的时候，我总认定，你是我唯一的知友，真正的同志，如果能与这样的同志生死与共，将是我一生最大的幸福，一旦分离，就像丢掉了什么似的，让人忧伤、寂寞。

　　丽南，你不会笑话我吧！不知是什么原因，你给我留下这样深刻的印象。你并非是一般的所谓多情的姑娘，而是一只年轻的雄鹰，对比起来，我是异常渺小和无知。我虽然不是一个"巨人"，然而令人不解的是为什么会突然得上忧郁症，这怎能不让人焦虑呢？我是多么想知道这其中的奥妙！不过，亲爱的南，我并不想勉强你说出违心的话。也许你是对的，你暂不能信任我。的确，我有许多地方不配做你的"知心"，不值得你信任。

　　丽南，你看完信后，一定会感到我太没出息太渺小了吧！是的，世界上就有我这样的"愚人"。正因为这样，我希望你能给我一个明确的答复，不要害怕我接受不了，请放心，我会坚强地生活下去。

　　好吧，暂写到此。

祝

好

你的同志孝宗

68.3.9

这是一封出自理工科的人之手的情书，它没有华丽优美的辞藻，没有过多情意缠绵的话语，甚至有的语句上下都不甚连贯，但是它却抓住了丽南的心。她在读信时，有时还被信上的一些话语所感动。她认为信上所写的是对方真实情感的流露，而不是雕琢的，不是编造的，不是虚假的。就这样，她对龙孝宗有了一定的好感。

他们互相通了几封信，以后又继续在庆丰公园幽会。那里有庆丰湖，有假山，有亭台楼阁，有国营饭店……

一天，他们租了船在庆丰湖上漂荡。丽南坐在他对面，这时她较仔细地端详了一下他的面容：浓眉下有一双深眼窝，眼睛很小，几乎是一条缝，薄薄的单眼皮下几乎看不到眼睫毛；鼻子上端是塌陷的，下端才高起来；高颧骨，大嘴巴，前排牙的左上方有一颗牙是镶的，笑的时候那牙上端的红石样的镶物就露了出来；皮肤黑且粗糙——他长得确实不好，他引不起她的什么情致，但似乎也不让她反感。她看着他那镶的牙问："你年龄不大，怎么就镶了牙？"他说"那是一次打篮球的时候跌倒了，把牙磕掉的。大学时我是班长，喜欢打篮球，经常组织同学和外班进行球赛。"

丽南从龙孝宗的介绍中，知道他有一个堂妹，不是亲的。他堂妹的父亲解放初期就去世了。父亲死后，母亲生活无着，经人介绍，嫁给了他的一个堂叔。他堂叔是卫城一家工厂的工人。他堂妹经常跟着她的继父回农村老家去，那里有不少小孩子可以在一起玩，这当中当然也有龙孝宗。一次龙孝宗正在和他堂妹一起玩耍，他的父亲在一边看着，不一会他堂叔过来了，他父亲给他堂叔说："你看，这两个孩子多像天生的一对！"他堂叔点了点头表示同意。不久，龙孝宗父亲突然得病去世了，他堂叔从此就把龙孝宗当亲儿子一样看待。

龙孝宗小学毕业考进了卫城重点中学，他堂妹考入湖北艺术学校。他们上学期间虽然分隔两地，但假期往往是在一起度过的。龙孝宗很少回他农村老家去，而多是在他堂妹家和他堂妹在一起。

　　龙孝宗父亲的话和意思，他们两人都知道，也都心领神会，加之他们平时较频繁地接触，互相也都产生了爱慕之心。

　　龙孝宗高中毕业后考入了湖南某大学物理系，他堂妹升入湖北艺校的本科部。两人仍分隔两地，不过平时书信往来频繁，假期更是难舍难分地在一起。

　　他们可谓是青梅竹马的一对。

　　大学毕业，龙孝宗分在北京工作。"文革"中，他们已准备要结婚了，但在他堂妹随学校到京串联的时候，龙孝宗从他堂妹同学的口中得知他堂妹在社教期间同他们的一位老师很要好，以致发生了两性关系，那位老师还受了处分。龙孝宗听了这件事后非常生气。他堂妹在他面前矢口否认了这件事，给他做了不少解释，然而他不相信。他毅然决然地和他堂妹了结了这桩婚事，结束了这么长一段时间的姻缘。后来，他从北京分到安城，他堂妹从艺院分到成都。这期间他堂妹给他来过几封信，进一步澄清事实，说明真相，一再让他谅解，但是他始终没有谅解她。

　　丽南听了龙孝宗介绍他和他堂妹的一段曲折的恋爱史后，问道："你堂妹长得一定不错了。"他说："那当然。那时武汉艺校在我们县只招了两名学生，她是其中的一个。能歌善舞，加上相貌，才能搞文艺。"文革"中，她到我们单位来，我的同事都羡慕我，说我有这么一个漂亮的对象……"丽南说："那你就不应该抛弃你堂妹。你们是青梅竹马，是天生的一对，从小在一起，互相了解，感情笃深，你表妹又澄清了事实，你完全可以谅解她，你这样做不是太伤她的心了吗？"龙孝宗说："唉，当时听到关于她的这些传言，的确很生气。我又想，搞文艺的人在男女关系方面大多是不太可靠的，所以干脆就算了。"丽南听他这样说，也就没有多问他们的事了。

　　丽南将自己和勃伦的事，当然也毫不隐讳地讲给他，他也只能对丽南进行一番劝慰。

　　时间过得很快，他们谈恋爱已经一月有余。

　　4月，正是春光明媚，百花吐蕊的时节。公园里树木葱郁，小草嫩绿，鸟语花香，空气清新，步入这里，人的心情格外舒畅。

　　一天下午，丽南和龙孝宗到庆丰公园，他们先到公园饭店去吃饭。他要了一条鱼，一个炒肉丝和一碗鸡蛋汤。吃完饭，他们坐在庆丰湖边，湖中碧波荡漾，游船往来，一对对仙鹤在水中浮游嬉戏。看着这景，龙孝宗突然说：

"丽南，咱们结婚吧！"听到"结婚"二字，丽南先是一愣，接着是各种复杂微妙的感情涌上她的心头。在这些复杂的感情中，占上风使她想得最多的是，"结婚"就意味着她也要拥有一个自己的家，她不再挤住在姐姐家，不再给家人添麻烦和增加负担了。想到这里她心头似乎涌上一丝快慰。至于两人互相了解与否，有无感情，结婚后能否幸福，经济状况怎样，等等问题，对她来说似乎都不是至关重要的。她的理想都被撞得粉碎，她对自己曾经向往的崇高而真正的爱情还能抱什么希望呢？找对象只要不像谢培毅那样个子太矮小，连上街走路都难以走到一起就行了。她在当时那种窘迫的情况下，在那样的精神痛苦中，她对一切都没有更多更高的要求了。

龙孝宗见丽南半晌没有回答他的问题，就接着问："丽南，你怎么不说话？怎么不回答我的问题。你不愿意嫁给我吗？"

他的问话把丽南从沉思中拉回来。她虽然对他提出的问题还未作最后决定，但已是有倾向性了，而她对他回答时仍未作肯定的答复，她说："咱们谈得时间还太短，互相了解还很不够，以后再说吧！"

这一天晚上他们在公园里待的时间很长，他拥抱了她，并占有了她的胴体。

龙孝宗对丽南追得很紧，一有空就约她会面。天气已热起来，早晨出去穿毛衣，中午穿两件单衣还出汗。当他们两人身体挨得很近的时候，她闻到他身上某个部位散发着一股异样的怪味。对这气味她很敏感，在高中、大学时，班上有个别同学身上也有这种气味。到了夏天，班上这一两个同学身上的异味有时几乎弥漫了整个教室，让人讨厌。同学们对有这种病的同学常常偷偷议论，说这种病如何如何不好，还有遗传性等。丽南不敢相信，自己怎能遇上这样一个人！"不行，不能跟他，坚决不能跟！"她下定决心和他断。

第二天她就给他写了封信，找了一些借口说明要中止他们的关系，不再往来。龙孝宗收到信后，即刻给丽南回了一封信，要求和丽南再见一面，他给丽南约了见面的时间和地点，让丽南一定要来。丽南只好去和他见最后一面。

他们仍在庆丰公园会面，那是一天的晚饭后。

丽南见了龙孝宗，没有客气，直言不讳说出他有那病。龙孝宗故作惊讶，说："我怎么会有那病？没有，绝对没有。天热出汗，男人都有点那味。"丽南说："高中，大学，我们班都有这样的同学，气味很难闻。你身上的味和他

们一样，我敢肯定就是那病。"龙孝宗一直不承认，在狡辩着。丽南也不肯改变自己的看法，她说："不管你承认不承认，咱们的关系到此就结束了，我们没有必要再谈下去。"然后她甩手走了。

他紧跟上来，拉着丽南的手，让她再谈一会儿，不要这么绝情。丽南挣脱了他的手，头也不回地走了。

龙孝宗虽然出生于农村，但他们那一带农村的乡俗与其他地方不大相同。乡民们祖祖辈辈都崇尚知识，尊重知识人。农民们家里再穷，也要供孩子上学读书。新中国成立前，他们那一带有考上秀才的，也有中了举人做了官的。新中国成立后，他们附近几个村也相继出了几个大学生。龙孝宗从小个性强，学习用功，成绩一直名列前茅。村里人见他都啧啧称赞，说他聪明，将来一定有出息。他在赞扬声中，天生的执拗和好强的个性中又夹带了一些傲气。小学毕业，他考上重点中学，每天吃住在学校。父亲去世后，他成了自由人，目不识丁的农村母亲管不上他，他很少回家，而往往是回到县城里住在堂叔家，和他的堂妹在一起。他堂妹长得可爱，能歌善舞，这些都吸引着他；他学习刻苦，成绩出众，让他堂妹为之倾倒，他在她心中有很高的威望，她认为他将来一定是很有出息的。过早地和女性的接触，使他对女人有了一种异样的兴趣。上高中后，学校、班级的学习风气都很浓，他虽然也在刻苦学习，但课余却偷偷涉猎一些男情女爱方面的书。他对《红楼梦》《西厢记》《三国演义》等古典小说也特别感兴趣，他常常被小说中所描写的男女情事所吸引。上大学后，学校为了照顾他们这些生活困难的学生，假期特意给他们安排一些勤工俭学劳动，以补助开学的费用。龙孝宗曾在校图书馆劳动，这使他有机会看书。但他看的书大部分是一般人难以借到的黄色书籍，例如《金瓶梅》一类，那些书中对性生活的露骨描写既深深地吸引着他又使他对此有一种神秘感。他沉浸于其中难以自拔，他的思想被侵蚀着、毒害着。

他的堂妹由艺术学校毕业后升入艺术学院，受艺术界那卿卿我我、男情女爱的戏剧的影响也成熟得较早。一年两次假期，她和龙孝宗整天厮守在一起，男女之大防早已被冲破，两人往往是尽兴尽致地相互满足着。

龙孝宗受了黄色书籍的影响，对男女情事极为感兴趣，加之他和他堂妹在两性生活上的尝试，他已尝到了这方面的甜头。在大学，他身不由己地去勾引女同学，曾先后和几个女同学发生过性关系。有一次偷情时被人发现，这事影响到他入党问题，致使他已努力得差不多的入党问题在大学阶段没有得到解决。

大学毕业，由于他出身好，是班长，学习成绩尚可，被分配到北京工作。

到北京工作后，虽然他和他堂妹的关系已定，但他这种见了异性——尤其是外表姣好的女性就有那种欲望的怪癖习性已很难改。他深知女人最大的弱点是经不起男人那双多情的眼睛的注视。不管什么女人，只要你多看她几眼，含情脉脉，她就很容易被征服。他的眼睛虽然不大，但就靠这种本事，勾引了一个又一个女人。在北京，他周围的几个女同志，也先后让他勾上，偷吃禁果。

龙孝宗除了个性强，固执外，另外受乡俗的影响，虚荣心还特别强。他和堂妹关系破裂后，就决心要找一个各方面都不低于他堂妹的女人做妻。这样，一方面可以不受舆论的谴责，一方面在家乡人面前还可以光耀一番。

自从龙孝宗认识钟丽南后，他认为丽南各个方面对满足他这虚荣心来说都是再合适不过了。论资历，她是正牌大学本科生；论家庭，她家在大城市，哥姐都是国家干部；论长相，更是没有挑剔的。丽南和龙孝宗见面那天，穿着她姨母在北京买的波兰呢两用衫，姐姐从上海托人买的蓝色的确良窄裤腿的裤子，样式新颖的翻毛皮鞋。她那自然的美貌，超凡的气质，朴素庄重而又高雅大方的装束给人一种和谐的不同凡响的美感。龙孝宗看了后惊喜不已，他决心要把她追到手。

他想，先斩后奏，事情已经保险了。但是他没有料到，丽南发现了他生理上的缺陷，闻到了他身上的怪味，拒绝了他。

龙孝宗所在的电元厂女工很多，他有好几个大学毕业的同事就在本厂找了女工成了家。在他认识丽南之前，也有人给他介绍女工，但他都没有去谈。他绝不能找一个低于他堂妹的妻子，让他堂妹和他村里人嘲笑他。他们家乡的世俗使他感到脸面比什么都重要。

像丽南这样条件的女子在当时是不太好遇到的，她各方面都在极大地吸引着他。这块快要到嘴的肥肉他怎能轻易放过？

丽南拒绝他后，他沮丧，他忧郁，他在床上躺了好几个晚上，挖空心思想办法去得到丽南。

他给丽南又写了一封长信，说什么自丽南拒绝他后，他得了失眠症，整夜整夜不能眠，他承受不了这个打击；说什么，丽南是他接触的女性中最伟

大最美丽的，他已经深深爱上了她，在他的生活中不能没有她，如果失去她，他的生活不知会变成什么样子；说什么，只要丽南答应他，他以后给丽南做牛做马都行，他一定会很好地侍候她一辈子……他要求和丽南再见一面。

　　丽南自拒绝龙孝宗后，仍憋闷在姐姐家。她不愿意出门，不愿意在家属院出头露面。即使出门，她也没有去处。她整天沉溺于痛苦的思索之中。她在想，这婚姻问题对她真成了难事了。以前忙于为理想奋斗，多少人追求她，她都不放在眼里。后来和勃伦通信往来，同学们认为她已经有了对象，一些好心的同学想给她介绍也都没有开口。现在同学们到新疆的到新疆，到青海的到青海，到外县的到外县，各奔东西，都为自己的前程和命运奔波去了。在这个世界上，她感到自己简直是一只孤雁，偌大的世界，偌大的城市，众多的人群，她，几乎没有熟人，谁也不认识。她又想，再去找父亲那个病人，让他重新介绍吗？她，一个大姑娘，怎么好去开那个口？况且她和那病人并不熟悉……她处在极度的苦闷中，她的苦闷也不愿向家人倾诉，只好自己一人在痛苦中彷徨、忧伤。

　　在这百无聊赖之中，一天，她想找出自己以前读报的积累本来读一读，寻求一点精神食粮。她翻遍了家里所有的抽屉、箱子，都没有找到。这一本积累本、摘抄本，几乎是她大学一、二年级全部的心血！几乎所有的课余时间，连同星期六星期天在内，她不休息，不去娱乐，很少回家，不管是严寒还是酷暑，她都拼命地阅读、摘抄、积累。这是她在百花中采的蜜，在大漠中淘的金，它怎么能够不见了呢？她问了家里所有的人，没有一个人拿，也没有一个人知。"它什么时候丢的，在什么地方丢的呢？"她苦想着，她实在记不清了。总之，这"文革"中，她只感到一切都这么混乱。她放在学校宿舍书架上的小说不少也不翼而飞，放在家里的文艺书籍大部分被抄走，现在，这辛辛苦苦积累起来的知识精华，竟也丢掉了。在她众多的读书笔记本、积累本中，这一本是她最喜爱的，也是内容最丰富的一本。每当碰到挫折困难，或者心情不太好，精神不太愉快的时候，翻开这积累本，读一读，那些箴言粹语，那些催人奋发，令人向上的精辟句段，就会使她得到继续前进的力量。现在，理想虽然破灭了，积累的这些知识精华派不上用场了，但是，如果不丢失，就是拿给自己欣赏，也是一种极大的精神享受！然而，她的心血，她的辛勤劳动，就这样付之东流了！她感到太遗憾，太痛心了！

　　在这痛苦中她看了龙孝宗的长信。信上虽然没有什么新鲜内容，那些话语都是以前她在情书中经常看到的，但是她认为他是一个老实憨厚的人，他的话是真诚的，他现在也处在极度的痛苦之中，她应该去缓解一下他的痛苦。就这样，她又去和他见面了。

　　龙孝宗在丽南面前显得更加殷勤，说话更加轻柔了。他在述说着他近来的痛苦，倾诉着对丽南的爱和情，他在苦苦追求着丽南。他还絮絮叨叨说起他和他家庭的关系问题来了。他说他上学时假期很少回家，也是因为和母亲关系不好，他已经和他母亲断绝了关系云云。他们在马路上漫步着，丽南对他的话时而听两句，时而又在想自己的心事。她不知道他为什么要说这些。

　　天已晚，丽南把龙孝宗送到公共汽车站，但是，过来一趟车，他不上，又过来一趟车，他仍不上。丽南无法，只好说："那就往前走走，到下站你就上车。"他们就往前边走。到了下一站来了车，他还是不上。他们就又往前走。他们从东郊走到城里的解放路，又从解放路走到北大街，过了北大街又走了一段，离他厂已不太远了。她看看表，已近 11 时，公共汽车就要收车了。她要坐车回家，龙孝宗却执意要送她回去。无奈，她只好顺从。他们掉转方向，从西向东走。快到丽南家了，公共汽车早已收车，丽南说："你不要送了，赶快回去吧，路还远呢！"龙孝宗所在的工厂和丽南家住的地方虽然都处在一条笔直的大马路上，但是他们一个东，一个西，两处距离有几十里路之遥。坐车，也要倒两次车。丽南让他回，而他嘴里却喃喃地说："你不答应我，我就不回去。"丽南被他纠缠着，只好说："让我再考虑考虑嘛，下次再说吧！"他还是不走，说："你给我个肯定的答复嘛，不然，我回去怎么能睡得着觉？"丽南说："下次我给你一个肯定的答复，好了吧！"她总算把他劝走了。他走后，丽南想："他对我够诚心的了，为了我，他要走那么远的路，多辛苦！"她那一颗单纯而又在痛苦中流泪滴血的孤寂的心被他的这一切感化着、溶解着。想到他的那缺陷，她不禁想起大学班上那位有这病的同学动了手术，好像根除了。前几天，她翻看父亲的针灸书，上面有用艾卷灸那病处，能除掉异味的疗法。她想，将来给他治治看怎么样……

　　她终于被龙孝宗追到了手。

　　她把龙孝宗带回家，让家人看看。姐姐首先不同意，说他长得不好，家庭经济负担重。姐姐毕竟是过来人，还是有些经验的。丽南的母亲倒没发表意见。对于姐姐的意见，丽南没有听进去。她当时的处境太窘迫了，年龄一

天天地增大着，和外界又没有什么往来，她实在是处在无可奈何的境地！

他们准备"五一"结婚。龙孝宗对丽南说："我没有积蓄，工作后每月的工资给家里和堂妹寄去了。我们厂也没有住房，咱们结婚就回我们家吧！我作为探亲，车票可以报销，只有你一人花钱买车票，开销不算大，我们这就算旅行结婚了。"

丽南真没有想到他竟如此穷酸，平时竟一分钱的储蓄都没有。丽南只拿了一年的实习生工资，还有二百多元的存款。想到这，她有点生气地问："你不是说你和你母亲断关系了么，怎么还一股脑地往家寄钱？"他无言以对。丽南又问："你不是不要你堂妹了么，怎么还给她寄钱？"他说："我以前上学，她经常支助我，我工作了，也得帮助她呀！"丽南现在才深深感到自己跟了一个非常穷酸的人。但事情已到这一步，她还能有什么办法？！

"五一"前他们一块到丽南新分的学校去了一趟，学校的教工楼已盖好，他们将来准备住到学校去。

他们在这所学校所属的公社领了结婚证。

龙孝宗和丽南认识的这两个月，他没有给家里再寄钱，他手上就只有这两个月的工资。他们上街买了一条缎子被面，一条床单，一对枕头。丽南买了一个热水瓶，龙孝宗的介绍人送了一个脸盆，丽南的大嫂送了一只痰盂。这就是他们结婚所有的新物。丽南用自己的钱买了一块法兰绒面料，做了一件春秋两用衫，其余衣裤鞋袜全是旧的。

丽南和龙孝宗在"五一"节的时候，坐上南下的火车，他们先来到武汉。火车到武汉天已将晚，龙孝宗扛着旅行包，迫不及待地找旅馆。他们在一家较便宜的小旅馆住下。龙孝宗很勤快，他让丽南坐着歇息，他一人出出进进，办理住宿手续，给丽南打洗脸洗脚水，买吃食等，他把丽南照顾得周周到到。这是他们新婚的第一夜。

到武汉的第二天，龙孝宗就领丽南到武汉艺院去找他堂妹。他把丽南介绍给她，在他堂妹面前有一种炫耀之意。

他堂妹热情地接待了他们，在食堂里给他们买了中饭。她见了丽南，脸上总是带着笑容，而丽南对她并不在意。她看了看她的长相，觉得她并不像龙孝宗说得那么漂亮。

龙孝宗和丽南在武汉玩了两天，就坐车继续南下，到卫县县城。他家离县城还有二百多里路，要坐汽车。不知为什么，龙孝宗让丽南一个人住在县城的一个小旅社里等他,他一人回家去。他说:"我回家两天看看就回来了,你就不回去了。"她有点不解,但也没有多想。他既然不让她回他家去,她也就没有执意要去。

丽南在小旅馆一间又阴暗又潮湿的房间里住了四天。她想:"龙孝宗不让我回他农村家,是害怕我笑话他家的贫穷和破烂呢,还是别的什么原因?他的家到底有多么破多么烂多么穷呢?……"她在猜测着,想象着。

龙孝宗怕丽南回到他家看到他家的贫穷相,没敢让她回去。回到家,他给他妈撒谎说丽南病了,住在县城里。

他从家里回到县城,给丽南带了一只烧好了的鸡和一些荸荠。他给丽南说:"我妈责怪我,嫌我没有把你带回去。她说,这么大老远来了,怎么能不回去看看……"丽南也在责怪着他。她有些后悔,她想,无论如何也应该到他家看看。但一切都已经这样过去了,只好作罢!

龙孝宗说,他有一个很好的老师,应该请一下。还有几个亲戚,也应该请一下。于是他们请了他所要请的人。他们在一个饭馆包了一桌酒席。这里的菜烧得味道极好,量给得也足,一大桌菜,只花了二十多元。

他们返回安城后,在丽南家住了一夜,第二天就搬到学校去住。学校里已陆续去了几个老师,新盖的简易楼住了三四个人。学校里有一个暂时负责财务的会计,给大家发放工资。学校还雇了一个厨师,办起了小食堂,代给大家烧开水。丽南领了床板、桌子等物。她买了几斤水果糖,给学校几位老师分发了一些,剩余的让龙孝宗拿去给他们小组的同志。

丽南住在学校的新房里,房子墙壁粉刷得雪白,玻璃窗也很明亮。新领的办公桌闪闪发着亮光。桌上放着她买的那只图案优美雅致的热水瓶和几个茶杯。屋里双人床上铺着新单子,放着两床被子,一床是他们新买的浅肉色的缎子绣花被面做的,一床是丽南大学毕业时买的大红色线绨被面。丽南每天把这小屋收拾得干干净净。有时她环视一下小屋,觉得屋内东西虽少,但能给人一种清新舒适感,它也像一间新房。

电元厂距离丽南学校很远,且没有公交车,龙孝宗每天下班后步行到学校,他还不会骑自行车。他走起路来速度虽然很快,但也要近两个小时才能走到。后来他找到一条捷径,还稍好一点。他们每天在学校的小灶上买点简单的饭菜。上灶人少,也不可能有什么像样的饭菜。炊事员蒸些馒头,擀些面条,从村里菜地买些新鲜蔬菜。五分钱一大碗烧茄子或炖南瓜,要么就是

凉拌黄瓜或西红柿。丽南有时捡些木柴回来，晚上和龙孝宗一起学着炒点菜，改善一下生活。

转眼已到夏天，天热起来。龙孝宗每天从厂里步行回来，浑身汗渍渍的，身上的那气味很浓。他一到家第一件事就是去打水擦洗身子。丽南从武汉旅馆那新婚第一夜起就开始用艾卷给他灸那有味处，但一直不见效果。

学校食堂一早一晚供应开水，为了不让别的老师闻到他那气味，知道他有那病，丽南宁肯自己下楼去打水，也不让他去打。平时，丽南尽量不让或少让他同学校老师接触，免得让别人闻出那味。但无论如何，这是包不住的。她感到他的这缺陷对自己是很不光彩的。别人一定会想："刚毕业的女大学生，各方面条件都不差，为什么找这样一个丈夫？"无可奈何，她动员他去做手术，他答应了。

丽南住在这所学校里，每天无事可做。学校刚建立，一切都还没有就绪，更不会有什么图书。她这时拥有时间，但却没有书读。理想破灭了，她也无心思去读什么书了。"文革"还在进行，外界是什么样子，她一概不知，她也不想知。在这所学校里，宁静、无聊包围着她。白天，有时她到农民菜地去走走，和农民聊聊天。有时，她到西瓜园去转转，和农民一起吃上几牙西瓜。她只能这样苟且偷生。

新婚没有给她带来任何欢愉和幸福，而是更大的痛苦和忧伤。谈恋爱时是春天，天还不甚热，龙孝宗硬是不承认他有这病，而现在到了夏天，他的这缺陷暴露无遗。动手术前，他身上那刺鼻的气味让她实在难以忍受；手术后，虽然好一点，但她的精神仍处在极度的痛苦中。

婚后第二个月她就怀孕了。白天，她一人躺在床上，眼望天花板，思想难宁。她想到腹中之孩，将来会不会遗传上那病，孩子能不能是一个正常人……当她想到自己的婚姻时，一种难言的苦涩就袭上心头。她在责备自己：为什么就不能厚着脸皮待在姐姐家？为什么顶不住"舆论"的压力？为什么着急、胆怯？年龄大难道就找不到对象，就觅不到自己喜爱的人么？……现在跟了他，自己对他非但没有感情，而且还时时提心吊胆怕他的缺陷被人知道。这是怎样的婚姻生活啊！想到这些，她的泪水就不由自主地涌流出来。

晚上，学校里极安静。他们无事可做，就早早上床。她勉强和他睡在一个被窝里，龙孝宗搂着她，而她往往是无动于衷。为了激起丽南的情致，他给她讲农村中男女间的一些奇闻怪事，给她讲黄色书上的性生活。丽南问：

"你怎么能看到那些书？"他说："假期我在图书馆劳动，那里的书可以随便看。"丽南说："我们在大学，图书馆连《红与黑》都封锁起来，说是有毒之书，不给借阅……"从龙孝宗所讲的一些色情故事中，丽南觉得他看的黄色书不少，而这些书都是她见所未见，闻所未闻的。尽管他讲述这些男女情事想引起丽南那方面的兴致，但她仍是很难被他激发起来。他往往是在一边讲他的，丽南在一边想自己的心事。有时她竟偷偷地拭泪。他们新婚雪白的枕套上，印满了她的泪痕。

龙孝宗为了提高他在丽南心目中的威望，晚上无事，也讲一些他自己的"风流韵事"。一天晚上，他说："在北京，我们单位一些女同志也常常主动接近我。有一个华侨，她很有钱，常请我到饭馆、冷饮店去吃一些我没有吃过的食品。她也常让我到她的住处去，我一去，她就把门锁起来。"他说到这里，就不再往下说了。而丽南就接着他的话茬说："锁起来以后，就让你和她干那事，对不对？"龙孝宗说："那倒也不一定。"丽南说："什么不一定，肯定就干起来了！"丽南问："她那么有钱，对你又不错，你怎么不和她结合呢？"龙孝宗说："我嫌她长得丑，尤其是皮肤很粗糙。"丽南心想："他在说谎。就他这样，还有资格嫌别人丑。"

不管龙孝宗怎么说，怎么夸耀自己，丽南对他都产生不了感情，更谈不上吸引和激情！他们在一起，她仅仅是满足他的生理需要，而她自己，却从来没有得到过快感。

学校里分来一个外院刚毕业的女老师。一天傍晚，那女教师在楼下和别的老师站着说话。龙孝宗站在楼上，那双小眼睛偷偷地时不时地斜瞟着那女老师。丽南从他的眼睛和神情，觉察到他并不是一个老实、安分的男人。

学校什么时候上课，谁也难以预测。丽南住在这远离城区的学校，龙孝宗每天步行几个小时，长期下去也不是个办法。有一天，龙孝宗回来说："我师傅家在我们厂附近的农村，他有一院房。院内有一间放杂物的小房愿意腾出来让咱们住，咱们就到那里去住吧！"丽南想："这样也好，省得他每天跑那么多路。"

第二天，龙孝宗把那间小屋打扫了一下，准备和丽南搬到那里去住。

第二卷

第一章

龙孝宗的师傅家离他厂有一站多路，不算远。家有一个小院，他师傅住在坐北向南的一排上房里，这房是近几年新盖的大瓦房，安着玻璃窗，宽敞而明亮。龙孝宗他们住的这间小房是坐东向西，看来房子的年代已很久远。墙皮全部剥落，露出泥巴和麦草的混合物，墙壁上坑坑洼洼；破旧的木门摇摇晃晃，两扇门关上后中间有很大的缝隙；旧木格小窗上糊着白纸。白天关上门，房内就好像是傍晚一样，光线暗淡。房子顶多有八平方米。

龙孝宗把他宿舍里的架子床搬来一张，将连接上下床的四根木腿从中间锯断，上下两张单人床合并在一起做双人床。房内东西宽正好放一张床。这张床占了小屋的大半。剩余的地方，一边放着小桌，一边靠墙处摞着两只箱子——龙孝宗的一只蓝色大木箱，丽南从北京买的那只深咖啡色的箱子。墙角放着一个炉子。他们置了一些锅碗瓢盆，这就算是他们的家了。

龙孝宗的同事帮他抬床时到这小屋来，见了丽南说道："你们结婚时小组同志原想给你们送点礼品，当时你们没有房子，我们也就没送了。"他们说这话时稍稍带有一点歉意。

这时正值盛夏，他们的小屋整天曝晒于烈日下。小院里无树，一点阴凉都没有。他们做饭只得在屋内做，给原本就是火炉的小屋又增添了不少热量。

就这样过了两个月。9月初，报纸上发出通知，让各级学校复课。丽南学

校也来人通知她到学校去上班。

丽南又回到学校,晚上住在学校里。龙孝宗买了一辆旧自行车,每天下班后骑车到学校。他回到学校,见了学校的老师或家属,都是满脸堆笑,很有礼貌地打招呼、问好,说话像女人一样柔声细气。一回到家,就帮丽南干活。学校里一个给老师看孩子的老婆和看大门的老头见了丽南就说:"你的女婿是一个挑着灯笼都难找的好女婿,你有福气啊!"他们都夸龙孝宗人好、和气。

开始上课了,学校的教学秩序和其他一切都还处在混乱之中。学生们好长时间没有上课,他们在闹革命,在造反,现在他们被赶回学校,关在教室里上课,他们怎么能够听进去课呢?课堂上是他们互相说话、打闹、嬉笑的场所,他们的脑中已经没有什么"纪律"的概念了。况且,大官们他们都不怕,都敢揪斗、批判,现在这些老师又算什么?

丽南刚开始工作,她认认真真备好课,准备上课。而她登上讲台,看到的是这样一幅情景,面对的是这样的学生,她的心情会是怎样的呢?

老师的天职是教育学生,传授知识,学生再乱,这课也得上下去。丽南一边维持纪律,一边扯着嗓门在讲课。不过,没过多久,她发现班上调皮学生的"头目"在她讲课时不说话了,紧闭嘴巴,睁大眼睛在听她讲课。有的调皮蛋想说话,他还用眼睛给他们示意不要讲话。这小"头目"是很聪明的,他觉得老师肚中有学问,是真正在传授知识,就用他的安分来表示对老师的尊敬。

丽南那银铃般圆润清亮的嗓音,那标准好听的普通话也在吸引着学生。讲《国际歌》时,她在朗读:

> 起来,饥寒交迫的奴隶,
> 起来,全世界受苦的人!
> 满腔的热血已经沸腾,
> 要为真理而斗争!
> ……

那抑扬顿挫的语调,那高昂奔放的激情,加上歌词的内容,在震撼着学生的心。

"《国际歌》是全世界无产阶级的战歌。不管你走到哪里，不管你是哪个国家的人种，不管你是什么肤色，说的什么语言，你都可以凭着《国际歌》的旋律，找到自己的同志和朋友……"丽南融入自己的感情在给学生讲解着。

学校的老师大部分都住校，少数家在附近农村的，晚上回去住。

每天早晨7点钟全校教工要在会议室集合，每个人必带毛主席语录本，由校长主持进行"早请示"。大家整齐地站在毛主席像前，手持红语录，校长带领大家齐声高呼"敬祝我们伟大的领袖，伟大的导师，伟大的统帅，伟大的舵手毛主席万寿无疆！万寿无疆！万寿无疆！"每喊一次，要举一次语录本，语录本要举过头顶。接着是集体背诵或朗读几段毛主席语录。每天晚上教工要进行晚请示——和早请示的程式相同。晚请示后是学习毛主席著作或其他有关文件、指示等，直到9时才结束。

这一学期快放寒假的时候，下了一场大雪。一天晚上，丽南开门出去倒水，滑了一跤，一屁股坐在了地上。当天晚上肚子就一阵一阵地疼痛起来。离预产期还有一个月，看来这一跤非得早产不可了！学校领导派了一个戴着"反革命分子"帽子的老师拉上架子车送丽南到医院。她家离空军医院很近，丽南就让他拉到这医院。路很远，从北郊到东郊。一路上，那个老师和龙孝宗两个人换着拉车。

经过一夜的痛苦和折腾，孩子生下来了。是个女孩，只有四斤六两重。第二天护士抱着小婴儿让丽南看。她看到小婴孩长着一张红扑扑的小圆脸，五官虽然不怎么样，但却是一个完整的人，没有什么缺陷。她原来担着的心总算放下了，而且还有一点快慰。女人，能生孩子，也觉得是一种伟大！

丽南坐月子只有在姐姐家了。她和孩子在里屋姐姐的大床上。姐夫一周回来一次，回来后只好在外屋另支床。

月子时值春节，这使家里人忙上加忙。

有的人说坐月子在娘家，对娘家不吉利。这虽是迷信说法，但说也奇怪，月子里的一天，姐夫回来住在外屋，天冷，外屋生了火炉，那天家里人都中了煤毒，其中姐夫最重，以致昏倒在地磕掉了两颗门牙。姐夫的牙齿长得很整齐，也很洁白，现在掉了两颗，以后即使是镶上了，吃东西也不方便。为此，丽南心里很不好过。她想，这都是她带来的灾祸。

丽南上班后无人看孩子，只好把龙孝宗的母亲从老家接来。

他们给女儿起名叫宇婧。"婧"，女子有才能之意。他们希望女儿长大能

成为有才学的人。

不知道是因为早产没有发育好，还是因为怀孕时丽南情绪不佳，还是龙孝宗的五官丑陋故，小宇婧长得的确比较丑：小眼睛，塌鼻子，嘴巴比较大，只是脸盘圆圆的，皮肤白细柔嫩。只有这后一点像丽南。孩子毕竟是可爱的，加之那个时代，长相似乎并不重要。对于女儿长得怎么样，她并不十分在意。

快到夏天了，小宇婧已五六个月，很好玩。学生下了课，常常一群一伙地来逗她玩。一次，一个学生指着小宇婧头上的旋说："宇婧是双旋！"几个学生很好奇，都围拢去看，丽南也凑过去看。的确不假，宇婧的头顶上并排地长着两个旋。一个学生说："听说，女孩头顶长双旋，将来对她妈不利。"这里的学生都是农村的，农村里的迷信说法很多。学生心直口快，随便说说，丽南听了这话后也不在乎，没有把它放在心上。

夏天，安城的天很热，龙孝宗回到家后常常光着膀子。他皮肤上有一些小疤痕。一天丽南问婆婆："孝宗身上怎么有那些小疤块？"婆婆说："他小时候去放牛，爱和别的孩子打架，被别人抓烂、打烂，留下的。"婆婆沉思了一会儿，脸阴沉着说："他小时候脾气可不好了……"他母亲照直说了他脾性方面的弱点，看来他母亲对他脾气不好很有意见，或者以前他们母子为此曾发生过一些摩擦。

龙孝宗刚刚理完发，头上就会露出一些疤块，丽南问婆婆：这是怎么回事？婆婆回答说：他小时候头上生疥疮，满头满脑的……

从公婆的这些话里，丽南知道龙孝宗小的时候是一个爱打架，脾气犟，满头生着令人恶心的疥疮的放牛娃，是个癞秃。

一天晚上，丽南抱着孩子，婆婆做好了饭，她们在等龙孝宗回来吃饭。左等右等，却不见他回来。丽南和婆婆只好先吃饭。吃完饭，她们仍在等他回来。而这一夜，龙孝宗没有回来。第二天是他厂的礼拜六，晚上，丽南和婆婆做好了饭仍在等他回来，但他仍然没有回来。丽南觉得有点奇怪，她想："龙孝宗和我结婚这一年多来，凡是我在学校住的日子，他没有一天晚上不回来的。就是他不会骑自行车，步行的时候，也是天天必回。现在还正在搞"文化革命"，他们没有多少工作，晚上从不加班加点，他干什么去了呢？……"第二天是他厂星期天，上午他给丽南打来电话，说他厂这几天晚上有文娱活动，他和同宿舍的几个同事在看电影。星期天，他的一个老乡请他到家里去吃饭，他于明天晚上回来。尽管龙孝宗说了他未回的原因。但丽南总觉得这中间很蹊跷，不正常。厂礼拜一，她给龙孝宗宿舍的一个同志打了电话，问前几天晚上龙孝宗是否和他们在一起看电影，那同志说他们晚上没有和龙孝宗在一起，说他晚饭后擦了身子就出去了。

"他分明在说谎!"丽南想。

星期一晚上龙孝宗回来，在饭桌上，丽南直言不讳地对他说："我给你宿舍同志打了电话，他们说你根本没有和他们在一起看电影，他们见你出去了。你为什么要说谎?"龙孝宗说："我没有说谎。第一天晚上我和他们在一起看电影，后来我的一个老乡把我叫去聊天去了。"丽南不想和他多分辩，就不再说话了。

晚上睡觉，她没有理他，转过脸去背着他，一个人睡了。他要拉她过去，她不过去。这时，龙孝宗就用力一把把丽南拉过来。他一边用拳头猛击丽南的头，一边恶狠狠地厉声道："你脾气就这么大，你就这么厉害! ……"丽南看他一副凶恶的样子，还动手打人，吓得一骨碌爬起来，趴在窗口大声喊叫："来人呀! 救命呀! 救命……"龙孝宗听她喊叫，就用双手卡她的脖子，她挣扎着，呼喊着，幸亏周围住有同志，他们听到喊声及时赶来。龙孝宗听到敲门声，这才松开手。丽南的婆婆给同事们开了门。

丽南从小到大没有挨过打，现在她被这突如其来的拳头和卡脖子吓得半死。龙孝宗松开手后，她顾不上穿长衣长裤，只穿着睡觉时的短裤和汗衫，就跑到院子里去。她的心在咚咚地跳。赶来的老师，男的在屋子里劝着龙孝宗，女的在院子里劝着丽南。她们让丽南回房里去，不要感冒了，而丽南说什么也不回房去，她害怕他会要了她的命，她再也不能和这种粗暴野蛮的人同居一室了。

丽南隔壁住的是一位女老师，她走进这女老师的房里，死活也不出来。别人劝她回去睡觉，她死活不回去。她怕回去再挨他的打，她怕回去死在他手里。别人好劝歹劝，都无法将她劝回去。时间已不早了，大家只好依了她，让她睡在这女老师房间里。

第二天晚上，龙孝宗下班回来，丽南坚决不让他进家门。她把门闩上得紧紧的。他母亲要给他开门，她也坚决不让。别的老师在门外劝她，她也不听。她怎敢放这个打人凶手进来?!

龙孝宗无法，只好回厂里去住。

接连几天，龙孝宗回到学校来，丽南都不让他进门。他在门外吵嚷一会

儿，无济于事，只好就又回厂里去住了。

龙孝宗在学校里吵吵闹闹，影响很不好。丽南让他同他母亲一起到厂里去住，不要到她这里来。他没有办法，只好照办。

龙孝宗那几天没有回家，原来是他说的那个北京"华侨"到安城来了，那华侨的父母在海外，她从小跟着在国内居住的姨妈长大。大学毕业后她本想去找父母，但不久开始了"文化大革命"，出国的事就搁置起来。她虽已二十七八岁了，但暂时还不想在国内找对象。为了满足生理上的需要，她就在外勾引男人，在单位是有名的"破鞋"。

龙孝宗到了工作单位，他和那华侨的情味一拍即合，两人经常在一起偷吃禁果。那华侨长得着实比较丑陋：宽短的脸盘，粗黑的皮肤，不大的三角眼，大而突的嘴巴。她不想马上在国内成家，龙孝宗也没有娶她的意思，他们就这样互相满足着各自的需要。龙孝宗调到安城已两年，那华侨虽又勾上了其他男人，但有时还想着他。她给单位上说到安城有点事，请了几天假就来了。

华侨到安城那天是电元厂的星期五。她在旅馆要了一间单人房间，给龙孝宗打了电话，让他到她那里去。龙孝宗礼拜五、礼拜六两天白天上班，晚上就去陪那华侨。厂礼拜天，他陪了华侨一天。他们逛公园，进饭店，然后就在旅馆那间房里锁起门来尽情地发泄、满足……

丽南挨了龙孝宗的拳头，领略了他的凶狠、粗暴、野蛮，经历了她一生从未经历过的惊心动魄的一幕，她伤心极了。她从小到大，父母疼爱她，哥姐让着她，老师喜欢她，同学敬慕她。在男女情爱中，她一直是被追求者。她倔强，傲岸。她做梦也不会想到，她竟能被"爱人"打！那一瞬间，他凶狠、野蛮的真面目暴露无遗。她不敢回想那一幕，一想起来，就毛骨悚然，不寒而栗。

她对龙孝宗虽然没有什么感情，但在这以前，即结婚后一年多的生活中，她看到他在家里勤勤快快，对她顺顺从从，服服帖帖，有时甚至毕恭毕敬，非常关心，周围人也经常夸奖他人好、和善，她有时虽然精神痛苦，但也只好认了这个命。老天赐给她这样一个男人，只好和他凑合着过了。一年多，他们没有吵过架，没有发生过口角。然而这第一次矛盾，却来得如此凶猛。

她简直无法理解，平时温顺得像个小绵羊的他，现在并没有因为多大的事，仅仅是她不理睬他而已，而他就凶暴得像只老虎，这是为什么，为什么呢？

她原本对他就没有感情，谈恋爱时，她已经拒绝了他，而他连哄带骗，苦苦纠缠追求，好话说尽。她当时处在那种特殊的境遇之中，就勉强答应了他。谁料他正如她母亲所说，是一个脾性不好的人。但即使脾性不好，也不能打人啊！尤其是打自己的妻子！

不要说原来就没有感情，就是原来有一点感情，那么这一拳头也会把那感情全部报销，驱逐得远远的。

"这样的人能称作'爱人'吗？以后还怎样和他一起生活？……"她痛苦地思索着。

这件事后，她不敢想象以后和他在一起生活将是怎样的情景。她害怕，她愤恨，她极端厌恶这个粗暴凶恶的人，她恨不得马上和他一刀两断，永不见面。

她决计和他离婚。她把这个想法和打算给学校领导说了，给老师们说了。领导和老师也都同情她，但他们劝她算了，事情已经过去了。有的老师说："要离婚，除非你把法院的门槛踢烂——难着呢！"

同事们尽管这样劝她，但她仍决定要和他离婚。

龙孝宗和他母亲到厂里住后，他三天两头的到学校来找丽南，给丽南赔不是，认错误，说好话。尽管这样，她也不听他那一套。

时间一天天过去，丽南一个人在学校里带着个孩子。上课时，她把孩子绑在床头，有时，让别人照看一下。

她虽然想着要离婚，但客观条件却死死地限制着她。学校在远郊，离城很远，不通公交车，她又不会骑自行车，她带着个吃奶的孩子，还要工作，她哪有精力和时间去"踢烂那法院的门槛"？！她为此而着急，她不知道这婚到底怎样才能离掉。

龙孝宗不断地来找她。一天，他跪在丽南面前苦苦哀求道："丽南，你就饶我这一次吧！我该死，我绝不应该动手。都是我不对。我对不起你，以后我再也不这样了。你就让我回来吧！你一个人在这里带个孩子，也不是个办法，饶了我吧，丽南……"

随着时间的推移，丽南感到离婚的希望是渺茫的。她的心渐渐凉了。随着龙孝宗一再地赔不是，她的气也消了一些。她看到他那一副可怜相，心软

了。她屈从了他。

这一场家庭风波之后，看校门的老头和看孩子的老婆再也没有在丽南面前说龙孝宗是挑着灯笼都难找到的好女婿了。

他们关系和好后，一天丽南问龙孝宗："你那几天不回家，究竟到哪里去了？"他顺口漏了一句："北京那华侨来了。"丽南听了后再没有问什么，她心里想："在外面搞了女人，回到家就打老婆，一般的坏男人基本都是这样。"是的，龙孝宗和那华侨女人玩了几天后，他对丽南，不但没有愧疚感，反倒有一种骄傲感，好像他的身价也升高了似的。他觉得："华侨女人都能看上我，和我搞，而你钟丽南还有什么资格不理我？"他把在外边能搞女人当做一种光荣，一种骄傲。

这一场家庭矛盾，在这所小学校里搞得满城风雨，连学生都知道了。丽南难以再在这里工作下去，她要求调到别的学校去。当时调动工作很困难。上级规定，教师有困难的只能在同一公社内调动，就是在郊区范围调动都不允许。丽南所在的朝阳中学所属的公社只有两所中学，她只好调入另一所中学——红卫中学。

钟丽南在她第一个工作单位只工作了一年时间。

孩子9个月时，龙孝宗决定让他母亲把孩子带回老家去。丽南开始有点舍不得，但龙孝宗既然决定了，她也只好同意。

红卫中学也属郊区中学，周围是农民的庄稼地。它距离城区要比朝阳中学近一些，走五六里土路就能到公共汽车站。

这所中学是50年代建立的。校内全是平房。一排排青砖红瓦的教室，整齐而明亮。两排砖铺的小路从校门口一直通到后边的伙房和水房。校园里树木葱郁，花坛里种有各种花卉。教工宿舍有两栋。每间房面积顶多有七八平方米，支一张单人床，放一张办公桌，放一个书架，就满了。学校给每一位教师都分有一间这样的房子，老师备课、办公都在自己的房间里。

钟丽南到红卫中学是这一年的秋天。当时，全国各地正在"深挖洞，广积粮，不称霸"的口号下积极进行战备，预防苏联的入侵。红卫中学也开始在挖防空洞。丽南到学校，就参加到挖防空洞的劳动中去。他们从伙房后边的空地上开始挖起，准备围着学校挖一圈。平地上用大木杠绑成三脚架，上面装上滑轮，洞下的人铲了土装在筐内，上面五六个人用绳子拉。大家干得热火朝天。

学校的派性斗争虽不像前两年那么激烈，但两派人之间的隔阂还很大。丽南去了，和同志接触都要小心谨慎，不能和某一派的人过于亲密或过多接触，否则就会引起另一派的不满或敌视。

丽南到学校不久，就听到学校里一件闻名遐迩的桃色事件：一位因爱人玩弄了一个姑娘而受到处分，正准备离婚的女教师和一位爱人在外地的男教师互相勾搭。"文革"中他们两人一块出外串联，游逛了不少城市。串联回校后，两人经常偷偷住在一起。"文革"初期，他们两人属造反派。这位男教师带头贴大字报，揪斗校领导。和他们对立的一派看到他们两人关系不正常，就开始注意和跟踪他们的行动。一天夜里，当那女教师又到那男教师房中去睡觉时，监视他们的人在外边等了大半宿。他们早就从总务处要到了那老师房门上暗锁的钥匙，等到天蒙蒙亮，一人在外边喊那男教师的名字，说传达室有他的电话。当这男老师穿上衣服走出门去接电话时，外面的人将他的房门打开。那女老师还光着身子躺在被窝里。捉奸之人提前还叫了一帮学生，那些学生在外面喊着"抓破鞋""抓破鞋"！他们边喊边将提前捡的破鞋、瓦砾等物扔进房里去……

这两位教师的丑事暴露后，第二天不仅全校人人皆知，而且很快在附近大小村庄也传开了。此事成了当时的特大新闻。

学校里开始批斗他们，给他们戴上高帽子，挂上写有"破鞋""流氓"字样的大牌子，大会小会让他们做检查，真是热闹一时。

丽南听了这凡是调到此校后都要最先得知的新鲜事后，开始注意这位女老师。她中等个子，瘦瘦的，眼睛虽不大，但戴上一副眼镜也就遮掩了，嘴巴小小的，看上去是一个很文静的人。丽南到这学校时，这事已经过去三年了，她看到这位女老师精神仍很抑郁，很少和大家在一起聊天、说笑，脸上很少有笑容，上完课就躲进自己的房中。丽南可以想见她的精神是多么痛苦，她要生活下去需要多么大的勇气！一级一级的学生都在传着她的丑事，刚进校的学生不久就会知道她的这件事，学生在她的课堂上捣蛋，说怪话气她……教师的日子本来就不好过，犯了这种错误的教师日子就更不好过了！当教师，不管怎样也不能犯这样的错误，否则，一生的脸都无处放！在那个年代，这个问题似乎比政治问题还要戕害人！

电元厂为了解决职工住房问题，在大食堂里划出一半地方，盖了三排小平房，每一排有七八间小房子。龙孝宗申请到这样一间小房。

丽南学会了骑自行车，星期六她就回到这个家。孩子不在身边，倒是轻松多了。闲暇时，龙孝宗就把他从厂里听到的一些新闻讲给丽南听，其中以男女关系方面的居多。什么某某家的女的，长得倒不错，但结婚前，她在外县的父亲来这里，和她同居了一段时间，人们议论纷纷。什么某某的老婆从农村来找他，他很冷淡，他早已和车间里的一个女工勾搭上了……他对这些事从来都是格外关心和感兴趣的。

放寒假了，丽南回到这个家准备过年。这是她和龙孝宗结婚后第一次单独在一起过年。

除夕那天，上午他们做了年饭。午饭后，他们并排躺在床上歇息，你一句我一句地随便聊着，顺便算着春节都买了些什么，花了多少钱。"米面……鸡鱼……肉……黄花木耳……"龙孝宗一边算着，一边说："共十五元。"

丽南说："咱们两人每月工资共一百一十元，你给家里寄了四十元，我给家里二十元，过年购物花了十五元，共七十五元，这月工资还剩三十多元。"说着，她随手从枕头下拿出剩的钱来，一看，只有十五元。她问："怎么只剩这点钱了？"

龙孝宗不吭声。

丽南说："是不是给你家里多寄了点？"

龙孝宗听了这话，马上坐了起来，厉声道："谁说我多寄了？你怎么胡说！"他一边说，一边恶狠狠地用拳头敲击丽南的额头。丽南看到他这凶神恶煞的样子，吓得赶快跑到门外的走道上，哭着说："我只是问了一句，你就这么厉害！你要吃人，是不是？……"

左邻右舍听到吵架声，就都赶来了，围了一大堆人。丽南在给邻居述说着事情的经过，指斥龙孝宗的不讲理。大家在一旁劝解着。丽南看房中有人在劝龙孝宗，就进屋拿了大衣要走。众人劝她、拉她，她不听。她挣脱邻居的手，径直地走了。

数九寒天，凛冽的寒风刮着，天很冷。

街上行人稀少，偶尔有几个小孩在放炮。明天就是新年了，人们都在家里忙过年。

丽南在街上漫无目的地走着，寒风像刀子一样刮在她的脸上，她也不觉得冷。她只感到愤怒的烈火在胸中燃烧。她无法理解，她不可思议："好端端的问一句话，他竟然就如此凶狠，如此粗暴！就是工人农民，也不至于这样野蛮无理！他是个知识分子，怎么就这般粗野！结婚不到两年，就挨了他两次拳头，难道结婚就是挨他的打来了？他是人吗？和这样的人还能再在一起生活吗？……"她一边走，一边苦苦地思索着，大滴大滴的眼泪洒落在地上。

风越刮越猛，不知什么时候下起了小雪。风夹着雪粒，抽打着她的脸。她的脸颊上停留着两道冰柱。

她胡乱地走着，想着，愤懑、悲伤、惆怅充塞着她的胸，占满了她的心。

天已全黑。

她不知道冷，也不知道饿，只是朝着前方走着，走着……

风还在刮，雪粒不知什么时候已变成了雪花。大片雪花落在她的脸上，湿湿的，凉凉的，她这才如梦初醒。

她停下脚步，伫立在夜色中，放眼望去，整个城市被迷蒙的雪雾包裹着，无数高楼大厦在雪雾中庞然矗立，形成凹凸厚重的黑灰色的剪影，万家灯火像无数梦一般的眼睛，装点着这神秘的大千世界，鞭炮不时在夜空划过、鸣响，散发着阵阵沁人心脾的幽香。

除夕之夜是美好的！

而她，竟在街头流浪！！

他们两人第一次在一起过年，她就被逼出家门，流浪街头，有家难归！

雪愈下愈大。狂风卷着雪花在空中飞舞，大地已成了一片银白。她身上落满了厚厚一层雪。

面对着黑夜，面对着寒冷，她不禁想："在哪里过夜呢？"

一种流浪人的愁苦涌上她的心头。

"到姐姐家去？"

"不行。绝不能在这除夕之夜给家人带来不愉快，给他们增添麻烦。"

"到学校去？"

"不行，那寂寥空旷的田野让人胆寒……"

她来到了火车站。

候车室里人不多。她找了一个光线较暗的角落，躺在长椅上，身上盖着那件大衣。

她蜷缩在长椅上，在饥饿、寒冷中熬着这除夕之夜。

她一夜未眠。

"我怎么会遭这样的罪?! 从小到大从来也没有遭过这样的罪! 上天为什么赐给我这样一个男人?! 难道这一切都是命中注定的? 我的命难道就这么苦? ……"一连串的问号在她的脑海里翻腾着,泪水不断地从她的眼眶里涌流出来。

她无法理解,结婚,为什么会给她带来这么多的灾难,这么巨大的痛苦?!

夜 12 点,新年的钟声敲响了。在这辞旧迎新之际,远远近近,大大小小的院落、窗口,鞭炮齐鸣,人们兴高采烈地迎接新的一年的到来。火车站广场上几个大雷子的炸响震撼着大地,广场旁边的商店、饭馆门口的鞭炮声震耳欲聋。顿时,空气里弥漫着浓浓的火药味。

蜷缩在火车站候车室长椅上的丽南,听着这爆竹声,闻着这火药味,心头不禁也升腾起过年的甜蜜的滋味来。

她想起小时候在凤城教会大院过年时的温馨:除夕之夜,大院里弥漫着炖牛羊肉、炸油果子的香味,人们围着火炉叙旧,讲故事……她想起每年除夕之夜都要和母亲在一起包饺子的情景……

而现在,婚后他们俩在一起的第一个除夕之夜,她却在这里!

一个朝气蓬勃的大学生,一个曾经对未来有过宏伟的设想,有过远大的抱负、崇高的理想、美好的憧憬的青年,在她刚刚步入社会,走向生活,成立了家庭之后,竟然遭到如此之不幸,这是她做梦也不曾想到的。

大年初一,她用身上仅有的几元钱给父母买了两斤点心。回到姐姐家,她没有给家人述说自己的不幸。吃完下午饭,她借口有事,就匆匆离去。

她在街上买了两个面包,趁天还没黑,就往学校赶。到学校,天已全黑。校门虚掩着,传达室的窗口透着灯光。她轻轻推开大门,悄悄进了学校。校园里静极了,也黑极了。老师们都回家过年去了。

她开了自己的房门,拉开灯,桌上是厚厚的尘土。房内阴冷阴冷的。幸好冬天发的取暖煤还有一些,床下还有几根柴火棒。她把炉子搬到走廊上,生起炉子来。

大年三十,丽南离家出走后,龙孝宗随后就到厂附近的几条马路上去找她,没有找到。回到那小屋,他一个人也没心思吃饭,就倒在床上。他在想:

"丽南脾气可真大，动动她，她就跑了，就不回来了……"随后，他在责备着自己："为什么这么暴躁？为什么克制不住自己？丽南是那种吃你拳头的人吗？愈是这样，愈是会把事情弄糟……"他想着想着，就呼呼大睡起来——他是很能睡觉的人。

大年初一，他的几个同事把他叫去给领导和其他同志拜年去了。晚上，他想丽南会回来的，他一直在等她，但没有等到。

初二，他到丽南家去找她。丽南的父母和姐姐都关心地问是怎么回事。他不得不说他们闹别扭的事，说他打了丽南的头。姐夫首先批评了他，说道："丽南是你的爱人，不管怎样不能动手。你姐有时对我也厉害，但我从来没有动过手。你想，是你的爱人，怎么能打得下去呢？……"

丽南的母亲说："丽南从小到大，我们全家人都宠着她。她的脾气倔犟，一旦生起气来，我们全家人都哄不下她。以后，你要好好对待她，不然，她那脾气也是不会饶你的。"

丽南的姐姐在一旁说："昨天看丽南不太高兴，眼睛肿肿的，我想问，但大过年的，也就没有问了。你们结婚时间不长，应该好好过日子。丽南生性好强，有个犟脾气。小的时候她哭起来，谁也哄不下。你们在一起，你得让着她点，更不能动手。夫妻之间，打人是最伤感情的。你以后得克制自己……"

龙孝宗从这些话中，似乎有所领悟，他感到丽南也不是好惹的。

下午，他和丽南的姐姐骑车到学校去找丽南。

丽南早晨吃了一个面包，就一个人静静地躺在床上思索，流泪。有谁能了解能知道她的痛苦呢？她见姐姐来了，更是悲痛欲绝。此刻，似乎所有的痛苦，所有的委屈，所有的不幸都向她涌来。她泣不成声地述说着婚后龙孝宗的所作所为。她给姐姐说："我要和他离婚，他太粗暴野蛮了！他根本不像个知识分子，我对他没有感情。结婚前我就拒绝了他，而他却死死纠缠，好话说尽，硬是不放过我。谁想到结婚以后他却是这样一个无理之人！从小到大，我没有挨过任何人的打，现在凭什么挨他的打?！他有什么资格打人？他也不尿泡尿去把自己照照，还有脸打人？……"她愈说愈愤慨，她的眼泪已变成了愤恨。

姐姐在一旁劝说着："刚结婚怎么能就离婚？孝宗以后也是会改的。上午在家里，我们都说了他，他也表示要改。只要改了，以后好好待你就行了。

回家吧，大过年的，一个人待在这里，没吃没喝的，让别人笑话!"

丽南说什么也不回。

龙孝宗在一旁不住地道歉："丽南，都是我不对。我该死! 我再也不会这样了，请你相信我。有姐在这里，我向姐保证，我再也不这样了。回家吧，都是我惹得你受苦。我该死……"他重复着这些话。

他的这些话，上一次丽南早已听腻了。现在，他又是这几句话。这些话似乎并没有经过他的大脑的思索，就从嘴里吐了出来，她怎能再相信?

看大门的老头也来了，劝说了一阵子，丽南也听不进去。

丽南姐说："丽南的脾气从小就这么拗，看来今天是劝不回去了! 让她在这里消消气，过两天再说吧!"

初三，龙孝宗把做好的鸡、鱼拿了一些到丽南那里去。他敲丽南的门，丽南不给他开。他在门外苦苦哀求，丽南仍是不理。他没有办法，说道："我把做好的鸡肉放在门口了，你一会儿把它拿进去吃。我走了。丽南，都是我不好，惹你生气，原谅我这一次吧! 我保证以后再不这样了……"

初四，龙孝宗又到丽南家去，说了丽南不让他进门的事。丽南的姐姐只好和他一起又到学校去劝丽南。这一次，龙孝宗显得很诚恳，他说："丽南，在姐面前，我向你保证，以后绝不动你一指头。如果今后我再动你一指头，那么，一切都听你的好了。丽南，相信我吧! 这两次教训已经够我受的了，我绝不会再这样了……"

姐姐在一旁也不断劝说着。

丽南在学校住，环境虽然静得不能再静，而她的心里却是不平静的，让姐姐、母亲为她操心，她心不安; 让姐姐费时间到学校来劝她回去，尤其在这过年之时，她心里觉得过意不去。她只好勉强答应他们回家去。她又一次屈从了他。

开学后，学校老师听看大门的老头说了丽南春节家庭闹矛盾的事，一个传一个，几乎人人皆知。有的老师问丽南究竟是怎么回事，丽南只是说："命不好，找了个糟老头!"她还能说什么呢?

丽南调到这所学校不久，学校就来了一位新校长。他姓姚，五十来岁，人开朗，乐观，爱说爱笑。他来校不久，老师之间就传说他以前的情况：是老革命，原来在市上做官，后因屡犯男女关系错误，职务一贬再贬，最后调到这所学校……

这已经是 1970 年，学校里每天仍坚持早请示晚汇报。早晨往往来不及梳头、吃饭，就得去集合，祝"毛主席万寿无疆"。大家心里虽然都知道这是形式主义，但在那样浓重的政治氛围中，谁敢表示不满?! 每周除周六周日外，几乎天天晚上都要开会。会上不是学习毛主席著作，就是读上级文件，要么就是讨论、发言。

晚上时间被开会占用了，其他工作就要在白天去完成。丽南代两个班的语文课，一个班的班主任，另外兼任学校团组织的工作，比一般教师都要忙。

不久，传来林彪及其死党驾机出逃，叛党叛国，机毁人亡的消息，人们受到强烈震动。

林彪事件后不久，学校里"早请示晚汇报"才停止，晚上的会也减少了一些。

龙孝宗在厂里单身宿舍楼里要到一间房子，虽然是阴面，但比食堂里那间小黑房强多了。

过年时，丽南总要把房子收拾得干干净净像样一些。床上铺着淡蓝色的印着色彩鲜艳的红玫瑰图案的上海床单，墙上挂着样板戏《红灯记》中铁梅的半身剧照，方桌上放着一台大收音机和一台八瓦的小日光灯，收音机上摆放着瓷质的毛主席头像，头像两边放着透明的玻璃花卉，屋里没有什么家具，但显得素雅、整洁、敞亮。

丽南在穿着方面虽然不是很讲究，但是她是非常挑剔的。从她懂事的时候起，她就没有穿过大红大绿的衣服。在"文化大革命"的年代里，她在穿衣方面就更加注意，更加朴素。

龙孝宗在给丽南买衣服方面还是舍得花钱的，他每次出差回来，几乎都要给丽南买一两件衣服。在上海他给丽南买了黑色短呢子外套，深蓝色呢裤，米黄色的长毛围巾，从北京给她买回了翻毛棉皮鞋……上海服装的价钱比内地便宜，且式样新颖美观。丽南苗条的身材很适合穿上海的服装。她穿上从上海买回的那一身呢子衣裤，身材显得更加颀长、高挑，人显得更加漂亮，引人注目。

龙孝宗到南方出差时，顺便把宇婧从老家接了回来。当时宇婧两岁半。

孩子刚回来时见了丽南怯生生的，根本不认她这个妈。她躲在龙孝宗怀里一直喊着要奶奶。龙孝宗说："孩子在火车上就一直哭着要奶奶，我怎么哄

都不行。"

宇婧在农村长得很结实，小脸又圆又红。刚到这陌生的地方很老实，除了要奶奶，就是一个人坐在小板凳上一动不动。但不久她就把奶奶忘了，和周围小朋友整天在外面玩。

当时，各个机关单位、厂矿企业都办有"五七"干校，知识分子和在职干部轮流到干校去劳动。电元厂的"五七"干校在富县，龙孝宗也被派去劳动。

丽南原想要这一个孩子就够了，不能再要了。他们一直在避孕。但在龙孝宗从"五七"干校劳动回来后，不知怎么，她又怀了孕。她想进行人工流产，但听说这对身体不好，就没有去做，只好顺其自然。

她挺着个大肚子的时候，工作任务一点也没有减少。除两个班的课，一个班主任外，还有学校团委的组织工作。她一直坚持干到临产。

生第二个孩子的时候她特别痛苦。胎位不正，是"立生"。她忍着一阵又一阵的剧痛，在产房里喊叫着，呻吟着。她喊叫了好长时间，大夫才说："下来了一只脚丫，快，再用力！"她已经精疲力竭，哪还有力呢？孩子脚下来了一只，全身和脑袋却迟迟下不来。她又挣扎了好半天，孩子才生下来。但孩子落地后，却没有哭声。大夫急了，用力拍打孩子的屁股，做了一番抢救，孩子才哭出声来。孩子没有被憋死，总算保住了性命。是个男孩。

按理说，农村人有传宗接代的习俗，丽南生了男孩，龙孝宗应该高兴，但他并不高兴。脸上没有笑容，对丽南态度冷漠，月子里给她吃的饭菜和平时的一样，很一般，很简单。对孩子看来他也不喜欢，孩子哭闹，他不抱不哄。

丽南学校有一个小托儿所，雇有一个保姆。丽南准备上班后把孩子放在托儿所里。她身体虽不算好，但她决心自己来带孩子。她觉得婆婆来看孩子，肉体上虽然轻松点，但思想上精神上却难得安宁。婆婆虽然是个农村妇女，但她的嘴巴却很能讲。在小小的单位里，她抱上孩子东串西走，在外边无非是唠叨一些家里的小是小非，挑你的一些毛病。你对她再好，也难得落个"好"字。因此，她打定主意自己来带孩子。

暑假快过完的时候，龙孝宗终于开口了，要让他妈来看孩子。丽南说了自己的打算，龙孝宗就暴跳如雷地说："你就有那么大的本事，你能把孩子带大？孩子放在托儿所，只有受罪！保姆能给你好好看吗？……"

丽南也在厉声和他争辩着，坚持着自己的意见："你要孝敬你妈，每月你愿意寄多少钱就寄多少钱好了。她到这里来一天抱上孩子东串西走，把家里的事都抖搂出去，她有时间给别人去说，我可没有时间去澄清。再苦再累，我也宁愿自己带！"

龙孝宗一点也不让步，他不是心平气和地给丽南讲道理，而是一副穷凶极恶的模样：皱着眉，吊着脸，厉声地叫着。

丽南看他又是一副要吃人的样子，抱着儿子就出了家门。她只好到学校去。

走出家门，已是晚上10时多，公共汽车已停开。她抱着孩子走完长长一段柏油马路，又走上一条细长的田间小道。路两旁的玉米已长得很高，风吹得玉米叶飒飒作响。路上没有一个行人，只有她高一脚低一脚地走着。她心里怕极了，一路上提着心吊着胆，她可以听得见自己心脏咚咚的跳动声。她走得极快，近乎小跑。一路的苦和累这时全被这个"怕"字驱散了。她怕出来个坏人，她怕来个什么野兽之类的动物……经过几小时的长途行军，她抱着孩子总算到了学校。这时，她已是大汗淋漓。一到自己的小屋，她的双腿就像灌了铅似的再也迈不动了，她连打水擦脸的劲都没有。铺好床，她就和儿子睡了。

丽南带着儿子在学校住到开学。

开学后她将儿子放在学校的托儿所里，每天虽然忙一些，精神上却是愉快的。

但她哪里能拗过龙孝宗，他还是把他妈接来了。

她在学校里要了一间大点的房子，一家五口住在里面。

时间如流水一般向前流着。那时，教师在教学上没有思想负担，既没有高考压力，也没有教学质量方面的检查。大家只求政治上不犯错误，不要挨批挨整就行了。有个铁饭碗，每月拿着固定的几十元工资，国家给干部每人每月供应三十斤平价粮，半斤油，生活虽然不富足，但能吃饱肚子，大家也就心满意足了。至于国外是什么样子，报上不作报道，谁也不知道，谁也不想知道。大家知道的，就是哪里又发生了战争，苏联想侵略我们，我们要做好战备等。对未来，对前景，谁还能有异样的希冀异样的打算呢？

丽南没事时就抱着孩子在校园里转悠。一天下午她看到管总务的老师蹲

在他的房门口吃饭。她走过去，看他大口咀嚼着馒头，就着一盘凉拌萝卜丝，里面夹杂着一些葱丝和红辣椒。她打趣地说："看你吃得可真香！"那老师说："我们本地人最爱吃这本地饭……"接着说，"人嘛，日图三餐，夜图一眠！"看到他吃着的简单的饭菜，听了他的这话，她颇有感慨："'日图三餐，夜图一眠'不正道出了这个时代芸芸众生们的生活态度！"在那年月里，像丽南那样原来有理想的人，现在都这样地在打发日子，原来没有什么理想的，不就更是这样地过日子吗？

那时，女老师们想的就是抚养孩子，盼着孩子长大，闲了不是抱孩子，就是打毛线、做针线活。丽南跟着别的老师在学织毛衣。大学时，大部分女同学闲了都织毛衣，打毛线，而她每天忙于她的理想，这些活她都不会。现在她才开始一针一线地学起来。

春天，校园里桃花杏花竞相开放，一片绚烂；花坛里的玫瑰月季艳丽多姿，清香扑鼻。

星期天的时候，在学校里住家的几个女老师就结伴到麦田里去挖荠菜，丽南也和她们一起去。那麦田里的荠菜真是又多又肥嫩，着实可爱！挖着荠菜，丽南不禁想起童年的生活。那时，她和小伙伴们也经常去挖荠菜。蓝蓝的天空，碧绿的原野，清清的小河……大自然给了她多少美好的畅想，使她对未来充满了多少美好的憧憬……二十年过去了，她怎么能想到，自己走过的竟是这样一条不平坦的辛酸路。以前想的是不碌碌无为，而现在却正在碌碌无为；以前想的是投身于火热的生活中去劳动去创造，而现在的生活却是如此单调、平淡。

夏收时节，学校要放十天假，学生回家帮助生产队夏收，教师也集中起来到生产队参加夏收。他们顶烈日，冒酷暑，在望不到边际的麦田里一镰刀一镰刀地割麦子。从早干到晚。一天三顿饭都在生产队建的大灶上吃。农民用新打下来的麦子磨成上乘白面，蒸出雪白的大馒头，供夏收的人尽饱吃。

冬天，吃过中午饭，老师们就到两栋教工宿舍之间开大会用的高台上去晒太阳，那里又避风又暖和。女老师有的抱着孩子，有的打着毛线，大家围在一起聊天，男老师围在一起打扑克、下象棋。生活显得恬淡安适，怡然自乐。

生活就这样在这固定的模式里周而复始地运转着。你要去干辉煌的事业吗？你要去寻求新的别样的生活吗？一切都是不允许的。按部就班，循规蹈矩，庸庸碌碌，养活孩子，这就是大多数人的生活！

社会把人推向庸庸碌碌的历史的惰性力太强大了！

丽南的小儿子叫龙宇航，他们希望自己的儿子将来能在科学上有所造就，能在宇宙间航行。

小宇航生着一张圆圆的脸，白嫩的皮肤。他的五官很像他的父亲，小眼睛，单眼皮，眼睫毛很短，像是长在了眼睑里面，不细看，就会给人一种没有眼睫毛的感觉。不过嘴巴比他父亲的小一些，鼻子比他父亲的高一些。小孩和小动物一样，是很可爱的，丽南抱着儿子，老师们见了都喜欢逗他玩。

校长对丽南很热情，见了面总是一脸的笑容。丽南抱着儿子，他特别喜欢逗他玩，他还特意给小宇航起了个小名叫龙小虎。

中午，儿子不睡觉，丽南就抱着他到会议室，拉着他的手，让他在开会用的大长桌上学走路。校长的办公室在会议室的斜对面。这时，校长总要逗一会儿小宇航，然后才去午休。

晚饭后丽南抱着儿子到校门口去看农民牵着的牛，拉着的马，儿子见了这些牛马特别高兴。每每这时，校长也会到校门口去溜达，嘴里叫着"龙小虎"的名字，逗着他玩。

校长的爱人在他的外县老家，是不识字的农村妇女，过好长一段时间来校看他一次。平时，他是寂寞的。丽南从他那热情而狡黠的目光里早已看出他对自己有那种意思，不过，她心里对他戒备着，而表面上还照样和他说笑。他毕竟是校长。

学校的防空洞已挖了大半。一天，学生在操场边上正在挖洞，突然一处塌方，几名学生被压在下面。消息传来，全校集中强劳力下去挖土救人。有三名学生很快被挖出来了，他们得救了，还有两名女学生找不见。等把这两名女同学挖出来时，她们已经停止了呼吸。悲痛立即笼罩了整个学校。听说这两名女生是班上很好的学生，劳动中她们抢在前，在最深处挖土。

红卫中学挖防空洞塌死两名学生的消息很快在远近大小村落传开了，成为轰动一时的新闻。公社、区上都派人来调查情况。

下葬的那一天，这两名学生的亲人哭得死去活来。丽南正在劝慰这些亲人，让他们不要太悲伤。这时，有人叫丽南，说是校长叫她有事。丽南到了校长办公室，那校长像没事一样，见了她，仍是满脸堆着笑，说道："丽南，

你到公社去一趟，送份材料。"说罢，他又给丽南啰嗦了好一会儿，叮咛了一些事。在递材料的时候，他还故意碰了一下她的手。

走在去公社的路上，她心里极不平静。她想："挖洞塌死了人，这么大的事，全校师生都沉浸在悲痛之中，自己心里更是不好过。但是，校长见了我，却还是那么高兴，一脸笑容，他怎么能够笑得出来呢？这件事主要责任应该由他负。他作为一名学校的校长，不是全身心地操劳学校的工作，现在出了人命，他竟没有内疚感，也没有一点'怕'的表情，而还在笑，他是什么样的干部，什么样的领导，不一目了然了么？……"她越想越觉得这校长太不够格了，对他的那笑，她只觉得厌恶。

埋葬完两名学生，安抚好她们的家人，丽南想："学校发生的这件事，上级如果不给校长一定的处分，那么至少也要让他做深刻的检查……"但是后来，出乎她的意料，在一次教工会上，校长谈了这件事前后经过和一些情况，最后只轻描淡写地说了一句："当然这件事我也是有责任的。"他有什么责任，具体的是什么，一概没有提。这件事就这样过去了。

丽南想："难道校长就一点都不歉疚，不难受？他怎么连一点真诚的自责都没有！……"

这件事后，丽南主动疏远校长，见了面她很少和他打招呼。中午，她不再抱儿子去会议室让他学走路，晚饭后她也不再抱儿子到校门口去了。

龙孝宗每天下班后就骑车回到学校，见了老师他仍然很有礼貌地满脸笑容地打招呼，说话柔声细气，老师们都夸他脾气好，和善。

丽南每天上完课，就是忙孩子，龙孝宗回来，她和他也说不上几句话。

一天，龙孝宗提出让丽南调动工作的事，他让她调到离城较近的学校去。丽南还从来没有想到再调一次工作，她也不想频繁地调动。到一个新单位，工作又要重新搞起来。她在这里和同志们已经混熟了，她不想再挪动了。

她把这想法说给龙孝宗，龙孝宗很厉害地说："这农村学校有什么好待的？难道你还想在这里待一辈子？……"

为这件事他们又吵了好几天，没有办法，她只好听龙孝宗的。她写了申请调动的报告交给学校。她准备调到郊区离城最近的一所中学——前进中学去，据说那所学校将来有可能划为城区学校。

学校这一关还好过，因为她对校长的态度太冷漠了。而区上那一关就很不好过，区上一般是不允许调动的。龙孝宗和丽南到区上跑了好几趟，找这样的理由，找那样的原因，后来区上有关负责人答应开会研究一下。

在她调走前，学校决定让她承担一次观摩教学任务。她想推辞，但学校已做了决定，她只好答应下来。

她虽然准备调走，但也不想随随便便去讲一堂课。她较认真地对待了这次观摩课。她从图书馆借来有关资料，认真地吃透课文，对板书进行了精心设计。晚上睡觉，她有时都沉浸在课文中，被课文内容所激动，想着如何去讲好这篇课文。

观摩前，教研组长和组上几位老师先听了她的课。他们听完课后，没有给她指出什么需要指正的地方。她从组长的眼神中觉察出他对她有一种从未有过的尊重和敬佩。那时在人们的眼里，外貌姣好，穿着稍注意的女性，一般都被认为是那种较轻浮的只知道追求外表美的庸俗女人。丽南到了这所农村中学，她的气质，她的风韵都是不同一般的；她的穿着打扮虽不华丽，甚至是朴素的，但却显得大方、庄重、脱俗。一般老师当然也认为他是属于上面说的那种女性了。听了她的课，他们的组长首先对她有了新的深一层的认识，他感到在丽南那姣好的外表形象下，内里也同样是美的。她有着渊博的学识，丰富的感情和一个崇高的灵魂，她不愧是一名名副其实的本科生。

这是一次全校性的观摩教学，各学科的老师都需参加。观摩课将要开始时，语文教研组长还专门吩咐负责广播的老师，让他在广播上大声喊着："各位老师，现在请迅速到××班去听钟丽南老师的观摩课。"

教室后面坐满了老师。丽南从容不迫挥洒自如地讲着。她经过了精心准备，已经胸有成竹，因此她没有丝毫的胆怯，她那圆润清亮的嗓音，标准悦耳的普通话吸引着大家，她那刚中有柔，柔中有秀的隽美的粉笔字给人一种美感，她丰富的语文知识，富有感情的讲解和恰到好处的题外发挥都给人留下了深刻的印象。

观摩教学结束，第二天，他们组上那位资历最老，又最傲气的老师见了丽南，老远就举起一只手，跷起大拇指在赞扬她。别的老师也都啧啧称赞。

自防空洞出事后，丽南就不太理睬校长了。而观摩教学后，校长却主动找丽南，让她负责办校园里最醒目最重要的一块黑板报。另外，他原先还同意放走丽南，而观摩教学后，他却不想放走丽南了。他虽然对教学不是内行，但他听了丽南的课，觉得她的确是一位难得的好教师，放走她太可惜了。

丽南工作调动的调令区上早已下达，而校长却一直压着，压了大约有半

个多学期，直到龙孝宗又到区上去问、去催时，才知道区上早已下达了调令。

龙孝宗回到学校问校长："调令下来后为什么不通知丽南？为什么要压这么长时间？……"

校长说："学校现在不同意放她走了……"

龙孝宗问校长："你们怎能出尔反尔？以前你们既然同意了，现在就得放人！"

校长还是不同意放。

龙孝宗看校长现在态度坚决，不放丽南，他就在校长办公室里发起火来。他又是拍桌子，又是砸凳子，厉声质问着，大声吵嚷着。这吵声传到校园里，不一会儿就赶来不少老师，他们在劝解。原来老师们在丽南面前经常夸奖龙孝宗，说他脾气好，人好等，现在他们一下被他这粗暴的举动和蛮横的样子震慑住了。人，真是不可貌相！大家劝了好一会儿，才把他劝出校长办公室。

校长看到龙孝宗这一副厉害的不讲理的样子，他怕他再大闹，就只好答应放丽南走。

调离红卫中学后，丽南全家就搬到电元厂那间单身宿舍去住。婆婆睡在那张单人床上，丽南他们四人挤在那张不大的双人床上。

过了一个阶段，龙孝宗的一个弟弟要结婚，一个弟弟添了孩子，叫他母亲回去。她母亲临走时，丽南给了她几百块钱，另外，用全家人的布票给她买了条绒、平绒、华达呢等各种农村人认为是上等布的布料，买了全毛毛线，将她送上火车。

第二章

前进中学坐落在安城西郊工厂与农村的交界处。校门西面不远是一条南北方向的宽阔柏油马路。顺着这条马路向北走二三百米就可到电车站，进城是很方便的。

学校一进门是一座坐北向南的三层教学楼。出了这座楼的东门，右前侧是一座新盖的坐东向西的单面三层教学楼。楼前有一个花坛，花坛两边种着两排杨树。花坛北面是一个不大的操场。

学校周围的工厂多是化工厂，橡胶厂，水泥厂。这里的空气很污浊，空中常常有煤灰、细沙粉粒在飘荡。在院子里站一会儿，头上、身上就会落一层黑灰。化工厂时不时还放一种对人体有害的氯气，这种毒气往往呛得人喘不过气来。

学校里老师住房紧缺，住家的不多。老师们大多是两三个人住一间房，这房既是办公备课的地方，又是午休的地方。

校内这座坐东向西的新楼全是教室，每层中间有一间教师休息室。由于办公房不够用，这休息室也分给老师做办公用房。丽南到学校后，就分配住在这楼的三层那间教师休息室。同室还有一位女老师。

她从家到学校骑自行车需半个小时左右，中午她常常是在学校吃午饭。她从家里拿来了被褥，中午不回家时就在这里休息。

她去上班，穿着龙孝宗从北京买回来的当时刚时兴不久的尖领蓝涤卡两用衫，从上海买回来的黑色毛涤料子的裤子。这裤子做工精细，样式新颖、大方，丽南穿上这裤子，各个部位都极为合适。裤料的质地也的确不错，纯正的黑色面料上稍有一点亮光，给人一种光滑细腻感，裤子笔挺不打褶，裤腿中间的棱永不倒。

她穿上这蓝黑相配的笔挺的一身新潮服，显得朴素庄重，身材显得更加苗条。她在理发店理了社会上已时兴有两年的运动头，她那原来就自然卷曲蓬松的头发显得更加秀美。

学校里来了这样一位新老师，引起老师们和学生的注目。她发现，她去打水，到食堂买饭，从校园里走过，都有人在注意她，打量她。

一天，托儿所的保姆——一位农村老太婆竟然问丽南："你结婚了没有？"老婆婆提的这个问题，逗得丽南直笑。她回答说："我都两个孩子了。"保姆老太婆说："哎呀，可真看不出来！长得还这么水灵，这么稀罕人的，就两个孩子了！"

丽南到这所学校后，代高一两个班语文课。

她登上讲台，用炯炯有神的目光注视着这些陌生的学生。她朴素大方的衣着给学生一种严肃感，她的目光和神情给学生一种亲切和威严感。

她讲的第一课是鲁迅先生的《记念刘和珍君》。这是鲁迅为记念在"三一八"惨案中牺牲的学生们写的记念文章，文章本身就饱含着浓烈的感情。她在讲解课文时，站在作者所处的时代，以作者目睹惨案所激起的无比悲愤的感情为基点去讲解，用"情"去打动感染学生：

"无话可说"，是作者悲愤地说不出话，无法提笔；

"还有要说的话"，是作者要战斗，要控诉，要揭露……

她讲课的气度，铿锵有力的语调，饱含感情的话语无不吸引着学生。一些学生抖擞起精神，挺直了腰杆在听；一些学生用眼神互相示意，这老师讲得不错，要用心听；调皮的学生也停下手中玩弄的东西睁大眼睛在听。

一天下课，她回办公室时，听到楼梯口一堆学生在说，这老师像朝鲜电影中的金姬。后来竟有学生在她背后叫她金姬。

一天，一位老师看着丽南那颀长的身段，笔挺的衣裤，友好而和善地开玩笑说："丽南，你可以做商店里的模特儿了！"他说得丽南有点不好意思起来。

丽南以前就不穿大红大绿的衣服，工作以后，当了老师，她在衣服的颜色方面就更加注意，从来不穿颜色鲜艳的衣服。她的衣服不多，她花在买衣上的钱和精力太少太少，而她仅有的几件衣服却都朴素大方。

服饰，在一定程度上能体现一个人的性格、气质、道德和文化素养。衣服只是外表，好看不好看关键还在气质和智力。肚里有东西，脸上文静，穿着再朴素，也会有风度。俗话说："清水出芙蓉，天然去雕饰。"丽南从不讲究，从不打扮，从不刻意修饰自己，而她的自然美却往往是引人的。她从家属院走过，人们要注目她；骑车上班在路上，人们要回眸她；在学校里，她也是形象姣好的一位女教师。

但是，钟丽南在家庭问题上却是痛苦的。龙孝宗的缺点不断地愈来愈多地暴露出来，他和钟丽南在性格及各方面的差异愈来愈明显，愈来愈大。

他们的思想、情趣、爱好截然不同。

龙孝宗从中学到大学读的那些黄色书籍，丽南没有读过；丽南读的那些青年修养及革命小说等，龙孝宗没有读过，他们两人的思想受着两种类型书籍的影响。

一天，丽南拿出自己的札记本翻看，她顺便给龙孝宗读了两段自己喜爱的箴言，他听后说："抄那些东西有什么用？现在谁还对那些东西感兴趣？……"

对丽南所珍爱，所欣赏，所感兴趣的东西，他却漠然视之，甚至嗤之以鼻，他的思想是什么类型也就不言而喻了。

自此以后，她就很少和他交流思想，他们没有共同的语言。

对丽南丰富、美好的内心世界，他根本不了解，更不理解！·

晚上，他要么一上床挨枕就打起鼾来，要么在他生理需要的时候，不管丽南愿意不愿意，他就在她身上发泄一通。至于丽南是否得到满足，他从不关心，从不过问，发泄完，他满足了，就去呼呼大睡，而丽南却在一旁听着他的鼾声，尝着失眠的痛苦！……

丽南从小就饭量小，吃饭可以说是少而精。而龙孝宗吃饭却是多而粗。她只好服从他，每顿饭多是搞一大锅菜，尽他吃个痛快。

丽南爱干净，而龙孝宗没有这个爱好。他从不打扫卫生，不扫地拖地，丽南有时忙不过来，让他拖拖地，他就会吊起脸来，很不高兴。

　　让丽南气愤的是，他们两人拿着同样的工资，龙孝宗却只准许他给他家寄钱，丽南给自己父母一点钱，他就不高兴，就皱眉吊脸。丽南有时把母亲接到家里住些日子，他就板起脸孔，一脸的不高兴，时常还找些话柄和丽南吵架。

　　丽南想孝敬自己的父母，但既没有住房，在经济上又要受龙孝宗的限制，看他的脸色，甚至为此而吵架，这让她怎能不痛心万分！

　　丽南和龙孝宗要说没有差异的地方，就是两个人个性都犟。口角、吵架之后，丽南生气，不理睬他，他也不理睬丽南。别人是"夫妻没有过夜仇"，而他们一闹起矛盾来，少则几天互不说话，多则几个星期地打肚皮官司。

　　夫妻间闹了矛盾，如果男人能爱抚妻子，用爱去给她消气，或者用几句幽默风趣的话去打破僵局，那么哪个女人还能再生气呢？而龙孝宗却从来没有用爱抚用温情给丽南消过气，更没有一句幽默风趣的话去打破僵局。

　　在家庭问题上他们就这样针尖对麦芒般地互不相让，平日的争吵、矛盾频频发生。

　　爱情是两个相似灵魂的联盟，是一个灵欲与共的混合体；一个志趣相投，相依为命的组合；一座用共同理想搭起的桥梁。而他们两人之间灵魂既不相似，意趣又不相投，更没有共同的理想，怎么能谈上爱情呢？他们之间没有爱情，更谈不上什么激情。在他们的生活中，没有激情的冲撞，没有激情的拥抱，没有激情的相交相融。

　　丽南和龙孝宗不是同一个礼拜天，他们只有过年过节的时候才能全天在一起。按理说，过年过节这是难得的时日，他们可以在一起共同欢度节日，然而，每逢年节，他们这个家却是难以安宁和快乐的。

　　"五一"节时，丽南正在给孩子们炸丸子，龙孝宗在一旁无事干。她看家里的地板太脏，让龙孝宗拖一拖。龙孝宗显得不太高兴，也没有拿拖把。后来她又说了一遍，龙孝宗更不高兴，和丽南你一句我一句地在吵。丽南看到他那横眉竖眼的模样，怕这野蛮人再来"武"的，就放下手上的活，抱着两岁多的小儿子离家而去。白天，她和儿子在街上流浪，晚上，她不想回这个痛苦的家，只好和儿子在洗澡堂出租的更衣小房里住宿了一夜。

　　国庆节，也是家家欢聚一堂，快快乐乐的时候，而龙孝宗却因一点小事和丽南吵架，他竟生气不吃饭，在床上躺了一天半。

　　俗话说："好男不跟女斗。"男人应该有男人的度量。"宰相肚里能撑船"，说的就是男人的宽宏、大度。而龙孝宗不但脾气暴躁，而且度量也很小，往往为鸡毛蒜皮的小事就和丽南憋气、吵架。

他们仅仅是一对凑合在一起的米面夫妻！这米面夫妻如果能安稳地过日子也还好，而他们这个家有这样一个男人，就永远难以安宁、平静！

他们成了这单身宿舍楼里最爱吵架的一户，因而他们又搬了一次家，搬到家属楼。家属楼大多是一套房内有两间房，住两户人家。他们的住房在三层楼的阴面，只有十五六平方米。

搬到这家属楼后，龙孝宗和丽南的口角、争吵有增无减。住单身宿舍楼的时候，每层楼是一个长长的通道，门对门都是住家的，附近还有他们研究所的几位同志，他有时还要顾及一下面子，考虑一下影响，而搬到这家属楼，一个大门内只有两家，因而他在吵架方面可以说是无所顾忌了。

丽南忍受着精神上的痛苦每天在操持着家务。下班回来，沿途买菜，给孩子们买水果，车前挂着，车后夹着。一到家，她就脱去外面的一身衣裤，穿上在家干活的破烂衣裤，洗呀做的。那时每人每月供应半斤肉。星期天，她用一张肉票买回那半斤肉给爱吃饺子的儿子包水饺。平时，她要给一家四口人打毛衣毛裤。暑假要给孩子拆洗棉衣棉裤。孩子们的棉衣裤短了，她就给下面接一块，棉花薄的地方再续上些新棉花……

丽南和龙孝宗的书都放在一只大木箱里，木箱放在方桌下面。搬家的时候，两个孩子胡乱地翻着那些书。他们翻出了龙孝宗学生时代的照片。两个孩子看了一会儿，就嘻嘻哈哈地拿给丽南看。一张照片是一寸的半身像，相片上他的眼睛几乎是一条缝，嘴唇肥厚，嘴巴大且突，高颧骨，丽南看了这张照片，觉得他简直和历史书上第一页那古猿人的头像差不多，不过他的眼睛要比猿人的眼睛小得多。这才是龙孝宗的真面目：是那样丑陋！她想，和他见面前如果先看了他的照片，她就绝不会去和他见面的。他们第一次见面时是那么仓促，以致没有注意他的容貌、长相。

还有几张照片是龙孝宗和他班同学的合影。照片上，他裤子膝盖处的大补丁是那么醒目，这补丁绝不亚于当年凤城李有光和师大老师江文涌衣服上的大补丁。这补丁不禁使她想起了那早已成为历史的往事：李有光苦苦追了她十年，江老师由于看重她酷爱学习以及写作方面的才华，也等了她好几年，而她却因他们衣服上的那大补丁给她留下的深刻印象以致把他们放在了自己考虑的对象之外，对他们的追求给予回绝。而今，她所找的人，不但比这两

个人要穷酸得多，而且比他们丑陋得多，脾气的暴躁乖戾也是少有的，身上还有那生理缺陷，思想品质、道德修养都提不起来……再差劲的人也不会比他再差了！她想起这些，后悔也没有用了。

人生是一次不买回程票的旅行。

教育界在"文化大革命"初期的几年里是学生停课闹革命，学生起来揪斗走资派，批判老师封资修的思想，学校里乱得一塌糊涂。林彪事件后，在批林整风运动中，周总理采取一系列措施，使教育战线出现了一点好势头。1970年高等学校恢复了招生制度。而"四人帮"却把这视为"右倾回潮"，他们在积极寻找"反潮流"的典型，把斗争矛头指向周总理。

"四人帮"先后抛出了白卷英雄张铁生和五年级小学生黄帅作为表率。

张铁生是一名下乡知识青年，他想通过上大学改变自己的生活道路。在文化考查中他几乎交了白卷，眼看录取无望，他便在考卷背面抄录了事先准备好的一封信。信中一方面标榜自己"为人民忘我劳动""胜似黄牛"，一方面发泄对文化考查的极大不满。不久，报上就发表了题为《一份发人深省的答卷》的文章，编者按说，张铁生"物理化学这门课的考试似乎交了'白卷'，然而对整个大学招生的路线，交了一份颇有见解、发人深省的答卷。"这样，张铁生便成为轰动一时的人物，姚文元控制的宣传机器，大肆诬蔑文化考查是"旧高考制度的复辟"，"是对教育革命的反动""是资产阶级向无产阶级的反扑"……与此同时，江青吹捧张铁生"真了不起，是个英雄"。一时间，张铁生被称为"反潮流英雄"。

黄帅是一名小学五年级的学生，江青一伙利用她对班主任的不满，以《一个小学生的来信和日记摘抄》为题，在报上刊登了黄帅反对"师道尊严"的信和日记摘编。从此，全国掀起了对所谓"师道尊严"的批判，使已经被文化大革命严重破坏的教师威望进一步下降，正常的教学秩序难以维持。

钟丽南到前进中学不久，白卷英雄和黄帅事件就轰动起来，风靡一时。报纸上，广播上大张旗鼓地宣传和赞扬他们的"造反"行动、"反潮流精神"。这两名"英雄"成了学生学习的榜样。谁认真学习文化课，谁就是"智育第一"；谁听老师的话，谁就是小绵羊，没有造反精神……老师不敢批评、管理学生，否则遭到的就是顶撞、横眉，甚至谩骂。

一时间，"读书无用"在学生心中生根，学生哪里还有心思读书？到学校来，在课堂上，他们要做的事就是"大闹天宫"。男同学你一伙我一群，手持棍棒扫帚，你追我打，你喊我叫，热闹非凡。女同学手中拿的是钩针、毛线、羊拐，上课钩钩针，打毛线，下课玩羊拐，打扑克。学校成了他们真正的"儿童乐园"！

学校的公物遭到空前的破坏。窗玻璃没有了，门剩下了空框框，桌子腿、板凳腿扔得到处都是……

在这一片昏天盖地的混乱中，报上又登载"开门办学"是一条"教育革命的重要经验"的文章，提出要"以三大革命斗争实践为课堂""以阶级斗争为主课"。这样，学校里就更热闹了。今天，这个班扛着红旗，排着队，唱着革命歌曲，前往工厂、农村去参加"斗争实践"；明天，那个班扛着红旗，雄赳赳气昂昂地走出校门……课堂里没有多少学生了。后来，学校里进驻了工宣队，才有组织地让学生分期分批下厂下乡劳动。

报纸上还开辟专栏，对培养目标问题开展讨论：是造就具有"五敢"精神，坚持无产阶级专政的一代新人，还是培养"温良恭俭让"式的学生？是坚持"开门办学"，让学生在三大革命运动中经受锻炼，接受考验，还是满足于小课堂的"太太平平，安安静静"？……

讨论的结果是：由于教师头脑里"智育第一""师道尊严"的流毒很深，所以就看不到学生中敢于冲破资产阶级法权观念的共产主义幼芽，也不可能理解学生要求当一名社会主义新农民的精神境界，而对那些头上生"角"，身上带"刺"的学生，就会不称心，不放心。

只求"小课堂"里"太太平平"、"安安静静"，在理论上是"阶级斗争熄灭论"和主观唯心论的反映，在思想上是贪图安逸、雇佣观点的反映，在实践中只能是培养资产阶级的奴仆和造就驯服工具。因此，"安安静静""太太平平"是货真价实的资产阶级标准……

教育阵地处处埋"地雷"，划"禁区"。广大教育工作者头上套帽子，身上挨棍子，手脚戴镣铐，精神披枷锁。"四人帮"蓄意要把教师从政治上搞臭，思想上搞乱，业务上搞空，生活上搞苦，弄得校无宁日，班无宁日，人无宁日。教育事业蒙受着一场空前的浩劫！

面对着教育战线上的一片混乱，教师们对这些头上生"角"，身上长"刺"的学生，欲教不能，欲罢不忍！学生们打着红旗走出学校去了，他们就只好待在学校里"轻松"一下；学生们回到了教室，他们就又扯着嗓门，尽

量去压住下面那喧闹嘈杂的声音，去完成那一本本该完成的"教学任务"。

老师们在一起，往往互相发着感慨："家有半斗粮，不当猴儿王……"但他们已经当了"猴儿王"，又有什么法子呢？不想当，又能到哪里去呢？

那时候，当老师难，当班主任就更难。没有谁是愿意当班主任的。不要说当时没有班主任费，就是有班主任费，也没有谁愿意当。

而丽南却写了申请，她要当一名班主任，而且从初一带起。

是她厉害，能管住学生吗？是她不知道学生难管难教吗？是她愿意受学生造反的那份罪吗？……答案都是否定的。

她的这个家庭给她的痛苦太多了，太大了！龙孝宗动辄和她吵，要么他们就是整日地互不理睬，互不讲话，打肚皮官司。她准备投身于工作，用工作去解除一些家庭带给她的痛苦。

钟丽南申请当班主任的事像风一样，很快在学校里传开了。

有的老师见了她说："别人对班主任推都推不掉，你还申请，不可思议！"

有的说："文化大革命以来，申请当班主任的还从来没有听说过，你是第一个！"

……

有谁能了解她在家庭问题上的精神痛苦呢？

丽南开始当初一的班主任，那是1975年的下半年，全国各地学校都处在最乱的时候。

她每天早晨很早到校，和班上同学一起打扫教室，然后站在教室门口迎接每一位同学的到来。

学生迟到旷课，上课打闹，不守纪律，她就给他们讲邱少云烈士宁肯牺牲生命也绝不违反纪律的英雄故事；学生破坏公物，她就给他们讲雷锋节约一分钱，见了螺丝钉都要捡起来归公的优良品质；学生不学习，她就给他们讲毛泽东、列宁刻苦学习的故事……

除此之外，她还给学生讲方志敏的故事，给学生介绍《可爱的中国》一书。

丽南让学生热爱这革命者用鲜血和生命换来的祖国，珍惜这来之不易的幸福生活，让他们好好学习，将来建设祖国。她试图用激动过自己的东西去激励学生！

学生们不是冷血动物，他们毕竟还是有血有肉有感情的。他们听了丽南讲的革命故事、英雄业绩，不是无动于衷，他们受到了感染和教育，他们能"热"上那么一阵子，好上那么一些天，但过上一些时间，这些学生就又被那"乱"的洪流所席卷，所挟带，身不由己地又乱了起来！

丽南，她虽然煞费苦心，尽心竭力地教育着她的学生，但是她一个人的力量怎能抵挡住整个社会，整个潮流的趋势？

一天，吃饭的时候，龙孝宗说："我们组上分来了几个实习的工农兵大学生，其中有一个女的，二十七八岁了还没有对象。"

饭桌上，龙孝宗经常无话找上几句闲话来说，对他的话，丽南只是有心无心地听听，从不放在心上。不过，这次丽南听了他说的话后问道："实习多长时间？"龙孝宗说："半年左右。"

自此以后，过了不长时间，龙孝宗说："我们这一段时间工作忙，要加班。"以后，晚上他就经常到厂里去加班。

龙孝宗和丽南平时性生活就不多，丽南从来没有主动去找过他。自这实习的大学生来后，她发现他们的性生活就更少了，甚至几个月没有一次。

一天晚上，她要找第二天换穿的衣服，箱柜的钥匙找不见了，她去找龙孝宗要钥匙。

她来到电元厂研究所办公楼，整座楼漆黑一片，她摸黑找到龙孝宗的办公室，敲了半天门，他才开了灯来开门。

她问："你不是来加班吗，怎么黑着灯？"

龙孝宗说："我们在做仪器检测，二十四小时不能离开人。没有事，就睡了。"

他们办公室是里外套间，平时，那套间的门上不挂门帘，而现在，晚上却挂了个门帘。

丽南揭开门帘一看，里面有一张钢丝床，一个女的正穿好衣服坐在床沿上。

一切都清清楚楚，明明白白！

龙孝宗有点急了，说道："每个夜班都是两个人。她睡在里面，我们用帘子隔着。你看，我是睡在外面这条长椅子上的。我们这是工作需要，绝对不会有什么其他事的……"

丽南钥匙也没有要，扭头就走了。

第二天，她找池所长谈了这些情况。她说："我不能再和这种人生活下去了！"池所长劝道："以前，我们对这方面不太注意，男女晚上值夜班也是常有的事，他们不一定就有那种事，你也不要太在意。我给龙孝宗说说，以后男女分开值班就是了。你们还是好好过日子，不要再吵了！"

所长找龙孝宗谈了后，他回到家里还厉害异常，他嫌丽南找了所长，败坏了他的名声。丽南当然也不相让，他们互相争吵着。

平时吵了架，丽南就到学校去住，而这次，她的母亲刚来，她没有离开家。晚上睡觉她和龙孝宗背对着背，谁也不理谁。白天，各人都憋着气。

龙孝宗小组有六七名组员，两名女同志。龙孝宗靠着他惯有的手法，利用晚上加班或者出差的机会，早就和这两名女同事发生了性关系。自从他们组上来了这个工农兵学员，尤其是个大姑娘，她长相虽然不是十分出众，但家在天津，是大城市的，打扮、装束毕竟还是较为"洋"气的，龙孝宗早就垂涎三尺了。而这个工农兵大学生，据说在上山下乡中就很不干净，已和几个男友发生过性关系。

她分到龙孝宗小组实习，对龙孝宗那暗送秋波的小三角眼的浓情蜜意早就心领神会，他们很快就一拍即合，火热起来。他们大胆地不顾一切地借加班、值班，晚上在办公室里偷情。

龙孝宗在单位平时表现出的是一副极老实的模样，他的穿着也极不讲究，甚至有些邋遢。平时经常穿的是一身工作服，他见了谁都客客气气，一副笑脸。他们的同事谁也不会想到他会有这本事。

丽南把他们不正经的事告诉了池所长后，龙孝宗知道晚上他们不能再在办公室里过瘾了，但他的"馋"还没有解够，正在这时，池所长到外地出差去了，龙孝宗心生一计，他找了个工作上的借口，说要到北京出差，还要找一个帮手。他的出差请示单让另外一位领导签了字后，就迫不及待地带上这个女大学生到北京出差去了。

出差前，他毫不隐讳地告诉丽南，他出差是和那个女大学生一起去。他在丽南面前似有炫耀之意："你看不起我，有的是能看得起我的。大姑娘，大学生，我照样可以弄到手！"

丽南分明知道他单独带这个女大学生出差不会干什么好事，完全是出于兽性，但她有什么办法呢？她能扔下孩子，扔下工作去跟踪他们、去抓他们吗？他只能任他们去干那淫荡不堪的事！她也只能自己在一旁生气！谁的眼中能揉得进沙子?！不气能由人？

龙孝宗在北京待了半个多月时间，工作没有多少，而主要是带着女大学生游山玩水，然后就是在旅馆里偷偷地过他的女人瘾。

以前龙孝宗出差回来，不管怎样，都要找丽南过所谓的夫妻生活，而这次回来，他一反平日出差回来的常态，晚上睡觉不去找丽南，而是转过身去睡他的大觉。

丽南心里对这一切清清楚楚，她怎能再和这禽兽、畜生生活在一起?！她怎能受这样的凌辱?！她怎能咽下这口气?！她睡在他的身旁，看着他像猪一样在呼呼大睡，结婚后，一件件、一桩桩伤心断肠的事不由得袭上心来，捶打着她的心！结婚前他把丽南骗到手，追到手，结婚后，他的人面兽心，他的好色淫荡的本性愈来愈明显！"独木桥上容不得二人行"，丽南对这些事怎能一忍再忍？她决心和他离婚，离开这个她厌恶、憎恨、鄙视的家伙！

她往法院跑了几趟，交了"起诉书"。要求离婚的原因当然不能写是因为龙孝宗的男女关系问题，她毕竟没有正是抓住他们。她只能写两人无感情，脾性不合，经常吵架闹仗等。

接到法院传票，他们两人到了法院。办案人让他们各人谈了家庭情况和本人态度。丽南照实说了他们从结婚到现在的情况，她表示要坚决离婚。而龙孝宗却说："家庭情况不完全是这样，我不同意离婚。"

办案人听后，调解道："脾性不合，没有感情的夫妻社会上多了，有的吵架闹仗比你们这严重得多。像你们这样的情况就要离婚，那社会将成了什么样子！"他对丽南说："你丈夫不同意离婚，那这事就更不好办。"那人最后说："你们回去吧！各人都多反省反省，检查检查自己，把脾气改一改，以后不要吵架，好好过日子，不也是一个好家庭吗？像你们这情况，要离婚很难。"

丽南还想再说些什么，但是办案人已叫来了下一对，开始在谈问题了。无奈，她只好沮丧地走出法院。

出了法院，龙孝宗紧跟上丽南说："你休想离婚。至于我和那女大学生，根本没有那回事，你就别再到单位上去告了。你再闹，小心别人去告你诬陷人……"

丽南一个人径直地走了，没有理他。

她到姐姐家去，说了她要离婚的事，姐姐也是持不同意态度。

姐姐说："他长得那个样子，哪个女人能看上他、跟他搞？万一他要去搞，就让他去搞，看他能有多大本事！再说，离了婚，你的房子、孩子怎么办？一切都难着呢！就凑合过吧！现在有几家不是在凑合？……"

凑合，凑合，又是凑合！凑合，难道就是中国人的婚姻生活?!

姐姐怎能了解丽南婚后的精神痛苦？她只能这样劝丽南。

丽南又往法院跑了几趟，她对办案人说了龙孝宗和女大学生前前后后的事，同时说他们夫妻前后已有五六个月没有过夫妻生活，就这一点，就足以说明他的情况。

办案人说："这种事情没有当场抓住，就很难说清楚。"然后他劝丽南道："你们的矛盾都是些鸡毛蒜皮的小事，你丈夫不同意离婚，这种离婚根本不能给判。你还是死了心，好好过日子吧！……"

丽南花了不少时间，费了不少精力去离婚，结果只能是碰壁！她不禁想起朝阳中学那位老师的话："要离婚，除非你把法院的门槛踢烂！"

丽南又去找了几次池所长，想让他们给龙孝宗做工作，结束这痛苦的家庭生活。但他们能这样做吗？俗话说："遇官司说散，遇婚姻说合。"

所领导不但没有帮助他们离散，而且还派了小组的老方、老尚等同志来给丽南做工作。他们说："龙孝宗是个老实本分的好同志，不会干那种事。至于他在家里脾气不好，我们可以给他做工作，让他改……"

丽南找了几次所领导，所里同志都知道他们闹离婚的事，而且知道是因为他和女实习生的事。龙孝宗当然觉得这在所里有损他的脸面和人格。在丽南还在继续坚持要离婚的时候，他心生一计，用恐吓的方法来威胁丽南。他说："你已经把事情闹大了，所里的同志差不多都知道了。那实习生还是个姑娘，你这样闹，对人家影响怎样，你想过吗？幸好，她现在还不知道这些事。你如果再闹，她的带队老师就会不答应，就会反告你……"

丽南生性胆小。新中国成立后一个接一个的运动，对于她这样家庭出身的人，已经谨小慎微惯了。龙孝宗也知道她往往表面上厉害，实际上胆小的性格特点，他用这威吓的方法果然奏了效。

丽南终于死了心！一场风波就这样平息了！

对龙孝宗和那女大学生的事，他们夫妻两人心里都清清楚楚，明明白白，而且也只有他们两个最清楚，最明白。

一天，丽南忙完学校的工作，回到家天已将黑。在楼门口，她看见龙孝宗小组的老杨等在那里。老杨见了她说："刚才下班，龙孝宗在厂门口过马路时被自行车撞倒，看来伤得不轻，现在送到医院去了，你一会去看一看。"说完，他就回家吃饭去了。

丽南回到家，匆匆给孩子们做了饭，就骑车到医院去。

龙孝宗是大腿粉碎性骨折，腰部也有一些损伤。大夫说，如果不及时送往医院，很可能有生命危险，当时他的血压已降到最低点。

医院给龙孝宗进行了一些治疗，然后打了石膏。他在医院住了好长一段时间。

在这些日子里，丽南每天的生活像打仗一样紧张。一早起来，给孩子们做早点。吃了早饭，她就将加重红旗自行车从三楼扛下来（当时自行车不好买，这辆车是用单位发的自行车票买的），骑车到学校去上课。上完课她到肉店去等着买大骨头（别人告诉她，骨折后多喝骨头汤，痊愈得快）。大骨头当时很不好买，为了买到骨头，有时候要在肉店等好长时间。买了骨头，就急匆匆回家，给孩子做午饭，然后就去洗、刮、剁、煮那大骨头。熬好汤后，就将汤送到医院去。他住在医院的四楼，当她上到四楼时，已是气喘吁吁，累不可支了。

不管以前他们关系怎样，当龙孝宗有病了，她只有一个想法，给他加强营养，使他早日康复。

晚饭后，她还要到医院去一趟，看看他还需要什么。

晚上，当她扛着加重红旗车上到三楼时，已是腰酸腿疼，精疲力竭了！

幸好，那时学校因学生多，教室不够用，实行的是二部制，不然，她一天往返学校四趟，会把她累趴下的。

以前，家里闹了矛盾，丽南常到他们单位去找领导。她一出现在电元厂，他的同事就会知道他们家又闹矛盾了。龙孝宗往往会在他们同事面前把丽南贬低一通，说她脾气如何大，对他如何不好等。这次他有病，他们同事轮流看护他。他们看到丽南一趟一趟地到医院，忙累成这样，就对龙孝宗说："你爱人这个人是很不错的，对你也很好，你应该知足才是……"

丽南要忙工作，要照顾孩子，在百忙中她每天都给龙孝宗送一次骨头汤。

他的病的确康复得很快。出院后不久，就能拄着拐杖活动了，而且最后没有留下后遗症。

丽南他们住的是老式家属楼，阴面没有阳台，房里又阴又冷，洗晒东西都极不方便。龙孝宗骨折后，一个阶段不能下楼，见不上阳光。丽南到他们单位给领导说了好多好话，要求给换一间阳面房。最后终于争取到一间阳面房。这间房比原来的房稍大一点，有一个小小的阳台。一套房仍是住两户人家。对门两口都在电元厂工作，是工人，住一间半房子。

学校仍处在一片混乱之中。丽南这个"猴儿王"面对着混乱，面对着不学习的学生，她并不是听之任之，当一天和尚撞一天钟，而是竭尽全力在教育、挽救着这些正在浪费青春，虚度年华，每天只知道打闹、玩耍、破坏公物的学生。她在给他们讲学习的重要，讲纪律的重要……即使是对牛弹琴，她也要弹！

正在这个时候，传来了周总理逝世的消息。

这是 1976 年 1 月 8 日。

噩耗传来，华夏大地，炎黄儿女，沉浸在了前所未有的巨大哀痛之中。

丽南在学校召开的追悼会上，流得泪水最多，她甚至抽噎得喘不上气来，她比失去最亲的亲人还要伤心百倍！

一场巨大的哀痛刚刚平息，噩耗又接踵而至。7 月 6 日，敬爱的委员长朱德逝世。9 月 9 日，电波里又传来伟大领袖毛泽东同志逝世的消息。

一年里陨落了三颗巨星！

这后一颗星可是中国人民的主心骨啊！在当时社会极为混乱的状况下，他以他极高的威望还可以压住阵脚，他逝世了，这泱泱大国将由谁来主宰！它将走向何方？未来是什么景况？……一系列国家大事成了人人关心，街谈巷议的问题。

历史就像江河一样，尽管曲折，但是毕竟有一定的流向。

1976 年 10 月，党中央一举粉碎了"四人帮"！

黄河在欢呼，长江在歌唱，人民在雀跃！神州大地无处不欢声雷动，神州大地无处不是欢乐沸腾的海洋！

党中央向全国人民吹响了新长征的进军号！

党中央发出了在本世纪末实现四个现代化的进军令！

我们的大地，度过了阴霾蔽于一时的日子，一个艳阳朗照的历史新时期开始了！

杨柳重又轻袅着细枝，花朵重又绽开了蕾苞，春天的阳光重又暖和着亿万人民的心田！

历史的巨轮绝不会停运！

中华民族经过十年浩劫，经历了历史的阵痛，带着累累伤痕，又继续前进了！

钟丽南以极大的热情迎接这新的历史时期的到来。

在新长征的征途中，在实现四化的进程中，需要文化，需要知识，需要科学技术。她深刻地认识到培养人的工作的重要：没有最下边一层砖，万丈高楼怎么能盖得起来？

然而，"四人帮"虽然被粉碎了，但是他们在教育界的流毒还远远没有肃清，"读书无用论"仍在青少年中蔓延。

为了尽快肃清"四人帮"的流毒，为了尽快让青年学生认识到学习的重要，钟丽南拿起笔来创作了活报剧《愤怒控诉"四人帮"》。她让班上学生进行排练，在全校文艺会演时演出。

丽南从初一带的学生已升入高中，步入了青年时代。他们将是未来实现四化的主力军。看着这些生龙活虎、精力充沛的青年学生，她仿佛又回到了青年时代——那朝气蓬勃，对知识充满渴求，对未来、对理想无限向往的青年时代。她洋溢着青春的活力，燃烧着旺盛的激情，引导学生努力投入到学习中去。报上有好的文章，她就及时找来给学生读讲，进行教育。

一天，她给学生读《中国青年报》"接班人"专栏的文章《开垦你荒芜的心田》，在学生荒芜得长了十多年蓬乱的"杂草"的心田上播撒知识和道德的种子。

"五四"青年节的时候，她满怀激情地给学生读《人民日报》上的文章：

......

搞建设、搞科学并不是一件容易的事。在新的征程中，有"雪山"等着我们去登攀，有"草地"待我们去跨越，有"腊子口"需我们去攻破！沸腾的工厂，喧闹的矿山，纵横的阡陌，辽阔的田野，

延伸双臂，敞开大门，迎接向四个现代化进军的钢铁洪流。

我们这一代青年，担负着承前启后、继往开来的历史重任，我们绝不能辜负老一辈革命家的殷切期望，我们要像翱翔太空的雄鹰，搏击惊涛的海燕，不畏艰险，一往直前！

钟丽南用她的满腔热情为四化培育着一代新人。

龙孝宗腿好上班后，在一个阶段内和丽南没有怎么吵架。

母亲一直住在丽南的姐姐家。姐姐对母亲很孝顺。但母亲在那里住的时间长了，势必也有厌烦的时候，有时也有些不顺心的事。每当这时，母亲就到丽南这里住些日子。

丽南家这一间房子里仍支着一张双人床和一张单人床。婆婆在这里住的时候，他们就这么挤着住；丽南的母亲来了，他们也是这样挤着住。

丽南的母亲在这里住，龙孝宗现在虽然不敢公开表示不满，但有时他仍皱皱眉，吊吊脸，一副不高兴的模样，丽南看着他这个样子，心里就不是滋味。

这年夏天，母亲在丽南这里住。安城的夏天特别炎热，他们住在楼房的顶层，房内热得像蒸笼。母亲身体胖，她一身一身地出着汗，不停地喝着水。丽南让龙孝宗去买个西瓜回来。他骑车出去转了一圈，买了一个半生不熟的小烂瓜回来。他说："街上就没有什么卖瓜的。"丽南说："偌大的安城，怎么能没有卖瓜的？真是笑话！"为此，他们又斗起口角来。

原来，龙孝宗出去买瓜，倒不是像他说的没有什么卖瓜的，而是因为天热，瓜少，瓜价比平时贵，他怕花钱，就买了一个便宜的处理瓜回来。

母亲看到她在这里住，龙孝宗不太高兴，还常常引起他们两口吵架，因而在这里没住几天就要走。丽南一再挽留，母亲还是要走。她到乡下丽南的大嫂那里去住了。

丽南为自己，为找的这个男人，不能很好地孝敬自己的母亲，心里好难受！

丽南家隔壁住着一家姓潘的，夫妻俩都是本厂工人。他们有三个孩子，大女孩叫潘文，和宇婧差不多大。

　　姓潘的这家两口子的战争也很频繁。

　　一天，丽南在厨房做饭，听到他们在大声地吵嚷着，吼叫着。丽南对门的任嫂也在做饭，她给丽南说："这潘家的两口原来关系很好，从来不吵架，后来那男的被一个离婚女人勾上了。你没看见，那男的一天头梳得光光的，皮鞋擦得亮亮的，一到晚上，就到那女的家去。自这以后，他们两口就经常吵架。后来，女方叫了娘家人，晚上去捉奸。捉住了，又能怎么样？女方告到车间领导那，无非想让领导把他教育一番，但男的不但不听劝，反而还提出要离婚，而这女的还不同意离。这以后，男的在这方面虽然有些收敛，但偶尔还去光顾那个女人。他们的家庭战争还时不时地在爆发。"

　　任嫂絮絮叨叨地说着。丽南听了，她真不可理解，这女的对这样的男人为什么还要留恋？男方提出离婚为什么不离？

　　丽南问任嫂："那女的为什么不同意离婚？"

　　任嫂说："那男的以前对女的可好了，他又能干活，可以说是里里外外一把手。男的还会裁剪衣服，孩子们的衣服都是他做的。他还烧得一手好饭菜……女的捉他，主要是想教育他，让他回心转意，并不是想和他离婚。何况，他们已经有三个孩子……"

　　丽南想："别人不愿意离婚，不管怎样，以前还有一段恋情，有一定的感情基础，女的爱男的，这是最主要的。另外，男的能干，这也是一方面……"

　　快过年了，龙孝宗去买豆腐。买回来后说："买豆腐的人真多，队很长，我是插潘文她妈的队才买上的，不然就买不上了！"

　　听了龙孝宗的话，丽南虽然没说什么，而心里却在感激那潘家的女人。

　　那时，各家各户还没有电视，电元厂每个星期六、星期天晚上在灯光球场放映电影，五分钱一张票。

　　灯光球场周围是梯形的看台，每次演电影，球场中间和周围梯形台阶上都坐满了人，真可谓是人山人海！如果是好一点的电影，那人就更多更挤了。

　　孩子们为了占个好座位看电影，吃了晚饭就都急匆匆地拿上小板凳到灯光球场去占位子。他们往往一个人拿两个凳子，用凳子给大人占一个位子，否则大人去了，拿上凳子也没地方放。

　　龙孝宗和丽南也往往和孩子们一起去灯光球场看电影。晚饭后，孩子们先去给他们占座位。

　　潘家的孩子经常来叫宇航和宇婧一起去占座位。潘家的男人晚上是从来

不去看电影的，只有女的和三个孩子去。

两家的孩子坐在一起，他们三个大人坐在一起。起初丽南并不在意，后来她发现龙孝宗和那女的常常是眉来眼去，甚是亲热。丽南有时故意坐得离他们远一点，让他俩坐得近一些，他们也不在乎，就挤在一起，还聊个没完没了。

以后，每个礼拜六，潘家的大女儿都是早早地来叫宇婧去占座位。

龙孝宗在厂里听到的关于潘家男人在外乱搞、被捉奸等方面的情况要比丽南对门的任嫂知道得多，他早就知道这女的在家里等于守活寡。

对于丽南家两口经常吵架，那潘家女的也一清二楚。过年买豆腐时，那女的主动喊龙孝宗来插队，对她的意思龙孝宗早就有所领悟。那时候，买肉、买大带鱼要凭票，其他不少物品也是按户按量供应，只有买豆腐还不凭票。每年过年前，买豆腐要排好长的队。人们拿着篮子、盆子挤着、拥着。

龙孝宗先是插队站在潘家女人的前边，过了一会儿，他让那女的站在他的前边，他在后边，紧挨着拥着她。他下边那东西早已勃起，那女人在前边可以清楚地感受到那硬硬的东西顶着她的后臀。她的丈夫已有好长时间没有和她过夫妻生活了，现在她被龙孝宗那东西触顶着，早已醉了！她几乎要倒在他的怀里，龙孝宗几乎是抱着她往前移动。在那人的长蛇阵里，大家为了买到豆腐，男的女的老的少的，都挤成一团，簇拥着往前移动，大家都巴望着赶快买到豆腐，谁也不会注意谁。他们俩挤着抱着是正常的。

这以后，那女的就更主动地接近龙孝宗。每周六她就急不可待地指使她的女儿去叫宇婧到灯光球场占座位，以便他们亲热地在一起看电影。

灯光球场很大，能坐上万人。看电影的有本厂的有外厂的，有职工有家属，在这里碰上熟人的机会是很少的。他们挤在一起，谁也不会注意。

丽南早已看出他们之间的隐秘，周六看电影时，就借口不去了。不过，她现在碰到这种事比过去要冷静一些。她不想和他吵，她想慢慢观察，如果能抓住证据的话，离婚也就有望了。

龙孝宗腿好后，在家里好了一个阶段，现在外边有了新欢，他就好了伤疤忘了疼！

星期天的早晨，他们因为小事又斗起口角来。丽南本来心里就不畅快，加上龙孝宗那横眉竖眼的样子，她一看就够了。她只好离开这个家，否则只有气。她在街上胡乱逛荡了一天。累了坐一会儿，饿了随便吃一口。晚8点多她才拖着疲惫的身体回到家。

第二天早晨起来，她感到肚子疼，而且越来越疼。她无法去上课，龙孝宗送她到医院进行了检查，诊断为阑尾炎，医师让她住院治疗。

住院后经过一番诊断治疗，疼痛缓解了一些，但大夫建议她动手术割掉阑尾。大夫说："不动手术，这以后总是个包袱，阑尾如果穿孔，那就麻烦了，甚至会要命的。"大夫又说："阑尾手术现在是小手术，已不算什么了，手术后休息两周就可以去上班。"

提起动手术，谁心里不怕？丽南不禁想起小的时候听母亲讲述他们的大舅因得阑尾炎，手术后痛苦地死去的事，心里就更怕。不过她想："大夫的话是对的，阑尾手术现在已不算什么了，是小手术。现在已是70年代末期，医学科学的发展要比大舅那个时代先进多了。"她经过前思后虑，最后答应做手术。

她没有让龙孝宗将动手术的事告诉姐姐，她怕又要让姐姐从东郊跑西郊，在百忙中来看望，为她操劳。她想，有龙孝宗照看就行了。反正两周后就可以上班，不必再打扰麻烦姐姐了。

她让龙考宗给学校领导告了假。

丽南住的病房住着八个病人。主管病房的医师姓张，一个长着一张白净脸盘的和善的中年大夫。据病友介绍，他是主任医师，医术高超，病人动手术都愿意让他主刀。

手术前，张大夫来查房，丽南专门向他说了不少好话，恳请他亲自给她做手术，张大夫答应了。

手术做得很顺利，很好，刀口开得很小。

手术后令大夫奇怪的是，丽南的阑尾并没有发炎肿大。

原来，丽南的阑尾属于精神性阑尾炎。心理学家研究发现，精神处于高度紧张或情绪不良时，人体内的肾上腺皮质酮激素分泌量增加，可造成机体免疫功能低下，以致引发精神性阑尾炎。

丽南多日精神不畅，又在外流浪一天，怎能不得病呢？

她躺在病床上，皮肤显得更加白皙，美丽的脸庞冰清玉洁，秀眉下一双眼睛显得更大了。病房里她是最美丽动人引人注目的一个病人。

手术后，张大夫经常来查看她的病情及刀口愈合情况。

不管是大手术还是小手术，凡是动了手术，就放了人体的元气，手术后就要进行一些补养，这是人所共知的一般常识。

病房里其他病人的床头小柜上放着各种滋补食品：峰王浆，橘子汁，罐头；柜子里堆放着水果，糕点……

丽南的床头小柜上什么也没有！

医院离学校很远，老师们不知道她在哪个医院住院，无法来看望她。姐姐，她没有告知。

她原想有龙孝宗照看她就足够了，但谁能料到，在这手术后，身体恢复的关键时刻，他竟对她冷若冰霜。

丽南本来饭量就小，手术后，吃得就更少。起始几天，龙孝宗在医院的卖饭车上买饭给她吃，她吃一点就吃不下去了，过一会儿，肚子就又饿了。医院里仍是一天三顿饭。有的病人的家人拿来了煤油炉，给病人荷包两个鸡蛋或者下一碗鸡汤面，而龙孝宗非但没有给丽南做一顿饭，送一次菜，而且连一块糕点也没有给她买，更没有橘子汁一类的东西。

手术后过了几天，待丽南能下床走动，卖饭车来，她能自己买饭时，龙孝宗就去上班了。

上班后，他每天晚上 8 点钟左右到医院来看丽南一次，每次空手而来，坐在椅子上默无一言，脸是阴沉的。丽南看他这么一副模样，心里怎能好过，怎能不气？她想，与其这样，还真不如不来！

她赌气地说："没有事，你就走吧！"

他就屁股一抬，走了！

龙孝宗走后，丽南的眼泪哗哗地涌流。

她怕病友们看见，就蒙上被子，一任那悲伤的泪水尽情流淌。她想："这是什么样的男人、什么样的丈夫啊！不看在平常夫妻的分上，就是看在他腿骨折住院，我待候照顾他的分上，他也不能这样无情无义啊！这连最普通最一般的同志关系都不如！一般同事来看望病人也会送些补品的……

丽南的食品柜里什么都没有。晚上肚子饿得咕咕叫，饿得她睡不着觉。早晨起来梳头，头发大把大把地脱落。

她实在无法忍受这饥饿，才主动开口让龙孝宗去买糕点。他去买了半斤蛋糕放在这里。

她和龙孝宗拿着同样多的工资，但是她对自己的劳动所获却享受不上，尤其在这住院动手术期间，她还在饥饿中挣扎！

这不能不使她想：他这是在落井下石！

他们虽然只正式进过一次法院的大门，但平时吵架，丽南经常提到"离婚"二字，而一提"离婚"，龙孝宗非但不同意，而且还用种种毒语来威胁她。

"离婚"，在那个年代，在这块古老的土地上，太难看，太丢人，舆论压力太大了！

尤其是龙孝宗，从小就滋长着一种很强的虚荣心。

他好不容易找了这么个能给他脸上涂点光的老婆，这样的老婆传到家乡去光彩，在同事间也令人艳羡，现在如果离婚，那将是多么有损于脸面的事！即使是老婆死了，也比背上离婚之名强得多！他死也不会走离婚之路，背离婚之丑名的。

他知道丽南不爱他，知道丽南对他没有感情，他也深知丽南精神上的痛苦。有时，丽南想起自己不幸的婚姻，眼泪会不由自主地流下来，而他看到她这没有来由的眼泪，也从来不会感到惊讶，感到奇怪，他也不会问一声"为什么流泪"之类的话。对这一切他心里是清清楚楚的。

"老婆痛苦她的，只要无损我的脸面就行！"他这样想。

手术后，丽南吃得少，常常饿肚子，又没有水果、橘子汁，她数日没有大便。她给大夫说了这情况，大夫给了她一些泻药。但肛门口的大便早已秘结，怎么用力也拉不出来。最后搞得痔疮非常严重，痛苦至极！

一天晚上，龙孝宗领着小儿子到病房来看丽南。晚上，病房往往是热闹的，病友的子女、丈夫、父母来看望病人的不断。丽南看到一些病友长得很一般，而她们的子女却长得很好看，让人看了喜爱。看来，儿女像父亲的居多。

丽南出院后，龙孝宗仍然没有很好地照顾她，没有给她买什么滋补品。

厂星期六的晚上，那潘家的女儿仍是早早来叫宇婧去灯光球场占座位看电影。龙孝宗洗完碗，问丽南去不去看电影，丽南知道他和那潘家女人的关系，就不假思索地说："不去。"

龙孝宗说："那我去了。"

电影开始后，丽南揎着刀口到灯光球场去。孩子们占位子基本是固定的

老地方。她挤过人群，到那地方去窥视。只见两家的孩子们坐在一起，龙孝宗和潘家女人坐在孩子们的后面，两人挨得很紧。他们根本不是在看电影，而是在说着什么。龙孝宗时不时将脸转向那女人，脸上露出那让人恶心的笑……

度量再大的女人看了这一切，会有何感受？会怎么想？她们会无动于衷、一点气不生？……那可能只是自欺欺人之谈！

她看了一会儿他们两人的表演，实在看不下去了，就捂着刀口，挤出人群，走回家去。

她本来还想忍着，不去管他们的事，少生点气，但她怎么能够忍住？！

她的气不打一处来！动手术，这人生的大事，龙孝宗却如此对待她，以致使她在病房脸都无处放！他置她的身体健康于不顾，而心里想的又是女人，又是作乐！这能叫做丈夫、叫做"爱人"？这是比禽兽还禽兽的畜生！

看完电影，龙孝宗乐滋滋地回来了。

丽南说："这电影可真好看！"

他没吭声。

丽南说："电影上的女人再美，也没有身边的女人美！"

他仍没有吭声。

丽南说："电影上的男女情爱热乎，也没有身边的人热乎！"

他仍不吭声。他知道他所做的一切。

丽南收起了调侃的戏言，严正地说：

"你还有点人性没有？老婆坐月子的时候，你不但不好好侍候，还要给气受，现在动手术，不但没有补品，就是糕点也不给买一块，晚上饿得我肚子咕咕叫，饿得人睡不着觉，早晨梳头，头发掉一地。别人动完手术，你没有看见吗，这样的补品，那样的营养品，而你老婆却连肚子都填不饱，在挨饿，你的心肝是什么样，还用说吗？哪一个男人会像你这么残酷、无情、凶狠、毒辣？……就是一般同志也会比你强百倍，亏你还是个丈夫！你无心思照看自己的老婆，心在哪儿呢？你心里清楚。心里有了别人，对自己老婆还能好？你既然看上人家，你们就可以光明正大地好，我不但不阻拦，而且是求之不得的！只要你同意，明天就可以到法院去办手续……"

多日的愤懑，被亏待，甚至被凌辱，以及电影场中看到的情景所引发的怒火，她一股脑地在发泄着。说话多，用力气，刀口又在疼痛，她也不去顾及，只要发泄出来，心里不憋得慌就行。

龙孝宗在一旁听着，他一反常态地没有暴跳如雷，只是说："我不是给你说过了吗，我脖子上有个小疙瘩，大夫怀疑是癌，我心里忧愁，怎么有心思照顾你……"

丽南说："你的命就那么值钱！一个小疙瘩就可以置老婆于一边，不管她的死活！解放军在前线为掩护战友而牺牲生命的事迹你不是没有看过吧，相比之下，你显得多么自私、卑下，多么没有人性，没有道德良知！……"

龙孝宗感到自己理亏，就悄悄到厨房洗脸去了。丽南把憋在肚里的气宣泄出来，感到不那么憋闷难受了，也就上床去睡了。

他们仍是背对背地睡着。丽南很长时间以来，很少和他面对面地睡。他身上那有气味的地方虽然动了手术，但过了几年，就又复发了。那味虽然没有手术前那么浓烈，但也是很熏人的，尤其是到了夏天。他的口臭也很严重，令她反感。以前，他们偶尔面对面地睡觉，当他睡着后，他那大嘴巴向外喷吐着股股臭气，他的鼻管里发着响亮的鼾声，他那两个微微朝天的大而黑的鼻孔也不断向外喷射着粗气，这一切简直让她受不了！那粗大的气流冲到她的脸上、颈上，好似一股股巨大的寒流，使她全身都感到冰凉。她只好赶快掉转身去。

刚结婚那两年，龙孝宗的鼾声好像还不太严重，后来就愈来愈严重，愈来愈响亮，到后来就成雷鸣般的了！

龙孝宗向来都是挨枕就着，挨枕就鼾。他是什么心都不操的。吃饱了，喝足了，就是大睡。

他的那些毛病，早就使丽南得了严重的神经衰弱症。晚上，常常在这气味中，在这震人的鼾声中，她辗转反侧；在痛苦的失眠中，在难忍的头痛头昏中熬着一个又一个漫漫长夜……

这一晚，她把龙孝宗痛骂了一通，而上床后，没有两分钟，他就又发出了响亮的鼾声。

她怎么能睡得着觉？

她在痛苦中回想着这痛苦婚姻给她带来的一切痛苦。

精神痛苦。

和一个自己不爱的人生活在一起本来就够痛苦的了。而龙孝宗还是一个不安分的男人，她已经感到搞女人是他的一种癖好，一种瘾性的东西。而他

的所作所为，他和一个又一个女人的厮混，又都逃不过她那敏锐的目光和聪颖的头脑的分析，这使他们已不再是凑合的一对，而几乎成了仇人。这次动手术，他的表演，使她已感到他有置她于死地的念头。为了他的面子，他不会同意离婚，她被他紧紧攥在手中。有这一张结婚证在，你就别想逃出他的手掌。这更是巨大的精神痛苦！

肉体上的痛苦。

一次次被逼出家门，饥饿，寒冷，疲顿；一夜夜辗转反侧、失眠；这次得阑尾炎动手术主要是由于家庭矛盾所致，手术后在肉体上又受到这样的痛苦和摧残……

性生活对她又何尝不是痛苦！

他一上床，那东西就勃起来，而她，对他没有情，下面没有分泌物，他的那东西硬要往进插，她感到阴道口疼痛。而待他的那东西将她的兴致稍稍引发起来一些，当她想达到高潮时，他的那东西已经不行了。她尝到的只是苦，而没有甜！

没有爱，就没有吸引力；没有吸引力，就没有激情；没有激情，就很难达到那让人亢奋的至高的极乐的境界。

她对他没有爱，更没有激情。对于这一切，她只能忍，忍！她只能在痛苦中煎熬……

丽南在龙孝宗那响亮的鼾声中，在难眠的痛苦中，这样苦思着。

过了两天，他们这个家基本恢复正常。在龙孝宗礼拜天的早晨，他们一家四口围着桌子吃早饭。龙孝宗吃得快，吃完后就斜躺在床上。丽南坐在椅子上嚼着最后几口馒头。她看着两个孩子的小脸，看着他们和其父一模一样的小眼，不禁想起住院时看到病友们家属的情况，就半开玩笑半感慨地说："医院里那些病友长得一般，而他们的孩子却一个比一个长得好看、漂亮。看来，孩子像父亲的居多。咱们这两个孩子长得都像你，比起人家的差多了！"

这是开玩笑的闲话。长得不好，既成事实，谁也无法改变，她只是说一说，发发感慨，解解闷而已。

龙孝宗听后却吊着脸，从床上起来，厉声道："你说长得怎么不好看，你要多好看的，你就是不知足……"

丽南看他因这么几句话就厉害起来，而且是那么凶狠暴戾，不由得也很生气，说道："你去照照镜子，看看你是什么模样，还有脸说好看？"

龙孝宗更加厉害，手一会儿敲着桌子，一会儿指着丽南的鼻子，他的拳头又在敲击丽南的额头，并且说道："别的女人怎么都能看上我，就是你——"

他知道说漏了嘴，不说了。

丽南说："你这真是不打自招！多少个女人看上你了？你说啊！人家看上你，你就去和人家过不得了，让你离婚为什么不离？"

龙孝宗说："不离就是不离……"

他们在吵着，邻居来劝说了一番。龙孝宗到厨房收拾锅碗去了。

丽南躺在床上，无法遏止的愤慨袭击着她，泪水又在不住地涌流。在这个家里，随便说几句话，开几句玩笑，往往都会招来一场战争！这个家太让人压抑了！龙孝宗虎狼般凶恶的模样不住地在她眼前出现，那"别的女人"能看上他的话在她耳边萦绕，伤心的往事一件件涌上心头，她只觉得手脚发麻，全身痉挛，气充塞着胸口，憋闷得难以喘息。她实在无法不气！她想，再在这里待下去，就会被活活气死。

她拿了两件换洗的衣服，领上小儿子，捂着刀口，要走。

龙孝宗在拦阻着，但她一旦拿定了主意，谁也无法阻拦。她不顾自己的刀口，用力挣脱了他的手，领着儿子走了。

她来到火车站，准备到大哥家——大嫂住的农村去，母亲还在那里。

大哥家在高县高家生产队住，那里是山区，要坐几个小时火车到县城，然后再坐汽车才能到生产队。

到高县的火车倒不少，丽南和儿子坐上 10 点钟那趟火车，正好可以赶上下午两点钟的汽车。

在火车上，小儿子望着车外那田野、小河、树林、黄牛、毛驴、大马，倒是高兴异常——他是第一次坐火车，而丽南心里却在滴血，在流泪……

火车快到高县的时候，天突然下起大雨来。

车到高县，她下了火车，领儿子来到候车室。她是第一次到这里，县城的汽车站在哪里她都不知道。她询问了汽车站所在的地方。还好，汽车站离火车站不远。她领着儿子冒雨来到汽车站。候车室里人很多，她去买到高家生产队的车票。卖票人说："雨太大，路不通，今天车不开了。"

听了这话，她心里直叫苦！

她刚刚动完手术，又无营养补充，身体虚弱到不能再虚弱的地步。下了火车，她背着个不轻的背包——几件衣服和给母亲买的蛋糕、点心之类的食品，来回询问、打听，最后找到卖票处，这些路已经使她两腿发软，支撑不住了，现在还要找饭馆解决肚子问题，找旅馆住宿，这无形中给她增加了不少麻烦和困难。

小县城的汽车站很简陋，连一条让旅客休息的凳子都没有。丽南领着小儿子又来到火车站候车室，在椅子上坐下来。她已经精疲力竭，她的头在嗡嗡作响，刀口较前疼得更厉害了。

她和儿子在火车上只吃了点面包，现在已经饿得不行。时令已是 5 月末，城里的天气已经很热，她出来时穿的衣服不多。而在这山区，又逢大雨，天显得很冷。她的衣服已被雨水打湿，她冻得浑身发抖。

休息了一会儿，她让儿子坐在那里看着背包，自己捂着刀口，撑持着去找饭馆和旅店。

这小县城本来就冷清，这下雨天就更加冷清。大雨哗哗地下着，天黑沉沉地，下午 4 点钟，已像是傍晚。许多店铺已关了门。那年头，街市上只有国营饭店。县城的几个小国营饭店已关门，只有汽车站旁的大饭店还开着门。她走进饭店看了看，店里已没有什么饭菜了。身上发冷，想买碗热面条吃都没有。她只好买了两个冷馒头和一碟小菜跟儿子凑合了一顿。

县城里的小旅馆虽然便宜点，但她怕惹上虱子，就只好住在汽车站饭店上面的大旅馆。房间在三楼，一间房四张床位。她和儿子挤在一张单人床上。睡前，她把被子翻过来找虱子，找到了两个。没有办法，这里的人大多身上都有这东西，他们只好就这样睡了。

傍晚，大雨停了。

第二天早晨起来，丽南觉得腿疼，尤其在下楼时，腿膝盖简直疼得不能打弯，她几乎成了瘸子。

她原来就有关节炎，大学时治疗了一个阶段，好一些了。坐月子没有坐好，关节炎又重了，她不能长时间地站立。但她的腿从来也没有像现在这么疼过。为什么睡了一夜觉起来就成瘸子了呢？

手术后她身体本来就弱，旅馆的被褥长期不晾晒，遇上这雨天，被褥返潮，病就乘虚而入。她得了风湿性关节炎。

大哥在高县附近一个小厂的医务所工作，每个星期天回家。父亲已于两年前在这里去世。这里只有大嫂、母亲和一个上小学的女孩。

嫂子和母亲见丽南来，都很奇怪。她们问道："你不是上着班，怎么会到这里来？"

丽南告诉她们："我做了阑尾手术，出院后和龙孝宗吵了架，生气，就来了。"

丽南只是简单说她是因吵架而到这里来的，至于她在医院的情况，出院后的一些情况，她一概没有说，她怎么能让母亲为自己受到的委屈而难过呢？

大嫂是一个农村妇女，上过一两年学，大字不识几个。娘家在较远的农村。

母亲在大嫂家已住了几个月的时间了，儿女们每月都给母亲寄来生活费，姐姐每月按时寄来粮票、油票等票证。

丽南看到母亲较前瘦多了，原来花白的头发即今已全白，精神和身子骨都远不如前！

吃饭时，母亲吃着咬一口就掉渣的干硬的玉米面馍，喝着黑面粥，菜要么是去年已发芽的土豆，要么是腌的咸萝卜，偶尔炒一盘鸡蛋。

门前一片空地种有土豆、萝卜、大葱等菜，大葱已经可以吃了，其他菜还正在长。

家里养了一群鸡，喂着一头猪。每年过年，他们就把那头猪杀掉，用本地的方法将肉煮好，可放半年多的时间不坏。

丽南来到这里和他们吃着同样的饭菜。一天，她将刀口处那血迹斑斑的纱布揭开看刀口时，大嫂看见那血迹和那刀口，才动了恻隐之心，每天将鸡下的蛋给她煮上两个。

星期天大哥回来，问了丽南情况，然后劝她道："以后将脾气改一改，不要吵了，这是很伤身体的。手术后要补养，否则，元气恢复不了，身体就会很虚弱，容易得病，你的腿就是一个例子。"

大哥建议杀一只鸡给丽南吃，丽南说："算了。母鸡都在下蛋，公鸡只有一只。"

母亲坚持要把那只公鸡杀掉，丽南仍然说："算了，留着吧！"

这一天大哥做了肉烩菜，炒了几个鸡蛋，改善了一下生活。

这地方是真正的山区，出了门，就是大山、大沟。山上到处都是粗壮的核桃树，别的水果树很少。吃水要到深山沟里去挑。丽南住了那旅馆，染上

了虱子，也不能换洗衣服。

她的腿依旧很疼痛。白天，她坐在门前的小院里，在太阳下晒那两条腿的膝盖。

她在大嫂家住了将近两个星期，龙孝宗来了一封信。信上只是假惺惺地认错，然后就是叫丽南原谅他，回家去。

这里生活太苦，丽南也住够了。她决定还是回去，有什么办法呢？

母亲已经七十出头，丽南看到母亲在这里受的苦心里很不是滋味。她本该把母亲带回去，但是，她自己的家现在能否存在都是个问题，怎么好带母亲回去呢？

她只好让母亲先委屈地住在这里。

她对母亲说："我把家里事处理好后，一定接您回去。"

丽南走的时候，母亲站在院子边的高地上，目送着自己从小疼爱大的女儿，依依不舍。丽南走一步，回头看一眼母亲，她看见母亲那稀疏的白发在夏风中飘动，她看见母亲原来高直粗壮的身躯变得瘦小佝偻了，她看见母亲那永远和蔼可亲的面庞在向她微笑……她不住摆手让母亲回去，而母亲一直目送自己的女儿消失在拐弯处看不见了才慢慢走回家去。

路上，丽南恨自己没有远见，找了这样一个男人，不但害了自己，而且连孝敬父母的权利都没有。她痛心，她太痛心了！

丽南做梦也没有想到，这一别，竟是她和母亲的永别！

龙孝宗在丽南住院手术期间，就和那潘家的女人火热起来。他无心思照看丽南，晚上到丽南那里去阴沉着脸，丽南让他走，是他求之不得的。

厂研究所办公大楼的楼门钥匙他早就配了一把，有这一把钥匙在手，晚上，他不知和多少女人在办公室里偷过情。

丽南住着院，挨着饿，他却和那潘家女人在办公室里作乐，过他的女人瘾。

丽南出院后被龙孝宗气走了，这对他们互相满足、火热、过瘾是极为有利的。

那时，厂里纪律还不甚严，厂门口出出进进的人不断。等到工人都上班了，中途，龙孝宗给小组同事说一声，他到车间去办点事，然后就溜出厂门。那女的也是同样找个借口出去。他们在丽南家，锁上装有暗锁的门，放下窗帘，就都脱得精光，大胆地尽情地搞起来。

那潘家的男人虽然受了处分，但还是偷偷到那离婚女人家去厮混。他很少和自己的女人在一起过性生活。那潘家女人早已耐不住性的寂寞了，现在能和研究所的大学生抱在一起，亲亲热热，是她求之不得的。她往往抱住龙孝宗舍不得放开他。她甚至提出要和他结婚——她以为龙孝宗真的看上她了。她当然不会知道龙孝宗的本性，不知道龙孝宗只是和她们这些女工玩玩而已。龙孝宗当然不会那么傻，放弃一个比她长得好，又是个大学生的妻子，去和她这个个子矮短的女工结婚，况且她还有三个孩子。当龙孝宗听到那女人提出要结婚的事时，他总是找一些理由来拒绝她。

他们每次在一起偷情，时间不能太长，他们还要回厂里去上班。每次都是龙孝宗催那女的放开他，赶快穿衣服走。

丽南回到家，已是晚上 7 时多，龙孝宗正在房里脱掉上衣擦洗身子。见丽南回来，他脸上堆着笑容说："你那天走后，我还到处去找你，也到了火车站，但是都没有找到你。"

丽南对他只有反感、厌恶，她没有理睬他。

龙孝宗给丽南和儿子下了挂面，打了两个鸡蛋。吃完饭，丽南给儿子换了衬衣衬裤，她自己也换了一身。她告诉龙孝宗说："这些衣服上都有虱子，需要用开水烫洗。"龙孝宗把他们换下来的衣裤拿到厨房去烫洗。她实在疲惫不堪，就和儿子早早上床睡了。

丽南回来后本想到法院和龙孝宗彻底断关系，但是她的身体非常虚弱，腿疼的程度有增无减，到医院看病往往都难以支撑，她哪里有力气去跑法院？

她到医院看病，抽血化验，确诊为"类风湿性关节炎"，另外，严重贫血。她无法去上班，让大夫开了两周假，这样，就到暑假了。

她一天出入于医院，喝着医院配制的专治"类风湿"病的苦药汤。儿子也说腿有点疼，她给儿子也少量喝一点这种药。

暑假的一天，丽南晚饭后胃疼得难以忍受。龙孝宗把她送到医院，打了针，仍不管用，她只好住院。

在医院里，大夫用各种方法都止不住她的疼痛，她疼得喊天呼地，在床上打滚，她只想死去，这疼痛她实在无法忍受！几个大夫会诊，一个老大夫说，可能是"胆道蛔虫"。主治医师批准给她注射吗啡。打了这针，她才安静

地睡去。

经过了几天的折腾和治疗，疼痛总算止住了。出院后，她经常感到胃部不适，腹胀，每顿饭吃得更少了。

长期的神经衰弱、失眠，加之贫血，她的头经常疼痛不止，到医院检查，诊断为"三叉神经痛"。她又得往医院跑，进行针灸和其他一些方法的治疗。

开学后的一天，丽南向校医务室的大夫要了安眠药和治腹胀的药。校医是新来的，医术不高，给丽南开的剂量很大。她吃了药，第二天就出现严重的过敏症，嘴唇肿胀且变成黑紫色，大腿上出现大片黑紫色的斑块。过了些天，身上又出现了一些白斑……

各种疾病向钟丽南袭来！

动了手术，元气没有补上来，还受了那么多折磨，得了这么多疾病，钟丽南，她就像霜打了的庄稼——蔫了！她身体极度虚弱，疾病使她处在痛苦中，她的面容随之也苍老了许多：皮肤由白皙变成蜡黄，没有了原来的光泽；一头秀发稀疏干枯没有了光亮；额头出现了几条明显的线条，嘴唇由红色变成了紫黑色。变化最大的是眼睛：眼角已开始下垂，眼睑下出现了一道深深的弧形凹线——眼袋已极明显，眼睛周围出现了不少密密的细小皱纹，眼角处的皱纹就更深更明显了……

刚到前进中学，那保姆老太还问丽南结婚了没有，虽然问得有点怪诞，但说明当时丽南的年轻和风韵。而现在，只有四五年时间，她却几乎变成了另一个人，像一个五十岁上下的人了！

她怎么也不会想到，这小小的手术，会给她带来这么大的灾难和变化！

一朵原来美丽的花被无情地摧残、损害着！

一位哲人说："自己心灵不美的人就无法真正认识美和欣赏美。"

龙孝宗这种人，怎么能认识和欣赏丽南那无比丰厚和美丽的内在美及外在美?！

一位杂文作家说："不被欣赏是一种剥了皮而又不准流血的凄凉悲剧。妻子不被欣赏，谓之红颜薄命，谓之一朵鲜花插到牛粪上；丈夫不被欣赏，谓之窝窝囊囊，谓之一堆狗屎倾倒山珍海味上。"

丽南只好承认自己是"红颜薄命"了。至于龙孝宗，丽南欣赏他什么呢？他口口声声标榜自己是"技术骨干"，但是他什么也干不了，什么也不会干，行当内的不会修理敲打，行当外的就更不会了，甚至连自行车上的螺钉也不会拧。平时不见他翻动一页书本，他的能耐本事就可想而知了。他的乐趣，他的本事全在女人身上，丽南只能欣赏他的这一特长了。

这位作家又说："首先我要说的是，男女之间的婚姻最好门当户对，这种门当户对，不是说男的老爹当部长，女的老爹一定要当大使，那是权势金钱上的门当户对。我们指的是气质上的，生活方式上的，知识水准上的，和性格上的门当户对。"

丽南和龙孝宗两人在哪一方面能"门当户对"呢？

权势金钱方面就不用说了。在那个年代里，龙孝宗出身于"贫下中农"是她首选的一个条件，她还哪敢奢望"门当户对"？至于作家指出的后面的那真正的门当户对，他们更是相差甚远，大相径庭，他们是截然两种不同的人生观，两种不同的生活态度。

丽南从高县大哥家回来后，身体状况一直很糟，她几乎整天出入于医院，看病，吃药治疗，她把接母亲回安城的事只好先放在一边。

一天，她接到大哥的电报说母亲得了脑出血，生命在垂危中，让速去。

丽南到学校请了假。当时龙孝宗还出差在外地，她把两个孩子托付给对门邻居，就匆匆前往高县。

当丽南回到母亲身边时，母亲已僵直地躺在床板上，她再也不会睁开眼睛看她女儿一眼了！

丽南在母亲的床前哭得死去活来，她后悔夏天来时没有接母亲一同回安城，她后悔自己对母亲回报得太少太少，她想着要让母亲享上两天清福，但还没有办到，她感到她要给母亲做的事还有很多很多……这一切都无法挽回，都无法办到了。她再哭，也哭不回一个疼爱她的和蔼可亲善良勤劳为儿女们操劳了一生，奉献了全部母爱的伟大而平凡的母亲了！

后悔、后悔，内疚、内疚，遗憾、遗憾……一切都无法挽回，无法挽回了啊！

"母亲啊，女儿在您面前是一个罪人！"

"母亲啊，女儿对不住您！"

"母亲啊，您能饶恕您的女儿吗？"

……

丽南的母亲就这样走了！

　　母亲是这年年底，一场大雪后，上厕所时滑了一跤，摔倒在地，得了脑出血而去世的。

　　母亲和父亲合葬在一起。在一个山坡下，那里没有别的坟茔，只有他们孤零零的两个人。

　　父亲和母亲原来生活在天津、沈阳、哈尔滨以及安城那样的大城市，而死后，却葬于这荒山野岭之中！

　　丽南对母亲的去世的确是非常痛心的。

　　母亲的一生是苦过来的一生。新中国成立前，整天为父亲开的织布工厂操劳，好不容易赚了点钱，却让土匪抢劫一空。解放初，父亲学做生意，把家底几乎赔光，母亲靠给别人倒线度日。待到丽南的大哥和姐姐工作后，父亲也回到母亲身边，开了诊所，日子刚刚好过一些，却开始了反右斗争，父亲和大哥都受到冲击和牵连，家里经济又拮据了。接着是三年自然灾害，过着喝粥咽菜的生活。待到丽南快要大学毕业，她一心想着毕业后要来孝敬父母时，却开始了"文化大革命"，家被抄，父被斗，她的毕业、分配、工作都遥遥无期。她不但不能挣工资孝敬二老，还得让家人养她。等到她二十五六岁拿到实习生那几十元工资的时候，接踵而至的是结婚、生子。跟着龙孝宗，要房无房，要钱无钱，他的农村老家是个填不满的坑，不断地要钱，不断地资助，丽南每次去看望二老，只能买些糕点之类的食品，给父母少量的生活费。她想接二老到自己的身旁，尽一番孝心，却没有这样的条件。父亲去世后，她把母亲接来住些日子，龙孝宗就和她吵架闹仗。母亲怎能安心在这里住？让母亲过上两天舒心日子，好好孝敬孝敬母亲，一直是埋在她心底的夙愿，而这夙愿还没有实现，母亲就离她而去了，永远地去了，她怎能不悲痛万分，怎能不悔恨，不深深地歉疚呢？

　　丽南从二老的去世又想到房子问题。新中国成立前他们家那一大院瓦房如果不卖，二老有个自己的窝，他们老了，就不会像现在这样东颠西簸，到这个女儿处住几天，到那个儿子处住几日，他们的生活就会安定，两个人相依为命。那样，他们一定会多活几年，不会这么早的离开人世，女儿也会有个娘家可回。如果那房不卖，父母有家，她和龙孝宗闹矛盾后也不至于到处流浪，她可以回到娘家。如果那样，说不定离婚也能办到。现在无房，闹了矛盾，在外流浪、受罪，最后还得回到这一间房中来，想离婚都办不到！

　　父母当初卖掉房子，是他们人生的一大失误！

父母双双离开了人世，丽南虽然有哥有姐，但没有了父母，她总感到心灵上是异常孤寂的，仿佛在茫茫的大海上，她将要一个人去浮游；在漫漫人生路上，她将要一个人去跋涉似的。

父亲刚去世时，她就感到一种人生的巨大悲凉！当她在灯光球场看电影时，她看到银幕上的演员那么欢乐、愉悦，屏幕前那黑压压的观众看得是那么津津有味，乐在其中时，她不禁想到父亲，他原来也是一个活生生的人，而现在却躺在那荒山的土洞里，他的血肉之躯在一点一点地腐烂、消融，最终化为泥土！一种悲哀不禁袭来。现在母亲也躺在了那土洞里，那血肉之躯也在消融着……这就是人生！

丽南虽然还未到不惑之年，但父母的去世，使她对人生有了更深沉的体味。

生老病死，这是不可抗拒的自然规律！

埋葬了母亲，回到家中，她在好长一段时间内心情都是沉重的。

那潘家的阳台和丽南家的阳台是紧挨着的，他们是紧隔壁。他们这两家的家庭战争，几乎是此起彼伏。

潘家男人现在虽不是天天晚上出去，但也是很不安分的。隔三差五他就偷偷到那女人家去一次，回来，就得遭受妻子的一通吵骂。他们吵架似乎在清晨的时候多。或许是男的晚上回来太晚，女地睡着了，一早起来她要大骂一通；或许那男的晚上总是冷落她，早晨起来要大吵。总之，他们的吵声，他们的战争，似乎比丽南家这边还要来得激烈、频繁。丽南有时在阳台上听到那女的尖声利嗓地在骂着，非常厉害，往往把男的骂得狗血喷头。

厂礼拜六，潘家的女儿有时还来叫宇婧去占座位、看电影，宇婧已经十岁，也懂事了。她知道家里吵架往往是因为看电影引起的，她不再和她们一起去了，不再坐在一起。

每当丽南想起母亲之死，想到龙孝宗结婚后的所作所为，想到现在他和这潘家女人的勾勾搭搭，心里不能不气！她有时不由得发泄两句牢骚，说他几句，而他往往不愿听，就和丽南吵起来。

不过他毕竟是个"知识分子"，他还要顾及脸面，他不能像潘家男人那么大胆地无所顾忌地去和女人勾搭。尤其那次那女大学生事件，丽南和他进了法院，在他们单位已经搞得沸沸扬扬，几乎人人皆知后，他想，如果和这潘

家女人之事再要闹出去，可是有损脸面的。当丽南看出他们之间的一些隐秘之后，为了堵丽南的口，他竟心生一计。

他和丽南的避孕方法一直是用避孕套。偶尔没有避孕套时，他就体外排精。怀宇航时，他们并不想要孩子，避孕方面也很注意，但不知怎么就怀上了。现在，龙孝宗为了报复丽南，在一次性生活中，他竟戴了一个破避孕套，让她怀了孕。

丽南问他："这是怎么回事？怎么能怀上孕？"

他气冲冲地说："问你自己去吧！"

她觉得这中间很奇怪，她疑惑不解地想："怎么能够怀上呢？"

这孩子当然不能要。两个孩子对他们来说已够使人狼狈的了，加上他们关系一直这么糟，就更不能要这第三个孩子。

她做了人工流产。

人工流产完回到家，龙孝宗给她做的第一顿饭就是青菜汤面条，里面再没有任何内容。更令她生气的是，龙孝宗竟说这孩子不是他的。她听了这话，简直气得全身发抖。她想不到他会来这一招！

她和龙孝宗结婚后，很快就有了这两个孩子。为了孩子，她忙完工作就匆匆回家忙家务。为了这个家，她从来没有一个人出去看过一场电影，没有看过一场歌舞或话剧。她和高中、大学的同学没有往来，她和同事都是一般关系，她家的住处没有同事知道。以前母亲在她这里住时，家里偶尔来的只有唯一的一位客人——曹树德，他的母亲和丽南的母亲曾是邻居，又都是基督教徒，故他有时来看望一下丽南的母亲。母亲去世后，他就没有再来了。

有人说：婚姻就像一个巨大的栅栏，总是一下子就将你与外界隔绝了。

丽南结婚后，就是这样一个与世隔绝的人，她一天只在两点一线上跑——学校、家庭，没有任何娱乐活动，没有和任何人交往。然而就是这样，龙孝宗也竟能说出此等话来，她能不气得半死?!

丽南刚刚流产，要注意身体，注意休息，而龙孝宗却如此无理、蛮横，他又在落井下石！当天晚上她就到池所长家里去，说了龙孝宗对她的这恶劣态度和做法。池所长也很生气，第二天他劝说了龙孝宗一番。龙孝宗回到家不但不好好对待她，反倒和她大吵一通并动手打了她——他又忘了克制他那从小爱打架的习。丽南的眼睛差一点被他打瞎，左眼角内的眼白部分被打出一块红斑来。

她再也无法忍受这一切！这一天，下着大雨，她冒雨到姐姐家去了。

姐夫早已由外县电厂调到安城电业局工作。丽南到姐姐家时，姐夫出差去了，家里只有姐姐和两个孩子。

姐姐让丽南在她家里住下来，一方面调养身体，一方面不断地劝丽南，要她遇事冷静，不要冲动。姐姐说："既然你分析他有害你之心，那他气你，你就不要去生那个气，不要去上他的当。就像上次手术，就不应离开家出去。你那样做，正中他的计，给他办了好事，而使自己身体吃那么大的亏。况且他也不一定有害你之心，他在外边也不一定就有野女人。我看他那个样子，很难有女人愿意跟他搞。即使有野女人，就随他去，看他有多大本事。离婚很难，离了婚，孩子、房子怎么办？都是问题。以后你少说他两句，少理睬他，有这个男人就当没这个男人，凑合着过算了……"

自丽南结婚后，和龙孝宗经常处在家庭矛盾冲突和吵闹中，姐姐经常给他们调解，为他们的事姐姐不知费了多少心血和时间。上次动手术，丽南没有告诉姐姐，姐姐知道后，埋怨了丽南一通，说道："这么大的事，怎么能不告诉我？如果当初告诉我，身体也就不会搞成这个样子……"

不过，每次闹矛盾，当丽南提出要离婚时，姐姐都是不同意，总是让他们凑合着过。那个时代，离婚，对自己不但不光彩，而且对亲人也同样是不光彩的。

她在姐姐家住了两个礼拜，该上班了。姐姐虽然劝说了她一整，但她怎能一而再再而三地无端地接受他的拳头？她怎能再这样痛苦下去？她又一次下决心和这个黑心肝的家伙离婚。

前面提到的那位杂文作家说："'不禁止离婚有其积极的意义。'配偶是'人'，不是'物'，即令是物，一双太窄的漂亮鞋子，穿起来磨得血流如注，燎泡密布，寸步难行，天下就只有这一双，人们也宁可光脚丫……"

离婚虽难，但丽南准备去攻克这一"难关"。

她要撕掉这空有其名的家庭这块美丽的面纱，她要脱掉这夹脚的漂亮的婚姻鞋子，她宁愿一个人光脚丫向前赶路……

丽南离开姐姐家，回到自己家拿了几件换洗的衣服，腋下夹着一个小薄褥子就到学校去了。

她仍在那座教学楼三楼的教师休息室里办公。白天她可以在这里安静地备课、办公，晚上可以住在这里。她准备和龙孝宗彻底断绝关系。

楼上没有水管，没有厕所，这是很不方便的。丽南有两个热水瓶，她一早一晚去打两壶开水，一天的用水就够了。吃饭问题还不算大，楼下不远处是学校食堂，伙食虽不好，但还可以凑合。

晚上，整座大楼就她这一扇窗口亮着灯光，太醒目了。她把房门的插销插好，又顶上一根棍。她害怕有坏人来。当她洗完脸洗完脚，开门倒水的时候，心在咚咚地跳。她把水往走廊上一泼，赶快回房关好门，顶上棍。

她给法院交了起诉书，要求离婚。

但是法院办案人员仍是在调解，她苦苦哀求也无济于事。

龙孝宗小组的同志看丽南态度很坚决，很难被劝回家去，家庭矛盾一直在僵持着，他们想出一个办法，即让龙孝宗去出差，这样丽南就可回家照看两个孩子，同时在这一阶段也可消消她的气。

事情就这样定了。龙孝宗到北京去出差，丽南每天回家照看两个孩子。

第三章

　　20世纪80年代，被称为中华民族第二次革命的改革开放，在古老的华夏大地上开始了。这是中华民族经过百年离乱、百年屈辱、百年探索后作出的清醒抉择。中国共产党人抓住历史给予中华民族的最后机会，抛弃僵化的思维模式，率领中国人民"在未经探索和绘图的水域开始了航行"。

　　以前，各种人为的桎梏束缚着人们的主观能动性，每个人好像被定死在社会构成的固定的坐标系上的一架架呆板的机器，谁也别想同社会赐予你的命运较量。而现在，一些工人辞了职，到市场上去倒腾货物；一些农民离开了多年耕种的土地，到外地去打工；一些知识分子也跃跃欲试，想到深圳、珠海等开发区去一展风采，获取优厚的俸禄……

　　外面的世界发生着翻天覆地的变化，中国人的灵魂受着强烈的冲击、震荡，发生着裂变、重构。

　　钟丽南何尝不想到外面去闯荡，何尝不想改变自己的生活模式，尤其是离开这个痛苦的家！然而她是一名教师，要气力没气力，要技术没技术，何况她还有两个正在成长中的孩子，她要抚养他们，培育他们，她只能安分守己地在这个工作岗位上工作。

　　她虽然快四十岁了，但她对"青年""青春""生命"等青年时期曾热衷的问题依然很感兴趣。

一天，她看到《中国青年》杂志上刊登了《人生的意义究竟是什么?》的讨论题。前边"编者的话"写道:

我们在研究青年，青年在研究社会、人生。

青年们常有这样的体验:当他认为他所坚信和追求的东西突然失去的时候，当光阴的流逝使他痛感自己碌碌无为的时候，当因某种情景使他回首往事的时候，一个严肃的问题就会像逼使着自己的法官那样出现在面前:人生的意义究竟是什么?

这个老问题又被提出来了吗? 对，又被提出来了! 但它却带有80年代的特定的内容。

像潘明一样，他们原来也真诚地相信世间一切都是美好的，真诚地愿意为革命为信仰献身。然而十年动乱冲毁了这一切:理想与现实竟有这样惊人的距离，人生的旅程竟是这样艰辛，人生的目的竟又是这样模糊，把握不住! 他们彷徨、苦闷……

但他们不愿走向虚无，而是在探索，艰苦地探索!
……

这里，我们把潘明给编辑部的信发表出来，让青年们讨论，在讨论中，潘明同志和更多的青年，会在各自不同的人生道路上，找到指引自己前进的路标!

编者的话一下子吸引住了丽南。人生的意义，生命的价值，不正是她孜孜追求的吗? 十年动乱无情地摧毁了她的理想，中断了她的追求，她在痛苦中磨灭了自己的理想。从此，她只好甘当一个庸人，任时间白白流逝，任年华无声无息地消逝。当她回首往事时，只能是无限感慨，万端遗憾。现在，当她读着这"编者的话"时，她觉得无比亲切，她感到说的就是自己的思想和经历，她迫不及待地去读潘明给编辑部的那封信:

人生的路啊，怎么越走越窄……

编辑同志:

　　我今年二十三岁，应该说才刚刚走向生活，可人生的一切奥秘和吸引力对我已经不复存在，我似乎已经走到了它的尽头。反顾我走过来的路，是一段由紫色到灰白的历程；一段由希望到失望、绝望的历程；一段思想的长河起于无私的源头而最终以自我为归宿的历程。

　　过去，我对人生充满了美好的憧憬和幻想。小学的时候，我就听人讲过《钢铁是怎样炼成的》和《雷锋日记》。虽然还不能完全领会，但英雄的事迹也激动得我一夜一夜睡不着觉。我还曾把保尔关于人生意义那段著名的话工工整整地抄在日记本的第一页。这段话曾给我多少鼓励呀！……

　　可是，我也常隐隐感到一种痛苦，这就是，我眼睛所看到的事实总是和头脑里所接受的教育形成尖锐的矛盾。我进入小学不久，"文化大革命"就开始了，尔后愈演愈烈。我目睹了抄家、武斗、草菅人命等等一些现象，我有些迷茫，我开始感到周围世界并不像以前看过的书里所描绘的那样诱人。我问自己，是相信书本还是相信眼睛，是相信师长还是相信自己呢？我很矛盾……

　　　　……

　　编辑同志，我在非常苦恼的情况下给你们写了这封信。我把这些都披露出来，并不是打算从你们那里得到什么良方妙药。如果你们敢于发表它，我倒愿意让全国的青年看看。我相信青年们的心是相通的，也许我能从他们那里得到帮助。

　　读完潘明的长信，丽南觉得潘明的经历和自己青年时代的经历何其相似！从相信那样的说教，到追求人生的意义，生命的价值，到理想的破灭，以致彷徨、苦闷……这封信勾起了她对往事的多少回忆！她一口气将这封信读了好几遍，在诸多方面她都和潘明的观点发生着共鸣。读着信，她的眼泪常常会不由自主地滚落下来。

　　丽南对这次"人生意义"的讨论给予了极大的关注，杂志上关于这方面讨论的文章，几乎篇篇她都去认真阅读。

有文道:"潘明同志用自己曲折的经历和深沉的思考很有分量地提出了'人生的意义'这个问题……这个问题的提出,将触动当代中国青年灵魂中最敏感的那一根神经。"

有文道:"潘明同志对人生的理解和探索是较为深刻的。探索本身就表现了对于社会理想的追求,所有苦恼都是因为这种追求才显露出来的……我在想,如果全国的青年都像潘明那样来有意识地探索人生,那该是一个多么充满活力、鼓舞人心的局面啊!"

……

与此同时,《中国青年报》也开展了"怎样认识人生的意义?怎样找到前进的路标?"的讨论。《让革命的信仰重新回到我们心中》《不要熄灭心中的灯火》《扬起生活的风帆》等不少文章都使丽南激动不已。

对这场讨论,《中国青年》杂志在"编后"中写道:"潘明的信,人生意义的讨论,在青年中引起强烈的反响。'一石激起千层浪',潘明的信在团员、青年、干部和教师中飞快地传阅,'像一颗无形的炸弹',震撼着每一个青年人的心……"

这场讨论,岂止是震撼着青年人的心?钟丽南——这颗中年人的心也深深地被震撼着。

丽南最初形成的精神支柱早已崩决,理想的冰山早已融化。此刻,她读着这一篇篇激情奔放的文章,那早已凝结了血液仿佛化作一股股暖流涌进她的大脑,冲动着她麻木已久的一根根神经,青年时代的理想又在她心中骚动起来,复苏起来。这些文章像战鼓,似号角,催她重新踏上前进的征程!

人生竟是这么微妙,这么变幻莫测;时间竟是这么匆匆,这么无情地流逝!

学生时代的一切还历历在目,仿佛就在昨天,而转眼,丽南已近不惑之年。一场"文化大革命",十多年时间就这样在不知不觉之中白白流逝。本该是大干的时候,而日子却只能在平淡与痛苦中度过。这场史无前例的革命过去了,它给丽南带来的、留下的只有这个痛苦的家,其他的一切都化为乌有。

过去属于死神,未来属于自己。

过去的已经过去,无法挽回。"未来属于自己"。她准备重新扬起生活的风帆,充实自己的生命。她要在铸造人的灵魂的工作中默默奉献自己的力量,实现人生的价值。

教师，被尊称为人类灵魂的工程师。在我们社会主义国家里，教师肩负着用无产阶级思想去铸造下一代人的灵魂，把他们培养成为有理想，有道德，有文化，守纪律的社会主义新人的使命。要完成这一使命，语文教师的重任是首屈一指的。语文课是做人、做学问的基础课，中华民族文化的精华表现在语文材料中的数量最多、最集中。

钟丽南是语文教师，她深刻认识到社会主义现代化建设所需要的数以万计的人才都要起步于语文学习。语文知识是人类大厦的最底层，对整个大厦的建设起着基石的作用。为了让学生学好语文，继承我们民族优秀的文化遗产，她在开学的第一节语文课上，总要给学生讲学习语文的重要，学习语文的方法，讲中华民族有着古老的悠久的灿烂的文化宝库，激发学生的学习热情。

高中阶段是学生人生观、世界观形成的重要时期。在这个时期里，他们追求什么，关心什么，怎样生活，怎样劳动，都直接关系着他们今后成长发展的道路。在人生的旅途中应该树立什么样的奋斗目标，有怎样的理想等问题，都需要有人对他们进行积极的引导和教育。使他们对人生有一个正确的认识，树立起一个正确的生活目的，这将对他们的一生都是极为重要的。

语文课本中绝大部分课文都是从古今中外浩如烟海的名人佳作中精选出来的文质兼美的范文。这些文章，无不与它们深刻的主题和闪光的思想紧密相关。丽南讲课时坚持文道结合，既教授语文知识，又不失时机地对学生进行思想教育。

讲鲁迅作品，她往往满怀激情地突出作品中鲁迅那不断追求真理，探索救国救民之路的爱国情怀，突出鲁迅那伟大的人格和顽强的战斗精神，让鲁迅这个从青少年时代起就把拯救苦难的中华民族作为自己理想的爱国者的形象高高矗立在学生心中，成为他们学习的楷模。

语文课本中还有不少课文是描写歌颂民族英雄和仁人志士的。文天祥心系南宋、冒死南归以解救国难的一片忠贞爱国情；史可法慷慨死难，忠贞爱国的崇高气节；屈原"虽放流，眷顾楚国，系心怀王，不忘欲返"的爱国情操；谭嗣同以死来殉变法事业和为国昌盛而勇于牺牲的浩然正气……丽南让这一个个爱国者的形象去感染打动学生，激发他们的爱国热情和民族自尊心。

课堂上，她往往用曾经激励教育过自己的警句、格言等来激励、教育

学生：

"年轻的朋友，你既已踏上人生的道路，你就要严肃地考虑你究竟是抱着什么样的生活目的，因为它将主宰你一生的行为，并将从'人'的价值对你短促的一生作出严峻的结论。"

她把"主宰"，把引号的"人"，"严峻"这些有分量的词语写在黑板上加以强调。学生一个个瞪大眼睛看着黑板上的词语，听着她那铿锵有力，充满激情而又深沉严肃的讲解，一颗颗稚嫩的心受到震颤，得到启迪。

"判别一个人的价值，并不是看他从世界上取得了什么，而是看他对世界拿出了什么。"

"在浩瀚的生活海洋里，你的船头指向哪里；在战斗的长空里，你的机翼扑向何方？这是最重要的东西。"

……

丽南用她对生活的热情影响着学生，用积极向上的人生观教育着学生。

一个礼拜天的下午，丽南在家正给孩子包饺子，龙孝宗从北京出差回来了。他放下背包，笑着向丽南打招呼道："在包饺子啊！"丽南没有吭声。他接着说："我到厨房去洗洗手，擦把脸，咱们一块包。"

他洗完手，帮丽南擀饺子皮。饺子馅已剩不多了，她准备包完饺子就回学校去。她绝不再和这个蛮横之人同床，她要用这样的方法离婚。

龙孝宗一边擀着饺子皮一边说着在北京的见闻。什么市场多热闹，商店多繁华，服装的款式、品种、颜色多新颖、繁多、艳丽。他还说："我给你买了一件花衬衣，花色很好看，价钱也不贵，才七块钱，你保准满意。"

丽南一边急匆匆地包着饺子，一边想着自己该拿些什么东西到学校去。尽管龙孝宗兴致勃勃地说着，她却没心思去听。

两个孩子在厂子校上学还没有回来。

包完饺子，丽南拿了两件换洗的衣服准备走，龙孝宗一把拉住她，苦苦哀求道："丽南，我求你了，不要再生气了，都是我不对，我该死，我脾气太躁了！有时，我也不知道为什么控制不住自己，就动了手。现在，你打我吧！"说着，他把脸抬得高高的，让丽南打。丽南说："我打你，还怕手疼！"龙孝宗说："你不打，那我来打，好吧！"说罢，他真的用拳头在自己头上击了几下，然后说："丽南，咱们和好吧！以后我再不会这样了，相信我会改的，我是爱你的。以后咱们再不要闹了，我保证不再发火。丽南，相信我吧！……"说完一席话后，他把门插上，把丽南抱到床上，按倒在他的身下，一边亲吻着，一边用手解着丽南的衣扣。丽南像要被人强奸似的，在拼命挣扎着。他吻她的左脸，她把脸转向右侧，他吻她的右脸，她把脸转向左侧。她用力按着自己的衣裤，不让龙孝宗扒掉。她嘴里嚷着："你要干啥？你放自尊些，不要这么没皮没脸！咱们的关系已经快要结束了，你休想再用这一套来达到你的目的……"

她在龙孝宗的身下挣扎着。但是，她的力气哪里有他的力气大呢？她虽然尽力捂着自己的衣服，拉着自己的裤子，但是不一会儿，就全被龙孝宗给扒光了……

他们并排躺在床上。

龙孝宗说："丽南，咱们的孩子也不小了，以后咱们应该把精力放在培养孩子上。粉碎"四人帮"后，恢复了高考制度，现在又有了重点中学。宇婧明年就要考中学，考上了重点中学，将来才有希望考上大学……"

她在一边听着，不想说话，更不想和他对话。

他看丽南不说话，就继续说："经过了"文革"，咱们这一代人算是完了，没有多大希望多大奔头了，以后，只能把希望放在孩子身上，让他们考上大学，将来能有所作为，有出息一些，不要像我们这样，活得窝窝囊囊……"

快到孩子放学的时候，他说："我去打开炉子烧水，孩子们回来就下饺子。"

丽南躺在床上不想动。她心里很乱，她后悔刚才自己的举动。她想："让他害得吃了那么多的苦，受了那么大的罪，费了那么多的时，现在，难道又被他这几句蜜语所哄骗，被征服，又一次屈从他吗？为了这一时的痛快，将来却永远痛苦，永远得不到解脱，这怎么行呢？如果坚持分居，说不定法院还是会给判的……"她思想在斗争着。不过，她还是决计要走。龙孝宗的话已经在她心中失去了作用，她不能再相信他了。至于孩子，她一个人也能培养。

不一会，两个孩子相继回来，龙孝宗让他们洗了手，就把煮好的饺子端来。他让丽南起来和孩子们一起吃饺子。

他们四人围着桌子吃着团圆饭。

宇航最爱吃饺子，他一边吃一边说："真香啊！"丽南看着这两个孩子，

她要离开这个家，要离婚的决心似乎有所动摇。但是当她一想到龙孝宗的蛮横、暴躁的脾气和他那不规的行为，就不能容忍，就又坚定了离婚的决心。

吃完饺子，两个孩子在灯下写作业。丽南趁龙孝宗上厕所，悄悄拿了提兜要走。两个孩子很敏感，他们知道母亲要走，就拽着她的衣角苦苦哀求着，不让她走。龙孝宗听到孩子们的央求，赶快从厕所出来，拦阻着丽南。她终于没有走成。

晚上，龙孝宗一边给丽南说着好话，一边和她亲热着。

女人的心毕竟是软的，尤其是她的那颗心，更软。

她又一次屈从了他。

龙孝宗学生时代虽然看了一些坏书，受到一些影响，但在学习上他还是不甘落后的。大学毕业后分到北京电子研究院，那时他还心怀壮志，想在科学领域中搞出一点成就来。但不久，"文革"开始，研究院撤销，他被分到安城工作。"文革"十年中，单位工作任务不多，他在业务上没有得到多少锻炼和提高，原来在学校学的那点知识也逐渐生疏起来，有一些已经淡忘。他年轻时的那一点壮志也早已灰飞烟灭。

粉碎"四人帮"后，国家的一切走入正轨。龙孝宗这时已到不惑之年。他到北京出差，看到首都一派欣欣向荣蒸蒸日上的大好形势，他那已经灰冷的心也受到一点激发。但他对自己的前程已不抱什么大的希望，而是将希望寄托在孩子身上。

他的同事大多是60年代毕业的大学生，与他年龄相仿。有北大、清华毕业的，有哈工大、天大、上海交大毕业的，这些学校当时号称是培养红色工程师的摇篮。他们从红色摇篮毕业，也都胸怀壮志，理想远大。"文革"十年中，尽管他们都谨小慎微，踏实工作，努力去干，但却成效甚微，业绩不赫。不知不觉间就到了中年。他们对自己的未来和前途能抱多大希望呢？因而他们多数和龙孝宗一样，也都把希望寄托在孩子身上。

恢复高考制度后，中学划分为重点和普通，不久，小学也划出了重点。龙孝宗同事的孩子有的已经考上了重点中学，有的在设法将孩子从厂子校转入市或区重点小学。

这一阶段，龙孝宗下班回来，在饭桌上的话题不再是别的，而是某某的孩子考上了重点中学，某某的孩子转入了重点小学，某某的爱人在重点中学教书，他们的孩子学习多好多好……

在教育培养孩子方面他也不甘落于同事之后，不能让别人小觑。他回到家不再和丽南吵架，而是给丽南做工作，让她一方面抓孩子的学习，一方面想办法把孩子转到重点小学去，好考上重点中学。

丽南青年时代是热血青年，理想壮志在那场大革命中磨灭，正如龙孝宗说的，他们大半辈子活得窝窝囊囊。她何尝不把希望的种子也寄托在孩子身上！她和龙孝宗诸多方面都没有共同语言，而在教育培养孩子，把希望寄托在孩子身上这一点上却是共通的，一致的。龙孝宗给她一敲击，她马上就行动起来。

宇婧从表面看上去并不聪明：一张胖乎乎的小圆脸，一双小眼睛，一张有点向外突的嘴巴，说话显得笨嘴笨舌。丽南很为她的学习担忧，怕她脑子笨，学习不开窍。一二年级时她的学习成绩一般，到了三四年级，她懂事了，好胜心也很强，学习上开始用功。一次，丽南去开家长会，发下来的语文、数学卷子，上面打着醒目的耀眼的 100 分。她拿着这双百分的卷子，看了又看，高兴极了。她没有想到孩子会考出这么好的成绩。她意识到孩子的脑子是不笨的，好好培养，还是很有希望的。

宇婧升入小学五年级，不到一年就要毕业了。毕业后能否考上重点中学，这是丽南和龙孝宗最关心的事情。考不上重点，将来要考上大学就难了。厂子校高中毕业生每年考上大学的很少，有时还推光头。一方面师资力量不强，一方面学生学风不好，纪律太差。考不上重点中学，将来只好在这乱糟糟的子校上学，考大学的希望就太渺茫了。

为了让女儿有把握地考上重点中学，他们在想办法把宇婧转到厂附近那所市重点小学——艺华路小学去。

按规定，市属小学是不收厂矿企业子校的学生的，但自从有了重点小学后，厂矿子校学习好的，或者有点门路的也不断有转入市重点小学的。市属各重点小学也在竞赛，看哪所学校考上重点中学的人数多，以此证明本校教学质量高。

龙孝宗同事的子女有好几个学习好的都相继转入艺华路小学去了，丽南也不甘落后，她在想办法让孩子转入重点小学，以考上重点中学。

只剩下一学期宇婧就要小学毕业，这是关键的一学期。艺华路小学她谁

也不认识，怎么能转进去呢？为了孩子，她不管认识不认识，硬着头皮到艺华路小学去了。她找到校长，把女儿以往的成绩单拿出来给校长看，把女儿的学习夸耀了一番，她恳求校长能接收她的孩子到这所学校来学习。

校长听了丽南的一番介绍后当然还是推辞了。她找了种种理由。丽南无法，又去找毕业班的一位班主任，给她说好话。这位班主任年龄已过五十，姓李，待人热情和气。丽南从别的老师口中知道她很好强，对升学率很看重，她带的班要求升入重点中学的比例要高出其他班。当这位李老师知道丽南是中学语文老师，夫妻俩都是大学生，孩子学习也很不错时，她很想接收宇婧。她知道，这样的家长有辅导能力，学校和家长两方面来抓学生，考上重点的把握才大。丽南给李老师说："校长不同意。"李老师就亲自去给校长说好话，并且说她班可以挤出一个座位来。就这样，宇婧转入了这所重点小学。

这位李老师的确很能干，她工作干劲大，热情高。三天两头就通知家长到学校去，给家长转告学生的学习情况。当然大多是说学生的缺点和不足，找薄弱环节。一次她把丽南叫到学校，让丽南看宇婧的作文。丽南看后，很诧异，也很生气。作文写得很糟，没有一个中心，东拉西扯，一些句子的意思不连贯，错别字也不少，看来宇婧还没有掌握写文章的要领，她想，像这样的水平怎能考上重点？

回到家里，她一方面给宇婧指出她作文还很差，要下一番工夫去写好，一方面把她的作文拿出来，给她认真进行指点，还给她出了一些作文题让她写，然后再进行指点。

升学考试一天天临近，而宇婧的作文还是不能让人满意。为此，丽南既担心又着急。她听说南郊泰安路小学是一所有名望的重点小学，她准备到那里去为孩子取点经，要几篇好作文，回来开启一下宇婧。

一天，她顶着烈日，冒着38℃的高温，骑车前往泰安路小学。南郊很大，学校很多，这所学校具体在什么地方，她不知道。一路上她问了不少人，才找到这所小学。进了学校，谁也不认识，她径直到五年级教师办公室，找到一位语文老师，向他说明来意。那位老师还很热情，他从一摞学生的作文本中找出几篇较好的作文让丽南看。丽南挑了两篇最好的就抄了起来。抄完，她又向这位老师问了一些复习的重点、方向和要领性的问题，然后怀着感激的心情告别了这位不相识的老师。

回到家，她已经精疲力竭，又累又饿又渴，脸被太阳晒得又红又黑，关节炎的双腿疼痛不止。晚上，她不顾疲劳，给宇婧读讲这两篇抄来的作文。这文章好在哪里，写文章应该注意些什么问题，她详细讲给宇婧。讲完后，她让宇婧把语文书拿出来，给她指出要重视的课文和要注意的问题。

升学考试结束，宇婧以 195 分的高分被重点中学录取。

丽南的小儿子宇航六岁就上学了。龙孝宗对两个孩子学习要求严格。放学后、晚上、星期天，都要让他们伏案学习。宇婧不爱玩，放了学，就坐在桌前学习。而宇航就不一样，他毕竟是小男孩，似乎天性就爱玩。每天吃了晚饭，他父亲让他出去玩一会儿，然后回来学习。如果玩过了头，回来就得遭他父的一顿训，甚至挨一顿打。

70 年代末 80 年代初，黑白电视机开始走进千家万户。丽南家对门的任师傅一家六口人，大女儿下乡回来在厂里当了工人，儿子在大集体就了业。他们买回一台国产十二吋黑白电视机。电视机在孩子们的眼中是神奇的，坐在家里就能看电影！过去，每个礼拜在灯光球场才能看一两次电影，还要人挤人，提前去占座位。

宇航是对什么都感兴趣的孩子。从小，他爱看小人书，更爱看电影。对门买了电视机后，就让丽南家过去看。住房都不宽敞，他们家六口人，丽南家怎么好过去凑热闹呢？丽南不让宇航过去看，宇航就吵着闹着要买一台电视机。没有办法，他们买了一台进口日立牌十二吋黑白电视机。

可是，这台电视机并没有给他们这个家带来多少欢乐和愉悦，而带来的是更多的烦恼和不快。

龙孝宗规定孩子每星期只能在星期六晚上看一次电视，平时，有再好的电视也不能看。这对宇婧来说倒没有什么，她学习是很自觉主动的，自制力也很强，但对宇航来说就不那么容易。对门家电视每晚要开到十一二点，左邻右舍窗口传出来电视机里优美悦耳的乐曲和紧张的枪声、炮声都在吸引着宇航这个只有八九岁的小男孩。他虽在桌前趴着写字、学习，但心却往往在电视上。

一个星期六的晚上，宇航好不容易盼到了这难得的看电视的机会，他正兴高采烈地坐在电视机前看电视，他爸却要领他去洗澡，宇航当然不愿去，他爸却硬要领他去，宇航固执着不去。丽南看着儿子那可怜的样子，想着一场纠纷又要发生，就说："一个礼拜只能让孩子看一次电视，还要在看电视的

时间去洗澡，这不等于一次电视也看不上！"龙孝宗听了很不高兴，又是皱眉，又是吊脸，说道："好，好，这个家只有你说了算，我没有说话的权利！"丽南说："这个家你完全是个实权派，实行的是家长制，操纵支配着一切。教育孩子也不掌握孩子的年龄特点，一味地整天学习，这能有好的效果吗？"她对龙孝宗这种教育方法早就有看法，以前虽然提醒过他，但是他是不会听的。

假期也同样，孩子不能出去玩，不能看电视，只能从早到晚趴在桌子上学习。暑假，天气非常热，房子里待不住，两个孩子就一人端一个高凳一个低凳，坐在楼梯口处学习。那里虽然有点风，凉快一些，但是光线很暗，他们就在那里写呀算的。楼下孩子们的嬉戏声，别人家窗口传来电视的乐曲声，都在诱惑吸引着宇航。他的人在此，心却在彼。

一次丽南对龙孝宗说："宇航还小，整天趴在这里学习，效果并不一定好。"

龙孝宗却说："从小就要培养他坐的功夫，如果玩野了，将来坐不下来，还能学好？"

龙孝宗对孩子只是一味在学习上要求，而在其他方面却从不知道教育。宇航从小脾气不好，很偏，任性，对大人没有礼貌，有时说话横眉竖眼，不像样子。对这些，龙孝宗往往视而不见，更不进行教育。只要孩子趴在那里学习，就是好样的。为了孩子学习好，他更不让他们干家务。宇婧已经十三四岁，别人家这么大的女孩已经学着做饭、洗衣了，而龙孝宗是绝不让她干这些事的。两个孩子真正是衣来伸手，饭来张口。

宇航读完四年级，再有一年就要毕业了。为了把儿子转入重点小学，丽南又得去奔波，去求爷爷告奶奶！

她到艺华路小学跑了多趟，说了好多好话，终于将宇航转入了这所重点小学。

十多年来，丽南没有读什么大部头的著作。在忙工作、忙运动之余，她就是抓养孩子。现在，她多么想坐下来能看点书，充实一下自己。但是，哪里有学习的条件呢？白天在学校上课，备课，批改作文作业，晚上，一家四口挤在一间十几平方米的房间里，一张方桌既是饭桌又是孩子们学习的地方。吃完晚饭，洗漱完毕，她想看点书，却没有她的地方。想要抄抄写写，就更是不可能了！

宇婧已十三岁，他们仍是这一间小房。

粉碎"四人帮"以后，中央对知识分子，尤其是中年知识分子很重视。老的已经老了，年轻的是在十年浩劫中成长起来的，文盲半文盲的不少。要实现现代化，主要还要靠这些中年知识分子。报纸广播上宣传道，"中年知识分子在现阶段历史中起着承前启后的作用"，他们是"国宝"……中央准备给这一部分人升工资，另外，也提出要解决他们的住房问题。

升工资的事在不长的时间里就兑现了。1982年底给1966年以前毕业的大学生每人升两级工资。丽南每月已经拿到82.50元的工资，他们已经很满足了，对中央的关心和重视他们非常感激。新中国成立以后，知识分子的地位空前被提得这么高。

而房子问题要解决，就不那么容易了，尤其在厂矿企业，就更难。电元厂说是要盖家属楼，但还遥遥无期。

80年代开始，龙孝宗他们的工作任务重起来。他们和哈尔滨一个厂合作给一个大的援外工程搞个项目。他出差频繁，平时加班加点也多。家务事大部分落在丽南身上。

龙孝宗出差回来，看到丽南瘦了，人也很憔悴，就对丽南说："我们的工作在一个阶段内都是很忙的，任务是很重的，不但要经常出差，说不定还要长期到现场去工作，你还是调到附近中学吧，否则你太累，孩子也照顾不好。"

提起调动，谁不犯难？丽南学校有家在东郊的，有家在南郊的，要求调动工作的人不少，而没有一个调走的。这所学校属郊区教育局管辖，在本区之内调动都不容易，要调到市区中学就更难！

龙孝宗给丽南提出调动问题，她对此并不热衷。一个，她觉得调动太难，整天要去和领导磨嘴皮，低三下四看领导的脸孔，就这样，事情也很难办成；另外，她在这里已经和同事混熟了，关系都不错，她不愿再调动了。她的家庭经常爆发战争，调到哪个单位，就要因家庭问题臭到哪个单位，如其这样，还不如就在一个单位臭到底。

她虽然这样想，但龙孝宗工作忙，他既然提出了这个问题，看来迟早都是要按他的旨意办的。

她给校领导写了一份申请调动的报告。

交申请书时，她顺便给校长谈了自己家庭的困难，自己身体的不好，请校长能给予照顾，准许调动。校长听后说："咱们学校语文教师最缺，把你调

走，谁来给学生上课？学校里比你家远得多着呢，要求调走的也不少，把你放走，给其他老师怎么交代？……"他几句话就把丽南顶了回来。

要调动，学校这一关是难关，不好过。区上这一关更不好过。在郊区工作要调往城区的人很多，郊区教育局是不会轻易放走一个的。

过了一段时间，前进中学终于由郊区划入市区，由市教育局直接领导。学校里要求调动的教师都非常高兴，纷纷写申请要求调动。丽南又写了一份申请交了上去。

往哪里调，是丽南考虑的一个问题。厂子校离家很近，但是她是决然不想调入的。她深知她和龙孝宗的矛盾是难以调和的，调到子校一旦爆发了家庭战争，左邻右舍都有学生，有家长，她还怎么工作？龙孝宗当然希望她调入重点中学，这样既可解决儿子在重点中学上学的问题，又可满足他的虚荣心。

一天，她路过二中——女儿所在的重点中学，她顺便到班主任那里去了解一下女儿近来的学习情况。她的班主任是位教语文的女老师，对宇婧印象很好，评价很高。说她好学，人很老实。后来丽南问到她校是否缺语文老师，并提到工作调动问题。语文办公室还有两位老师，他们说进了二中就等于跳进火坑。生活上对你不关心，工作上任务压力大，学校没有一点福利。老师整天忙工作，为了学生考上大学，自己的孩子却没有时间辅导。今年他们学校和另一所重点中学，本校老师的孩子没有一个考上大学的。他们都不安心在本校工作……

听了这一席话，丽南对重点中学似乎有了一种畏惧感。别人都想往外跳，而她能再往里跳？

春节快到了，龙孝宗每年春节前都要规规矩矩上班到大年三十，尽管他们厂门口出出进进的人川流不息，但是他从来是不溜号的。

家中里里外外的事全得丽南一人去干。她既要给孩子准备过年的新衣，又要采购过年的食品。采购是既费时又费力的苦差使。买鸡鱼肉都需排队，还不一定能买上好的。她一早骑车到城里的菜市场去采购，买了鸡鱼肉和其他一些食品。车前挂着大兜小兜，车后夹着大包小包，回到家已是下午1时多，累得她倒在床上动弹不得。

别人家多是男人出去把东西买回来，女人在家里洗和做。而他们家，年年都得她既买又做。

第二天她就在家里忙着做过年的吃食。把买来的肉洗干净，该剁馅的剁馅，该煮的煮，晚上炸油果子、丸子、豆腐和鱼，一直忙到11点多，累得她腰都直不起来。

除夕这一天，家家都在忙着准备过年，丽南就更忙。他们家的这间房子，平时除了丽南打扫外，没有一个人动手打扫擦洗。龙孝宗从来就没有打扫卫生的习惯，箱子上，床头上的尘土再厚，他也不会擦一把。两个孩子忙学习，不会去打扫，而且龙孝宗根本就不会让他们去干这些事。小屋平时又脏又乱，过年总得去整理擦洗一下。她将一摞一摞的书、本，搬到大门外面，把上面的尘土拍打干净，装在纸箱里，放在床底下，然后擦拭大立柜、箱子、桌子等。有时实在忙不过来，她就让宇婧放下手中的书本，去把桌子腿、凳子腿擦一擦。整理擦洗完，下午就开始做年饭，准备饺子馅，晚上包大年初一早晨要吃的饺子。龙孝宗除夕下午才开始放假，他只能帮着包包饺子。

晚上电视是迎春晚会，一直演到夜1点多。龙孝宗和孩子们兴致勃勃地看着电视，丽南还在忙着，她有做不完的事。春节，是除旧迎新之节，凡是有尘土的地方，她都要擦拭干净；凡是在桌面上、箱子上放的多余之物，她都要找地方把它们收藏起来。过年，再累，她也要让这间小屋清新、干净、整洁。

春节那几天，她也没能很好地休息。家里来了一些学生给她拜年。一些毕了业的学生给她送来花束、糕点等礼物，她们都参加了工作，像个大人了。她做了几个菜来招待他们。

过完春节好几天了，她的腰腿还在疼。快开学了，天气突然变得阴冷，她那关节炎的腿更加疼痛。

开学的前一天晚上，她在关节炎的折磨下，不由得想起了往事——那阑尾手术后她被逼出家门所遭受的灾难和痛苦，致使她的双腿成了这样。这心灵和肉体上的创伤使她悲伤起来。她一边给儿子缝补着书包带，一边不禁对龙孝宗说："我动手术住院时，你糕点都舍不得给买一块，更不要说营养品和补品了，饿得我晚上睡不着觉……出院后，你不但不好好照料，反倒给我气受，把我逼到大哥家去，最后落下一身病。而你被车撞骨折住院时，我每天生活像打仗一样紧张，天天买大骨头，炖骨头汤给你喝，一心想着让你康复。两相对照，谁的心肝是什么样，不是清清楚楚！"丽南就像拉家常一样平心静

气地说着，她腿疼难忍，说一说，不过是为了出出闷气罢了。这些话闷在心里，不宣泄出来，似乎就像害了"肠梗阻"那样的疾病，肚里憋闷难受。

事情过去这些年了，她心灵上的创伤是很深的，身体受损也是事实，她把这些伤痛倾吐出来，如果龙孝宗能抚慰她，说几句宽心话或开玩笑的话，这一切也就烟消云散了。然而她没有想到，她说完后，龙孝宗却如狼似虎地暴跳起来，敲着桌子，拳头在丽南眼前挥舞，时不时敲击着她的额头。他指着丽南的鼻子——已经打在她的鼻子上，厉声吼道："谁的心肝不好？我的心肝怎么不好？你这是在诬赖人……"

对门邻居听到吼声，赶快过来劝架，如果邻居不及时赶来，他可能会大打出手，做出更大的行凶打人案来。

邻居在劝阻着，龙孝宗竟然对丽南说："有本事，你就领着两个孩子走吧！"

他能说出这句话，能放掉丽南，倒也是件大好事。然而，当丽南带两个孩子要走时，他却不让走，左右地拦阻着。

龙孝宗既然说出了那句话，那么丽南就一定要走。而这时龙孝宗却死死阻拦着不让走。他们就这样拉拉扯扯，一个要走，一个不让走。后来邻居想出个办法：让龙孝宗在厨房过夜。这样，丽南才没有坚持走。

丽南和两个孩子锁上门，又顶好门，三人抱头痛哭。孩子们都大了，也懂得一些事情了，他们也在为有这样一个父亲感到不幸。小儿子以前有时给丽南说："妈，谁让你当时跟了我爸，害得我们也好苦……"孩子们怎能知道他们的父亲是个骗子，是个诡计多端的人，他们怎能知道他们的母亲当时处境的艰难呢？

丽南一夜未眠。她做梦也不会想到，她跟了这样一个男人，蒙受这么多耻辱：挨他的打，受他的气，被一次次气出家门……她想："就是不找男人，一个人生活，也不能再跟这毒蛇猛兽生活了！离婚，下决心离吧！再不下决心，将来的后果是不堪设想的。现在离婚，在社会上虽然难看一些，但总比将来被他害死，打死，气死要强吧！……"

她在床上辗转反侧，痛苦地思索着。而龙孝宗坐在厨房里早就呼呼大睡起来了。他那雷鸣般的鼾声透过墙壁，穿过窗户，传到丽南的耳鼓里，传到左邻右舍的窗口里。

第二天是开学的第一天，中午丽南在学校写了一份"离婚起诉书"，下午骑车到法院递交了"起诉书"。

晚上，她回到学校。她仍在那座教学楼三层的教师休息室住。现在楼梯口处已安上了大铁门，晚上有人负责上锁。假期补课时，幸好她拿有一把钥匙。开了锁，她把车子扛到三楼，然后下楼，将手从铁栏杆的空隙中伸出去，把门照样锁好。

她没有开灯，摸黑铺好床。躺在床上，她久久不能入睡。她想到以后的生活，孩子的学习，自己的命运……后来虽然睡着了，但到后半夜却被冻醒。这房子非常阴冷，加上她的被褥薄，经过一个寒假，被褥潮湿。她在被窝里缩成一团，全身冰凉冰凉的，腿关节疼痛难忍。她想："跟着他，我什么样的罪都受了，什么样的苦都吃了，不离婚，将来还会受更大的罪，有更大的不幸。晚离不如早离，如果女儿半岁时，一岁时，三岁时，五岁时，离了，现在也不会吃这苦，受这罪了……"她后悔自己心太软，一再让步，不能下狠心。

天气阴冷，她的这间房里更冷。这间房可以说是四处透风：门缝，窗缝，门、窗和墙壁之间的缝，都很大，风呼呼地吹进来；门下的缝有两三指宽，门上面没有玻璃，钉了一块小黑板，四面的缝隙更大。冬天，这房子似冰窖，她在里面坐一会儿起来，腿就成跛子腿了，下楼一瘸一拐地。这些天，她的腿关节、手关节都在疼痛，上一节课都难以支撑下来。

一个礼拜过完了。星期六的下午，她把热水瓶打满水，脸盆里装满水，从别人那里引了一块煤，从灶上买了馒头和炒土豆丝。她准备明天（星期天）一天不出门，不露面。

星期天，校园里是宁静的。只在中午时分，有几个老师的孩子在嬉戏玩耍。

天晴了，外面的阳光灿烂，而丽南在这阴森冰冷的房间里待了一整天。幸好，昨天引的煤还没有灭，她还吃上了热饭。

煤剩得不多了，她还需节约着用。除了热饭，她就把炉子封上。房子里虽然有这么个火炉，但还是很冷的。她在桌前坐一会儿就冻得坐不住了，只好上床坐在被窝里看书。她手里拿着书，但怎么也看不进去。那些心酸的往事不断浮现在她的眼前。

校园是宁静的，这房间里更是静得像坟墓，但她的心却像大海的波涛一样不能平静……

又是一个星期天，她一个人偷偷在这房间里度日已经整整两个星期。假期补课时她拿的楼门钥匙早已被学校收回去了，现在，她像囚犯一样被锁在这座大楼里，尿在脚盆里，大便憋着，干什么都需轻手轻脚。

一天，丽南收到法院的传票。她来到法院，办案人姓张。丽南请求他能尽快给予解决，但张同志说："我一人这里就积有七十多个案子，像你们这案子要解决起码需要七八个月时间。"丽南听了这话，心里直叫苦。七八个月，多么漫长！这简直是一场马拉松战役！

儿子还有几个月就要小学毕业考中学了，他的学习比他姐要差得远。要考上重点中学，不花大力气抓是绝对不行的。但是丽南决心要和龙孝宗分手，那个家她绝不能再回，她怎么能够抓孩子的学习呢？她想在女儿学校附近租间农民房，和两个孩子住在那里。她也曾去打问过租房子的事。那里农民的房子也很紧缺，而且价钱很贵。另外，要生活，要过日子，就要具备过日子所需要的一切：床板、桌子、炉子、锅碗瓢盆……从精力上，从经济上都要付出不少。她如果这样大动干戈地去做，龙孝宗能允许吗？他肯定要去破坏，要去大闹，要去砸……她紧紧被他攥在手心里，她没有人身自由，她的处境太艰难了！她为儿子的学习焦虑着，着急着。

她闹家庭矛盾的事真是满城风雨：龙孝宗单位，她的单位，她姐姐单位的同事都知道了。不断有人来劝她回家，劝她不要再闹了。她准备到龙孝宗单位去找他们的领导，十多年中发生的事给他们摆一摆，谈一谈，看到底应不应该离婚。

她到了电元厂研究所，池所长早已调走，接待她的是研究所的书记。他姓严。他叫来了龙孝宗小组的老尚、老方、老杨等几位同志一起接待丽南。丽南悲痛欲绝地给他们诉说着婚后十多年来的遭遇：结婚才一年多，他就动手打人，还卡我的脖子，幸亏周围同志及时赶来……孩子被她奶带回老家，我们两人第一次在一起过春节，而在除夕，因为几句话，他就动手打人，逼得我晚上在火车站过夜……老二出生了，月子里不好好照料，动辄给我气受。孩子才两个多月，就把我气出家门，夜里步行数十里路到学校去住……儿子两岁多，他把我逼出去，我和儿子在澡堂里过夜……还有动手术，人工流产以及这一次。她诉说着这些不堪回首的往事，常常因悲痛而泣不成声。一条手绢被泪水完全浸湿甚至可以拧出水来。她的眼泪，十五年来，不知浸湿了多少手绢、枕巾和被头，积聚起来可能也会成为一条小溪了吧！丽南说："这怎么能叫做夫妻，叫做爱人呢？这简直是在玩命，是在折磨，在摧残，在置人于死地！我的身体已经被他害得腿站不成，肠胃不好吃不成，晚上失眠睡不成，眼睛流泪多看不成……"

格言道："时间是医治创伤的良药。"但是它对丽南并不灵验。时间如流水般地过去，但以前的创伤依旧在化脓、溃烂，始终结不了痂。

龙孝宗平时在单位给同事们造舆论说丽南脾气多大多大，心多狠多狠，使他的同事对丽南有一定的误解。现在当他的同事听了丽南的诉说，他们才了解了他们两人闹矛盾的原因，他们对丽南很同情。老尚和老杨说："平时看老龙人很老实、本分，没有想到他在家庭问题上会搞得这么糟！"老方说："老龙是有个牛脾气，有时候工作上牛起来是很难对付的。"

他们的同事为丽南的家事也颇费了一些心思。晚上，他们给龙孝宗在外边安排了住处，让丽南回家和孩子们见面。

丽南回到家里，看到家里到处都是脏不可堪，乱不可堪，它已不成其为家了！她心里好凄楚，好悲凉。两个孩子也好可怜。

她每周二、四、六回家辅导儿子学习，剩余的几天，她住在学校里。学校这间房和家里的房大小差不多。在这里她才有时间读书、学习。

晚上，楼下的大铁门锁着一把大铁锁，她住在这里，不用再担惊受怕，这里已经很安全。有时她站在楼道上眺望马路西边工业区的夜景。这里大小烟囱林立。有的烟囱冒着长长的黑烟，那不断冒出的滚滚浓烟几乎把西边半个天空都弥漫遮蔽了；有的烟囱喷吐着红红的火舌，把天空映得红彤彤的。站在这三楼上向西望去，整个天空是红光中夹杂着浓浓的烟雾，看不见蓝天，看不见星星和月亮，空气中搅拌着尘埃、沙粒、烟雾等各种杂质，混浊而凝重。

为了儿子的升学，她得回去辅导。下午下班，当同事们看到她推车走出校门，就都以为她和龙孝宗已经"破镜重圆"了。没有几天，大家原来感兴趣的新闻也就变成旧闻了，没有多少人议论了。

星期六下午下班，丽南骑车回家，顺路买了肉蛋，给孩子们买了糕点。她和孩子们吃完晚饭，已经8点，她正准备和女儿去洗澡，龙孝宗和他的一位同事及新提拔的所长共三人到家里来。他们和丽南一直谈到近11时。

他们临走时，丽南让龙孝宗也走。他的同事把龙孝宗叫到楼下，给他嘀咕了几句，示意他不要走。龙孝宗就又回到房中，他先说在厨房过夜，后来

就不出去了。丽南说："你不走，我走。"但龙孝宗又不让她走。他接着就是所谓的"认错"。他的认错只会说一句话："都是我错了。"但当谈到具体问题时，他不但不认错，而是反咬一口，倒打一耙。他说："我没有什么不对，我那样做，都是你逼的……"他怪罪丽南给他们领导告了他的状。他声色俱厉地说："你去给我们领导说家里这些事，到底有什么好处？你这不分明是在败坏我的名声？人常说'家丑不可外扬'，你把家丑扬出去，对你又有什么好处？又能解决什么问题？这只能让人家看笑话！你这是在干着傻事……"他没完没了地教训着丽南，丽南一句话也没有说。她知道在这个时候如果去和他讲理，不但讲不出什么理，反而会惹出更大的麻烦。她只好耐着性子在一旁听他发泄。她想："这哪里是认错？这又怎么能谈得上改？"

他继续说道："你想得倒好，想离了婚去寻找好日子过，我就是不离。如果离婚，我就不活了，也要把你捅死……"

丽南面对他的话一点也不畏惧。她想："这哪里像一个国家干部说的话呢？两人过不到一起，离婚，就要去死！这是多么狭隘的思想，多么低下的灵魂！一个人的生命就这么不值钱！他的人生观、世界观是什么样子，不一目了然了吗？现在离婚，他要让你死；不离婚，也得这样活活把你气死、折磨死。总而言之，和他结了婚，只能是死路一条，别想逃出这魔掌！多么凶残的人啊！而这样的人就让我碰上了！就死吧！生命的终点已经不远了！……"

整整折腾了一夜，孩子们没有睡好，丽南连眼也未合一下，她愤恨，她气怒，她简直不能忍受！

第二天，她把菜刀压在自己的枕下，她随时准备迎接他的袭击。晚上他的同事老杨来家里又劝说了一通。她把龙孝宗昨晚说的话给他复述了一遍，并拿出菜刀来给他看。她说："只要他再敢动手，我就和他拼了。"家里的火药味愈来愈浓。老杨看到这架势，心里想："他们这个家难以挽救了！"但他表面上还是在劝说着丽南，尽量在挽救着这个风雨飘摇的家。

孩子们在抓紧时间学习。宇婧几乎一天没有离开桌子，宇航有时不太自觉，她就暗示他，教育他。孩子们的学习精神是可嘉的，他们有着雄心壮志，然而他们却碰上了这样一个家！有时丽南想："为了孩子就委屈吧！"但她又想："他把我害死了，将来孩子是后娘，不更苦吗？"想到这，她就又坚定了离婚的决心。

星期一，她又回到这空旷的房间。在这房间里，唯有生活——吃饭是个大问题。学校食堂的伙食太差，老师们没有几个人在灶上吃饭。丽南想自己做点饭，但无火。她的炉子是一只封不住的破炉子，用它取暖还可以，用来过日子就不行了。她的煤油炉不好用，晚上用它下几根挂面都开不了锅，最后她只好半生不熟地吃下去。

已是4月中旬，丽南楼前那棵白杨树已是枝繁叶茂。每年春天，它比别处的树都要早一些长出嫩叶来。她调到这学校时，这棵树才栽种不久，是一棵小树苗。现在十年过去了，它已长得和这楼房一样高。树上每一片叶子都油绿发亮，蓬蓬勃勃。

天气虽然已很暖和，但几天的阴天和小雨，使天气又冷起来。丽南的办公室就更加阴冷。她坐在里面办公、学习，两腿仍在疼痛，但她无暇顾及这些。她只感到时间不够用，要看的书报太多。她很少下楼，她所教的班也在这座楼上。偶尔下楼，有的老师碰见她，就开玩笑说："哎呀，绣女从绣楼上下来了……"是的，她没有时间去串门，没有时间和同事们聊天、拉关系，她显得脱离群众。

自从上个礼拜六龙孝宗说了那些气人的话后，丽南这个礼拜没有回家。龙孝宗在他厂礼拜天的晚上到学校来找她，她不给他开门。他哀求道："你把门开开，我进去只谈二十分钟就走。"她说："没什么好谈的！这十几年的家庭生活回忆起来只能让人痛心，令人遗憾，这纯粹是在玩命在残杀在折磨，但你至今还不认识到它的严重性，还不能正视和严肃地对待，还要反咬一口，都是我的不是，你都对。这还有什么好谈的呢？"他仍在苦苦哀求，让他进去说几句话他就走。她只好给他开了门。

他要说的话就是让丽南回家。他让丽南回，丽南不回，就这样，他们还没有说上几句话，他的牛劲就又发作了，她不知道是哪一根神经过于敏感、警觉，使她不由自主地拔腿就跑，她也不知道自己怎么这么快地就跑下楼去了——她已经被他打怕了，吓怕了，和他在一起，她不能不提心吊胆！

她到人事干部那里，他正在做饭。不一会儿，教导处一位老师来了，他也在做饭。丽南看他们都在忙，就到传达室去看新来的报纸。外面下着小雨，她穿一件棉衣还觉冷。到10点钟，她和教导处的老师一起上楼。他们开门一看，龙孝宗已经走了——还没有像以前那样耍无赖。

龙孝宗看到丽南那么紧张那么飞快地跑出房门，似乎受到了一丝震颤，

坐在床边他自语道:"我就像一只老虎,她见了我就那么害怕,那么惊恐,我,我……"从丽南那惊恐慌张之态,他似乎有了一点醒悟,他想:"我难道就有那么可怕?……"这一晚,他没有再纠缠丽南就走了。走在路上,他还思量了一下这个问题,平时他是很少思考问题的。

第二天晚上,他又来找丽南。这次,他没有要求进门。在门外,出乎丽南的意料,他说道:"我真没有想到,昨天晚上竟然能把你吓跑……"丽南抓住这一句话紧逼一步问道:"你考虑你把人吓跑的原因了吗?"他含含糊糊说不清。接着,丽南把这十五年中的事说了几件给他听,然后说:"你应该严肃对待和考虑这些问题了,不要觉得把别人逼出来无所谓,是儿戏。我为什么跑,就是怕你要了我的命!十五年为什么我跑出来那么多次,就是因为你太粗暴,太凶残了……"过了十五年,他还意识不到这家庭一次次战争的原因!家里发生了天大的事,他一上床就呼呼大睡,什么也不想,也不考虑。别人哪怕在外面喝西北风,受再大的罪,过再苦的日子,对他来说,都是无所谓的。这是什么样的人啊!

过了一会儿他说:"我的身体也不行了,学生时期我得过肺结核,现在有可能复发。咱们的身体都不行了,就都不要闹了。你回去住,辅导孩子的学习,我住到别处去,好吗?"看来他对自己的行为总算有了一点点认识,不再那么执拗了!

星期六,回到家,见了孩子,她只能是潸然泪下,无形的悲哀笼罩着她,袭击着她。

晚上,龙孝宗住在同志们给他安排的地方,丽南给儿子辅导功课。

星期天下午,龙孝宗和他所所长,他室的室主任和小组的老杨一起来了。他们是想来彻底解决问题的。

他们先是把丽南劝说了一通,然后让龙孝宗做检讨。他做了一番所谓的"检讨",他们觉得他检讨得还较深刻。丽南最后发表意见道:"孩子升学前我照先前的规定,一周回三次家辅导孩子。孩子升学后,假期我仍到学校去住。以后每周顶多回家两次。"他们听了后不太同意,他们希望丽南每天都回家。但这怎么可能呢?她不见他还好一点,一见他不由得就来气。他们看丽南坚持要这样,只好说:"那就先这样吧!"她最后补上一句:"如果法院判了,那我们就各走各的路。"

送走了他的同事,已5点多钟。吃完晚饭,孩子们在看日本电视连续剧

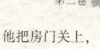

《排球女将》。看完电视，龙孝宗让孩子们到厨房去洗脸洗脚。他把房门关上，向丽南哀求道："为了孩子，咱们不要闹了，你就再原谅我这一次吧！……"丽南让他到外面去住，他死活不去。

晚上，她又睡在他的身边——睡在这折磨她这么多年，损害了她的身体健康的人的身边了。各种复杂的感情在这时一齐涌向她的脑际。在黑暗中，起先，她极力抑制着自己的悲痛，没有哭出声来——而她的眼泪却尽情地流淌着。随着龙孝宗的赔罪："回想起这些年，自己太不应该了，干了这些蠢事，让人太痛心了。大前天晚上到你那里去，把你竟然吓跑了，这不由得使我深思，为什么会这样呢？原来我太粗暴了。而以前，我总是认为你脾气太大太犟。这使我这两天都没有吃下饭去……"她再也抑制不住那悲痛了，大声地哭泣着，她哭得是那么悲恸那么伤心，她为她十五年——岂止十五年？她是在为她一生的命运而痛哭！她一生没有爱情，没有家庭的温暖和幸福，有的只是痛苦、眼泪和悲伤，这怎么能让人不心酸不悲痛欲绝呢？她愈哭愈伤心。这十五年的委屈，这十五年所受的苦所受的折磨，所受的群众的嘲笑……能哭完吗？更可悲的是，她深感身体完了。龙孝宗一边给她摩挲着心口，一边说："以后不管怎样，把每月的工资都花了，吃点补药，加强营养，再做做气功……"而丽南说："这一切都无补于事了，我的健康是无法挽回了，不治之症迟早都会发作的。"她的哭声也震撼着孩子们的心房。但是，他们怎么会知道他们的母亲为什么这么悲伤呢！十五年过去了，他们的母亲饱尝着人间的辛酸苦辣，受尽了他们父亲的折磨摧残，然而到现在，他们的父亲似乎才如梦初醒，这是多么可悲的一场悲剧表演啊！在人生的舞台上，她扮演的是最悲的角色！她想："尽管他认识了一些，醒悟了一点，但他骨子里究竟是什么，谁又能知道呢？我的一切都在听从着命运的安排。为了孩子，为了脸面，我又屈从了！这屈从一直要到死吗？每次经过这么大的一番波折，最后还得顺服地睡在这我不爱的，害我的人的身旁。这悲剧还没有结束，以后怎么演，怎么结局，还不知道。我的眼泪像泉水一般，十五年流个不停，以后还要流吗？还要流多少呢？……"

一场大的家庭风波又这样平息了。丽南的身体也在上次大的折腾损害之后又一次无情地被损害着，甚至是致命的。尽管这样，但是，这一阶段她住在学校里能够有一些时间学习，她又回到为青年时代的理想而奋斗之中去，这一点又是值得庆幸的。

风波刚刚平息的第二天，也就是星期二，丽南早晨一起来，眼皮就跳得很厉害，她想："又有什么灾难要降临呢？"

下午下班，她骑车到厂福利区门口，看见龙孝宗小组的老杨等在那里。他对丽南说："龙孝宗老家打来电报，说家中出事了，让他速回。他接到电报就到火车站买票去了。"说完，他把从工会借来的一百元钱交给了丽南。

听了这消息，丽南心上顿时笼上了一层阴云。回到家，她无心做饭，给两个孩子说了这事，女儿也怨声不断。

6点多钟龙孝宗回来了，他买了明天早晨的火车票。他把老家来的电报拿给丽南看。那上边说，他家不幸因爆炸事故房屋倒塌，两个弟弟炸断了几处骨头，生命危险，送省医院进行抢救。看了电报，她的心情更加沉重……

晚上，他们小组的同事陆续来关心他家里的这些事。有的同事在奉劝丽南要想开些。他们说："刚刚发生了一场家庭矛盾，现在接着又是他家的意外事故，不过，再大的困难也是能过去的，困难是暂时的……"

过了几天，龙孝宗来信说了他家发生事故的前因后果。原来是他的外甥开着拖拉机到他家去借柴油，油桶里的油不多了，油渣也干了，他外甥就将油桶放在火上烤。油桶内的柴油蒸气将油桶底冲开，打到一个弟弟的腿部，接着引起着火。人烧伤了，房子也烧着了。现在两个弟弟住在医院里，预交医疗费一万元，现凑够了五千元。事故是他们家私人引起的，故全部医疗费自付。

读完信，丽南又在哀叹她这苦难的命运："和龙孝宗结婚以后，精神上是痛苦的，经济和物质上是贫穷的。结婚前他没有分文积蓄，结婚后他除赡养一个寡妇母亲外，他的弟弟妹妹长年也在依赖他。一会儿是盖房，一会儿是结婚，一会儿是生病，一会儿是缺粮……他们不断来信要钱。龙孝宗的工资还没有升，每月只有六十元钱，除了他和他家人的生活外，所剩无几，全靠我的工资抚养孩子，现在又要承担这么大的天灾人祸！……"

另外，丽南脑子里翻腾着："前几年是龙孝宗被车撞，粉碎性骨折，差点丧命；现在又是他的弟弟，断腿的，瞎眼的，烧伤的……他们这一家人是什么样的人，为什么得到这样的报应？……这悲苦的家庭，一个灾难接着一个灾难。现在我究竟该怎么办呢？原来就决心离婚，现在该怎么决策？生活在这个世界上，跟着这样一个男人，有的只是伤悲！维系这样的婚姻难道就是为了受这份苦？然而离婚，又是这么难……"她痛苦地想着。她有时觉得活着真还不如死去。但支持她活下去的是她的事业和理想，这是她生命的基石。她的壮志还未酬，她要抛弃个人的一切，在余下的生命的时光里，为自己的事业去奋斗，这就是她唯一的生命支柱。

几天来，她的心情都很不好，但她在忍着，没有告诉孩子。她想如果告诉他们，他父亲家里需要上万元的巨额支出时，他们会怎么想呢？他们学习一定会受影响，精神上也会有所忧虑。孩子们已经懂事了。

她从银行里取出平时省吃俭用积蓄的八百元钱，给他家里寄去。这些钱对工作的人来说不是一个小数目，是不容易的。他们一个月只有几十元工资，上有老下有小，除生活外，还能剩余几个？但这个数对他们那上万元的开支来说似乎还有点拿不出手，而她只能先这样了。

龙孝宗从老家回来后，过了几天，他给丽南说："我堂妹从四川调回老家卫市了（原来的卫县改为市），她爱人在搬迁途中得病死了。"他是随便说这件事的，丽南也是不在意听的。对他堂妹的事她从来不关心，而且往往当他提到"堂妹"二字时，她还有点反感。他说这话是有意还是无意，丽南根本没有去考虑，而且很快就把它忘记了。

丽南原来是在众目睽睽之中住校，现在是在众目睽睽之中回家。但有谁能了解她回到家中的情况呢？光阴如流水般地过去，而她和龙孝宗似乎是陌生人一样，他们之间似乎找不出一丝感情的牵连。龙孝宗依然像个木偶人似的机械地过日子。这个家，这个男人，是名副其实的招牌。他们很少过夫妻生活，一年加起来可能也没有分居两地探亲在一起的多。一年之中，他们要么是闹家庭矛盾，要么是龙孝宗出差在外，要么是他晚上加班加点，剩余的不多地在一起的时光，他就像上一辈子从未睡过觉，这一辈子永远也睡不够的人一样，中午他往往连锅碗都顾不上洗刷，一边催孩子们上床睡觉，一边自己也倒在床上，挨枕就呼噜起来；晚上也同样，一挨枕就呼噜到天亮。而她只好在这呼噜声中辗转反侧。

儿子还有一个多月就要参加升学考试。学校召开家长会，让家长在这关键的一段时间里抓紧孩子的学习。校长打比方说："这就好像农民辛辛苦苦种庄稼，忙了一年，到收割这一关键时刻不抓紧，果实就收不回来。"丽南想，儿子学习基础虽然不是太好，但也不能失去信心，对他应加劲辅导。

一个多月，她除工作外，放弃了其他一切工作，把所有时间都用在儿子

学习上。她在看小学的语文课本，搜集作文，到其他重点小学去取经……

宇航白天在学校紧张地复课，晚上要学到 10 点多钟，早晨还要早早起床到校。孩子是很苦的，因写字多，中指都磨出了厚厚的茧。考重点看来比考秀才还难。

丽南只能给儿子辅导语文，数学应是龙孝宗去辅导。他的一些同事为了辅导孩子，上班时间都拿着小学的数学书或参考资料在看，晚上给孩子辅导。而他从没有看过儿子的数学书。晚上不是去加班，就是到家属院公用的大彩电前去看电视。从儿子上学开始，他就让孩子每天伏案学习，这样做的结果，儿子的学习成绩是迟迟上不去，考上重点的希望看来是不大的。对儿子的学习，他也有一些心灰意冷。不过他心里却有他的谱：孩子考不上重点，就将丽南调入重点中学，这样既解决孩子上重点中学的问题，另则，老婆是重点中学的老师，他脸上也有光彩。丽南看他不给儿子的学习用力，有时说他，但他哪里肯听？没有办法，她只好一人去为儿子卖力。

这一年小学升初中考试成绩够重点中学录取分数线的，还要再参加一次重点中学的招生考试，这次考试由各重点中学出题。

考试的分数终于下来了，宇航的分已够重点中学的录取分数线。

宇航在重点中学的考试中落选了。晚上，一家人又是闷闷不乐，龙孝宗还把儿子揍了一顿，说道："谁让你不用功，心里老是想着看电视……"

学校已放暑假，丽南原准备假期看点书，干点事，而儿子没有考上重点，她又得为儿子去奔波。她先后到了几所重点中学去联系，最后还到自己的母校——省重点去找关系，但都是碰壁而归。

这些天，龙孝宗下班回家，在饭桌上谈的是他们同事某某走后门孩子进了重点中学，某某凭某种关系孩子也进了重点。然后就是让丽南调工作，调到重点中学以解决儿子上重点的问题。

丽南说："调动工作难着呢，我们学校这几年没有调走一个。有的老师家里困难大，天天和领导磨，也调不走。在你看来，好像今天提出调动，明天就能调走似的，哪有那么容易？孩子考试前，你不出力给孩子辅导，一天悠闲自在，若无其事，还看电视，现在孩子没考上重点，你就在我身上打算盘。考试前你能给孩子出点力，现在也不至于这样……"

龙孝宗听了，绷着个脸，用虎狼般的眼睛看着丽南说："反正我们的工作忙，以后经常要出差，你不调工作，怎么照顾孩子？……"

丽南一看他那一副生冷的模样就来气，她想：他怎么想，你就得怎么办，就得服从他的旨意。不照办，就是横眉竖眼。我为孩子操碎了心，跑破了鞋，而他，一天坐八小时办公室，舒舒服服不操一点心。……

一天，她到市教育局去。她给接待员谈了调动工作之事。接待同志说："你们前进中学的语文、英语等科的老师最缺，一个也不能走。新毕业的大学生分到市上中学的只有四人，而新成立的中学就有三所，教师还远远不够……"话说到这一步，已经说死了，说定了。调动的希望是很小的。学校领导给丽南说，如果给学校调来一名语文老师，才能放她走。她到哪里去找一位语文老师呢？

8月初，龙孝宗终于出差去了。他不在家，丽南顿觉好多了，起码觉能睡好，没有那雷鸣般鼾声的打扰。

早晨，两个孩子读语文、英语。吃了早饭，他们就做数学。除学习正课外，丽南让他们也读一些小说。他们被《钢铁是怎样炼成的》《青春之歌》等小说吸引了。儿子还津津有味地讲保尔少年时的艰苦生活。

宇航上四年级时弄回来的小金鱼只剩下了两条，正好是一公一母。公鱼全身乌黑，不含一点杂色，母鱼是红色底子上杂有黑色花纹，很是美丽。养了一年，那小母鱼肚子大了起来，不久就产了卵。一个个鱼仔像一个个小胶球一样粘在脸盆边上，粘得很紧，用手一压就发出"叭"的一声响。现在这两条鱼已两岁，长得很大，更加活泼可爱。那公鱼太爱发情，过不了几天，它就不断地追那母鱼，用嘴舔母鱼的屁股。这样追逐要半天多时间，母鱼就开始排卵。排完后，它们肚子饿，就又把这些鱼仔吃掉。丽南把排在石头上，水草上的卵拿出来，放在太阳下晒，不久就会孵化出小鱼来。但遇到阴天，没有太阳，它们就会死掉。鱼儿成了他们学习间歇的娱乐品。

丽南整理柜子，把孩子的旧棉衣棉裤翻了出来，这些棉衣裤都已破烂不堪。儿子的一条小薄棉裤还是他姐四五岁时穿的。那时怕孩子长个，衣裤小了不能穿，做时就尽量做大，裤脚下折进去好长一块。个子长高了，就把折进去的放出来。再长高，就在下面接一块。就这样，这条棉裤使两个孩子穿到十多岁。她看着这破破烂烂的棉衣裤，不禁想："这就是我们中国人的生活！"尽管他们是知识分子家庭，仍然也要这样精打细算，勤俭度日。现在要比过去好多了，女儿个子已长成大人那么高，衣服可以买；儿子还在长个，棉衣裤还需丽南去做。不过近几年，她已很少做针线活，有时间就想看点书。

回想过去"四人帮"时，每个暑假她都在给孩子们拆拆洗洗，缝缝补补，这样的时代已快要结束了。

暑假将要过完，很快就要开学了。丽南的心又被儿子上学的问题所占据。她虽然为儿子进重点中学的事奔波、碰钉，得出结论：歪门邪道对他们这些人是行不通的，但是当她想到开学以后，儿子在普通中学上学，那里乱糟糟的，他又是一个好动贪玩调皮管不住自己的小男孩时，就不能安心。她不由自主地骑上车又去为儿子上学的事奔波。

她听到原红卫中学的同事高华的爱人调到十二中当校长了，十二中是一所刚刚划为重点的中学，它的位置较偏僻，距离丽南家较远，但它好歹是所重点中学。第二天，丽南买了两瓶酒和两斤点心到高华家去。丽南谈了来意。校长问："孩子第一次考分是多少?"丽南说："207分。"校长没有推辞，很痛快地就答应了，说："开学你就让孩子来我们学校上课。"

丽南连连说着感谢的话。高华说："这点小事算什么呢? 老同事了，帮这点忙还感谢啥呢?"

丽南怀着感激的心情离开了高华家。一块石头总算落了地，她感到格外轻松、畅快，心头也涌上了平时少有的淡淡的喜悦。

后来她听说：十二中招生没有招满，后来招的学生，比宇航第一次的考分只高一分。

丽南自阑尾手术后得了一身病，健康状况一直不佳，这几年，学校没有给她安排班主任工作。

上学期，校长听了她一堂课，她不同一般的讲课，给校长留下了深刻的印象。校长暗自思忖："这是一名难得的好教师，也是一块做班主任的料。"放假前，在下学期工作安排会上，校长给她安排了高一一个班的班主任工作。她给校长强调了自己的困难：爱人经常出差，自己身体不好，家又远……想辞掉班主任工作。而校长说："一切都定了，不能再变动。"

9月1号，全市中小学开学。龙孝宗出差还没有回来。丽南早晨6点钟起床给孩子们做早点都非常紧张。打发孩子们上学走后，她就急急忙忙骑车往学校赶。到了学校，上了她的三楼办公室，然后再上新盖的教学楼的四楼教室，给学生讲要求、讲纪律，辅导早读，然后上课。中午，她没劲再骑车回家，孩子们只好馍馍就咸菜。

刚开学，班主任特别忙，尤其是高一的班主任。不够录取分数线的学生从后门源源不断地进来。一会儿家长拿着教导处开的条子领着学生来找她，一会儿家长拿着校长签字的条子来找她，还有一些老师让丽南私自给他们解决亲朋好友子女的上学问题。光应付这些事就要不少时间。她班的教室里已经挤得满满的，有二十多名是从后门进来的。高一年级有的班主任见此状况，已经甩手不干了。

9月份，这里是雨季，大雨每天哗哗地下个不停。丽南每天早晨6点多和孩子们分别，到晚上6点多见面。一天忙完工作，回到家已是腰酸腿疼，疲惫不堪，站到炉台前下点挂面往往都难以支撑。吃完饭，她要给孩子们准备第二天中午的饭。做完这些事，她还要撑持着去翻书报和自己的札记本，给学生找一些精神食粮。她想：班主任既然给套上了，就得把学生带好。她认为班主任的职责绝不是用威严来吓唬学生，让他们坐到那里像个木头人，上课不捣乱就行了，而重要的是让他们懂得生活，懂得做人的道理，自觉主动地去学习。尽管她班上差生不少，但她并没有丧失信心，她告诫自己：要爱他们，给他们一个健康的思想和一个美好的心灵。

9月中旬，龙孝宗出差回来了。他出差了一个多月，然而回来没有两天，就发起火来——是因为丽南的工作调动问题。他说："……你不去和领导磨，就能调走吗？家庭有这么多困难，你还去当班主任！你就不应该去给学生报到，甚至课都不应该去上。不解决调动问题，就去和领导闹……"他瞪着眼睛，厉声地说着。丽南一言不发，坐在那里听他发泄。她想："多么幼稚，多么没有水平的话！一个人民教师能这样对待工作吗？即便有困难，调工作，也不是一天两天就能调走的，没调走之前，难道就不工作了？……"

龙孝宗把丽南训了一大通后，上床转身去睡了。听了他的一席话，她怎能不气？有什么事，他从来不是心平气和地去和你商量、解决，而是动辄发火，似乎发了火问题就能解决！

大雨哗哗地下着，天气变得很冷。丽南的心和这天一样地阴冷和沉重。

第二天，她回到家里，他们像是不相识，两人未说一句话——这就是他出差一个多月刚刚回到家的情景！

夜里，她又是辗转难眠！

一早，在上班路上，她的眼泪不由自主地往下流淌，她不得不一手扶车把，一手抹眼泪。一个多月来，她承担着所有家务；为儿子上学问题奔波，在别人面前说好话，求爷爷告奶奶；顶着大太阳，一身又一身的汗流个不停，

皮肤晒黑了，人瘦了……然而他回家后没有一句关心的话，没有一点感激的情，回来才两天，就如此对待她！只许他在外边干工作，不许她去接受重担。这样的人究竟是什么样的人啊！

晚上，她没有回家，她又住在这空旷的楼上。在那四堵墙内，她被无限的悲伤笼罩着。她不能不深思她的家庭问题。回想上次闹矛盾到法院至今，才几个月时间，他又多次发火，这不正好说明他"本性难移"吗？不离婚，像这样在一起，纯粹是慢性自杀，是摧残，是折磨！她的眼泪又浸湿了一条手绢，她的眼泪已经快要流干了！

大雨仍在不停地下着。

第二天晚上，她仍然住在学校里。整座大楼，只有她的窗口透着亮光。屋外是哗哗的雨声，屋内是死一般的沉寂。在这里，她可以读书，可以学习，可以抄抄写写，只有这时候，时间才能显示出它的真正价值。

学校食堂的伙食仍很差，菜很单调。她全天的副食有时是两角钱冬瓜，有时是一角钱土豆丝。尽管吃得差，但她也不愿回去见她厌恶的人。

丽南早晨6点多钟离家，下午6点甚至更晚一些离校，在深秋和冬天，她每天两头摸黑，不见太阳，从早到晚在学校里忙碌着。

尽管她这样如痴如狂地工作着，但是这一学期快到放假时，她仍然给学校领导递交了一份要求调动工作的申请书。家庭的困难的确是存在的，她也深知，龙孝宗要你怎么办，你就得怎么办，否则这个家庭的战争会使你痛苦死！

开学后，小儿子仍是早出晚归，非常辛苦。但学习成绩迟迟上不去。有些学科，平时测验，有时不及格。丽南到学校给儿子买饭票，顺便到班主任那里去了解宇航的情况。班主任说："宇航很好动，上课坐不住，上午第四节课还不到下课时间，他就把碗筷搞得叮当响，准备去吃饭，影响班上纪律。中午，往往在校园里疯跑一中午……"这小男孩生性好动，爱玩，现在到了一个离家远的学校，周围又有一些调皮爱玩的伙伴，他好像到了一个自由王国，随着他的天性去玩，学习很不用心。

以前丽南到女儿学校去，听学校老师说往他们重点中学调，就是往火坑里跳。现在为了儿子的学习，她不能不往这"火坑"里跳了。她得想办法调入重点中学，好使儿子在她身边学习，也免得他小小年纪，每天倒几次车，跑那么远的路去上学。

她一方面向学校领导要求调动工作，一方面给市教育局写了要求调动的申请，一方面到离家较近的二中和其他一些重点中学去联系工作。龙孝宗也督促他们单位出面帮助解决她的工作调动问题。

她到二中去，二中人事干部说："我们学校很缺语文老师，只要你们学校放，我们就接纳。现在关键是要抓紧做好你校领导的工作，我们要的人够了，那就不好说了。"

一天，学校大门口的黑板上写着一条市教育局关于远调近的通知，真是大快人心！不少老师到校办公室进行了登记。

社会礼拜五是龙孝宗的礼拜天，他和丽南一起去了教育局。他们在人事接待室查了一下，学校关于要求调动人员登记表还没有报上来。他们又找了人事处长，处长说："一定要学校签注意见，我们才好考虑。"

下午，龙孝宗到丽南学校去找了人事干部，又找了校长。他在质问他们什么时候给教育局上报要求调动人员的名单。他给校长说话时声音很高，人事干部看他想要吵架的样子，就把他拉到一旁说："我们很快就给上报。"

晚上，在家里，他又把丽南说了一通。他让她请病假，不要去上班。

4月初，龙孝宗到唐山出差去了。丽南带着两个孩子依旧过着狼狈的生活。他出差的第一天早晨，丽南起来迟了，两个孩子吃不上早点，还差点迟到。这以后，夜里四五点醒后，她就不敢再睡了。

丽南除了经常腰腿痛外，她还经常腹胀，肝区和胃部隐隐作痛。她到医院作了B超检查。检查的结果是不好的，确诊为胆结石。她的胆囊里有几粒直径为0.3～0.5cm的石头。听到这检查结果，她的心情沉重。她知道这种病将来要做手术，而且是较大的手术。以前做了一个小小的阑尾手术都使她身体垮了一大截，以后再做这手术，她的身体还不知道要成什么样子呢？

她对龙孝宗说了诊断结果，他并无多少同情关心的话。他只是想着她的工作调动问题。他说："那你就请病假，不去上班，看学校放不放你走。"

丽南到学校给校长说了自己的病况。校长说："到时候疼痛得厉害，动手术割掉就是了。这也不是什么大不了的病。"

她给校长又述说了一通自己家庭的困难和自己的身体状况，要求调动工

作。校长只是支支吾吾应付着，不作肯定的回答。

关于丽南的工作调动问题，学校领导根本无意放她。她工作埋头苦干，又是正规大学本科毕业生，领导怎么舍得放？她再给他们谈也是无济于事的。

一天，龙孝宗在厂里听厂干部科的同志说，厂里又派人到市教育局去商谈丽南的工作调动问题。教育局的同志说：调往厂子校不行，调到厂附近的市属中学还可以考虑。听了这些话以后，龙孝宗回到家里又冲着丽南大发脾气。他手指头敲着桌子，高声地说："我们单位组织上出面在积极跑你的工作调动，而你在学校里却不积极要求调动，这样，你能调走吗？如果你真想走，你就不能好好给他们去上班，就请假在家，下学期的课就不能去接……"

她本来还想分辩几句，但是一看他那火爆脾气，就说不出话来。

星期一晚上，她没有回家。她回去做什么呢？去受气？去损害身体？……

她一人在这空荡荡的房间里，心情还好一些。不见他，不看他那一副凶残的脸孔，似乎就是幸福。

晚上，龙孝宗和儿子来了。他一方面让丽南回家，一方面说："你们学校给教育局上报了八九个要求调动的老师名单，而上面没有你的名字。"她听了龙孝宗的这话，很惊讶，而且不免也很生气。放假时，她交了调动申请，校长、人事干部也都答应签注意见报上去，同意她走，但到实际中却又不照办。领导是在搞什么名堂呢？

龙孝宗让丽南和他一起去找校长，非得让校长签注意见报上去不可。丽南这时只好把对龙孝宗的气，把家庭矛盾搁置到一边，她已无暇顾及这些了。学校里上报了那么多老师而没有她，岂不是咄咄怪事？她只好和龙孝宗一起去找校长，非得问个清楚不可。

第二天上午，龙孝宗和丽南一起到校长家去。丽南问："放假时你答应得好好的，将我上报到教育局，现在为什么不上报？"龙孝宗也说："丽南要求调动工作已很长时间，家庭困难也最大，我们单位多次出面给你们讲了我们的困难，不管怎样，你们应该给予照顾。而这次你们给教育局上报了八九个老师，却没有丽南，这到底是怎么回事？……"校长表示惊讶地说："放假时我已给人事干部说过了，学校准许钟老师调走，是不是他疏忽了，忘了写钟老师的名字。我明天去问一问。"龙孝宗说："不用麻烦您去问了，我这有份写好的现成的申请书，您签个字，我们明天找人事干部盖个章，然后我们亲自拿到教育局去。"校长说："那也好。"他在龙孝宗事先写好的申请书上签了字。

第二天龙孝宗带着这申请到教育局去，但这已是马后炮了。前两天远调近对换教师会议已经开过，市二中在这次会议上要了两名语文教师，他们已不再缺语文教师。龙孝宗听了这情况后非常生气，他知道这完全是学校领导在搞鬼，归根结底是他们不想放走丽南。回到家他给丽南说了这情况，丽南也很生气。她感到领导要卡人的手法太高明了。以前是明打明地不同意，现在表面上同意，但他们知道你要调往重点中学，又来了这一招，想堵死你的路。

丽南和龙孝宗又到教育局跑了几趟，人事处王同志给丽南说："你们家附近的二中已不缺语教，其他重点中学离你家远，调去也解决不了你们的家庭困难，我看你就到离家较近的普通中学去吧。这是一所仅次于重点的较好的中学，而且交通很方便。"

这所中学是市上很有名气的一所老学校，但它毕竟属普通中学，龙孝宗不太同意。王同志看他们不太想去，就说："那你们自己去联系联系，以后再说吧！"

市上其他几所重点中学有的在南郊，有的在东郊，太远，她不能去。她只好到市内的重点中学去联系。

大夏天，烈日当头，丽南又到市上几所重点中学去联系工作，一所学校的校长让她抓紧时间到教育局去办调动手续。

离开学没有几天了，龙孝宗到教育局去打问丽南的调动问题。人事处负责人说："钟丽南所在的前进中学调去了一位新领导，他打来电话说不同意放钟丽南走。"这真是突如其来，意想不到的事。前进中学调换领导向来都是频繁的。这里的群众敢于讲话，领导有不对之处，有几个胆大者，敢于在大会上给他们提意见，有时还质问领导，搞得领导非常尴尬。如果领导不虚心，有的老师就和领导吵起来。大部分领导在这里干上一年两年，就待不去了，上级又得调新的领导来。几年来，丽南要求调动工作，也往往是好不容易把上一届领导打通了，下届又不同意了。但这一次是上届领导已作了决议，同意调动，而且报到了教育局，新来的领导怎能干预和不同意呢？

晚上她和龙孝宗到校找领导，正好几位领导在开会。龙孝宗和他们讲理讲到10点，还没有结果。最后他声音很高，拿出一副要干仗的架势和领导

吵。学校住的几位老师听到吵声，都来劝他不要吵了，有什么事慢慢讲，不要急。他们把龙孝宗和丽南劝了回去。

第二天下午龙孝宗又去找了学校领导。如果领导不同意，他准备采取让丽南辞职的做法。领导看他们坚决要走，留不住，只好答应放丽南走。

很快就要开学了，丽南的调动问题还迟迟得不到解决。开学的前两天她到教育局找到负责同志，他们的回答是："顶你的大学生还没有报到，大学生报到了才能调你走。"

一切都是这么不顺利！教育局打通了，学校又不同意了，学校这一关打通了，教育局又卡住了。她的调动问题就这样拖延着！

两个月假期就这样过去了，开学后在哪里工作还难以预测。龙孝宗说："调动问题没有解决，你不能去上班。"她想，说得也是。正在调动的节骨眼上，怎能去上班呢？她到医院开了一周假条送到学校去。

学校领导表面上虽然答应放丽南走，但实际上还是希望她到校去上课。书记对她说："新来的大学生不会上课，还需你教一教，带一带……"

开学不久，丽南到教育局去。接待室人很多，他等了许久，才和王同志搭上话。王同志说："你联系的重点中学语教已够，不再要语文老师了。"

这是在丽南预料之中的。前进中学知道她要求调动主要是往重点中学调，而家庭困难倒不是最主要的，为了卡她，他们早就和教育局串通好了。教育局将她的事一拖再拖，也是为了堵死她的这条路。

电元厂新盖的一幢家属楼于9月初竣工。这幢楼每套房一大一小，即一间半格式，面积四十平方米左右。龙孝宗分到一套这样的房子。他们的房子在一楼。

他们没有什么家具。床，还是那张架子床锯成的。在买家具还是做家具的问题上，他们举棋不定。丽南倾向于买，她嫌做家具太麻烦太累人；龙孝宗倾向于做，他说买家具不但贵而且质量差，不结实。鉴于家里还有些木料，最后还是决定做。

龙孝宗叫来了两个木工，师傅二十多岁，徒弟不到二十岁，南方人。条件是管他们吃住，然后按件付给工钱。

但谁能料到，龙孝宗叫来的这两个木工，小师傅的左手前些天在别人家做活时受了伤，缝了三针。到丽南家后，手还没好，包着纱布。刚开始两天，他帮着画画线，指点指点，后几天就什么也不干了，只有徒弟一人在干。这样一来速度就慢得多。本该一周就可完工，现在看来两周都做不完。丽南每天给他们做四顿饭，晚上侍候完他们要到12点多。早晨5点多起来做早饭。

历时两个多礼拜，家具总算做完了，她累得也快要倒下了，两个礼拜她没睡过一夜好觉。钱没有省一个，时间和精力倒搭上不少。

过了一段时间，龙孝宗单位的老贺家在做家具。这时龙孝宗说木材厂在处理木料和三合板，就去买了一些。丽南说："家里这些家具都摆不开，哪里还有地方再放家具？"龙孝宗不听。他像老牛一样将这些木料和三合板背到贺家，在别人做完家具后接着给他做。

原来一间房子，没有地方放家具，现在只多了半间房，他们一下子做了这么多家具。家里共有两个大立柜，两张大写字台，两个书架，一个高低柜，一个碗柜，一个鞋柜（和书架一样高，一样宽大）。龙孝宗说："把旧大立柜卖了。"丽南觉得旧大立柜比新做的要适用，放的东西多，她没舍得卖。

搬到新楼，家里应该宽敞一些了，但这些家具把房间摆得满满的，拥挤不堪。

丽南的姐姐到她家里，看了这些家具，说道："这是三间房摆用的……"

一楼住的大部分人家在小院里盖了房，没有盖房的也把院子修整得平平整整，打扫得干干净净，在靠围墙的下水道上面篷上砖瓦，抹上水泥，摆上花盆，很像个小庭院。

而龙孝宗却什么都懒得干，什么都不会干。做家具不进行设计，让木工胡做一通。房里墙壁上溅上的泥点太难看，他不得不搞来一点白灰，用刷子横几道竖几道抹了几下掩盖住就算数。新房电灯插座少，孩子学习用台灯，插座不够用，他是学物理的，而接电路，装插座这些事却一概不会，还得请人帮忙。厨房里连切菜的地方都没有，丽南只好请邻居帮忙，盘了个炉子，泥了个水泥平台。

搬进新房，大部分家庭的生活是安宁平静甜蜜幸福的。男的有力气、能干，有空就干家务、经营小家。女的做做针线活，打打毛线。原来和孩子们挤在一间房，一张床的历史结束了，夫妻俩开始单独一间房，一张床。他们可以无拘无束地亲热，做爱，享受人间应该享受的幸福。而丽南他们这个家，夫妻之间彼此仍是冷漠的。这个知识分子的家庭远不如一般工人的家庭。

10月的天气是晴朗的。秋高气爽，天高云淡，阳光煦暖地照着大地。

开学已经快两个月了，钟丽南的工作调动问题还没有着落。上次龙孝宗和教育局处长"对阵"后，处长答应开会研究她出系统的问题。自这以后，她和龙孝宗又先后到教育局跑了几趟。最后，处长终于说："只要你们学校放你走，我们就放你出系统。"

调动总算有了一点希望！

每周她到医院开一次假条。到后来，她去开假条都不好意思了。一次，她硬着头皮给大夫说："再开一次吧，这是最后一周假了。"她想：也应该是最后一周了，也应该去上班了。前些天，她去交假条，校长催她去上班，并且说："你不来上班，我们是不敢放你走的。到放假还有两个月，你到校上两个月的课，放假，我们放你走。"她是领会校长的意思的。不去上班，领导就放她走，给其他要求调动的老师就做了一个样子：凡是要调走的，就泡病号不上班，这样领导才会放他走。这给领导以后的工作不就造成困难了么？她答应了校长的要求，去上班。

两个多月不上班，像这样地请假，在丽南工作的历史上还是第一次。而现在，为了调动，她却不得不请假。

一天，丽南在自由市场买菜，碰见大学同系的一位女同学，她叫党洁，比丽南高两级。党洁是学校排球队的队员，球打得很棒，在学校很有名气。中文系的女同学都在一座宿舍楼住，她和丽南经常见面。丽南在系刊工作，也小有名气，党洁也知道。她们俩在学校虽然不太打交道，但出了校门多年，见了面，还是很亲热的。她们站在路旁聊了好一会儿。从谈话中，丽南知道她现在在红岭公司一中工作，是那里的教导主任。红岭公司在这一带是很有名的大公司，公司有好几所中学，一中是重点中学。这所中学在这一带和市二中一样，是很有名气的，高考升学率较高。丽南顺便问党洁："我的儿子能不能转到你们学校去上学？"党洁说："我们学校规模小，又要保证高考升学率，本系统的学生都要够录取分数线才能进来，后门学生一概不收。我的一些同学为了孩子上学的事也来找过我，我都婉言拒绝了。"过了一会儿，她说："我们学校语文老师很缺，语文组本科毕业的只有两三名。原来高中是两年制，今年开始改为三年制，教师就更缺，学校外请了好几位语文老师。如果你能调到我们学校工作，你儿子来这里上学就不成问题了。"丽南说："调动工作太难了！我要求调动已经好几年，还没有调出来。今年暑假和这学期的几个月，我和孩子他爸几乎把教育局的门槛都快踢破了，这样，调动才总算有了一点希望。学校千方百计在卡，现在能否最后调出来还很难说。"

党洁说："那你现在就抓紧办理调动这件事，我们这里欢迎你来。这里大学毕业生的工资每人都浮动了两级，如果你能来，工资也可浮动两级。"

丽南说："以后往哪里调，还没定。我回去再考虑考虑。"

她们分别时，党洁还在叮嘱丽南："抓紧时间办，能调出来，就到我们这里来吧！"

老同学的热情，使丽南很感动。

究竟往哪里调，丽南在掂量着，考虑着，权衡着各方面的利弊。

她想，红岭一中是重点中学，学生的纪律状况毕竟要好一些，在教学上自己可以真正施展才能，有所成效，而且调去后可以解决儿子的上学问题，儿子就不用每天跑那么远的路，让家人为他操心。不过这所中学离她家比前进中学虽然能近一半多路，但也还有三四站的距离。乘公交车不太方便，上下班还需骑上自行车风里来雨里去地奔波。

厂附近的电机学校是一所中专学校，丽南曾进行过联系，那里也很缺语文教师。现在她倒是有点想到这所学校去，中专毕竟要比中学好一些。

到红岭一中去，还是到电机学校去，她在犹豫之中。

她把那天见到校友党洁的情况告诉了龙孝宗，并问他："如果电机学校和红岭一中都要我，选择哪一所？"他不假思索地答道："当然是红岭一中……"

"当然是红岭一中，"她心里默默地重复着他的这句话。"让我调到重点中学，好使他光彩，也解决了儿子的上学问题，这是他企盼已久的。而到红岭一中，要跑路，要起早贪黑，工作量比中专要重得多，他想过吗？即使他想过，他也绝不会因此而心疼我，让我到中专去……"她这样想着。

为了儿子的上学问题，也为了能在教学上有一番成效，丽南准备牺牲个人的一切，她在电机学校教务科正在积极做工作调她入校的时候，毅然决定到红岭一中去。

快要放寒假了，她到教育局去办手续，那王同志说："你要出系统，只能到你们厂子校，其他子校不能去。"又是一道想不到的关卡！

后来经过几番周折，她终于调入红岭公司一中。

第四章

红岭一中坐落在安城西郊红岩路中段。这所学校规模不大，房屋不多。进了学校大门，照壁后面是一个长方形的操场，操场北面是一座四层单面的教学楼，操场东面有一排平房，一半被校办工厂占用，一半是单身教工宿舍。

丽南调到这所学校后，领导分配她代高二两个班的语文课和一个班的班主任。她这个班上集中了学校领导和不少老师的子女。她是这个班的第四任班主任。班上调皮捣蛋的学生不少，前三个学期每学期换一个班主任，三位班主任都管不住这些学生，只好辞去了班主任工作。

丽南到这所学校，原来就有一定的思想负担，她怕辜负了学校领导对她的重视。现在，学校把这样一个班交给她，就更增加了她的思想负担。她担心管理不好这个班。但是领导已经决定了，她只好尽最大的努力去工作。

开学第一天，早晨 7 时，丽南和儿子骑车到红岭一中去。宇航已正式转入这所学校，上初中二年级。

这所学校是以教研组为单位集体办公。学校和工厂一样，纪律严格，实行的是坐班制。上班，老师都要在自己组的办公室里办公。学校有专门负责考勤的老师进行考勤，各组的组长对组员随时进行考勤。

刚开学，丽南就觉得这里的工作比原来学校的工作多得多。教研组教导处要检查教师在假期里备课的节数时数篇数以及写好的教案；教师要订出各种个人计划，像"个人精神文明计划""教学计划""第二课堂活动计划""业务进修计划"等；同课头备课组要写出"教学进度计划"；班主任要填报各种表格，订出"班务工作计划……"

语文教研组长向丽南介绍组上对学生作文的要求：每学期大作文九次，小作文十次。大作文要求全收全批，小作文可以灵活一些，不一定改那么细。

丽南原在的前进中学每学期大作文五次，小作文没有要求。现在她听了这里作文的次数和要求，自然是有些吃惊。

几个礼拜过去了，丽南经历着前所未有的紧张和繁忙。每天的生活如打仗，她几乎没有喘息之机。与原来学校相比，简直是两个世界。

这学校学生的早读、课间操、眼保健操，下午第一节正课前的写字课，全得班主任跟着。班主任不跟着学生，似乎就是失职。一天的时间搞得支离破碎。有那么一节两节空堂，也干不了多少事。大办公室里人来人往嘈杂声不断，办公效率很低。要改完这些本子，要备课，要找课外补充习题……上班时间是远远不够的。丽南把晚上、周六、周日的时间全部用来工作。

她早晨起得早，晚上睡得晚，中午想休息一会儿，却没有时间。龙孝宗还在出差，她得赶回家给孩子做饭。中午两个小时时间，路上来回要耗去四十分钟，剩下的时间要做饭、吃饭、洗涮，很是紧张。即使有一点时间，她在床上躺一会儿，也不敢睡着。下午第一节是学生的写字课，班主任要按时到，要站岗、监视。据说高中设写字课的学校全市只有这一所。

就这样，她每天从早晨6时起开始劳作，直到深夜，每天只有四五个小时的睡眠时间。她太疲倦了，她拖着疲惫的身躯在支撑着。

来到这所学校，尽管学校活动多，工作忙，教学担子压得重，但她在繁忙之中，始终没有忘记用健康的思想和高尚的情趣去教育学生。自开学始，每周的班会时间她从来没有放弃过。班会上她用各种形式对学生进行积极的教育。

班上的学生都已十七岁了，十七岁这个年龄都应该考虑些什么呢？班会上她给学生读了《马克思十七岁的时候》的文章。

马克思十七岁的时候

十七岁，憧憬未来，跃跃欲试的年龄。十七岁，设计自我，雄

心升腾的年龄。而马克思十七岁的时候，却显得异常冷静，因为他在选择人生道路的时候，已经隐约感到做人的责任和义务。

十七岁，马克思还是个中学生，但已与冥思苦想朝夕相处了。他想得最多的问题，也就是人类自古以来最为宏大艰深的思考题："生命的意义何在？"可贵的是马克思并没有沉溺于脱离实际的玄思，而是认识到实现人的理想，人的价值，必须通过劳动。他中学的毕业作文题是《青年在选择职业时的考虑》。马克思认为，一切职业只不过是手段，最重要的是要追求高尚的理想和目标。他说："如果我们选择了最能为全人类福利而劳动的职业，那么，我们就不会为它的重负所压倒，因为这是为全人类所做的牺牲；到那时，我们感到的将不是一点点自私而可怜的欢乐，我们的幸福将属于千万人。"

纵观马克思的精神发展历程，十七岁是第一个界标。这篇十七岁的代表作，也是马克思少年时代的杰作，是奏响新的伟大诗篇的序曲。在这篇作文里，我们虽然看不到成熟的科学理论，但却看到了一个崇高的人生观，看到了马克思对"生命的意义何在"这个思考题的闪光答卷。十七岁的马克思已经选定了为人类服务这个至高无上的职业。

从十七岁到六十五岁，多么漫长的路途！马克思为追求他的理想和目标，付出了艰巨的劳动，投入了毕生精力，倾注了全部心血，受尽贫困、迫害，而从不动摇，从不回头。几十年一贯地顽强奋斗，如今令人信服地证明：马克思始终忠于他早年的人生观，始终忠于他在十七岁时选定的职业。如果把马克思的一生比作一部最生动的生活教科书，那么，这部书的标题就是"生命的意义何在？"

丽南在读这些文章的时候，往往显得非常激动，有时甚至眼睛都湿润了，声音都颤抖了。是的，"生命的意义何在？"这是人类自古以来最为宏大艰深的思考题，也曾是她青年时代所苦苦思考的问题。现在，她多么希望她的学生在十七岁的时候也能去思考这些问题，能够懂得生命的意义，从青年时代起就能有一个远大的理想，有一个崇高的奋斗目标。

在一次"我最喜爱的一句箴言"的班会上，同学们一个个发完言，班长点到班主任发言时，她走上讲台，用她那大而明亮的眼睛环视了一下全班同学，然后严肃而深沉地一字一板地说道，我最喜爱的一句箴言是：

> 人生最美好的，就是在你停止生存时，也还能以你所创造的一切为人们服务。
>
> ——尼古拉·奥斯特洛夫斯基

她的话音刚落，教室里就爆发出了一阵雷鸣般的掌声。

丽南满怀激情地对学生进行着教育，用高尚的情操熏陶他们，铸造他们的灵魂。

但是，在80年代的中学生中，她的这些教育，她的良苦用心，并不一定能被所有的学生接受和欢迎。

一次，她出了一道"我们这个班"的作文题，让学生对他们这个班发表自己的看法。作文中，学生畅所欲言，直率地谈了他们这个班高中以来的状况以及各位班主任的优缺点。一位学生在作文中写道："我们班换了四位班主任，这四位班主任各有特点。第一位班主任重'智'，一有时间就让我们学习。一学期没有开过班会，班会时间有时让我们上自习，有时放我们回家去学习。第二位班主任重'罚'，谁迟到旷课，谁卫生扫除溜号，谁损坏了公物，就罚谁的钱。第三位班主任重'玩'，他年轻，有空就同我们一起打篮球，打羽毛球，星期天还领我们到公园去划船。第四位班主任重'德'，周周班会照开不误，对我们进行思想教育……

"第一位班主任光让我们学习，我们不欢迎；第二位班主任罚我们的钱，我们更不欢迎；第三位班主任爱玩，我们很欢迎，不过他没有威力，同学们不怕他，班上就更乱了；第四位班主任虽然尽心尽力教导我们，但她的那些教育和社会上人们的思想实际差距甚远！现在人们都在想法捞钱，致富，当万元户，有几个人想着去为全人类……我们到底相信哪一方面的教育呢？……"

学生说丽南重"德"，是正确的，不过她重"德"的目的仍然是为了"智"，是为了让他们能为一个远大理想去奋发学习。这两者是辩证统一的。

有一个学生作文中写道："钟老师确实是位好老师，她博学多才，课讲得好，她身上还保持着那种60年代大学生的气息，但正是这后一点，使她和我们之间产生了一道不可逾越的鸿沟，我们不但不理解她的苦心，还认为她太

革命了……"

"太革命了"，丽南默默地读着这句话，苦笑了一下。她连党员都不是，何谈"太革命"？高中、大学时期为了入团，她奋斗了五六年时间，那么入党，她还敢去想吗？她在前进中学工作的十年中，全校一百多名教职工，只纳新了一名党员，像她这样的家庭出身及家庭状况，她还能去想入党的问题吗？现实使她只好在思想上断了入党的念头，而在信仰上她却始终如一。她无法改变她在学生时代所接受的教育和建树的理想，她要穷尽一生之精力去为之奋斗。

她对学生进行思想方面的教育，学生认为她太革命，她想，太革命就太革命吧！

学生是坦率纯洁的，他们在作文中讲出了他们真实的看法和想法，这对丽南进一步了解学生是很有帮助的。她对每一篇作文都进行了详细阅读，她常常被一部分学生的这些思想所震惊！

毋庸讳言，社会、时代是在不断发展变化的，社会上的潮流对学生的冲击力是大的，但丽南认为，不管时代怎么变，做人的基本准则是不应该变化的。大千世界，芸芸众生，造化虽为庸人设计，但她不愿意自己碌碌无为，去做庸人，她也同样希望自己的学生不去做庸人，而是能奋发有为。她相信，她的教育，会被大部分学生接受并在他们身上产生积极良好的效应，在他们以后的人生道路上起到不同一般的作用。

钟丽南经过一学期的辛勤工作，她带的这个班在各方面都有了较大进步，她和学生也建立起了一定的感情，但是这学期期末，她还是像前三位班主任那样辞去了班主任工作。这里保姆式的管理方法她难以适应，再则，这个班本校老师的孩子太多，使一些问题变得复杂化了，她只好这样做。

红岭一中是一个帮派斗争严重的单位。平时上班看去各人都在自己的办公室办公，互相往来不多，而实际上，拉帮组派，钩心斗角，嫉贤妒能之风很严重。党洁在这所学校因为事业心强，业务过硬，泼辣能干而遭到一些人的嫉妒，这些人和她成了对立面。公司教委看到她有才干，不顾她对立面的反对，把她提拔到领导岗位，担任教导主任，进一步准备提拔她当校长。

语文组大部分是女老师，在这所学校里是一个人际关系最复杂的组。党洁因业务能力强，在组上曾一度遭嫉妒，比较孤立。现在党洁为了解决学校师资缺乏问题，介绍丽南到这里工作。通过观摩教学，那些人看到丽南业务水平也不低，对此他们是望尘莫及的，因而也起了嫉妒心，他们想方设法挑她的刺，对她进行诬蔑、造谣、中伤。原来党洁对立面的那一派为了攻击党洁，现在也常常借诋毁丽南来达到他们的目的。一天，办公室里一位老师冲丽南说："现在的好老师一般学校是不会放的……"过了一会儿又说："现在要调进红岭公司，没有强硬的后门是进不来的……"并且还含沙射影地说丽南不是名正言顺进来的云云。

"好老师一般学校不会放"这话一点不错。但是他们知道丽南是怎样调出来的么？他们知道她为了调动费了多大劲，花了多少时间么？

后来，丽南又听到一些关于她工作调动方面的流言蜚语，什么"别的学校不要她"了，什么"她整天泡病号"了，等等，等等。她做梦也不会想到，为了调动工作，她和龙孝宗费了九牛二虎之力，几乎把嘴皮都快要磨烂，把教育局的门槛都快要踢破，耗费了那么多的时间和精力，她被调出来了，然而招来的却是这么多的曲解、流言、诽谤……这怎能让她不痛心！工作调动对她来说是这么难，前前后后那些纠纠葛葛，枝枝蔓蔓的复杂事她能向谁说清楚，她又哪里有时间去述说？她只好任人们去猜测去臆断去胡说去乱言，她只好在流言和诽谤中，在一些人的冷眼和歧视中，在小心眼，嫉妒心强的人的攻击中生活和工作。

调到这所学校，工作是那么繁忙，任务是那么繁重，她每天的生活是那么狼狈，而现在又加上这些是非，她的心情难以舒畅。在郁闷中，她不能不责怪龙孝宗，是他非让她调工作不可。前进中学离家虽然远一点，但那里同志之间关系融洽，很少钩心斗角，是非也少。再则，那里她还有一间办公室，那一方空间属于她。上完课，她可以在那里安静地办公、学习。她不愿意离开那里，不愿意调来调去。而龙孝宗在儿子升初中时不积极进行辅导，儿子考不上重点，他就把希望放在她身上，千方百计让她调入重点。现在调到了重点中学，他倒是高兴异常。儿子在重点中学上学，他似乎也万事大吉了。丽南在这里遭受到的一切，他根本不闻不问。她只好一个人默默地吞咽这些委屈，痛苦。平时工作忙任务重，她倒是能够承受，而让别人攻击，说坏话，尤其是在业务上贬低、中伤她，她是不能接受的。她从来酷爱学习，珍惜时间，工作以后从来没有被人小觑过，而到了这所学校，她却受到这样的诋毁、冷遇……她怎能忍受？她愤懑，痛苦，她怨悔，她经历着她工作以来思想最

沉重的时期!

上级准备提拔党洁当校长,她的对立面极力阻挠、反对。党洁也是一个爱学习,重业务,比较清高的人,平时她不愿把时间用在无谓的事情上,不愿参与那些钩心斗角的事,不会搞人际关系那一套,故她这一方在学校里势力弱小,她比较孤立。对立面为了不让她升为校长,也拉出丽南的事来攻击她。丽南听了这些情况,心里更不是滋味。

丽南从市上学校调入这所企业学校,在很多方面本来就很不习惯,不适应。这里光考勤、教学量的规定就有几十条细则,她真佩服这些人能挖空心思想尽办法制定出来这么多监督教师的条条框框。校领导大会小会,口口声声是加强劳动纪律,严格考勤,要检查教案,检查作业批改情况,要让所有学生评定教师,要完成教委下达的高考指标任务⋯⋯不一而足。而上上下下的领导却没有抓学生纪律的。一个班有那么几个不学习的,调皮捣蛋的,就会影响一大片。对这些学生,却无人过问、管理!不少老师在办公室里谈起学校的情况,学生的纪律,无不有同感:这里学生的不好管理,高考的压力,严格的坐班制,领导各方面的辖制,家长的监督,学生的评教⋯⋯条条绳索勒着教师,无形的枷锁在禁锢着教师,教师是在戴着镣铐跳舞,他们难以进行什么教学改革,难有舒心之日!在这里,教师的思想觉悟似乎比学生的还要低,要将他们置于学生的监督之下,让这些小学生们给他们打分,当时这在市上各中学中是罕见的。这一做法已成了这里各届领导的传家宝,新领导到这里后,都必用此法,绝不舍弃。当领导的不是想法管理教育好学生,不是设法加强学生的纪律性,而是想着法转着圈地卡老师,对老师各方面都是百般地不放心。难怪这里学生纪律乱,学生很散漫,什么都不怕,敢于顶撞老师,上课大声说话⋯⋯

教师的工作是脑力劳动,本来就需要安静,而在这里,一大早上班后,大办公室里,有吃的,有说的,一会儿这个老师找学生谈话,一会儿那个老师找家长谈话,一会儿是要转学的,一会儿是要插班的⋯⋯真是噪声不绝于耳,各方面干扰不断。在这里怎么能思想集中,致力于学问?怎么能有高的工作效率?丽南觉得这简直是在浪费时间,是在浪费生命!对这一切,她难以适应,她早就够了,现在再加上学校里的帮派斗争和这些是是非非的事情,她更是够了!在这里,她感到窒息,感到压抑,她一天也不想在这里多待,她决计要走。

她想："凭本事在哪里找不到一份工作，讨一个饭碗？为什么偏要在这里受煎熬，遭凌辱？"至于儿子在这里上学，他们要多少高价费都行，她只求能快点离开这里。

她虽然决计要走，但她对工作仍是兢兢业业，不敢有丝毫的懈怠。白天在办公室干不了多少事，她就晚上干。公司是社会礼拜六礼拜，她只好在学校礼拜天的时候去联系工作。

一个星期天，她出外联系工作，在大街上碰见大学同宿舍的舍友章兰。她见了丽南，很是热情，硬要拉丽南到她家去坐。她说："我们分别二十年没见面了，今天好不容易碰上了，还不多聊聊！我们家离这不远，就在前面那条巷子里。"她指着手里提着刚买来的大肉和一些新鲜蔬菜说："今天我没课，出去采购了一番。走，到我家去。咱们边包饺子边聊天，我知道你老家是东北人，喜欢吃饺子……"

她硬是把丽南拉到了她家。

她爱人已是省公路局的副局长，住着三室两厅的房子。客厅里摆放着二十五时的大彩电，日立牌冰箱，高级沙发；卧室里铺着红色地毯；卫生间里定时有热水供应，可以洗澡……丽南把她的家参观了一圈，感慨道："你的家好现代化，好阔气啊！我的家和你这家比起来简直是一个地上一个天上！……"对章兰的家，丽南自然是望尘莫及的。

章兰说："我们这又算什么呢？在国内看起来还可以，而比起国外，那又是天上和地下了！我爱人曾随参观团到过日本和美国，人家那儿用的、住的……那才算是真正的现代化！我们是无法比的！"

章兰在剁肉，丽南帮着择菜，不一会儿，她们就开始包起饺子来。丽南没有调到红岭一中时，因为儿子爱吃饺子，她几乎每个星期天都给儿子包饺子吃。调到红岭一中后，除假期包过两次饺子外，平时就再没有包过饺子。现在章兰和她一起包饺子，她着实已经非常想吃了！

章兰在学校时嘴巴就很能讲，现在比过去更能讲。她一边包着饺子，一边滔滔不绝地先给丽南介绍她两个孩子的情况："儿子已经大学毕业，留校工作，现正准备赴美留学。女儿现在北京大学读书……"讲完儿女的情况，就讲她自己的情况："我早就从中学调出来了，在中学当语文老师是最苦的。在

知识方面，古今中外，天南地北，天文地理，哪一方面的知识都得具备，对每个字词的发音要像播音员那么准确，讲古文比大学老师讲得还要细致，要字字落实，而一些词，出书人的看法、讲法都不一致，让我们怎么办？另外，改不完的本子、备不完的课文，加上高考的压力……我们是学文学的，却没有时间读小说，看杂志，整天忙得团团转。我们辛苦了一整，最后如果能得到'公平的判决'也好，但高考阅卷却往往难以达到'公平'，尤其是作文，阅卷人的手松和手紧对于同一份作文打分可相差 10 到 20 分，如果碰上手紧的，我们就要倒霉，甚至几年的辛苦都会遭到否定！有人说我们的语文教学是少慢差费，确实不假，费力最大，收效却甚微……

看来章兰对此深有体会，她大发着感慨。对于章兰的这些感慨，丽南颇有同感，中学语文老师的确是这样，他们太苦了！

章兰接着说："我现在在中专工作，每周只有四五节课。有课时到校上课，无课时可不去，有的是时间看书、学习。业余时间，我在电大、夜大代课，每月额外收入是工资的两三倍……"

丽南问："你是怎么从中学调到中专的？"

章兰说："也是费老鼻子劲了！先是中学不放，后是教育局不放，我爱人托了不少熟人，疏通了各方面关系，才调出教育局系统，进了中专。"

"还是要关系，要熟人，要后门……"丽南想。

丽南本来想让章兰或她的爱人为自己的调动帮点忙，但是她想，为了章兰的调动，她爱人都费了那么大的劲，而自己和章兰不过是一般同学关系罢了，怎好劳驾她爱人？她终于没有张这个口。不过她大致说了自己准备往中专调的打算，自己正在联系之中。

章兰说："现在往中专调的确难，没有硬的后门、关系，一般来说是很难进去的。"她给丽南介绍了几所缺语文教师的中专学校让她去联系。

从章兰家出来，丽南的心情是很不平静的。她想起大学时，章兰生了孩子，同宿舍女友去看望她的情景。那时还是困难时期，而章兰依靠丈夫过着优越的物质生活。丽南当时是心怀壮志，对章兰过早的结婚、生子以及这样的生活非但不羡慕，而且还有些鄙视。然而现在，她哪方面能和章兰比呢？俗话说："男怕入错行，女怕嫁错郎。"她跟着龙孝宗，物质上经济上受贫穷，生活、工作上是超负荷地运转。她不能不慨叹命运！

一周只有一天是休息日，它是多么宝贵！而星期天丽南还要外出东奔西走地联系工作。

入冬以来，天一直是阴沉的，寒风在吹着，太阳难得露一次脸。她的心像这天一样的阴沉，心上像压着大石似的沉重。她冒着寒风，冒着漫天的黄沙和尘埃在奔波，在为自己寻找一个"名正言顺"地去工作的单位。

她终于联系上一所中专学校。她的试讲仍然得到很高评价，基础课主任坚决要她。这所学校的人事干部也比较正派，能秉公办事。最后经校务会议研究，同意将丽南调入该校。

她写了要求调走的申请书。

但谁能想到，红岭公司各个学校教师的人事大权是由教委人事科具体掌管的。丽南拿着申请书到教委人事科去，人事科长却坚决不同意她走。科长说："我们公司很缺语文教师，你觉得在一中工作不顺心，那么就到公司其他中学去……"到其他中学去，还不是大同小异，她不能那样做，她要离开这个公司。

她好说歹说都说不动这位人事科长，人事科长怎么也不同意她调出公司。她觉得这位科长也像是机械学院毕业的，做事竟这般教条。

丽南说不动这位人事科长，她没有半点办法，辛辛苦苦联系的单位就这样眼睁睁地去不成。对方单位急着要进人，要求进那所学校的当时有好几人，丽南这边不放她，那所学校只好进别的人了。她的调动之事就这样被耽误下来，终未调成。

她又一次感到，要进一个单位难，要出一个单位照样难，左右都是难！什么都搞成死水，而不是活水……

看来她哪里也去不成了，只好在这里像党洁说的那样，咬住牙干一场了！

新学年开始，钟丽南接了高一两个班的课，她决心带出成效来。

大多数语文老师，包括一些特级教师在内，都会感到语文教学这条路，是一条充满荆棘的艰苦之路。一位全国颇有名望的语文特级教师在一篇文章中写道：

"语文教学的路是一条艰辛的路，上面布满了执教者的智慧和心血，更布满了执教者的不足、失误、乃至'创伤'。对于后者，我的感受尤深。综观自己所教的语文课，失败的远远多于成功的，缺陷多的远远多于较为完善的，

因此，'遗憾'的情绪几乎伴随着教学生涯同步前行。然而我并未就此而气馁。文学家罗曼·罗兰说得好，'累累的创伤，就是生命给你的最好的东西，因为在每个创伤上面都标志着前进的一步'。教学中的不足、缺陷是令人懊丧的，但是，以科学的态度对待它，认识它，填补它，跨越过去，也就愉快地迈步向前了。

"在任何方面稍有懈怠，或是墨守成规，就不可避免地发生使人遗憾的故障。教后反思能催人清醒，使人懂得教海无涯，教者需多想想自己的不足，尤其要奋力从旧的教育思想，教学方法的束缚中解放出来。"

语文教学这条路是艰辛的，"教海无涯"，名人都感到如此，那么，钟丽南，这个语文战线上的普通一兵，在教学上就更不敢松懈怠慢了。在改革的浪潮中，怎样适应新形势，是摆在教师面前的一个重要课题，她在苦苦地探索着。

她要教好学生，教出好成绩来，绝不只是为了像党洁说得那样，去堵那几个小心眼嫉妒心强的人的嘴，而她感到这是一种责任，一种义不容辞的责任。她感到自己肩上的担子很重———一个语文教师，要让学生正确掌握和运用祖国的语言文字，提高他们的阅读能力和写作能力，把"终身受用"的语文工具交给他们；要培养面向四个现代化，面向世界，面向未来的具有创造性、开拓性的一代新人；要打破旧的传统教学的羁绊，积极地改革课堂教学；还要围绕着高考指挥棒转，使学生考出好成绩，进入高等学府，成为国家的栋梁之才……要完成这些任务，教师不下苦工夫是不行的。有人说："牛要吃进大量的草，才能挤出一斤奶；蜜蜂要采集万朵鲜花，才能酿出一斤蜜，教师是'台上几分钟，台下百日功'啊！"事实也的确是这样。

星期天、节假日，她很少上街或逛自由市场，而是伏案工作。晚饭后，她依然是在灯下工作到深夜。她在潜心钻研教材，在考虑教法，在给学生刻印各种新型的练习题。她没有时间看电视，学校每次发的电影票她都照例送给别人。

丽南带高一的时候，安市开展了第一次全市性的评优课活动，即赛讲活动。各校领导对这一活动很重视，因为这赛讲不光是代表个人，而更重要的是代表着一个学校教学水平高低的问题。各校都选出本校优秀的教师参加这次赛讲活动。

红岭一中在参加区上赛讲之前，各科教师进行了校内赛讲。经过校领导及教研组教师听课和推选，丽南被确定为参加区上赛讲的老师。对于她讲课的气度、力度和知识度等各个方面，那几个原来诋毁过她的人也不能不对她刮目相看。

领导已经作了决定，她不能不上阵。在原本就很繁忙的工作中，加上赛讲这一环，她就更加忙迫了。

为了赛出水平，赛出成绩，晚上和星期天她都在认真准备。在区上十几所中学高中部语文学科的赛讲中，她获得了第一名。

讲完课，组上一位正直本分的女老师告诉她："你的课讲得很成功，坐在我旁边的几个外校老师都给你打了90多分，他们说，这课讲得太好了，一听就知道这是"文革"前毕业的大学生，讲课不同一般……"

一堂课也是一种艺术创作，讲好了，可以给人以知识，以力量，甚或给人以美的艺术享受。丽南讲课，往往能把这些方面融为一体，给人一种超凡脱俗之感。

党洁在工作中坚持原则，主持正义，不附和阿谀他人，终为对方所不容，她被排挤走了。

教委本来想提拔她当本校校长，但这一决定遭到她对立面的反对，他们捏造事实告她的状。教委没有办法，只好让她到红岭五中去当校长。

党洁在这里工作了近二十年，培养了一批又一批的学生，她说她的事业就在这里。现在要让她离开这里，她的心情会是什么样呢？她当然是窝着一肚子的火，她没有想到这一帮人竟是如此狡诈，狠毒！一气之下，她借她爱人的帮助，调到一所大学去工作了。她爱人是市委某部门的头目，要帮这样的忙是不成问题的，加之她本人业务水平也不低。

一件件一桩桩事情，使丽南看到这里派性斗争的尖锐复杂，她感到这里简直是个是非窝。

转眼，钟丽南教的这一级学生已到了高三，到了快要收获的季节，他们的工作更加繁忙。

这一级，高三用的是新教材，半学期过去了，统编教学参考资料还没有下发，这给备课增添了更多的不便。丽南晚上照例工作到深夜。她在精心备课，对每一个知识点都不敢稍有疏漏。她要翻阅多种资料和杂志，采集新题型，给学生刻印出来。

在工作中她付出了艰辛的劳动和巨大的代价，她的心血和汗水没有白费，

而是转化为学生的知识和能力，换来了可喜的成果。三年来，在各种语文竞赛中，她这两个班的学生获得了好成绩：安市举行语言文字知识竞赛，她班学生参赛者六人，获一等奖者四人；在市影评大赛中，她班学生获得了一、三等奖；红岭公司几所中学高二年级举行语文知识竞赛，共设四等奖，取十个名额，她这两个班获奖者七人，而且基本囊括了一、二、三等奖……

高考中，她这两个班在保送了四名尖子生，预选每班只刷掉两名差生的情况下，语文平均分比本省市语文平均分分别高出 7 到 9 分。

她带的这两个班考上大学的不少，有清华的，有复旦的，有西安交大的，有上海交大的……元旦前她收到全国各地寄来的信件和贺年卡。

丽南调到了红岭一中，龙孝宗的愿望实现了。妻子在重点中学工作，儿子在重点中学上学，他觉得光彩，和丽南也很少吵架了。下班回来，他常常面带笑容地对丽南说道："我们所的某某又来找我了，让你帮帮忙把他的孩子转到你们学校去；某某的孩子没有考上大学，想到你们学校补习，但分数不够，让你帮忙在补习班给报个名……"丽南在繁忙的工作中往往还要跑腿费时给他的同事办这些事。

龙孝宗仍在忙他们那部出口产品。他们小组和哈尔滨电机厂合作给二十万千瓦汽轮机发电机组研制一套功频电调装置，发电机组连同龙孝宗他们研制生产的这套装置要一同运往巴基斯坦电厂进行发电。他们要如期研制和生产出这套电调装置，然后，先在国内进行试用，没有问题再运往巴基斯坦。任务是艰巨的，时间是紧迫的。龙孝宗不是出差，就是晚上加班加点。

他们小组有五位同志，龙孝宗是组长。以前他出差时曾给丽南来信说他们干的是国家的重点科研项目，他有信心搞好这一工作，但由于他平时很少看书学习，长期以来不钻研业务，不学习新知识新技术，他的工作能力和业务水平远远跟不上时代的发展和要求。这一次上级给他们下达了新的科研任务，他虽然想很快地去完成，每天都忙得团团转，但工作却进展缓慢，迟迟推不前去，看来是很难如期圆满完成任务的。

上级为了加强他们小组的技术力量，从外组抽调了一位技术骨干到他们小组来。他叫相忠友，1967 年毕业于哈工大。对于这个课题，他专业对口，本人也善于钻研，头脑灵活聪敏。自他调入这小组后，组上工作才有了起色。过了不长时间，所里就提拔他为该组的正组长，全盘负责管理组上的工作。

龙孝宗虽然还是组长，但实际上只是挂个名而已。

他们的产品终于研制并生产出来了。他们把产品先运到哈尔滨电机厂进行运行调试，然后按照中方和巴方签约的合同按期运往巴基斯坦，正式用在发电机组上。

机器运往巴基斯坦，研制者生产者也要随同去人，以防机器出故障。哈电厂和电元厂各派一人到巴。龙孝宗他们小组首派的当然是相忠友。

这是 80 年代中期，国内随着改革开放政策的实施，和外国打交道逐渐多起来，出国人员也随之不断增多。当时，一般的老百姓对出国人员还是非常羡慕的。多少年的禁锢，尤其是"文革"十年的禁锢，谁还敢奢望跨出国门？现在，一些中国人终于能够跨出国门去看看外面的世界，这怎能让人不羡慕呢？出国，不但可以开阔眼界，而在人们眼中，更重要的是得到一些实惠，起码可以带回一台进口大彩电。当时黑白电视机已基本普及，彩电在国内刚刚兴起，能拿出长期省吃俭用节约下来的积蓄去买一台彩电的人家还不太多。

相忠友到巴基斯坦已经几个月了，还没有回来。电元厂研究所新提拔的赵所长和龙孝宗在刚进厂时曾在一个宿舍里住过，两人关系尚可。赵所长为了让龙孝宗也能出一次国，他费了较大周折，疏通了上下各级关系，争得了一个出国名额给了龙孝宗。

龙孝宗终于登上了飞往巴基斯坦的飞机。他光出国服装费一次就给了八百元，这和他每月只有九十多元的工资比起来还是一个不小的数字。

龙孝宗到巴基斯坦后来信说，他们在那里各方面都很好。那里的物质丰富，东西便宜。他们每天工资五美元，相当于人民币十五元；每月伙食费相当于二百元人民币，而每月有五六十元就吃得不错了，伙食费剩余部分归己。另外，给他们还有一些适当的生活补贴、奖金和加班费等。总之，收入是可观的，是国内不能比的。上边给他签订的出国时间是半年。

龙孝宗出国后，丽南既忙工作又忙家务，十分劳累。但她看了龙孝宗信上说的这些情况后，她宁愿一人忙累，也希望龙孝宗在巴多待一些时间。他们这些知识分子在国内显得有些太穷酸了！社会上已经有了不少暴发户，成为赫赫的万元户。而他们这些上班族，这些知识分子，每月只拿着不到一百元的工资，物价在不断上涨，他们怎能不穷酸呢？龙孝宗在巴基斯坦多待一天，就能多一些收入，好使这个家的经济状况能有一些改观。

但是，龙孝宗在巴基斯坦只待了两个半月就回国了。

龙孝宗回来后，丽南问："签约的时间不是半年么，怎么这么早就回来了？"

龙孝宗说："那边电厂为了节约开支，在裁减人员，动员能回国的尽可能回国去，我也就回来了……"

当时国家规定，出国三个月时间可免海关税带回两大件两小件物品。大件一般指彩电、冰箱之类，小件指照相机、手表之类。龙孝宗出国不够三个月，只能免税买一大件一小件。他在回国购物登记单上登记的大件是彩电，小件是手表。除去买这两样东西用的钱外，他剩余的美元还够买一台冰箱和一台洗衣机。不过这两样都要交海关税。一台冰箱的海关税是四百元人民币。

龙孝宗回安城后不久，就到北京去办手续和买大件。他买了日本松下牌彩电，日立牌冰箱，双缸洗衣机和一块瑞士英纳格女表。龙孝宗算了一下，这几样东西的价值相当于他们结婚后近二十年积蓄的总数。

龙孝宗回国正值 1986 年春节。他的同事来家里拜年的不少，大家都想了解一下国外的情况。孩子们因为他们的父亲带回了彩电、冰箱而高兴。晚上打开彩电，电视上柔和鲜艳的色彩的确给人一种美的享受。饭桌上，孩子们不断向龙孝宗询问着国外的生活和工作情况，龙孝宗津津有味地讲述着。

龙孝宗出国拿到的美元全部买了这些家电，他们自己还出了几百元人民币交了海关税，加上还要买礼品送给同事、亲朋和邻居，他们的经济不但不宽裕，而且还有些紧张。

龙孝宗出国期间，他母亲患癌症去世了。住院期间他弟弟来信要了不少钱，他母亲去世后，他弟弟得知他出国的消息，更是不断来信要钱。信上说他母亲的丧葬费用去了三千五百元，他们三个弟兄一人一份。丽南看到报上登有一个县长死了，用了两千元丧葬费上级都进行了批评的报道，她不能不感到他弟弟太铺张浪费了。她写信虽然从侧面批评了他们，但最后还是如数寄去了一千二百元。

相忠友还在巴基斯坦，他出国已快半年了。

龙孝宗回国后，丽南有时总有点纳闷：他只差半个月就够三个月，就可免税带回两大件，而相忠友已出去那么长时间，为什么他不回来？谁都知道在巴的收入丰厚！难道老相真的就那么自私？老龙平时那么吝啬，有时上街，天很热，连五分钱一根的冰棍都舍不得买，硬渴着。现在好不容易出了国，为什么就这么轻易地回来了呢？难道他不知道钱的重要？在这关键时刻，他竟显得如此慷慨，如此大度……

她难以解开这个谜。

有时她也向龙孝宗提起这个问题，而他要么不回答，要么就找一些借口搪塞：巴基斯坦天太热了；那里肝炎病虐疾病流行；某某单位出国的人员得病死在那里……似乎他的命在这个时候比别人的命都要宝贵！

这个谜底到后来很长一段时间她才知道。原来龙孝宗在那里业务技术差，遇到问题处理不了，全靠相忠友。人都是有脸面有自尊心的，尤其是知识分子，他觉得在那里实在尴尬，实在难堪，所以上级动员多余人员回国，他就趁势赶快回来了。脸面比钱重要！

相忠友从巴基斯坦给小组来信说："我们小组研制生产的电调在巴基斯坦古杜电厂运行一次成功，受到各方人士的赞扬……"

相忠友出国了一年时间终于回来了。他回来后在组上连日开会，安排部署下一步工作。他们要修改原来的图纸，还要生产几台机器运往别的电厂。组上又开始忙起来。

龙孝宗又到哈尔滨出差去了。他出差了两个月竟不给家里写一封信——他处处显得没有教养，他向来是这样无情无义。丽南一人在家，繁重的家务，繁忙的工作，一天在曲里拐弯的小路上奔波几趟，单位上复杂的人和事……她每天都在艰难地支撑着，而龙孝宗心里哪有这些？他连一句关心、问候的话都没有！

暑假到了，丽南把平时堆积着的没有时间干的家务活都找了出来。孩子们的毛裤都短得不行了，她没有时间拆了重织，只好把裤腿下边拆开往长里织上一截。

彩电买回来后，由于一家人都忙，他们平时很少开电视。

暑假的一天，丽南打开电视，她被正在播放的墨西哥六十集电视剧《诽谤》所吸引，也许是她和剧中女主人公在某些方面同病相怜吧，她竟将这部马拉松式的电视剧看完了。剧中女主人公丽迪亚与其丈夫达维没有感情，达维一心做生意，挣钱，经常外出，对妻子不够关心、体贴，没有多少爱给予她。为了儿子，丽迪亚违心地与丈夫生活，过着没有爱情的日子。不过电视剧的最后以喜剧告终，她与十年前的情人终成眷属。

看完电视剧，她感到自己家庭生活的不幸远远超出了丽迪亚的家庭。丽迪亚只是没有得到真正的爱，丈夫是个少情寡欲的人罢了，平时并无打闹吵

架或更甚的事情。而她和龙孝宗两人非但没有感情，而且结婚后还有那么多创伤，那么多不可弥合的裂痕，那么多令人憎恨的事……她不但是在违心地和他生活，而且是在极度的精神痛苦中生活！

龙孝宗出差回来了，他们中午 12 时下班，下午 3 时上班。吃完午饭，他就迫不及待地躺在床上呼呼大睡，直睡到上班时间。下午 6 时下班，吃完晚饭，他又往床上一躺，再也难得起来，似乎害了软骨病——这就是他八小时之外的生活。星期天，他顶多出外采购点吃的，给孩子洗几件衣服，其他什么活也不干。

他是世界上最能睡觉者之一，他什么时候头挨枕头，什么时候就会打起呼噜，发出鼾声。看着他的酣睡，她不禁想起俄国作家冈察洛夫塑造的艺术形象奥勃洛莫夫，他就是一个梦里也想着睡觉，躺卧成为常态的人。她想，龙孝宗如果不是为了生存而去上班，他可能会整天整夜地睡去！

相忠友从巴基斯坦回来一段时间后又到巴基斯坦去了，那里机器的运转离不开人。

一天晚上相忠友的爱人刘氏到丽南家向龙孝宗问点事，丽南顺便和她聊了聊。当丽南问到相忠友上次出国回来带的东西时，刘氏一点也不保留地说："有彩电、冰箱、录像机、洗衣机、照相机、音响……"带的家电可以说是应有尽有，样样俱全。

送走刘氏，丽南顺口说了一句："老相多能干！"

龙孝宗听后就高声说道："谁能干，谁有钱，你就去跟谁呗！……"他又是一副凶神恶煞的样子！

丽南向来是心里有啥就说啥，不会拐弯抹角，心里藏不住事。夫妻这么多年，他应该了解。况且她顺口就说了这一句话，不过是发发感慨而已，竟引起他这么大的火！

第二天中午她没有回家，她在学校附近小饭馆吃了饭，在办公桌上趴着休息了一会儿。晚上回去，孩子们热情地给她倒开水，给她热饭、盛饭。孩子们的举动掀起了她心头的许多波澜，她止不住自己的眼泪，任它流淌。一边流着泪她一边向龙孝宗宣泄着自己的悲愤和对他的看法："孩子孩子你不操心，不辅导，更不动脑子指导，只是一味地让他们坐在那里学习，他们专心否，学进否，学懂否，你一概不管。你自己不学无术，外语不学，技术书不读，八小时之外，不是看电视，就是睡大觉，一个知识人将时间这样虚掷，还能有什么作为？难怪你忌讳说别人能行！"

龙孝宗在厨房里听到丽南的发泄，没有吭声。

丽南是一个富有感情的知识女性，而不幸的婚姻使她长期处在精神痛苦之中，使她长期处于压抑的境况之中，她终于病倒了。

她子宫里长了瘤子。平时在经期，血流得就很多，且不易干净。在一个春节将要来临之际，她正处在经期，但还得照例忙里忙外，有干不完的活，累不可堪。一天，她在忙完家务活之后，晚上出现了大出血。血，浸透了她的内裤，浸透了床单、褥子……鲜红的血在不断往外涌流，她几乎要昏厥过去。龙孝宗只好骑车将她带到医院。

当晚她就住进了医院。大夫采用一系列措施给她止血，血终于止住了。她的身体极度虚弱，整天躺在病床上打吊针。

经过诸多方面的检查，她子宫里的瘤子虽然初步确诊不是恶性的，但大夫建议还是做手术摘除掉为好。否则，将来如果再出现大出血，那是会危及生命的。

一提到手术，她不能不惧怕、恐慌。十年前做阑尾手术的情景至今还历历在目，记忆犹新。那手术虽不大，但对她的身体损伤却太大了，使她几乎落下一身病。首先她的两条腿经常疼痛，难以久立，这对她干教师这一行要站讲台带来很大的困难和痛苦，她经常忍着腿疼在给学生上课。而且就是那次手术，搅动了肠子里的蛔虫，使她得了胆道蛔虫病，那小蛔虫在胆囊里生成了结石。多年来，她的肝胆处经常隐隐作痛，腹部经常胀痛，消化不好……对于手术，她怎能不惧怕呢？况且这次手术要比阑尾手术大得多！

为了生命，为了活下去，她还是听从了大夫的建议，于春节前做了手术。

这一年的春节，她是在医院里度过的。龙孝宗把过年做的鸡鱼肉送来一些让她吃，他们小组的老杨老尚等一些同事也都提了一些营养品来看她，她的姐姐姐夫也送来不少滋补品。这次手术后虽然不像阑尾手术后那样，是在饥饿中挣扎，但是，手术后刀口那撕肝裂肺的疼痛使她难以忍受，她在疼痛中呻吟、煎熬着……

宇婧上高中后更加痴迷于数理化，一有空就抱着大厚本子数理化练习题在做。晚上一般要学到十一二点或更晚一些，大人催几遍才肯放下书本上床睡觉。中午让她睡一会儿，往往也不睡。睡眠少，她的饭量也小。丽南让她

注意休息，注意学习方法，讲求学习效率，她听不进去。课外时间她都用在做数理化习题上，她的数学物理在班上是顶尖的，而她对于文科却很少花时间去学。丽南看着这种情况，心里十分着急。她想帮她学习语文，但看到她在专注地演算数学，难以插上手，她就不去打扰她了。空闲时间，丽南给她讲偏科的危害，而她仍是听不进去，仍在不断地做着数学习题。丽南平时工作忙，说上她几次，她听不听也就难以管得上了。另外，她想，宇婧在市上有名的重点中学上学，他们的老师也会抓他们语文的，她也就没有为她操更多的心。

高考一天天临近，丽南的心一直系在女儿高考的事上。她在给她搜集、摘抄一些语文复习资料及练习题，龙孝宗和宇航在翻作文书，给她找一些作文材料。

高考前紧张，高考后半个月的等分更是让人焦虑、难耐。人们把每年的7月称为黑色的7月不无道理。

25号的晚上，宇婧到学校去看分数，家人等到10点多钟还不见她回来，大家的心都被吊了起来。11时多她回来了，她给家人带来的是晴天霹雳——她的分数条上清清楚楚打印着469这个分数。高考落选是毫无疑问的了，这谁能预想到呢？在市上一流重点中学苦读了六年，班上七十名学生中她是前十名的；平时连洗澡都舍不得花时间，电视更是不看，一年来未曾叠过被子，更没有洗过衣服……然而最后怎么能这样出乎人的意料？

当宇婧拿到这个分数条时，她心里的苦味是难以言状的。她不敢回家，也不想回家，一个人在护城河边转来转去，到11点多，夜深了，她才往回走。到家后，她给大人讲了一些真实情况。

她高考的失败，原因是多方面的，而关键的是她这一跤栽在语文这一科上。平时不花时间学习语文，考试时本身就有些紧张，发下考卷一看十六张卷子，就愈发紧张。作文虽是给材料作文，但不是自拟题目，而是命题作文。她竟没有看到考卷上所给的作文题，没有根据给的题目写作文，而是自己另拟一题目去写。这样，50分的作文，她连10分都拿不到。高考中，一分都很重要，何况50分！下考后，当她知道了这一重大失误后，像迎头挨了一棒，她难过痛悔万分！这对她下面几门学科的考试不能不有所影响。她所拿手的数学和物理两科的考题既难又偏，她愈是着急，愈是不冷静，愈是难以做出来。在这场高考的战役中她几乎是乱了阵脚，这怎能不当败兵?!

她的高考成绩与录取分数线差 10 分。她的语文成绩只有 54 分，可能是考生中最低的。

从高考第一天她作文失误到高考分数正式下达这一段时间里，她将这一件事一直对家人隐瞒着。她的同学以至龙孝宗的同事都知道了这件事，而家人还都蒙在鼓里，这可害得丽南好苦。她想宇婧考得再差，也不至于到落选的地步，所以她又是打听今年考生考的普遍情况，又是到招生的学校咨询，又是为她填报志愿煞费苦心……

现在一切都明明白白，清清楚楚了。

高考当时在人们眼里的确是一件大事，真可谓是一人高考，多方关注！高考完，龙孝宗的同事，丽南的同事以及她的学生，宇航的同学，宇婧的大姨、表哥表姐，楼上楼下的邻居及一些朋友，都关心地询问宇婧高考的情况及考分。

该问的都问过了，该关心的也都关心过了，生活中的这一波澜算是平息了。丽南想：孩子高考落选了，心里本来就难受，家长应该安慰她，开导她，帮助她振作精神，来年再考。做父母的心胸首先要开阔些，想开点，才能让孩子不背包袱，轻装前进。

女儿已经拿起书本又用功了。丽南也在想着如何帮助她学习语文。

开学后，宇婧准备补习一年，来年再考。

宇航随丽南转入红岭一中上学后，似乎变了一个人。以前是活泼、好动、胆大、爱玩，到这学校后却变得绵软、老诚、胆小、不爱说话。他的班主任告诉丽南说："宇航这孩子很老实，在班上从不捣乱……"这和他在十二中时正好相反。

宇航从学校回到家以后也从不出门。吃完晚饭，就和他姐在小屋里学习，晚上大多要学到 11 时才睡。

虽然这样，但是他的学习成绩却令人失望，几乎每学期都有一门不及格，其他及格了的也不过是六七十分。他的学习成绩迟迟上不去，丽南不能不想到这是由于学习心不专的缘故。从小他父亲就严格限制他看电视，使他往往人在那里学习，心却在电视上。久而久之，学习时思想开小差，坐在那里给大人装样子，这已成为他的一种坏习惯。

小的时候，家长为教育他，产生的矛盾，吵的架已不算少。现在孩子大

了，这种习惯已经养成，要改都很难了。况且龙孝宗望子成龙心切，不让孩子干家务活，俩孩真可谓是"饭来张口，衣来伸手"的少爷小姐。没有劳动习惯，好吃懒做，好逸恶劳，惰性严重，学习也是难以搞好的。

晚上，宇航在小屋学习，当他到大屋倒开水喝的时候，往往停住脚步要看上两眼电视，然后再到小屋去。他还是在恋着电视！而龙孝宗在家，他就休想去看电视。丽南知道宇航的心态，开导他学习要专心，他却顶嘴道："你怎么知道我不专心？……"

丽南有时到左邻右舍去，看到工人家庭的孩子，在家人吃完饭后，马上就把碗碟收拾起来去洗，把饭桌擦得干干净净；有时看到和宇航一样大的男孩在揉面，擀面条。回来后她把看到的情况告诉给俩孩子，让他们也学人家的好样子，而他们却说："人家学习没有我们好。你们想让马儿跑得快，又想让马儿不吃草，那还行！……"

丽南给他们讲劳动与学习并不矛盾，干点家务活是积极的休息，学习起来效率高。她举了宇婧的几个同学，她们既干家务又学习好的例子，俩孩子找不到借口，不说话了，但他们在行动中仍是懒于干家务。

龙孝宗在干家务方面却愈来愈勤快。吃饭时，他把饭菜端给孩子，吃完饭，他就去洗碗刷锅。丽南有时说："让孩子去洗。"他却仍是自己去干。对于待候孩子他是乐此不疲的。反正他没有别的事。吃完饭，洗完碗后，他要么看他的电视，要么给孩子们削苹果皮，要么去睡大觉。

龙孝宗以前和丽南吵架的劲很大，丽南说话稍不注意，就得挨他一顿吵，而现在孩子们对他说话厉害，不像样子，他却很少发脾气，很少去教训他们。他唯恐惹怒了他们，他们不再坐在那里好好学习。

丽南和孩子们在一起的时候，有时她也谈自己青年时代的理想和抱负，谈自己对生活对人生的看法，每当这些时候，孩子们对他们的母亲都投来钦佩的目光。她把自己的札记本拿出来，让他们有空翻一翻，读一读。

宇航对丽南的读书笔记还很感兴趣，有空就看一看。

宇婧对丽南的札记本却几乎没有翻过、动过，她只抓紧时间在演算她的数学题。

宇航升入高中后，第一学期学习还是不行，第二学期的后半学期他才开始逐渐"开窍"，即懂得人生、立志、学习等一些重要问题。以前星期天或假期的早晨他常常是睡懒觉，而现在要5点30分起床去跑步，然后回来学习。

他从小体质不甚好，他知道锻炼身体也要有毅力，要坚持不懈。他开始这样做了，学习上看来也专心多了。

正当宇航有了学习的主动性和自觉性，准备奋发向上的时候，一场疾病却向他袭来。

一天，他发烧、泻肚，丽南领他到厂医务所看了病。化验结果出来后，化验员和大夫都很吃惊：白细胞只有两千，相当低（正常情况下应该是四千到一万），他的红细胞和血小板也低。大夫给丽南说："孩子这病你们不能小看，要重视，他不是白血病就是再生障碍性贫血，明天你们赶快到中心医院血液科去就诊。"听了大夫的这番话，丽南心里该是多么难受：这样小的年龄——他才十五岁，难道就会得这种不治之症？命运对他为什么这么残酷！

宇航住进医院进行治疗。住了将近一个月医院，初步诊断为"难治性贫血""骨髓增生异常综合征""MDS"等，此病比白血症和再障能稍好一点，但以后会有什么变化就很难说了。

龙孝宗只好领着儿子去看中医，吃中药。一位中医老大夫对龙孝宗说："你儿子这种病可能是因为长身体营养跟不上，加上学习任务重，劳累等造成的，吃些中药调理补养一下，会好起来的。"

宇航的病经过中医大夫的治疗，吃了好长一段时间的中药，病情有了一些好转，白细胞向上升了一些，接近于正常人的最低指数。他没有休学，继续跟着原班上。为了他的身体和学习，家里在饮食方面给他加强营养，另外，给他吃一些滋补药品。

新学期开始了。虽然已是春天，但天气仍然很冷。开学不几天，一场大雪纷纷扬扬地下起来，道路很滑。丽南冒着大雪，一路提心吊胆小心翼翼全神贯注地骑车，唯恐滑倒。回到家，在冰冷的房间里她和两个孩子依旧是看书学习到深夜。这一学期，宇婧面临着又一次高考，宇航即将升入高三，两个孩子学习任务都很重。丽南更加忙迫。

宇婧在红岭一中应届班中插班，平时的一些测验，她的数学和物理在班上不是第一就是第二。总成绩在全年级排名第四。

高考一天天临近，丽南的心全被宇婧的高考所占据。去年高考的惨痛教训使她仍在为宇婧的高考捏一把汗。

三天高考结束了，宇婧考得仍是不理想。这一年语文题出得较怪较偏，政治题很难，而数学和物理两科考题简单，尤其是数学，题目过于简单，拉

不开档次。

考分下来了，宇婧的考分比重点大学的录取分数线只高两分，这个分要考取她的第一志愿：西南理工大学，还是很难的。如果重点大学录不上，她很可能落到大专去。全家人又在为她的录取之事担忧发愁。

丽南想找西南理工大学招生的同志谈谈宇婧的情况，而各地招生的人都到叶县去了，每年高考招生录取工作都设在那里。

丽南到姐姐单位找姐姐谈了宇婧的这种情况，姐姐办公室里有一个小伙子的家正好在叶县。他听了丽南的一番话后，热情地说："叶县县城有我的一位同学，他认识招生办的人。他家离招生办不远，你可到他家去找他，让他给帮帮忙。"丽南说："那太好了，我明天就到叶县去……"那小伙拿出一张纸在上面给他的同学写了几句话，交给丽南，然后把地址告诉给她。

她回到家，铺开信纸，给西南理工大学招生的同志写宇婧的情况，从宇婧平时的学习成绩和爱好写到第一次高考语文的失误，再写到今年高考的情况，恳请他校能将宇婧这个爱好数理化并且在这方面成绩优异的学生录取，以便更好地发挥她这方面的特长。

第二天一早她乘车前往叶县。她来到叶县招待所，看到招生办住的宾馆门前已围了不少人。宾馆门口戒备森严，站着岗，画着线，一般人不得进入线内，更不能进到里面去，里面的工作人员也不能随便出来。

她在一个小饭馆的角落里坐下来，把给理工大学招生同志写的信拿出来读了读，改了改，重新抄写了一遍，然后到邮局买了信封装起来。到下午3点，她才到介绍的熟人家里去。这一家人对丽南还很热情，他们听了丽南讲述女儿平时学习的情况及两次高考的情况后都很同情。这家老人的儿子认识招生办的人，他说可以帮忙把信送进去。丽南很是感激，她一再向他们表示谢意。

她在叶县时吃了一碗凉皮，回来后就开始泻肚，肚疼不止，浑身困乏无力，到第二天还不想吃东西。她想，为了孩子，一个假期都不得安宁，真是有点得不偿失！但是不为他们牺牲行吗！

过了一个星期，他们就收到了西南理工大学的录取通知书，全家自然都高兴异常。龙孝宗对丽南说："看来，这与你到叶县跑一趟是有很大关系的。"

宇婧被录到工程力学系，这系虽不太理想，但终归考上了重点大学。她已成为大学生，而且要离开家，要坐火车……自然是高兴万分。她弟宇航说：

"这个家已经三个大学生了……"言外之意，就他一人不是。他在暗下决心努力学习，不甘落后。

对丽南来说，一块石头总算落了地。几年来的操心、盼望，高考后的忧虑、烦闷……一切的一切，总算到了头。她只盼女儿在大学里能发挥特长，学有所成。

宇航升入高中后逐渐懂得了学习的重要，开始自觉主动地学习。他的学习基础差，在他得了病，住了一个时期医院，耽误了一些功课之后，他的学习就更感吃力、困难。然而他并不气馁，他在加倍努力地将学习赶上去。他决心也要考上大学。

一个人的内燃机发动起来了，力量是很大的。这时宇航已经上高三，时间对他来说比什么都重要、珍贵。为了学习，他顾不上吃，顾不上喝，连他平时喜欢吃的巧克力也不感兴趣。晚上，龙孝宗将削好的苹果放在他桌上，休息的时候他才拿起来吃。每天晚上苦学到12点。早晨丽南看着呼呼熟睡的儿子，实在不忍心把他叫醒。中午，她尽量及早做好饭，让他吃了好休息一会儿。

经过一年的奋战、拼搏，宇航的学习成绩有了显著提高。高考预选他在年级三百名应届毕业生中排名二十。这所学校每年高考都要考上四五十名学生，看来他考大学还是有希望的。

龙孝宗下班回来经常说到他们同事的孩子考不上大学要找工作如何如何难。国营厂进不去，大集体也要送礼走后门才能进，就连参军都很不容易。他们小组老相的儿子没有考上大学，在家里闲着，想参军，也要有关系。他们找亲戚，找同学，费了不少事，花了几千元，才把事办成。丽南听了这些，想到儿子未来的前途，这高考不能不又在揪扯着她的心。

高考结束，根据宇航的估分，看来落选已是定局。他和宇婧一样，平时考试成绩不错，但一上高考考场，往往就败下阵来，这和他们精神紧张、怯场以及有压力是有很大关系的。

晚上，龙孝宗和孩子在看台湾电视连续剧《几度夕阳红》，丽南也跟着看一看，以松弛一下白天高考阅卷的紧张和疲劳。这部电视剧吸引了众多的观众，丽南也被它吸引住了。在看电视剧最后几集时，她竟无法控制自己的眼泪，她觉得剧中的主人公李梦竹就是在演她，她和这主人公的命运在某些方

面是相同的。李梦竹从来没有发狂似的爱过她的丈夫，只是一种责任——为了养育孩子而勉强维系着那个家庭。不过，李梦竹和她的丈夫只是在儿女们面对婚姻问题时才开始吵架，前半辈子日子过得还较平静。而丽南，他们夫妻大半辈子是在吵闹中度过的，她的境况、遭遇比李梦竹更加不幸，龙孝宗给她的是更加残酷的人生。在这个家庭里，她只是默默地为孩子们做着奉献、牺牲，其他的一切都谈不上。这电视剧不能不勾起她对往事的回忆，不能不引起她对自己不幸婚姻的悲伤，她怎能不流泪呢？电视剧的末尾点明了主题，说明中国的妇女大多都像剧中的主人公那样，牺牲个人的一切，维系着家庭，养育着下一代……指出的是多么尖锐、深刻，又是多么现实！丽南原先对该剧作者的言情小说并不欣赏，看了这部电视剧，她对这位作者却肃然起敬了。

高考成绩公布了，宇航高考落选，这是意料之中的。他的落选，在这个家里并没有掀起什么波澜，因为他的学习基础和他的身体状况明显是那样的，家人谁还能抱怨呢？只是在成绩公布后的不几天，晚上宇航在看电视，龙孝宗训斥道："像你这样，明年还是考不上……"他显然反对宇航看电视。宇航已经不小了，也懂得学习的重要了，他刚刚高考完，又是在假期，晚上看一会儿电视，也完全是可以的，然而却要遭到其父的一顿训斥，孩子心里当然很不是滋味。

以后，宇航就很少看电视了，他整天关起小房的门，和大人很少说话，一人在发愤学习。他也要像他姐那样，远走高飞，考到外地的大学去，离开这个难得有自由，令人窒闷的家。

丽南原来想，宇婧考上了理工科大学，不再有文科的压力，在学习上她应该是如虎添翼，会突飞猛进的，然而事实并不是这样。

刚进校，从安城考去的同级或上一级同学以"老乡"的名义常来常往，今天这个来找，明天那个来叫。她宿舍的女生有几个在学习上不求上进，业余时间不是看小说，就是梳妆打扮，要么就是谈吃谈穿。她们宿舍还和上一级的一个男生宿舍结为友好宿舍，周六周日常在一起聚会、野餐、照相……宇婧知道这样下去对学习影响大，是不好的，但她又无法抗拒这股潮流。不去参加这些活动，一个人就会被孤立起来。她给丽南来信说："……在学习上劲头时大时小，我觉得精神空虚，我急需读一些进步书籍和名人传记，但这些书却很难借到，外面租的书多是言情小说。对于未来，对于自己的奋斗目标，我感到茫然……"她已经体会到一个人的精神支柱的重要。在一封信中她写道："妈，我现在真羡慕和佩服你有一个终生为之奋斗的目标，有一个持久不衰的精神支柱……"丽南读到这里眼睛湿润了，她的女儿到现在对她的母亲才有了一点了解！以前丽南给她讲人生，讲理想，她显得很傲慢，什么都听不进去，似乎自己什么都懂。现在她终于感到它的重要了。

女儿每封来信丽南都及时给她写回信，开导她，指点她，并给她介绍一些书去读。但是她们宿舍风气的不正，尤其有那么一两个不爱学习的同学的带动和干扰，这些，使她受到很大的影响。

寒假回来，丽南发现宇婧变了，变得庸俗了。她花钱比以前大方多了，爱吃零食，爱打扮。她经常对着大立柜的镜子左照照右看看，一会儿问丽南："妈，你看我臀部大不大？"一会儿问："妈，你看我腿长还是腿短？"一会儿说："我的乳房太小了！……"丽南往往在忙自己的事，对女儿的这些问题只是随便应付一句半句的。她虽然觉得女儿不像以前那样朴实、纯洁了，但她想："女儿大了，'爱美之心人皆有之'嘛！况且女儿离开家一个学期，回来这么几天，照照镜子能说她什么呢？"她总认为女儿从小酷爱学习，在学习上一直刻苦用功，上大学后，她的这个爱好是绝对不会改变的。因而，宇婧的这些变化并没有引起她的高度重视。

第二年寒假回来，有一天，两个孩子围着丽南闲聊。当谈到长相时，他们姐弟俩都埋怨丽南给了他们一副不美的面容，用他们自己的话说是"丑陋的容貌"。宇婧说："妈，你是大眼睛，双眼皮，而我和我弟却都是小眼睛单眼皮，不知你是咋生的！小时候我长牙，老是用舌头去舔，你也不说不管，致使我的牙齿和嘴唇都向外突。现在，女孩子长相很重要，而你对女儿却是这么不关心！……"宇航说："平时你们说我这不好那不好，而这些不好的东西全是你们遗传的，你们遗传给我们的没有一样好的，全是一些不好的……"

孩子们在七嘴八舌地责怪着他们的母亲，他们的母亲又能说些什么呢？她跟了这样一个男人，一生就够痛苦的了，而又生了这么两个容貌像其父的儿女，给她又平添了一份惆怅。孩子们小的时候，正是"四人帮"横行的时期，那时注重的是政治，人们都朴朴素素、规规矩矩地过日子，她哪里会注意孩子舔牙，影响美观的事呢？那时又是家庭战争连绵，她自身都难保，哪里会顾及到孩子的这些事？到了80年代、90年代，"美"似乎显得尤为重要！孩子们大了，他们也知道自己的长相如何了，在人们面前他们往往显得

自卑，心里也暗自难受，丽南对这些是了解的，但她有什么办法呢？现在，她只好一任孩子们向她发泄牢骚，发泄不满，她在承受着这些"过失"。

宇婧接着说："我们学校有的女生割了双眼皮，效果还挺不错的，我也要去割。妈，你上街时，给我打听打听哪家美容院割得比较好。"

宇航说："妈，你就领我姐去割吧！长得不好，往往也要受人欺……"

丽南听着孩子们的话，开导他们道："现在人们虽然很注重'美'，但'美'并不只是一张漂亮的脸蛋和一身漂亮的衣服。美是多样的，人本身能唤起人们美感的东西很多，例如，有青春的美，矫健的美，思想的美，气质的美，品德的美，风格的美，朴素的美，热情的美，活力的美等等。这其中思想美，灵魂美是很重要的，它是决定一个人美丑的主要因素。民谚道'花美在外边，人美在里边'；'山的美不在于高，而在于景；人的美不在于貌，而在于思想'。一个人的外貌和风采可以被他高尚而美好的心灵所照亮，使他的举止谈吐、气质风度能给人一种美感。有些人虽然长得不错，穿得也漂亮，但却浅薄庸俗，一身痞相，也不能给人什么美感。你们在外面看见这样的人还少吗？你们姐弟俩的长相并不"丑陋"，只是一般罢了，你们不要有自卑感。妈希望你们能追求美的心灵，用知识充实自己，建树崇高的理想……"

宇航说："妈，你总是喜欢说什么事业、理想，经常让我们也要树立理想，去艰苦奋斗。我看现实生活中大部分人也没有什么理想，什么抱负，不也过得很好吗？

丽南说："一名青年曾写过这样一首诗：'人生是一个混沌的梦／无知就是幸福／不必寻觅／不必追求／在浑浑噩噩中沉浮。'生活中像这青年人说的那样无所事事，无所追求，醉生梦死，浑浑噩噩，虚掷人生的人也不少，但是社会发展到今天，如此文明，如此现代，这社会的进步，人类文明的创造，又是多少人披荆斩棘，艰苦奋斗的结果！我们作为一个人，就要让生命与人类社会的繁荣和进步相联系，为这个世界增添一点什么，创造一点什么，这样的人生才是有意义有价值的人生……"

丽南用自己的人生信条去教育孩子，他们能否接受，能否照办却很是难说。不过她想，这对他们做人，总能起到一点好的作用！

宇航在红岭一中插班补习，用他的话说，他已经"高四"了。他在班上的年龄并不算大，因他本来就是这一级的学生，小学时他由小班转入大班，早一年毕业。现在，他的心不再在电视上了。学习时他不但专心致志，而且还在不断摸索总结科学的学习方法。每一阶段他都订有周密的学习计划。在学习上他不像他姐那样偏科，而是各科齐头并进。他的语文、政治等文科比他姐的成绩要好得多，语文考试常常是班上第一。他的学习成绩在突飞猛进。高考前夕，他已跃居到班上前两三名。

丽南常常提醒儿子不能骄傲，对各门功课都不能掉以轻心，要看到自己的弱点和不足之处。宇航说："就是努力都不一定能考上大学，何谈骄傲？班上的同学都在磨刀霍霍，气势咄咄逼人，竞争看来是太激烈了，现在只是欠流血了……"

宇航从小吃饭就比较娇气，自他患有血液病后，为了他的身体，家人给他加强营养，每顿饭鸡鱼肉不断，这样一来，他吃饭就更加娇气：鸡皮不吃，鱼皮不吃，肥肉不沾，剩菜剩饭就更不吃了。现在他面临高考，学习任务重，为了他的身体和学习，家里对他的每顿饭，都不能凑合。做饭要注意营养的调配，要做得有滋有味。

丽南的生活仍像打仗一样紧张忙碌。中午急匆匆骑车回家给儿子做饭。下午下了班，她急匆匆去买菜。自行车的前面，一边挂着书兜，一边挂着菜兜，到了厂福利区，她还要拐到职工食堂去给儿子买熟牛肉、牛肝和纯瘦的熟猪肉。宇航吃鱼嫌有刺，耽误时间，只好给他买这些肉类。

转眼一学期又将结束。丽南监考完，阅完卷，总完分，一学期的辛苦算是到头了，她不由得觉得轻松了许多。但剩下的时间她却不能干别的，她不但要尽全力从生活上照顾好这个儿子，还要从语文知识方面给予他帮助。儿子高考没有结束，她身上的枷锁就无法解除。

她除了给儿子买营养品，做可口的饭菜外，空余时间她都在翻阅语文方面的资料，在宇航学习休息的时候，她见缝插针地给他指出几个重点词语或讲上几个知识点。他把宇航的作文本拿出来翻看，找作文中存在的问题。看来，宇航还没有掌握写作的要领，还存在不少问题，她一一给他指出。儿子通过母亲的一番指导，似乎才领悟了不少写作要领，掌握了写好文章的基本常识。

高考分终于下来了，宇航考了546分。全家人都高兴异常。这个分不但不会落选，而且能考取较好的重点大学。两个孩子兴奋地在一起谈论着，不愿去睡觉。

这一夜，丽南一家四口全都失眠了。龙孝宗从来没有失过眠，然而这一夜也翻过来翻过去地没有睡着。

宇航被浙江大学录取。

高考，等分，盼录取……这些熬煎人的事总算过去了，丽南两个月的暑假也剩下没有几天了。她开始为儿子到异地他乡去求学做准备，在忙碌。要干的事很多：缝制三面新的大棉被，做褥子，上街买被罩、床单，领儿子去做西服……在丽南絮棉花做褥子的时候，宇婧在一边说："我将来绝不会去干这些事！"丽南听了这话，一种复杂的感情涌上心头。她想："难道我就愿意干这些活？难道我就甘心把自己的事业置之一边？我不干这些活能行吗？……"她沉默了一会儿说："也许你们将来不会做这些繁琐平庸的家务活，也许你们能去干一番大事业，但愿你们能这样，能去享受现代化的生活，不被这些琐事缠身。我们这一代人是没有这福分了！从你们小时候开始，就给你们做棉衣做棉裤，缝被子做褥子，拆拆洗洗，缝缝补补，样样活都得干，我们总不能让你们冻着饿着，总得让你们长大！"她从心底深处企望孩子们将来活得比她好，不要像她这样让命运牵着鼻子走，无奈地生活，活得窝囊、凄楚。

宇航该走了，龙孝宗在单位里找了点小公事借出差上海之机送儿子上学。

东去的列车徐徐开动，在母亲羽翼下生活了十八年的儿子飞走了，他将要去独立生活，自己照料自己。丽南向儿子挥着手，一阵酸楚袭上她的心头，眼泪在她的眼眶里滚动，她似有千言万语要向儿子诉说，有许多事要向儿子叮嘱，但都来不及了！

走出火车站，凉风习习，吹干了挂在她脸颊上的泪花，她突然觉得如释重负，一身轻快。是的，她肩上的担子卸下来了，她背上的包袱甩出去了，儿子有了出路，不必为他将来找工作、端饭碗的问题操心、求人、奔波了，她怎能不畅快呢？从孩子上小学到他们上中学，直到考上大学，她一直为他们操心、操劳，即便是假期，她也没有几天闲着的。为儿女，为这个家，她在忙碌、苦干、奉献、牺牲。现在孩子们各自去奔自己的前程了，她也应该稍事休息，然后为自己的事业，为那理想去努力，去奋斗一番了！

宇航刚到学校，在他父亲还未返回安城的时候，就给丽南来了信。丽南没有想到这么快就会收到儿子的来信，她激动地打开信在读：

亲爱的妈妈：您好。

当你收到这封信的时候，我们已经开始上课了。今天，我们正在进行行业前教育，主要是开学典礼。系领导介绍系里及各专业的情况，让我们看介绍学校及怎样利用图书馆看书借书的录像，另外还参观了实验室，其中包括世界一流的实验室……

这所学校学生的英语水平普遍较高，学校对英语抓得非常紧，课也多。我现在是比较担心的，也有点害怕，怕学不好。

学校环境很好。门前有一条护校河（人工的），河里面有一大片荷花，青青的荷叶片片相连，其间有点点荷花点缀，真是有点像朱自清描写的清华园里的荷塘，看了让人爽心悦目。学校里学风很浓，宿舍区平时很安静。

……

丽南读了宇航的信，她为儿子能在这样好的学校里学习而高兴。她及时写信鼓励他，指点他的学习和生活。

全国各地，尤其是江浙一带的学习尖子考入浙大的不少。在这样一个尖子生云集，学习任务又相当重的学校里，宇航在学习上感到压力大，自己处在被动地位。后来的来信中他写道："……大学里的学习生活，周围同学们的学习情况令我吃惊，令我恐惧，令我忧虑。原以为到了大学我的学习会比中学更得心应手，但没想到事实却恰恰相反。我必须抓紧时间，提高效率。总之，远离故乡，远离父母，一切都要靠自己，一切都要由自己去管理，困难也要由自己去克服，这对于我来说不能不是一次很好的锻炼机会，我会很好地抓住它，去迎接挑战……"

宇航的学习基础不够扎实，体质也远不如别的同学，但他面对着如林的强手，不气馁不自卑，有这么大的信心和决心去学习，做父母的，还能说什么呢？他们心里只能为有这样的儿子而高兴。

宇航到外地读书，让丽南最担心的是他的吃饭问题，因为他平时吃饭太娇气了。龙孝宗送他回来，说那边受台风袭击菜少的情况，丽南就更为儿子"吃"的问题担心。她写信关心地询问他们学校的伙食情况。宇航来信写道："父亲在这里的那几天正碰上这边遭灾，伙食不太好。而现在，学校的饭菜不

但便宜，花样多，而且好吃可口。六角钱的菜里就有肉。这边牛肉也多，猪肉也多是瘦的……"又一封信中写道："我们这里顿顿是肉，天天是油，我都有些快吃伤了！这边鱼多且便宜，一块鱼 + 青菜只有 5 角钱，一条 20cm 长的整鱼，1.50 元就能买到。我每顿买 0.80 – 1.20 元之间的菜，已是相当不错了……看来，'吃在苏杭'一点不假。"

读了儿子的信，她挂着心这才放了下来，而且为儿子能在那里吃得好而高兴。

丽南在读宇航的每一封信时，几乎都要流泪，不管信上报的是喜还是忧，她都无法控制她那难以抑制的泪。在回信时，她重新打开儿子的信，读着，仍要流泪。她常常是边流泪边给儿子写信，千叮咛万嘱咐，有说不完的话，往往一写就是七八页。

孩子们都上大学去了，她却泡在了泪水中。她为孩子们的进步，为孩子们的豪情满志高兴得流泪，为孩子们学习的苦累，为他们的忧伤而心痛得流泪……这是一种什么样的感情呢？真可谓是母子连心啊！有谁会真正体会到这种感情？

光阴似箭。"80 年代"这个口号还没有喊几天，历史的航船已驶入了 90年代。时间的前进谁也无法阻挡，它是这么快，这么急，只能让人慨叹！

丽南自从和杜勃伦断绝关系后，她就很少给北京的姨母写信。"文革"以后，她的理想破灭，事业无成，家庭生活又是这般不幸，她整天处在家庭矛盾的痛苦之中，她哪有心思，又有何脸面给姨母写信?！她母亲在去世前曾到过一次北京，她们姐妹俩见了一次面。丽南的哥哥姐姐在这些年也都曾利用出差之机或到外地疗养探亲之机到北京探望过姨母，唯独丽南没有再到过北京，没有去探望过姨母。她是教师，虽有假期，但她的假期多是为两个孩子的学习在忙碌，在奔波。丽南的父母去世后，在他们这个大家族中，就只有姨母这一位老人了，丽南是多么想去看望一下她老人家，也多想给她老人家写信问安，但是碍于和勃伦的那一层关系，她没有去北京，而且有近十年的时间没有给姨母写信。她决心等两个孩子考上大学后再给姨母写信。

宇航考上大学后，丽南给姨母写了一封信。信上除向二老问安外，当然是告诉姨母她的两个孩子都在重点大学读书的事。信发出后，她很快就收到姨母的回信。信上，姨母写道："甥女多年来在生活和学习上都是很要强的。

你母亲在这里时，常常提到你，说你不但对老人非常孝敬，而且懂得节俭度日，从不浪费……这些都给了我极好的印象。如今来信，得知甥之子女情况，很是令人鼓舞，这都是你素日教育有方的结果。我们读了信都替你高兴……"信的最后姨母写道："从来信中看到你对自己要求甚严，仍要进取，志向高远，这也是我心中喜欣之事。你们这一代人都这么要强，做老人的，也就感到满足、幸福啦！"

承蒙姨母的一番夸奖，丽南虽感不胜荣幸，但又觉当之有愧。两个孩子虽上了大学，但自己并没有真正把他们教育好，他们身上还有不少弱点和缺点；对于这家族中唯一的老人，自己也未能尽到什么孝心，实感内疚；平日自己心中虽想着为理想去奋斗，但在行动中往往是懒散的……

姨母已七十多岁，但信中字迹仍然清秀娴熟，且词语丰富。丽南把信读了好几遍，她的泪水仍是流个不停，她不知这是什么泪。

姨母说："以后应多多通信，互通消息，这对我来说也是一个极大的安慰。"自此以后，丽南和姨母一直保持着通信联系。

第三巻

第一章

过罢春节，送走孩子，丽南身体的疲劳还没有恢复过来，新的一学期就开始了。

这学期一开学就显得特别忙，工作特别多。3月份前半个月要评完职称；中旬，市上、区上领导要来校检查教学工作，教师要写好教学计划，整理好教案以待检查；上级下来要听课，学校布置一部分老师重点准备……

丽南是被布置接受听课的老师之一，她精心地进行准备。

区级领导下来的前一天，学校里上上下下忙得像大年三十。刷门的刷门，贴标语的贴标语，其他打扫卫生的，布置教室的……教师们在忙着熟悉教案，准备第二天的讲课。

区上来了近四十个视察工作的人员，他们首先是听课。丽南代的是高二两个班的语文课，上午第一节课，有近三十个工作人员走进了她的课堂。听课人虽多，她不但一点不紧张，反倒觉得这是对自己的一种信任和鼓励，她讲课时劲头更足了。

在这众多的听课者之中有区教育科的科长。几年前赛讲时他听过丽南的课，丽南的讲课给他留下了很深的印象。几年过去了，他还没有忘记丽南。这次是他带头去听丽南的课的。

前几年的赛讲使丽南在区上有了一定的名气。这次区上组织人员下来检

查工作，大家都想再听一听丽南的课，领略一下她那精湛的讲课艺术。丽南没有让大家失望，她讲课的水平不比赛讲时差，使大家很满意。

在评议会上，科长说："今天，高二的语文课是最佳阵容，教师讲授的知识学生当堂能理解、消化、融会贯通、举一反三，是很成功的一堂课……"

丽南在校外虽然有一定的名气，以致听她课的人这么多，而在校内她并不被人了解。组上那些嫉贤妒能者的坏话，那些诽谤之语，早就把她这一点名气冲得无影无踪。这些大的场合，这些费时费力的工作，校领导把她推出来，她卖命地干，为校争光，而她并非能得到校领导的认可。因为对这些不重视教学，不了解下情，官僚主义严重，喜欢收受贿赂的领导，她看不惯，她曾经告过他们的状，领导只要不报复打击她就算是幸事了。

红岭公司几年来领导不力，生产滑坡，效益不好。别的单位在不断升工资，而他们这里几年来不但没有给职工升过工资，听说还要下浮一级工资，搞得人心惶惶，怨声不迭。新来的老师看到这里的工资低，福利待遇差，没有住房，工作任务重，条条框框多，空气窒闷，令人压抑，他们都说调到这里是走错了路，进错了门。

在工作上，他们中的一部分人不再像这里的老人手那样认真，那样谨小慎微、兢兢业业。上课时，有的拿着两三本包着书皮的书——一本课本、一本教学参考、一本编订好的印刷成册的现成教案进课堂讲课，照着资料上归纳好的段意、中心思想等一讲了事。他们的备课本上往往只简单写上几点干条条，以应付领导的检查；半学期过去了，有的作文只草草地改了一次。

有的老师看到丽南工作认真，默默苦干，就说："公司都成了这个样子，工人没有奖金就不干活，我们还好好干个啥……"

有的老师看到丽南在这里受欺受压，他们为了显示自己的威风，不至于受气，就扬言道："如果谁说我的坏话，谁欺负我，我就以十倍的疯狂对付他。"

不管别人怎么做，怎么说，丽南在工作上依旧是一丝不苟，上课时就连一个小小的生字词，一个难句她都从不放过，都要给学生一一指出，进行讲解。她认为，面对着一个个活生生的有血有肉有头脑的学生，一个老师，怎么能够混呢？

对于别人诋毁、诽谤之言，不要说十倍疯狂的还击，就是一倍的疯狂她也不曾有过。她一任那些婆婆嘴去胡说，她没有时间去争辩这些，她刚直地在走着自己的路。

学校将原来的大办公室隔成了一间间小房子，一个年级中同一科的老师在一间小房里办公，这样干扰要比原来小一些。

丽南办公室里多是近两年调来的新老师或新分来的大学生。她办公桌对面坐的是一位调来不长时间的女老师，叫黄蕴灵。她的个子不高，年龄和丽南相仿。

也许是因为她俩年龄差不多，生活上都比较朴素，不喜欢穿着打扮的缘故，她俩很能谈得来。下了课，或者她们都没有课的时候，就会聊上一阵子，黄蕴灵调来的时间虽不长，但是她对这所学校的派系斗争以及一些是是非非的事情了解得很清楚。她常常把听来的一些消息告诉给丽南。

对于丽南在这学校里受欺受压的事，她当然也了解。她常开导丽南要想开些，要坚强些，身体要紧。她说她原来所在的单位也很复杂，领导比这里的还坏。但是她不怕他们，而校长还有点怕她。从她的谈吐中，丽南知道她很厉害，心眼多。在这些方面她感到自己是远远不如她的。

黄蕴灵调到这所学校后，工作上并不卖力。她对丽南说："这公司现在搞成了这样，职工几年升不上工资，没有奖金，而大小头目都在以权谋私，大捞其财……谁能给她们好好干？"

丽南听了这些，和她有同感，但她只是感叹一番。牢骚归牢骚，而在工作上她却从不怠慢。

丽南和黄蕴灵教的这一级学生共有十个班，都是平行班。高二第一学期末这一年级要分快慢班，期末考试和阅卷仿照高考形式，考试题是请外校老师出的。本校教师不得提前看到考题，试卷是装订密封起来的，教师流水作业阅卷。这样做的目的是为了考察学生的真正成绩，将好学生分到重点班去。

阅卷结束，丽南带的这两个班的语文平均成绩比其他各班的语文平均分数分别高出 5－8 分。

丽南的教学成绩是突出显著的，区上下来检查工作听她课的人又是那么多，她得到了教育科长的赞扬，正因为这些，她却成了某些人谋算的对象。

和丽南面对面办公两年的黄蕴灵是他们小组的备课组长。在上学期期末考试中，她带的两个班语文成绩比丽南那两个班的成绩低 6－7 分。她在想："仅仅只有一年半时间，成绩就相差这么多，那么再有一年半，到高三毕业，相差还不知有多大呢？这样一来，我在这里将怎么立足？……"

黄蕴灵的年龄也不算小了，她调入这所学校也颇费了一番周折，是很不容易的。尽管这里的效益不好，没有住房，但是她也准备在这里安心扎根地干到退休。她调来不久就看清了这个地方是很讲究人际关系这些方面的。为了在这里立足，甚至在这里打开局面，树立威望，她花费了不少精力和财力买通了上下各方面的关系，笼络好大小头目。但是她却万万没有想到，一个办公组共同工作的丽南在教学上是这么厉害，把她远远甩在了后面，这对她不能不是一个威胁，她要想办法搬走身边的这块绊脚石。

黄蕴灵虽然有了这样的想法，但平时，她仍和丽南保持着融洽的关系，她们仍是无话不说，无事不谈。俗言道："人心隔肚皮。"春节在丽南请小组同事吃饭时，黄蕴灵一边吃着丽南做的大鸡大鱼，一边在心里却算计着怎样将丽南从这个组，从她身边踢开。

这学期将要结束时，她终于拿出了她的招数，她以小组不团结为由，并捏造了一些事实，上告于校长，要求将丽南排除于小组之外。

负责教学的伍校长早已收受了黄蕴灵的贿赂，这次为了排挤丽南，黄蕴灵又一次给他送了礼，而且她把教导主任也早已笼络好，她说什么，他们当然相信，也当然听从了。

放假前教工大会上，伍校长宣布下学期教师分工时，丽南被分在了别的年级，而接她两个班课的是一个教初中的师范生。这分工不但出乎丽南的意料，而且别的老师也感到奇怪：丽南在这一级带得好好的，为何要让她中途离开原班去接新班？——大部分老师并不了解内情，更不了解上学期密封卷子考试的成绩情况。

大会结束后，丽南去找校长，她问校长："学校为什么这样分工?"

校长说："你和你们小组的同志不团结……"

她感到莫名其妙，说道："我到底和谁不团结？我们小组的同志在一起既没有吵过架，又没有红过脸，大家在一起时是有说有笑，怎么说不团结？你可以把组长黄蕴灵叫来问。"

校长把黄蕴灵叫来了，让她们对质。丽南没有想到在校长办公室里她看到的是一出母老虎露尾，魔鬼显形记的精彩表演。

黄蕴灵坐在丽南对面的沙发上，她一反平时的常态，脸上显出一副凶神恶煞要吃人的模样，她的短胳臂，小胖拳头像游行示威呼口号那样一举一举，厉声地连珠炮似的数说着她早已编造好的丽南的"不是"。丽南被她这样的举动和神态震住了，她只是注视着黄蕴灵那杀气腾腾的脸孔和那滑稽的动作，至于她嘴里说了些什么，丽南倒没有听清多少。

这就是黄蕴灵平时所说的自己的"厉害"！她的一副泼妇的架势，吵架的胚子，母老虎的面孔，魔鬼的疯狂在这里暴露无遗。然而她的骨子里却是虚弱的，她所说的事理不值一驳。

开会前她们还互相打招呼，互相询问放假的一些事情，一切还都正正常常，而现在她竟是这么一副模样，竟然说她们不团结，这怎么能够让人解释通，怎么能够让人理解？丽南当时被她这凶恶的架势几乎震蒙了，她只听到黄蕴灵把自己平时说的一些话和发表的言论及观点，一股脑地加在了她的头上。她和她辩解着，有的问题还涉及小组的其他同志。校长去找那些老师来对质，但那些老师早已溜之大吉，他们不愿参与到黄蕴灵所设的这个圈套和计谋中去。

学校已开始放假，校长找不到人，事情只好不了了之。校长对丽南说："放假前学校领导会议上已经这样决定了，现在只有照决定办，不能更改了……"

黄蕴灵胜利了，她的目的达到了，她当然春风得意！

从校长办公室出来，黄蕴灵和她的帮派们亲密地并排从校园里走过，个个脸上挂着胜利的笑容。丽南骑车从他们身旁穿过，她当然不会去理睬他们。黄蕴灵看着她远去的背影，心里在说："你去生气吧！你去哭泣吧！……"

是的，丽南怎能不生气？她做梦也不会想到，和她共事两年，面对面坐着办公，平时互为知己的好友会干出这种勾当！事情是很明显的，她稍加分析，就知道自己是为什么被排挤下来的。黄蕴灵为了自己在这里有一席之地，有立足之处，而且能舒舒服服不费力气地工作，她绞尽脑汁，挖空心思，机关算尽地来排挤身边认真工作的丽南，并对语文组各年级人员的搭配做了精心布局，在某些方面她在一定程度上起着左右领导的作用。她的思想，阴险狡诈的嘴脸现在已全部暴露于光天化日之下，她的原形毕露了。

大半辈子过去了，丽南第一次深深体味到曹雪芹怎么能塑造出一个王熙凤来；战争年代里那些叛徒为什么那样冷酷、无情，去出卖自己的同志；为什么鲁迅说人会吮血，会吃人……

在教学上教出了成绩就这么不能平静；工作努力，成绩显著者要遭到意想不到的诬陷、中伤、诽谤、打击、排挤；老实人，人人都想欺之，以欺之

为崇高伟大之举……丽南工作了这么长时间，调了几个单位，还没有一个单位像这里这么复杂，人这么坏！她感到这里太黑暗了，黑暗到连好好工作的权利都没有，这里真正是好人受压，坏人得势，它不愧是一块是非之地，是一块可让人诅咒憎恨之地！

她已经没有了眼泪，没有了悲伤和痛苦，有的只是出离的愤怒，无边的愤怒！

她怎能就这样任人随意踢打？怎能就这样任人随意欺凌？她辛辛苦苦花费了大量心血所带的班将要到收获的季节了，怎能就这样轻易被人夺走？她要起来斗争，她要让领导拨乱反正，她要争回这口气。

她面临的是一场挑战，是一次较量，是一场搏斗！只有斗，才有出路。

放假的第二天上午，米老师到丽南家里。她对丽南说："你们小组的小于到我家谈了黄蕴灵搞这些计谋的事，她说钟老师现在一定很生气，我不知道她家住在哪里，你到她家去劝劝她，让她不要太生气了。"米老师接着说："我本来昨天晚上就想来看看你，因家里有事，今天才来。听了小于的述说，我很气愤。这件事你占理，你不要怕，一定和她们斗，要回自己原来带的班。我来帮助你……"

米老师是一个直性子热心肠爱打抱不平的人。平时，她对丽南在这里受欺受压深表同情，她让丽南坚强一些，不要怕那一帮人。

米老师和丽南先到公司教委找到负责人，反映了学校关于这次教学分工中的问题，要求他们能协助解决。然后她们到学校找校长。两位校长开会去了，不在学校。她俩临别时，米老师说："一定要争回这口气，不然他们以后会更放肆地欺侮你……我一定找校长，帮你把这件事磨过来。"

听了米老师的话，丽南心里热乎乎地，她不是孤立的，毕竟有坚持真理主持正义的人站在她这一方。

两天来丽南没有怎么吃东西，也没有睡着觉。回到家，她感到很累，躺在床上在想着如何斗争的事。

遇事要善于思考，而不能只是生气、埋怨。丽南觉得自己辛辛苦苦地工作，默默无闻地大干了一整，而太不被周围人了解了，就是主管教学的校长对他的工作状况，教学成绩也是很不了解。她应该让他们去了解，把自己的思想，自己的灵魂，自己的工作状况——显示于他们的面前。以前只知苦干，不知表现，其结果是干了好事反被说成是坏事。现在要开窍，要说，要讲，该揭露的揭露，该表白的表白，不能永远在人们的误解中生活！

丽南到年级组长以及几个要好的同事家去谈了这次事情的原因，他们原来对这些情况都不甚了解，听了丽南的述说，他们表示要在校长面前为她伸张正义。

白天不便于在学校谈问题，晚上，她带着成绩单，给学生刻印的讲义以及自己的一些札记本等到校长家里。她谈事情的真相，揭露对方的用心，谈自己平时工作的情况和成绩。校长一边听着她的讲述，一边在翻看着她的札记、刻印的讲义。以前的札记本上句句是闪光的思想，工作以后的札记本上有全国各地先进教师的教学经验，有自己的教学体会……讲义上用红蓝油笔批注得密密麻麻……

校长显然被她刻苦学习和认真工作的精神所感动，他表示重新考虑这次分工问题。

为了让校长进一步明辨是非，看清对方的阴谋，她把《屈原列传》上的一段文字读讲给校长……

屈原才能出众，得到楚怀王的信任和重用，而与他一同在朝廷共事的上官大夫却嫉妒他的才能，向楚怀王说他的坏话，诋毁他，楚怀王终于被谗言媚语蒙蔽了眼睛，疏远了屈原……

从古到今，像这样嫉贤妒能，邪恶的小人危害公正无私的贤人的例子还少吗？而这里的校长偏听偏信，官僚主义严重，竟也发生了这样的事情。

丽南到一把手舒校长家去，谈了两个多小时。舒校长听了她的述说，也觉得这中间有点蹊跷。他说："当时分工主要是伍校长负责，我没有太在意这些事……"他答应开会再研究一下。丽南从舒校长谈话的口吻中知道，他们领导平时工作也有情绪，不太想费力去抓教学，因为学校向上边要钱要物上边都不给，学校穷得叮当响，怎么办学？看来领导也在消极对抗。在这种情况下，丽南还在卖命地干，他们当然是不会去欣赏的。

在回家的路上，她想："公司效益不好，上面又不重视教育，教师的福利待遇差，教师不但有情绪，以消极态度对抗，就连领导也有情绪，他们对教学是睁一只眼闭一只眼。而学生是无辜的，是天真无邪的，一个教育工作者怎能把牢骚往他们身上发？再说，学生毕竟是国家的财富！他们这样做，于心能忍，而我是于心难忍的！但是，你认真工作，教学成绩显著，又遭此下场，这怎能让人不气愤？……"

斗争是复杂的，找领导谈一次话就想解决问题是远远不行的。领导决定了的事情要更改也是很难的。为了争这口气，为了让领导拨乱反正，她拿起笔来分别给两个校长写信，给领导述说事情的真相。

过了些天，米老师到丽南家，给她送信道："校领导开会已最后决定，你仍代原来班的课。"这使丽南的心总算放下了一些。黄蕴灵的阴谋没有得逞，她们的目的没有达到，她们失败了，她们不会想到：钟丽南——一个只是承受别人欺凌的人并不是她们想象中的那么懦弱无能！

晚上，她躺在床上，似乎没有一点睡意。皎洁的月光照进房里一大截，亮堂堂的。窗外，从隔壁伸过来的梧桐树的枝叶在夏风中摇曳。看着那明亮的月光，想着学校里这复杂的人和事，她的心头涌上无限感慨……

党洁随她的爱人一起要调往北京去工作了，丽南到她家去和她道别。她们天南海北地谈了一通之后，丽南将黄蕴灵搞的这件事原原本本地告诉了党洁。党洁听完后并不感到惊讶。她说："'不结果的树是没有人去摇的。唯有果实累累的树才会有人用石子去打。'这是罗曼·罗兰曾经说过的。这话多么富有哲理！懂得了这个道理，这一切就不足为怪了。"

丽南一边听着，一边在思索咀嚼着这句话。

党洁接着说："一位作家曾经说道：'朋友无涉利害最是安全，一旦涉及利害，相辅相成的可能性极为微小，对克成仇的例子比比皆是。'你的教学成绩直接影响到她在学校的威望，为了她的利益，她这样做是必然的……"

丽南沉默了一会儿说："这要看什么样的朋友。像黄蕴灵这样私心大，心眼多的朋友，在涉及利害的时候，她可以和你反目为仇，但是，像我这样的人，我的朋友即便是教学成绩比我再高，我也不会去伤害他，更不会去和他对克成仇。"

党洁感慨地说："社会上的人的确是各种各样的，不过，像黄蕴灵那样诡计多端、毒辣刁钻的人不是太多，而像你这样老实，一心干事业的人也不是太多，你们这两种截然不同的人碰到一起，那你只有吃亏倒霉了！'吃一堑长一智'，通过这件事，我相信你会变得聪明一些的。"

停了一会儿，党洁说："丽南，有人说，人生就像一本书，傻瓜们走马观花似的随手翻阅它，聪明的人用心地阅读它。因为他知道这本书只能读一次。"

丽南说："这句话是尚·保罗说的。我早已知道。不过，大半生过去了，对这人生，我虽然不是随便翻阅，但用心阅读还是很不够的。"

党洁说："我们都应该认真阅读'人生'这本书。我过去在那里遇到的一些事，你现在碰到的这些事，都是人生中极妙的东西，通过它们，去看人的真面目，人的本性，人的复杂，人的奥妙，不是很好吗？……"

丽南打心眼里佩服党洁的才华，她说："你的见解我很赞赏，以后我会这样去做的。党洁，你肚里的墨水可真不少！我真羡慕你能有这么充裕的时间和条件去读书学习……"

党洁说："到北京后，我仍是在大学里工作。理论方面的书我已出了几部，以后我准备进行一些文艺创作。丽南，我也受你那老观点的影响，认为人，来到这个世界上，应该留下一点什么才好。"

她们聊了一会儿之后，党洁就拿出他们调到北京后的住宅图给丽南看。她爱人将要调到北京某工业部工作，住房早已给他们分配好了。他们的住宅面积有二百多平方米，党洁给丽南指点着，这里是什么厅，那里是什么室，这里是什么设施，那里是什么……丽南虽然看到的不是实际的住宅，而只是一张图，但这也足以使她像刘姥姥进了大观园一样感到新鲜。

临别时，她们互相祝愿对方在事业上能有一番成就。

党洁调到北京后，和丽南通过一段时间的信，后因工作忙，通信就很少了。不过丽南知道党洁已经创作了几部电视剧，有的已经搬上了荧屏。

一天丽南在吃饭时，把黄蕴灵的事大致提了一下，龙孝宗听后不但不同情，反倒把丽南埋怨了一通。说什么你在学校和谁都搞不到一块，什么别人在那里能立足，你就不能！为什么人家不找别人的茬，专找你的？年龄大了，还想往外边调，星期天你在外边能跑出什么名堂来？……

听了他的这些话，她心里怎能好受？

她和龙孝宗结婚以后就很少在一起谈过心，很少沟通过思想——也很难沟通。自她调到红岭公司后，她所遭受的一切，她内心的苦楚很少给龙孝宗述说过，透露过，她一个人在默默地承受着。她想："给他述说又能有什么用？不仅得不到他的同情、抚慰、关心，而往往得到的是指斥和埋怨……"她调到这所学校，龙孝宗只是一味觉得荣光，至于她工作的繁忙，精神的痛苦，他是毫不在意的。在前进中学时，丽南不想调工作，他硬是逼着她调，

而在这所学校，她想调工作，他却反对。丽南周日出去联系工作单位，也成为他指斥的一个方面。

她平时在单位遇到的那些不顺心的事虽然很少给龙孝宗述说，但有些事，有些人，太让她伤心、气怒，她憋不住，在家里有时也讲几句，发泄一下，孩子们听后会七嘴八舌地说一些不成熟的见解，而龙孝宗听后却说："你就睁一只眼闭一只眼，随他们去……"现在听了丽南的述说，他把这些话和丽南平时说的一些话联系起来，武断地给丽南下这些结论，指斥她，她怎能接受？

她听着龙孝宗在厨房里一边洗碗一边嘟囔着她，她生气地说："在你眼里，我什么都不好，你什么都好，是不是？……"

她不想和他多争论，因为争论不但不会有什么结果，而且又会爆发战争。龙孝宗给她下了这么些结论，她也不想与他辩解。她只觉得有一肚子的冤屈，一肚子的气。

她把她的被子、书、笔等物搬到小屋里去了，她不想再和他见面、说话。

晚上她一人睡在小屋的单人床上，往事又一件件浮现在她的眼前。她痛苦地想："他有什么脸来说我？我一生的悲剧不都是他一手造成？以前硬是让调工作，调到这红岭公司，人际关系等各个方面都如此复杂。别的老师的亲朋家属中有做官的，有海外关系的，身价无形中倍增，而我，丈夫没有半点本事能耐，一人孤单在此，又不会拍马逢迎，只能是一个受欺者。在这里干，心情难以舒畅，想走，又无门……我的处境之难，他不但不分析不同情，反倒怪罪，这怎能让人不气上加气！遇上这种没本事的男人，只好受苦受罪！在单位受欺受气，在家里还要受，如果不是坚强的话，怕早就一命呜呼了！和他生活在一起只能是一种痛苦，这种痛苦从刚结婚到现在以至以后都是不会甩掉的。不甘心就这样了此一生，但又有什么出路呢？"

丽南高中毕业后，和原班同学联系很少。大学时她和高中要好的同学孙影娟互相通过几封信。工作后孙影娟曾到丽南家里去过两次，后由于工作忙，家务多，就都各自忙各自的事，她们的来往也就中断了。

一天，丽南在报上看到高中母校建校八十周年庆祝活动的通知，她想，一定要去参加。说实话，她已经非常想念她高中的老师和同学了。

她届时参加了校庆活动。原班同学去了二十多个。同学们见了她，都热情地叫着她的名字，和她打着招呼。有的同学风趣地问道："丽南，还认识我吗？我叫什么名字？……"

三十年了，整整三十年了！同学们的变化的确很大，尤其是女同学，有一些她简直一点也认不出来了！她们的体态变了——胖多了，脸形变了，脸上爬满了皱纹……她握着一双双伸过来的手，看着一张张笑脸，却难以辨得出，叫不出她们的名字来，搞得她好尴尬！孙影娟在给她解围，一一介绍着她们的姓名和工作单位。

她发现班上原来几个非常漂亮风流的女同学变化也非常大，老得也这么快。当孙影娟给她介绍她们的姓名时，她才恍然记起她们高中时那苗条的身段，美丽的面庞，又粗又长的大辫子，而现在……皱纹是年华的里程碑！她们从十八九岁高中毕业到现在都已是五十岁的人了，在风风雨雨中，在忙忙碌碌中，她们走过了大半生，怎能不老?!

同学们都在问："丽南，去年我们班聚会，你怎么不来参加！你躲到哪里去了？我们派出好几名同学去找你，都未找到，害得我们好苦！……"

丽南说："我确实不知道聚会的事。工作后，调了几个单位，家也搬了几次，因此……真是太遗憾了！"

同学们在一起互相问着对方的家庭情况，子女情况和工作情况，当同学们知道丽南的两个孩子在重点大学读书时，都非常羡慕。

男同学大部分都穿着西服，系着领带，显得潇洒气派。班长刘智沛也来了，他的身体比高中时要高大魁梧，皮肤仍然是白中透黄，头发依旧是微微卷曲。从外表看，他的变化不太大，丽南老远就认出了他。他和丽南亲切地打着招呼，紧紧地握手问好。丽南早就听说他是省委某部门的要员了，在电视上偶尔也可看到他在会议上讲话或在各地视察工作的镜头。现在，他和老同学在一起，仍和当年在学校里一样，谈天说地，没有半点官架子。

学校的庆祝大会是在大操场上举行的。操场上坐满了各届的毕业生。主席台上坐着曾经给他们代过数学课物理课的老教师，他们都已七八十岁了。会后，丽南他们在校园里转了一圈，他们曾经住过的小平房早已被一幢幢楼房所替代，当年上课的那座教学楼还在。他们的班主任已调离本校，他们把给他们任过课的老师搀扶来和他们一起合影留念。

班上一名同学在学校不远处经营着一家规模不小的酒店，中午，他把班上同学请到酒店里摆了两桌席。饭前，同学们都拿出钞票筹款给母校。丽南原来没有想到这一点，她口袋里只有二十多元钱。她拿出这些钱，觉得不太

好意思。坐在她旁边的刘智沛说："你拿出这些钱足够了，你本身就是教师，尊师重教，我们应当多支援一些。"说罢，他拿出五张大钞给了筹款人。

大家一边吃着菜，喝着饮料，一边畅谈着这些年来的生活和工作情况。丽南先和刘智沛聊了一会儿。她说："你做官了，把我们这些小百姓早都忘了！"刘智沛说："那你才说错了，每年过年，班上同学到我家去的很多，平时也有来的，而就是不见你的人影，我看，倒是你把我们大家给忘了！"

刘智沛把丽南将了一军，丽南只好说："平时工作太忙，孩子他爸又经常出差，家务活一大堆，平时就没有时间和同学们联系。你的家住在哪，我都不知道，怎么能登门拜访呢？"她说完，停了一下问道："你夫人身体可好，在哪个单位工作？"

刘智沛说："我爱人身体不太好，已提前退休，在家里料理家务……"她问丽南："这些年来你一定有作品问世吧！能不能让我看一看呢？"

丽南说："当了一名教书匠，一天备课、上课、改本子，加上高考的压力，哪里还能有什么作品！……"

刘智沛说："你原来的理想志向是很高远的，我向来是很佩服你的，你应该像你作文中写的那样，写出一部了不起的作品来。"

丽南说："但愿如此！不过，一切都要等以后再说了。"

丽南和刘智沛聊了一会儿，又和身边的孙影娟在聊。孙影娟说："去年班上聚会，是由田运达发起的。他在江浙一带开了几个工厂，现在已是百万富翁。这次聚会很是热闹，在大酒店包了席，在卡拉 OK 厅玩了一天……所有费用都是他一人承担。聚会前，他一再叮咛我要把你找来，他要见一见你，和你聊一聊。我到你家原来住的地方去找你，你家对门说你们搬走了，搬到哪座楼就不清楚了。你原来在哪所学校工作我也记不清了。我知道高中时田运达对你很好，他这次远道而来，召集全班聚会，也是为了见一见你，而他的愿望未能实现，很是遗憾！"

随后，孙影娟拿出班上聚会时的照片让丽南看。照片上的田运达戴着一副金边眼镜，那一双明亮乌黑的大眼依然是动人的。他明显发胖了，腹部已经隆起，是一副十足的大款模样。看着照片，高中那一幕幕生活图景又浮现在她的眼前……

这一天丽南过得很愉快。她和同学们畅怀而谈，无拘无束，有说有笑，似乎又回到了高中时代。这才是她性格的真正体现——她本来就是一个爱说爱笑、性格爽朗的人。但是，在单位、在家里她却笑不出来，无法爽朗。

高中追求过她的同学当大官的当大官了，当富翁的当富翁了，这些，她并不艳羡，也不后悔。她社会地位的低微，生活上的清贫倒是无所谓的，而精神上的不畅快是她最大的痛苦。

龙孝宗小组的相忠友出国一年半后，他们小组的其他成员开始轮流到巴基斯坦去。

一天下午，丽南下班骑车到电元厂福利区，路经小菜场时，她碰见了龙孝宗小组的老方。老方手中提了一兜青菜。他们互相打着招呼，丽南开玩笑地说："还没到下班时间，你就溜出来买菜了！"老方并没有开玩笑，他较认真地说："我还没有去上班，刚回来。"

丽南问："到哪里出差去了。"

老方说："刚从巴基斯坦回来。"

丽南有点惊奇地说："到巴基斯坦去了！我一点也不知道！"随后，她问道："出去了多长时间？"

老方说："一年时间。"

丽南说："难怪今年春节没有见你到我们家里来坐，往年你是年年都要来的。"她接着说："这个老龙也真是的，你出去了这么长时间，他也没有给我们说过……"

老方说："老龙既然没有给你说，回去你也就不要问他了，省得引起不愉快。"

以前龙孝宗和丽南闹家庭矛盾，老方老尚等同事经常来劝解，老方是深知丽南这个家庭情况的，因此他在叮嘱着她。

丽南说："他不愿告诉我们，我也就不去问了，你放心好了。"

后来，她向老方问了一些巴基斯坦的情况，他们就告别各自回家去了。

路上她想："今年夏天老方的儿子高考，龙孝宗还说老方为儿子报志愿的事给招生办打电话，为了给儿子改志愿，老方着急得不得了等等，他撒谎撒得也真像啊！"

晚上吃饭的时候，丽南强忍着这件事没有问龙孝宗。她默默地吃着饭，心想："我面前的这个男人就是这么一个撒谎大王！就是这么一个虚荣心强的男人！以前他回到家，经常谈小组里同事们的一些事，而这次老方出国这么

长时间，他不但在家里从未提说过，而且暑假时还撒了那样的谎，编得和真的一样，何必要这样呢？他们小组和巴方有业务关系，出国就应该轮流么，这是正常的事，也是谁都可以理解的，而他却不敢告诉家人，唯恐降低了自己的身份和威望。纸里包不住火，包了今天包不了明天。婚后不少事都说明他是极其爱撒谎的人。婚前，如果他不说谎，不骗我，也就不会有这痛苦的婚姻！唉，这样的男人！……"

龙孝宗以前经常在丽南面前标榜他是所里组里的技术骨干，他常常提到所里组里的张三李四王五等人业务上多么差劲，多么无能，所里有些人干不了工作，上级干脆不给他们安排工作，他们上班无事可干，等于在养老。他想用这些来提高他在丽南心中的地位。

第一次评定职称工作开始了，他们厂批准的高工中没有龙孝宗。他们组拔尖评上高工的是相忠友，他虽然调到他们组工作的时间并不长。

两个孩子考上了大学，最大地满足了他的虚荣心。别人家没有考上大学的孩子，家长在为孩子的出路，为孩子找工作在忙碌、奔波，而他似乎一切都万事大吉了！他原来就不看书学习，不钻研业务，现在没有评上高工，他思想消沉，工作消极，没有干劲，对业务更是不加钻研，他也像他所说的那些干不了工作等于养老的人一样，上班在混，在"养老"。下了班，吃完饭，无所事事，只有躺在床上看电视。有时正看着电视，就睡着了，发出响亮的鼾声。丽南在小屋学习和工作，听到他的鼾声，就过去把电视给他关掉。他就是这样一个只知昏睡，没有大志，无所追求，不求上进的人。时间从他身边白白流走，他毫不可惜。而他以前说的那些干不了工作的人，他们并不像他说的那样在养老，在虚度年华，他们中有的在积极学外语，搞翻译，有的在钻研别的技术，好使自己有一技之长……

龙孝宗的这一切和丽南都截然相反。以前他和丽南打打闹闹了半辈子，现在，他虽然和丽南吵得少了，但他们在人生观、世界观上极大的不一致，对丽南来说，也是一种痛苦。一个知识人，却与书本无缘，不能说不是一种悲哀！她的丈夫就是这样一个人！她虽然鄙视他，但年龄一天天大了，人一天天老了，这个家还得这样往下凑合！

已是深秋季节，马路两旁树木的枝叶由夏天的浓绿变成了枯黄。气候非常干燥，多日无雨，马路虽然被清洁工清扫过，但汽车一过，仍会扬起一股股灰尘。

星期天的晚上刮了一夜大风，第二天早晨天空中飘着细雨。一夜大风刮落了枯黄的树叶，整个马路被黄叶覆盖。丽南一早出门去上班，她骑过一段较清静的小路，到了丁字路口，只见学生的自行车队匆匆地向前疾驶着。她紧靠马路边小心翼翼地骑着车。正骑间，她像踩上了地雷一般，突然车倒人翻，仰面朝天地躺在了地上。

她是被后面一个骑车的学生带倒的。那个学生一只手打伞，一只手扶着车把骑车，，他被黄叶覆盖下的一个凹凸不平的下水道井盖绊倒，他自行车的前轮正好挂着丽南的后车轮，把她带倒。那学生也摔伤了腿，不过他到底年轻，他把受伤处揉了揉，就站起来去搀扶丽南。他问道："老师，您摔得怎么样？"丽南当时虽然没有昏厥过去，但她的头昏疼得厉害，当她坐起来后，用手一摸，头后部有一个大肿块。她如实地把这些情况告诉给那位不相识的学生。那学生听后，就让他的同学将他和丽南的自行车看管起来，然后自己一瘸一拐地扶丽南到附近一所医院去就诊。医院还没有上班，那学生让丽南先坐在椅子上休息，他回家把他的父母叫来了，当他父母知道丽南是学校的老师时，对丽南表示很抱歉，说道："怎能把老师撞倒呢？……"他们不断地指责着自己的儿子："这孩子就是不听话，早晨让他穿雨披，他就是不穿，要打伞，好像他骑车技术有多高似的。一只手扶车把，哪有两只手扶车把有力？你看，到底是出事了！……"丽南头昏疼得厉害，她给他们摆手，示意不要再责怪孩子了。

医生让丽南到拍片室给头部拍了片，开了"脑复康"等一些药物。学生的父亲是给单位开车的，他们是开着小面包车来医院的。陪丽南看完病，他们用车将丽南送回家中。学生的父母让丽南好好休息，他们到学校去给她办理请假手续。临走时，他们还一再向丽南说着道歉的话。

丽南调到这所学校几年时间已被撞了几次车，而且每次都是头部受伤。

她躺在床上想睡却睡不着，头嗡嗡地响着。她想："我这头到底有多结实呢？年龄已不小了，还能经得起几次这样的摔打跌撞？这简直是在提着脑袋上班！教龄到三十年就退休吧！而要到三十年，还有四年，这四年能不被撞被摔吗？你在前面小心地骑车，别人从后面撞你，你有什么办法？真是天有不测风云，祸从天降啊！……要不然就调动吧！别的单位不好调，本系统内总是可以调的。调到红岭五中算了，这学校虽然是初中，但离家近一点，上

班不用骑车，走路即可。现在命都难保，还管他什么初中高中，什么名誉地位？……"

她像看破红尘似的，这样思索着。这一次撞头，不同一般，不能不引起她的高度重视了。

龙孝宗下班回来，看到丽南躺在床上，问道："你怎么了？病了吗？"

她把撞车的事告诉给他，并且向他讲了自己的想法。

他说："想调就调呗！要是我，上班就不骑车，走路去，这样还锻炼了身体。"

他说得倒轻巧，这些问题丽南不是没有想过。她的腿哪里比得上龙孝宗那强健有力的腿？他的腿没有病，走起路来快且有力，而丽南的腿，严重的关节炎和骨质增生，加上坐月子没有调养好，不能久立。学校离家不近，需走一个多小时。走到学校两条腿已经吃不消了，再去站讲台讲课，她怎么能撑持下来。他是一点也不了解她的这些难处！骑车免不了被撞，走路腿又不行，坐公交车上班两头不但要走一大段路，而且还要等车，时间耽误不起，哪一方面都难。对于这些，他却很少考虑过。

丽南在家休息了两天，她的头仍处在昏疼状态，饭量很小，而第三天她就挣扎着去上班了。上课时她不能大声讲课，只好小声咬牙坚持着。

下课时黄蕴灵给丽南说："农历十月一是鬼叫节，你撞头那天正好是这个节。"她又说："以前我的同事有几个撞了腿或其他部位的，当时没事，而过了几个月或一个时期就死去的也不少，你还是要注意的。"

丽南到医院取了拍的片子。大夫说："从片子上看颅内未见异常，你这仍属脑外伤，先吃吃药，休息休息，再看吧！"

她已经去上班了，要上课，就要备课，就要批改作业，哪里能谈得上休息？语文组没有一个多余的老师，每个老师都是满课时满工作量，她实在不好给别人增加负担，只好咬着牙去干，有时她觉得她这身体随时都有崩溃坍塌的可能。

这个学生的家长买了些补养品来看望丽南，他们听到丽南已经去上班了，很是惊讶。学生的母亲说："头上的病不是一般的病，尤其你是从事脑力劳动的，更要注意保护，注意休息。你头上的肿包还那么大，怎么能去上班呢？你这简单是在玩命嘛！不要去上班了，休息要紧……"

丽南口头上在答应着。

龙孝宗要到北京出差一周时间，丽南也随时做好了死的精神准备。谁知哪一天睡一夜觉之后就是永久的长眠，或者哪一刹那间倒下去就永远不会再起！

　　撞头后，她向校领导申请了弹性坐班。这样一来，可少一些路途中的疲劳和风险，另外，在家里办公安静，工作效率毕竟要高一些。

　　一天下午下班，龙孝宗小组的老尚到丽南家送这个月刚发的工资和一封信。丽南将信封上的地址瞥了一眼，看到"湖南"二字，就知道是龙孝宗乡下老家来的。她将信置之一边，招呼老尚坐。老尚说："你把钱数一下，这有工资单。"丽南说："不用数了，这还会有错！"老尚说："那我就走了，回家还要做饭呢！"丽南知道他们都很忙，就没有挽留他坐。

　　送走老尚，她看了看龙孝宗的工资单后，就耐着性子去拆那封信。一边拆信一边想："龙孝宗的老母已经过世，老家只有两个弟弟，前些年他们虽然被火烧伤，但现在基本都能自立。听说一个弟弟还开了一个小公司，收入可观。老母亲的丧葬费已如数寄去了，现又会有什么事？——他们没事是不会来信的。"

　　她打开信在读，越读她觉得越不对味。她拿过信封仔细一看，信封下款写着"湖南卫城师专艺术系"，原来这信不是他老家弟弟来的。

　　信的内容是：

　　孝宗：

　　　　你好。11 月 7 日来信收到，谢谢。

　　　　来信说生活无乐趣，心情不太好，为此我也有同感……但人活着为了什么？还不是一句话，让孩子成长得好些，自己过得充实一些吗？依我看，你有一位好妻子，为你培养了两个好孩子，这不就是天大的幸福？你应该"知足"才是，心胸要开朗些，比上不足比下还是有余的。

　　　　数年来我以音乐为伴，至今孤身一个。但我并不寂寞，因为我总在想法子让自己过得充实一些。明年初我将升为副教授，两个儿子均已参加工作。大儿子已结了婚，在市人民银行工作，二儿子在市物资供应站工作，没有其他负担了。

　　是的，人老了，多少有些怀旧，尤其是以往的美好回忆。望你
多保重自己，不管是在国内还是国外，都要与我保持联系，更望你
能回卫一趟。

　　如你到北京出差，帮我去一趟文具店（王府井），买一个弹钢琴
用的节拍器，回头再寄款于你可行？这个节拍器是我需要用的，家
里已买了一台钢琴，就缺这个。

　　祝

愉快！

好友　秀芬

91.11.13 夜

　　丽南知道这是龙孝宗的堂妹——他初恋时的情人来的信。她把这封并不
长的信接连读了好几遍，竟读出了不少东西。她觉得她虽然读的只是一封信，
但从这封信的内容她可以推知另一封信——龙孝宗给他堂妹的信的大致内容。

　　"来信说生活无乐趣，心情不太好……"说明龙孝宗对他的妻子，对这个
家庭并不满意，他在给他堂妹的信中进行了一通发泄，因此他堂妹劝他要
"知足"……

　　"是的，人老了，多少有些怀旧，尤其是以往的美好回忆。"说明龙孝宗
在信中写了他的怀旧之情，回忆了他们以前在一起时度过的美好时光，故他
堂妹在信中用"是的"表示有同感。

　　他堂妹在信中表面上虽然在劝他，"你有一位好妻子""培养了两个好孩
子"云云，但她也在向对方展示着自己的心迹："至今孤身一人""不管你是
在国内还是国外，都要与我保持联系，更望你能回卫一趟。"

　　信上短短的几段文字经不起丽南的推敲，她这样一推敲，他们两人的心
态、情意，就一清二楚了。

　　结婚二十多年了，丽南早就忘了龙孝宗以前曾经提说过的他堂妹的事情，
她以为他们两人天各一方，各人在忙自己的工作，各人在过自己的日子，对
对方早已死心。而这封信说明他们的关系不但没断，而那青梅竹马之情还很
浓。他堂妹死了丈夫数年不嫁，现要求龙孝宗和她保持联系，更盼望他能回
卫城一趟，她想念他的心情之切是不言而喻的。她在等着他，在盼着他，在
巴望着他！她急切地让他回去干什么，那还用说吗？

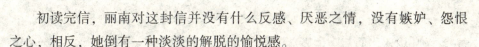

初读完信，丽南对这封信并没有什么反感、厌恶之情，没有嫉妒、怨恨之心，相反，她倒有一种淡淡的解脱的愉悦感。

她想："人生真的是在演戏？年已半百，而这戏还愈演愈精彩！婚前婚后自己从来没有爱过的人，现在竟有人在痴痴地爱着他，等着他，这当然不是什么坏事……"

她想给他堂妹去信说明她这个家庭的真实情况，表白自己愿意成全他们，愿意将龙孝宗双手奉赠给她。她想告诉她："我鄙视他，你却五体投地地崇拜他；我嫌他丑，你却觉得他美；我婚前婚后未曾爱过他一分钟，你却数十年地在爱着他，恋着他，想着他，盼着他，等着他……你们本该是幸福的一对。你们青梅竹马之情虽损失了二十多年，但现在要补偿还为时不晚……"

这封信在丽南刚刚平静了没有多久的心境上又搅起大波澜。她意识到问题并不是很简单，她的这个家绝非其他一般人家的家。两人本来性格、志趣、思想、世界观就不同，一切都是在凑合，而这中间还有一个第三者在作祟，这个家能好吗？

丽南吃饭的时候，不由自主地把放在旁边的信又瞥了一眼。当她看到信的第一行写着"11月7日的来信收到"一句话时，她不禁想起自己是11月6日撞的头。她想："龙孝宗在我撞头的第二天就迫不及待地给他堂妹写情书，诉衷肠，他的心意不言而喻。

丽南想成全他们，但她无房，她陷于没有一间属于自己的房子的苦恼之中。单位无房！如果早几年调到其他任何一所学校，都会有间房。即便是没有大房，起码也有一间几平方米的小房。而现在，在这所学校，房子奇缺。那两三间单身宿舍，每间住三四个新分来的年轻老师，哪里还能有她的份？学校穷得叮当响，又哪里有钱盖房？无房，这成了她面前唯一的难题。她想，万一无法，将来只好想办法买间房了。

她不能不感叹她的生活是这样难安宁。假期学校里的那件事还没有完全平息，而现在家庭里的一场大的风暴又在酝酿之中，真是一波未平一波又起！她刚刚撞了头，按理是应该让这受伤的头颅好好休息一下，然而，面对着这封信，面对着这现实，她的脑子怎么能够休息？

他堂妹的信已被丽南拆开，她想他一定会知道。她考虑着如何把信原样封好，送回他的办公桌内。她用胶水把信粘了好一会儿，但粘封得很不像样，她只好把信先收起来。

一天下午快下班时，她到龙孝宗的办公室去。相忠友和老方在办公室里办公。她说："你们都在忙啊！"然后问道："老龙的办公桌是哪一张？我想找个东西。"老相指了指。她拉开龙孝宗办公桌的抽屉翻了翻，果然有几封卫城师专来的信，有一封夹在本子里，她把这些信悄悄地装进书包。在告别他们要走时，老相送她下楼。他们只随便说了几句话，她竟又克制不住自己，流出了眼泪。她也怪罪自己太爱流泪了，她经常提醒自己要改这个毛病，但常常改不了。老相看到她这样，心想她家里一定又发生矛盾了。他说："龙孝宗的任务也挺重，明年他要出国，老杨前两天刚刚出去……"他的意思显然是让丽南不要闹家庭矛盾了。丽南尽量忍住没有说出什么来，她匆匆和老相告了别，就径直地走了。

走出电元厂大门，她想，将这事保密到他出国以后再说吧！否则，闹了一整，他失去了出国机会，也是一个损失。

回到家里，她迫不及待地拿出那些信来读。几封信中只有一封信是1991年来的，下面日期是11月1日（即最近来的），信的内容极简：

> 不知你何时回国？是否又返原单位工作？家庭可好？
> 去过几封信，不见回复，你的亲戚很想念你，望收信后即复。
>
> 秀芬 11.1

其他几封信的信封上贴的都是八分邮票，亦即三年前的信。里面未写年，只有月、日，邮戳上的"年"已不清楚。丽南在仔细辨认，才认出几封信邮戳上的年份来。

最早的一封信大约是1983年写的，内容是：

> 孝宗：
> 　　请原谅我冒昧给你第一次去信。
> 　　那天在我家招待匆忙、不周之处望谅。什么时候返安城的？不见回信甚念。
> 　　上次我拜托你帮我去安城音乐学院打听一下音乐系声乐专业是否要声乐教师之事，不知办得怎么样了。另外，安城其他艺术单位不知有无需要我这个行当的。安城音院的条件如何？请帮我摸摸情

况，有必要我想暑假去一趟，不知可否。估计这些事需找熟人联系，麻烦您了，请速信告之为念。

1985 年有几封，都是让给她联系工作的事。
1986 年 5 月的一封：

孝宗、丽南：你们好。

请原谅我这远方的家乡老同学给你们来信。听亲人们说孝宗出国了，不知尚可返回安城？家里的孩子们可好？甚念。

如有空望来信告知。这儿的变化也很大，很希望你们夫妻带孩子来玩玩。

从这些信的内容可以看出他的堂妹一直在苦苦地寻他等他盼他念他。1983 年的那封信使丽南想起龙孝宗在他家出事那年，他从老家回来后曾经提说过他堂妹的事，而她当时只是不经心地听听，更没往心里去，而且很快就忘掉了。现在，读了这些信，她才隐约想起他当年提说过的事。她算了算，他堂妹死丈夫已近十年。她想：十年来，他堂妹不嫁，在守寡，而且一封又一封地来信，迫切想调到龙孝宗工作的离她老家千里之遥的安城来工作，她的用意是很清楚的。别人的家庭是一个客观存在，龙孝宗是有妇之夫，而她却大胆地一再地长期地插足于此，如果这个家是一个正常人家的家（不要说太美满的家），别人也是不会饶过她的，幸好她插足的是这样一个本来就不应该存在而纯属凑合在一起的家，是一对仇人的家，因而别人才会想着去成全他们，把方便让给他们……1986 年初龙孝宗只出了两个月国，而他堂妹在1991 年的来信中还问道："不知你何时回国，是否返原单位工作？"在她堂妹心中，龙孝宗似乎已成了驻外大使，长期居住国外了。如果是回国，也很可能是高升了，不一定在原单位工作，故信中竟问了这样的问题。龙孝宗出国虽然只有两个多月，但在那出国热刚刚兴起的年代，这消息传到他的老家去，在那小山村里是震撼人心的，真可谓是光宗耀祖了！在他家乡人的眼中，他好像有多大的学问，多大的能耐，有多少钱财似的，和他在一起生活，好像就能过上洋荤的日子！唉，这个家本来就是一个风雨飘摇中的家，这些年来，又有这个幽灵在骚扰，还能好吗？她从 80 年代初直追到 90 年代初，现在终

于追上了。不过从信上看，龙孝宗前些年对她的态度较淡漠，去信也少，他们是最近才接上头的。龙孝宗并没有像她堂妹想象的那样长期在国外，也没有高升或调到其他单位。但不管怎样，只要他们爱，就成全他们。这样，我也可以从中得到解脱。他虽然还有一次出国机会，能捞点钱，但钱算什么？曹雪芹贫病交加不照样奋书不止！但是他能答应离婚吗？他的面子比什么都重要！如果他没有那些封建的世俗的思想束缚，和我一刀两断，他们结合，不两全其美？然而他不放过我，非致死不再婚，跟着她，连生的权利、活的自由都没有，我苦就苦在这了！这次回来，看他如何表演。是大吵还是大闹？是打人还是放火？……一个最大的失误就是没有留有后路。狡兔有三窟，而愚笨老实的我，早就看穿了他的本性，却没有给自己找个栖身之处，现在连一窟都没有。以前在前进中学时还有间房，尽管楼上条件差，但总还可以栖身。而现在连个巴掌大的地方都没有，亲戚朋友家也无法去，被困死在这里，真是到了走投无路的境地！要么到外县或者新疆去！总之，再难，也得奋斗个窝。委曲求全，痛苦度日，为了不受舆论的压力而废了业，将是终生的憾事！……

丽南的脑子一刻也不能停止思索，她这样想着。

龙孝宗和他的堂妹是青梅竹马的一对。他从小学习刻苦，成绩优异，给他堂妹留下了深刻的印象，成了他堂妹心中崇拜的偶像。堂妹认为他一定有出息，将来能干大事业。"文革"中，当龙孝宗听到一些关于他堂妹男女关系方面的传言后，就不管三七二十一，也不了解调查传言是否真实可靠，就断然和他的堂妹断绝了关系。他堂妹一再解释、澄清，想挽回他们多年建立起的情谊，但他很固执，一点也不肯谅解，无情无义地抛弃了他堂妹。他堂妹分在成都文工团工作，远离家乡，身在异壤，无亲无故，孤身一人，加上精神空虚，就匆匆成了婚，接着就是生儿育女。她有两儿一女。她和她丈夫的关系也不很融洽，没有多少感情。她时常还在思念着她年轻时的恋人龙孝宗。

80年代初，他堂妹从成都调到湖南老家卫城工作，他全家也随之搬迁到卫城。调动途中，她丈夫因病去世。1983年初龙孝宗因家里遭难回老家时听说他堂妹已调回来了，因而他在处理完家事后专程去拜访了他的堂妹。

他堂妹以前回老家探亲时曾经听龙孝宗的母亲说，龙孝宗和妻子的关系不甚好，经常打打闹闹的，他妻子还要和他离婚云云。她丈夫死后，她正在寻找龙孝宗，想和他联系，而龙孝宗却在这个时候来拜访她了，她欣喜万分，高兴异常。

那天龙孝宗是上午到她家的，他们相互寒暄和谈了一会话后，她让龙孝宗先稍坐，然后自己提着篮子去采购了一番。回来后她给龙孝宗做了他小时候最爱吃的鱼炖豆腐。她在学校分有三室一厅的住房，晚上她挽留龙孝宗住在她家。

这一晚，他们俩先是畅谈了分别后这些年来各自在人生旅途中的酸甜苦辣和相互的思念之情，然后就像他们年轻时那样赤裸裸地搂抱在一起……

她丈夫的那东西不如龙孝宗的有力，尤其是他死前的几年里，身体一直不好，那东西更是不管用了。现在她和堂哥在一起，才真正尝到了这其中的无比乐趣和甜蜜。她不想离开他了！她紧紧抱住龙孝宗说："你妻子和你关系不好，闹着要和你离婚，你就和她离了算了！你想办法把我调到安城音乐学院或其他文艺部门去工作，我好好地侍候你，咱们一定会过得很幸福。咱们毕竟是青梅竹马的一对，互相了解，相互也有感情……"

但是龙孝宗却不答应。他说："堂妹，调工作也不一定能办到，我的意思是，你就把我忘掉吧！你再找一个好一点的男人成个家……"

他堂妹在苦苦哀求着，而他却在坚持着自己的意见，让他堂妹一定再找一个，把他忘掉。龙孝宗当然有他的想法。他虽然还在爱着他的堂妹，对她也有一定的感情，尤其是她死了丈夫之后，他对她也很同情，但是他想："她有三个孩子，上小学的，上中学的，如果我离了婚，最少也要带一个孩子，这样，两个人微薄的工资要抚养四个孩子，那是难以想象的艰难。再则，从卫城要调往安城是不容易的，要费很大周折。如果调不到一起，两人分隔两地，日子就更不好过。另外，他考虑到他堂妹是学艺术的，在教育孩子方面是不如丽南的。他要依靠丽南使两个孩子考上大学，这样，他脸上才有光……他前思后虑，还是拒绝了他堂妹的哀求。

堂妹的哀求虽遭拒绝，但她并没有因此就死心，她还抱着一线希望，她在给龙孝宗做着思想工作，让他帮助将她调到安城去。她说："我调到安城，即使我们将来不结合，也还能互相照应着点，终归是好一些……"

龙孝宗在他堂妹家住了一夜，本该第二天坐车回安城，但他堂妹硬是让他再住一晚，他顺从了。他们分别时，他堂妹还一再叮嘱龙孝宗到安城音院给她联系一下工作，他口头上答应着。

　　龙孝宗回安城后，一方面工作忙任务重，一方面为了儿子能在重点中学读书，常常吵着逼着丽南调工作，丽南往往被他气得住到学校去。他得给两个孩子做饭，忙上加忙，哪有时间去给他堂妹联系工作？况且他打心眼里也不愿意去联系——他向来是不愿意去求人办事的。她堂妹在卫城苦苦等待着他的回音，而迟迟不见。因而她接二连三地来信催促龙孝宗帮她联系一下工作调动之事，并且假期她还想亲自到安城来联系工作，这些都被龙孝宗用种种借口阻止了。

　　在龙孝宗和丽南闹矛盾，丽南常常被气出家门的那些年，龙孝宗也常常想起他的堂妹，想起他们在一起的快乐和甜蜜。他想，如果那时不抛弃他堂妹，这个家也不会是这个样子。他堂妹爱他，崇拜他，丽南不爱他，鄙视他，而且丽南的脾气是很倔强的，往往不饶恕他的暴躁。每每在他们闹矛盾时，他堂妹的身影就会出现在他的眼前，一种后悔、遗憾之感随之向他袭来。他想，你丽南看不起我，而有的是女人能看起我，而且还在追求我呢！……所以，常常在丽南不服输的时候，他也不服输；丽南倔强、高傲，他也倔强高傲。两人一对峙就是几个星期或几个月，决然不像一般夫妻那样闹完矛盾很快就恢复了正常，真正是"夫妻没有过夜仇"。正因为有一个他堂妹的存在和追求，他对丽南往往才是这样无情无义，心狠手辣！

　　他堂妹是一个钟情的女人。她深知她和龙孝宗从小建立起来的感情是深厚的，不同一般的，她也知道龙孝宗是爱她的。这次龙孝宗拒绝了她的要求，她知道这主要是因为她孩子多、负担重的缘故。她相信龙孝宗总会有回心转意的一天，她准备用自己宝贵的年华去等待这一天的到来。

　　1986 年初龙孝宗出国到巴基斯坦，这期间正值他母亲去世，他不能回家去参加葬礼，故他出国的消息很快就传到他的家乡去了。不久他堂妹也听到了这个消息。龙孝宗的出国更增加了他堂妹对他的崇拜与尊重。她想："堂哥从小学习好，现在到底是成才了，有了出头之日，我没有看错他，他是有学问有本事能干大事业的人……"她等他盼他的心更切了。

　　她不知道龙孝宗到底出国多长时间才能回来，听到这消息后过了一段时间她给龙孝宗去过两封信，但未见回音，她认为他还未回国，因而一直在苦苦地等待着。后来她又去了信，仍不见回音。她想，龙孝宗如果出国回来，也可能调到一个更好的单位去工作了。她要想法找到他。1991 年，她实在等不急了，就写了上边那封信，信中问道："你何时回国？是否返原单位工作？"

又写道：“你的亲戚很想念你……”信封背面写着的那些话，是为寻找龙孝宗，以便进行联系。

龙孝宗出国回来，收到他堂妹几封来信，但鉴于工作忙，两个孩子又面临高考，丽南刚刚调入红岭一中，工作异常忙迫。他在工作之余就是侍候两个孩子，顾不上而且也懒于给他堂妹写信，不想让她来打扰，因而一直未给她写信。他收到堂妹1991年的来信时，他的两个孩子虽然都考上了大学，了却了他多年的心愿，他曾高兴了一阵子，但很快他的心情又处在不佳的状态之中。一是没有评上高工，二是因红岭一中的一些是非事，他和丽南口角了一场，丽南搬到小屋去睡，一直冷落着他，他的心情当然也不十分好。他给堂妹在信上述说了自己生活、心情等方面的不快，回忆他们过去在一起时的幸福和快乐……

他堂妹是11月1日给龙孝宗写的信，龙孝宗于11月7日给她回了信。她于11月13日回信给龙孝宗，信上直言不讳地写道：至今孤身一人；明年初我将升为副教授；两个儿子均已参加了工作，没有其他负担了；望你多保重自己，不管在国内还是国外，都要与我保持联系，更望你能回卫一趟。

他们俩刚刚联系上，他堂妹这封表心态的信就落到了丽南手中。这时丽南虽然刚刚撞了头，但她的脑却仍然不能放得糊涂一些，她对这封信句句推敲，字字斟酌，终于看出了其中的一些奥秘。

丽南读完龙孝宗堂妹那几封信，就很快将这些信送回到他的办公桌内。

龙孝宗原本是出差一周时间，而现在两周过去了还未回来。她想，他这次去京出差，是去修理机器的，没有多少事，十有八九会抽时间千里迢迢去和他堂妹相会，去共同密谋、筹划他们的未来。但不管怎样，他回来后，要忍住。爆发出来有什么好呢？这个豺狼虎豹是会下毒手的，白挨他一通，自己又无一个落脚之处，到哪里去呢？难哪？忍吧！要沉着一些，自己的身体再也经不起那样的折腾了……

她虽然这样想着，但她预感到一场风暴，一场战斗，不久就会发生。

龙孝宗终于回来了。他脱了外衣到厨房去洗漱的时候，丽南翻了翻他的兜，未见有到别处的车票，他从家里拿去的钱也原封未动。从他的谈话中可知他的工作较忙，看来是没有机会去逢他堂妹。

　　她想：他堂妹是 13 号写的信，现在已 26 号，过几天她不见龙孝宗的回信，肯定会来信询问，那时，龙孝宗将会知道这封信的事。这信已被我拆看，现在虽又粘合，并用墨汁涂抹了封口，但这一切都不能掩盖，信无法交给他了。如果他问起这封信，将如何回答？是说未见，还是将事情摊开。事态如何发展，还难测。他现在还未发现这一切，我也只好先应付着。

　　自 9 月份丽南和龙孝宗发生口角后，他们就一直分居，未同过床。龙孝宗出差回来那天晚上，他在大房里看电视，丽南仍在她的小屋里干她的工作。龙孝宗看的是美国的一部电视剧。当他看完电视后就跑到小屋来硬是钻进了丽南的被窝。他说："美国就是开放！刚才电视上演的是一对夫妻出外郊游，男的看见了他的前妻，就给他现在的妻子做了介绍，并说：'以前我和前妻相处得也很好……'他现在的妻子听后就让他去和他的前妻同居一夜，在他们临别时她还祝他们快乐……"

　　丽南知道他给她介绍这些内容的目的。他是想开化开化她，让她把男女关系的事不要看得那么严重，思想不要那么守旧，另外，也想刺激一下她的性欲。几个月不同床了，他也耐不住了。

　　晚上，她又睡到大房去了。一切都在变，甚至是一百八十度的大转弯。睡觉前，她开始问龙孝宗堂妹的一些情况：你堂妹的丈夫是怎样死的？她现在的状况如何？……一提起他的堂妹，对于她的情况，他似乎一点也不隐瞒，滔滔不绝讲个不休：她丈夫死于心脏病，是他们从成都调往卫城时突发死的。我弟弟烧伤那年我回去打听到她的住处，见过面。当时她隐约向我表过情，希望能够结合，而我劝她一定再找一个。我如果对她有那份心，早就借口到广州那边去出差去了，而我一次也没有去……

　　停了一下，他又讲到他们小时候经常在一起的情况，文革串连她到北京在他处的情况。从他的谈话可看出他对未和她结合并不感到遗憾。他说："她是搞文艺的，在这方面不一定可靠、专一。"

　　听着龙孝宗的讲述，她想：他堂妹死了丈夫后已十年不嫁，在等他呀！如果我不存在，他们就会立即结合，就会比蜜甜。我的性格使我决定绝不会去夺取他人之幸福，一定去成全他们。

　　10 点多钟他们关了电视，龙孝宗搂着丽南，他们又谈了几个小时。对丽南问的一些问题，说的一些情况，他感到有些莫名，有时他也问一句："你是否发现了什么？……"而她始终未提及那封信的事，只是说："你和你堂妹是青梅竹马的一对，从小一块长大，从小耳鬓厮磨，相互了如指掌，感情笃深，她现在如果未嫁，一定是在等着你。我是一个心地善良的人，我愿成全你们。"并且她坦率地对龙孝宗说："我不爱你，从来没有爱过你，这你是知道的。而她爱你，在等你，你应该和她……"而龙孝宗却始终不答应。他说："找一个相投的性伙伴不容易。美国一明星一生嫁过十一个男人，只有最后一个男人和她性相投，能够满足她。丽南，我们的性是相投的，难以配合得这么好。我绝不放你，你到哪我就跟到哪……"

他们互相谈着，黑暗中，丽南在悄悄流泪，她觉得各种复杂的感情交织在一起撞击着她的心。她用枕巾悄悄擦去眼泪，没有让他察觉。

他出差回来的那几天，几乎每晚他们都这么亲热着。然而丽南却感到这快乐之背后的阴影是无法消除的。她预示着这短暂的快活之后将是永久的寂寞、孤独。她想，为了事业，这点小快乐又算什么呢？

龙孝宗从北京出差回来，一切变化都这么大，他们每晚都狂热作一团，最少交两次，比新婚时还迫切、热烈。晚上被窝里的话题仍不离他的堂妹。丽南感兴趣地在问着一些问题和情况，龙孝宗兴致勃勃地讲述着，有时丽南不问，他也在讲。丽南一边问着听着，一边还不断在开导着他，让他和她结合。而龙孝宗却说："咱们是结发夫妻，要珍惜这份夫妻的感情，一日夫妻百日恩！就是现在没有了你，我也不会去找她，而是找一个年轻点的，远水解不了近渴……"

听了他这番话，丽南心里在说："什么夫妻情，夫妻恩？这个家有的只是悲，只是苦，只是仇和恨，而从来就没有过什么爱，什么情，加之从结婚之日起，就有你堂妹的幽灵在作祟，当吵架时，你就想起她，想着当初和她结合该多好，以致几个月不会和好。我等于是守了大半辈子寡，而并没有家庭、夫妻的那些幸福和快乐，而你还要昧着良心说出这样的话，这又能哄得了谁？"

一天晚上，龙孝宗嫌丽南总是问这些问题，有些不高兴了——是的，自他出差回来，丽南和他在一起的时候，她问的问题都是这方面的，是有些烦人。而他生起气来的那一副模样丽南是最反感最厌恶的，它往往会勾起她对家庭往事的回忆。

第二天丽南一天没有理睬他。她又搬到小屋去了。不管是白天还是晚上，她都把房门锁上。她只觉得心里堵得难以喘上气来，只好一口接一口吐着长

气。夜里两三点醒来就不能再入睡。龙孝宗曾说他堂妹患有精神衰弱症和贫血，她想："我的失眠比她的更痛苦，她只是想男人，性欲，而我是满肚子的悲愤，满腔的气和恨！二十多岁，三十多岁，吵了多少次架，生了多少次气！手术后被逼出家门，人工流产后被气出家门，以前几乎没有一个节假日过得安宁快乐，别人幸福快乐之时，却是我痛苦难熬之日！尽管这样，而我活下来了……"是的，以前那些刻骨铭心的伤害，还不时地从积淀的岁月里浮上来，使她伤痛，使她气怒。

晚上，龙孝宗吃饱喝足之后就躺在床上看电视，优美的乐曲声使他沉浸在甜蜜之中，一个个浓妆艳抹打扮得花枝招展的美女令他神往。而丽南在小屋里却憋闷得一口口出着长气，她头昏昏不能入睡。对他天天晚上看电视她早就反感。这一晚她的头炸裂般地疼痛，那边传来的阵阵悠扬的乐曲声，不但不能使她愉悦，反而使她心绪更加烦乱。她身不由己地走到大屋，把电视的音响关掉，然后"砰"的一声关上自己小屋的门。她无法遏止自己，大声说道："你想保重好身体，长寿，活到一百岁，去和她过，去满足她！你们合伙就是盼我死，等我死，害我死！刚撞头，就迫不及待地给她写情书，诉衷肠。如果我撞死了，你会高兴得蹦三丈高，你会马上去和她领结婚证！老婆越气，你越高兴，心想，还没气死！你是一个多么残酷狠毒之人！……"

有人说："结婚是一种冒险行为。弄得好，它是一个温馨的情感牢笼；弄得不好，则无异于监狱，或战场。"自她结婚以后，她这个家不就是一座监狱，不就是一个战场？与世隔绝，被囚禁，心灵的残杀，肌体的残害……对这一切，她已经够了，实在太够了！

一早她仍是6点起床。听到他在那边咳嗽，她的气又充满胸，她只觉得心里堵得厉害，她不由得又发泄一通："她在等着你呢！等了十年！你向她吹出国，诱惑力该多大！她想着你能给她带来一座金山，带来一座银山，带来一个金碧辉煌的世界。你们一个出国，一个是副教授，多么般配！她让你不管在国内还是国外都要和她保持联系，她更盼你回卫一趟，去和她相会……"她心里实在存不住事，心里有事就得倒出来。她本想把那封信的事先进行保密，不泄露，而她在发泄中那信的部分内容已透露，她收看他堂妹信的事已暴露无遗。她接着说道："一个男人爱几个女人，还能对妻子好？别人只有一个女人，当然会珍爱她，会千方百计不使妻子生气。现在妻子在这里受气，你却吃得饱睡得足看得迷想得甜……"她无法控制自己，连珠炮似的大声说着。龙孝宗在被窝里躺着，也不咳嗽了，在竖耳倾听着这些使他难以捉摸的话语。丽南推车出门上班时，将家里的大铁门用力关响。

她在学校待了整整一天。学校和家里这两年都装上了暖气，使人免除了受冻之苦。下午下班，她离校很晚。回家路上，她又推车走了一大段——她实在不愿回到那令人愤慨的家！

回到家后，她锁上小屋的门。晚上她读、抄、写到9点多还未吃饭。晚上睡不好，中午在校也无法午睡，她哪里来的食欲？

第二天他们语文组到外县一所重点中学去听课，顺便在那里的风景区游玩了一下，花了一整天时间。一早起来她心口还是堵得喘不过气来且有疼痛感，而外出一天，看看美丽的大自然风光，和同事们聊一聊，她的心情好多了。返回的路上，大家说到算卦看手相的事，组上一小青年说她在大学时看过这方面的书，不过记不太清了。大家把手伸过去试着让她看一看，她可以从手相看出你有几个孩子，是男孩还是女孩等。丽南把手伸过去让她看，她说丽南四十九岁有一个坎，过了四十九岁就好了。丽南觉得她说得还真准。她想："现在的家庭问题但愿它能是一个大坎，尽早结束这家庭悲剧！……"

回到家里，她把自己的笔记本翻开来，不由自主地摘抄了下面一些话：

　　△奇迹多是在厄运中出现的。

　　△不幸，是一所最好的学校。

　　△生活，是吸吮荆棘丛上的蜂蜜。

　　△痛苦也是对生命的伟大洗礼。

　　△痛苦是一笔财富，痛苦是一次磨砺，痛苦是一次考验。

　　△逆境是磨炼人的最高学府。这种逆境观，几乎是历史上所有伟人巨子成功的基石。

　　△苦难的逆境，使庸俗者变得卑琐乖庚，但却使强者变得坚韧崇高。那累累的创伤，恰是生命给你的珍贵。那每一个伤口，都是一次演练，一次登高，一个顿悟。

　　△问题的关键在于：我们如何对待生活，尤其是生活中那些坎坷和难处。

　　△卑怯的人叹息沉吟，而勇者却面向未来。

她读抄了这些语句，感到这个家庭给予他的虽然是苦痛，是累累创伤，但它们并不全是坏事，它们可以有助于自己事业的成功。她告慰自己，不要太悲伤了！

她继续翻着笔记本：

△古人云："慎其始，方能善其终。"如果不慎其始，往往会给以后造成意想不到的种种痛苦与不幸。

她想："自己没有慎其始，因而给以后造成了这么大的痛苦与不幸，现在当然也不能善其终了。"

△家庭的苦恼要比政治上、经济上的挫折和困难更折磨人。

她想："不是么？当我在学校受到领导的歪曲和迫害时，当受到恶人的攻击时，虽然痛苦过，悲伤过，但自己有理，心里坦然，告状虽无尾声，但总也出了气。而现在遇到的家庭问题却使人备受煎熬。想起他、她之事，想起那第三者一直影响着这个家，而正因生活中还有一个她，他却不能像无第三者那样一心一意地过这穷日子，而使家庭战争连绵。这家庭的苦恼太折磨人了！……"

寒冬，丽南早晨上班天还很黑。她摸黑离开这屋，开大门需用手摸索着找到拉手，下台阶需用脚挨着地向前移动摸索着下去，这时，龙孝宗还在热被窝里，电元厂福利区大部分的人们还都在热被窝里——他们厂早晨 8 点半上班，实行七小时工作制。很大的福利区路上无灯，她在曲里拐弯的小路上摸黑骑车。马路上路灯稀疏，一线暗光照着那坑洼不平的路面。这几年大街上大多是各种各样的彩色坤车，上下车方便多了，而她骑的自行车还是十六七年前安城生产的前面有横梁的老式破车，上下车要从后面跨越，现在已很少有人骑这种车了。她一路上上下下要无数次，常常震得后脑勺和肝胆处痛。她曾对龙孝宗说"这车上下太费劲，也买一辆坤车吧！"龙孝宗却说："先凑合着骑，以后再说吧！"车子好骑难骑当然与他无关，只是丽南在受苦。他让凑合骑，丽南只好骑着这破车上下班，她绝不强求他买什么。

晚上，龙孝宗在丽南的屋门外问道："我从北京回来到底发生了什么事？

你说的那些话有什么证据吗？你这样搞下去对你没有什么好处……"

丽南在门里说："什么事你自己还不清楚？还要问我？我说的话当然是有证据的。我并不是吃多了，没事来找事；我并不是活够了，没气来找气受，想气死自己……"

他们相互问答了一会儿，龙孝宗觉得无奈，回大屋去了。

丽南想："他又在要花招！他和她的信的大致内容都给他透露了，他心里一清二楚，而表面上还要装糊涂。'对我没有什么好处'，何谈好处？与他结婚以后就从来没有过什么好处，现在只要保条命就算万幸了！原准备他回来后把一切都忍住，然而却没有忍得住，爆发了，而他又是一个在事实面前都要狡赖的人。他狗急跳墙，会大打出手，会杀人放火的。现在没有一个栖身处，该怎么办？以前打闹了无数次，那都是在一个大门里住有两户人家的情况下发生的，现在住的单元房是独门独户，他要下毒手，喊都无济于事。这1991年，这四十九岁，一天也没安宁过，能否活出这一年都是个问题。必须赶快活动，想法逃离虎口！

龙孝宗又要和小胡到北京出差去了，上次修理的机子又坏了。他是晚上的火车，走前他让丽南把房门打开，他要取东西。丽南只好给她开了门。他一边取着东西，一边让丽南给他把开线的裤缝缝一下。丽南给他缝着裤缝，又把他和他堂妹的事说了几句，龙孝宗却矢口否认他们有书信往来。他说："你说的话都是想象出来的，是没有根据的……"他口口声声仍在说要为两个孩子着想。

他走后，丽南想："自从两个孩子出生后，每次吵完架，他所要说的话就是为了孩子，而把我气死气活，他却从来没有说过一句为我的话……一个月前刚写的信，现在就一点不承认，装着不知道有这回事，他太不诚实了！撒谎、骗人，这正是他的本性、天性！在他的欺骗中过了大半生，他欺骗了我的感情，踩躏、践踏了这感情，这是无法饶恕的。安安宁宁度日，苟且活完一生，芸芸众生们大部分都是这样，而我虽想这样却不能。一次一次地原谅，一次一次地被骗，被气，被折磨，这个家还有什么留恋之处？他再装腔作势，威吓，撒谎，也不能上当受骗了。"

一天下午，她在家里刻考试题。刻累了，躺在床上休息一会儿。冬日的白昼是如此短，5点多钟天就黑了下来。她不想开灯，不想去做饭。黑暗中她在静静地自思。就在这黑暗中，她第一次涌起了这样一个念头：这里就是法

律保护下的一个家！自己为什么能在这里，不就是这个原因？想想这个家，二十多年经营起来的家，一东、一西、一器、一皿，哪一件物上面没有自己的汗水？成家时，自己买回来的那个图案美丽的热水瓶现在还在发挥着作用。进了家门，锅碗瓢盆，炉灶用具等样样俱全，什么都顺手、方便。这个家虽不宽敞，但也够住。在这里，可以舒坦地躺在床上静思静想静听静看，可以随意走动或坐下，可以做自己最喜欢吃的饭菜……有人说：有个家，就是一贫如洗的"狗窝"，也比五星级宾馆更让人魂牵梦绕，因为那是尘世上自己的领地和宝藏。

这时，她不由得记起自己小时候跟着母亲在教堂做礼拜时唱的赞美诗中的几句歌词：

> 虽然经常在欢乐和美景中漫游，
> 不论什么样的胜景都不像我的家。
> 似有天上降下的幸福笼罩着我们，
> 你不会找到这样的地方，即使走遍天涯。
> 家啊，甜美的家，最令人神往的家……

龙孝宗出差已几天，丽南感到寂寞。他平时下班回来开门，问话，这些以前她觉得极平常的小事，现在想起，都还能给人一点热气。他那副笑容，那股殷切劲有时浮现在她的眼前，想他回来的念头也时时出现于她的脑际。她想，能凑合过就这样过吧，年龄大了，经不起折腾了，年轻时没有夫妻情，老来就做个伴吧！……她这样想着，但很快心头又涌起一种苦涩：那女人在苦苦地等着他，他也写信向她诉衷情，他们互相等待、沟通，要结合。像这样，我在中间，即使和他凑合下去，又有什么意义呢？难道就是为了孩子，就是为了我们这张脸面？这于人太痛苦！……不管怎样，这个家是不能再凑合下去了！家里的一切，虽然都是白手起家置起来的，现在全都要抛弃送给他们，不能不让人气，但这能比命重要吗？一切都抛弃吧！留得青山在，不怕没柴烧！……她这样想着，就又坚定了离婚的信念。

她想，应尽快给外地外省写信，要求调到外地去。但信上关于家庭情况这一条怎么写？是照实说，还是撒谎？实难！让人迟迟难以动笔。时间不允许再拖了，前途还需自己去奋斗、争取，不能坐等，不能在这里一生痛苦，一生让那幽灵干扰，一生和自己不爱的人在一起……

龙孝宗从北京给丽南来了一封信，信纸上只写了三行半：

丽南：

　　来京后心情一直不好，本想详细写封信给你把一些问题说清楚，但又害怕你不相信，更引起你生气，故在此只想告诉你一句：我是非常爱你的，我害怕失去你，害怕失去这个家，一切望你三思。

1991.12.16 于北京

读完信，丽南并没有被信上这几句好听的话语打动，相反，她心里像打翻了五味瓶，各种复杂的感情在绞着她的心，眼泪不由自主地涌流出来。她怕同室的老师看见他流泪，就起身离开办公室。学生正在上课，走廊上很清静，她在踱着、思着：自从和他认识，"我爱你"这句话他只说过两次。一次是婚前拒绝他的求爱之后，他在苦苦哀求中说过，再就是这一次。那次我被他的这句话所骗，以致终生悲剧，这次还能再被骗吗？"爱"表现在哪里呢？婚后无休止地吵架，被一次次地气出家门，成了有家难归的流浪汉，被折磨得一身病，两人发生一次口角就长期分居，平时没有说过一句有情有义的话，极大地不诚实，还有这次难以抹掉的事实，这里面有一点爱吗？……

龙孝宗这短短几句话的信，勾起她多少不堪回首的往事，她的心被这些往事绞痛着。

有人说："只有死亡，才是一系列记忆的消失。记忆是活着的同义。"她还活着，她怎能忘记这些悲痛的往事？

回到家，天已全黑。她不想开灯，不想做饭，也不想吃饭，在黑暗中，她痛哭了一场。她想立即给他写封长信，把多年积压在心头的悲、愤、忧、苦都写出来，把这次的事也写出来。夫妻之间二十多年一直只是在吃饭、睡觉、带孩子中打发日子，至于心中的苦，心头的悲，从来都是深埋心底，抑制着，彼此心中都知道双方是痛苦的，不愉快的，而又不交流思想——她何尝不想交流！何尝不想沟通！但她敢吗？一提起家庭这些事，要么用"同归于尽"来威吓，要么就是爆发一场战争，她只好忍着，克制着。现在应是揭底的时候了，把一切倾诉出来，看一看彼此都是多么痛苦！虽然有家，但无情无爱，这比什么都痛苦，对知识分子来说就更加痛苦！写长信，让他解放

思想，不要再禁锢思想了！……

丽南痛苦地想着，但晚上她终究还是没有提笔去写。她脑子里很乱。她想，明天一定写，在摆事实讲道理中他是会分辨好坏的。

第二天她铺开稿纸，准备给他写信，但她的心情太坏了，无法提笔。她只好拿起刻印的考试题在做和写答案。在两个小时的工作中，她的心情还稍好一些。

一天，办公室的小赵见了丽南说："你最近瘦了好多，脸色也很不好，黄中透着惨白，眼睛凹陷，眼圈发青，你是不是到医院去检查一下，看有什么病。"

下课，她有时走进办公室，看到黄蕴灵和吕老师正在说着话，她进去，她们就不说了，而是对她说："你的脸色很不好……"

丽南心中痛苦，吃不下，睡不好，身体怎么能好？她也担心气出那绝症来，但不气又不由她。有时，她也开导自己：有不少男人不是也在外胡搞，女的不照样也得过吗？看破吧，要留得青山在！

大雪纷纷扬扬地下着，这是今冬第一场大雪。大地一片银白，马路上厚厚的积雪已成了冰溜，骑车老练的人也免不了摔跤，丽南一早只好乘车到校。下午下班她走了一个多小时才到家。回到家她就到小屋把门锁上。

龙孝宗出差回来了，他见丽南还是这样，就问："到底是什么事嘛，你为什么要这样？"

她说："你把你外面的事老实交代了再说。"

吃完饭，她让他把给他堂妹的信的内容一一交代。他说："就写了半页纸，只说了生活平淡等话。"她说："不对，从她的信就可推知你的信的内容……"

他仍是重复着上面的那句话。

他们互相对答了一会儿，丽南劝他和他堂妹结合，她说愿意成全他们。而龙孝宗一直在说他们之间没有什么情意和往来。丽南在他抵赖的情况下终于把他堂妹那封信念给他听。听完，他当时有点傻眼，或者因为他堂妹在信上写了那些话而有点生气，他长出了几口粗气，无言以对。沉默了几分钟，他说："我就给她写了一封短信，我对她根本就没有什么意思，你不要那么多心……"

丽南看他是不会承认了，且时间已快到12点，她也困得不行了，要上床休息。她让他到大屋去睡觉，他却迟迟不走，给丽南说着好话，硬是要进她的被窝，她掀他也掀不动，掀不走。

"我就这样又一次被他的谎言蒙骗？这一切都是在做梦？气了一个多月，现在又归顺了他？给外省外地写的信还未发，作何打算？原来那么大的决心现在就没有了吗？他那坏脾气能改？就这样和他度完余生？那青梅竹马之情能断？以后到底怎么办？……"他们虽然在一个被窝里，但她的脑子里却翻腾着这些问题。

天冷得厉害，温度降至零下十四五度，不管走到哪里都是冰雪。丽南把这两年用不上的大衣、棉袄、大围巾都找了出来。早晨去上班，整个路面是厚厚的冰，车难开、人难行。她想乘车要比走路快，就到电车站去乘车，但等了一个多小时也未能坐上车。一次接连开来了十辆车她都未能上去。电车上人挤得满满的，平日上班族的自行车队不见了，马路上骑车者寥寥，大都去乘车，车上怎能不挤？

晚上，她步行回到家，很累，8点多就上床睡了。被窝里，她和龙孝宗又谈了几个小时。她坚持自己的观点，要成全他们，让他们结合，而龙孝宗始终不答应，说什么结发的夫妻如何好等。另外，他说："这一个月你气这么大，而我一点也不知道是由她的信引起的，我以为是你撞了头神经出了毛病，我还为你焦虑，想着怎么给你治病……"

"这话不知是真是假，"她想。龙孝宗不诚实，撒谎的毛病已经失去了她对他的信任。不过，她还是说："她等你十年，爱着你，你们结合，就是幸福，就能美满……"

龙孝宗说："一个人被人爱也不容易。她对我虽然一往情深，但现在这一切都无法挽回了，我对她有时当然也不能伤得太厉害，只能是婉言拒绝……"

公元1992年来到了。钟丽南已经五十岁。

1991年这一年她无宁日，1992年又会怎样呢？她不敢想。

过完元旦上班的第一天，丽南收到儿子的来信，龙孝宗收到女儿的来信。丽南读儿子信的时候，泪水仍是在不停地流，她无法抑止自己的泪。宇航写了四五页，开头写道："亲爱的妈妈，您的来信我已收到，这封信我看了好几遍。妈，说真的，您的这封信以及这学期来的一些信，对我都有很大帮助，我现在的确是该好好想一想人生的问题了。"就读了这两行，她的泪就禁不住

了。孩子对母亲的指点、教诲不但丝毫无反感之意，而是持严肃、认真、积极的态度，母亲的心能被儿子理解，母亲的思想能被儿子接受，这对母亲来说是多么大的安慰啊！她这是高兴的泪。

儿子信上说："大学阶段这宝贵的时光我应该怎么度过？对于生活学习方面的挫折我应该怎么去克服？大学毕业后我将去干什么？我今后的人生道路该怎么走？我到底该做一个怎样的人？我未来的生活将是什么：一个安稳的家庭？一个得过且过的职业？……对于这些，我都没有去认真想过。"儿子对人生中的这些大问题能提出来，能去思考，这是非常重要的，当家长的怎能不为之高兴？

中午回到家，丽南在读女儿的信。女儿对考研究生充满了信心，她说中科院的研办主任给她寄去了前两年的考试题，还写了几句鼓励的话，她的干劲更大了。丽南看到两个孩子在人生的旅程中都在积极奋进、向上，她心里充满了喜悦和激动之情。

下午，她就给两个孩子写回信，信上仍在鼓励、指点着他们。

在给宇航的信中，她先给他写了一段赠言：

在新的日历面前

当你揭下一年中最后一页日历的时候，心灵难免漾起几分依恋，而更加激励着你的，该是从心底涌来的探求与奋进的豪情。

当我揭开这新日历的时候，觉得每一页都是一级石阶，一层海浪，在我的生命中联成一条攀登的路，远航的路，通向那高峰，那彼岸。我深知，学习，应是同生命相始终的……愿你我每揭开一页新的日历，都能因这一天过得有声有色，而无愧无悔！

她在给儿子写回信时，想起自己在儿子这个年龄时的学习情景，不由得在信中写道："你们的母亲在你这个年龄的时候，正是雄心勃勃，怀揣着远大的理想并为之积极努力的时候，但由于种种原因，当然主要是历史的时代的缘由，以致后来浪费了那么多的宝贵时光，一切都事与愿违，无法挽回。现在，你们的母亲是多么希望把她的理想的种子、理想的血液能深深地注进、流入到你们的血液中去，使你们也能成为有理想、懂人生、惜光阴、会生活的人！母亲在信上的'啰嗦'，无非是想让你们有大志，将来能干一番事业，不致虚度一生，枉活一世……"丽南正是出于这个愿望，所以她给孩子们写信时往往不惜笔墨，不怕费时。她愈来愈感到儿子在不断走向成熟，而且对大人也是非常孝敬的。他对丽南给他寄去的奶粉、衣裤、毡鞋垫，毛手套等表示非常感激，信上一再表示谢意。这一年冬天特别冷，丽南只觉得她这个母亲为儿子操的心还远远不够。厚毛衣没有给他寄去，棉鞋还没有暖和点的。她有时好心疼好内疚！

宇航读了丽南的一封封信，常常是很受鼓舞，增添前进的动力，同时他对自己的母亲也更加了解和尊重了。他在给宇婧的一封信中写道："母亲现在很能理解我，她在信中对我的一些缺点并未批评或叹息，而真正是在谆谆教导。她不仅摘抄了一些名言来鞭策我，而且还举了一些名人（例如富兰克林）克服缺点的例子来开导我。我真的很感激母亲。在大学这一阶段我进一步体会到了母亲思想的伟大，我为有这样的母亲而自豪。母亲虽然历经几十年的沧桑，但她仍能抱着年轻时的志向去为它奋斗，光阴荏苒，而她的志向始终没有泯灭，这实在是了不起的。母亲在信中写道：'你们的母亲多么希望把她的理想的种子、理想的血液能深深地注进、流入到你们的血液中去，使你们也能成为有理想、懂人生、惜光阴、会生活的人。'可看出母亲对我们寄予着很大的期望，我们是不能辜负母亲的期望的。母亲在信中明确指出我现在学习难以全身心地投入，干劲不足的主要原因，就在于我还没有树立一个远大的志向，没有解决人生观问题，母亲建议我去看一些名人传记等。说真的，复课考试这些天，我书包里一直装着你和母亲的这两封信，有空就拿出来看看……"

宇航来信说寒假他准备看点书，补补缺漏的功课，不打算回家了。宇婧春节后要参加研究生考试，春节也不回来了。不过他们班开学后要到南方去实习，路过安城可回家看看。

两个孩子都不回来过春节，家长虽然感到寂寞点，但他们都是赞同的，因为孩子们都是为了学习

春节来临，两个孩子虽然不回来过年，但丽南依旧是忙。尤其今年春节要请姐姐一家到此做客，她就更忙了。

大年三十晚上，相忠友破例地到丽南家坐了坐。他是怕这个家里发生什么事——以前丽南告诉过他家里发生矛盾的事。他看到丽南在忙，两人都还

平平静静，坐了一会儿就走了。丽南想：老相看到家里的情景，一定认为我们和好了，无事了，但这平静只是暂时的表面的。

大年初一，龙孝宗小组的老方老尚来家里坐。闲聊中，丽南问了问老方在巴基斯坦的情况。老方说："我们在那里每月只有三百多美元的报酬，而日本人在那里一天就拿三百多美元……"他对两国之间这么大的差距显然是愤愤不平。

丽南说："你们拿的这个数在国内可不是个小数字。每个月那些美元，再加上伙食费节余的，也非常可观了。出国一年收入的，比国内夫妻两口几十年积蓄的钱数还要多。"

老方说："不会的，哪有那么多收入！"显然，他对出国的具体收入想进行一些保密，不至于全部亮底。

这一冬自那场大雪后，再未下过雨雪，气候干燥得厉害，学校操场上的土厚厚一层，学生在尘雾中打篮球、跑步……

一天，刮起了大风，黄沙尘土弥漫了整个大地和天空。车难骑，眼难睁，人们身上落满了尘土。第二天下起了大雪，天气变得异常冷。下班后回家的路上，寒风像刀子一样割着脸。晚上，她虽很疲惫，但她没有钻进被窝里去暖和暖和，而是把给外地写的还没有发出的信拿出来修改了一下，然后就没命地抄写起来。一边抄写她一边想："这一切也都是徒劳！全国哪里还不是一样，都是人浮于事！再说，那些当官的谁能去关心小百姓的这区区小事？"她虽然这样想着，但仍在不停地抄写。只要有一线希望她也要争取。

"三八"妇女节那天，女教工开庆祝会，大家热热闹闹，有说有笑，有的节目使丽南笑得眼泪都流了出来。然而她一回到家里，就觉得窒闷得要命。这一天是电元厂礼拜天，丽南上班时虽然把小屋的门锁上了，但她发现自己的东西被人翻了动了。以前她认为龙孝宗没有这小屋门上的钥匙，现在看来他是有一把钥匙的。桌子上放着那些给外地写的信的底稿，她想，这些东西他要看就看吧！让他心里也清楚清楚这个家的真实情况，了解了解我的痛苦！

然而龙孝宗看了那些信并不是这样想。他从中知道丽南在暗暗活动，要离开这个家，亦即要和他离婚，心里很是不痛快。晚上当丽南问他"家里的事你到底准备怎么办"时，他就厉声和丽南吵起来。他说："你在逼我！你再这样逼我，咱们就同归于尽……"又是一个"同归于尽"！以前一提离婚，他就是用这个词来恫吓她，使她归顺于他，现在又是这个词！他仍不同意离婚！

他停了一会儿说："以前你曾说我是离不开女人的男人，为了证明我不是那种男人，我克制着自己，一年半载地可以不和你在一起……"多么可笑，这就是他们的夫妻生活！然而他却不想，愈是这样，愈说明他在外面有女人，愈是难以解除妻子的疑虑！

为了打消丽南离婚的念头，他又说："你即便是和我离了，我也不会去和她结合……"

他们互相吵着，说着，龙孝宗阴沉着脸，丽南一看他那副模样，就是要吃人的样子，她不能不痛苦欲绝。

为了少生点气，她一早在饭盒里装上剩菜和馒头就到学校里去，在学校一待就是一整天。学校仍是停电无暖气。她一人在冰冷的办公室里，吃着凉饭凉菜，真是凄凄惨惨！

四个月的气、怒、忧、悲、苦，使钟丽南躺在了医院的病床上。

3月中旬的一天下午，她参加完年级组会已近7点，骑车回家行至半路，胃部开始疼痛，这疼痛愈来愈剧烈。快到家时，她已痛得难以支撑。勉强骑到家，她倒在床上，痛得在床上打滚。她让龙孝宗找出止痛片和治胃病的药服了，龙孝宗又给她揉了揉肚子，疼痛仍未减轻。晚上，龙孝宗用自行车把她推到医院，大夫问了她的病史，又进行了一番检查，说是胆结石引起的，让住院。

她住进了医院。那天正值医院停电，不能进行检查，医生给她打了一天吊针。

晚上来电后，她做了B超检查。第二天早晨大夫匆匆跑到她的病床前说："你的胆囊肿大到12.5cm，像个小茄子。"说完后就把龙孝宗叫了出去。大夫严肃地告诉他："一般情况下，胆囊肿大到9——10cm就已经很危险，你爱人的胆囊已肿大到了12.5cm，随时都有破裂的可能，必须及时手术。"大夫把情况说得非常严重，龙孝宗只好同意手术。

过了一会儿，手术单就下来了，通知她下午3时手术。

她怎么也不会想到，她胆囊中那几粒直径只有0.3cm的小石头竟会这么严重，这么早地就要做手术！她的同事有的胆结石直径在1cm以上，像鸽子蛋那么大也没有做手术。她原来还想等以后科学技术发展了，有了新的排石方法再去清除胆囊中的那几粒小石，而现在，她第一次犯病，就要手术，这

—315

是为什么呢？

龙孝宗把大夫的话告诉给她，他说："不及时手术，胆囊破裂，胆汁流到腹腔，到那时手术不但麻烦，复杂，要把肠子翻出来洗，而且还有生命危险……"

当她听到自己又要做手术时，她的眼泪夺眶而出。她已经动过几次手术，她的身体亏损得太厉害了，她这虚弱之体还能再经得起动刀子吗？她无法想象！

病房里共有六位病人，病友们看到她在流泪，都给她说着宽心话："现在这手术是很普遍很一般的，做了以后很快就会好的……"一个病友以前也做过胆囊切除手术，她一边亮出自己的伤口让丽南看，一边说："你看我这刀口长得多好，平平的，现在吃饭、身体都很好。你不要怕，没事的。"她听了病友的话，心里平静了一些。

手术前，小护士给她做着术前的各种准备工作。下午3时她被推进手术室。她的姐姐也赶来了。

丽南躺在手术床上，全身只穿一件单衣。她的两只手臂像钉在十字架上一样向两边平伸着，一边在给她打吊针，一边量血压。手术进行了两个小时，于5时许推出手术室，她被抬放在急救室的病床上。大夫让她平躺十个小时，不能动。

手术时，由于暖气不足，她下身虽然盖了东西，但两只脚在外面露着。她受凉了，鼻子开始不通。手术完，躺在病床上，她全身冻得发抖。后来盖了两床被子，灌了热水袋，才稍好一点。她的鼻子不通，加上鼻子里插入的通过咽喉到胃部的那根管子也阻碍着她的呼吸，她只觉得憋闷窒息得喘不上气来，她张着嘴大口地吸着气，她的嘴唇变成白色，干裂了。她渴得厉害，而手术后没有放出屁来是滴水不能进的。她不住地咽着唾沫，每咽一口，咽喉就要疼痛一次。旁边病床上守护病人的女同志看到丽南嘴唇干裂，就让龙孝宗用药棉蘸点水抹在她的嘴唇上，湿润一下。龙孝宗照办了。他在给丽南抹嘴唇时，有时流进口里一滴水，她都感到甘甜无比。

她平躺着，不能枕东西，这样使呼吸就更感困难。到半夜，她的头就难受起来，头下好像是一块铁板，使她疼痛难忍，她的刀口也开始疼痛……这一切痛苦的滋味是她以前几次手术没有尝过的，她极力在忍受着。如果能睡着，这些痛苦也就会减少一些，而她一夜却一分钟也未能入睡，她被这些痛苦和疼痛折磨着。她不住地看手腕上的表，然而时间在这个时候不知道为什么过得这么慢！有时她看几次表才过去一分钟。

放屁后才能进流食，才说明肠胃整个贯通。为了放这个关键的屁，第二天晚上，龙孝宗和病房另外一位同志搀扶着丽南在病房里走了两趟。夜里，她折腾了大半夜，终于放出一个屁来，她顿感这一股气从肠胃一直通到最下边。这真是特大喜讯，意味着明天就可以吃一点，喝一点了。她已有几天没有进食，手术后，嘴唇干裂，也不能喝水。

一早大夫来病房，她就把这事告诉给大夫，大夫也非常高兴，给龙孝宗交代了先吃一些流食等问题。当天，她就从急救室搬回到原来的病房去住。

龙孝宗听了大夫的话，先是给丽南煮了鸡蛋糊糊喝，后来待丽南能吃饭时，他常常问丽南想吃些什么，然后不是回家给她做就是给她买。他们夫妻经过几个月的矛盾，这次丽南有病，龙孝宗对她显得特别殷勤、关心，他总算像个丈夫样，比那次阑尾手术时强多了。

她病床的左边是一个患乳腺癌的病人，她已做了乳腺切除手术。病床的右边是一个腰部经常疼痛的病人，她在做腰部的一些检查。这两位病友都是三十出头的年轻女士，长得都不错，病床右边那个腰痛的病号尤为漂亮，她的皮肤特别白嫩，一张瓜子脸上眉清目秀。她闲了就坐在被窝里打毛线。龙孝宗坐在丽南床边，面对着那个病号，他常常目不转睛地在看她，看得那病友有时都有些不好意思。丽南从龙孝宗的这神态和眼神，不由得想到："那病友从他的眼神中一定会推断他是个好色之徒，是个不正经的男人，她也一定会推测，我会因此而痛苦，她甚至心里还在怜悯同情我……"丽南这样推测着，不过她想："这样也好，有个小美人吸引着他，他高高兴兴地在这里照看我，不也是好事？"

四个月的气，使丽南病了这一场。她原想着会气出不治之症来的，而现在只是气破了胆，还不是那要命的病。这一场病，使他们经济上受损是小，人受了极大的痛苦，身体受到极大损伤是大。她想，以后再也不能生气了，气了这么多年，这弱身体也不允许自己再生气。尤其她看到那患乳腺癌的病友，不但做了大手术，术后还要放疗化疗。放疗后反应很大，吃的东西往往吐得一干二净，有时连胆汁都吐尽了，真是痛苦至极。她看着病友处在极度的病痛之中，想着自己实在是不能活活气出这些痛苦的病来。她对龙孝宗说："以后就是你有十个八个老婆，我也不管了，再也不能生气了，对一切都看

破，这疾病对人太痛苦！"

龙孝宗听了，没说别的，只是笑着重复着她的话："十个八个老婆……"

丽南住院前，她的姐姐看到她还骑着那辆破旧的自行车，就让丽南去买一辆新车。当时龙孝宗不太想买，丽南也在犹豫，她考虑到自己未来还不知道在哪里工作呢，就先凑合着骑吧！姐姐以为丽南他们两口舍不得花钱，就硬是给了200元钱，让再添上100元买一辆新车。丽南住院期间，龙孝宗把自行车丢了，他说他去洗澡，把车放在澡堂门口，忘了骑回家，第二天早晨去找就不见了。没车骑，他到医院都很不方便，这样，他才去买了一辆凤凰坤车。

丽南的这次手术比同类其他人的手术刀口要长近乎一倍，因为当时处在那种特殊情况下，为了避免危险，大夫只好这样做。同事和邻居来看她时，都叮咛龙孝宗买些党参、黄芪等补药同鸡一起炖了给丽南吃，这对补养身体很有作用。龙孝宗原来也不懂这些，经同事们的提示，他这样做了。星期天他到药房去抓药，到自由市场去买鸡，回来又洗又做又炖，丽南身体恢复得较好。

手术后两个月的时间里，龙孝宗和丽南处在和平相处阶段，而且他们处得比以前任何时候都要好一些。丽南觉得自己的身体动过几次手术，已经非常虚弱，没有个男人，生活将是难以支撑的，她已死了离婚的心。她想："就凑合过吧！年龄不饶人，已老了；身体是这样，也不饶人……"龙孝宗似乎一反以前的常态，买东西也舍得花钱了，冰箱里总是放得满满的，人也勤快了许多，对此丽南也较满意。

但是，钟丽南的生活之路仍然是那样多舛，她想凑合地和龙孝宗过下去，然而这凑合的日子上帝也不赐予她。

第二章

　　5 月中旬的一天是龙孝宗的星期天，也正好是丽南手术整两个月的日子。丽南下班回到家已是中午 12 点。她正要把自行车推进房来，龙孝宗说："就把车放在门口，一会儿我要出去。"丽南说："家里什么都不缺，你还出去干啥？"龙孝宗还是说："就把车放在门口。"丽南照他的话把车放在门口，锁好。回到家，龙孝宗把炒好的菜早已摆上了桌。她放下包，刚坐下来，龙孝宗就把米饭盛了来。他们一同在小屋的缝纫机台板上吃饭。龙孝宗只吃了一小碗米饭就不吃了。丽南问："你怎么吃这点饭就不吃了？"他说："我已经先吃了一碗。"说完，就躺在了小床上。丽南闷头吃着饭。不一会龙孝宗说："我用你的借书证到市图书馆去借本书。"丽南说："市图书馆中午不开门，不借书，你着这么大急干什么呀？"龙孝宗说："中午开门。"丽南又说了一遍图书馆中午不借书的话，他嘴里仍嘟哝着"借书，借书"，边说着边开门推车走了。丽南对龙孝宗的这一切都没有在意。她吃着饭，想着自己的一些事。吃完饭，她照例睡她的午觉（手术后，学校照顾她，无课时可以不到校）。睡醒觉，她给儿子写了一封信，又洗了自己的几件衣服。她原想等龙孝宗回来后骑车到学校去一趟办点事，然而她左等右等不见他回来。她看看家里，龙孝宗一上午在家什么活都没干，只给宇婧写了一页纸的信。夏天到了，天已经热起来，冬天取下来的纱窗还在院里放着，龙孝宗应该把它们扫一扫，洗一

洗，安在窗子上。但这些事他都没有干。家里的窗子一天紧闭着，不透气，不通风，使得冰箱一天呜呜地响个不停。从龙孝宗给宇婧的信上，她知道过两天他要到北京出差。她想："他要出差了，星期天还不把这些该干的事干一干……"为此她心里有些不快。

龙孝宗这天下午到6点多才回来。他在门外叫道："开门。"丽南把门打开，看到他一脸笑容，满面春风，而她不但没笑，而是阴沉着脸。星期天龙孝宗一点活不干，她本来就有些不太高兴，下午他又出去了一下午，回来这么晚，她更是有些生气。她没好气地对龙孝宗说："你还知道回来！"龙孝宗这才意识到回来晚了，丽南有点不太高兴。丽南无意中问道："我的借书证呢？"龙孝宗不吭声，他放下车就匆匆到厨房做饭去了。丽南看他不回答，就拉开柜子里的抽屉一看，她的借书证连同夹在里面的东西原封不动地放在那里。

"又在撒谎。"她心里说。

以前龙孝宗每个星期天几乎都要出去一个上午或一个下午，或者上午下午都出去，她从来没有往别处想过，她总以为他出去是为这个家在采购，是在想办法买到一些便宜点的东西。而这一天龙孝宗出去，使她不能再这样想了！

晚上，她斜躺在小屋那张单人床上，头靠在墙壁上，脑子里在翻腾着："他为什么要撒这个谎？他究竟是干什么去了？……"她像公安干警在破案中发现了疑点一样，从龙孝宗说去借书而又不拿借书证，一切行动又是那样反常等情况在分析思考着：昨天中午我回家时沿途买了些菜，到家已下午1点1刻。他一直等到我回来才一起吃饭，而今天不到12点他就提前吃了一半饭。他从来没有到市图书馆借过书，就是本厂图书馆他也不去借书。以前孩子们让他在厂图书馆办个借书证他都懒得去办，后来一直未办。平时他是连书页动都不动一下，翻就更不翻一下的人，而今天却急匆匆地于大中午就要去借书，一下子变成比马克思还爱学习的人了，不可思议！市图书馆借书处中午不上班，只有阅报室中午开放，而他只是说去借书，并未说是去看报或杂志。平常的午睡他是雷打不动的，而今天却不午睡，是这么急迫地要出去。平时是等我把饭吃完，他收拾完碗筷再去干别的，今天却等不到我把饭吃完，就连他的碗也顾不上洗就找了这个借口出去……她从一个疑点发现了龙孝宗这么多反常现象，她不能不感到这中间很蹊跷。

第二天一早她质问龙孝宗道："昨天下午你到底到哪里去了？"

龙孝宗睁圆眼睛大声说："我就是到市图书馆去了，图书馆门口看车子的老婆可以作证，我给了她五分钱保管费，她硬问我要一角钱，我还和她争了一会儿呢！"

丽南说："如果你真的是到图书馆去了，那咱们现在就去对质，不管是书，还是报纸杂志，只要你能指出那上面的一篇文章，说出它的大意就行。"

实际上，丽南只要问："你借的书呢？"一句话就可将他问住，就可以对他去干什么事情基本定秤，而她放宽尺度，说不管是什么报纸杂志等指出一篇的内容都行。但她哪里会想到龙孝宗从来就没有到过市图书馆，他不知道那里还设有那么多种阅览室，如果他原先去过市图书馆，知道有各种阅览室，他就不会只是说去"借书"，也就不会出这样的漏洞了。

龙孝宗没有去市图书馆，他不敢去对质，他只是理直气壮地重复着："看车子的老婆可以作证。"

丽南不听他这句话，她知道，这新买的自行车肯定是要放保管站的，而放在保管站，人到哪里去了是关键问题，让那看车老婆作证又有什么用？

她看到龙孝宗是这个样子，就严肃郑重地对他说："你一下午去了五个多小时，看的东西应该不算少，现在我们去对质，只要你说出一篇文章的大意就算数，你不敢去对质，那么你到哪里去了，只要老实说出来也行，我不会给外边人讲，咱们在家里把事情化了就行了。"接着她郑重地说："这件事可是关系到这个家庭生死存亡的大事，请你能严肃对待。"

龙孝宗没有想到丽南的脑子会这么厉害，他听了丽南的这些话，再也说不出一句话来，他像遭了雷劈电击似的躺倒在床上，脸上立刻笼上了一层灰色。

后来，丽南把一个是去对质，一个是交代去了哪里这两条路又说了几遍，而龙孝宗斜躺在床上，紧皱着眉头，两眼直视着天花板，一声不吭。

丽南见他不说话，又说道："对质只需要一个小时就够了，你今天不去对质，那么过了这个村就没有了这个店，以后再去对质就不顶用了……"

他仍不吭声。

她看到他是这个样子，就气呼呼地推车上班去了。

她想，星期天这一下午，他并未到市图书馆去，如果他是办其他什么事，都是可以告诉人的，而他撒这个谎，只能说明他是干那不可告人的事——玩

女人。那女人让他中午去，给他做些好吃的饭菜，然后上床如胶似漆地滚在一起，干完了再睡……他的这一切只能让人这样解释，这样判断。

丽南这样分析着，龙孝宗前几个星期天的事不断向她脑际涌来。

上个星期天的上午，他到派出所给新买的自行车打了钢印，到市中心大药店买了药，然后到火车站附近的一家银行办理了一张到期存款单的转存手续。按理，办完这些事上午的时间已经差不多了，人也够累的了，他应该回来，吃了中午饭再去干别的事。而他却是从火车站直奔西郊的石门村农贸市场。这中间路过电元厂他也没有回家。他在石门村市场买了两只母鸡才骑车回来，回到家里已12点多。回来后，他说这些事都办完了。丽南觉得他太累，让他吃完饭休息一下，而他却偏要一鼓作气，吃完饭就宰那两只鸡，紧接着烧水烫鸡拔毛，然后给丽南说："你来开膛剖肚拾掇，我再到石门市场去看看有什么好买的。"说完就骑车走了。丽南一边开膛拾掇着那两只鸡，一边心里埋怨着龙孝宗："搞得这么紧张干啥？让人连午觉都睡不成！"她刚动完手术，不午休，身体实在有点吃不消，但她又想："龙孝宗是为了补养我的身体而去采购的。"这样，怨气也就没有了。这天下午，龙孝宗到4时多回，什么也没有买。尽管这样，她也没有想到别的方面去，更没有去怀疑他什么，晚上还心疼地对他说："今天你太累了，上午就不该到石门村去买鸡，下午也不该再出去……"他听了，没有说什么。

动完手术出院后的一个星期天，下午丽南没课，她给龙孝宗说："上午我有课，下午在家。你可骑车出去。"（家里只有一辆自行车）她是想让他上午在家干点家务，下午再骑车出去采买。而龙孝宗却没有这样做。他一大早步行到石门市场买了两只鸡，回来就宰杀拾掇，然后煮了一只，另一只放冰箱冷冻。她回来后看到他干劲这么大，（电元厂距离石门市场有好几站路），一上午的功劳还不小，心想："这次我动手术后，他可真够殷勤积极的了！"他这天上午买了鸡采购了一番，把该干的活干了，下午仍是找借口出去了一下午。

她从龙孝宗以往星期天的这些情况可以看出，他是把家里要办的事集中在一个上午办完，然后腾出下午时间去干那勾当。

这个星期天，龙孝宗为什么要撒这个谎呢？她分析：他实在是找不到其他要出外的借口了。前一天，她下班回来沿途买了不少菜，其中有一捆莴笋，龙孝宗中午到院子里转悠着等她回来，看到一辆大卡车上在卖莴笋，很便宜，他也买了一捆。这样，他们两人就买了两捆莴笋，再加上她买的其他一些菜，这些足够他们两人吃一个多礼拜，其他鸡鱼肉冰箱里都有，也不需要买，他要出去，实在找不到其他什么借口了。前几天她整理书柜时曾拿出十多年前在前进中学时办的市图书馆的借书证，看到里面的押金票据不见了，顺便说了一句："宇婧的同学用了借书证，押金票也给搞丢了！"他在一旁听到了这句话。这一个星期天他在实在找不到借口，又急于出去的情况下，想起了那个借书证，因此找了这样的借口，而他连借书证在哪里放着都不知道，况且他也没有想到去找借书证，因此出了这样的漏洞、破绽。

"他每个星期天都要借口出去，每周至少去搞一次女人，这是再明白不过的了！"她这样推断着。尽管她在病痛中给龙孝宗说："即使你有十个八个老婆，我也不管了，也不生气了，对一切都看破！"但是到了现实中，看到自己的丈夫去与别的女人睡觉，攒着劲使在别的女人身上，她怎么能容忍？谁的眼睛里能揉进沙子？对于这些，她仍旧看不破，仍旧是不能不生气！她在感叹自己的命竟是这么苦，遇上的男人竟是这样的一个混蛋男人！想过几天安宁的日子都不能够！别人家的男人大多是安分度日，闲了要么是把小家修整修整，把窝搞得舒适一些，要么是钻研业务，学习新技术，在事业上有点成就，而龙孝宗既不修整这个家，又不学习钻研业务，闲了他就是想法子去搞女人！要这样的男人有什么用呢？本来跟着他就够痛苦的了，再加上这样的一些事，她就更加痛苦了！

她痛苦地想："龙孝宗从十多岁就和他堂妹在一起，就开始和异性厮混，结婚前就搞了几个女人，结婚后，他的本性不移，仍是左一个右一个女人地搞。他没有吸烟的嗜好，没有酗酒的嗜好，没有种花养鱼的嗜好，没有下象棋打扑克的嗜好，没有爱干净讲卫生的嗜好，没有品尝美味佳肴的嗜好，没有饮茶交友的嗜好，没有读书学习的嗜好，没有……他只有一个嗜好——玩女人。玩女人已成为他一种瘾性的东西，在这方面已经上了瘾，要改就很难了！宇婧刚生下来几个月的时候，他就开始在外搞女人，现在五十多岁了还在搞。原以为现在年龄大了，他不会再去拈花惹草，会老实一些，然而他在这方面不但不收敛，而且瘾还愈来愈大。他的这一癖好已根深蒂固……这样的男人能要吗？就是没有男人也不能要这样的男人！……"

刚刚和好了两个月，却又从天而降，生出这等事来，她想安宁地过日子都不能够！她又一次处在了悲愤与痛苦之中，她预示着这个家将出现一次更

大的风暴，这风暴将会把它彻底摧毁。

她回到家，看到龙孝宗，气就不由得充满胸膛。她忍着刀口的疼痛，在大声训斥着他："你不是说去借书么，怎么不带借书证？你既然看了书，为什么不敢去对质？除了玩女人不可告人外，其他什么事情不可告人？怪不得每个礼拜天都要借口上大街，逛商店，到自由市场，又不买用的，又不买穿的，有什么好逛的？现在才真相大白，原来每个礼拜天都是去和野女人睡觉！对自己的老婆舍不得那劲！留着，攒着，去满足那野女人！把这个家当做掩护所，把老婆当做挡箭牌，好在外面尽情地搞。结婚前你就开始搞女人，结婚后又左一个右一个的，玩女人已是你生命的第一需要！别人家的男人有的是嗜酒，有的是嗜烟，而你的嗜好就是玩女人！玩女人到底有多美有多甜有多香，你可以给形容一下嘛！平时伪装得像个正人君子，实际上一天干着不可告人的勾当，灵魂肮脏，道德败坏。一天不学无术，一页书不翻不看，空有知识分子之名，而无知识分子之实，白受党的那么多年教育！平时吃了饭就往床上一躺，啥事不干，家不像个家，到处是尘土，到处是蛛网，从不知打扫，你心里只有搞女人，哪里还有这个家？！以前总认为你是真正去上大街，而这次是你自己来了个大暴露……"

她大声说着，越说越气，刀口被震得疼痛不止，也不去顾及。她实在无法驾驭自己的情绪。

丽南明知自己的身体不能再生气了，再气一定会得绝症的，但不气又真是不由她。她想：不管怎样，这次离婚是离定了！这样流氓成性，以玩女人为人生最大乐趣，而置妻子于一旁的人，还能再和他过下去吗？不离，也是虚有其家之名而无其家之实；离了，还少生点气。她在暗暗叮嘱自己：下决心离吧！以前一直心软，在他苦苦哀求，伪装成的一副可怜相面前就屈服了，下不了决心。现在再不下决心离，就没命了！悲惨的一生，碰到这样的男人，还有什么宁日可过，幸福可言？！

龙孝宗要到北京出差了，是晚上11时的火车。这天下午他才在家里擦洗了纱窗安装上。这事本来是他星期天应干的，而拖到现在——该上火车了，才去干。丽南想起这事，心里只能是窝着一肚子的火。

这件事不能不在她的心里结个大疙瘩，她不能像别人那样无忧无虑地生活。她在考虑着这令人烦恼的家庭问题，在想着自己今后的出路……人们都说"遇事要想开点"，但是这种事再想得开，心里也总是难畅快。她也在不断开导着自己："往开里想吧！"但是她的脑子仍无法休息，龙孝宗和那女人偷情的事总是不断地出现在她的脑际。

晚上10点龙孝宗走后，丽南看到他的桌上放着一页纸，上面写着："那天我的的确确是在图书馆看了几张报，然后到科技馆去看杂志……"她想："我早就说过，过了这个村就没了这个店。当妻子提出这件事是关系到家庭生死存亡的大问题，怀疑丈夫，让去对质时，他竟一个字也吐不出来，更不敢去对质。事过几天，才想出这个招，这等于马后炮，屁用不顶！坏东西，想赖是赖不掉的。如果平时的确是爱学习，不敢去对质，倒也情有可原，而他从来就不学习，不看书，那天却迫不及待，匆匆忙忙说去借书，结果漏洞百出。狡猾的狐狸，死也不能再相信他的话了。"

龙孝宗走后，她一个人还好过一些。不见他，气就少一些。她觉得这一件事和上一次他堂妹的那件事是截然不同的。对他堂妹的事，她心中只是一味感到难受痛苦伤心，她认为自己是他们两人所巴望着死的人，自己死了，他们俩就可以结合。而这一次她虽气，但她更清楚地认识了龙孝宗的真面目，认清了他的本性和人品，她的头脑更加清醒了，她觉得自己是坦然的，占理的，因此比起上一次的事来，痛苦要稍小一点。

一天晚上，丽南到以前的邻居朱瑞华家去借东西，顺便在她家聊了聊。朱瑞华和她爱人原先和龙孝宗都在研究所工作，她爱人后来提拔为电元厂某分厂的厂长。过了一个阶段，朱瑞华也调出研究所，在新成立的电气所当了一个小头目，她不是出国就是出差，要么去开会、吃席……马上就是另一番天地。

从朱瑞华家回来，丽南想："我们无权，无钱，过着清苦日子，而就这清苦日子还不能安宁。现在兴的是人际关系，龙孝宗闲了既不去搞人际关系，自己也不努力去钻研业务，他每天的正业就是怎么和野女人挂上钩去过瘾，去享尝其中的甜头，气得老婆病了一场又一场！我每天忙碌工作，辛苦奔波，在这一切苦上还要加上无能之夫的一层气！唉，同样是人，命却如此不同！"

钟丽南眼力是敏锐的，头脑是睿智的，她的判断没有错。

这些年来，龙孝宗和丽南吵得少了，丽南在较平静的生活中也就不去注意其他方面的事情了，加之她整天忙工作，忙孩子，根本无暇去注意龙孝宗的这些事。她认为龙孝宗也在忙工作，不会有其他什么事。然而龙孝宗却并

不是这样，这些年来他仍然没有中断过和女人的鬼混。

他先是和他们所里新调来的一位还未找到对象的老姑娘挂上钩。那老姑娘长得虽然不怎么样，但毕竟还是个姑娘。那时丽南调到红岭一中不久，她白天在校集体办公效率不高，晚上就在家里加班加点搞工作。龙孝宗也常常借口工作忙，晚上去加班。他加班倒也是事实，但加上一会班之后，就和那老姑娘去鬼混了。他和丽南很少过夫妻生活。平时忙，丽南也无暇去想这些事，而往往在假期，龙孝宗也很少和她过夫妻生活。她有时虽然也有这方面的要求，但她从不主动去找他，她很能克制自己，她已经痛苦惯了！龙孝宗回到家往往就是呼呼大睡，她以为他向来能睡，也就不在意。他们所里的这位老姑娘最后终于找到了一位男朋友，结了婚。后来她调到离她爱人近的单位去了，她和龙孝宗才中断了这种关系。

龙孝宗他们小组研制的机器要由车间来生产，他们经常下车间和工人一起干活或检查产品质量。车间的女工一个个打扮得花枝招展，令龙孝宗眼花缭乱，这对一个大色鬼来说无疑是很有吸引力的。他是很喜欢下车间的。下车间不久，他就和一个近四十岁的女工打得火热。那女工的爱人在市上某单位工作，休社会礼拜天。在电元厂礼拜天时，这女工就让龙孝宗到她家里去，两人在一起鬼混。后来这女工爱人的单位盖了家属楼，他们分上了一套新房，这女工搬进了新居，她和龙孝宗不便于再搞了，就中断了这种关系。

这次龙孝宗搞的女人是电元厂电元车间一个四十出头离了婚的女工，她叫王美茹，家在市图书馆斜对面的一条巷子里。她的丈夫因她在男女作风上一贯不好而和她离了婚。他们有一个男孩，男方带走了。一套房就她一人，有时她虽感寂寞，但不时有男友去光顾她，也就不显寂寞了。她年龄虽不算小了，但比年轻人还爱打扮，每天上班去是浓妆艳抹，香气扑鼻。她有几分姿色的长相，再加上打扮，就更惹人注目。龙孝宗到电元车间去加工零件，第一眼注意到的就是她。以后他几乎每天都要找借口到电元车间去。他那双虽小但能脉脉传情的眼睛常常温柔地稍稍斜视着王美茹，王美茹那敏锐的感官早就觉察到龙孝宗在注意她了，对这一切她心领神会。有时她也用自己那双有情的眼睛去看一下龙孝宗。一次，当她们两人的目光相碰时，他们的脸不由得都发起烧来，心都怦然而动。

王美茹开始心动了，她想："如果能和龙孝宗睡觉该多好。他是知识分子，到底不同一般，你看他多么文雅，多么多情，和他睡觉一定别有一番韵味。"她想要征服他，达到她的目的。

一天，下班的时间到了，龙孝宗和另外一位工人在车床前还没有完工，王美茹看机会到了。她在自己的车床前磨蹭了一会儿，待龙孝宗干完工作，她叫住了他说："龙师傅，你看我车的这个零件行吗？如果不行，我就重车。"当然，她故意把零件车得不合标准。龙孝宗过去看了看说："这零件大了点，明天再车一下。"这时车间里只剩下他们两人。王美茹说："龙师傅，我看你这人挺好，挺老实的，有空可到我家去坐。我家没有别人，就我一个。"龙孝宗满脸堆笑，连声说："好嘛！好嘛！"王美茹把自己的住址告诉了他。他们临别时，王美茹说："欢迎你来做客。"

对王美茹的作风，龙孝宗当然也听到一些，现在王美茹邀请他到家里去，用意他也很清楚。他早就想吃这块天鹅肉了，现在这天鹅肉主动送来了，他是求之不得的。

王美茹没有想到，这天晚上8点钟龙孝宗就到她家去了。不巧，她家正好坐着一个胖乎乎的男人。龙孝宗看情况不太好，在她家坐了一会儿，聊了几句家常，起身就要走。王美茹没有挽留他，她把龙孝宗送出家门，在门外对他说："晚上我这有时来人，你就在咱厂星期天下午来吧！"

这天晚上龙孝宗虽然满怀热情地到王美茹家里去，急切地想和她在一起热火热火，然而他却扫兴而归。但这对他的热度丝毫没有影响。他们厂星期天的下午他按时赴约了。王美茹在家里化了妆，衬衣上洒了香水，茶几上摆放着大鸭梨大苹果和糖果之类的东西恭候龙孝宗的到来。

大款们到她那里去，她要索取一些钱物，得到一些实惠，而龙孝宗到她这里来，她却是付出：星期天上午去采购一番，回来马上下厨去做。龙孝宗中午去，她给他吃饱喝足，然后两人再上床。

龙孝宗看到王美茹对他确实好，觉得这也难得，他心里很是高兴。平时他在家里只能是粗茶淡饭，生活是清苦的。以前每月六十元工资，上有老下有小。他除了养老母亲外还要负担弟妹的一部分生活费用。老母亲去世后，老家情况好一点了，他又要供两个孩子上大学，生活总还是不宽裕的。现在王美茹每个礼拜款待他一次，他们在一起又美美"玩"一下午，他当然是乐意不过了。

龙孝宗堂妹苦苦地等了他那么多年，希望他能回去一趟好好地谈一谈，商讨商讨他们的事。她是钟情的，尤其是忠于他们过去的旧情。但是她哪里

会想到，龙孝宗却是这样一个既不学无术又不钟情的好色的"花"男人呢！他给他堂妹的信仅仅是为了不伤她的心，宽慰宽慰她罢了。他堂妹正如龙孝宗所说，是"远水"，解不了他的"近渴"，他需要的是"解渴"的"近水"。

王美茹和龙孝宗在一起亲热时曾向龙孝宗提出和他结合的问题，龙孝宗当然是找借口以搪塞之。

龙孝宗基本上是在他们厂礼拜天的下午去王美茹家的。在丽南住院手术的那几天，有两个晚上王美茹让龙孝宗去她家住了两个通宵。龙孝宗是骑自行车去的，他想破车是不会有人偷的，就把车子放在楼门洞里面，结果第二天早晨车子就不见了。他给丽南撒谎说自行车是他去洗澡的时候，把车放在澡堂门口丢的。丽南当然是相信他所说的话的，她怎么会想到他去搞女人呢！听到车丢了，她当时还有点心疼。她原来想，将来买一辆新车她骑，这辆旧车就归龙孝宗骑，这样就方便多了。谁能想到他竟把车丢了！听到车丢了，她还不住地埋怨着龙孝宗："洗澡去还骑什么车？澡堂离家就那么几步路！……"澡堂就在厂福利区，离他们家不远，平时洗澡他们谁也没有骑过车。但她当时想：龙孝宗每天往医院跑，很累，因而骑车去洗澡的。

丽南在这次动手术前，她在电元厂星期天的时候基本上都有课，加上平时又坐班，她根本无法发现他在外搞女人的事情。龙孝宗在他的星期天，上午的工作就是洗洗自己的衣服，买点菜，做顿中饭，下午出去一下午。丽南有时看到家里脏得像猪圈，而龙孝宗星期天也不打扫，不免心里不快。有时她对龙孝宗说："星期天你在家里打扫打扫卫生比你上街去逛荡要强……"她只是顺便说说，对这些，她并没有放在心上认真对待和考虑，也没有强求他去做这些事。

她动手术出院后的几个星期天，对于龙孝宗常常出外，她更不会去怀疑。因为龙孝宗为了把这个"家"作为"招牌"，把丽南这个妻作为"门面"，好去达到他那不可告人的目的，他在丽南这次手术后，对丽南一反常态地殷勤和关心。丽南出院后，他星期天不是出去买鱼就是出去买鸡，要么去抓药。丽南看到他这样不辞劳苦，也舍得为她花钱补养身子，她还有什么不满足的呢？她在死心塌地和他过日子。龙孝宗看到丽南一心在养病，一心一意地在过这日子，再加上丽南在医院里曾对他说"就是你有十个八个老婆我也不会管了"等话，他就更加放心大胆地去和王美茹鬼混。

龙孝宗星期天显然繁忙起来了。他既要挤出时间采购，干家务，侍候丽南，又要按时到王美茹家里去偷情。这件事露马脚的前一个星期天，龙孝宗一上午简直是在马不停蹄地跑，他给自行车打钢印，去抓药，去办存款单的转存手续，办完这些事已是11点半多了，这时从火车站回家时间正好，而他为了把所要办的事在上午全部办完，就骑车如飞地从火车站直奔石门村农贸市场，这其间路程有几十里之遥。他到那里匆匆买了鸡然后返回到家里。吃完饭，他不休息，而是连续作战，宰了那两只鸡。他让丽南剖肚拾掇，自己又出去了，说再到市场上去看看有啥好买的。这其中的奥秘虽然已很明显，但丽南一心过她的日子，她怎么也不会想到他会去干那种事。

真是无巧不成书。在事情发生的前一天，也就是电元厂的星期六，丽南看到季节性的新鲜蔬菜已大量上市，下班回家途中不由得东问西买，买了不少菜，回来已下午1时多。龙孝宗下班回来做好饭一直在等她回来吃饭。他左等右等不见丽南回来，就到院子里去转悠着等她。院子里拉来一大卡车莴笋，他看价钱便宜，买了一大捆。丽南除买其他菜外，也买了一捆莴笋，他们俩买重了，家里的菜可真是不少。前两个星期龙孝宗买的鸡鱼还没有吃完，家里什么都不缺。第二天是他的星期天，上午他洗了几件衣服，给女儿写了半页纸的一封信，然后就去做午饭。再过两天他要去出差，这次出差大约二十多天时间。王美茹知道他要出差，前几天就叮嘱他星期天早点到她那里去，在她那里吃午饭，她会好好招待他。

丽南中午12点回到家，龙孝宗装模作样地和她在一起吃了不满的一小碗米饭，就说他已经提前吃了一些。他躺在床上心神不定，在想着找怎样的借口出去。家里菜这么多，冰箱里的东西也不少，他再说到市场上去采购显然不现实，也太露骨。正当他想不出什么借口，心急如焚的时候，他想起前几天丽南整理柜子时提到她的市图书馆借书证的事，就心机一动，找了个去借书的借口。丽南这借书证办了已有十年时间，但她很少用。自调到红岭一中后，由于忙，她就再没有去借过书。不过她知道市图书馆借书处上午是12点下班，中午休息不借书。她虽然告诉龙孝宗那里中午不上班，不借书，但他已管不了那么多了，他心里只想着王美茹在等着他，他得赶快去。丽南的借书证在哪里放，他根本不知道，更谈不上去拿了！

王美茹这一天中午做了红烧肘子，糖醋鲤鱼，炒了几个拿手菜肴让龙孝宗吃。她坐在龙孝宗的大腿上，大块大块地给他夹着鱼和肉。吃完饭，他们就迫不及待地上床搞起来。搞累了，两人搂抱着睡了一觉。这一觉醒来已近5

点。龙孝宗说："时间不早了，我得赶快回去了。"而王美茹却不让，她把已经坐起来的龙孝宗按倒，娇滴滴地抚摸着他的胸脯说："再躺一会儿嘛！着那么大急干啥嘛！你这一出差，就是三四个礼拜，会让我想死你的，今天还不多玩一会儿！"龙孝宗听她这么一说，就依了她。他们又性交了两次，已近6点，他不能不走了，他们这才恋恋不舍地告别。

丽南在家干完自己的事，还想到学校去一趟，但却迟迟不见龙孝宗回来。她又看到家里该干的活他也没有干，心里不由得有点生气。6点多龙孝宗回来，她看到他满脸笑容，这笑容不知怎的，使她那样厌恶，使她更加不高兴。在这种情况下，她才问道："我的借书证呢？"这一下，龙孝宗撒谎的马脚才露了出来。

龙孝宗原来想："这么多个星期天我出去丽南都没有怀疑过我，现在我随便找个借口她一定也不会怀疑的，况且她住院时说过，以后我有十个八个老婆她也不会管了，对一切都看破……"但是他万万没有想到，这次自己玩得时间太长了，一上午又只想着和王美茹去"美"，而忘了干那些该干的活，惹丽南生气，这才露出了马脚。这马脚经丽南一分析，真相就清清楚楚了。他在后悔。他想："如果我上午把活干了，下午回来早一点，丽南和以前一样，是不会在意这些事的。都怪我，真该死！……"他在谴责着自己。

龙孝宗确实是从来没有到过市图书馆，他既没有去借过书，也没有去阅览室阅过报纸和杂志。他以为市图书馆只是向外借书。以前如果他能到市图书馆去上两次，对图书馆有所了解，也就不会撒出这样荒唐的谎话来。如果是那样，他就可以带上工作证，堂堂正正地给丽南说："我去市图书馆看杂志去了。"这样，就不会出现漏洞和破绽。

还是那句话："纸里包不住火。"龙孝宗虽然是搞女人的里手、老手，但他搞的次数多了，总有露馅的时候。这一次是他的自我大暴露。

事情发生后，丽南让他到市图书馆去对质，并且严肃地指出这是关系到家庭存亡的问题，她让他对此给予高度重视。作为一个丈夫，当妻子开始不信任他怀疑他的时候，如果他心里坦然，无鬼，确实是去看书，那么就是为了拯救这个家，也应该去对一下质，走一下过场，以消除妻子的疑虑。然而他没有去借书，更没有去看书看报，对丽南这突如其来的问题，他一时傻眼了，愣住了，一个善于撒谎的人一下子也想不出谎言来了，他被这晴天霹雳击倒在床上，脑子里嗡嗡作响。上班时间到了，他才爬起来。他没有吃早点，但肚子也不感到饿，只是去上班的时候，他的两条腿像灌了铅似的沉重，上楼梯时几乎都迈不上去。

在其后的几天里，丽南厉声斥责他，他也没有说的，没有可以用来狡辩的话语。他出差前，买了火车票后顺便到市图书馆去转了一圈，看到里面有阅报室、杂志室、科技馆等不少可供阅览的地方，故而在纸上写下去看了报，到科技馆看了杂志等几句话来，想骗得丽南的信任。丽南看了只觉好笑。他这已是马后炮了，何况连马后炮也算不上，因为现在市图书馆规定，看杂志要用工作证借阅，而他什么也没有带。

恩格斯曾说："性爱按其本性来说是排他的。"夫妻之间关系的一个重要方面是：夫妻间在性生活上要有专一性。

丽南从这一次事件中进一步认清了龙孝宗的真面目，她认为龙孝宗嗜好玩女人的本性已经很难改变了，即便将来到了六十岁、七十岁，他的这本性也是不会改变的。这一次她是铁了心要走离婚这条路的。她已经给龙孝宗说过，这件事是关系到家庭存亡的大事。龙孝宗既不敢去对质，又不交代去干了些什么，那她就只好让这个家"亡"！当然，龙孝宗是绝不会交代他是去干那种勾当的，他比谁都爱面子，平时伪装得再老实不过了，他深知，如果他交代了，这事万一传了出去，他将无地自容，脸将无处去放。反正丽南没有在床上抓住，他是至死都不会承认的。

龙孝宗出差后，丽南在积极打听房子的事情。她打听到了房产开发局，到那里一问，房价已是每平方米一千三百元。年初时，她听同事说每平方米是九百元，这个价都够吓人的，现在只有几个月时间房价就涨到了这个数，听后更加让人吃惊咂舌！现在就是买一间最小的房子也要五万元。"怎么办？"她想，"一个月只有二百元工资，要吃饭穿衣，要供孩子上学，能剩余几个？家里没有一样值钱的东西，全是些破烂。有两床毛毯又能值多钱？家里所有存款到明年底加上利息还不到三万！我怎么办？难道真是到了山穷水尽走投无路的境地？这事要不要给姐姐姐夫说？说了，他们也只是劝劝而已，只是稀泥抹光墙……"

丽南原先听说房价每平方米九百元，她算了一下，买一间三十平方米的房，需二万七，家里的存款加上利息还凑合够，不到期的这一部分存款可先借别人的垫补。可她哪里会想到，房价会涨得这么快！五万元买一间小房，这在当时不仅对于丽南，就是对绝大多数人来说，都是一个非同小可的天文

数字，是让人望尘莫及的。

丽南外甥女的小宝宝要满月了，她买了礼品送去。在外甥女的婆婆家吃完席后，丽南的姐姐邀她到家里去坐，她没有推辞，她要把家里发生的这些事告诉给姐姐，并且还想向姐姐借钱买房。

到了姐姐家，丽南把这次事情的前前后后向姐姐姐夫述说了一通，然后谈了准备借钱买房的打算。姐姐听后说："现在房子这么贵，谁能买得起？我们支援你，顶多也只能拿出两三千元……"从姐姐的话中她知道姐姐是不支持她买房的，况且谁能把定期存的那点钱拿出来借给别人？

姐姐姐夫仍像以前那样劝说着丽南。后来姐姐还责怪她道："你把男人管得太严了！……"她以前从来没有给姐姐发过火，而现在当她听到姐姐的这句话时，不知怎的，一股无名之火从她心中升腾，她从沙发上一下子站了起来，提高嗓门高声地辩解道："这么多年来，我从来没有怀疑过他，从来没有管过他，每个周日他都出去一天半天的，我从来没往那上面想过，这次是他出去匆忙，自我暴露，能说我管男人了吗？……"

姐姐从她冲动的情绪中可以看出，这次她的确是发现了龙孝宗在外面胡搞的一些破绽，因此才这么激怒。姐姐姐夫把她按倒在沙发上，让她不要这么激动，他们仍在开导着她。姐姐说："现在社会上这种事多了，要想开点，为这些事生气不值得！龙孝宗有本事就让他去搞，就当没有这个人……"

姐姐姐夫苦口婆心地一番劝说，怎么能打动丽南这颗伤痕累累的心？她已经是铁了心了！

从姐姐家出来，她的心不但不能平静，而是像翻江倒海似的在翻腾着今后该怎么办的问题："姐姐这里钱是难以借到了，那么就想法子去找老同学老同事，看看他们那里有没有便宜点的房子，经济上能否给资助一下？……"

听到一位大学同学在做生意，她就马上写信联系，结果是他没有做生意，仍在学校。

她打听到原红卫中学的周老师调到市土地局工作了，她想，一些单位向土地局征地盖房，房子盖好后，或许会便宜点出售给土地局几套房子。她抱着一线希望到土地局去。见了周老师，她说明来意，周老师说："我们单位只管征地问题，征了地，对方与我们就没有什么关系了。"停了一下他问道："你想买房？是给儿子买？"她对同学对同事都不好意思提说家里的事，对周老师她也只能说："只是顺便问问，如果价钱便宜的话，想买一间，如果太贵，那就无能为力了！"周老师说："现在商品房价钱都很贵，而且还不断地涨价。我现在住的还是南郊农村老家的房……"听他这样说，丽南还能有什么希望呢？

能打听到的同学或同事她都打听并联系了，房价最便宜的也需一千元一平方米，且一般都是两室的，最少也要六七万元。看来房子是难买成了，她只好又一次给新疆等几个地方写了求聘信。不管什么地方，只要有单位接纳，她都会去。上一次她给全国各地发函后没过几天她就住进了医院，挨了刀，她想，这一次发信后，说不定自己就得进坟墓了！但即便是这样，也要这样做，别无他路！

她动完手术才两个多月，除了上班，她还得去打听房子的事情。到处奔波、找人、询问，她太累了，有时感到实在支撑不住。刚上班时，她的刀口已不怎么疼痛，走起路来她抬头挺胸，手也不用捂刀口处，同事们都说她身体恢复得好，不像刚动过手术的人。而自从家里发生了这件事后，她气怒，她不顾身体的虚弱去奔波，致使她的刀口又开始疼痛起来，走路时，她不由自主地得用手去捂刀口处。

丽南刚上班时，领导给了她一个班的课，她原来带的另一个班的学生在她住院期间就多次看望她，希望她早日康复去给他们上课。她上班后，这个班的学生见了她就问："老师，您什么时候才能给我们上课？"看到学生这么期盼她去上课，她不忍心丢弃这个班，在她上班不久，她就接了这个班的课。当她出现在这个班教室门口准备上课时，学生竟然鼓起掌来。她心里热乎乎的，这使她的工作劲头更大了。晚上她的头再昏，也要坚持工作，认真备好第二天要讲的内容。

高三的课进入最后的冲刺阶段，每节课容量大，复习任务重。上午往往四节课连上，丽南口若悬河地给学生讲解着，指点着。说话多，震得她的刀口阵阵作痛。四节课下来，她的确累不可支。下午课后，是学生的考练时间，教师要监考。监完考已近7时，回家路上还要买菜，回家后做饭，洗涮……在这艰难中，在她实在难以支撑的时候，有时也后悔自己当初不顾身体状况接了两个班的课，她有时在埋怨自己：对一切还是看不破……

她在忙累中脑子里仍然离不开那些让人苦恼的家事。有时她想，龙孝宗承认了，就饶恕他算了，自己的身体实在是不行了！但当她一想到他在这方面已经成性成瘾，他没有别的嗜好，唯独只有这一嗜好时，心中不由得就升

起了一股愤怒之火，婚后他干的那一件件一桩桩丑事，害人之事就又袭上她的脑际，她对他实不能原谅。

爱情是两个相似的灵魂的联盟。爱，要有灵魂的相慕。

而龙孝宗和丽南他们的意趣既不相投，灵魂也迥然各异，他们是截然相反的两条道上的人：一个是没有灵魂的行尸走肉，是庸碌无为虚度年华的庸人，是以搞两性、玩女人为人生最大乐趣的禽兽；而另一个是珍惜时间，勤奋学习，以事业为生命，深懂生活的意义，追求有价值的人生的人。他们怎么能够相爱？怎么能够生活在一起?! 他们夫妻生活了大半辈子，既没有爱又没有情，二人的感情世界是苍白的。

有人说："爱情能带给人生幸福，是刺激事业成功的激素，令人享受到人生的乐趣，带给人一种安全感，一种感情的慰藉，了解到生存的意义，从爱情中获得信任，也从信任中获得爱情。"

丽南和龙孝宗，他们之间没有爱情，家庭给事业不但不能带来希望，而且使事业在毁灭着。家庭的苦恼，浪费着他们大量的时间和精力，损害着他们的身体——至少对丽南是这样。他们之间谈不上信任，丽南一直在他的瞒哄骗中生活，没有真情，更无真话，这是多么大的悲哀！

有人说："人生本是一杯洁净的水，爱情会把这杯水变成夏日炎阳下彩色纷呈的冰激凌。爱情是蜜糖，它能滋润干涸的心田。人生有了爱情的滋润，会令生活充满希望，相反的若缺乏爱情的甘露，生命会像冬天的草木一样，一片凋零。"

是啊，多少人对爱情进行过美好的描绘！真正的爱情的确是美好的，令人神往的。然而，丽南和龙孝宗，他们之间没有爱情，有的只是仇恨，是敌视，但就是这样，还要捆绑在一起，彼此折磨，彼此伤害，慢性自杀！丽南的生命，不就像那冬天的草木一样，在凋零在衰亡吗?!

孔子说："三十而立，四十而不惑，五十而知天命……"丽南的"而立"之年正处在那场"史无前例"的革命时期，理想磨灭了，何谈"立"？四十岁上下，她的父母相继亡故，生她养她疼她爱她的活生生的人瞬间闭目而去，被埋入地下，对这人生，对于生死，她才开始有了真正的顿悟。刚过了五十岁的生日，她这个家竟又突兀地发生了这等事，它将要无情地摧毁这个家，她将要老雁孤飞了！回顾五十年的人生路，尤其是婚后二十多年的历程，不能不让她心酸，不能不让她痛心！"命"是怎么样的，不是一清二楚么？

一天，丽南在办公室和黄蕴灵闲聊，她问黄蕴灵："你觉得自己的命怎么样？我看你的命还不错。"这次聊天，她没有想到黄蕴灵是这么坦诚，她向丽南敞开心扉，述说着她家庭里的一些真实情况。在述说中，她竟伤心地落了泪。她说她的丈夫在外面装着很关心她，而回到家中就不是那样了！他不但不干活，坐在那里大腿搭在二腿上抽烟，而且像指示奴仆一样指示着她去干活，还让孩子们对她不好。当丽南问他们性生活怎么样时，她说："多年来这方面很少甚至没有……"家家有本难念的经！但丽南觉得大部分人家都还是有一定的感情基础的，这是一个家庭中最起码的。有了它，家庭就比较稳固。而丽南他们连这最起码的东西都没有，这个家怎能稳固？

龙孝宗出差一个月回来了。丽南见了他仍然是气。她怎能不气呢？他堂妹的那封信使她气、怒、悲，最后动了手术。术后刚刚两个月就又碰上了他的这桃色事件，这使她更加气怒。他害得她好苦！阑尾手术后，她被逼迫得捂着刀口出走，几乎得了一身病，这次手术后她不得不又捂着刀口在外奔波。术后身体虚弱，光上班就够她受的了，而她还要被这些事情所扰，不得休息，不得安宁，命运又一次在捉弄她，她太苦了！这些苦不都是龙孝宗带来的么？见了他，他只有仇和恨，她只有厉声向他发泄这无边的愤怒，才不至于被窒闷死！她吵了他一通后，对他说："这一次是你玩女人的又一次大暴露，铁证如山，你想赖是赖不掉的。对已经发生的事你应该严肃慎重地考虑和对待。如果那女人真心爱你，你就应该干脆果断地作出决定，和她结婚，不要考虑这个'家'和离婚名声难听与否的问题。如果你还硬是不离，那么你就必须老实交代承认你们的事。只有承认，说明你还有改的愿望，有要这个家的诚意。连承认的勇气都没有，那就根本谈不上改。不承认，说明你今后还要继续去干。你硬不承认，不老实，那就看你的好结果了！限你三天之内老老实实交代，写在纸上。"

丽南知道这是在对牛弹琴，她知道更大的激战还在后边。

三天过去了，龙孝宗依旧悄无声息，默无一言。丽南懒得再和他说话，她在纸上写道："龙孝宗，给你三天时间仍不承认，你认为没有在床上抓住，就可以抵赖，不承认。虽未在床上抓住，但我可以举出十条你去搞女人而不是到图书馆去的有力证据，这十条足以证明这一事实，你想赖是赖不掉的。结婚前后我一直在你的瞒哄欺骗中生活，你没有老实过一次。如果这次你能

老实一次，说明你还是个人，这件事咱们就在家中不声不响地化了，如果你还是像以前那样不老实，背着牛头不认赃，那一切后果只能由你自负了。请你三思。"

一天晚上，丽南洗完澡回来不由得又说了他几句，他终于爆发了。他手指着丽南，一副打人的架势，高声说道："人的忍耐都是有限度的，欺人太甚是没有好结果的……让我背着黑锅离婚就是不干，要离婚就同归于尽……就是你买了房我也要去闹……"丽南看到他那一副要吃人的样子，就赶快把小屋房门关上。他把房门敲得震天响，要把门砸烂。隔壁邻居两口听到吵声，过来劝架，他才停止了砸门。邻居家男的在劝他，女的在劝丽南，他们劝了好一会才把龙孝宗劝住。

丽南一夜难眠，她想："此生与他结婚，自己的一切，包括性命、人身权利都牢牢地掌握在他手中。要离婚不答应，动辄同归于尽；要买房住出去，也要去闹，要把你寻回来……看来我得像鲁迅笔下的祥林嫂了，逃出去也得被追回来。如果我逃到大戈壁，说不定他也照样不放手……那一纸婚约的作用就如此之大！领取它容易，而要撕毁它却是这么难！"

几个月来他们都在分吃分住，而这些天龙孝宗却不允许这样了。他到丽南房中拿着剪刀挥舞着，一副蛮横的姿态，嘴里叫着："你想要离婚，我不活了，也要把你捅死……"第二天丽南还有四节课，要准备一下，让他走，他硬是不走，他继续说道："别人家的男人在外面乱搞，被抓住，女的也不一定离婚，而我，你并没有抓到什么，就这么大闹，到底闹个什么劲么！"她听了这话，心想："别人家的夫妻有爱情在，丈夫在妻子心中有地位，有威望，有吸引力，妻爱夫，因而即便丈夫有那事，也不一定离婚。而我们呢，根本就无爱……"他在丽南的房里胡搅蛮缠，硬是不承认他有这等事，硬是让她睡到大床去。

星期天，姐姐姐夫到丽南家。姐姐这一次不像以前那样相信龙孝宗了。她以前也总是看他老实，丽南一说起他有这些事时，姐姐总是说："他长的那副模样，谁会跟他，他不会有那些事的。"而这一次，当龙孝宗说"我根本就没有这些事，她一天总是疑神疑鬼"时，姐姐说："你有没有那事上帝知道！"他总认为自己伪装成一副老实面孔能蒙蔽所有人，而这一次，当他听到姐姐说出这话，也不相信他、向着他时，他知道事情已经难以包住了。

姐姐走时，他去送。路上，姐姐告诉他，丽南自小脾气倔犟，不吃硬的，你应多关心她，不要总是来硬的，你越硬，事情就越僵……

送走姐姐，回来后他不再那么蛮横了。做好饭，硬要端给丽南吃，但丽南对他的心已死，对于他的这件事不能宽恕，她决计要走自己的路。

丽南给外地写的求聘信，一些地方给她回了函，信上对她的求聘都给予否决，说他们那里不缺人。新疆某地教育局回函同样也是这样回答的。全国各地都是人浮于事，新毕业的大学生一批又一批，绝不是前几年那样的状况。新疆虽然土地辽阔，以前是人们不愿意去的地方，而现在也很难找到工作！

她听说大学同班的团支书许梁从新疆调回来了，他是"文革"中分配到新疆的。丽南打听到他的工作单位后就立即去找他。去了几次才找到他。通过谈话，她知道他原先分在哈密工作，后来一直在那里，前两年才调回来。她向许梁问了哈密的一些情况，然后说明自己想到那里去工作的愿望，希望他能给予帮助。他听了丽南的这个想法，不解地问："你怎么想到那里去呢？在那里工作的内地人都想方设法往回调，而且调动是非常不容易的，我就整整申请调动了十年，费了九牛二虎之力才调回来，你怎么想到那里去？……"

在安城这样的大城市工作是许多人求之不得的，"文革"中分在边疆、外县的不少同学这些年都设法调回来了。丽南现在这个想法，对一般人来说，的确是一个不解之谜。她听到许梁在问她，心里不由得一酸，还没有说原因，眼泪就流下来了。她流着泪给这位老同学，她的入团介绍人诉说了家里发生的事情。许梁听后当然也是劝解一番。他说："改革开放以来，这些事并不为怪，你还是想开一些，谅解他，退一步海阔天空……"对于别人，丽南只能就家里的这件事来谈这件事，至于结婚前后根根底底的事她怎能对人去说？她内心的苦衷是没有人能真正了解的。所以别人的劝归劝，她根本不会去听。她执意让许梁给她想点办法，帮点忙。许梁说："如果你真是要去，我认识哈密中学的校长，我可以给他写封信，介绍推荐你，不过我劝你还是不要到那里去，那边各方面情况也是很复杂的……"

丽南准备假期到哈密去一趟，联系一下，那里只要接纳，她就去，哪怕户口迁去都没关系。

许梁和丽南的姐姐是一个系统的。丽南找他谈话后，他去找了丽南的姐姐，让她姐姐劝她不要到新疆去了。

姐姐听了许梁的一席话，给丽南写了一封信，劝导她。信上写道：

丽南妹：

　　星期一的上午你的同学许梁来找我，给我谈了一些新疆的情况。他说那里人际关系也是很复杂的，尤其亲属关系成网，说话之间稍不留神就可能触及关系户。总之，那边人际矛盾、民族矛盾交错，不是好待之地。

　　1988年我曾去乌鲁木齐市，顺便到咱姨的二儿子那里去了一下。当时他和他爱人都是处长级的干部，工作干得还顺利，但是他们也都不想在那边工作，总想设法回内地来。

　　丽南，放暑假后劝你还是去江浙一带看看。那边改革开放的步子大，地理条件、周围环境好，可以给人以清新、向上的气氛影响。而西部是一片荒山、沙漠，在戈壁滩上，坐一天火车都看不到人，这会使人的心情更压抑。因此到东海之滨去过一暑天是上策。和宇航去西子湖，乘船畅游长江，把自己融入祖国大自然的怀抱之中，心里的一切苦闷会随之消失。应该好好休息一下脑子，更新一下观念。

　　或者到东北二哥那里，看看东北一望无际的大平原，烟囱林立的工厂。东北人性格开朗豪放，也能使人心胸开阔。到这样的环境里去，都能催人热爱生活，改变性格。

　　人由上帝而造，降生在世界上，来去匆匆，是暂时的，生无所带，去无所取，一切东西都是身外之物，唯独身体是自己的，要爱惜它，不要给自己找麻烦，过不去。星期六若有时间，可去大东门教会做做安息日，共享主的恩典。唱赞美诗，听讲道，使人进一步明白知足者常乐的道理。总之，要为自己的身心健康忘却一切不快之事。

　　乱写一通，但愿一读。

　　祝

安！

你的姐姐

92.6.29

　　姐姐出于一片爱心，劝丽南不要到新疆去，而是到南方一游，以解除忧闷，更新观念，改变性格，但是丽南考虑到自己后半生连个窝都没有，命都难保，她哪里有心思去游山玩水？她要为自己去奋斗一个窝，去寻一条生路。

　　宇婧报考中科院的研究生落选了。大学一二年级没有打好基础，考研报的志愿又不根据自己学习的实际情况，最后虽然不顾一切地拼搏了一番，也无济于事。当她拿到分数单时，陷入极度的悲伤之中，她竟坐火车千里迢迢地回家来了。一进家门就呜呜地哭个不停。丽南和龙孝宗在劝说着她。她在家里住了两天，情绪稍好一点，才坐车返校。

　　大学临近毕业，他们学校的分配方案基本是哪里来到哪里去。宇婧虽是从安城考去的，但她怕万一分不到安城，故而就让她父和电元厂人事科联系，让厂人事科向她学校发函要她，这样分回安城就有保障了。

　　以前龙孝宗经常提到某某同事的孩子大学毕业后分回电元厂了，他说："他们在电元厂有啥出息？"他对大学毕业分回电元厂的子女不屑一顾。在他看来，分回电元厂的都是学习不怎么样，在没有办法的情况下才回厂的，学习好有本事的都在外边闯荡去了。而现在他没有想到自己的女儿也要分回电元厂，他心里自然是不太高兴，但又没办法，只好写了一份申请，要求厂里接纳宇婧回厂工作。同时他让丽南给红岭公司也写了一份申请。

　　一天下午宇婧给龙孝宗打来长途电话说，正式分配方案已公布，她被分配到红岭公司。电话中她哭着说："让我妈给公司说说，不要把我分配到学校去。"

　　宇婧所学的专业在红岭公司本来就不对口，而她被分到公司的一分厂，那里大多是生产化工产品的，专业就更不对口。丽南想，将来宇婧如果考不上研究生，一辈子可能就在那里工作了，她所学的专业，她的特长派不上用场，只好庸碌一生了。为此，她很着急。龙孝宗的同事有提拔当人事厂长的，有当业务厂长的，他和他们都很熟悉。丽南让他去找人事厂长谈谈，看能否将宇婧调到电元厂，但他不愿去谈，而且还说"听天由命"。

　　丽南只好向米老师和其他一些同事打听了解红岭公司各厂的情况，找关系找门路，想给宇婧换个好点的单位。

　　暑假已开始，丽南不得休息，在为宇婧的事奔波。天气很热，跑了几天，她的刀口又疼痛起来。以前为了孩子考上重点，她在奔波、求人，现在孩子分配工作了，还得她去跑。龙孝宗作为一个父亲，只能发出"听天由命"的

哀叹！

丽南奔波努力了一整，宇婧最后被分到五分厂。这个厂是搞机器制造的，比一分厂要好一些。

宇婧上班的第一天，正是龙孝宗的礼拜天。这时丽南正在参加紧张的高考阅卷工作。自丽南发现龙孝宗出去搞女人的破绽后至今已两个月时间，这期间他出差一个月，出差回来后的一个月他没敢再去王美茹家。他已经急不可待了。王美茹也一再催他到她那里去。这一天正是难得的好机会。上午他在家洗了澡，给宇婧做了午饭。下午，待女儿前脚出门去上班，他后脚就出门直奔王美茹家。在王美茹家，他们如痴如醉如疯如狂地搞了一通后，龙孝宗沮丧地告诉王美茹："我们的这事已让丽南发觉，以后我不能经常到你这里来了，不过，有机会我还是不会放过，会来的。"王美茹仍提出和他结婚的事，龙孝宗依然是搪塞着，没有答应。

丽南晚上回到家已7点多，她看到龙孝宗一天什么家务活都没干，连中午蒸饭锅都没来得及收拾，她当然会推断他这一天都去干了些什么。她不由得又发泄一通："和那女人两个月没有在一起了，都急疯了，今天去才过足了瘾，宇婧没有分到你们厂，不正中你的下怀？宇婧和你不在一个厂，不是一个星期天，你可以放心大胆地去搞！怪不得女儿没分到你们厂，你那么乐呵！让你去找厂里的头头，你不愿去找，原来是这个原因……"

晚上，丽南让宇婧睡到大房去，宇婧和她父亲一个头朝东，一个头朝西。她睡在小屋的单人床上。

她决计到新疆去一趟。当时虽然处在"孔雀东南飞"的时期，但她还是要到偏远的地方去。不管是山沟还是小县，哪个地方要她，她就到哪里去。

她又一次去找许梁，谈了自己的打算。许梁看她决心已下，就给哈密中学校长写了一封简短的信交给她。她拿了信后就到火车站去买了车票。"文革"中大串联时，她到过几个城市，自那以后，她再也没有去过外省外市，现在为了活下去，为了找个属于自己的窝，她不得不这样做！

龙孝宗知道她买了火车票，竟大发其火，拍桌摔碗，厉声道："你这样搞，让我们单位上上下下都知道了，有什么好处？……"又问道："离婚，经济问题怎么解决？"丽南说："只要离了，我一分钱不要。"

丽南去新疆的票龙孝宗给她退了，她又去买到广州的票。龙孝宗和宇婧左劝右劝着丽南，他们说路上不安全，那边人生地不熟，吃住又贵等等，龙孝宗又把票退了。

丽南背着龙孝宗又买了去新疆的火车票。到了哈密，她拿着许梁写的信找到了哈密中学的柳校长。他知道丽南是许梁的同学，就热情的让坐，沏茶，切开一个大哈密瓜来招待。

看了许梁的信，柳校长知道丽南想到哈密工作。对于她为什么要去那里工作，他没有问。丽南想，他一定能够猜出几分，只是不便于问罢了。她主动补充道："我是学文学的，想到新疆来了解了解少数民族的生活习俗，民族风情，将来打算搞点创作。"柳校长说："那很好嘛！市教育局我很熟悉，明天我就去打问一下，我会尽力帮忙的。"丽南很是感激，她把从安城买的几包当地特产送给了校长。校长和他爱人要留她吃饭，她说："我已经吃过饭了，不必麻烦。"

离开学校，她到街市上转了转。这里街道很宽阔，树木不太茂密。市场上物产丰富，瓜果蔬菜多且便宜，随处可见一堆堆的哈密瓜，一筐筐的马奶子葡萄。肉市上摆满了牛羊肉，饭馆里不时飘来炖牛肉的香味……看着这一切，她不禁想起学生时代唱的《我们新疆好地方》的歌来。不过这里天气很是干燥炎热，一大早太阳就照射着大地，一直照到晚上。几天时间，她的皮肤就晒黑了。

柳校长到教育局去，负责人说："哈密还是缺老师的，不过现在全市正处于赤字严重的阶段，过了这个阶段才能考虑进人的问题……"柳校长给丽南说："过一阶段，我联系好，去信通知你……"

"没有回绝，还有一线希望，"她想，"只要这里要，就一定去，家庭问题已是当务之急。"

很快就要开学了，她没有时间到别处去，只好匆匆返回安城。

红岭公司五分厂是生产小部件产品的，厂里大学生不多。宇婧在这个厂专业仍是不对口。她每月工资七八十元，和那些没有考上大学到厂里当工人的工资不差上下。晚上，她仍像中学时代那样坐在写字台前看书学习演算，仍是不看电视，星期六晚上和星期天很少外出，她准备来年仍然报考中科院的研究生。

一天，龙孝宗下班回来拿了一份安城晚报，上边登有一美籍华人在安城征婚的启事。那美籍华人四十二岁，博士学位，在美国从事科研工作，有住

房，欲觅三十岁以下大专学历以上，性格温柔，心地善良，容貌秀丽的淑女为侣。龙孝宗让宇婧去应征，他对宇婧说："走涉外婚这条路比你考研究生出国要来得快捷。"他背着宇婧给丽南说："女孩子年龄大了，学习上容易分心，要把学习搞上去不那么容易了……"

宇婧对自己的长相本来就很自卑，认为自己长得不怎么样，这时才大学毕业几个月，她还不想去谈朋友，她一心要考上中科院的研究生，要走一条献身于科学的道路。现在她父亲拿回来了这样一则征婚广告，对此她不感兴趣。她说："我不去应征。"她父亲说："去试试嘛，不行就算了！这个人的条件确实不错，是博士学位，在美国有一份好的工作，有住房……"宇婧听了她父的这些话，还是不去。龙孝宗做不通宇婧的工作，就去做丽南的工作，让丽南起草一份宇婧的简况介绍。丽南觉得这事的成功率太低，希望不大，那博士和宇婧年龄相差也大，宇婧当时才23岁，她也不同意让宇婧去应征。龙孝宗一再在做工作，说宇婧将来只有出国，她学的知识才能派上用场，有所发展，在红岭公司待下去，专业不对口，是没有什么前途的，等等。丽南听了，觉得他说得也有点道理。女儿从小刻苦学习，现在大学毕业了，工作单位专业不对口，所学的东西用不上，会慢慢忘掉，这不可惜吗？她这样一想，就和龙孝宗一起起草了一份宇婧的简况介绍。起草完后，他们改了改，龙孝宗让丽南认认真真地抄写在一张纸上，让宇婧把她所有的照片拿出来，挑了两张较好的，一并装在信封里，让丽南照着报上写的联系地址去联系。宇婧看父母这样热心、认真，也就没有坚决反对。

丽南照着报上的地址坐车到东郊某单位的家属院找到了联系人，这人是征婚者的亲戚。她接了丽南给的材料和照片，说道："过些天把这些材料和照片寄到美国去，让对方进行比较和挑选，然后再作答。"

龙孝宗和丽南都在耐心地等待着回音。吃饭的时候龙孝宗对宇婧说："你的照片现在已漂洋过海了……"

报上几乎每天都登有征婚广告，有国内的，也有国外的。龙孝宗上班时拿着报纸在关注着每一条征婚广告，有合适的就拿回来给宇婧和丽南看。一天，新欣街婚介所登有一条征婚广告，说一三十岁的博士，将要从德国到美国去留学，家在安城，春节期间将回家一趟，准备在安城选一女士一同赴美。龙孝宗拿着报纸高高兴兴地回来告诉丽南和宇婧。他先到这婚介所打问了情况。婚介所的手续是：先交两元钱看底册，底册上有照片和本人简况，然后交五十元登记费，之后再交二十元索取对方地址。龙孝宗回来后让丽南领着宇婧到婚介所去先看底册。宇婧不愿到婚介所，他们动员了一番她才勉强去。到了婚介所她还很害羞，总是低着头。她们在看底册时，又来了几位姑娘，有的也是由母亲领着来的。这些姑娘长相都很一般，有的还比较丑，但她们都是大大方方进婚介所的。两位所长在送丽南和宇婧时，他们端详了一下宇婧的面容，目视着她的背影，丽南看到他们两人不由自主地对视了一下，似乎在说，这姑娘还不错。看来他们对宇婧印象较好。宇婧和那几个姑娘比起来要有一些优势，她文静，有气质，皮肤白嫩，有一头浓密的长发，身段颀长苗条。过了两天，龙孝宗领宇婧去交了费，进行了登记，并约了时间和这位留美博士的父母见面。

宇婧终于去赴约了。博士的父母和宇婧进行了简短的谈话，他们对宇婧整体印象还可以。

但是，这位博士春节没有回来，这征婚广告是他父母为他登的，他本人并不想在国内找。这则广告只能让婚介所大赚了一笔钱财，登记费当然是不会给退的。

原来联系的那位美籍华人博士的回音也来了，说宇婧年龄太小，不合适，没有选她。他们把照片给退了回来。

新欣街婚介所所长看宇婧涉外婚姻条件较好，父母也希望她能到国外去，因而他给丽南和龙孝宗说："我们这里设有涉外婚姻点，和国外婚介所有广泛联系，你们可让女儿照几张照片，我们将她的照片及简况寄到海外婚介所，这样，联系就广泛多了。"

丽南问："要交多少费?"

所长说："一般情况下是三百元，咱们已经熟悉了，给你们优惠一点，交二百元即可。"

龙孝宗和丽南回家商量了一下，他们准备让女儿走这条路，找一个国外男士，将女儿送到国外，让她跨出国门，在国外读书深造。

于所长介绍了一家较好的照相馆让宇婧去照相。当时照相业已经很发达，什么朦胧照，明星照等名目不少。宇婧对照相很感兴趣，她不惜花钱，照了好几套，从中挑选了几张送交给婚介所。

过了一个多月，她收到美国一家婚介所的来信，信里夹着一张印有各国女士照片及简况的征婚广告，宇婧的照片也登在上面。她是朦胧照，印刷出

来后不是太清晰。在众多的照片中，她比上不足比下有余，长相还算可以。

不久，宇婧就收到美国一位小伙子的来信及照片。这位小伙子非常漂亮，信上他说征婚广告上宇婧的照片虽然不太清楚，但可以看到她很有内涵，有气质，也很美丽善良，愿意互相通信，增进了解。他和宇婧通了两三封信，最后一封信中写道："宇婧小姐，很是抱歉，我已经觅到一位上海小姐，准备和她结婚……"上海涉外婚比安城早得多，这位美国小伙和那位上海姑娘谈的时间比宇婧的长，他们成功了。

后来宇婧又相继收到美国一位胖子和一位在美国工作的德国人的来信及照片。美国胖子三十四五岁，德国人三十七八岁。宇婧是非常喜欢那位德国人的，她说从他的信中可以看到他很有思想，很懂生活，也是一位富有感情的人。对美国那位胖子她不甚感兴趣，但胖子却非常喜欢宇婧。宇婧给他寄了几张照片，他来信说："我为你的美而震惊！"胖子几乎在每封来信中都寄有他的照片。从照片上可以看到他的住房很大，房屋周围是大片的绿草地。他个子不太高，很壮实，长相当然是典型的美国人的特点：大而深的蓝眼睛，高鼻梁，卷头发，胳膊、胸脯和腿上都有浓密的汗毛。他和宇婧通过几封信后就开诚布公地讲述他不幸的经历和现在的孤单寂寞。信上说，他十二岁时曾在梦中梦见一位东方黑发女郎，很美丽，这便成了他一生追求的对象。1989 年他和一位有两个孩子的越南女人相识、交好，但那女人很坏，卖淫，赌博，很自私，骗了他不少钱。他容忍并规劝她，而她仍不改好。她刺伤了他的心，使他患精神分裂症住了四天医院。现在他一人单独生活，工作之外的时间都是很孤独寂寞的，他希望宇婧能多给他写信和寄照片去。

看来他对宇婧已有好感，愿意发展他们的关系。而宇婧却口口声声说她不喜欢胖子，每次给胖子写信都要父母催促几遍。龙孝宗对她说："美国这位胖子条件好，你若跟了他，一到美国就可拿到绿卡，而且这人看来感情较专一，将来一定会对你好的……"然而宇婧的心却仍然在那位德国人身上。

等信，读信，写信，已成为这一家人的主要内容。丽南把与龙孝宗的矛盾降到了次要地位，把宇婧的事放在前面。她积极地为宇婧服务，给她去洗相片，取相片，帮她修改信稿等。

宇婧当然还是以自己的学习为主，以涉外婚为辅。这涉外婚毕竟是靠不住的，希望也是渺茫的。不过通过和国外这些男士的通信交往，她对自己的外貌不像以前那么自卑了，在父母面前变得比以前更加娇气，往往还表现出一副盛气凌人的样子。在她父亲面前，她更是娇滴滴的，而且往往指使父亲给她干这干那。吃饭的时候，一会儿说："爸，给我再盛半碗饭。"一会儿说："爸，再给我拿半个馍。"星期天的早晨，她有时说："爸，去给我买两个油糕。"有时说："爸，去给我买碗米线。"龙孝宗听到女儿的话，不敢有半点怠慢，而且每次都是高高兴兴地拉长嗓音，学着普通话的音调说："好——"，他将"好"字的音调拐一个很大的弯，非常响亮地答应着。他是非常乐意为女儿服务的。洗碗洗锅的事他当然更不会让宇婧去干。有时丽南让宇婧去洗碗，而龙孝宗却说："放着吧，我去洗。"

吃完晚饭，以前是龙孝宗在床上躺好一会儿，然后再去洗碗刷锅，而现在，是宇婧躺在床上，龙孝宗坐在床边的椅子上。宇婧把手放在她父亲的手掌上，她父抚摸着她的手，两人嬉笑着谈论着征婚的事，谈论海外这几个男士的情况，憧憬着美好的未来，做着出国梦。

那位德国人开始一个阶段回信很及时，后来有好长一段时间没有来信，宇婧很是着急。那人最后一封来信中写道："起始，我给二十多位女士写了信，没有想到，这二十多位女士几乎都给我回了信，弄得我措手不及。最后我选了一位三十岁的寡妇为妻……"他很有礼貌也很有感情地婉言谢绝了和宇婧的通信联系。宇婧说："这位德国人就是不错，虽然是最后一封信，但写得也很有感情，很有水平……"

经过这么长一个阶段涉外婚姻的交往，看来成功的几率是不高的。宇婧联系的线只有美国那位胖子了。她对涉外婚姻已经不感兴趣，她说要出国还是要靠自己的真才实学，别的路都难以走通。但是龙孝宗对涉外婚仍抱着信心，仍在每天的报纸上寻觅着这方面的广告。

台湾在大陆征婚的也不少，有"海桥服务社""国际征婚处"等。龙孝宗说找一个台湾的也不错，台湾经济发展很快，人们都很富有等。一天，他拿回一份晚报，上面登有一台湾留美博士的征婚广告。广告写道："台湾留美博士，三十六岁，在台湾某大学任职。原籍为安城，故欲觅在安城出生，二十三岁以上，二十八岁以下，温柔，外貌端庄，会英语的淑女为伴。"龙孝宗让宇婧写一份应征书寄去，而宇婧这一次却不想再去干这费时费力希望又不大的事了，她硬是不写。龙孝宗劝说了一番，宇婧仍是不写。没有办法，他只好将上次给美籍华人写的那份简况介绍拿出来，略加修改之后，自己动手抄写了一份。在家庭情况简介中他写道："我的父母均是60年代初毕业的大

学生。父亲现在某研究所工作，高级工程师；母亲在市重点中学工作，高级教师；弟在浙江大学读书。"写好后，他去找了两张宇婧的照片，一并装在信封里寄了出去。

几天后的一个下午，宇婧接到一个电话，让她于当天晚上7时在雪松公园门口和该台湾博士见面。见面的标志是手里拿一本英语书。

宇婧提前一个多小时从厂里回到家。她问丽南去不去赴约，丽南说："既然人家约了你，你就去吧！能谈成的话当然是好事了。"宇婧吃了晚饭，洗了把脸，没有化妆，穿了一件大学时做的黑地上有小白花绵绸连衣裙去赴约。

到了雪松公园门口，她把手背在后边，拿着一本英语书，在看公园门口贴的图片。不一会，一位个子不高，较胖的男士走过来问宇婧道："请问，你叫龙宇婧吗？"他们就这样接上了头。

在马路上他们一边漫步一边互相询问着对方的一些情况。台湾博士问："你为什么要找海外的男士呢？"宇婧说："我的父母为了让我能够到美国去读书深造……"博士问："你的数学学得怎么样？"宇婧说："从小我就爱数学，数学成绩一直很好。"博士说："女孩子一般迷恋数学的还不多。"

夜幕降临，华灯初上。他们登上城墙，并排坐在石砖上交谈着。但是不凑巧，他们没谈几句，就下起雨来，博士送宇婧到电元厂福利区大门口，然后坐出租车回去了。他们相约第二天晚上7点仍在雪松公园门口见面。

宇婧回来全身已湿透，可是她的精神却很好，很兴奋。她说："这位博士是台湾某国立大学的教授，叫余益宗，看来他对我印象不错，对我很热情。他说，像我这样纤弱的女孩能把数学学得那么好真是难得……"

第二天宇婧和那教授仍上到城墙上，那里人不多，他们互相谈着。

宇婧回来后仍是很高兴。她说："那博士的征婚广告一登出，应征者就有几十个，其中有宾馆的服务员，有会计师，有刚毕业的大学生，有大学讲师……他从众多的应征者中挑选了六七名条件较好的见面，联系，了解情况，然后再进行筛选。"她又说："那博士说，昨天他刚开始看到我的背影，觉得很美；看了我的容貌，觉得秀气、文静；听了我的学习情况，他觉得我各方面都很优秀……"

这位台湾教授从初选的六七人中经过一番挑选，最后选出三人，其中一人是宇婧。他轮番和这三人接触、交谈、了解。

经过几次接触、交谈，宇婧对这位台湾教授已有了好感，产生了感情，她希望在这场竞争中能得胜，被选中。

寒冬，每天早晨丽南依旧是在大地一片漆黑，福利区一片静谧之中穿好大衣，围好围巾，摸黑骑车上路。马路上除了上学的学生外，行人很少。学生们骑车如飞，有的擦着她的肩膀从她的身边飞驰而过，往往会引起她一阵阵心悸。

一学期又结束了，一年一度的春节又将来临。春节宇航要回来，总得让他吃好一些。龙孝宗星期天的时候丽南让他去看看肉，有好的买一些回来。他跑了一上午，买了一条冻猪腿回来。丽南看着这不甚新鲜的冻肉就犯起愁来。以前那些年，都是吃国营肉店供应的冻肉，没有肉味，只有怪味。现在经济搞活，满大街都是卖新鲜肉的，而他却花几十元钱买回这么一大块冻肉来，儿子嘴刁，有怪味的肉是不吃的。丽南只好将这猪腿又刮又洗，把中间的好肉留着给儿子吃，外面不好的他们吃。

宇航已经是大三的学生，这次回来他变化较大。他对啥事都看得开，嘴巴比以前能讲多了，对男女之事也很懂，看到三点一线裸露很厉害的挂历图也觉得无所谓，对他姐正在进行的涉外婚也不感到惊讶。他开始讲究穿，丽南年前在忙碌中两次挤车到福德路批发市场去给他买牛仔衣和牛仔裤，宇航变化虽大，但他的本质还没有变，还没有染上抽烟喝酒的恶习。

今年他们这一家人的除夕，既不是像丽南去年所说的四分五裂，也不是像宇航说的那样关上电视，大家无拘无束地聊着，共享亲情的温暖。这一年的除夕，他们这个家仍是在凑合中过的。丽南仍在不停地劳作，有干不完的事，晚上直到两点她才算大致把该做的事做完。

年过完了，而丽南依旧在忙，几乎每顿饭她都得为儿子的饭菜下一番工夫，而绝不像他们平时吃饭那样简单，那么随便。顿顿做鸡鱼肉，致使她看到这些东西都觉得腻味，一口也不想吃。

离开学还有十多天时间，宇航便要买车票返校。丽南说："好不容易回来一次，路途又远，就多住些日子，冰箱里还满满的，你着急回去干什么？"龙孝宗在一旁却说："他要走，就走吧！"后来丽南又劝宇航多住几天，他却硬是不听，去买了火车票。他说："我是为了满足我爸的虚荣心……"其实，丽南倒没有想到这方面去，而宇航却想到了，他提前回校，他父亲便可告诉他的同事："我儿子已提前返校去学习了……"

宇航回来后曾说："自粮价放开后，我们学校的伙食就大不如前了，饭菜贵且质量差。一角钱买三个馒头的时代已经一去不复返了……"他们在学校里也感到了通货膨胀的苦味！丽南确实不想让他这么早返校。学校里又冷，伙食又贵，家里还有这么多鱼肉等着他吃，而他却要提前走，她再劝也不行。她感到这一家人的脾性都是这么怪僻，这么倔犟，她一点办法也没有！

龙孝宗星期天到王美茹家去的事被丽南发现后，他们开始正式分居，现在已近一年。丽南想，坚持分居到一定时间，法院总是会给判处离婚的。

龙孝宗买了几千元的股票，这给他星期天的外出找到了一个合理的借口。每个星期天他照例出去，说是去看股市行情，而实际上炒股是名，搞女人是实。

哈密那边终无音信，这也是丽南意料之中的。她在哈密时就听说那边的女教师四十五岁就可退休，而她已偌大年纪，那里能要吗？再说全国哪里都是人浮于事，新疆也不例外，那里早已不像五六十年代那样需要人了。

丽南没有去处，每天上完班只好仍旧回到她的这个窝。对于龙孝宗，她的心已死，反正是离定了。见了他，她虽不像过去那么气，但一想到他去作乐，就像受到一种侮辱，心中不是滋味，心口不由得就堵得慌。龙孝宗自知自己在外之事已被丽南知晓，也无脸再去分辩，无脸再去找丽南，他们就这样各人过着各人的日子。

晚上，龙孝宗一人在大房里躺在床上看电视，丽南和宇婧在小屋。宇婧坐在写字台前看书学习，丽南没有学习的地方，只好坐在床上，将台灯放在缝纫机台板上，看书学习。

宇婧买了几本当时流行的书回来，丽南有时翻一翻，在一本自传体的小说中，她看到一个只比她小七八岁的文革中的知青，敢于离婚，敢于打破现状，敢于冲出国门去开拓自己的人生和未来，在短短三四年时间里，她给自己开创了一个新天地，走上了一个自由、富有、天堂般的世界。

三四年前，当这位作者在美国一家饭馆打工端盘时，门口就坐着一个卖馅饼的人，三四年后，当这位作者成为百万富翁时，那个卖馅饼的人依旧坐在那饭馆门前卖馅饼。作者写道："为什么有些人的一生，一成不变呢？如果我不奋斗，不努力，会不会还在这里打工，端盘，像门前那个卖馅饼的人一样，一坐到老呢？"丽南的一生不就是一成不变的么？她想打破现状，她想变，她太想变了，然而却变不了！她被生活禁锢着，压抑着，窒息着，她被牢牢地绑死在这里。外面改革的大潮汹涌澎湃，而他们这里却死水一潭。她不甘愿这样走向死灭，而她却只能这样更快地走向死灭！

这位作者说："命运是可以改变的。"而丽南感到她的命运却是这样难以改变，她抗争不过她的命运。她和这位作者都属理想主义和执著追求的人，然而她们的生活，她们的命运却是天壤之别！

一本杂志的卷首语中写道：

"生命的存在，恐怕不能以时间来计算，还应当有空间。一个曾经走南闯北、漂洋过海的人，比一个终生厮守着故乡三间茅屋的人，要活得更长一些。

"生命的存在，也不能从时空的形式与数量上看，还应该计算进它的内涵，这内涵就是生命主体对于生活丰富而新鲜的体验。对一些人来说，他们的今天和昨天，昨天和前天并没有什么不同，活一百天，仍然等于活一天。生命的优质内涵，应当是不断创造，不断更新。"

要敢于走出去闯荡；一些人闯荡了，挣了很多钱，致富了……报纸杂志上宣扬这些观点的文章不少。丽南何尝不想出去闯荡，何尝不想出去挣钱给自己买间房！但是，他们教师，尤其是丽南他们这一代教师，吃够了运动的苦头，一个个因循守旧，安分守己，循规蹈矩，受人欺凌！他们从文革那读书无用论的乱中走过来，到新的历史时期经商热下海潮的冲击，知识分子仍然很贫穷的情况下，在新的读书无用论仍在泛滥，金钱欲、享受型的思想侵蚀着年轻人的灵魂，教师每上一节课都不容易的情况下，他们何尝不想改变现状，但他们又有几人敢于去变呢？

学校里原先规定在女教师五十岁以后可以不坐班，丽南好不容易到了这个年龄，而学校却取消了这个制度，她只好每天几趟地穿梭于那条狭窄而车水马龙的街道。办公室里耳旁仍是一些人无休止的絮叨，是难以排除的诸多干扰……

"下海"，是当时中国大陆最为时髦的口号。一些人过去上班是"一杯茶，两支烟，三张报"，现在却是"捧着第一饭碗，干着第二职业，办着第三产业"。人们所投所入，所痴所恋，所牵挂所执著的是项目是生意是效益是全身心地商一次。

当时大街小巷流传着这样的顺口溜："摆个小摊，顶个县官；开个工厂，顶个省长；全家做生意，顶个总书记。""笨蛋上班，灵人摆摊。"等等。这是

对"全民经商热"的真实写照。

一天下午，丽南到石门村自由市场去买鞋，顺便和卖鞋的夫妻聊了聊。那男的说："我们俩原来都在工厂上班，现在辞了工作出来摆摊，比上班强多了！那些卖料子的，卖服装的赚得更多……"他接着说："我父亲工作了一辈子只存了一万元，而我弟倒摩托，一月就赚一万多……"

这些对丽南有很大的震动和启示，她原准备教龄到三十年时申请退休，而现在她等不到这个时间了，她想下学期就退休，暑假时准备外出看看生意情况。在本市她是无脸面做生意的，只有到外地去才可以扯下面皮去"练摊"。

龙孝宗知道丽南想退休，想外出，就对丽南说："现在各企业都在精减人，精减后就要大幅度地提高工资。以后工资要翻番，月工资要升到八百……"他说这些话的意思当然是不让丽南提前退休，等着提资。但丽南怎么能听进去这些？她认为自己的情况与别人不同，单位和家庭都不允许她再在这里待下去。每天她一口接一口地吐着长气，如果不是这样把这些气吐出来，这些气怕早就结成一个块让她去见上帝了！如果再这样下去，命都没了，还谈什么高工资？她决心到外面去闯一闯，否则，在这里只有等死！

宇航已快读完大三，这一学期他花钱比以前多不少。信上他说花钱多是有烦恼的事，请学友到饭馆去聊了几次花了一些钱。丽南写信问他有哪些烦恼事，他回信写了四大张，说上学期有一门功课不及格，他原来还想拿到奖学金，还想当班长在班上大干一场，而现在这一切都成泡影。他现在的主要烦恼是学腻了。他说，从小学到中学，从六岁到二十二岁，他都是在家长的管束下学习，都是按照家长的要求和规定的路去走，他指责家长以前只是让他闭门学习，而世界名著，伟人传记等没有让他读多少，音乐、绘画、文学、体育等没有一样发展的，他什么都不会。大学还有一年时间，别人都很珍视，而他却巴不得赶快毕业，要进入社会，要像像样样地做点事情，证明自己不是无能的。

以前每次读宇航的来信，不管信上是喜是忧，她都要流泪，读着这封信，她更是泪如泉涌。她认为信上所说的大部分都是事实，是对的。兴趣是入门的向导，而现在的中小学生，为了应试，为了考大学，哪里能谈上去发展他们的兴趣爱好？！老师们重视的是数理化，家长们同样重视的是数理化。学校把学生整天关在教室里，回到家，家长把学生关在房间里，学呀学的……宇航的信把丽南的思绪又带到若干年前那家庭战争连绵的年代。为了孩子的学习，她和龙孝宗产生过多少矛盾，吵过多少次架！然而她哪里能拗过龙孝宗！宇航那时那么小，暑假天气那么热，他就得搬上凳子和他姐在那有点凉风而光线暗淡的楼梯口处写呀算的，他想去玩，想去看那战斗英雄消灭敌人的故事片，却不能够。孩童的天性被无情地扼杀着。丽南想："龙孝宗为了自己的那张脸面，在强制孩子学习，教育方法生硬、机械、呆板，而自己也跟着他这样做，同样也是一个错误！"

宇航信上的一些问题使丽南又想起她自己那难忘的少年时代的生活。那时新中国成立不久，她在凤城那所最大的中学里读书。下午两节课后是学生自由活动的时间，操场上各种运动器械齐备，打球的，翻杠的，生气勃勃，龙腾虎跃；校文艺队的鼓乐声、琴呐声，悠扬的歌声在校园的上空回荡；学校里图书馆阅览室的大门向学生敞开着，学生们在知识的海洋里遨游，课外阅读扩大着他们的视野，陶冶着他们的情操，充实着他们的精神生活……

晚自习没有老师的监督，学生们在小煤油灯下自觉的专心致志地学习，做作业。学生和老师之间的关系是那么融洽、和谐。而现在，学生们整天被关在教室里，他们学习的主动性自觉性却是那么差；图书馆里购置的世界名著在书架上束之高阁，尘土厚积，阅览室里的杂志也在那里闲置着，发挥不了它们应有的作用；教师整天得跟着学生，连眼保健操都得在教室里站岗监督……这一切的一切，为什么是这般的不同？为什么？宇航提出的这些问题不能不让丽南这样去思考。

对于宇航以上反映的问题和他的思想，丽南虽然这样想着，但是在回信中，她仍然劝宇航要珍惜大学在校的时间，学好专业课，将来还是需要真本领的。她的回信写了五大张，在开导、劝告他。

第三章

　　龙孝宗的周日，中午不再发出呼噜声。吃完午饭，他先在床上躺一会，把两臂放在头顶，头枕在交叉的双手上，想他的心事。等女儿1点40分上班走后，他就迫不及待地骑车而出，晚上他乐得把电视声开得很大，一个人尽兴地看着。早晨躺在床上一个人听广播，这就是他神仙般的生活。丽南以前和他分住，"五一"过后彻底和他分吃。龙孝宗一人在大房里吃饭，丽南和宇婧在小房里吃。宇婧觉得她父不求上进，胸无大志，不学习，也不愿意答理他。

　　龙孝宗星期天说是去炒股，几个月过去了，一分钱未捞到，他的心思根本不会放在这上面。他每周至少去光顾一次野女人，在那里得到发泄、满足，这对他来说，比蜜糖还甜。丽南明知他去作乐，但还得硬着头皮进这个家门。她想，这种局面何时才能结束呢？

　　单位、家庭这双重矛盾挤压着她，使她透不过气来，而她又不能把这些苦处告之于人。单位里的事她不能给家里人诉说，家里发生的事她更不能拿到学校里去说。在这所学校里，老师们的家庭问题显得极为平静，不但没有离婚的，就连闹家庭矛盾的也极为鲜见，不曾听说过。即使谁家有矛盾，也都紧紧遮掩着，不会让它暴露出来。

　　去年这个时候，丽南发现了龙孝宗在外面的事，正在和他闹矛盾。现在已经一年了，这一年时间她没有再和他吵，她知道吵闹也无济于事，她只是用分居来对抗，以达到离婚的目的。姐姐姐夫以为他们已经和好，没有再问起过这件事，她也不好再向他们提说。

她把这一切深埋在自己的心中，一个人默默地吞咽着这悲哀，这苦闷，有时候她似乎感到自己已经走到了人生的尽头！

在万般无奈之中，她想起了多年没有来往的曹树德。在安城，他算是丽南的一个老熟人。他们的父母是老教友老邻居，他和丽南的哥姐是老同学老校友。曹树德这个人喜欢自吹，说大话，但待人还热情耿直。他在疗养院工作，认识的人多，交往广，丽南假期要外出，她想找他来帮点忙，找点门路。

她提笔给曹树德写信，诉说自己的窘况，自己的打算……

曹树德在龙孝宗的一个星期天到丽南家里，他想找龙孝宗谈一谈，劝解一下，以挽救这个家。

龙孝宗星期天仍是一早就出，中午往往不回。曹树德于下午3时多到丽南家，他敲了好一会门，没有人应。他在门外等了一会儿，龙孝宗4时多回来了。他和曹树德一起进屋在谈着家事。丽南5时多回来，见了曹树德，她一边和他打着招呼，一边坐下来也和他们一起谈着。曹树德针对丽南要外出做生意的想法对她说："丽南，你就不是做生意的料。要下海，没有四通八达的路子不行，在复杂的社会中，没有狡猾的脑袋也是不行的。加之你年纪大了，到一个陌生的地方，举目无亲，安全都是个问题。现在干什么都要关系，你到外地去有什么关系呢？……"龙孝宗在一旁只是听着，看来他现在对丽南外出不像去年那样反对。

吃了晚饭，丽南去送曹树德。他们走了一段路，到了一个商场门前，曹树德指着商场门旁的台阶说："我们坐在这里谈一会儿吧！"

他们坐在台阶上，曹树德直言不讳地给丽南转达了龙孝宗现在对他们的婚姻所持的态度。他说："龙孝宗表示，只要你提出离婚，他不反对。他说，别人给他介绍了几个，因为他还没离婚，也不好去谈……"

一切都明朗了，多日来蒙着的一张纸被戳破了！丽南感激曹树德今天来得对，来得是时候。

曹树德从龙孝宗的一番话中才真正了解到他和丽南之间的关系，也了解了龙孝宗的一些真实情况，因此他表示支持丽南离婚。他说："看来你们的感情确实已经破裂，他现在也有外遇……"曹树德现在也支持丽南外出，给自

己寻求一条别样的路。

他们谈到9点30分分手。

回家的路上，丽南百感交集，酸甜苦辣各种滋味一起涌上她的心头，她那已经快要流干的眼泪也止不住地掉落出几滴，这泪是喜是忧她难以说清。不过，当她听到曹树德转达龙孝宗的这种态度时，她心头涌起的感觉首先是："他终于开窍了！他终于对我撒手了！他终于同意离婚了！！我终于能解脱了！！！这旷日持久的离婚大战总算要告一段落，和这不爱的人，和这一提离婚就要同归于尽的人总算要脱离关系了！！！这痛苦的婚姻总算要结束了！！！……"

丽南身上像去掉了枷锁一样，顿时感到了一阵轻松，她长长地吁出了一口气。然而她转念一想，自己没有住房，自己已步入老年，自己将无依无靠，自己将老雁孤飞……一种被别人耍弄，一种凄怆之感同时在她心中升起，一生没有幸福而只有痛苦的苦涩之情又一次向她袭来。

回到家，她躺在自己的小床上，想到龙孝宗好不容易同意离婚了，而自己还没有一方容身之地，还得回到这已不属于自己的地方，她的泪水就止不住地流了出来。"我必须出去闯荡，必须为自己的容身之地去拼搏，不奋斗，这栖身之地是不会从天上掉下来的。他好不容易开了这样的口，说出这以前从来未说过的话来，我得抓紧时机争取赶快离开这里，好让他去过他所谓的幸福生活……"她这样想。

下学期学校要实行聘任制，丽南打算先交一份应聘申请，被聘用后，根据假期外出情况再决定退休与否的问题。

已是期末，丽南到学校人事处去交应聘申请。人事处坐着几位老师正在闲聊，一位老师说："今年教委病退名额只剩下一名了，而外校就有两三名老师打报告申请病退。我也想病退，在这里干有什么意思！……"丽南交了应聘申请，和这几位老师在一起也聊了一会儿。从闲聊中，她知道要提前退休还很困难，没有足够的理由是不行的。

回到办公室，她想："教委只剩下一个病退名额，现在几个人在争，到下学期我申请病退肯定就没希望了。今年没有了病退名额，就要等到明年，这对我来说将是多么漫长的一段时间！这单位，这家庭，我是一天也不想多待，现在就打报告申请退休算了……"

她唯恐争取不到这一病退名额，因此她当即给组长请了假，冒着酷暑，风风火火地跑到教委，要了一张申请病退的表格。回到家，她认认真真在填写。在"病退原因"一栏里，她把自己撞了几次头，动了几次手术，身体有哪些病症等一条条一项项详细地说明填写。第二天她到教委去交表。负责人于老师说："现在不少人想下海，想方设法要病退，故市劳动局对病退卡得很严，上一次报了七个才批了一个。"丽南给于老师说了一些好话，让她给帮帮忙。

表交上去了。过了几天，丽南到教委去打问消息。于老师说："你退休的事劳动局已经批准了，主要是因为你有几次脑外伤病史，如果是别的病就很难被批准。现在主要一关是拿着这份表到医院去让主管医师签注鉴定意见，要把病情写重一点，这样才能通过这最后一关。"

丽南到一家医院神经外科找主管医师签注鉴定意见，那位医师很原则，他给丽南进行了一番检查，说她脑部无多大问题，能够胜任工作。他正要拿起笔来写这样的意见时，丽南阻止了他，没有让他签注。

学校里老师们在传说着下半年公司要给每人浮动工资的事。一些好心的老师知道丽南打了退休报告，都很惊讶，她们问丽南："为什么在这节骨眼上你要申请退休？公司几年都没有升工资，现在要升工资了，你退休，不是太吃亏了吗？"她们劝丽南等到升工资后再考虑退休的事。

米老师也在问丽南："你为什么要申请退休？现在有的人到了退休年龄都不想退，你还要提前退，真是不可思议！"她对丽南说："听说10月份升一级工资，年底再升一级，现在不管怎样也不能退休。你把申请表要回来，不要退了！"

丽南说："申请表还在我这里。"

米老师说："那你就不要交了，等着聘用。"

聘用制在这里是第一次实施，大家还是比较重视的。丽南原来并没有准备现在就打退休报告，她是想这学期交了应聘申请，被聘用后，假期到外地看看情况，下学期再考虑退休的事，而现在听别人说病退名额紧缺，她自己处境又非常窘迫，因而急急忙忙地申请了病退，上面又如此快地批了下来，搞得她非常被动。

晚上，她到姐家去述说申请退休的事。姐姐姐夫当然也是不同意。他们说："现在正处在机制改革、变动的时期，物价不断上涨，工资跟着也要提高，现在退了，会吃亏的……"她的外甥妻说："我们单位到退休年龄的还都

不退，等着提资呢！……"

姐姐说："你先不要交那张表，下学期先病休一段时间再说。"

听了同事和姐姐姐夫的劝说，丽南没有交那张表，她到教委对于老师说："医院的鉴定意见还没有填写好，大夫不太好说话，等以后填好了再说吧！"

语文组有一个快到退休年龄的教师，加上丽南申请了病退已批了下来，学校里因此而缺语文老师，校领导向教委要教师，教委大张旗鼓地从外校给红岭一中调人，接连调进两三位语教。期末教工大会宣布下学期工作分配时，自然没有给丽南安排工作。

在这聘任制的节骨眼上，她贸然交了病退申请，现在失去了工作，这是她参加工作以来不曾遇到过的。在她近三十年的教学生涯中，她每学期都是满课时满工作量，有时甚至代三个班的语文课。而现在……

这些事使她陷入到烦恼和惆怅之中。在烦恼中，她想，不过就是少一级两级工资罢了，自己就犹像起来，说穿了，还是为了钱！人们为什么都是这样看重这点钱呢？即便给升一级工资，一年不过多二百块钱，十年多两千块钱，就是干到老，干到死，也仍然挣不来一间房。现在气坏了身子就什么都没有了，留得青山在，就有好日子，况且以后孩子们也会去挣钱的。想想大冬天一早摸黑上路，想想一路的风险，神经的紧张，从车上蹦上蹦下震得肝胆裂痛，想想那些束缚人，浪费人生命的条条框框，那些令人窒息的人际关系，想想这个让人几乎陷于死地的家……还有什么决心下不了的？已经被逼上梁山，就去大干一场吧！……她这样想着，心里倒舒坦了一些。

假期她原准备到山东去，后来看到安城晚报上登的霍尔果斯口岸招商广告，她就照报上登的地址找到了这个招商处。负责接待的小李挺热情，他说："霍尔果斯处在新疆和苏联的一个交界处，是新开办的一个大贸易市场。我们安市房产局在那里盖了一些小平房，出租给商人，和苏联东欧一些国家进行贸易。""苏联"已被"独联体"代替，但国内人还习惯说"苏联"这个名字。小李拿出地图和伊犁那边来的一些报告、资料等让丽南看。他说："那边是艰苦一些，也要冒一些风险，但是那里是刚刚开办的贸易市场，发展前途很大。租房每月近千元，但有的一天就可赚一万……"听了小李的一番介绍，丽南很受鼓舞。她想，自己不正是要租房做生意吗？那里有现成的房子租，批发些东西就可以卖。假期先到那边去看看。

回到家，她把这些情况和想法告诉给宇婧，宇婧也支持她去。

丽南决定到霍尔果斯去。到那里的车费虽然比到内地的贵一倍，但到那里就可以做起来。而到山东等地，做生意不知门在哪，每天吃住又贵，是不太好办的。

为了下学期病休，她要去看病，要去开假条。已经是 7 月初，天气非常炎热。她走在医院阴森凉快的走道里，顿时觉得舒服多了。她不由得想到自己就要到大戈壁上去苦战，不知怎的，心头一阵凄楚。"这一去还不知道是死是活，多病的身体能否支撑住？"她在喃喃地问自己，"这一切都是龙孝宗造成的，他不是一个好男人！他如果是一个正经男人，我是不会去吃这些苦的！……"

第二天下午丽南到曹树德家，向他说了自己的情况，曹树德的爱人是市里一事业单位的小头目，她的信息广，知道的事情多，她给丽南谈到将来工资改革的一些问题，还谈到他们单位一些人停薪留职到黑河等地和苏联人贸易的情况。她说："前些年，这些人生意很好，都富了，这两年生意不太好做……"丽南听了这一席话，深感自己一天在四堵墙内对外界情况了解太少。

曹树德的爱人说：你如果到新疆去，可到福德路批发市场买一些物美价廉的花哨的小东西带上，到那里可以推销。

她到福德路大批发市场去。那里的小商品琳琅满目，她不由得驻足而问。这些东西的批发价低得惊人：很精致的盒装耳环才 3 角钱一副，金光闪闪和真金项链无别的项链每挂只两角到五角钱，戒指一角钱一枚，还有色彩鲜艳，五彩缤纷的各种塑料制的项链，都很便宜。她看得眼花缭乱，眉飞色舞，心花怒放。"这些花花绿绿，珠光宝气的佩戴品不正是新疆少数民族之所好，也是苏联妇女喜爱的吗？"她想，"就买这些小东西。到新疆去一趟不容易，带些物品去卖卖看，想必路费总会赚回来的。"她这样买一点，那样买一点，回来一算，已购了三百多元的货物。

她把所购的物品摆放了一床，一一进行整理、捆扎。这些五颜六色的项链、耳环闪射着异彩，她的房间几乎变成了珠宝店。龙孝宗也被这些他从未见到过的物品所吸引，他拿起一挂项链问："多钱一挂？"她说："两角。"他说："这么便宜！"丽南说："这些东西都很便宜，没有超过五角钱的。"龙孝宗也感到这些物品太便宜了，他似乎觉得丽南去卖这些物品，不管怎样也能赚一些。他主动到火车站给丽南买了到新疆的火车票。

丽南的大提包放得满满的，提起来很沉，她有些犯愁了——能否卖掉？能否提动？第一次"下海"会不会被淹——东西被抢，被盗，丢失？这些物品都是南方生产的，他们是否大量运往边疆？如果这样，那就糟了！不过她想，这次出去能把路费、本钱赚回来就行了。

她又要乘上在那大戈壁上奔驰的列车了。看着那大包小包的东西，在这大热天里出门去受罪，她心里不免漾起一股惆怅。但不这样，她哪有出路？为了赚钱，买个养老的窝，她只好去苦斗！

从乌鲁木齐坐汽车到伊犁，然后才能到霍尔果斯。

丽南买了去伊犁的汽车票。车于下午4时开，第二天早晨到达。

车到伊犁汽车站，天已全亮。她拎着沉重的包下了汽车，这里是一个小的停车场，她不知旅馆在哪，东打问西打问才找到一家旅馆。她的包太沉，带的物虽然都是些小东西，但数量多，又多是塑料和薄铁制作的，本身就不轻，包里还有一把折叠伞和一把链条锁，这些东西增加了重量，使得包就更加沉重。提着这沉包，她觉得五脏六腑都快要裂开，她恨不能把这些东西扔掉。

到伊犁的当天下午，她到汽车站问了去霍尔果斯的车次和时间，然后到黄河宾馆找到安城办事处，询问了霍地的一些情况。看来她带的物在霍地是很不好卖的，她必须在伊犁处理掉一些。

第二天她没有去霍地，一早背了些物品到伊犁市独联体一条街去。这条街是专门和苏联人进行贸易的市场。

10点以后市场开始贸易。这里绝大部分经营者都是少数民族。各个店铺、摊位既批发也零售，同时也收购。外地人带来一些新鲜货物和他们讲好价钱，他们就买下然后再卖。丽南知道自己带的物品已不是那么时兴，只要店主给的价钱比她批发来的价钱高一点，她就赶快把它们卖掉。上午的情况还较好。她脱手了一部分物品。她发现她三角钱一挂卖出的项链，等她转一圈过来时，那店主把它挂出来，要价三块五元。她想，只要有摊位有时间，还是大可以赚的。

她在市场上转了一天，总算卖掉一部分物品，晚上她跟着一些摆地摊的老婆摆了一会地摊，也卖掉一些。两三角钱一挂批发来的项链，只剩下十多挂，一元钱一挂出售，竟被几个人一抢而空。

这一天她共收入三百多元，本钱基本收回。

在去霍尔果斯的汽车上，她旁边的一位男同志是伊犁工科贸公司的经理，她问了生意情况。从他的谈话中，她知道他们是和苏联搞大贸易的，把中国的大米、白糖、服装等物运往苏联，再把苏联的钢材、机器等运到中国。他们的富有就可想而知了！她向这位经理谈了自己的情况和打算。这位经理给她建议道："做生意就要做大的，要建立公司，卖钢材、化肥等大物。你可以在安城设立一个点和我们联营……"他接着说："现在投资一两万都不算啥！"口气相当大。末了他说："伊犁市的学校和老师也都在做生意……"丽南向他索要了一张名片。

一路通过几道关卡，办理了边境通行证，才到达霍尔果斯。

这时已是正午 12 点。走下汽车，人完全暴露于烈日之下，周围光秃秃的，没有树没有草，只有骄阳高悬，放射着灼人的烈焰，熊熊地燎烤着大地，整个大地像一面火镜，到处都闪眼，到处都发亮。脚下的沙石路炙热烫脚，从停车场一直延伸到贸易市场。这段沙石路不算短，丽南提着包，戴着一顶白色的遮阳帽，穿着长袖衫，长裤子（这是她早准备好的遮阳衣裤），低着头汗流浃背地随着人流向贸易市场走去。在贸易市场门口需要买门票方可进去。买门票的人很多，在烈日下排着长队。

她进入市场，只见人山人海，熙熙攘攘，人们扛着大包大箱穿梭于人流之中。市场很大，一个大厅挨着一个大厅。苏联人大多是整包整箱地购买服装、旅游鞋等物。丽南转了几个大厅，看到柜台里很少有卖她这些小东西的，她想批发给摊主，但无人要。她仍提着一个不轻的大包，背着两个小包，几个大厅转下来已累得难支，刀口疼得更加厉害。她在一个柜台旁坐下来休息，柜台主是一个老太婆，她的老伴、儿子以及小孙子正在往库里搬运货物，她和儿媳在和苏联人谈生意，苏联人买了他们两大包服装。后来丽南问那老婆生意怎样，老婆说："还可以，一个月能挣几万块钱。"丽南想："她说几万，实际上就不止这些了，而是十几或者几十万。他们全家合作，有劳力，有门路……"她这才感到一个人在这里干是决然不行的。"

她看着这川流不息忙忙碌碌的人群，只有望"海"兴叹了！

市场内东南西北都有门。她出了大厅的内门，看见一排小平房，就去打问安城出租房屋的办事处，那里的人竟说不知道有这么个办事处。

烈日当头，热浪滚滚，空气似乎在燃烧，酷烈，窒闷，使人的细胞都快要炸裂开来！面对着大戈壁，她到哪里去找安城的招商人呢？她已经快要热

昏过去，她得赶快离开这里！

她于下午6时多回到伊犁，又累又饿，上旅馆四楼都得两层一歇。

第二天上午，她仍然一边挎着一个包，两个包依旧沉甸甸的。路过卖冷饮的小棚，那姑娘对她笑笑，问道："还去卖货？"丽南说："不卖怎么办呢！"

她穿梭在大市场中，一些柜台的老板还认识她。她拿出物让他们看让他们买，他们都摇头说不要了。

这一天她决心要卖掉这些剩余的物品，下午好乘车到乌市。正当她愁容满面地转悠时，看见一个不起眼的拐角处有一个小店铺，她上前诚恳地向店主说："我这有些项链，便宜卖，你要吗？"

那店主让她拿出货来看一下。看完货后，这店主竟全部买下了她的这些项链。

所剩之物终于脱手，她背着的两个沉包空了，她如释重负，顿觉轻松了许多。

回到旅馆，她清了一下账。她带的这些物共赚了二百多元，来回的路费及吃住开销是四百多元，她虽然没有赚够路费，但总算赚了一些，心里还是高兴的。

丽南回到家，像大病了一场，浑身无力，头昏眼花，困乏至极，在乌市扒车时挤压了右肋骨，现在也阵阵作痛。"不服老是不行的，"她想，"新疆，是再也不能去了，太远，大半个中国，路上的行程是绝对受不了的。"她在床上整整昏睡了两天。

龙孝宗和宇婧原以为丽南这次到新疆带那些物品能赚到一些钱，而丽南回来，他们知道连路费和吃住开销的钱都没有赚够，就硬是说她赔了。龙孝宗说："拿着工资，不愁吃不愁穿，去做的哪门子生意，真是拿钱买罪受……"

龙孝宗还不知道丽南上学期末闯下的大祸，不知道她打了退休报告，不知道她已经胆大妄为地放弃了工作，他还以为一切如故：她假期休息，开学上班。然而她已经没有班可上了，她被他害得已经无家无校无工作了，谁都知道在家里舒服出门在外苦，而她为什么要出去受罪，为什么要去做生意，他怎么会知道呢？对于这一切，他都显得若无其事……一想起这些，她的心里又是一阵难受，她的泪又在流淌。

时间一天天地流走，假期一个月的时间已经过去。"将来怎么办？"她在发愁。两个大学生的孩子看来也没有多少指望，宇婧在工厂里一个月一百来块钱的工资，连她自己的生活都难顾住。楼上楼下，左邻右舍，那些学习远不如她，没有考上大学的她的同龄人，不是开汽车，就是做生意，要么到深圳、珠海去闯大世界，捞大钱，都富得流油，而她还在这里受穷。她父亲想让她嫁到国外去，而希望是渺茫的。

"一切还得靠自己去奋斗，去拼老命！待身体好一点，还得行动。自己已是无工作之人，只有走生意路了……"她想。

那台湾教授正在和宇婧谈着恋爱。台湾教授从众多的应征者中挑选了三四名进行见面，约会，谈话，了解。经过了几次约会、了解，那台湾教授把重心放在了宇婧身上。他对宇婧说："现在我百分之九十是选你了。"宇婧问："别的女孩长得漂亮，你怎么不选她们？"台湾教授说："别的女孩虽然标致、漂亮，但和她们在一起无话可谈，感到无聊……"

丽南到高县去，心里还一直在挂着宇婧的这桩事。从高县回来，宇婧告诉她："那台湾教授说我们的事已基本定了……"她的心这才放下一些。宇婧又说："这半个月来，他和我进行了多次约会，我们很能谈得来，他对我的学习，对我所学的专业很佩服……"丽南想："这台湾教授不只是以貌取人，而是和才、智等结合起来，从这一点可看出他不是庸俗之辈。"

宇婧晚上没有心思学习了，下了班，吃了饭，就匆匆去和台湾教授约会。他们开始的几次约会是在城墙上，后来转移到宇婧的办公室，那里安静，无人打扰。宇婧晚上常常 11 时才回来，回来后常常是高兴、陶醉，没有睡意，兴致勃勃地给丽南讲述一通他们在一起的情景。一天晚上宇婧回来说："我们两人都只穿条裤头，紧紧地搂抱在一起。抱在一起时，就什么话也不想说了……两个人在一起就是好！"她沉浸在初恋的甜蜜之中。

大学时期宇婧没有谈过恋爱，只是在临毕业考研究生时，她常和班上一名学习尖子在一起切磋问题，相互有过好感，但两人并没有相互表白。后来他们各奔东西，就没有往来了。到了工厂，宇婧和同小组一个工作了两年，长得不错，工作能力较强，家在本省长阳县农村的小伙子较要好。回到家，有时她提到这男孩如何如何好，她父亲似乎从中发现了一些迹象，有时在宇婧不听他的话时，他就皱着眉吊着脸，用凶狠的目光瞪着她说："那你就去跟

那个长阳县的好了！"宇婧以后再也不敢提说那长阳小伙，在思想中也打消了和他要好的念头。她知道，她如果嫁给一个外县农民出身的男孩，她父亲会把她臭骂死，会把她赶出家门，会不认她这个女儿，她哪有这个胆？不过宇婧有时给丽南谈些心里话，丽南认为只要对方人好，两人真正有感情，还是可以谈的。而龙孝宗一心要把女儿嫁到国外去，宇婧只好按照父亲规定的路子走！

宇婧这次是初次恋爱，她还是一个真正的处女。

台湾教授和宇婧接触时也感到宇婧在男女之事上是新手，她什么都不懂不会，台湾教授有时说："看你笨手笨脚的！"他给宇婧说："前面谈的两三个女孩都显得太成熟了，坐在出租车里，那女孩就主动靠在我身上……"

厂里工人没有多少活干，坐班卡得不严。宇婧下午有时上一会班，就溜出来，和台湾教授一起上大街逛，晚上仍在她的办公室里。他们已经赤裸裸地在一起了，台教在欣赏着宇婧的裸体，他说："你的裸体真美，比美国那些裸体照还要美……"不过宇婧始终还在守着她的那道防线。

丽南是个多虑之人，她常常在为宇婧的这桩事担忧。宇婧回来后丽南常提醒她："务必保持贞洁……"宇婧说："妈，你就放心吧！……"

丽南从高县回来后，就一直在做宇婧的后勤兵，全力以赴为她服务。8 月的天还是很热的。宇婧和台湾教授约会需一天换一身衣服。她白天上一天班，晚上常常 11 时回来，是没有时间洗衣服的，都需要丽南给她帮忙。下班回来，丽南需给她按时做好晚饭，她匆匆吃完饭，就去赴约。

台湾教授于 8 月底返台。在返台前，他给宇婧花五十元配了一副眼镜，他说宇婧原来的眼镜式样太陈旧了。他还带宇婧到他的老家岭安县（安城郊区）去了一趟。他大伯给了宇婧二十元钱。台湾教授到丽南家来过两次，一次是丽南招待他吃饭。吃饭时他很客气，鸡鱼肉很少动筷，爱吃蔬菜。他说："在台湾，蔬菜和肉价差不多。"

台湾教授走时，宇婧送他到机场，他对宇婧说："如果你跟了我，将来会有千万人羡慕你的……"他知道自己条件优越，大陆人很羡慕。不过，他和宇婧的关系还未最后定。

台湾教授走后，宇婧情绪较低，心神难定，学习自然受到很大影响。她在等他的信，她的心已放在这位台湾教授身上了。

半个月过去了，她终于盼来了台湾教授的信。信上内容一条条很清楚，无一错别字。丽南说："一个学理工的，语文水平也不低，可看到台湾教育质量是不低的。"宇婧写信还免不了出现错别字，丽南让她向台湾教授学习，不能再写错别字了。

新学年开始，学校里来了新领导。新官上任，三把火总是要烧一烧的。教工大会上，他们宣读了一大堆各种各样的新条条新框框，听了，人的头都变大了！

开学后，丽南还是照常到校上班。老师们见了她，有的说她瘦了，有的说她脸色不好，有的说她黑了，至于她为什么有这些变化，他们是不会知道的。

她没有了工作，顿觉一身轻，她从来还没有这么轻松过。然而虽然轻松、逍遥，有一种解脱感，但她的内心却是惆怅的。

学校的老师对丽南上学期末突然提出要退休的事都感到是个谜，有的老师认为她有神经病，她太缺乏头脑了；有的猜测她可能跟老伴去做生意，去赚大钱……一些好心的同事见了她劝她不要退了，让她不管怎样也要熬到教龄三十年。米老师让她去找领导，要求分配工作……丽南把她的家庭问题一直紧紧包裹着，给任何老师都没有透露。她知道只要给一人说了，这事就会一传十，十传百地传开去，就会满城风雨，她干脆任老师们在误解中去猜测，去瞎说……

为了10月份这一级还不一定拿到手的工资，她还得去坐班，还得在这里苦熬，她在暗暗责骂自己：还是离不开"钱"，还是未能超脱……

丽南假期外出回来，身体就一直感觉不好，胃、肠、肝等部位经常疼痛，浑身乏力，似乎随时都有倒下去的可能。她告诫自己不能倒下去，要坚强地站起来……

一天下午，她想在家里看点书，但龙孝宗这一天下午也在家，他是晚上去值班。他在家，她就只好出去——她不愿看见他。她骑上车子到教委去，想找人事科长询问一下升工资及她的工作问题。到了教委，领导正在开会。人事科长的房门开着，她就进去坐在椅子上想等他们开完会再问。科长办公桌上放着几份文件，她拿起来随便翻了翻。这些文件都是有关岗位工资方面的细则问题，文件后面还附有工资改革后各级工资的对应表。现在拿一百九十五元工资的工改后岗位工资加技能工资可拿到六百元左右。看了文件，她

很震惊，感到的确大有工资翻番之趋势。

科长开完会，她问科长："工资改革有没有可能？"科长说："公司现在效益不甚好，只能长部分工资……"

丽南又找到教委主任，向他谈了自己已递交了退休申请。这主任以前听过丽南的课，对她颇有好感。他直率地对丽南说："现在不管怎样，是不能退休的……"

从教委出来，她深感上学期这一步棋走错了，自己太莽撞。"是退休，还是等待工资改革？将来是高工资制，现在这点退休金在将来高工资社会里犹如乞丐……"她脑子里不断出现着这些问题。这个月还有二十天时间，她决定立即出去，到外地看看生意和租房情况后再作决定。

她听说浙江义乌、常熟等地是全国最大的几个批发点，她想到那里看看。到义乌要从杭州转车，她买了到杭州的车票。

她坐的是晚上8点30分的车。上午她到学校给领导请了假，办了手续，然后到米老师的办公室里去，告诉她自己要外出了，顺便给她交代了一些事情。米老师总认为是学校里那一帮子人欺侮她，她才走这一步路的，米老师给她介绍了安城几所缺老师的学校让她去联系。这些她只好先暂且放在一边。临走时，米老师说了些安慰她的话。别人愈是关心她，她愈是难过。走出米老师办公室的门，她的眼泪就夺眶而出。她虽然没有当着米老师的面流泪，但米老师已经意识到她很难受，她在流泪。米老师追上她说："家里有老伴，有孩子，你到外地去干什么？到外县去也比到外地去强……"听到这些话，她的眼泪更是刷刷地流。对面来人了，她才擦掉眼泪，匆匆和米老师告别。

龙孝宗还不知道丽南这学期没有工作的事，她外出的事需给他打个招呼。中午，她给他写了一封简短的信：

龙孝宗：

　　我请了几周假外出找出路，我总不能厚着脸皮待在这里耽误你的事情，影响你的幸福。吵吵闹闹了大半辈子，分居了这么长时间，一切都该结束了。我们已是一个屋顶下的两家人，再这样下去对我们都没有好处。你给别人曾说，只要我提出离婚，你就同意，这很好。希望我们能协议离婚，好离好散。

　　至于以后工资要改革、工资要翻番等问题，我都不能顾及了。

我无房，与其在安城租房，还不如在外地租房。我的身体已很糟，加之我的头被撞过几次，每天骑车奔波几趟，一路脑神经和心脏不知要紧张多少次，蹦上蹦下震得刀口疼，我活得够苦够累的了，我必须出外想法去找个容身之地。这些，望你能体察。

为了宇婧的婚事，我们的事可延长到她结婚。

丽南　93.9.13

龙孝宗仍是下午在家，晚上值班，丽南下午出去买了蛋糕、水果等，到家已 5 时多。龙孝宗还以为她是下班回来。丽南等他 7 时上班走后才和宇婧匆匆收拾东西。她想轻装外出，但仍是一个不小的背包。

第二天她找到浙大。这次她出来是要做生意，所以她连宇航的宿舍都不愿意去，怕给儿子丢脸。她在楼下让一位认识宇航的同学给他捎了约见的条子。

晚上儿子来了。他们谈到 12 点多。儿子劝母亲最好回去，他说："做生意一无资金，二是身体不好，吃不消，现在先凑合着住，等我工作了，您跟我一起住，不要再为房子的事奔波了……"宇航一再劝她回去，到学校去上班，以后他工作了会养活她的。儿子的一片爱心使她更悲。

第二天，她前往义乌大批发市场。天依旧很热。她流着汗，满脸通红。一个大市场转下来，她就吃不消了。腿已经发直、发硬，难以打弯，关节疼痛难忍，右腹手术处仍在疼痛，回到旅馆，她赶快趴在床上。街市上不断传来汽车刺耳的喇叭声，隔壁房里传来震耳的打牌声。她在躯体各个部位的疼痛中，在一片噪声中想："龙孝宗为了女人，为了寻欢作乐，害得我到此地步，工作丢了，无家可归……别人跑一趟可赚几万，我却一分不挣，还得付出。下一步怎么办？还得跑山东！谁能这样落魄?!"

这天晚上她赶到浙大。

她虽然是第一次来杭州，但她哪有心思去游赏美丽的西子湖？上海虽然是她向往已久的大城市，而在她来去都要经过它的时候，却没有兴致没有精力下车去领略它那特有的风光和引人的气派。现在她连个栖身之处都没有，未来还不知道是什么样子，怎能谈上去游山玩水……

晚上 10 点宇航把她送上去烟台的火车。来到烟台，她辨不清东南西北，

向三轮车夫打问了一些情况。车夫说："这里旅馆贵，租房也很贵……"听后，她很沮丧。她原打算在这里租房，做生意，而当她看到满大街卖茶鸡蛋、卖稀饭馄饨的老太婆，看到摆小摊的冷清，看到大市场里一个挨一个的柜台，无插足之处时，她所有的梦都破灭了！

第二天是周日，各单位不办公，她无心思再上街去转去问。汽车站旅馆的墙壁上挂着汽车开往各地的牌子，上面写着车次和时间，其中有去蓬莱的车。蓬莱是著名散文家杨朔的故乡，语文课本上收有他写蓬莱景物的散文《海市》。文章开头的几句她熟得都能背出来……"何不到蓬莱去看看？钱虽剩不多，但还可以去一趟。出来时带了五百元，跑了几个省，已够俭省的了，不要心疼这几个路费吧！"她一边算计着钱一边想。

到了蓬莱，她直奔大海。这是她第一次观海，心情难免有些急切，有些激动。她终于走到了海边。这已是下午，天依旧很热，没有风，只有太阳高照。她站在海边，眼前呈现的是碧蓝、宽广、无垠、雄浑的大海，在太阳光的照射下，大海像一面闪着金光的镜子，像一块硕大无比的大理石，它显得那么温润、宁静、伟丽、庄严……她被大海这特有的魅力所吸引，顿觉心胸开阔坦荡了许多。她陶醉于蓝天、碧海、白云、黄沙这纯净美丽的大自然之中，一切烦恼、忧伤、惆怅、委顿顷刻间都烟消云散了。她无钱登阁，但就在这海边，她的五脏六腑已经被冲洗得干干净净。在辽阔的大海面前，她感到自己太渺小了；在大海那宽厚博大的胸膛面前，她感到自己的心胸太狭窄了！"是的，要有大海般的胸怀，要有包容一切的气度……"她开导着自己。

下午她坐上去青城的车。车上很空，最后几站车上人更少，一人躺一条长椅。她躺在长椅上，脑却不能闲，她在想："到青城后能否找到李有光？他是那样一个多情的男子，苦苦追求我十年，他会生我的气吗？他的家庭生活怎样？幸福吗？不管怎样，他的家庭一定比我的强百倍。他能帮助我吗？……"

车于当天傍晚到达青城。第二天，她去找李有光。一路东问西问，上了一个坡又下一个坡，好不容易找到他所在的单位，到传达室一打问，才知道李有光早就调回老家去了。

原来如此！

她有点失望地离开了这个单位，一边走一边想："文革中他来信说他在青城生活不太习惯，他到底是离开了这里，回到他的家乡去了……"

离这个单位不远，就是海滨浴场，就是碧蓝的大海，她已无心思去观海了。在山东安家做生意的最后一线希望也破灭了，她只得赶快回安城去！

回到家中，宇婧给她津津有味地讲述着自己的事，桌子上放着美国的来信，她很高兴。宇婧在兴致勃勃地讲着，而丽南却头疼得难以听进去，她只想赶快睡觉。还好，龙孝宗没有说什么，也没有问什么，这正应他们互不干涉过问的承诺。

第二天是双节——国庆节、中秋节。宇婧到厂里去学习并等台湾教授的信，龙孝宗对丽南谈到的仍是工资改革的事。

国庆过后，钟丽南骑上自行车又行进在那条她熟悉的小路上，路上哪里凹凸不平，哪里有井盖，她都清清楚楚。她和全校师生一起站在大操场上，参加升国旗仪式。随着雄壮有力的义勇军进行曲，一面五星红旗冉冉升起，全场庄严肃穆，人人都注目着徐徐升起的国旗。在这肃穆之中，她不禁想：这里是圣洁的殿堂。

上学期末她打了退休报告，这学期学校没有给她安排工作，为了领取工资，她每天还要到校报到一次。

一天，姐姐姐夫特地来找丽南谈了一些问题。姐姐说："看来你们迟早是要离婚的，不过离婚最好等两个孩子过了这个阶段再说。宇婧要考研究生，宇航将要大学毕业，面临着工作分配问题，现在离婚对他们多少都会有一些影响。再则，工资要改革是肯定的了。现在退休必然要吃亏，你还是向学校领导要求给工作，退休之事暂缓。"姐夫说："将来离婚，现在住的这套房子应该要下。龙孝宗已经评上高工，应该有三间房的居住标准，他可以住补差的那一间房……"听了姐姐姐夫的话，她感到自己也太傻，为了房子的事情到外面奔波了一整，累坏了身子还无收效。跟着他过了大半辈子苦日子，这房子是得要下，这里应该是她和两个孩子团聚的地方。姐姐临走时说："现在你没有上课，星期六可以去教堂做做安息日，听听讲道，接受耶稣基督的恩典，这样心情会好一些。"

宇婧和宇航明年元月份都要考研究生。宇航把考研究生的事并没有告诉给他的父母，他只是在给宇婧的信中进行了透露，他让宇婧给他保密，先不要告诉父母，而宇婧还是把这件事告诉给了父母。丽南和龙孝宗听了当然都很高兴。

两个孩子都要考研，而且雄心很大，丽南只好像姐姐说的那样，离婚和

退休都暂缓。为了孩子，她还得作出牺牲。她必须在这里忍受一切，必须忍辱求全。她给宇婧买她最爱吃的食品，做可口的饭菜，给她洗衣洗裤。为了给儿子加强营养，她托人从厂家直接购出真正的奶粉，到全市最大的国营食品店去买巧克力、果脯等一些食品给他寄去。她又得丢开其他一些事，为他们做后勤兵，当好后盾！

丽南做生意的事看来也只好告吹，她没有经济实力，也没有胆，更没有力。

丽南到了学校，她没有去处，就到阅览室去看杂志，到图书馆去借书、看书。听到上课的铃声，她不用急急忙忙操心去上课；晚上，不用再考虑第二天上课要讲的内容和要批改的作业。她无忧无虑地贪婪地读着，看着，各种杂志使她大开眼界，图书馆书架上的新书令她目不暇接，一些当时新出版的流行小说还须排队轮流借阅。一钻进书堆里，她就感到要读的书太多，一看起书来，她就忘了一切。每个月她只能拿到那几个干干的工资，奖金、课时费，以及工资以外发放的各种名目的款项都没有她的份，她比同事要少拿不少钱。这地方本来就穷，她是这穷中之最穷者。有时，她的心里也难平衡，但是她想："有失必有得，有得必有失。每个月少拿一些钱，经济上是'失'了些，但能读书，能学习，这从另外一个角度来说就是'得'。"

她虽然这样想，但她平时被工作的绳索套惯了，现在没有了这个"套"，似乎觉得少了些什么。她已经"待业"了两个多月，现在着实有点想重新走上讲台。

她到教委找负责教学的主任谈了自己的情况。主任听了她的讲述后说道："不想退休就算了，你课讲得那么好，怎能不给工作呢？年底你们组有到退休年龄的老师，到时候你接他们的课就是了。我抽空给你们校长说一下。"

听了主任的话她心里热乎乎的，但是她说："该退休的不愿意退，他们在想办法延期或争取返聘。"主任说："公司有文件，规定到退休年龄的一律都要退。"

龙孝宗的周日仍是照例外出。一个周日，上午他买了不少便宜的小鲫鱼，中午急急忙忙做了一点，下午就匆匆外出。晚上回来他才将那一大盆鱼洗了，待第二天去做。自有外遇后，周日的中午他从不午休。上午匆匆买些东西，下午出去。以前周日下午他还能包包饺子，做点肉食什么的，而自有外遇后，他再也没有心思包什么饺子了。宇婧有时想吃饺子，他就让她到外面去买吃。

一天，丽南到市图书馆想翻阅一些有关电影剧本创作方面的杂志。她已多年没有到市图书馆去了，这里变化很大。以前阅览室里的杂志是摆出来任读者随意翻阅的，而现在阅杂志，要查目录，填写索引单，然后用借书证或工作证借阅，很是麻烦。她什么证件也没有带，无法借阅，就只好站在借阅台前，让管理员给她拿了几本《电影作品》《电视剧》，站在柜台前翻了翻。在回家的路上，她的脑中又浮现出龙孝宗那天中午借口到市图书馆借书从而发生家庭裂变的事情：说去借书，却不拿借书证，他根本就不知道借书证放在哪里，甚至借书证是什么样子他都不知道。他也没有带工作证。这样，到了图书馆，不要说借书，就是杂志他也阅读不成。中午不到1时就迫不及待地出，近6时回，他能到哪里去呢？除了搞女人不可告人外，其他什么不可告人？而他硬是一口咬定是到图书馆去了。那时我还不知道市图书馆借阅杂志要工作证，还让他去对质。他没有去图书馆，他撒了弥天大谎，怎敢去对质？我的判断是确凿无误的。

第二天早晨见了龙孝宗，她不由得一肚子气，问他："你到底准备什么时候了结我们的关系？"他还装糊涂，说道："又是啥事惹着你了？"她不客气地说了他一通在外寻欢作乐的事，他当然不会承认。丽南说："不管你在外欢不欢，乐不乐，我们分居两年多，也总该了结了吧！你是我的祸根，是我的灾星，你葬送了我一生的幸福。孩子几个月的时候，看出你的丑恶嘴脸就应该离……"她宣泄了一通，然后坐在她的床上靠着墙，想："我一忍再忍，到底忍到何时呢？为了孩子，难道就这样忍吗？尽早离吧！把离婚手续办了，还住在这里，也比现在这种状况好……"她处在极度的痛苦之中，他的神经末梢在备受煎熬！

在痛苦中，她想到姐姐曾说"没事可去教堂做做安息日"的话。一个星期六的上午，她来到教堂——这是她长大懂事后第一次到教堂。进了教堂大门，教堂正门上醒目的"圣诞捐款"几个大字映入她的眼帘，她这才想到圣诞节快要到了。院子里不少人正在洗脚，不小的教堂里人挤得满满。她在后排一老婆旁挤着坐了下来。台上有两位老者，一位主持会，一位讲道、读圣经。讲完道后是吃圣餐。几个女教徒端着四方盘挨个给每人分发一小块薄饼和一小盅红葡萄酒。

　　休会时，她到讲台下向主持会的老者问道："您认识钟福康吗？"那老者说："怎能不认识呢？我们是很熟的朋友。"丽南说："我是他女儿。"那老者马上叫出了丽南的名字，并说道："你是钟尤娟的妹妹。"那老者叫许昌贵，新中国成立前他在丽南家当工人，丽南的父亲帮他娶了媳妇。他随父亲信了基督教。另一老者姓冯，也是她父亲的老相识。他们对丽南很热情，都说应该回到教会里来，接受主的恩典。找到了父亲的这些旧友，好像有了一点依托，和他们说话时，她的眼睛有时不由得就湿润了。临别，许昌贵将他家的地址告诉给丽南，让她有空到家里去坐。

　　"信不信教呢？"她在回家的路上想，"一旦正式上班，哪里有时间到教堂去？……"她在犹豫之中。

　　1994年元旦这一天是安息日，早饭后，丽南到教堂去听讲道。圣经上的内容，主的道理，她知之甚少。长老讲的内容她感到新鲜，有一定的吸引力。冯长老在台上讲道："要学习耶稣的十种心：谦卑之心，纯洁之心，勇敢之心……我们要弃决以下不良行为：不诚实，诽谤人，诅咒人，评论人……"她没有《圣经》，父母的《圣经》文革中被抄走了。她想买一本《圣经》，将它从头到尾通读一遍。出售《圣经》处暂时无货。

　　回家的路上，她在宇婧割双眼皮的那家美容院里花六元钱将眼睛下面的一颗很小的痣用激光机做掉了。她听人说那个地方的痣是泪痣，她实在不想再流泪了。

第四章

　　历史在震颤中行进，时代在迅猛发展。婚姻，作为家庭的基石，社会的细胞，在20世纪90年代的中国发生着惊人的变化。有人说，90年代的婚姻如摇摆不定的婚床。有社会学家这样形象地描述着当今婚姻的变化：从石器时代走向陶器时代。石器，外观粗拙而质地坚固；陶器，外观精美而质地脆弱。90年代，离婚大军浩浩荡荡，各种婚介所、联谊会林立，报刊上的征婚广告五花八门……改革开放虽然只有十多年，它在历史发展的进程中是短暂的一瞬，但是它是中国历史上社会风貌变化最大的一个时期。它不仅创造了举世瞩目的巨大物质财富，而且也基本上实现了人的"灵魂深处"的真正革命。

　　在这迅猛发展的时代的冲击下，龙孝宗的思想也在发生着变化。以前丽南一提离婚，他就要和她"同归于尽"，就和她闹翻天，他是坚绝不同意离婚的。而现在，他的思想不再是那样僵化，他不再像以前那样阻挠离婚这件事了。当然，他也知道，丽南又一次看清了他的本性，坚持同他分居，为了搞到房子和在外地联系到工作以达到离婚的目的，她两进新疆一下江南，离婚的决心已很坚定，这个家是难以再维持下去了，因而他也准备另觅新伴，和丽南分道扬镳。

　　同龙孝宗相继进厂的文革前毕业的大学生，同他一起工作过的同事，有

不少陆续被提拔到各个领导岗位上去，有的当厂长，有的当部长，有的当所长，有的当总工……龙孝宗不但没有被提拔当官，而且连小组的组长也是有其名而无其实。他虽然在后来被评为高工，但是由于平时不学习不钻研业务，他在业务能力上越来越差，已经难以胜任工作，在小组里只能干些跑腿的杂务事。他们小组五人中，相忠友出国一年半，老尚正在国外，已经一年多时间，老杨老方各出国一年时间，组上唯独龙孝宗出国时间最短，只有两个多月。老相原来的意思是让老尚出国一年回来，龙孝宗去接替，这样，小组人员出国的时间就基本持平，大家都能得到一点好处，但龙孝宗却不敢去接替老尚的工作，他怕在那里胜任不了工作闹出笑话，他把出国的任务推辞了，老尚继续在国外工作。龙孝宗周围同等学力的人要么当官，要么出国，只有他们少数几个人是平头百姓，拿着几个干工资，过着紧紧巴巴的穷日子。

他不知是穷疯了，是眼红疯了，还是出于嫉妒，他想出了一个既能为自己增光又能使自己富裕的招——傍富婆。在报纸杂志上的一些文章中他看到，有些大款富婆，他们在经济上物质上是富有的，而在个人私生活上却是寂寞的难耐的。她们一个人守着一所公寓，晚上她们盼着叩门声。

龙孝宗准备找一个大款富婆，使自己也能富有，过几天好日子。如果找不到大款富婆，那么找一个资历和地位都比丽南高的知识女性也好。这样，离婚后不但不会损伤他的面子，相反，还会给他的脸上增光添彩。他当然绝不会找王美茹那样的工人，他觉得那太失他的面子了。

一上班，他在办公室里首先是看报，面对着报刊上五花八门的征婚广告，他除了为宇婧积极搜寻海外的征婚者以取得联系外，也为自己寻找着合适的对象。

在众多的征婚广告中，他看到有女经理征婚的，有女董事征婚的，有女老板征婚的……这些广告看得他眼花缭乱，心花怒放。当看到有年龄相当，条件好的，他就写上一份个人简况寄去应征。

当丽南处在苦于无房，离婚难断的时候，龙孝宗正在和一个四十多岁的女经理谈着恋爱。女经理是个高中毕业生，文化程度虽然不很高但是经济实力雄厚，她开办着一个规模不小的公司。她和龙孝宗接触了几次，龙孝宗将自己曾经出过国，都搞过哪些科研项目，两个孩子学习如何好等情况在女经理面前吹嘘炫耀了一通，但女经理并不怎么看重这些，她看重的是感情，她觉得龙孝宗没有男人的气质和魄力，长相也不佳，引不起她的好感、兴趣和激情，她拒绝了和他的交往。

其后，他又应过几次征，大款富婆们都没有看上他。

他并没有因为几次失败而灰心丧气，他仍在积极关注着每天报纸上的征婚广告，积极物色寻找着合适的伴侣。

一天，他在安城晚报上看到这样一则征婚广告：

女，52岁，丧偶，1.60米，高级研究员，本市工作，曾出国深造，子女已工作。欲觅相貌端庄、体健、诚实善良和条件相当之男士为侣。

这则征婚广告深深吸引住了龙孝宗，他盯着广告上"高级研究员""曾出国深造"这些字样在想："大款富婆咱攀不上，能攀上这高级研究员也不错，她还出过国留过洋，这比丽南那中学教师的地位要高得多，名声要响亮好听得多。年龄虽然大了点（只比他小一岁），但只要有地位，不丢面子就行……"对这则征婚广告他如获至宝，心里暗自高兴。他在积极进行构思，想法将应征书写得好一些，以便在诸多的应征者中取胜。

他在应征书中把自己从大学毕业分配到北京工作一直写到目前搞着援外的科研项目，最后注明自己是高工职称，出过国，每月工资六百元（这样的工资当时在安城是不多的，大部分单位的工资还没有翻番，大学教授每月工资也不过只有二三百元）。另外，他把两个孩子也大书特书了一番。什么他们学习如何如何好，什么他们都是国家重点大学的毕业生，什么他们现在都在积极复课准备考研究生，什么儿子明年暑假毕业后工作已定在北京，等等，等等，不一而足。最后写到自己的身体非常健康，没有任何疾病。

对方是知识分子，她看到应征者中有这样一位知识人，子女又这么聪明、争气，这不能不引起她的重视和好感。加上龙孝宗的年龄在应征者中是最年轻的一个。五十出头的女人在当时要找到这样年轻的男人是不太容易的。她在应征者中选了几名相当的男士见面，其中自然有龙孝宗。

对方和龙孝宗第一次见面是在她的一位亲戚家里。龙孝宗为了在这第一次见面中就能赢得女研究员对他的好感，他吸取了和女经理等几人见面的教训，在仪表方面下了点工夫。理了发，吹了风，在脸上涂了宇婧平时用的珍珠膏，这使他脸上原本就不多的皱纹更加平展了，皮肤也显得白净了一些。时令正是寒冬，他穿上两年前买的还很新的黑色雪花呢料子的短呢子大衣，里面戴着一条丽南平时上班骑车围的浅灰色的长毛围巾（平时他是从来不围围巾的），将皮鞋上了油，擦得锃亮。

他出现在女高级研究员面前，给女高级研究员的第一印象是年轻。他平时能吃能睡，不操任何心，工作上无压力，上班步行十分钟就到厂里，无须骑车风尘仆仆地奔波，他怎能不年轻？他的脸上除了额头上有几条不明显的五线谱外，其他地方都还是平展的。他额头上的五线谱是因为平时他硬是把眼睛往大里睁所造成的。女高级研究员和他相比，自然要老一些。她爱人五年前死于肺癌，爱人患病期间她要侍候，爱人死后，家务重担落在她一人身上，她不能不苍老。

女研究员一边打量着龙孝宗，一边和他互相交谈着各自的情况。她感到龙孝宗的五官虽然不怎么样，但她想："年龄大了，长相是次要的，关键是身体好。这人看来红光满面，四肢健壮，身体是健康的。"

龙孝宗满脸堆笑地和女研究员交谈着，他说话比平时更加柔声细气，显得比女人还女人，女研究员觉得他温柔、善良、老诚……

总之，这第一次见面他给了女研究员一个不错的印象。

过了几天，女研究员打电话约龙孝宗下午下班后到她家去，在她家吃晚饭。龙孝宗接电话后好生高兴，想着事情有点希望了。他中午告诉宇婧，他的一位同学来了，晚饭不在家吃。

女研究员住的是三室一厅的房子。龙孝宗到她家刚坐下一会儿就有客人来找她。女研究员让龙孝宗先到卧室里坐一会，她在客厅里接待客人。

龙孝宗在卧室里听到来人把女研究员称作"院长，"左一个"范院长"右一个"范院长"地叫着，他真是又惊又喜，他做梦也不会想到自己会遇上一个院长这样职位的女人。他想："真的是自己时来运转了吗？"在惊喜之余，他暗暗下决心一定要把这院长追到手。

客人走后，这被称作院长的女人将提前准备好的简单的饭菜端出来，两人一边吃一边聊。龙孝宗问："你是这院的领导？"女的说："是个副院长，一天穷忙乎！"这副院长问龙孝宗："你为什么要离婚呢？"他说："我那个妻子脾气很坏，动辄吵架。她的脾气也很古怪，在单位在家里和谁都搞不到一块。上班骑车路上她的头被撞过几次，现在看来神经有点不太正常，一天总是疑神疑鬼，怀疑我在外面和女人鬼混，星期天我到市图书馆去看书，她也怀疑我是到女人家去，从而和我大吵。我们工作那么忙，任务那么重，哪有那份心思和精力去搞什么女人！……现在她又要做什么生意，要买什么商品房，你想，咱们工薪阶层谁能买起商品房？她出去做生意赔了，还要去做。如果再做下去，我看这点家当都会让她赔光倒净的。她和我已经分居两年多，要和我离婚，没有办法，我只好走这条路⋯⋯"

在女院长面前，龙孝宗自然要把自己标榜一番，把丽南贬低痛骂一通了。院长听了龙孝宗的一番述说，对他的境况表示同情。

女院长自我介绍道："我有两个女儿，大女儿跟着女婿在新加坡工作，二女儿在大学读三年级。我结过两次婚，第一次结婚后因为丈夫脾气不好，加上他重男轻女，看我生了个女孩，脾气就更坏。我们经常吵架，只好分手。第二个丈夫人还老实，工作能力也较强，但身体一直不好，五年前死于肺癌⋯⋯"

听了这简单的介绍，龙孝宗更感到自己运气：这院长的女儿女婿在国外工作，这比那些大款富婆还要富⋯⋯他要攀上这院长的决心更大了。

他们正吃着饭，院长的小女儿回来了，他们在一起吃着饭。吃完饭，副院长对女儿说："婷婷，你在家学习，我们出去走走。"说罢，她和龙孝宗一起出了家门。

寒冬的夜晚是清冷的。这一晚虽然没有风，但天是阴沉沉的，天幕上没有星也没有月。郊外的马路上在这样的时候往往行人稀少，显得更加冷清寂寥。

他们来到离街道不太远的树林里，沿着林间小路漫步着，交谈着，互相了解着。夜11时多，树林里的人早已散尽，龙孝宗和副院长在一棵大树前停了下来。他们的周围一片漆黑，一片静寂，龙孝宗主动拥抱了那副院长。⋯⋯他拿出他惯有的一套搞女人的本领来，使她达到了性高潮，使她得到了从未有过的满足、愉悦、舒服和亢奋⋯⋯

"他的这东西太棒了，都五十多岁的人了，这东西还这么顶用，好使，实属难得！一定要得到它，绝不能失去它！⋯⋯"女院长暗暗地想。

已是午夜时分，公交车早已收车，电元厂距离这里很远，一个南郊，一个西郊，那院长说："这么晚了，你就不回去了，住在我这算了！"龙孝宗没有即刻回答，他想："一夜不回去，第二天丽南肯定会吵他的，这样影响不好，还是回去，明早给她说清情况，问题就解决了！"想到这，他说："我还是打个的回去，给家里打个招呼，明晚我再来。"那院长也不好强留他，只好说："那也好。"

龙孝宗把院长送到她家门口，临别时说："我打个的，一会就到了，你就

放心吧!"说罢,又亲了一下那院长的脸,这才转身走了。

龙孝宗哪里舍得打的呢?一辈子节俭惯了,现在还有一个上大学的儿子,那儿子花费愈来愈大,打个的最少要二十元,他怎能舍得?反正他腿上有的是劲,走路是不成问题的,他像当年追求丽南的那个晚上一样,仍是步行回家。

一路上,他的心情格外畅快,格外兴奋,跨步格外高远。他脑子里翻腾着:"如果能攀上这个副院长,和她成婚,那么,和丽南离婚,这不但不是什么不光彩的事,而且是件极其荣耀的事。同事们会无比羡慕,孩子们瞧得起,这事传到家乡去,家乡的父老乡亲们也一定认为我有本事,能娶这样一个做大官的女人为妻!嘿!……"

他愈想愈兴奋,走起路来一溜小跑,如坐春风。从南郊到西郊路途虽然不算近,但他沉浸在这兴奋之中,不知不觉间就到了家门口。

他轻轻开了门进去,没有洗脸洗脚,就上床去了。

这一天下午丽南到教堂去了,回到家已近7时。她开了门进去,家里一个人也没有,她觉得有点蹊跷,心想:"龙孝宗该不是又把腿摔断了吧?"过了一会儿,宇婧回来了,她说:"我爸下班后就走了,他去会同学,让我去取牛奶。"

听了宇婧的话,她想:"前几天他给宇婧说他同学来了,他去会同学,今天晚上又是会同学,和他结婚这么多年还从未见他有过关系这么亲密的同学,莫不是他堂妹来了?他堂妹已快退休,知道龙孝宗目前的境况是这样,她一定会紧追不舍的……"

10点多钟她上床睡了。她和龙孝宗虽然是分居的,但家里有人夜间外出未归,总是会影响她的睡眠的。到12时,她看龙孝宗还未回,就朦朦胧胧地睡去了。她睡得不踏实,龙孝宗开门时和进家后的动作虽然很轻,但她还是被这细小的声音弄醒了。她揣摸时间已是夜一两点钟。

龙孝宗上床后,令丽南奇怪的是,他平时什么时候上床,什么时候挨枕,什么时候就发出那震天的鼾声,而这一晚,却听不到他的鼾声,而只听他在床上翻来覆去地倒腾着。那张床用了这些年,弹簧有的已经坏了,床头也不结实了,床上面人动,床铺就随着发出吱吱的响声。

"是什么事使他这么激动,这么兴奋,竟然睡不着觉?"丽南这样想着。

但奇怪归奇怪，她太困了，不一会儿，又蒙眬地睡去了。

早晨6点钟，天还黑沉，龙孝宗穿着背心、裤头从他的被窝里爬出来，到丽南房中去，站在离丽南五六步远的地方说："南，我想和你谈件事。"

丽南说："有话就说，你谈吧！"

龙孝宗钻进丽南的被窝里去和她谈话。她看他穿那点衣服，天又冷，没有硬赶他出去，不过，她说："你不能动我，你已经是不干净的人了！"

他轻轻地"嗯"了一声。

他们并排躺着。龙孝宗说："这一时期我先后谈了几个对象，第一个是某公司的经理，四十四岁，南京人……现在和某研究院的一位女研究员正在谈着，她比你大一岁，丈夫死了五年……"

丽南默默地听着，一种要得到解脱，获得解放的快感涌上心头。

龙孝宗假惺惺地说："如果你能回心转意，这个家就继续维持下去……"

她当然一口回绝。他们俩各个方面都格格不入，怎么能再生活在一起?!

龙孝宗说："我原来以为她只是个研究员，后来在她家里听别人把她叫院长，这才知……"

听到"院长"这个字眼，丽南心里当然也"咯噔"了一下，她隐约感到这"院长"职务对她不太有利，因为她深知龙孝宗的虚荣心是多么强，他攀上个院长后会大肆宣扬的，离婚之事会很快传出。她原想两人悄悄协议离婚就算了，而现在……她更加感到他是一个自私、狡猾、狠毒的家伙，他不找到一个有钱有势能给他脸上贴金的女人，是绝不会放过她，也绝不会背离婚之丑名的。

不过她又想："如果他不遇到这个院长，我能解放吗？能摆脱他的魔掌么？从这一点来说，还应该感谢这位院长呢！"

这么一想，她的心马上平静了许多。她说："不管你是找个院长，还是找个厅长、部长，我都不会阻拦，更不会羡慕，嫉妒……"

龙孝宗知道丽南是绝不会阻拦他的事的，他带着一份欣喜上班去了。

他走后，丽南想："他肯定是在报上征婚广告中找到的，他是见高的就攀，只要能攀上，就是给官太太提鞋系带当小狗做牛马也心甘情愿。以前是找一个漂亮的女大学生，荣耀一时，后来两个孩子学习好，都考上了大学，他荣耀一时，现在找了个高职老婆，这消息将会像爆炸性新闻一样震动他们研究所，他更会荣耀一时。一个男子汉，自己没有本事搞出成就来荣耀，而

只是靠这些来'光宗耀祖',够可悲的了!……"

　　副院长那天晚上和龙孝宗分手后,回到家中,也是大半夜未眠,她深深沉浸在这新结识的男人的强壮给她带来的幸福和甜蜜之中。五年寡妇生活的寂寞和难耐,促使她登报征婚。她征婚的目的只不过是为了找个老伴,能消除她的寂寞而已,别的更高的奢望她还不曾有过,因为年龄毕竟大了。然而她没有想到,她这大年纪,还能碰到这样一个年轻力壮,那东西还那么好使、顶用的男人,她觉得实属难得。在她看来,他的那东西,绝不亚于青壮年人的。

　　他的那东西,牢牢地抓住了她。

　　她毕竟是出过国的,在男女方面她是胆大的,是比较开放的。当她和龙孝宗第三次见面的晚上,她就不顾一切了:上大学的女儿在家住;她的副院长的身份;龙孝宗家里未离婚的妻子,未出嫁的女儿……这一晚,她留这个大男人在她家里过夜。

　　为了攀上这院长级的女人,龙孝宗更是不顾一切,他彻夜未归,光溜溜地和副院长滚爬在一起,他把自己平生最大的气力使出来用在院长身上。他们一夜做了多少次爱连他们自己也数不清,且次次都能使那院长"昏死"过去。她尝到了从未尝过的性快感,她完全被他的那"硬件"所征服,她深深地陶醉于其中了……

　　龙孝宗给丽南谈了他和副院长结识的事后,接二连三几个晚上没有回家。丽南没有想到,这边未办离婚手续,那边未办结婚手续,他们就如此大胆地迫不及待地同起居来,她不知道他们这样同居是否犯法,但不管怎样,手续未办,龙孝宗就公开和那副院长去睡觉,去同居,她难以容忍,她心里不是滋味,她想,社会开放,也不至于达到这种地步吧!

　　他们起始同居的那两天,丽南的心情变化甚大:一会儿她感到异常轻松,想放声大笑,想高喊自己解放了,自由了;一会儿想到他们如此胆大地不顾一切地同居,一股愤怒之火就会冲上胸膛;一会儿又想着给儿子写信让他寒假回来,告诉他这个家是他们三个人的家,他们三人在一起团聚,这时,她的泪水就会不由自主地涌出。她安慰自己道:"离了大半辈子婚,现终将要成功,应该高兴,应该庆幸,有替自己'享尝'那交响乐的人还不好吗?……"

这样，她的心情就会好一些。

白天，见了龙孝宗，她只觉犯恶心，只觉他浑身脏臭，只觉他脸皮太厚。晚上，当她听宇婧说"我爸晚上不一定回来，让我取牛奶"时，一种莫名的愤怒、嫉恨……五味交杂之感就会涌上她的心头，使她的胸口被压得喘不上气来。她想："一个堂堂的副院长就这样和一个未离婚的大男人同居，这事张扬到他们研究院，也够她好看的了！……"有时她真想写一张大字报贴到那院长单位的大门口去，让她的丑事在单位里人人皆知。

龙孝宗到副院长家去过夜的第三个晚上，丽南到姐姐家去准备把这件事告知姐姐。

丽南的姐姐和姐夫对龙孝宗找了个什么副院长之类的女人没有半点惊讶之感，他们对丽南离婚之事不再反对。姐夫说："离了，还可以再找嘛，我们局的局长、书记等丧妻的有的是……"姐姐说她的同事的妹妹离了婚，找了一个如何好的丈夫等。

他们的思想也在变。

宇婧考研那两天晚上龙孝宗没有去同居。考研前一天晚上，7时，他不顾宇婧复课，把电视打开。丽南过去"啪"一声关了电视，把他臭骂了一通，而龙孝宗却仍是很高兴，满脸堆笑。她虽然发泄了一下心中之火，但心里还是憋闷得很。不见他还好，一见他便是气。她恨不能立即把他的丑事一一讲给他的同事去听。

宇婧考研的第三天，上午，丽南向一个刚刚从事法律工作的人询问龙孝宗的这种情况算不算是犯法，那人说："两边都未办手续而同居，是犯重婚罪的，按法律规定是要判刑三年的。"听了这话，她心里顿时像去掉了一块大石一样，舒畅多了，平时一口口长吐气的状况也荡然无存了。她平时憋着的是这二十多年的气，这口气不出，她是不会好过的。如果真的能将这淫棍判刑，也就出了她这口气。她决心一人默默地不向任何人透露地去做这件事，让龙孝宗和那副院长先去乐去美，去尽情满足，然后将他绳之以法。

为了落实那位律师的话是否准确，她又找了一位律师进行咨询。这位律师说："两边都没有办手续，只是同居，一般是没有人管的，因为这种情况现在比较普遍。过去像这种情况如果告发给本人所在单位，单位上还会给个行政处分，现在就不同了……"

听了这话，她心里顿时凉了一截，报复的梦，出气的梦破灭了。她想，

现在只好用时间来拖他，使他急于办之事不能马上得逞。

春节快到了，和宇婧谈了一段时间恋爱的那位台湾教授来信说春节过后准备来安城一周时间。宇婧冬天还没有像样的衣服，为了和台湾教授相见，丽南同她一起上街去给她买衣服、皮鞋等。商店和批发市场里人山人海，要买到合适、称心的衣服也真不容易。她们跑了一整天，总算给宇婧买了三百多元衣物。

龙孝宗的周日，丽南下午回到家，她推开门，一股香气扑鼻，他正脱衣在洗，用香皂洗了，再涂上香药水，他对他身上的味现在特别注意。吃完晚饭，他又去同居了。

第二天早晨7时30分龙孝宗回来，丽南见了他怎能不气？她锁上了自己的房门，在屋里大声发泄着："你还回来干什么？去抱着女人美去么？我倒要看看你们能有多美！第三次见面就同居，可见你搞女人的技巧有多高……"

吵完他，他去上班，这时儿子回来了。见了儿子，她本想好好谈谈，但一见面她又是满脸的泪。给儿子她没有说别的，只是在说着他父亲的事。儿子听后在劝着她："我们将来在外面能挣钱，会孝敬您的，身体要紧，不要再生气了……"

她虽然早就懂这些，但在这种情况下怎能不气？

中午在饭桌上，她仍在吵他。就是这样，也不能将气出了。而龙孝宗对丽南的吵骂根本不在乎，她愈气，愈骂，他愈是高兴。

每年过年都过不好。把儿子叫回来，龙孝宗却舍不得买些好食品给儿子吃。去年过年他买了一条冻猪腿回来，儿子不吃，嫌有怪味。今年买了条猪前腿，筋筋皮皮，没有多少能炒的肉。鸡买的是冻鸡，颜色都不对了，是冷库底子冻了好长时间的变味鸡，难以入口。买的菜是该倒垃圾堆的处理菜，那菜花上全是发霉变质的黑点，丽南用刀尖剜了好长时间仍是黑点到处。她不由得又说了他几句："大过年了，儿子好不容易大老远回来，你就不知道买点好菜好肉，买的这菜能吃吗？难道我们这些人只配吃和用处理品？你给这个家一分钱的好东西也舍不得买，拿着钱全去孝敬你那臭老婆！如果你对儿子有心，就去推三箱水果回来，儿子在学校一年都没有吃什么水果了！"

她虽然这样说了，但龙孝宗终未推回三箱水果来，他买了一箱橘柑送到院长家里去了，给这边只买回一袋秦冠苹果。这苹果已经是淘汰的品种，是最低档也是最便宜的。

为了给孩子炒肉丝肉片，她还得上街去买一点好的后腿肉；为了孩子吃上好水果，三元一斤的富士苹果她买了几斤，又买了一些大梨。

丽南和龙孝宗结婚后他们的经济一直无专人管，领了工资都放在抽屉里。现在，这个家快要分崩离析时，她才想到要掌经济。年前龙孝宗发了七百元钱放在抽屉里，她拿了过来，后来他发的工资以及他们小组分的钱他一概不拿出来。中午饭时，丽南把他的七百元钱扔到他的脸上，说道："拿去孝敬你那臭老婆去！和你结婚时未要你一分钱，反而倒找，现在我能要你的臭钱?!——"

龙孝宗晚饭后，依然去同居，去作乐，对此，两个孩子没有半点愤慨之情，对于手续未办就去同居，他们也不感到这是不道德的或是羞耻之事，他们只是一味催促丽南尽快办理离婚手续。她想：我大半辈子的痛苦和不幸，他们是不会理解的。他们毕竟还是孩子，有很多事他们是不能懂的……

大年三十这一天，那副院长到娘家妈家团圆去了，龙孝宗没有过去，在这边帮忙。下午，丽南在洗肉，绞肉，准备包饺子、炸丸子，这是年年必做的。龙孝宗帮着用绞肉机在绞，丽南往里边放肉。龙孝宗说："范秀雅（副院长）让我劝劝你，她说咱们能和好就和好，这个家还是很不错的一个家。几年的寡妇生活使她尝够了一个人生活的苦味，所以她不愿意让你再去尝那样的苦……"过了一会，他说："丽南，咱们能和好就在一起好好过吧！离了婚，以后你肯定会后悔的……"

丽南沉思了一会儿，她想："离婚后的苦我是会想象到的。不要说别的，就拿过年来说，以前过年两个人都忙不过来，以后过年将要我一个人承担，一个人要打扫、拆洗、购买、做、侍候两个孩子。两个孩子被惯得不会做，况且过年他们从外地回来，能让他们做?! 我的身体已被他害得很糟，能支撑下来? 一切都是困难的，但再苦再难，也总比跟着他受气要强。当然，有了他，体力劳动，做饭等他可以承担一部分，但他现在已有了这副院长，我能弯腰再和他过下去，让他以后埋怨我耽误了他的好事? 两个人合不来，这是这么多年事实证明了的，现在不离，就像我以前说的，到六十岁、七十岁还得走这条路，如其那时惨，不如现在能动时趁早分离，长痛不如短痛！离了大半辈子婚未能离掉，现在好不容易他同意了，还有何犹豫? 离，一定离。"

她这样想着，说道："你们为什么要这么虚伪? 如果那副院长的心真的这

么好，她能为对方的妻子着想的话，她能和一个未离婚的男人彻夜睡觉、同居？就这一点，还能谈得上让对方的家庭和好？再说，你现在好不容易攀上个堂堂的院长，离婚不但不是丑事，反倒是个光彩的事了，我能误你这好事？咱们永远是不会和好的，我也绝不会误你的好事……"

丽南没有想到她现在竟和一个公开在外去睡女人的人在这里一起绞肉、做饭！照她的脾气，她是绝不会这样做的，但是现在为了孩子，为了过这个年，她不得不这样做。春节，家家团圆快乐，有哪一家能是他们这种状况呢？他们分居已两年多，在这两年中，她未和任何一个男人接触，而龙孝宗却从未离开过女人。他搞完小工人，又去找副院长。丽南的痛苦他是深知的，但他就是这么在残酷地折磨着她，让她去痛苦！

三十晚上的春节联欢晚会龙孝宗是年年必看的，而且看的兴致非常高，而今年三十晚上，晚饭后他就睡了，他一躺在床上就发出很响的鼾声，那鼾声有时竟盖过电视上的歌声和掌声。

大年初一上午，家里没有客人来，龙孝宗仍在酣睡。丽南看着他那疲惫的样子，可以想见他和那女人在一起时是什么情景，他们几乎是彻夜不睡，在作乐与谈情。

宇航和宇婧中午出去各人到自己的同学家去了。下午，龙孝宗急不可待地要吃晚饭。6时多吃完晚饭，他在洗脸洗脚时相忠友来了。他们谈了一会话，就一起到老杨家拜年去了。他们走后，丽南看到龙孝宗到院长家穿的那一身衣和鞋不见了，知道他又去同居。即刻，一股愤恨之火直往上冲，她真想出门追上他一刀捅死他。

晚上躺在床上，她脑中充满事。她想把家里的这些事给龙孝宗单位的领导和同志去述说，让他们知道他的真面目，她想到那女院长的单位去找正院长，让他们知道副院长身为要职，未领证就和有妇之夫同居的事……

初二，上午10时多，丽南正要和两个孩子到她姐姐家去，龙孝宗回来了。丽南原想他今天是不会回来的。见了他，她的气不由得又来了，她大声詈骂道："嫖了一夜，还有脸回来！你晚上要去嫖女人，白天就不要进这个家门。嫖了娼再回来，看见你都恶心，挨着你的衣服都嫌脏。其他任何嗜好都没有，唯一的嗜好就是搞女人，你这一生搞了这么多女人倒没枉活一世，把你枪毙了也不冤！……"

她把原本关着的大门拉开大声说着，她要让邻舍都知道他是个什么样的货色。

由于声音大，用力说话，震得她头颅、刀口等处疼痛不止，这大吵对身体损害太大。她也知道"怒伤肝，忧伤脾"的道理，但她在这种情况下实在是难以驾驭自己的情绪。吵了他一会儿，她实在支撑不住，就回到她房，躺在床上，眼泪滚滚而下。

有人说：女人的心是玻璃做的，完好无损时，它晶莹剔透；受伤破碎时，它锋利如剑。丽南在这种情况下，气不过，她的锋利，她的本领只能是吵他几句出出气而已。

如果把事情颠倒过来，丽南找了个院长或厅长级的男人，整夜不归去和男人睡觉，那么她再要进这个家门，龙孝宗不是大打出手把她赶出去就是同归于尽会要了她的小命。他不但不会同意离婚，而且会像老虎那样凶狠地把她吃掉。他的脸面比命要重。

丽南的吵和骂比龙孝宗的吃人要和缓得多。

她躺在床上，仍在气闷中。不过当她想起给龙孝宗说的"今后你有十个八个老婆我也不能生气了，气出病来对人太痛苦"的话时，她的气顿时消了不少。吵完后她本不想到姐家去了，她想晚上把她所认识的和龙孝宗在一起同过事的厂长、所长全都叫来述说他的事，并且让他晚上去同居白天不能再回来，但后来她还是决定去姐家，因为姐姐全家在等着他们。

在姐姐家吃完饭，他们全家都在劝丽南趁早办了手续算了，这样气下去，对身体很不利。大家在一起说一说，她的心情觉得好多了。

初三上午龙孝宗未回，丽南和儿子在一起闲聊还挺快活，下午4时左右他回来了。一见他，她不由得又是气！这天晚上他未去同居。丽南想："初一初二两晚去同居，去嫖那院长，嫖累了就在这里养精蓄锐，世上哪有这么好的事？"晚上8点多龙孝宗就倒在床上呼呼大睡，丽南不由得又是一顿宣泄："那寡妇是不是晚上不饶你，搞通宵，你受不了了？搞两夜，回来养精蓄锐一夜，这里是你养精蓄锐的地方？要搞女人你就别回来，这是中国，不是外国，你想到谁家睡就到谁家睡！那野女人家的席梦思不舒服，你还来睡这硬板床干吗？……"她气、骂、发泄，儿子在劝她，拉她。昨天她在姐姐家，经大家劝说，她知道不能再生气了，但这狗东西嫖完就回，她怎能不气？

丽南让他走，不要再回来。她说："你如果有良心你就走，不要在这里气人，你用软刀子杀人难道还不够，还非的置人于死地不可？！……"

听了这些话龙孝宗仍不走。丽南看他不走，她只好出去，少生点气。她先到老杨家，说有事要谈，然后和老杨一起到相忠友家。她给他们两人谈了龙孝宗的情况。听罢丽南的述说，他们都有些震惊。相忠友惊讶地问："初一那天晚上我和他一起出去，他没有回去?"丽南说："这已不是什么奇怪事了!"老杨说："看来你以前讲的那些事都是真的……"听了这句话，丽南情不自禁地拍了两下老杨的肩膀说："你们终于相信了，我终于被你们理解一些、信任一些了……"

一种由衷的轻松和感谢之情涌上她的心头。以前由于龙孝宗在外乱搞而引起的家庭矛盾，丽南向他的同事述说，他们都不太相信，他们认为他老实，不会干那种事，故而丽南一直被认为是多疑之人，现在他们总算相信一些，理解一些，她怎能不为之高兴呢?

老相和老杨为丽南的事为难，他们给丽南也出不了什么主意。

她给他们讲龙孝宗的事，只是为了出口气，让他的同事能认清他的真面目，进而理解同情她而已。

丽南找了电元厂的邱厂长和研究所的魏所长，他们原来是龙孝宗的同事。她先到魏所长家，然后他们一起到邱厂长家去。到了厂长家刚谈了两句，就来了客人，她只好和魏所长到小房中去谈。她给魏所长没有详谈她和龙孝宗的具体情况，只是大致讲了闹矛盾的情况。她向魏所长问了龙孝宗在所里的工作情况。魏所长直言不讳地指出龙孝宗的一些缺点，他说："龙孝宗没有上进心，上班时间不是积极钻研业务搞工作，而是在办公室里看报，还常常到所办公室里去翻报，而对分配的工作任务却不想办法完成。领导想调他出组，他不愿意……"所长对龙孝宗平时所贬的几位同事评价倒不错。他说："他们组上的老杨老方等同志不管水平怎么样，人家还在干，分了任务就积极钻研，而老龙是不干!"她问所长："龙孝宗以前是否工作还可以?"所长先是持沉默态度，后来说："他在巴基斯坦只待了两个多月就回来了，足以说明他的工作情况……"

丽南早就料到龙孝宗在单位的表现，现在听了所长的话，她心里在说："真是一个不学无术之徒!以前离婚的决心有时不很坚定，就在于他哄骗了我，什么搞了多少重要工作，什么他是技术骨干等等，我和孩子竟然都相信了，认为他还有点技术，有点本领。现在领导对他如此评论，和我现在对他下的结论，作的评价一模一样，一切都一目了然。婚前被他骗，婚后仍被骗，在蒙骗中生活了这么多年，也够惨的！这样一个不学无术混工资的人还有什么留恋之处……"她听了魏所长的话，心中觉得豁达了许多，气也小多了。

这天晚上邱厂长家的客人到10点才走，为了不影响领导的休息，丽南只好简略地谈了龙孝宗的情况。两位领导对此也都感到较为难。他们说："我们给龙孝宗做做工作，让他能否不离。"丽南说："你们不要再费这份心了，离婚的决心我是下定了！"

春节过罢，市上各机关单位刚开始上班，龙孝宗就迫不及待地去领了"离婚协议书"。

电元厂还在放假。白天，龙孝宗闲得无聊，上午宇航在看电视《北京人在纽约》，他也跟着看，这已是他第四遍看这部电视剧。下午睡起来他就去洗澡。丽南在绞肉准备包饺子，看他洗澡回来，知道他晚上要去那女家，就说："你走吧，已经两天了，都急疯了！"他没吭声，坐在小凳上择韭菜。在厨房里，丽南弄肉，他择韭菜，丽南隐约向他透露了领导及同志对他的看法，他只"唉"了一声。后来丽南让他明天回来时在城里大菜场给儿子买条活鱼回来，他却不吭声。过了一会，丽南说："你不愿买就算了，我去买。"他的心全放在那边了，孩子他也不顾了。宇婧的涉外婚看来比较渺茫，他也不闻不问了。美国胖子一是正在求学，现不愿结婚，另外，他也有几个联系者，和宇婧只做朋友。台湾教授原说17号到安城，宇婧等了一整天也未见他的人。他也有几个联系者，确定哪一个，还不知。

春节后电元厂第一天上班，龙孝宗就给研究所领导交了离婚申请书。魏所长说："你爱人已经告诉我了……"他把龙孝宗劝了一通。

中午龙孝宗回来后把丽南埋怨了一通，嫌她在外面声张了此事。女儿也在怨丽南，她说："家丑不可外扬嘛！"丽南同他们争辩着，她说："未办离婚手续就公开同居，能不去揭?！……"

龙孝宗对丽南说："所里问你们单位能否给房，我说，中午我还要在这里吃饭、午休等，他们也就没有再提房子的事了。"

儿子原来的意思是离婚后不能让他父亲再踏入此屋，而现在龙孝宗每天还要回到这里，丽南每天还得同他见面，他仅仅是晚上不在这里住。丽南无房，造成这种局面，她实在是没有办法。

龙孝宗现在去同居去作乐，丽南的心凉多了，她不再像以前那么激怒，那么愤恨。她想：他们搞多了，不过就是那么回事，能有多大意思？她现在

只盼着赶快办离婚手续。

宇航为了帮助父母顺利办妥离婚手续，特地向学校发了电报，托词有病，请了几天假。

晚上龙孝宗走后，两个孩子和丽南在一起闲侃。两个孩子也觉得他们的父亲不在这里，他们感到舒畅、欢心，他在，连看电视都不自在。两个孩子在向丽南述说他们的苦衷：女儿因嘴突而伤心，儿子因别人曾说他眯眯眼而难受。他们在为自己未来的恋爱婚姻而伤脑筋。他们怪罪丽南当初找了他们的父亲这样一个人，以致给了他们一副这样的面容。孩子们都大了，都有自尊心，他们有时为此而痛苦甚至怪罪丽南，这些，丽南都是可以理解的。而丽南的痛苦，又能向谁去诉呢？她无法向孩子们解释、说明，她的痛苦，只有她一个人默默地吞咽。

星期五终于到了。这一天正好是开学的第一天，丽南仍是一早 7 时出征，冒寒风骑车到校。上完第二节课已 10 时，她骑车匆匆赶回家和儿子一起到离婚办事处去。10 点半他们和龙孝宗在办事处门口相遇。离婚手续是宇航替他们办的。先是交了结婚证，然后领了两张表格，他们两人进行填写，填好后各自按了手印，签了名，交了四十元钱，最后办事员叮嘱他们再过一周去领离婚证。

这个家终于分崩离析！

二十五年的婚姻悲剧终告结束！

二十五年，多么漫长的人生路！在这些岁月里，这个家演绎着多少辛酸和悲怆……

这个家本该早就应让它毁灭，然而……

从办事处出来，钟丽南毕竟还是很高兴的。她和儿子并肩边走边聊。回家路上，她看着龙孝宗的背影，他的整个形象没有一处能引起她的好感。她终于和自己不爱的人分手了。

下午和晚上，她的心情比原来好多了，没有了那些气，那些愤。晚饭，她和龙孝宗一起做。丽南让他穿上夏天买的那件新衬衣，他说他只是裤头不够用，让丽南用白布给他做两条，她答应了。儿子叮嘱她一定给他父亲做两条裤头。晚上，龙孝宗穿戴好走了，她不但没有原来的那种嫉恨心情，而且还担心院长不再要他。她现在并不想他们床上怎么乐的事，而只是想着他们好，到4号能顺利领到离婚证，这样，她就可以彻底解放。

宇航是星期天晚上的火车，丽南全天都在忙着给他做吃的。儿子临走时嘱母亲道："妈，您要自己爱护好自己的身体，要想开点，不要生气，养好身体再想法子对付他也不晚。气，只能是上他的当，中他的计……"儿子让母亲记着他的这些话。听儿子这样说，她的眼泪不由得又簌簌地落下。她想："儿子的心是向着我的，为这，也应该好好地活着。以前生了这么多气，身上许多部位不适、疼痛，大有得大病之征兆。现在还没有气成绝症就是万幸。听儿子的话，养好身子不生气，这是最重要的。"

龙孝宗买了月票，晚上把儿子送上火车后就直接坐车到院长家去了。

电元厂的这个周日，天气格外好，太阳又红又大，煦暖地照着大地。这是龙孝宗第一个周日全天在那院长家。他一天不在这边，丽南的心情和这天气一样，格外好。早晨起床后，屋里再没有那令人讨厌的气味，连空气都变了。他走了，使人的呼吸都觉畅快。

3月4日，仍是星期五，上午11时丽南和龙孝宗到离婚办事处去领离婚证。下午3时许，他们拿到了离婚证。

一张沾满血与泪的结婚证终于停止了它的效用，被这条绳索紧紧勒住且快要勒死的她终于自由、解放、独立了，她顿觉一股快感涌来。

她拿到离婚证后迈着大步走在龙孝宗的前面，她开了车锁，骑上车扬长而去。龙孝宗在她的后面步行。她想："他看着我的背影，一定会笑，笑他的胜利，笑他的聪明，笑我的悲剧，笑我按他部署的路子走，笑我可怜、懦弱……他是绝不会吃亏的。在没找到高职婆而要背离婚之丑名时，他是绝不会放过我，便宜我的，而在他找到高职婆子后，无须背丑名，反倒能给他增光时他才放了我，他真够阴险狠毒的了！……"

到了家门口，她手握门环开门时，想到这个家的门以后将是她一个人进，她将要一个人撑起这一方天时，不知是凄凉，是孤独，还是苦涩之感向她袭来，她的眼里不由自主地掉下几滴眼泪。

进到屋里，各种复杂的感情交织在一起涌上她的心头。她呆坐在桌前，两手撑着脸颊，二十五年前结婚登记时的情景还清晰地浮现在眼前，二十五年的苦婚生活历历在目。"拿一生开了一次玩笑，任他摆布了一番，一个有志者，深懂生命意义价值的人和这禽兽生活了二十多年，最后败在惨在他手中，好不悲哉痛哉！"她想。

是的，二十五年的婚姻生活就这样过去了！二十五年的婚姻生活中，她没有幸福和愉悦，有的只是痛苦与眼泪，她完整的躯体上已是刀痕累累，遍体是病，尤其这两年的气，春节前后的大暴躁，大痛斥，将会生出何种病来还难卜。二十五年中，她与龙孝宗无情无爱，她一直在家庭的苦海中挣扎着，苦斗着，现在，婚姻的羁绊虽已解除，但她已近暮年，她一生的幸福就这样被他所夺所毁！

晚上，她无心干别的，顺手打开电视，荧屏上的歌手正在唱王洛宾创作的《在那遥远的地方》的歌曲。这首歌是她初中时喜欢的歌曲之一。那时听着唱着这首歌，她对爱情对未来充满了多少浪漫的憧憬和五彩缤纷的遐想，然而她所走过的人生路却是这么一段辛酸的不敢让人回眸的路。

躺在床上，她的思绪仍难定。她记起汉朝诗人蔡琰的诗句："人生几何时，怀忧终年岁。"是的，人的一生太短暂了，怎能抱着忧愁过完一辈子呢？她想，"结束这一切痛苦，开始新的生活吧！虽然已近暮年，况且要老雁孤飞，但是，这也并不可怕。古人都有'老骥伏枥，志在千里；烈士暮年，壮心不已'的凌云志，自己怎甘落后？尽快为毕生所追求的理想、事业去奋斗去苦干吧！认真想起来，以前为这样一个小人生了那么多气，流了那么多泪，失了那么多眠，把身体搞坏，真是太不值！他乐，己悲，尽做与己无利的事，太傻！让那庸俗无聊之人去过那庸俗无聊的生活，让那区区小人在床上去实现他们的人生'伟业'吧！他去乐，我去苦，人生差异就是如此之大！此生和自己差异最大的人生活了二十五年，可想，那是怎样的悲哀与痛苦！……"

家庭大战期间，无人经营这个家，大战结束后，这个家脏乱不堪，她屋里屋外地打扫着。边打扫边想："这大院的主人走了，我还留在这里干什么?!"她不由得也想离此而去。"如果我也走了，那就只剩俩孩子……"想到这里，她心里又是一阵酸楚。

离婚后，夜里她能睡一夜大觉，倍感幸福。自分居后她的睡眠就渐好。"事物都是一分为二的，"她想，"我给那女院长送去了一个壮劳力，送去一个顶用的硬件，送去每月六百元的高薪，但我绝不后悔，这些又算什么呢?"

龙孝宗拿到离婚证，自然是高兴异常。当晚就把离婚证给那女院长看了，来证实他以前说的家庭情况都是真实的。

他们刚结识时，晚上搞一夜，女院长早晨给龙孝宗打荷包蛋，拿点心吃，龙孝宗见此状，真是受宠若惊，他怎敢劳院长的驾？后来，他早晨主动到厨房去做饭打荷包蛋，冲奶粉，然后端与那院长。

只要是能给脸上增光的，就是做牛做马他也心甘情愿。以前为了让孩子学习走在前面，他给孩子端饭端菜，洗衣刷碗，样样活自己全干，真正把孩子当神敬。现在老婆是院长，更是增光和荣耀的事，就是给院长当小狗在地上爬着走他也高兴。听到院长叫他一声，他就大嘴一咧，小眼一睁，脸上堆满笑容，柔声细气地应着，比猫比狗还乖巧。在家里干活，侍候院长，那更是殷勤周到备至。院长回到家，他赶快把拖鞋放在她的脚下，然后在脸盆里对好温水端与院长洗手。做饭、端饭、洗涮，样样他全干。晚饭后，他削好苹果，沏好咖啡放在院长面前。睡觉前院长洗完脚正在擦脚时他就把洗脚水端去倒掉。星期天他打扫卫生、采购，拿出他最大的本领来将饭菜做得好吃可口一些。他还买了一本菜谱书，偷偷地钻研烹饪技术。一次，他炒的菜做的鱼得到了院长和她女儿的赞扬，她们连声说"好吃极了"！

在他那绵羊般的外表下，女院长做梦也不会想到他还会打人，在他前妻面前他曾是那般地粗暴和蛮横。

女院长感到能这样为女人俯首帖耳的男人是不多见的，也是难得的。他既勤快又温柔，身体又强壮，自己在外忙工作，回到家正需要这样一个体贴自己并能为自己干活效劳的男人。晚上睡觉龙孝宗虽然有点鼾声，有时也影响她的睡眠，但这比起他的优点来还是无足轻重的。

女院长的心地并不坏，她并不想有意去拆散一个家庭。对丽南，她往往还有一种同情和怜悯之心，她几次向龙孝宗谈到能和丽南和好就尽量和好过下去的事，她让龙孝宗向丽南转达她的这个心愿。她没有想到丽南的个性是那么强，脾气是那么犟！

女院长是很精明的，她对龙孝宗虽然很满意，但也不愿意很快就领结婚证，她要长期考验一个人。她的思想是很开放的，不领结婚证也照样让一个大男人整天出入于她的家门，她不管别人是否说东道西。

中午下班，龙孝宗照旧回到电元厂这间房里，丽南天天还得和他见面。如果不见面，以前的创伤也许会很快被疗愈，而这天天见面，往往会使她想起过去，引起她对他的愤恨。

小小的厨房，只有一个炉灶，中午，有时龙孝宗先做饭，有时丽南先

做饭。

一天中午，丽南正在做饭，龙孝宗对她说："我和你商量一件事。"她说："有话就说！"他道："范秀雅说，咱们如果没有大矛盾，感情还未断，能和好就尽量和好……"这已是龙孝宗第三次转达女院长的意愿了。他的话还未说完，丽南就说："她现在在显示她心地好，善良，在为别人着想，而岂不知她第三次和男人见面，就留个大男人在家里过夜。如果她有男人，她男人在外面和女人公开过夜，她能受得了？我一定要找她，把你的事一一告诉她，让她也了解你，你们以后也别想那么好，先罩上一层阴影再说。对你这个丧尽天良，道德败坏的大坏蛋，就是死也不会再跟你过的。你害得我一生眼泪流成河，现在对你只有深仇大恨，这仇这恨，一定要报，饶不了你的……"

丽南一直想找这个女院长谈谈，去感谢她，因为龙孝宗不是找了她，自己也就难以得到解脱。她去了院长家两次，未找见人，也就懒得再去找了。她想等他们结婚以后再说。

晚上，她在灯下翻阅自己的札记，她的眼睛停留在一首"写在卡尔·马克思逝世一百周年"的诗歌上，诗的第三部分是：

你喜欢的名字，燕妮……
马克思答女儿问

是谁说过：
事业上的名将往往是爱情上的败军？
你却对这臆造的"规律"
给予毁灭性的否定：
赢得了枢密顾问官的女儿
特利尔那位舞会皇后的心！
这是一个难解的斯芬克斯之谜
——爱，怎样越过门庭的藩篱悄然来临？
你刚向未来试探着迈出第一步呀
就有一双纤柔的手臂把你挽得紧紧！
即刻，两个人都从这世界上
发现了一个新的光源和磁极
在四季之中贯穿了一个第五季节

　　那儿只有葱茏，只有温煦

　　　　只有鸟鸣和泉音……

四十年的共同生活严酷地证明：

马克思的伴侣，意味着

饥饿的伴侣，疾病的伴侣，危险的伴侣

可它也骄傲地证明：

当死神来拆散你们那一刻

爱情，仍像初恋第一天一样清新！

于是，我理解了

真正的女性，总愿意把脸颊

埋进这样永远向目标扑去的胸襟……

　　读着诗，她的眼睛湿润了。马克思和燕妮的爱情一直被公认是世界上爱情的典范，此诗的末句点明了它的真谛。

　　"真正的女性，总愿意把脸颊埋进这样永远向目标扑去的胸襟"，她默读着这句诗想道："我怎能将脸颊埋进这胸无大志，不求上进，只知搞女人的人的胸襟呢？……"

　　离婚后的快感，时间愈长愈浓烈。刚离婚，原是两人的天地，两人进出的门槛，现在是一个人，似觉不惯，似有失落感，似有一种孤寂袭来……随着时间的推移，她不但没有了这种感觉，而是感到离了，只少了一些痛苦，少了一些眼泪，而不会少别的。她从龙孝宗身上找不出让她留恋之处，找不到半点能引起她情感的地方。现在就是她想起他搂抱着那院长，她也丝毫产生不出嫉妒心，也并不感到他们就幸福。令她遗憾的是离得太晚了！

　　婚离了，只能给那些无聊人增加一些茶余饭后的谈资和一些新鲜感罢了！她原来还想向人们去说明这一切，去揭龙孝宗的老底，但她哪里有那么多的时间和精力？！况且，也没有这样做的必要。她任人们去议论去猜测，任龙孝宗去栽赃去胡言，她步履在人们的误解、歧视和不明真相的传言之中。

　　有作家道："世上什么都有典型，唯家庭没有典型，什么都有标准，唯家庭没有标准；什么事情都有公正，唯家庭没有，唯家庭不能有公正。外人眼

中的一切都不可靠，家庭里的事只有家庭里的人知道。"

俗言道："知夫莫如妻。"丽南家里那些枝枝蔓蔓的事，龙孝宗那些难以告人的丑事，有谁能像丽南那样了解，那么清楚呢？

一场离婚大战结束了，丽南随之也苍老了许多。镜中自视，她实不忍睹这一副难以入目的模样。

离婚后，丽南把这两个孩子看做她的依托，她要和他们相依为命，她要和他们共同度日。吃饭，她自然和宇婧在一起吃。

宇婧考研后，身体虚弱，体重只有四十多公斤。丽南为她买补品，做可口的饭食，使她的身体尽早得到恢复。

考试结果是让人难以置信的——292分。300分是录取分数线。差8分，又一次落选。她原来估计这次考研是没有问题的，而谁能想到，她的政治只考了40多分，对整个成绩有不小的影响。

宇婧把这次考试看得非常重要，认为这是决定她命运的一次考试。又一次落选对她的打击尤其大，她又一次悲伤地哭泣（第一次考研落选后她是哭着从成都回来的）。她在床上躺了整整一天，不吃不喝，只是在苦苦地思索……

大学毕业后，她就着手准备再次考研，决心考上中科院。谁能想到她父亲在报上发现了涉外婚这一渠道，从此就开始在报上为她寻觅对象，又是美国的，又是台湾的，这对她的学习不能说不是一个很大的干扰和影响。尤其去年夏天台湾教授来安城和她谈情说爱一段时间，耽误了她不少时间。台湾教授走后，来信很不正常，有时很长时间不来信，使得她往往人坐在那里学习，心却难静难专。临考前，该背政治了，家里又是大战，龙孝宗不顾一切去同那女院长同居，丽南气不过而吵他，这种氛围也在影响她复课应考。另外，她认为自己是第二次考中科院，一定没问题，对此掉以轻心，考前，一直坚持上班，没有请假复习……总之，原因是多方面的。

第二天中午，龙孝宗开门进来，丽南在她的小屋大声说："你过来。"他推开小屋门进去，丽南说："宇婧没考上！"然后说："孩子临考的关键时刻，你在外寻欢作乐，家里吵吵闹闹，她没考上，你是罪魁祸首……"他问了具体考分后，没有吭声，就到厨房下他的青菜汤面条去了。

听到宇婧考研落选，龙孝宗心里虽然也不是滋味，但他并不是太难受，他对宇婧的涉外婚还抱着一线希望。

丽南给宇航写信告诉宇婧的考研成绩，不久就收到回信，信上宇航写了他的考研成绩：297分，其中英语40，政治50。考研仍以失败告终。读着儿子的信，她又是满眼泪。中午宇婧回来，读了信，也是泪。姐弟俩考研双双失利，他们娘仨处在深深的痛苦之中。宇航在信中总结了他们失败的原因：

亲爱的妈妈：

收到信以后，知道姐姐考研失利，我感到吃惊，心里也特别难受，这也是我极不愿接受的。

……

上学期我几乎花了一半以上的精力用在英语上，但仍然只考了这么点分。这次几乎是投入全部身心于一搏的尝试，然而仍是失利。想想我和姐姐走的路是何等相同，我和她所承担的苦痛又是多么巨大，多么令我们难以忍受。妈，不是我怪您，您得要想想，我和我姐所受的教育，您和父亲都有责任，不仅仅是父亲的。请您能从成年人的眼光看看，想想，我和姐姐身上的担子是否太重了，这些担子有些是无形的。我们大家是应该看看庄子的书了，"无为以静生"，无为不好吗？不要一而再再而三地加码，提出目标，请让我和姐姐自由发展。总之，不知是因为家庭还是我自己，我总觉得肩上担子太重，尤其是现在。

妈，我清楚，您有一颗高贵而骄傲的心，但命运将您置于现在的位置，而您若能知足常乐，能以"无为"来处世，我想日子将会是幸福而开心的。妈，儿子也知道，您能将我拉扯大，费尽了心血，您希望儿子将来能成就一番事业，而儿子也的确很希望自己能活得有头有脸，能让母亲过上舒心、自在的生活，而不是整日为了生活去奔命，去苟延残喘，去看别人脸色，但是您应该想到，我也是常人。自进大学，我便拼命去干，定了一个个目标，并力争去实现，而结果一一失败，乃至最后这一次，我几乎尽了全力，但依然如此。我的这颗年轻的心，已经没有了刚进大学时的那种激情，我感到很累，很伤心，我的信心在被一点一点地挫掉。妈，真的，儿子是对不起您，儿子至今也没有拿出什么像样的东西去报答您，去为您争

光。今后的路，我没有任何打算，我不想再有什么明确的目标，但责任心又不允许我停止。

妈，儿子真希望您能想想知足常乐，想想无为，难道您不觉得您这一辈子很累吗？现在既然与我父亲已没有了法律关系，您又何必再去骂他。的确，我姐的失利与我父亲有直接关系，但现在您去说他，又有什么用？婚都离了，接受这个现实吧！妈，请您理智点，听儿子的话。现在儿子不在您身边，一方面希您能保养好自己的身体，另一方面，您现在应用心去爱您的女儿，她的确很可怜，请您想想，女儿已经二十五岁了，一个姑娘的青春还有几年？她若愿再考，则应支持她，若不愿考，母亲则应尽力帮助她享受一下生活，穿好一点，多出去玩玩，谈谈朋友。您应该让她自己做主，千万不要将你们的思想加于她上……

妈，您对我们好，我们理解，但我们一时难以回报，您能原谅吗？

望母亲能考虑我所说的话。

祝

健康、舒心

不孝子　航

94.3.16

宇婧考研失利在丽南心灵上掀起的波澜刚刚平静了一些，现在又是宇航考研的失利，这使她又一次陷入悲伤之中。她几次提笔想给宇航写信抚慰他，但一拿起他的信，不免又是泪，以致使她无法提笔。宇航这封长信，不管观点正确也罢，不正确也罢，不管是怪罪也罢，埋怨也罢，还是误解也罢，这终归是他真实感情和想法的流露。在失败面前，在痛苦之中，他怎么宣泄也不过分。宣泄出来，他心里总能好受一些。

宇航自小性子执拗，个性强，考入浙大这所尖子生云集的学校，他的功底远不如那些尖子生，身体也显得单薄而没有别人那么精力充沛，而他却要尽快赶上甚至超过那些尖子生，这的确是不易的。丽南曾多次写信让他不要急于求成，要看到自己的基础和身体状况，要量力而行，这些，他并没有听进去。这次为了考上研究生，以证实自己的能力，他用尽了全力在拼在搏，每天起早贪黑到图书楼去学习，以致宿舍的同学两头都见不到他的面，而最后仍然是未中。至此，他消沉，他悲观，他把他和宇婧的失败全归为家庭教育的失败。对此，丽南当然不能不反思。他认为他们出生在这样一个病态的家庭中，他们的心理往往也是病态的。

丽南清楚地知道，现今社会，与她在那个时代所受的教育，与她所信奉和推崇的——人活一世，要给这个世界留下一点什么，要创造，要奉献等那一套不太相同了，她并不想也不愿把自己的世界观强加给孩子。她只希望孩子能学有一技之长，步入社会后能胜任工作，能自立，甚至也能潇洒地生活。不过宇航要她"无为以静生"，她是难以接受的。她羡慕那些无为静生的芸芸众生，他们悠闲，他们自在，他们无忧无虑地打发时日，但她没有这个福分，她不能这样做。她本来就是一个理想主义者，现在要让她放弃理想，要让她从俗，让她庸庸碌碌无所作为的生活，那是绝对不行的。她认为，一个人生命的存在，如果不与人类社会的繁荣进步相联系，那么即使他享尽荣华富贵，也仍像无意识的草木一样，虽有春华秋实，但终究自生自灭，是没有任何意义和价值的。她要坚持走自己的路，不受行时观点的牵制，不被时尚所迷惑。她知道她活得很累，她舍不得时间去悠闲，但她甘心情愿这样去累。

宇航信中多次提到要回报母恩的问题，丽南在回信中写道：这话现在还不该说。你还未自立，还在求学，即便工作了，三年五年也还是穷的，也还需要家庭的资助。母亲有工作，有工资，不像旧社会的家庭妇女，得靠男人，没了男人，得靠儿女。以后不要再说这话了，而且这也更不应该成为你们肩上的担子……

收到丽南的信后，宇航在来信中写道：

母亲的意思，儿子很理解，不过就我自己来说，的确觉得学生时期自己走的路太苦。苦苦求索，而无丝毫之物以回报我的努力，更谈不上母亲的期望了。这次考研可以说做到了尽吾力，尽吾志，但还是没能如愿，而且还考得这么差，这使我很难受。母亲在我中学时，乃至小学起，便为了我能进好学校，不知跑了多少路，求了多少人，甚至为了我，甘愿调入红岭一中，而我在中学时期没取得什么成绩，大学阶段依旧成绩平平，以至于这最后的努力也被击得粉碎。我难以想象我今后步入社会，走上工作岗位，会有什么建树。倘若流入庸碌之辈，遭人冷眼，母亲看到我这样，又会多么痛苦！夫妻生活是一场磨难，而辛辛苦苦抓养大的子女又是如此无能，这对您又是多么

残酷！我不想写下去了！我承认我现在的信心不足，对前途也没有激情。命运对我不公平。不过这件事想让我一蹶不振，倒也办不到，我心中的信念还在，虽然这信念可能使我继续苦下去，但非遇到莫大的灾难，我是不会改变的。我现在除搞搞毕业设计的事外，主要是看一些历史方面的书，我想，看看这些书对我是有好处的。

妈，我现在也真不知道该给您写什么，不过，儿子总希望您现在能尽力吃好一点，能去买几件像样的衣服打扮一下，头发也应去做一做，收拾一下。可能您现在觉得这没意思，但当您做了头发，穿上合体的新衣后，您会感到生活很美好。看看镜子中的自己，您会很开心的。不要有太多的顾虑。既然您不需要儿子的回报，那么您就应该让儿子看看您用自己的双手把自己的生活装饰布置得充满活力和生机一些。倘若您整日吃不好，穿不好，精神抑郁，您又怎能让远方的儿子放心呢？人不分老少，都有打扮的权利，妈，儿子希望你能这样去做，这花不了几个钱，但会使您的精神好起来。去试一试，儿子求您。

……

信中有些话不能不催人泪下，她深深感到宇航是个孝子，他时时不忘母恩，刻刻不忘回报，他的心和母亲的心贴得很紧，同时他也是一个很好强有志气的青年，她为有这样的儿子感到高兴，感到欣慰。

不过，从宇航上一封信后，她就决心不再去过问，更不去管他们的学习了。他们已经成人，他们都有自己的鉴别能力，让他们走自己的路吧！

宇婧考研落选后，情绪很不好，晚上经常在丽南的房间里一坐就是几个小时，谈她的婚姻，谈她的工作，谈她的未来，丽南把其他工作放在一边陪着她，给她宽心。

宇婧所在的工厂现在纪律很严，不能迟到早退，一天八小时要老老实实待在厂里。家里一天三顿饭全是丽南做。有宇婧在，做饭就不能像她一个人那样简单、随便，她再累，也要炒上两个像样的菜。

没有离婚的时候，她采买回来后，龙孝宗帮着做，她还不感到太累。离婚后，这一天三顿饭首先够她忙累的。厨房特别小，洗、切、做全都需站着干。她的腿不好，站完讲台，上完课，回来再站炉台，往往感到支撑不下来。她动了动脑筋，把厨房重新布局了一下，挪腾了一下，目的是做饭切菜不要再姓"站"，能坐下干。经她调整以后，做饭可适当坐着，比原先要好一些。

宇婧大学毕业后不久，她父给她寻了涉外婚这条道，从此，她父对她更加俯首帖耳，甘愿侍候她，给她做饭、端饭、洗涮，真可谓是呼之则来，挥之则去。离婚后，龙孝宗不再给宇婧干这些事，丽南就全力以赴为她服务，为她们这个家忙碌。

但是，丽南发现宇婧对她的一片苦心并不理解，在一些问题上似乎还处在幼稚状态，显得很不懂事。

刚刚离婚，丽南心理难以平衡，心情难以平静，她又不能给外人去述说家里的这些事，因此，和宇婧在一起，有时她不由自主地吐吐自己的苦水，说说家里的这些事。而宇婧往往对此很不耐烦，有时没好气地说："你不要说他，我不爱听。"她的话顶得丽南心里更加难受。

离婚，是家庭大事。父母离异了，这在她的心上连半点波澜也没有掀起，似乎家里什么事也没有发生。母亲遭此境遇，她连半点同情都没有，更谈不上关心。对此，她真是难以理解。她只好沉默，忍耐，一个人慢慢去吞咽这痛苦。

考研落选不久，宇婧晚上就经常外出。她出去时给丽南不直说，而是借去取牛奶或买烧饼之机一去就是几个小时。起先丽南想着她取牛奶或买烧饼一会儿就回来了，她还在等她，而往往左等右等不见她回来。有时她困得不行，睡着了，宇婧是什么时候回来的她也就不得而知。她对宇婧说："晚上你要出去，就说一声，我也就不等你了。"后来，宇婧常常说去同学家，晚上到很晚才回。中午，她做好饭，也左等右等不见宇婧回来。她是个爱操心爱担心的人。宇婧该回来了，而还不见她回来，她就担心路上是否出事了。宇婧上下班要路过一个大十字路口，那里经常发生车祸，龙孝宗那年走路过马路在那里都被车撞倒。宇婧骑车技术也不高，她下班回来晚，丽南吃着饭，都在为她担着心。她回来了，丽南往往不由自主地问："怎么才回？"她只是出于关心地问一下，并没有其他意思，而宇婧却认为丽南怀疑她了，她往往不耐烦地说："我有事嘛！"丽南看她这样，以后做好饭不见她回，也就不等了，宇婧回来，她也就不问了。

一个周日，宇婧早晨7时多外出，说是上街购物，到晚上7时还未回，她的心又被挂了起来：大街上车水马龙，她会不会出事；出去一天，饿不饿？渴不渴？……近8时，宇婧回来了，她的心这才放下。她不由得关切地问："怎么这么晚才回？妈一直在为你担着心，怕路上出事。"然后说："饿了吧，

我去给你热饭。"她一边说着一边端着饭去热。而宇婧却没有一丝笑容。饭热好，端来，她吃着饭，却不和丽南说一句话。

宇婧考完研后，晚上和周日常常出去，不出去的时候，要么呆坐在镜前照镜子，要么练习着化化妆，要么就抱头睡大觉。她已经近三个月时间没有摸过书本。丽南自宇航考研落选写来那封批评家教失败的信后，就决心不再在他们面前提说学习的事。现在宇婧不学习，她也不想管。

一天中午吃饭时，宇婧坐在丽南的对面，她夹一口菜照一下镜子。从这频繁的照镜中，丽南可看出她精神世界的空虚，她不由自主地说："长得已经是那样，再照还是那样，应该用知识去充实自己，弥补天生的不足。"宇婧听了，当时并没有说什么，只是不再那么频繁地照了。但是，丽南万万没有想到，就是这一句话，却成了宇婧向宇航告她的一大罪状，成了她嫉恨她母亲的重要方面。

考研落选后，宇婧先给宇航写了一封信，主要是述说他们父亲的不是。信中写道："至于你信中提到的咱们所受的家教问题，我和你深有同感。咱俩相比，我受害的程度也许比你更深。因为我受他们的约束限制比你多得多。咱们所受的教育简直是对咱们成长的扭曲。父亲自己对生活不热爱，对未来没有追求，对任何事情都不感兴趣，自己不学无术，只是一味地要求子女拼命地从时间的消耗上来达到学习好的目的。他们造就咱们的心比别人高，而在学习上却不得法，结果败多胜少。父亲从不在学习方法上帮咱们找原因，只是一味地毫无依据，全凭主观或他人的经验（他本人并无主见）来训斥咱们，他并不了解咱们的水平到底怎样，而不断地给咱们加码。每训一次，咱俩也不知道自己到底如何，而只能以更多的时间耗在应战上，依次恶性循环，弄成了那种好高骛远的恶习，这样能不累吗？从小学直到大学毕业，咱们什么时候学习时感到心里轻松过？学习本来是种享受，但如果带有一种你永远达不到的目的感去学，那结果只能是可悲的，这样，在咱们还是少年时代，幼小的心灵就有了很深的挫折体会，因而咱们到今天这一步也没有什么奇怪的。我就不相信别人能比咱们聪明多少。如果当初，他们多给咱们一点空间，多给咱们一点自由发展的余地，然后以适当的目的引导，或许结果不会像今天这么糟。他们希望咱们能学好，可是他们自己却不学无术，不懂得儿童心理，不懂得儿童思维的培养，却硬要瞎管，这样能好吗？……从小到大，面对支离破碎、战争不断的家，咱们能得到多少温暖？……"

　　这封信发出去不久，宇婧又给宇航写了一封信，这封信是专门述说他们母亲的不是的。信的内容如下：

亲爱的弟弟：

　　4月初的信，我今天收到了。今天正好是我们的星期六，晚上没事干，心里也闷得很，就把一直藏在心里想说的话给你写写。

　　现在我越来越有种感觉，那就是天底下很少有像咱们这么相知相通的亲姐弟了。除了咱俩以外，我几乎找不到其他任何人能像咱俩这么了解的，所以，我想咱们有什么就可以随便地说出来。写信，也不必太注重格式和措词，这样更有利于内心的表白。

　　弟，我跟你说，我现在也知道我该走哪条路，该怎么走，但同你一样，我也一直没有找到奋斗的真正动力，以至于现在特别消沉。眼看着时间一天天地过去，青春一天天地消逝，而我却一点作为也没有，连一丝与命运抗争的力气都没有，我心里该多难受！我也知道原因出于何处：一方面考研失利，但更重要的一点，就是始终缠绕着我的致命的自卑感——丑陋——这是我无法消除的。更可憎的是，每当我试图通过一些方法来消除自身的障碍时，她——咱妈，总是给我泼冷水，这样，本来可以融化的心，经她一"暖"，又更加坚硬。我觉得她对我简直是太残忍了（她并没有意识到）。她并没有意识到她在一点一点地剥夺我对生活对美的追求的权利。你说天底下哪有比这更残忍的：因为容貌丑，所以我爱照镜子，希望在镜子中能找到点自信，于是她说：长得就是那样了，再照还是那样，应该把劲用在学习上，用知识来弥补这方面的不足……她越是这样说我，我就越不想学习。别人学习是为了生活得更好，而咱们的命就那么贱，仅仅是因为爸妈给咱们一张丑陋的面孔，就要背负着一副枷锁，去苦斗，从而来弥补先天的不足，这公平吗？这谁又能接受？难道咱们就永远这样苦下去而没有尽头……

　　我毕竟还是人，是人，婚姻问题迟早都是要解决的。而她，（这两年还罢了），以前总是说让我献身于事业，总是让我学习，学习……她太残忍了！她不值得别人怜悯，她到这一步也完全是她的原因。生活在这个家里简直等于慢性自杀，我只觉得她在一点一点地

夺走我生活的信心——这无异于夺走我的生命。

弟弟,你一个人在北京,虽然在外流浪,也比我现在在家的境遇好得多。

不说这些无聊的话了,我只是在发发牢骚而已。关于未来、前途等问题,我也想了很多,过几天心情好了,再给你去信。

姐 94.4.11.草

一天,丽南拉开宇婧的抽屉找东西,她发现了宇航给宇婧的回信,那是宇航收到宇婧这两封信后回的。从信中,她知道宇婧在告她。宇航在信中写道:"姐,反正事情已经发生了,你没有必要在这上花太大的精力。你既然知道自己无法在这个家生活下去,那你就最好能收心,咬牙去学习,选一个合适的学校,争取考出去……"

丽南真是想不到,一片爱心对她,结果得不到半点理解和尊重,而适得其反。大人一百次无微不至地关怀,而一句说教,一次劝导就不满,就仇恨。这个家为什么就无半点亲情?!儿女为什么也这么特殊?!母女之间,按理说是应该无话不说,无事不谈的,而她们这骨肉亲情,竟是如此离心离德!宇婧晚上出去,丽南没有说过她,更没有阻拦过她,而她出去却要给丽南撒谎,要找借口。吃饭时常常不按时回,让母亲为她的安全担着心,回来后关心地问一句,也成了罪过,嫌怀疑她,管了她了。夹一口菜照一次镜子,几个月不摸书本,母亲说一句真心话,劝导话,却成了天大的罪过……这一切究竟是为什么?她不理解,她的心又在受伤!

"五一"节的前一天,丽南采购了菜、肉回来,准备过节。中午,她炒好菜做好饭等宇婧回来吃,但仍迟迟不见她回。她回来后,丽南不免问了一句:"怎回这晚?"她生气地说:"买馍呢么!"吃完饭,她捽门走了。

听着女儿说话的那种声调,看着她那不孝的表情和举动,她痛苦地想:"二十五岁的人了,仍在给侍候着,一天三餐给做上,饭后是一通洗涮,这些就都认了。晚上常常往单身宿舍跑,就任她了,而这吃饭时间总是不按时,就太难为人了!尤其是中午,等于两家一个炉灶。急急忙忙做好饭,却不见人回来,饭凉了,又得去热,人一天到底有多少精力和时间呢?回来问一句,竟生气,脸不是脸,鼻子不是鼻子。如果是稍微懂事一点的孩子,在母亲遭此境遇时是绝不会去惹大人生气的,而她……"

　　"五一"节的几天假日，宇婧不理睬丽南，丽南想主动和她谈谈，但看到她那一副生冷的面孔，只好作罢。

　　一天晚上吃晚饭时，丽南把事情揭开，让宇婧凭良心说，母亲到底爱她还是不爱她？对她到底好还是不好？她先是不回答，后来就一口咬定丽南怀疑她在外面有男的。她说："那天我上街，给你说了我去买东西，回来你还要问。'五一'前中午你问了那句话，我三天没理你是冰冻三尺非一日之寒……"丽南说："你总认为我怀疑你，回来晚母亲为你路上的安全担心，问一句你就生气，现在退一步讲，就是怀疑你了，又有什么错？又有什么罪？做母亲的难道愿意自己的女儿一辈子不嫁人，拴在自己的裤带上，关在闺房里？我还不是那老封建脑瓜吧！……"丽南苦口婆心地给她讲理，但宇婧非说丽南管了她了。在丽南心中，自他们考研落选宇航那封信后，她就下决心不再管他们，现在何谈"管"？

　　这一晚，丽南和宇婧讲理，宇婧还非常厉害，丽南说一句，她顶一句。丽南说："每顿饭为了让你吃得好一点，做饭时都得下点工夫，最少炒两个菜。"宇婧却说："那是你嘴馋，你爱吃，还说是为我……"

　　好伤人心的话啊！大人事事想着他们，处处为着他们，得到的理解却是这样，她的心怎能不伤透？还有什么理可和她讲的呢？

　　离婚后，丽南把所有的爱心都给了他们，想着和他们相依为命，好好度日，然而谁能想到好好的日子却无端地起了这些风波，生出这些让人意想不到的事来。对他们一片深情，无微不至地关心、操劳，到头来好心却当坏心，几句关心的问话，却引起如此大的歪解，这哪里是亲骨肉应该有的误解呢？她感到痛心、伤感，有苦难言。她又一次陷入极度的痛苦之中。她反省自己，有没有对不起宇婧的地方，而她找遍自己的整个心胸，也找不出一丝对不住她的地方。

　　宇婧在工厂里，追求她的男友也不少。考研落选后她和一男友在谈着。一天晚上，她给丽南说："台湾那边如果不行，考研再不行，我总得考虑条后路吧！"是的，她在给她考虑后路，要找一个对象，这是很正常的事，而让丽南不解的是，做女儿的为什么在这件事上对母亲要这么保密，甚至要如此小题大做……

　　对于宇婧的这种做法和态度，她不能不得出这样的结论：宇婧是她父亲惯出来的，她父亲把她惯坏了，而这后遗症现在得她来承受。她父亲拍屁股

走了，他惯下的子女仍在气人。

宇婧考研落选，写信告诉台湾教授余益宗，有二十多天未见对方回音。她想："他一定在小瞧我，看不上我了，我们的事情将要告吹了！"过了些天，余益宗来了信，信上只字未提她考研之事，只是一味让她抓紧时间报考托福和GRE，并先后寄来八十美元作为她考托福的费用。

宇婧晃荡了几个月没有摸书本，现在在台湾教授的这一墩促下她开始拿起了书本在看英语，并且花几百元买了一台录音机，放英语磁带学英语。宇婧给她父也说了这件事，让她父亲给她联系托福补习班的事情。

过了个把月，余益宗来信说，他和宇婧的关系已基本确定，他要娶她为妻，并说宇婧跟了他，将来前景就不同一般。读了信，宇婧当然很高兴。她对这台湾教授原来就产生了感情。余益宗个子虽然不高，年龄也稍大了一些，但是她觉得他还是有男人的魅力，有学者的风度的。经济上当然就更不用说了，他在台湾拿着教授的一份固定工资，业余和别人还合作搞着一些项目，在外面还代着课，有额外收入。她认为他很能干。丽南和龙孝宗当然也很高兴，他们认为女儿的这桩婚事如果能成功，就有到国外去的可能。

6月初，余益宗来信说他7月中旬来安城，8月底去美国。这次来安城就和宇婧办结婚手续，并带宇婧去美国。宇婧读信后高兴地跳了起来。这天下午丽南给学生监完考，沿路又买了些菜、水果等，回家已7时。她一进家门，宇婧当即就告诉了她这个消息。她俩都还没有吃饭，肚子都饿了，但却顾不上做饭，一边嚼着饼干，宇婧一边给丽南读着信。晚饭后她俩静静地躺在床上在谈着这件事。不过丽南的心情并不十分激动，她只有淡淡的一丝高兴。自宇婧和她闹矛盾后，她对她的事心已冷，宇婧去不去美国对她似乎关系并不大，她不像以前那么热衷那么关心这件事了。

过了几天，余益宗给宇婧打来电话，对他赴美的时间进行了更改，说7月份他只身去美国，8月份来安城。并且说他和前妻离婚手续还未办妥，询问大陆办手续的一些情况。宇婧说他骗了她。看来事情并不是想象的那么美好。

宇婧在集中精力学习英语，并花六百多元在外语学院托福补习班报了名，每天晚上到外院去上课补习，准备8月份考托福。

为了挤时间学习，宇婧中午不回家。他们厂里伙食不好且贵，她每天从家里带菜到厂里去，锅炉房里可以热饭。下午下班后她随便吃一口就匆匆骑车到外院去上课，晚上 11 点才能到家。为了她复习好课考好试，丽南又在操劳着。早晨 5 点多她就起床，给宇婧炒要带的中午菜，然后做早饭。吃完饭就急匆匆骑车去上班。

中午有龙孝宗在，她往往睡不好。他的鼾声仍使她难以入睡。晚上她要等宇婧 11 时回来，给她热好饭才能去休息。早晨起得早，晚上睡得晚，中午又休息不好，她感到睡眠严重不足。晚上宇婧有时还没有回来，她就已经很困了，但等宇婧回来，操持完，瞌睡却被打了过去，又很难入睡。她每天都处在疲劳战中，但再苦再累，这几个月她也要为宇婧服好务。

余益宗是个让人难以捉摸的人。有时一封接一封来信，有时又很长时间一封信都不来。宇婧复习功课考托福这一阶段，他又是好长时间没来信，宇婧为此心神又有些不安起来。丽南让她学习时注意力集中，不要分心、走神。考研未中与余益宗有着直接关系，因他而受到影响，现在考托福再不能这样了。

丽南离婚后，她的姐姐姐夫曾多次劝丽南再找一个，或者他们给介绍对象，但丽南每次都婉言谢绝了。宇婧 8 月份考托福，11 月份考 GRE，明年元月份再次考研，这些考试都得她做后盾，当后勤兵。她的事业都无暇顾及，哪来的时间去谈对象?! 她年复一年地侍候他们考试，她不知他们的考试要到何时止！

离婚后，丽南没有将自己离婚的事告诉给北京的姨母，她怕影响老人安详平静的生活，再则，她觉得也没有告诉老人的必要。另外，她不想让她的表哥杜勃伦知道她的这件事。

丽南的大哥在丽南离婚后不久却将这件事写信告诉给了姨母。宇航分到北京工作，去看望他姨姥时他姨姥曾问起过此事，后来，丽南才知道姨母已经知道她离婚的事了。

杜勃伦和丽南结束了那段如火如荼的热恋，他们各自成家之后，相互之间就再没有联系。丽南在战争连绵的家庭生活中，在繁忙的教学工作中，在抚育孩子的劳碌中，度着她的人生，走着艰难的人生路。她总认为勃伦的家庭生活一定是幸福美满的，认为他一定会把她忘却，因而她除了在非常痛苦的时候，会想起和勃伦那火热的爱情外，在平时的生活中，她不再想起他。

杜勃伦和李烨结婚后，他们的家庭生活并不像丽南想象的那样幸福。勃

伦并不爱李烨。这其中一个是长相的缘故，而更重要的是他们的志向情趣爱好等诸多方面不甚相投。结婚前，李烨看到勃伦各方面条件都不错，就对他穷追不舍。而勃伦对于她，正如他给丽南的信中所述："我和她感情发展每进一步，就愈感到我不爱她，而真正爱的是你。"尽管这样，但在社教运动那单调寂寥的日子里，在"文革"那自由无压力的生活中，在丽南家被抄的遭难之际，李烨频繁地和勃伦接触，在那特定的时期特定的环境中，勃伦不接受她的追求和爱情似乎也不由他了。他们就那样地结合了。婚后，勃伦对她没有那浓烈炽热的爱，他们的家庭仅仅也是凑合而已。俗言道"强扭的瓜不甜。"一方拼命地追求另一方，而不是双方共同撞击出爱的火花，那怎么能甜美呢？

在以后的日子里，杜勃伦并没有忘记丽南，随着时间的推移，他反而更加思念丽南。他后悔当初没有和丽南成婚，他想："和丽南虽然是近亲关系，但是结合后哪怕不要后代，只要意趣相投，相亲相爱就行。"对丽南，他还一直抱有一种深深的负疚感。他感到，是他，曾经伤害了他所爱的人，在她那真诚热烈的感情上浇了一桶冷水，给她带来了一些不小的痛苦。他感到他当时太注重政治了，当丽南家庭遭难时，他轻易地抛弃了他们之间那真挚的像火焰般燃烧的爱情。结婚以后，他曾多次提笔想给丽南写信，表达自己的心愿，表示自己的歉疚，但都没有勇气，没有胆量。

当勃伦从丽南大哥给他母亲的信中得知她离婚的事后，他就更迫切地想和丽南取得联系。他们虽然都已年过半百，而且勃伦已是某单位的总经理，但是他还想着能和丽南恢复原来的旧情。他给丽南姐姐打电话索要丽南的电话号码，并借故让丽南给他的女儿搞一些高考复习资料，想和丽南进行联系。

姐姐把这些告诉给丽南，丽南对此并没有予以重视。她总认为勃伦有一个温暖的家，他们过着幸福的生活，勃伦和她的情早已断，不会再有别的想法。她虽然离了婚，但整天为宇婧操劳着，忙忙碌碌，无暇顾及别的。勃伦向她索要电话号码，她也没有向别的方面想，只是觉得有些尴尬，因为她家里还没有安装电话，学校里只有两部电话，一部在传达室，一部在校长办公室。传达室的老头年龄已大，一般电话是不给传的。现在勃伦要用电话和她取得联系，她觉得还是有一定困难的，因此她让姐姐将此状况如实转告给勃伦。

至于给勃伦女儿寄复习资料的事，起初她觉得有点奇怪，因为这里的高考复习资料大部分是来自北京一些区和校的，勃伦的女儿身在北京，为什么还要这边给她寄资料呢？对于这其中勃伦的意图她一点也没有体察到。这中间她虽然觉得有点奇怪，但别人有求，她不能不办。她搜集了一些复习资料给北京寄去了，寄的地址是姨母家。信上她还强调这里的资料大部分都是北京的云云。

勃伦从丽南的这些话中知道丽南对他的一番苦心是一点也不理解，他知道丽南现在对他并没有这方面的情意，为此他很惋惜，也很伤心。这些丽南不解的问题直到宇航回来探亲，提到他姨姥曾问起过他父母离异的事时，她才恍然大悟。她感到自己在这个问题上显得太麻木，太不敏感了，自己一天只知道忙这日子，对其他一切事都欠考虑。勃伦积极想要和自己取得联系，而自己的那些做法等于在回避他，在拒绝他！电话联系也不是绝对办不到的，只要自己给传达室老头叮咛一下，还是可以联系的，但自己一点也没有意识到，一点努力也没有，这让勃伦多伤心啊！

一位名人说过这样一句话："人，要是第一次爱上一个人，尽管命运未能使二人结合，但这个人的影子却会一直伴随他或她的一生。"是的，初恋在每一个人的心中是难以忘怀的，因为初恋是第一次心动的感觉，它自始至终会遗留在一个人记忆的长河中。

对于勃伦和丽南这一对初恋的情人，他们何尝不是这样！

转眼间，几十年的时光已飞驰而过。在几十年的人生路上，丽南在家庭的痛苦中挣扎着，勃伦在和他不爱的人凑合地过着那平淡而无味的生活。唉，有情人为什么是这样难成眷属？不过丽南有时想：真正的爱情，倘若拥有是一种奢侈的话，那么能有过也就不错了。一个人只要爱过也被人爱过，就够了！她往往感到怀念有时比得到更温馨。

暑假已经开始。假期里丽南的事仍很多：儿子要回来，台湾教授余益宗要来，学校要补课，宇婧要考托福……诸多事缠身，她一点也清静不下来。

宇航将大学四年不用的乱七八糟的东西放在两个大纸箱里寄了回来。房间本来就小，这两个大纸箱占了房间里仅有的一点空间。起假的第一天，丽南就着手打扫卫生，整理宇航大纸箱里的东西，找地方把它们放起来。床下宇婧的鞋一双又一双，包括冬天的在内，穿完后连土带泥放在那里，丽南把它们拿出来擦洗上油然后装在盒子里。宇婧不爱干净，不讲卫生以及爱撒谎

的习性极像其父亲。

宇航把他这些年收到的信件包了一大包放在纸箱内一并寄了回来。宇婧把她考研落选后给宇航写的状告父母的两封信找出来拿走了。她上班时把这两封信遗忘在她的桌上。丽南擦桌子时发现了这两封信，打开一看，一封是说她爸不是的，一封是状告她的。初读这两封信时，她还真有点生气。她想："考研落选，她不是多多从自身检查，而是对父母各打五十大板。状告我的信中论据无非就是两条：说了一次她照镜子，再就是让她学习，为事业奋斗。母亲一心为了她好，而她心里又是如何看待母亲？母亲一百分的好心苦心，也难得到一分理解，更谈不上感谢！有缺点，说一句两句，就记仇，就怨恨。二十五岁了，她父亲已经不管她了，值楼班时都不给她做顿饭，可我还得像老妈子一样侍候着，而得到的是'不值得怜悯'的结论。太伤人心，太不懂事，太少教了！俗言道：'子不孝，父之过。'她父亲那种人能教出什么好样的子女！我教，他惯，最后儿女就是这样……"她虽然这样想，但现在这一切都引不起她生气了，她不能和他们一般见识。不过，有时她真不想再为这样的儿女尽心了，但她又不忍心这样做。

宇航放假后到同学家去玩了几天，于7月中旬回到家中。他进家门后，丽南问了问他路上的情况，随后就进厨房给他做饭去了。吃了饭，他们三人围坐在一起聊了一会儿。宇航说晚上有两位同学要来家里住。听到他同学要来住，丽南心里不免有点慌乱。因为大房一直是宇婧和她父亲住，脏乱不堪。春节前后家里处于大战阶段，哪有心思打扫卫生？房里到处是尘土、蛛网。龙孝宗每天上班那边走一段路，下班这边走一段路，裤腿上的大土从来不扫就往床上一躺，那床上的土有多厚就可想而知了。他根本不会去打扫卫生，宇婧平时也不打扫。天气已经热了，床上凉席还未铺……现在要来客人，不管怎样，家里面面上也要能看得过去，不能太不像样。她下午还要到学校参加高三年级教师会，是关于假期补课的事，她是班主任，就更不能缺席。打扫、整理房间只有上午这一点时间，她心里很着急。她一边洗碗一边对宇婧说："晚上你弟的同学要来家里住，大屋太脏太乱，得打扫一下。一会儿你把大屋床上你的东西整理一下，我得晒一下大床上的褥子，还要扫床单、擦凉席……"宇婧听了她的话，马上脸一沉，头一歪，眼一瞪，屁股一扭，生气地走了。丽南不知她为什么要生气，为什么是这么一副模样，她没有说什么，就干她的事去了。

当丽南到大屋准备晾晒大褥时，看到宇婧只把她盖的被子叠了，而床上、椅子上放的两大堆她的衣物一点也没动。她坐在床边开始给宇婧整理椅子上的衣物。整了一会儿她实在有点整不下去了，衣物中有洗过的，有没洗过的，有乳罩、裤头、月经带、袜子等。她不知道应该如何给她整理，加之别的事还很多，她心里着急，因而就叫宇婧自己去整理。宇婧这时在小屋和她弟在说话，听丽南叫她，就不耐烦地说："我弟刚回来，我们说会话，你都不让，啥时候整理不行？"丽南说："下午我要到校开会，就上午这点时间，要晒褥子，要扫床单，要铺凉席，你床上堆这么多东西让我怎么干？"宇婧很生气地和丽南吵，宇航早就听信她姐信上说的那一套，在一旁帮着她姐说话："妈，你不要管那么多好不好？我刚回来，和我姐说会话，你就让她干活……"丽南说："你同学晚上要来住，家里总不能……"她一句话还未说完，这两个孩子就你一句我一句地指责她让宇婧干活了，阻挠他们说话了，并加油加醋把她说得一无是处。

孩子们和她吵，她只能感到莫名其妙，不可理解。时间紧，事情多，让干一点活就嫌管她了，说她了，她不知道宇婧现在为什么会变成这样！以前她并不是这样。小时候，乃至中学时期，宇航对大人说话经常是横眉竖眼，不像样子，惹大人生气，丽南常常对他说："看你姐多懂事，不和大人顶嘴，不惹事，就你淘气……"自从丽南和她父亲离异后，她发现宇婧变得乖戾起来。一家亲人，往往因为一句两句不痛不痒的话，甚至是好话，她也要和你生气，和你作对吵架，或者几天不理睬你。

丽南在厨房干着活，洗着衣物，脑中始终离不开这些问题，她百思不得其解。她对宇婧多次和她吵，写信说她太残忍，仍是莫名其妙。她想："她父亲走了，过幸福生活去了，家务活现在全落在我一人身上，我这被她父亲害得满身是病的身子现在累死累活地侍候着其父惯出来的两个孩子。以前他父亲让孩子们整天坐在那里学习，希望他们出国为他脸上贴金增光的事，现在他们一股脑地全都归罪在我身上，似乎是我逼他们学习了。他们考研失利的牢骚、怨气也都往我一人身上撒。总之，龙孝宗造成的一切恶果现在都得我一人承担。离婚前龙孝宗曾骂我是教书匠，现在他找了个官太太，在孩子们眼中，我这个教书匠的亲娘相形之下地位就显得低微，他们歧视你，小看你，还这么气势汹汹地来气你！父母离异，他们不但不知抚慰大人的创伤，而且还火上加油地怪罪、埋怨……"她愈想心里愈难受，不由得趴在脸盆边上哭

泣起来……

尽管这样，下午在校开完会，回家的路上，她照例得采买一番。自行车头上挂满了菜、肉、果，好来招待宇航的同学。

正是盛夏酷暑，每天都是39℃的高温。宇航的同学在家里住了几天。丽南上完课就匆匆回家，路上照旧需采买。她像蚂蚁搬食一样把大西瓜、大蜜桃、大李子、大西红柿等果蔬汗流浃背地运回家，让他们吃着，自己到厨房去做饭。厨房里炉子一开，火烧火燎的，她大汗淋漓地围着锅台转。站讲台累了还可以在讲台边靠一会或两手撑在讲桌上，而站炉台却没地方靠。她站着切菜炒菜时两腿都在发抖，实在感到站不下来，但也得撑持着干。她像一台机器在不停地运转。有时她想：这些孩子啥时能给我做顿饭呢？

台湾教授余益宗过两天就要来了，打电话说到时候让他们姐弟俩去接。

家里仍要打扫、整理，否则，如此脏乱怎么接待这贵客？家里的破烂没有处理多少，而宇婧的衣服添了不少，所有的柜子都装得满满的。这个家打扫起来实在太累人，哪里都脏，尤其厨房里到处都是油腻腻的。下午，龙孝宗休礼拜，帮着擦洗了一下。他走后，丽南虽很累，还得去做饭。她对宇航说："你父亲如果是本分人，平时把劲用在持家上，也不会到今天这一步。他一点卫生不搞，吃了饭就躺下，这个家怎能像样？现一旦来人，打扫起来就太难，你们俩还未成婚，现在你姐要成婚，忙的就是我一人……"

7月25日上午，余益宗从香港来电话说晚上8时到这里，宇婧很高兴。丽南抓紧时间收拾房子，然后冒烈日去采买，去订旅舍，订出租车。

晚6时30分两个孩子坐车去接余教授，丽南在家包饺子，等待余先生到来。龙孝宗在一旁帮着。他们表面还得做出没离婚的样子。

晚10时，把余益宗接了回来。

天很热，余益宗较胖，热得他汗淋淋的。他没有在家里坐，更没有和丽南及龙孝宗说什么，只是说时间晚了，要去休息。他在小屋里整理了要带的日用品后就和宇婧去了旅舍。

宇婧11时30分回来，情绪不太好，和丽南宇航在一起谈到12时30分。她说："余益宗说他这次来哪个亲戚家都不去（上次来是住在他表嫂家），哪个熟人都不见。可见他是专为我的事来的，但他又说不一定能办结婚手续……"总之，余益宗说话往往不直说，他很精很滑很会折磨人。宇航和丽南劝宇婧还是走正路，考上研究生，将来当个大学老师也不错。

余益宗是个小气人，去年夏天来安城后住在他表嫂家，一个多月没花几个钱，今年夏天来，他让宇婧提前给他联系一个普通旅馆。丽南给他订了普通旅舍的一间单人房间，每晚几十元钱，这比他住大宾馆便宜多了。他住了一晚，第二天他让宇航晚上去旅馆住，他住在丽南家中。他怕旅店查出他的真实身份来。丽南和两个孩子商量，过两天就说龙孝宗出差了，让他中午暂不回来，然后把旅馆房退了，让宇航睡在大房的地板上，把小屋让给余益宗住。他们这样做了。余益宗住在小屋，丽南和宇婧睡在大房的床上，宇航睡在地板上。

天气炎热，每天仍是高温。余益宗每天和宇婧都在外面办他们的事情。余益宗不愿麻烦人，他们一天三餐都在外面吃。

宇婧自涉足涉外婚姻后就自觉身价倍增，在大人面前变得骄纵。余益宗来后，她对丽南的态度更加不好。每天晚上回来，丽南和她说上两句话或问点什么，她都很不耐烦。外出的第三天晚上，丽南小声问宇婧："你们今天都到了哪些地方？"宇婧没好气地说："不给你说。"她脸一沉，到厨房去了。过了一会儿，她对宇航说："弟，咱们到外面去说。"说完，他们一同出了大门，余益宗已经洗完身上床休息去了。

女儿的婚姻大事，母亲问一声，关心一下，竟是如此态度，如此脸色，她心目中哪里还有她的母亲？她的话又是何等地刺人！丽南的心被刺得好痛好痛！她想："大人在他们面前难道就应该这样提心吊胆、小心翼翼、低三下四？古代的仆人在主人面前还敢说句话，主人对他们也不至于整天瞪眼，而这些儿女对待亲娘却是这般无礼，这般不尊重，哪个母亲能受得了这些？大半生除工作外就是忙家务为孩子，把他们培养上了大学，现在大学毕业工作了，谁能料到他们是如此不懂孝道，不知养育之恩！一双儿女，一个从远方回来，啥也不干，也不会干，一个要考试，更不去干，家务落我一人身上，从早到晚无休止地劳作、付出，得到的不是理解、尊重、感谢，得到的却是气，是恶言冷语！她父亲不要他们，难道我就要？她父亲不受这一切，难道我就默默地去受？还能无休止地当老妈子，流血流汗，累断筋骨吗？而愈是关心他们，罪似乎愈大，关心他们就是讨好他们，就是施加压力于他们，就是企盼他们出国去赚钱，去争光，去给大人脸上贴金涂银。要看到，他们对你的关心只能是曲解，尚且不可改变。不能再用慈母心去无微不至地关心了，必须忍痛把母爱丢之远远，省得是个大罪人……"

离婚对一个家庭不管怎么说也是一件不光彩的事，而这个家子女对此不但感到无所谓，而且还觉得其父亲找了个官太太的老婆是光荣事，他们不以为耻反以为荣，对他们的亲娘处处显出轻蔑样。他们现在二十多岁，有许多事还显幼稚，但他们在他们的母亲面前却个个似哲人，和他们的母亲说话句句顶撞，在母亲面前，他们傲慢、骄纵、无礼、放肆，对这些，她看不下去，她无法接受，更无法容忍！

金钱、地位、权力真的就有这么大的威力?！亲情就这么容易地被它们夺走?！

是的，金钱、地位、权力在这些小崽子们心灵的天平上占据了重要的地位，它们攫住了他们的魂灵，而亲情这时在他们面前却显得是这么脆弱，这么无力，又是这么的无足轻重！

人，包括丽南的这亲骨肉，为什么都这么势力？有了那副院长，有了那台湾的大教授，这穷教书匠的亲娘就不是他们的娘了！她显得低微、渺小、穷酸，她的容貌随着一次次磨难而衰老，变得丑陋，在他们眼里，她已不配当他们的娘了！

她在校长面前刚正不阿，在霸道者面前刚正不阿，在男人面前不屈从，现在离了婚，她能在这些句句话带刺，声声语伤人的看不起自己亲娘的孩子面前低三下四，乞怜讨好？她依旧是不阿！他们每次回来，她虽然依旧给他们采购，做饭，尽心尽力服待着，然而当他们伤害她，小视她，鄙夷她时，她就绝不能再屈服于他们。一次次地被刺伤，一次次地被击倒，她还能再做他们的老妈，还能一味地再侍候?！离婚后，她原准备和他们相依为命好好度日，但谁能料到，这些儿女现在却是这样对待她，不把她放在眼里，甚至不把她当人看！她的心仍在受伤，她又一次地处在了痛苦之中。夜里，她的泪水浸湿了枕头，她无法抑制，任其横流。

宇婧把宇航叫出去后，他们在马路上漫步。宇婧说："余益宗来这里几天，每天就是和我忙着去办理领结婚证的一些手续，现在我们的事已办得差不多了，明天就可以领结婚证。他说将来可以把我带到美国去，并且让我在美国给他生个儿子。不过这个人让人也难说。他原来说来安城三个星期时间，而今天已经订了后天的机票，在这里前后不到一周时间。明天领结婚证，后天他就走，难道他大老远地来一趟就是为了领这张结婚证？他的目的是啥，让人搞不清。这人对我也特吝啬，给我一件衣服未买，一样礼物未送，首饰就更不用说了。就给了那一百美元，而咱们为他付出的远不止这一百美元。叫出租，旅馆费就几百元；他刚来没有兑换人民币，外出花销都是我付的；为招待他，家里买物花了一笔钱；为他来我买衣服花了几百元；另外，为他来，打长途电话，发传真也是一笔钱……总之，对这人还摸不透，只好领了证再说！"

宇航说："不过，只要他能把你弄到美国去，这一切倒也就不在乎了……"

他们回到家已很晚。宇婧到厨房去洗漱，宇航对丽南说："妈，以后你就一个人在这里待着吧！"他以为余益宗以后真的能把宇婧带到美国去。

丽南理解宇航话中的意思，不过她对这些已不关心。她想："一个人不更好？省得看她的脸色，受她的气！"

不一会儿，宇航说："余益宗后天就要走了。"

丽南听了这话，虽然感到有点奇怪，但她想："他要走就走吧！大热天的，一个台胞舍不得住宾馆，挤在这陋室里，他难受，我们也不好过……"有客人在家，天再热，也得穿戴齐整，不能像平时那么随便。

宇婧回来后没有理睬丽南，上床去睡了。

第二天早晨 6 时许，她就到余益宗那边床上去了。

余益宗和宇婧领了结婚证后，第二天就要走了，前后共五天时间。

丽南听宇航说余益宗是下午 1 点 30 分的飞机，这天她上完两节课就匆匆骑车回家，想送一下，她到家后，他们已经走了。桌子上放着封皮鲜红的结婚证，内有两人合影一张。她看到这虽然是巴望已久的东西，但心情并不激动。它可以使她出国，可以使她去发挥特长，有所发展，不致在这福利差，专业不对口的小工厂里穷苦一生，但它与她有何干？对于这些不孝之子，她已经心灰意冷！

屋里地板上是一地的鞋盒子，看来余益宗带了不少大陆生产的皮鞋到台湾去给他的亲人穿。

床上放着两只很大的人造熊猫，是儿童玩具。这是余益宗从美国准备带回台湾的，因带的东西太多，就把这两个大家伙扔在了这里。丽南看了这些东西都烦，家里哪有地方放这些东西？

抽屉里还是那一百美元。

丽南和宇航想的一样：只要他能把宇婧弄到美国去，其他的也就是次要

的了。

余益宗走后，龙孝宗中午又回到这里吃午饭及午休。丽南从学校回来，看到他嘴角挂着的笑容就知道宇婧将领取结婚证的事告诉给了他。他看到那红艳艳的结婚证自然是喜出望外。而丽南心中依旧堵塞、沉滞、苦涩。她真想说他一顿："你不要两个孩子，我也不要；你惯出来的不孝之子让我去承受这后遗症……"但她极力忍着没有说出。她想告诉他不要在外宣扬宇婧和台湾教授的事，但也没有说。她不愿和他多说一句话。

晚6时多，宇婧仍到外院去补习英语。丽南没有去做饭。她想："她愿意怎么吃就怎么吃吧！这老妈子也该当到头了！"但又一想："让她早点考出去，早点离开这里不更好？"但她终未去给她做饭。

家里沉闷的空气让人窒息，她一刻也摆脱不掉这"家"又一次给她的痛苦。几天来她像哑巴一样不说一句话，甚至不给他们做饭，但他们却始终没有一点醒悟。一天晚上，不知是什么事引起丽南给宇航倾诉自己肚中的苦水，诉说她悟出来的道理：愈关心他们，罪愈大……她说："你父亲走后，无人管你们了，你们更自由更放肆。你们把没有考上研究生，学习上的不成功等一股脑地推到我一人身上，我成了你们的出气筒，你父一走了之，什么事也没有，你们在他面前连个屁也不敢放，而对我说话极不礼貌，几乎句句顶撞。在你们面前，不但不能再提"学习"二字，而且连很平常的事都不能问……"

她给他们一边诉说着，一边流着那流不完的泪，心里痛苦如刀绞，而他们仍没有一点醒悟，宇婧还在一边为她自己狡辩着。

一天，轮到丽南家值楼班，丽南在外值班。中午12时她进家门，看到宇航正在切菜，馏剩米饭。饭好后，他说了一声"姐，吃饭"，就端着饭菜到小屋去。他们在小屋有说有笑地吃着饭，丽南在厨房里给自己简单地热了点剩饭菜吃了。

她不能不感慨：给他做了二十二年的饭，而这一顿饭是他有生以来第一次做的，然而却没有让值了一上午班的母亲吃一口，甚至连表面上的问一声，叫一声都没有，这是什么样的子女不昭然若揭吗？这还能说明什么呢？！一生牺牲了事业牺牲了一切，为他们操碎心出尽力，然而……如果喂一头猪，二十二年，回报也是无法计算的；就是养一只猫，一只狗，它们对主子也是热情、亲昵的，而养了二十多年的儿女，最后是这样的结局，这能说明他们如牲畜吗？大人不求一分一文的回报，只求他们能尊重你，能珍视这亲情，然而就这，他们也做不到！

下午 7 时多，他们两人无一人去做饭，他们还在等待他们的母亲去给他们做饭。"哪有那好的事了！再傻的人还能再傻下去？一位母亲的心被伤被咬成这样，还能一如既往么？……"她一边这样想着，一边给自己下了几根挂面。宇婧饿得受不了了，到厨房看没有他们的饭，只好动手去下挂面。

她值了一天班，不知是累，还是风吹着了，腰疼痛难忍，蹲、弯都不行。在病痛中，她的心更痛！她已正式和两孩分吃。她只觉得养这样的子女无异于养了毒蛇猛兽，最后是要咬你吃你的！

两个月的假期，多少人羡慕、渴求，而她却在煎熬之中。她想跟随学校去黄山旅游，但没有钱。她的钱全让宇婧花了：报考托福连同买磁带、书等共一千多元，考 GRE 报名就需七百多元。而那女每月二百元工资还不够她买衣服呢！没有钱，她只好憋闷在家里。她恨不得赶快将这个假期熬过去。

电元厂开始放暑天假，前后共十天。这十天龙孝宗中午不回到这里，就好多了。否则，一个大门里，一个屋顶下，一个煤气灶，分三摊做饭，太难！

丽南事先已订了牛奶，她一早去取牛奶打豆浆买烧饼，早饭她就给他们代做了，他们起床后有牛奶鸡蛋吃。中午和下午是他们自己做饭。她想：也好。大热天让他们在炉旁也体验一下做饭的滋味，这样只有好处。否则那小子大腿压二腿，看着电视，到时候香菜香饭就到嘴边，他哪知其中之苦！

他俩做饭还十分讲究，大的指点小的操作，不时还拿出菜谱书来照着做。她原来给他们买的鸡鱼肉、罐头等，他们拿出来尽情享受着，一点也不亏嘴。一做起饭来，锅碗瓢盆叮当响，酸辣油味飘四方。中午饭他们先做，往往需要两个多小时才能做完。她到下午两点多才能去做午饭。一天中午，宇航 2 点 30 分才离开厨房，丽南的肚子早就饿得咕咕叫。他们做完饭，丽南到厨房去—闻她的剩饭——昨天剩的一点面条，已经有味了，汤也酸了。早晨这剩饭还好好的，多几个小时就坏了。她没有别的饭，只好用冷水将剩面条冲了两遍，热了一下，另有一条放了一周多的黄瓜，一个剩饼，就这样填充了一下肚子。

宇婧要考托福了，她弟弟变得似乎格外懂事，给她在做着各种准备工作：煮鸡蛋、洗水果、冲奶粉……他一切都听她姐的。

一早宇婧去应考。丽南坐在写字台前无心干别的，抬头看窗外，只有那梧桐树叶绿绿一片。

中午宇婧回来，她和她弟在小屋小声嘀咕着什么。他们做饭时宇航不再把锅碗瓢盆敲得叮当响，且做饭也很简单：凉拌黄瓜和昨天剩的鸡。下午两人去修那刚买来不久的录音机。

丽南预料宇婧考托福不会考得太好，学习上缺乏自觉性是难以成功的。

一天，宇婧下午5点钟去采买，7时回，8时多进餐。以前这些事都是丽南一人承担：采买，搬运，下厨房洗、做，饭后洗涮……做老妈，当仆人，却不觉得，却认为应当，却心甘情愿，然而苦了一整，得到的回报是厉声粗气，是横眉竖眼，是莫名其妙地和你顶嘴吵架……她反倒成了大罪人，用宇婧给她弟信上的话说，是要剥夺她的生命……这颗默默奉献，付出了一切的伟大的母爱的心深深地被刺伤、绞痛，深深地被伤害。老妈子不能不醒悟，不能不就此停止，不能不忍痛割舍！现在她让他们去体会体会采买，到厨房做饭的"乐趣"。宇婧去采买连同回来做饭前后用了三个多小时。丽南想：这一切与我都无关了！她时间的浪费，考试的成败，出国与否，我都不再考虑。二十五年，不管怎么说，义务也尽到了，尽够了，还能再去喂饱喂肥这些猛兽，让他们来噬咬自己的生命？

厂里十天假已满，中午龙孝宗又按点到这里。丽南知道他中午要来，11点30分就急三火四地炒了点土豆片，刚做好端到屋里，就听到钥匙开门的声音。龙孝宗进屋后问丽南："他俩怎不吃饭？"丽南说："像你这样的人能教育出什么样的种来！这俩同样也是畜生不如……"她在说着，那小子在那屋里和她顶着嘴，甚至在骂着。这些天他们一点反省也没有。他们认为他们的母亲就应该给他们做饭，就应该侍候他们，他回来是贵客，更应大鸡大鱼招待一番。而现在丽南不给他们做饭，似乎就是大逆不道。这些无教养的子女怎能不伤透她的心肺？后来她说："你们这些毒蛇猛兽，把你们喂肥养大，能自立了，就反口噬咬哺育你们的亲人，难道非得咬死不可……"宇航重复着"毒蛇猛兽"这个词，似觉这词过分，感到一丝震颤，然后不语了。她想："让他们想去吧！如果他们能扪心自问，总会有良心发现的时候。"

中午，龙孝宗仍是下他的挂面。下好后，两个孩子再到厨房去做。丽南想："让受着去吧！以前回来，想方设法给他做好吃的，鸡鱼肉换着花样新鲜着，而喂肥了，会飞了，现在就是如此疯狂地面对他们的母亲。不管他们了，再也不会去管了……"她后悔清醒得太晚了！

晚上，到7时多两人无一人到厨房去做饭。从冰箱里拿出来的肉他们也懒得去做。两人在相互推诿着。

每天中午，龙孝宗就是下他的挂面。下好后，两个孩子再去叮叮当当地做午饭。龙孝宗吃完面，就往床上一躺。丽南不给两个孩子做饭，他更不给两个孩子做饭。离婚后，他一顿饭也没给孩子做过，幸好两个孩子已大。

一天中午，龙孝宗回来，宇婧向他诉说他们无钱的事。丽南放假前后发的一千多元，她父亲给她的五百元现金全让她花掉了，现在宇航快走了，要带钱，龙孝宗过来和丽南商量。

丽南见他进来，不知怎的，眼泪刷刷地流个不停。她数说着他教育出来的孩子的"好事"。她在这边说一句，宇航在那边顶一句。大热天，大中午，家家大门大开，二十多天家庭内幕一下子就公开了。她只好忍着，不说他们。她问龙孝宗："要多钱？"他说："需七百元（包括宇婧的生活费），我只能付二百……"

下午，丽南躺在床上，想起宇航那句句顶撞，声声伤人的话语，她的心里如刀绞，泪水无法抑止地流淌。她感到宇婧是坏中之坏，是她教唆她弟弟在和他们的母亲作对。

离婚前，龙孝宗公开和那副院长同居，迫使她不得不和他吵。离婚后，她做梦也不会想到这两个亲生骨肉却如狼似虎地向她扑来。这二十天的分吃，他们不但没有半点醒悟，没有半点自悔，反而是雪上加霜，指斥她，顶撞她，气怒她。二十多天她一直忍让着，她不想让外人知道家中的矛盾，但是她一说话，他们就要顶，就要和她吵，将家事向外曝光。本来这个家闹离婚就搞得满城风雨，而现在孩子们无中生有又给她脸上涂黑，背上加锅，这让外人怎么看待？一个人孤独的生活本来精神就够痛苦了，现在还要加上周围人的曲解，背上儿女添加给她的黑锅，内部的，外部的压力挤压着她，这样的生活还有什么意味？她似乎感到自己已经走到了生命的尽头！一般的女性到了这一步能不去了结这一切吗？然而他还这么地活着，她能活下去么？

晚上宇婧到大屋往冰箱里放东西，她压抑不住自己的激愤对她说道："明天打电话把你父亲叫来（明天是厂礼拜天），咱们把事情说清楚，你们为什么要这样？将来要死也都死得明白！"宇婧放完东西，到厨房后就扯开嗓门吼开了："到底是你逼我还是我逼你？一天没事，在厕所里偷听别人说话（丽南上

厕所不拉灯，她认为是在偷听他们说话），翻别人的日记，偷看别人的信
……"

丽南过去做着说明，数说着这些天的事，而宇婧声音更高，加上有她弟
给她助阵，她更是不可一世，狂暴地尖声厉气地大声吼着：什么"你和谁都
搞不到一块"，什么"你无聊没水平"，什么"你不配当教师"，什么"我宁
可认扫马路的当妈也不认你"等等，等等。一副母老虎的架势，连珠炮似的
扫射！她每吼一声，那扎在头顶上的一撮散发就随之一前一后地甩动。这如
雷的声音冲出窗口，在夜空回荡，连五楼上的人家也能听到。

看着她那凶狠的如虎豹的样子，听着她那句句像尖刀剜心般刺人心肺的
话语，她震惊，她愕然，她浑身战栗，真像五雷轰顶，万箭穿心！她不敢相
信这些话是从十月怀胎，一朝分娩，一把屎一把尿一口奶一碗饭抓养成人的
亲骨肉的嘴里喷吐出来的！她后悔没有一台录音机，把她那些丧尽天良的话
语全部录下来。

母爱，世界上最伟大的母爱，在这里受到了无情的伤害、攻击、蹂躏、
践踏、亵渎……

宇婧仍在狂吼着，她似乎唯恐外面的人听不见。她弟一边劝着她，一边
在为她说话，开脱。

和他们还有什么理可讲？！

回到自己的房中，躺在床上，想起宇婧的那些让人撕肝裂肺的话语，她
简直无法容忍！她躺不住，坐了起来，向他们数说着他们那些伤透人心的事：
早知你们上了大学是这样，当初真不如不让你们上……上了大学反倒看不起
大人，反倒怪罪，反倒忘恩负义……为抓养你们，每天像打仗般地忙碌……
为你们上重点小学，上重点中学，顶烈日，冒酷暑，跑断腿……你爸那时整
天出差，泡在哈尔滨，而我……侍候完你们，再去备课，工作到十一二点
……然而把你们供养出来了，现在却……和你父亲离婚后，一心扑在你们身
上，全部的爱给了你们，每天撑持着你父亲带给我的这多病的羸弱的身体不
辞劳苦地为你们干着……你下了班，饭就到了你的嘴边，这口饭来得容易吗？
而你们……每月我从三百元工资里拿出六十元来订奶，早晨给你喝牛奶，晚
上给你喝酸奶，而酸奶是什么味你母亲都还没有尝过……一片爱心，一番苦
心，赢得的是什么？是气，是恨，是怨，是歧视，是对立，是鄙夷，是谩骂
……宁可认扫马路的当妈，扫马路的妈当然会把你当神敬，会更好地给你当

老妈，殷勤地侍候，你会成为真正饭来张口衣来伸手的小姐……

她把她的委屈，把她的愤怒一股脑地往出倒。那小子问道："你哪来这么大的劲说？"她说："已快到死的边缘，被你们快要活活气死了，我再不说，死难瞑目！"

夜3点，他们不吭声了，两人挤在小床上进入了梦乡。

她怎么能睡着？她的心在滴血，她的泪水浸湿了一个枕头，她的喉、胸、乳、胃、腹堵胀得难忍，她想不到，一手抓养大的女儿击得她将要走向坟墓！她想："即便以前家庭战争连绵，没有给他们进行什么孝道教育，但在这有着四千余年孝道历史的国都里，无论如何他们也应该受到它的感染和教育，就是从文学作品，从电影电视中也能受到一些孝道的熏陶和影响。《孝经》上云：'夫孝，天之经也，地之义也，人之行也。'从古至今，人们都在这样做，然而，他们……"

"我们小时候从初中就开始住校，自己买饭，自己刷碗，自己洗衣，没有让父母过多地操劳。父母的文化程度虽不高，但在我们心中却是最可尊敬的人。工作了，工资虽不高，但总想着为大人买点什么好吃的，添置几件新衣，就是这样，也总觉得没有孝敬好老人。住房条件差，不能让老人长期住在自己身边，每每觉得愧对老人，心里常常有种歉疚感。老人过世，更觉得没有让老人过上几天好日子而抱憾；离开了老人，失去了最亲最爱的人，内心痛苦的滋味是难以用语言形容的……

"这一切为什么是这般不同？为什么差异是如此之大？……

"以前宇婧整天抱着数理化丛书演算、学习，从小她的细胞里似乎就没有孝敬大人的概念。大人吵了架，躺在床上生气，一整天滴水不进，她从来没有劝过一句，从未让大人吃点什么或喝点什么；大人有病在床，她也从未问过一句关心的话，没有主动端过饭，倒过水；就是平时让她给大人挠个背，搓个澡她都不情愿……现在，我跌倒在马路上，他们能扶我一把，我病倒在床上，他们能给我倒一口水吗？……

"要这样的儿女有什么用呢？养育了二十五年，为他们操碎心，出尽力，现在她虽然已经工作，已经领了结婚证，然而她的吃、喝、穿、戴，还是大人的血汗钱在供着，在养着，就是这样，他们还要如狼似虎地向你扑来……

"够了！一切都应看透，一切都该结束了！……"

过了两天，他们向父母要到了钱，两人骑车上街去进烤鸭店，去吃肯德基去了。

丽南几天来没有炒过菜，更无肉味。饿了啃口干饼或下几根挂面。这天，她看孩子们出去了，就给自己炒了几个已经放蔫了的小土豆，算是几天来的佳肴。

吃完简单的饭菜，她从书架上抽出一本杂志在翻看。她的眼睛停留在两段文字上：

对于一个给予了自己生命的人，对于一个从襁褓中开始呵护你，直到你成家立业依然牵挂着你的人，怎样的感谢与敬重都是不过分的，怎样新奇与激越的感情都是不能冲淡的。不论你是达官贵人，或是村姑力夫，我想所谓正直的，勇敢的，睿智的或美丽的人，事业发达或财源广进的人，如果缺少对生你养你的父母的敬重和感谢，缺少对他们至深至诚的爱，将是一种多么可怕的残缺。

如果说，中国传统伦理对亲情的要求更多是源于那种封闭的生活方式，更多出于对社会秩序的维系，那么我们今天对亲情的珍视，则是一个人健康人格与健全精神的要素，是一个人自我完善的需求，也是一个人真正走向文明与现代的标志之一……

当我看到有些子女索要父母钱财，强占父母住房，甚至殴打辱骂父母时，我会觉得一种莫可名状的恐怖，它甚于爆炸、杀戮或其他种种暴力……

她读着，眼眶里不知不觉注满了泪水，模糊了她的视线……

她决心不再拥有这样的儿女。尽管她的姐姐在她离婚时对她说："这两个孩子就是你的财富。"但是，现在即便这两个孩子是百万富翁，亿万富翁，她也绝不会去讨好他们，绝不会去要他们一分钱。她决心和他们一刀两断，不再相见，一个人在孤寂的途路上踽踽独行。

※　　　　※　　　　※

她在护城河边漫无目的地走着，夜风吹乱了她的短发，掀起了她的衣裙，一弯下弦月惨淡地照着她那早已失去光泽的蜡黄的脸。

如烟的往事令她不堪回首，漫长的人生路让她不敢回眸。在人生路上，她是流着泪、滴着血走过来的啊！现在，她仍在流着泪、滴着血，用血与泪谱写着这人生的悲剧！

她的人生就是这么一部痛苦史，眼泪史，悲剧史，是一段沉甸甸的抹不去的历史陈迹。

青年时代所向往，所憧憬，所理想的一切都被这苦难的历程所碾碎，所葬送，一切都像一场梦！

面对这无边的痛彻骨髓的苦痛，她多么想跳进这河水中去，让那受尽折磨的魂灵得到永远的安息。然而，她深知人最可宝贵的东西是生命，它属于我们只有一次。人来到世界上，应该用劳动创造，让生命闪射出金子般的光芒。她的理想还没有实现，事业还没有完成，怎么能够轻生呢？这理想这事业就是她生命的基石，如果没有它，也许她早就结束了这生命！

罗曼·罗兰曾说："痛苦这把犁刀一方面割破了你的心，一方面掘出了生命新的水源。"

她准备接受这痛苦的洗礼，在痛苦中，去掘出生命新的水源。

没有了这个家，没有了儿女，没有了一切，这并不可怕，孤独不好么？全人类优秀人物的经历表明："真正的伟大是孤独。"（斯·茨威格）

罗曼·罗兰的名著《约翰·克利斯朵夫》中的主人公克利斯朵夫，终身贫病，命乖运蹇，除了奥利维这样极罕有的同道之外，他没有朋友，不被理解，不被接受。几乎可以这么说，人能从现实享受到的好处，物质的也罢，荣华也罢，温情也罢，在他这里是一无所有的；然而，他在另一个方面却极其富有，这就是他个人的精神世界，就是他作为人类的良知、信心与勇气所保持住的那份纯粹性。他抛弃了常人所要的一切，而占有了这唯一的东西。

是的，"人生旅途的两边，一边是寂寞，一边是欢乐。欢乐像花园，到生

命决算的时候，没有果。寂寞像血管里的血，像肥沃的土地，营养着我。它虽然沉重，但它使我向成功迈进。"

岁月的风风雨雨把她推到了老年，她的大半生就这么过去了。大半生的生活是苦涩的，是平凡的，但是她无悔，因为她的生命是负载着崇高理想的生命。自从学生时代建树起了那理想之后，她就义无反顾地为理想的实现努力着奋斗着。在平凡的工作中，她把知识连同她的思想毫无保留地奉献给了她的学生，点燃启迪着一颗颗蒙昧稚嫩的心灵。她前进的脚步是充实的，她没有虚度年华，她没有碌碌无为，她还有什么"悔"？现在，她的生命已经进入人生的深秋季节，该是收获的时候了，她准备抛开其他的一切，穷余生之精力，去完成大业——一生所追求的为之奋斗的理想。

她一边走，一边思索着，不知不觉东方已现出鱼肚白，新的一天将要开始。

她忘却了一切苦痛，她收起了眼泪，一种庄严的使命感使她向着太阳将要升起的地方大踏步地走去……

1999.6.22.夜11时

改于 2011.11.18.夜11时